MANHATTAN
by Goldmann

Buch

Olivia ist gerade vierzehn Jahre alt, als die Ehe ihrer Eltern zerbricht. Und auch wenn ihre Eltern das vehement bestreiten würden, weiß sie genau: Sie ist es, die den Preis dafür bezahlen muß. Ihr Vater, ein Collegeprofessor, wird demnächst eine seiner Studentinnen heiraten. Ihre Mutter, eine Karrierefrau, vergnügt sich Nacht für Nacht mit einem anderen Mann. Olivia wird hin und her geschoben wie ein Paket, das keiner mehr haben will.
Da tritt Nick in ihr Leben: Nick, der Liebhaber ihrer Mutter, ein mit allen Wassern gewaschener Fotograf, der die dunklen Seiten des Lebens kennt, der sie die Bedeutung des Begriffs Begierde lehrt, der ihren Hunger nach Liebe stillt. Hilflos in ihrer Leidenschaft, verletzt und doch süchtig nach Nick, kommt Olivia schließlich zu einem Entschluß, der ihr Leben und das Leben all jener Menschen, die ihr die Liebe verweigert haben, für immer verändern wird…

Autorin

Janet Inglis, geboren 1946 in Montreal, studierte in Winnipeg und arbeitet derzeit in führender Funktion bei einer Londoner Wertpapierfirma. Sie ist mit einem Maler verheiratet, Mutter zweier Söhne und in East Sussex zu Hause.

Janet Inglis

DER FOTOGRAF UND DAS MÄDCHEN

Roman

Ins Deutsche übertragen
von Cornelia C. Walter

MANHATTAN
by Goldmann

Die englische Originalausgabe erschien 1994
unter dem Titel »Daddy's Girl«
bei Constable and Company, London

Umwelthinweis:
Alle bedruckten Materialien dieses Taschenbuchs
sind chlorfrei und umweltschonend.

Manhattan Bücher erscheinen im Goldmann Verlag,
einem Unternehmen der Verlagsgruppe Bertelsmann

Deutsche Erstausgabe 7/97

Die Benutzung des Labels Manhattan
erfolgt mit freundlicher Genehmigung
des Hans-im-Glück-Verlags, München
Umschlaggestaltung: Design Team München
Umschlagfoto: G+J/Photonica
Satz: Uhl + Massopust, Aalen
Druck: Graphischer Großbetrieb Pößneck
Verlagsnummer: 54006
RK · Redaktion: Sophie von Lenthe
Herstellung: Sebastian Strohmaier
Made in Germany
ISBN 3-442-54006-2

1 3 5 7 9 10 8 6 4 2

Old songs

(1)

Beweine meine Lage,
Wie deine du beweinst,
Für vierzehn lange Jahre
Leb ich nun schon allein.

(2)

Was habt ihr euch entzweit,
Mein Liebes, sag es mir?
Um einen winzig kleinen Busch,
Ein Baum wurde er nie.

(3)

Sei still, sagt er, und weine nicht,
Laß doch das Weinen sein,
Ich zeig dir, wo die Lilien blühn,
An Italiens Uferrain.

- 1 -

Das Geräusch kam von draußen. Von irgendwo unterhalb des Fensters.

Sie war zu Hause, in ihrem eigenen Zimmer, das wie ein Vogelnest unterm Dach lag. In ihrem eigenen Bett, in ihrem Zimmer, das ihr jetzt keine Sicherheit bot. Schlaftrunken, wie sie war, wußte sie sofort, daß das Ding, das an der Rückseite des Hauses zu ihrem Schlafzimmer hochkletterte, kein gewöhnlicher Einbrecher, sondern ein Nachtmahr war.

Glasscherben flogen über den Fußboden. Der Fensterflügel schlug knallend auf. Ein Kopf und Schultern ragten bedrohlich vor dem Nachthimmel auf. Das Ding sah zwar aus wie ein Mann, aber an seinem Blick aus bleichen Augen erkannte sie, daß es keiner war.

Ihr blieb nur dieser eine kurze Augenblick, bevor das Ding vollends über das Fensterbrett geklettert sein würde. Sie sprang aus dem Bett und floh die Treppe hinunter, die Schlafzimmertür knallte sie in sinnlosem Trotz hinter sich zu.

Jedes Kind weiß, selbst sie mit vierzehn wußte es, daß der einzige Ort, der vor Gespenstern Sicherheit bietet, das elterliche Bett ist. Im Traum lief sie die steile, schmale Treppe hinunter zum Schlafzimmer ihrer Eltern, das im unteren Stockwerk lag, und schlug auch diese Tür hinter sich zu.

Sie schliefen, wachten aber auf, als sie laut nach ihnen rief. Sie hörte das Ungeheuer die Treppe herunterkommen, aber jetzt war sie ja hier und ihre Eltern würden sie beschützen. Sie flehte sie an, ihr zu helfen, sie vor dem schrecklichen Ding auf der Treppe zu retten.

Doch sie schauten sie nur an, und da sah sie ihre Augen. Es waren die Augen von Fremden.

Der Nachtmahr öffnete die Tür.

Olivia wachte auf. An dieser Stelle wachte sie immer auf. Der Rest war dann nicht mehr so wichtig. Die Aussicht, in Stücke gerissen zu werden oder was das Monster sonst mit ihr vorhaben mochte, war weniger schlimm als die Vorstellung, daß ihre Eltern nicht mehr ihre Eltern waren.

Seitdem ihr Vater vor zweieinhalb Jahren fortgegangen war, hatte sie oft unter diesem Alptraum gelitten. Grauen und Schock wurden durch die Wiederholung nicht kleiner. Aber nun hatte sie den Traum schon seit längerer Zeit nicht mehr gehabt und gehofft, er wäre ganz verschwunden. Vielleicht hatte die Tatsache, daß ihre Eltern inzwischen geschieden waren, ihn wieder zurückgebracht.

Sie riß die Augen weit auf. In der Dunkelheit lauerte der Alptraum noch immer, so als wartete er bloß darauf, daß sie wieder einschlief, um von neuem zu beginnen. Sie knipste das Nachttischlämpchen an, um nachzusehen, wie spät es war, aber ihre Augen wollten sich nicht an das Licht gewöhnen. Komisch, daß man gleichzeitig panische Angst haben und todmüde sein konnte.

Das Skelett an der Wand, ein Geschenk von Megan, starrte auf sie herab. Es war kein echtes Skelett, links sah man Blutgefäße und Knochen, rechts Gewebe, Muskeln und Organe. Mit seinem hautlosen Augapfel starrte es sie an. Ihre Mutter würde ihm die Schuld an dem Alptraum zuschieben – »Wie kannst du mit dem scheußlichen Ding im Zimmer überhaupt schlafen?« –, aber für Olivia war die Pappkartonleiche ein Wachhund, der ihr böse Geister vom Leib hielt.

Sie überlegte, ob ihre Mutter wohl mittlerweile nach Hause gekommen war. Sie war zwar schon viel zu alt, um sich schutzsuchend in Mutters Bett zu verkriechen, aber der Gedanke, einen Alptraum in einem menschenleeren Haus zu haben, war besonders unheimlich. Allerdings nicht so unheimlich, daß sie wachblieb. Plötzlich schreckte sie jäh wieder auf, als hätte sie geträumt, sie sei aus dem Bett gefallen. Hatte sie vielleicht doch etwas gehört? Angestrengt horchte sie, aber das Geräusch vermischte sich mit dem Pochen ihres eigenen Herzens. War sie nun wach oder war es schon wieder ein Alptraum, und es kam ihr bloß so vor, als sei sie wach? Kam ihre Mutter gerade nach Hause? Oder war es ein anderes Geräusch, und Mutter war noch gar nicht zu Hause …?

Sie beschloß, aufzustehen und aufs Klo zu gehen. Unterwegs konnte sie ja mal nachsehen, wo ihre Mutter steckte. Sie ging ungern schlafen, wenn Mutter noch nicht zu Hause war, aber am nächsten Tag war Schule. Im übrigen war sie alt genug, um auf anderer Leute Kinder aufzupassen, es wäre also kindisch, herumzujammern. Besonders über Alpträume.

Sie traute sich nicht, im Flur Licht zu machen, aus Angst, es könnte stören – aber wen? Vorsichtig schlich sie die Treppe von ihrem Dachzimmerchen hinunter, hielt sich dabei am Geländer fest und tastete zögernd mit den Zehen von einer Stufe zur nächsten. Die Augen hatte sie immer noch nicht ganz offen. Gleich links hinter der ersten Tür war Mutters Schlafzimmer. Olivia tastete im Dunkeln nach dem Spalt, der bedeutete, daß sie allein im Haus war. Ihre Hand berührte die geschlossene Tür.

Ihre Mutter war also da. Olivia atmete erleichtert auf und wollte gerade ins Bad gehen, als sie plötzlich ein Geräusch hörte. Dasselbe Geräusch, von dem sie vermutlich aufgewacht war.

Es kam aus Mutters Schlafzimmer.

Ihre Hand schien an der Tür festzukleben. Die Schwingungen des Geräuschs drangen über ihre Handfläche durch das Holz in ihren Körper, liefen an ihrem Arm entlang und ließen sie innerlich erschaudern. Es hörte sich an wie eine Mischung aus Stöhnen und Wimmern und wiederholte sich in einem beängstigenden Rhythmus – so als würde jemand unablässig geschlagen.

Während sie wie angewurzelt stehenblieb, hörte sie plötzlich die Stimme. Sie konnte die einzelnen Worte nicht ausmachen. Vielleicht waren es gar keine richtigen Worte, nur ein Gemurmel als Antwort auf das Stöhnen. Was die Stimme sagte, war nicht wichtig. Wichtig war, daß es sich um eine Männerstimme handelte.

Olivias Finger lösten sich von der Tür. Sie flüchtete den Gang entlang ins Badezimmer und schloß sich im Dunkeln ein. Gleich würde sie sich übergeben müssen, aber nein, das würden sie ja hören. Vor lauter Angst rührte sie sich kaum und kauerte sich, die Knie ans Kinn gepreßt, neben die Toilette auf den Boden.

In Mutters Schlafzimmer war ein Mann.

Früher hätte sie einfach angenommen – gehofft, gebetet –, daß es ihr Vater war. Doch die Zeiten waren vorbei. Ihre Eltern waren offiziell geschieden, und in genau drei Wochen und zwei Tagen heiratete ihr Vater Althea. Bei dem Gedanken wurde ihr gleich wieder schlecht. Sie preßte den Mund gegen ihr Knie, um das Gefühl zum Verschwinden zu bringen.

In Mutters Zimmer war ein Fremder.

So leise sie konnte, erbrach sich Olivia in die Kloschüssel. Vielleicht merkten sie es gar nicht bei dem Krach, den sie veranstalteten, dem Gestöhne und Gejapse, das sie vorhin gehört hatte.

Als es vorbei war, blieb sie schwitzend und zitternd in der Hocke sitzen und horchte, ob ihre Mutter vielleicht doch etwas gehört hatte und herauskam.

Außer ihrem eigenen Atmen und dem Pochen ihres Pulsschlags war es jedoch ganz still.

Olivia fühlte sich erleichtert, doch ihr war ziemlich elend zumute. Wenn sie jünger gewesen wäre, hätte sie jetzt angefangen zu heulen, bis ihre Mutter gekommen wäre und sie getröstet hätte. Aber dafür war sie inzwischen zu alt; eigentlich sollte sie über dieses Erwachsenenzeug Bescheid wissen und kapieren, daß Eltern die Sachen wirklich machten, die man im Biologieunterricht lernte.

Sie spülte sich den Mund gründlich aus, machte die Tür auf und tastete sich den Gang entlang die Treppe hinauf, zurück in ihr Zimmer. Dort machte sie die Tür fest hinter sich zu und wünschte, es wäre ein Schloß dran, mit dem sie den Mann, das Geräusch und die Vorstellung von dem, was sie taten, aussperren konnte. Dann kroch sie ins Bett, knipste die Nachttischlampe aus und zog sich die Daunendecke über den Kopf. Sie rollte sich auf einer Seite zusammen und umklammerte sich, Schutz und Trost suchend, mit beiden Armen.

Ob ihre Mutter das nun schon die ganze Zeit gemacht hatte, seit ihr Vater fort war? Ob diese fremden Kerle nachts ins Haus gekommen waren, ohne daß sie etwas davon mitbekam? Irgendwie wäre ihr das lieber gewesen, denn das würde heißen, daß der Mann am nächsten Morgen verschwunden wäre. Dann brauchte sie ihn nie zu Gesicht zu bekommen und an die Geräusche erinnert zu werden, die er hinter der verschlossenen Tür gemacht hatte – und die Mutter wegen ihm gemacht hatte. Ihn nie ansehen und daran denken müssen, was diese Geräusche wohl zu bedeuten hatten.

Selbst jetzt war der Gedanke unerträglich; schnell verscheuchte sie ihn aus ihrem Kopf. Schon seit geraumer Zeit hatte sie gelernt, schmerzliche Dinge auszuklammern. Besonders, seit ihr Vater fortgegangen war. Der Gedanke an die leere Hälfte in Mutters Bett war ebenso scheußlich gewesen wie der Gedanke, daß sie nun nicht mehr leer war.

Sie verwarf diese Gedanken und stellte sich die Sterne vor. Sie waren so beruhigend, die Sterne: geheimnisvoll, uralt, wunderschön und unvorstellbar weit weg. Bestimmt hatten sie ein ganz eigenes Leben und Bewußtsein, eine astrale Existenz, jenseits von Biologie und Physik.

Sie malte sich aus, wie sie durchs schwarze Weltall flog, durchs kalte Nichts, während überall um sie herum diamantene Lichtpünktchen flirrten. Fliegend näherte sie sich einem der Lichter. Es war ein roter Stern. Beteigeuze, ein riesiger, glühender Himmelskörper im Gürtel von Orion. Die weißen und blauen Sterne waren am heißesten; dieses Riesengestirn war nur lauwarm wie Badewasser, als sie seinen roten Nebel erreichte. Wie der anheimelnde Schein eines Feuers, wie gemütliches Kerzenlicht umgab sie diese Substanz, hüllte sie ein, bot ihr Schutz vor Fremden und Nachtmahren. Machte sie unversehrbar. Sie schlief ein.

- 2 -

Ihre Mutter zog die Vorhänge auf.

»Lia, aufstehen, du bist spät dran. Ich muß gleich los.«

Olivia schob die Decke zurück und setzte sich auf. Sie starrte ihre Mutter an. Sie hatte sich seit gestern nicht verändert: groß, nervös und schmal, elegant gekleidet, makellos geschminkt, mit denselben dunkelblauen Augen und dem hellblonden Haar, das Lia seltsamerweise nicht geerbt hatte. Sie trug ein Ensemble in Beige- und Rottönen, Hose, Bluse und Jackett, das perfekt zu ihrem hellen Teint und der schlanken Figur paßte.

Die Vorstellung, daß die letzte Nacht an ihrer Mutter keinerlei Spuren hinterlassen hatte, war frustrierend. Es bedeutete, daß sich noch ganz andere unangenehme Dinge ereignen konnten, ohne daß Olivia etwas merkte.

»Fühlst du dich nicht wohl, Lia? Du siehst ein bißchen blaß aus.«

»Alles okay. Heute nacht hab ich gespuckt, aber jetzt bin ich schon wieder okay.« Olivia schwang beide Beine über die Bettkante und sagte, während ihre Mutter ihr den Rücken zuwandte: »Wann bist du gestern nacht heimgekommen?«

»Oh, später als geplant, fürchte ich.«

Olivia stand auf, reckte sich und fuhr sich mit den Fingern durchs Haar, um ihrer Mutter nicht ins Gesicht sehen zu müssen. Sie fürchtete, ihre Mutter könnte gleich sagen ›Ach, übrigens‹ oder ›Da fällt mir ein‹ und von dem Mann erzählen. Davon wollte sie nichts hören. Sie war heilfroh, daß er wieder weg war.

»Gehst du heute abend aus?«

»Nein, um halb sieben bin ich bestimmt da. Heute ist Freitag, da statte ich doch Sainsbury's meinen allwöchentlichen Besuch ab.«

»Nimmst du mich mit?«

»Ich dachte, du haßt Lebensmittelgeschäfte.«

Olivia zuckte mit den Schultern. Sie konnte ja wohl schlecht behaupten, sie wolle nur nicht allein zu Hause bleiben. »Nächste Woche sind doch Trimesterferien. Ich will mir für die paar Tage was zum Lunch kaufen.«

Mutter stand eine Weile unschlüssig herum. Olivia wußte, daß Mutter mit ihren Freundinnen stundenlang über die unwichtigsten und uninteressantesten Dinge reden konnte, es andererseits aber um jeden Preis vermied, sich mit wesentlichen Themen auseinanderzusetzen. Beim Thema Menstruation hatte sie sich zum Beispiel dadurch aus der Affäre gezogen, daß sie Olivia eine Broschüre in die Hand gedrückt hatte. Was allerdings das Thema Sex betraf, war ihr selbst die Bereitstellung von Broschüren zu peinlich.

Wahrscheinlich war es der Mitternachtsmann, den ihre Mutter unter keinen Umständen zur Sprache bringen wollte. Olivia rettete die Situation, indem sie sagte: »Also, dann bis heute abend, Mummy«, und rannte die Treppe hinunter ins Bad.

Sie duschte, dann wusch und fönte sie sich die Haare. Es dauerte immer ewig, bis sie endlich trocken waren, und jedesmal überlegte sie beim Fönen, ob sie sie abschneiden lassen sollte. Mutter riet ihr das jedenfalls immer. Sie trug eine Kurzhaarfrisur, die ihre zierliche Kopfform betonte. Das ging, wenn man aschblond war. Olivia hatte ziemlich farbloses Haar, dunkelblond oder hellbraun konnte man es nennen, nicht richtig lockig, aber auch nicht glatt. Bis vor zwei Jahren hatte Mutter sie jedesmal überreden können, die Haare schneiden zu lassen, wenn sie wieder ein bißchen gewachsen waren. Inzwischen reichten sie ihr halb über den Rücken. Anfangs hatte sie eine Art Bibelschwur geleistet: Sie würde die Haare erst wieder schneiden lassen, wenn ihr Vater nach Hause zurückkam. Aber jetzt kam er wohl nie wieder, denn er heiratete ja Althea. Jetzt hatte er bei Althea sein neues Zuhause.

Olivia kämmte und bürstete ihr Haar vor dem Garderobenspiegel im Flur. Es war jetzt schon so lang, daß es ihre Brüste bedeckte. Zum Glück.

Ihre Beine waren in Ordnung, an langen Beinen war nichts auszusetzen. Fotomodelle, Tänzerinnen und Sportlehrerinnen hatten sie auch. Wegen ihrer Beine würden ihr die Jungs von der Kilburn High Road wenigstens keine Frechheiten hinterherrufen. An Hüften, Taille und Po war eigentlich auch nichts auszusetzen. Ein schmalhüftiger, knabenhafter Körper, wie ihn die meisten Fotomodelle hatten, wäre ihr vielleicht lieber gewesen, aber ihr Leben war auch nicht ruiniert, wenn sie nicht so gebaut war.

Das einzige, was ihr Sorgen machte, was sie nicht verstecken oder irgendwie loswerden konnte, war ihr Busen. Sie hatte immer geglaubt, wenn sie mal erwachsen wäre, würde sie so aussehen wie ihre Mutter, bis auf die blonden Haare natürlich. Obwohl ihre Mutter einssiebzig groß war, wirkte sie zart, zierlich, zerbrechlich. Als Kind hatte sich Olivia selbst mit ganz anderen Wörtern beschrieben oder sie von anderen Leuten gehört: tapsig, plump, linkisch. Sie hatte sich mit der Geschichte vom häßlichen Entlein getröstet: Wenn sie erst einmal groß wäre, würde ein Schwan aus ihr, würde sie aussehen wie Mutter.

Daraus schien jedoch nichts zu werden. Sie wog schon gute zwölf

Pfund mehr als ihre Mutter. Aber das Schlimmste war ihr großer Busen. Im Januar hatte sie ihrer Mutter mitgeteilt, daß sie einen neuen Blazer für die Schuluniform brauchte. Wieso, staunte ihre Mutter, du bist doch seit letzten Sommer nicht so gewachsen, oder?

Olivia bewies es ihr: die Knöpfe gingen nicht mehr zu. Da hatte ihre Mutter sie so komisch angesehen, überrascht und verärgert, als wäre sie nicht bloß ein häßliches Entlein, sondern auch ein Kuckucksei. Ein fremdes Kind. Wie wäre es sonst möglich, daß die eigene Tochter nicht ihr Ebenbild war? »Na so was«, hatte ihre Mutter mit kühler, etwas brüchiger Stimme gesagt, »aus dir wird ja ein richtig großes Mädchen, hm?«

Diesen euphemistischen Ausdruck hatte Olivia schon öfter gehört. Es bedeutete, daß man große Brüste hatte, Riesentitten, Batterien, Holz vor der Hütte – unanständige, plumpe Dinger, die vorn am Körper klebten, als hätte sie jemand während des Schlafens dort aufgepfropft, und wenn man aufwachte, hatte man die scheußlichen Dinger für alle Ewigkeit am Hals.

Ihre beste Freundin Megan meinte, die Busengröße sei doch total egal. Im Gegenteil, Männer hätten große Brüste sogar lieber. Olivia dachte an die Jungs von Kilburn und erwiderte, das sei ja genau das Problem. Megan hatte gut reden: Sie hatte ja keine solchen Riesenbrüste, die wild in der Gegend herumhüpften. Schon allein deswegen war Olivia heilfroh, daß sie auf eine Mädchenschule ging.

Sie schob ihr Haar beiseite, legte die Handfläche unter ihre Brüste und hob sie an. Dabei stellte sie sich vor, es wären Männerhände. Bei dem Gedanken bekam sie ein ganz komisches Gefühl, die Vorstellung von fremden Männerhänden auf ihren Brüsten rief eine Art Schauder in ihr hervor. Ein Mann, der so etwas mit ihr machte, wäre natürlich kein Fremder mehr. Allerdings konnte sie sich nicht vorstellen, von wem sie sich die Brüste berühren lassen wollte, und so mußte der imaginäre Mann ein anonymer Fremder bleiben.

Wie das Ungeheuer in ihrem Traum.

Bei dem Gedanken verlor sie plötzlich die Lust an der Sache. Sie hob ihren Schlafanzug vom Boden auf, zog ihn aber nicht an, bevor sie aus dem Bad ging. Sie wollte ja nur nach oben, um sich anzuziehen, und außer ihr war ja niemand im Haus.

Mutters Schlafzimmertür war geschlossen. Das kam sonst nie vor, außer wenn ihre Mutter drinnen war. Sie ließ sie immer offenstehen, zum Lüften, wie sie sagte. Doch jetzt war sie zu. Olivia hastete hinauf in ihr Zimmer. Sie machte die Tür hinter sich zu und zog sich in Windeseile an. Ein entsetzlicher Gedanke kam ihr in den Sinn, ein abscheulicher Verdacht: Sie wußte, was sich hinter dieser geschlossenen Tür befand und wollte ihren Verdacht nicht bestätigt finden. Sie wollte dem Fremden nicht begegnen, Mutters neuem Kerl.

Mal angenommen, er hatte die Tür aufgemacht, während sie splitternackt nach oben spaziert war? Es war wie in ihrem Alptraum: nicht einmal im eigenen Heim war sie mehr sicher. Kaum war sie fertig, rannte sie hinunter; sie hielt dabei fast den Atem an, aus Angst, die Tür könnte aufgehen, und blieb nur kurz stehen, um sich Schultasche und Bücher zu schnappen, bevor sie nach draußen floh und dem anonymen Fremden das Haus überließ.

- 3 -

Als ihre Mutter auch am Wochenende nichts von einem Mann verlauten ließ, weder von einem verflossenen noch einem aktuellen, glaubte Olivia, sie hätte das Ganze bloß geträumt. Außer den Geräuschen, die sie gehört hatte, deutete nichts darauf hin, daß in der Nacht oder am anderen Morgen ein Fremder im Haus gewesen war. Vielleicht war es nur die Fortsetzung ihres Alptraums gewesen. Vielleicht ging das unbekannte Wesen in einer neuen Version ihres Traums nach unten und stellte unsägliche Sachen mit ihrer Mutter an – die sich im Traum, wie Olivia wieder einfiel, ja auch in eine Fremde verwandelt hatte.

Eigentlich wäre es ihr lieber gewesen, die Sache hätte sich tatsächlich ereignet und nicht bloß im Traum. Mit echten Männern konnte man leichter fertig werden als mit einem Marsmenschen in einem Alptraum.

In der darauffolgenden Woche waren Trimesterferien. Das nächste Jahr würde von den bevorstehenden Abschlußprüfungen ruiniert werden, aber in diesem Jahr lag nichts Besonderes an. Montag war Pfingsten, und sie fuhr mit Megan und ihrer Familie ans Meer. Am Dienstag hatte sie das Haus für sich und beschloß, gar nichts zu machen, was man als Arbeit bezeichnen konnte; statt dessen setzte sie sich in den sonnendurchfluteten Garten und verbrachte den ganzen Tag mit Lesen.

Die Rosen fingen gerade an zu blühen, die Glyzinien waren schon fast verwelkt. Der Garten war zwar nicht besonders groß, aber er hatte Südsonne und grenzte an einen Park.

Die hohen Eichen und die Sykomore-Bäume im Park streckten ihre Zweige über den Fußweg hinter den Häusern am Hang, die aus der Zeit King Edwards VII. stammten, bis über die hohe Gartenmauer herüber. Herrlich, an so einem sonnigen, schönen Tag allein zu Hause zu sein, ganz anders, als wenn man abends allein gelassen wurde. Schlimme Träume waren jetzt unvorstellbar.

Bald würde ihre Mutter nach Hause kommen. Die Galerie, in der sie arbeitete, machte um sechs Uhr zu. Olivia beschloß, sich noch ein Glas Limonade zu holen. Sie war gerade auf dem Weg in die Küche, als sie plötzlich hörte, wie die Haustür aufgeschlossen wurde. Olivia blieb stehen und drehte sich um.

In der Haustür stand ein fremder Mann.

Olivia starrte ihn sprachlos an. In der Schule hatte einmal eine erzählt, ihr Vater hätte eines Abends im Eßzimmer einen Kerl dabei ertappt, wie er das Silberbesteck in eine Plastiktüte stopfte. Aber jetzt war hellichter Tag. Die Haustür? War abgeschlossen. Sie schloß sie immer ab. Der Mann starrte sie ebenfalls an, aber nicht wie ein überraschter Einbrecher. Eher so, als hätte er sein eigenes Haus betreten und sie gerade entdeckt, eine Fremde, die es sich dort bequem machte. Sie rang nach Worten, wollte etwas Passendes sagen – *Wer sind Sie eigentlich? Gehen Sie!* –, als *er* plötzlich etwas sagte.

»Du bist Lia.«

Er klang überrascht und belustigt. Überhaupt nicht verlegen; nicht wie einer, der sich in der Haustür geirrt hatte. Er kannte sogar ihren Namen.

Sie hatte also nicht geträumt. Es war der Mann, der in Mutters Schlafzimmer gewesen war.

»Sie haben ja einen Schlüssel«, sagte sie ziemlich dämlich.

Er zog die Haustür hinter sich zu. »Den hat Em mir gegeben.«

Lächelnd schob er den Schlüssel in die Hosentasche. Er schien sich über irgend etwas zu amüsieren. »Sie hat gesagt, sie hätte ein kleines Mädchen.«

Olivia wurde rot. »Ich bin kein kleines Mädchen.«

»Das seh ich.«

Er musterte sie auf eine Art und Weise, daß ihr noch mulmiger wurde. Sie trug abgeschnittene Jeans und ein ärmelloses Baumwollhemdchen, das richtige, wenn man allein im Garten war, aber nicht der passende Aufzug für die Begegnung mit einem Fremden im Hausflur. Er glotzte, als hätte sie überhaupt nichts an, als bestünde sie bloß aus einem Paar nackter Titten.

Sie wich zurück. »Wer sind Sie? Was machen Sie hier? Wieso hat Mummy Ihnen einen Schlüssel gegeben?« Sie sagte es scharf, vorwurfsvoll, weil sie schon wußte, wer er war. Sie wußte bereits die Antwort auf ihre Fragen. »Warum haben Sie nicht geklingelt?«

»Hab ich doch.«

»Ich hab nichts gehört. Ich war im Garten draußen.«

»Tut mir leid, wenn ich dich erschreckt hab.« Er warf einen Blick auf seine Armbanduhr. »Em meinte, sie wäre um die Zeit zu Hause. Als niemand aufgemacht hat, hab ich mir gedacht, sie ist vielleicht aufgehalten worden. Ich wußte ja nicht, daß du da bist, ich dachte mir, ich warte besser drinnen auf sie, statt vor der Tür rumzuhängen.« Er lächelte wieder. »Hast du was dagegen?«

Olivia hatte entsetzlich viel dagegen. Sie hatte etwas dagegen, daß er auch nur einen Fuß ins Haus setzte, ob mit oder ohne ihre Mutter. Sie hatte etwas dagegen, daß er sie so ansah, sie so anlachte. Sie hatte etwas dagegen, daß er mit dieser männlichen Selbstherrlichkeit in ihr Haus spaziert kam, als gehörte es ihm. Sie hatte etwas dagegen, daß er auf Vaters Seite in Mutters Bett schlief. Und gegen die Geräusche, die sie nachts gehört hatte, hatte sie auch etwas. Bei der Erinnerung daran wurde ihr gleich wieder schlecht.

»Sie können ja hier warten. Ich geh raus.«

Da er zwischen ihr und der Haustür stand, ging sie zur Küchentür hinaus und durchs hintere Gartentor. In dem Moment war es ihr egal, daß er gewonnen hatte, daß sie ihm das ganze Haus überlassen hatte. Sie dachte nur noch daran, ihm zu entkommen.

Sie hielt die Tränen zurück, bis sie am Ziel war. Im Park war ein Ententeich, und vor Urzeiten hatten sie und Megan dort eine Eiche entdeckt, die einen ihrer riesigen Äste so über den Teich streckte, daß man sich in ihrem Astwerk verkriechen, die Kräuselwellen im Wasser unten beobachten und so tun konnte, als wäre man noch klein und die Welt groß und geheimnisvoll. Es war wie in einem Zauberwald.

Dem Zauberwald war Olivia inzwischen entwachsen, aber es war immer noch ein hübsches, abgeschiedenes Plätzchen. Sie kletterte nicht auf den Baum, sondern hockte sich zwischen die Wurzeln und weinte.

Alle sind widerlich, dachte sie. Meine Eltern sind widerlich, alle beide – und ihre Liebschaften oder wie das auch heißt. Daddy heiratet eine von seinen ehemaligen Studentinnen, eine blöde Kuh, die seine Tochter sein könnte. Und Mummy lacht sich Männer an und bringt sie mit nach Hause. Und gibt ihnen sogar einen Hausschlüssel.

Das war natürlich nicht fair. Sie wußte ja nicht, wie ihre Mutter diesen Mann kennengelernt hatte und seit wann sie ihn schon kannte. Vielleicht führte er den Stehimbiß, wo sie sich immer ihren Lunch kaufte.

Das war auch nicht fair. Er könnte genausogut Immobilienmagnat sein oder der Besitzer einer Kette von Wettbüros. Nun eins wußte Olivia mit Sicherheit: Akademiker wie ihr Vater war er nicht. Eher das, was Großmutter Hardy als ›gewöhnlich‹ bezeichnen würde. Sie fragte sich, wie Mutter sich den als Ersatz für ihren Vater vorstellen konnte, denn immerhin hatte sie ihn in ihr Bett gelassen und ihm einen Hausschlüssel gegeben.

Was hatte das mit dem Schlüssel zu bedeuten? Hieß das, er würde bei ihnen ein und aus gehen und unangemeldet hereinplatzen, so wie heute? Zog er vielleicht ein, wurde von ihr etwa erwartet, daß sie mit ihm unter einem Dach lebte und so tat, als sei er ihr Vater?

Im Grunde wußte sie die Antwort schon. Er war einer von diesen Onkelmännern.

Mit diesem Ausdruck beschrieb Megans Mutter, Leiterin einer Grundschule in Kilburn, die Männer, die bei so vielen ihrer kleinen Schüler zu Hause verkehrten. Einen Daddy, falls der je existiert hatte, gab es für diese Kinder schon lange nicht mehr. Statt dessen hatten sie Onkel Fred, Onkel Pat, Onkel Kevin, für einen Monat, ein Jahr, vielleicht zehn Jahre. Onkelmänner eben.

Sie fand es schockierend, daß Mütter sich so benahmen. Besonders ihre eigene Mutter. Oliva hatte Mel Gibson den Hamlet spielen sehen, supertoll wie immer. Sie erinnerte sich an Hamlets Szene mit seiner Mutter: *In Eurem Alter / Ist der Tumult im Blute zahm…*

Mittlerweile hatte sie aufgehört zu weinen. Die Sonne stand tief am Himmel. Ihre Mutter war sicher schon zu Hause. Sie kletterte auf die Eiche und streckte sich auf dem Ast über dem Wasser aus. Weil sie gerade an Hamlet dachte, fiel ihr Ophelia ein, die von einem Baum in den Fluß gefallen und ertrunken war. Sie überlegte sich, ob sie vielleicht auch ertrinken sollte. In einem Ententeich würde sich das allerdings ziemlich schwierig gestalten. Ein bißchen so, wie wenn man sich in der Badewanne ertränkte: absurd und würdelos.

Das wäre es nicht wert. Manchmal hatte sie schon gedacht, ihre Eltern würden sie nicht lieben; ihr Vater nicht, weil er sie verlassen hatte und jetzt Althea heiratete, ihre Mutter nicht, weil sie nie da war. Die ganze Zeit arbeitete sie oder verbrachte ihre Zeit damit, »einen Kundenstamm aufzubauen«, oder aber sie ging mit gräßlichen Männern aus und ließ ihre Tochter allein. Die beiden wären vielleicht ganz froh, sie loszuwerden.

Doch den Gefallen würde sie ihnen nicht tun. Es war schließlich nicht ihre Idee gewesen, daß sie auf die Welt gekommen war. Sie hatten sie gekriegt, und jetzt hatten sie sie am Hals. Geschah ihnen ganz recht.

- 4 -

Nach Sonnenuntergang, als die Parktore geschlossen wurden, ging sie den Fußweg an den schmalen Gärtchen hinter den Reihenhäusern entlang, der zum hinteren Parktor führte. Sie nahm den

Kücheneingang, in der Annahme, er könnte überall sein, nur nicht in der Küche.

Irrtum. Er saß am Tisch und las Zeitung, während ihre Mutter Geschirr spülte. Neben sich auf dem Tisch hatte er ein Glas Whisky stehen. Er rauchte eine Zigarette. Olivia war verblüfft. Ihre Eltern waren immer fanatische Nichtraucher gewesen – hatten ihr eingebleut, bloß nicht zu rauchen, ja sie sogar mit Geld bestochen. Da ihr die Idee sowieso nie besonders verlockend erschienen war, hatte sie das Geld, das Vater ihr angeboten hatte, dankend angenommen. Und nun stank es in ihrer eigenen Küche wie in einem Pub, und Mutter achtete gar nicht darauf, übersah es geflissentlich und hatte dem fremden Kerl sogar einen Aschenbecher hingestellt, den sie normalerweise irgendwo versteckt hatte, damit Besucher gar nicht erst auf die Idee kamen zu rauchen.

Sie war offensichtlich auch nicht böse oder besorgt über das lange Ausbleiben ihrer Tochter. Sie sah hoch, als Olivia hereinkam. »Hallo, mein Liebling. Ich hab dir dein Essen warm gestellt. Tut mir leid, aber wir wollten nicht mehr warten.«

»Ich habe keinen Hunger.«

Sie vermied es, den Mann am Tisch anzusehen. Mutter wandte den Blick genau in die Richtung, in die Olivia ostentativ nicht schaute. »Nick sagt, ihr hättet euch schon kennengelernt.«

»Sozusagen«, murmelte Olivia.

Der Eindringling sah von seiner Zeitung auf. Bestimmt war es die *Sun*: Sie konnte die fetten Schlagzeilen und Großbuchstaben ganz deutlich sehen. Ganz zu schweigen von der vollbusigen Mieze auf Seite drei.

Das war noch verblüffender als Zigaretten. Sie fragte sich, ob er vielleicht Fußballtoto spielte. Sie wußte zwar nicht genau, was Fußballtoto war, nur daß *Sun*-Leser scharf darauf waren. Sie wußte auch, daß auf den Sportseiten nichts über Kricket stand, die einzige Sportart, für die sich ihr Vater interessierte; statt dessen bestanden sie fast ausschließlich aus Listen von verschiedenen Pferde- und Hunderennen.

»Ja, wir kennen uns bereits.« Er sah sie an und lächelte dabei, wahrscheinlich wieder über einen Witz, den sie aber nicht verstand.

»Ich hab dich ziemlich erschreckt, was, Lia? Ich wußte ja nicht, daß du zu Hause warst, und du hattest keine Ahnung, wer ich war.«

Jetzt kenn ich dich aber, dachte Olivia – glaub ich jedenfalls. Die Zigarette und die *Sun* hatten sie nervös gemacht. Leute, mit denen ihre Eltern verkehrten, hatten für solche Sachen nichts übrig.

Und glotzten auch nicht auf ihre Brüste, so wie er es gerade tat.

»Ich geh dann rauf«, sagte sie zu ihrer Mutter.

»Willst du denn kein Abendessen?«

»Ich sag doch, ich hab keinen Hunger.«

Auf dem Treppenabsatz im ersten Stock blieb sie stehen und warf einen Blick in Mutters Schlafzimmer. Es sah aus wie immer, seit ihr Vater weggegangen war: ordentlich aufgeräumt, praktisch eingerichtet und dabei unverkennbar weiblich; abgesehen von dem breiten Bett deutete nichts darauf hin, daß je ein Mann diese Schwelle überschritten hatte.

Da die Luft rein war, schaute sie auch noch kurz ins Gästezimmer. Ein Koffer lag auf dem Bett, und über der Stuhllehne hing eine Lederjacke. Ihr Herz sank. Sie machte die Tür zu und ging die schmale Treppe hinauf in ihr Zimmer.

Sie zitterte ununterbrochen und war völlig durchgefroren. Sie war viel zu lange draußen geblieben für so einen kühlen Maiabend, noch dazu mit nackten Armen und Beinen und nur mit dem dünnen, ärmellosen Baumwollhemdchen. Sie schlüpfte in Schlafanzug und Bademantel und zog sich die Daunendecke bis zum Kinn hoch, wie ein Eskimo vor dem arktischen Schneesturm machte sie alles dicht.

Ihre Mutter kam herein. »Was ist denn los? Ist dir wieder schlecht?«

»Mir ist eiskalt. Ich glaub, ich hab ein bißchen zuviel Sonne abgekriegt.«

»Soll ich dir einen Kakao machen?«

»Ach ja, bitte. Und könntest du mir mein Buch raufbringen? Ich hab's im Garten liegenlassen.«

Zitternd wartete sie. Der Kakao und Mutters Fürsorge würden ihr guttun.

Der Kakao kam und auch das Buch. Ihre Mutter warf einen abschätzigen Blick auf den Umschlag, bevor sie es ihr gab. »Wieso liest du eigentlich diesen Science-fiction-Quatsch?«

»Mir macht es Spaß, über fremde Welten zu lesen. Da passieren so aufregende Sachen. Hier passiert doch nie was, jedenfalls nichts Aufregendes. Immerhin«, fügte sie boshaft hinzu, »ist es besser als die *Sun*, oder?«

Überraschenderweise lächelte ihre Mutter. »Die *Sun* ist nur für Erwachsene. Und wenn jemand erwachsen ist, kann man ihn nicht mehr ändern; man muß ihn so nehmen, wie er ist.«

»Was will der hier eigentlich?« wollte Olivia wissen. »Warum hast du ihm einen Schlüssel gegeben?«

»Tut mir leid, Lia, ich wollte dir vorher Bescheid sagen, ich wollte vor ihm hier sein, aber dann bin ich von einem Kunden aufgehalten worden.« Mutter setzte sich auf die Bettkante und faltete die Hände im Schoß, auf diese gezierte Art, die sie jedesmal vor einem ernsten Gespräch mit ihrer Tochter hatte. »Er nimmt das Gästezimmer; er übernachtet bloß die Woche über hier, weil er ein *pied-à-terre* in London braucht.« Wie um sich zu rechtfertigen, fügte sie hinzu: »Ich dachte mir, da haben beide was davon. Das Geld kann ich weiß Gott gut gebrauchen.«

»Dann ist er also ein Zimmerherr.«

»So könnte man es nennen.« Mutter lachte kurz auf. »Was für ein altmodischer Ausdruck!«

Es stimmte. Zimmerherren waren seltsame, altmodische Leute in Schmökern von Sherlock Holmes und Agatha Christie, Leute mit komischen Frisuren und unmodernen Kleidern, die, wie sich später herausstellte, jemanden umgebracht hatten. Und die Vermieterin eines Zimmerherrn war immer eine ältliche Witwe mit verdächtiger Geisteshaltung und einem fast pathologischen Hang, respektabel zu wirken.

Doch sie lebten in den Neunzigern, nicht in den Dreißigern, und der Mann in der Küche war nicht Mutters Zimmerherr, sondern ihr Liebhaber. Vielleicht hatte Mutter ebenfalls einen pathologischen Hang, respektabel zu wirken.

»Was ist das für ein Typ?«

»Er ist Fotograf und heißt Nick Winter. Ich hab einen Fotografen für meinen Werbeprospekt gesucht, und jemand hat ihn empfohlen. Er ist wirklich gut, du wirst staunen, wenn du den Prospekt siehst.«

»Und wo hat er bisher gewohnt? Wo wohnt er am Wochenende? Warum kauft er sich denn nicht einfach eine Wohnung, wenn er in London sein muß?«

Ihre Mutter stand auf und ging im Zimmer umher, faßte alles an, rückte es zurecht, strich es glatt. Weil im Zimmer aber wie üblich ein totales Durcheinander herrschte, nützte das nicht viel. Wenn sie mit einem Staubwedel darübergewischt hätte, wäre das Chaos das gleiche geblieben. Aber darum ging es ihr gar nicht. Sie wollte sich nur ablenken.

»Er hatte ja eine Wohnung in Norfolk. Aber seine Ehe ist auseinandergegangen, und seine Frau hat die Wohnung bekommen. Er hat das Cottage irgendwo auf dem Land gekriegt. Davon will sie übrigens auch noch die Hälfte, was ich ganz schön unverschämt finde. Na, jedenfalls hat er es zum Verkauf angeboten, aber auf dem Immobilienmarkt tut sich ja nichts. Also mußte er bisher jeden Tag von Norwich herfahren.«

Er war also verheiratet. Das überraschte Olivia. »Hat er Kinder?«

»Was?« Nun war ihre Mutter überrascht. »Nein, er hat keine.«

»Du hast zu ihm gesagt, ich sei ein kleines Mädchen.«

Ihr Mutter sah sie an und lachte. »Wirklich? Entschuldige, Liebling. Aber mit vierzehn ist man nun mal nicht erwachsen, weißt du.«

»Ich werde nächsten Monat fünfzehn.«

Zur Sonnwende. Jedesmal, wenn sie daran dachte, freute sich Olivia, daß sie es hingekriegt hatte, am längsten Tag des Jahres geboren zu werden, oder, wie ihre Mutter es ausdrückte, in der kürzesten Nacht des Jahres.

»Aber du bist immer noch so ein Kind, Lia.« Ihre Mutter trat zu ihr und strich Olivia das Haar aus dem Gesicht. »Laß dir doch endlich mal die Haare schneiden, du siehst aus wie eine Wilde, wenn du sie so rumhängen läßt. Okay, es tut mir leid. Kleines Mädchen hätte ich nicht sagen sollen, aber das ist doch jetzt egal. Jetzt kennt er dich ja und weiß, wie alt du bist und kann sich selbst ein Bild machen.«

- 5 -

Am nächsten Morgen schlief sie lange. Nachdem sie aufgestanden war, schlich sie leise die Treppe hinunter, um sich zu vergewissern, daß sie allein im Haus war. Die Tür zu Mutters Schlafzimmer stand offen, das Zimmer war offensichtlich leer. Aber er war drin gewesen, das sah sie. Mutter hätte das Bett nie in einem solchen Zustand hinterlassen.

Im Bad fand sie sich mit einem weiteren Beweis seiner Gegenwart konfrontiert: Auf der Konsole über dem Waschbecken lag ein Rasierapparat. Es war beinahe drei Jahre her, seit der Rasierapparat ihres Vaters von dieser Ablage verschwunden war, zusammen mit Rasierschaum, After-shave und anderen geheimnisvollen Utensilien.

Diese waren nun, dank Nick Winter, dem Zimmerherrn, zurückgekehrt, und das mißfiel ihr. Obwohl alle Türen geschlossen waren, hatte sie das Gefühl, als beobachte sie jemand, als teile sie das Badezimmer mit einem Eindringling, während sie Dinge tat, die man eigentlich nur allein tut.

Den Nachmittag verbrachten sie und Megan mit einem Bummel auf der Oxford und Regent Street. Der Vorwand für diesen Ausflug war das Kleid, das sie sich für die Hochzeit ihres Vaters kaufen mußte.

»Er hat mir Geld gegeben, also muß ich auch was vorzeigen. Obwohl – wahrscheinlich würde es ihm gar nicht auffallen, wenn ich in irgendeinem alten Fetzen daherkäme, den er schon ein dutzendmal gesehen hat.«

»Wieviel hat er dir gegeben?«

»Hundert Pfund. Er sagte, wenn ich mehr brauche, gibt er's mir.«

»Ganz schön großzügig.«

»Na ja, Altheas Verwandtschaft soll nicht denken, er wäre zu knausrig, seiner Tochter ordentliche Kleider zu kaufen, weißt du.«

Olivia probierte mindestens ein Dutzend Kleider an, und zum Spaß machte Megan auch mit. Am besten gefiel ihnen ein Kleid aus weichem seidigen Stoff in einem tiefen Dunkelrot. Es hatte einen kurzen, bauschigen Rock, der sich ausstellte, wenn man sich drehte, und lose, halblange Ärmel bis knapp über die Ellbogen. Der Ausschnitt ließ sich vorn zubinden, und je nachdem, wie fest oder lose man ihn schnürte, konnte man das Dekolleté höher oder tiefer setzen.

»Wie findest du's?« wollte Olivia von Megan wissen. »Meinst du, es gefällt Mummy?« Etwas Aufregenderes als ein Paar Jeans hatte sie ohne Zustimmung ihrer Mutter noch nie gekauft.

»Wieso nicht? Mit der Farbe wirkt deine Haut richtig braun. Na, wenn's ihr nicht gefällt, kannst du es ja zurückbringen.«

Sie kaufte das Kleid. Es war um einiges teurer als die hundert Pfund, die ihr Vater ihr gegeben hatte. Hoffentlich machte ihm das nichts aus.

Als sie im Bus Richtung Kilburn/Cricklewood/West Hampstead saßen, sagte Olivia: »Meg, fragst du deine Mutter, ob ich heute bei euch schlafen darf?«

»Ja, klar. Geht deine Mutter heute aus?«

»Viel schlimmer. Sie hat einen Kerl da.«

»Verziehst du dich, weil du ihn nicht ausstehen kannst, oder denkst du, es ist besser, wenn du die beiden allein läßt?«

»Offiziell haben sie gar nichts miteinander. Mummy hat gesagt, er sei so eine Art Zimmerherr und hätte sich die Woche über im Gästezimmer eingemietet.«

»Und was glaubst du?«

»Der schläft gar nicht im Gästezimmer, sondern bei ihr.«

Es auch nur auszusprechen, war erniedrigend.

»Na, ist doch prima, oder? Sie war bestimmt echt deprimiert, daß dein Vater wieder heiratet. Jetzt hat sie wenigstens das Gefühl, daß es in ihrem eigenen Leben auch wieder vorangeht.«

Megan war immer schrecklich vernünftig, auch dann, wenn es um ihre eigenen Seelenkrisen und verzweifelten Leidenschaften ging. Manchmal war dieser rationale Ansatz genau das, was Olivia brauchte. Und dann wieder hätte sie ihre treueste, liebste, älteste Freundin am liebsten durchgeschüttelt, bis ihr die Zähne klapperten.

»Und was ist mit meinem Leben?« protestierte sie. »Wieso soll ich es mir gefallen lassen, daß in meinem eigenen Haus ein Fremder ist? Sie hat mir's nicht mal vorher gesagt oder mich ihm vorgestellt. Der stand gestern abend einfach in der Tür. Ich bin wahnsinnig erschrocken, ich hab gedacht, es wäre ein Einbrecher.«

»Vielleicht hat sie bloß vergessen, es dir zu sagen.«

»Sie hat's nicht vergessen, gekniffen hat sie.«

»Na, wenn sie so aufgeregt war, muß sie ihn ja echt gern haben.«

»Danke, du bist wirklich ermutigend.«

»Vielleicht magst du ihn auch, wenn du ihn erst mal kennenlernst«, fuhr Megan optimistisch fort. »Immer hast du was gegen die Männer, mit denen deine Mutter ausgeht. Das können doch nicht lauter Idioten sein. Ich meine, der Wahrscheinlichkeit nach ...«

»Der Neue ist schlimmer als ein Idiot. Das ist ein primitiver Widerling.«

Sie waren an ihrer Haltestelle angekommen und stiegen aus. Megan erkundigte sich nüchtern: »Ist er tatsächlich widerlich, oder bist du bloß eifersüchtig und hast was gegen ihn?«

Ständig mußte Megan alles analysieren: Gefühle, Witze, Romane, gesellschaftliche Situationen. Machmal kam man sich vor, als sei man mit Sigmund Freud befreundet. Megan wollte eigentlich Ärztin werden, aber wahrscheinlich waren ihre Noten nicht gut genug, und so fand sie sich bereits mit dem Gedanken ab, Krankenschwester zu werden.

»Er ist jedenfalls ätzend«, sagte Olivia nachdrücklich. »Er raucht und liest die *Sun* und guckt mich immer so komisch an.«

»Was heißt das, komisch?«

»Na, du weißt schon.« Olivia wünschte, sie hätte es nicht gesagt. »Er glotzt auf meinen Busen.«

»Aha, also ein Sexist. Hört sich nicht gerade an wie der Typ deiner Mutter«, gab Megan zu.

»Mein Vater ist ihr Typ.« Beim Weitergehen grübelte Olivia vor sich hin und wurde immer wütender über ihre häusliche Situation. »Ich hätte gute Lust, zu Daddy zu ziehen.«

»Ich dachte, du könntest Althea nicht ausstehen.«

»Stimmt ja auch. Die redet mit mir wie mit einer behinderten Zweijährigen, mit Absicht. Wie peinlich, eine Stiefmutter zu haben, die meine Schwester sein könnte. Die sieht Mummy viel ähnlicher als ich. Das ist sogar meiner Granny aufgefallen.«

»Sieht dieser Zimmerherr deinem Vater ähnlich?«

»Nein, überhaupt nicht.«

»Wie sieht er denn aus?«

Olivia stellte sich vor, wie Nick Winter im Hausflur gestanden hatte. Sie merkte, daß sie ihn erstaunlich klar vor Augen hatte. »Relativ groß, blond, hellblaue Augen. Anfang Dreißig, glaub ich. Überhaupt nicht dick, aber auch nicht gerade dünn. Irgendwie athletisch und muskulös. Ich wette, der geht ins Fitneßstudio.« Der Ehrlichkeit halber fügte sie hinzu: »Wenn er nicht so ein Widerling wäre, sähe er eigentlich ganz gut aus.«

»Deiner Mutter scheint er jedenfalls zu gefallen, trotz der *Sun* und den Zigaretten.«

Olivia funkelte sie wütend an. »Meg, du bist ein Ekel.«

Megan war nicht beleidigt. Sie lachte. »Apropos, ich muß dir heute abend was echt Ekliges zeigen.«

»Was denn?«

»Du wirst schon sehen.«

Olivia mußte sich gedulden, bis es Zeit zum Schlafengehen war. Megans Mutter hatte ihr erlaubt, über Nacht dazubleiben, und Olivia hatte ihre Mutter angerufen, um Bescheid zu sagen. »Ist das okay?«

»Natürlich, mein Liebling. Komm aber kurz vorbei und hol dir deinen Schlafanzug und die Zahnbürste.«

»Megan hat gesagt, sie leiht mir einen von sich, und die Welt geht nicht unter, wenn ich mir heute abend mal nicht die Zähne putze.«

Normalerweise hätte ihre Mutter, die herkömmliche Vorstellungen von Sauberkeit hatte, wahrscheinlich behauptet, daß die Welt durchaus unterging, aber heute abend schien es ihr egal zu sein. »Na gut, dann bis morgen. Viel Spaß.«

Olivia legte auf und war irgendwie unzufrieden. Schlimm genug, zu Hause zu sein, wenn Mutter und dieser ätzende Kerl ein Stockwerk tiefer die Spielarten menschlicher Fortpflanzung praktizierten, aber nun stellte sie fest, daß es noch viel schlimmer war, wenn sie es in ihrer Abwesenheit taten. Schlimmer, weil sie annehmen mußte, daß ihre Mutter froh war, sie loszusein.

Sie fühlte sich wie ein verwaistes Flüchtlingskind, während sie in den geborgten Schlafanzug schlüpfte. Er gehörte Megans Bruder Teddy, oder Ted, wie er sich nennen ließ, seit er sich den Bart rasierte. Der Schlafanzug paßte eigentlich ganz gut, allerdings hatte die Hose vorn einen Schlitz. Deshalb fühlte sich Olivia ein bißchen unbehaglich.

Megan erinnerte der Anblick an etwas anderes. Sie griff unters Bett und brachte eine Handvoll Zeitungen zum Vorschein. »Da, sieh dir das mal an.«

Olivia warf einen Blick auf die Titelseiten. Es waren lauter Machwerke von der Art, wie sie die Zeitungshändler ganz oben im Regal aufbewahrten, und sie waren bereits ziemlich abgegriffen. »Wo hast du die denn her?«

»Aus Teddys Zimmer.«

Olivia war schockiert. Teddy war ihr immer so harmlos vorgekommen, ein etwas zurückhaltender, leicht pickeliger Jüngling. Nicht im Traum hätte sie ihn mit Sex in Verbindung gebracht. »Und wenn er merkt, daß sie weg sind?«

»Ich hab bloß ein paar genommen. Der hat einen ganzen Stapel im Schrank versteckt. Ziemlich ordinär, was?«

Einige waren ordinärer als andere. In einem Heft waren Frauen mit ballonartigen Brüsten abgebildet, und zusammen mit dem ironischen Text wirkte das eher komisch als sexy.

Andere, in denen die Fotomodelle ziemlich attraktive junge Frauen in weniger grotesken Posen waren, fand Olivia eher schockierend. Sie starrte auf ein Foto von einem Mädchen, das ihr Höschen im Schritt zur Seite geschoben hatte, so daß man die Schamgegend sehen konnte. Das Mädchen blickte ihr herausfordernd und lüstern entgegen. Ihre Genitalien waren so deutlich dargestellt wie auf der Schemazeichnung in Olivias Biologiebuch. Es spricht ja einiges für die Behauptung, dachte sie, daß die weibliche Brust ein schöner Gegenstand sei, aber die Schamgegend war schlicht und einfach häßlich.

»Wie können Männer so was bloß sexy finden?«

»Die haben eben keine Phantasie. Paß auf, es kommen noch bessere – ich meine schlimmere.«

Megan blätterte in einer anderen Zeitschrift und fand noch detailliertere Aufnahmen, diesmal von hinten fotografiert. Olivia suchte in ihrem Heft. »Wo haben die bloß diese komischen Klamotten her? Solche Unterwäsche trägt doch kein Mensch, oder? Die produzieren sie bestimmt extra für Pornofotos.«

»Ich glaube, das Zeug kann man in Sexshops kaufen. Sieht total unbequem aus, findest du nicht?«

Eingehend betrachteten sie das Foto einer Frau, die völlig verkrampft in einer Art mißglückter Yogastellung dasaß.

»Kommen sich die Frauen eigentlich nicht lächerlich vor?«

»Bestimmt nicht so lächerlich wie Teddy, wenn er wüßte, daß ich diese Dinger entdeckt habe.«

»Selber schuld. Stell dir mal vor, für das sexistische Zeug auch noch Geld auszugeben.«

»Vielleicht ist Sex an sich sexistisch. Ich meine, man kann ja selbst entscheiden, wie man sich verhält, aber nicht, wie man sich fühlt. Das, was einen anmacht, wird anscheinend schon festgelegt, wenn wir noch ganz klein sind.«

Olivia kicherte. »Du meinst, Teddy ist ein hilfloses Opfer seines Babyalters.«

Megan mußte auch lachen. »He du, das ist normal.« Sie deutete auf die Zeitschrift. »Manche Leute können sich bloß an ganz perversen Sachen aufgeilen. Die fahren auf alte Damen ab, oder auf Schuhe oder Zugwracks.«

Olivia konnte sich vor Lachen nicht mehr halten. »Zugwracks! Spinnst du, wieso denn Zugwracks?«

»Ehrlich. Ich hab mal gelesen, daß einer absichtlich Zugunglücke verursacht hat, weil er ihn anders nicht hochgekriegt hat.«

»Natürlich ein Mann, stimmt's? Perverse sind immer Männer. Woran liegt das eigentlich, Dr. Davies?«

»Nun, Dr. Beckett, wenn Sie die Situation einmal vom biologischen Standpunkt aus betrachten –«

»Aber, Dr. Davies, es ist doch sicher biologisch kontraproduktiv, mit alten Damen zu schlafen oder kaputten Eisenbahnzügen.«

»O ja, aber hier scheint es mir um ein viel grundlegenderes Prinzip zu gehen, Dr. Beckett. Lassen Sie es mich mal den Verlegenheitsfaktor nennen.«

»Was ist denn das?«

»Na, das Wichtigste in der Natur ist doch, daß alle fruchtbar sind und sich mehren. Wenn das aber von Leuten wie dir und mir abhinge – keine Chance. Ich meine, könntest du dir vorstellen, auf einer Party oder im Pub auf einen Mann zuzugehen und ihn anzuquatschen oder anzubaggern? Mal angenommen, er kommt mit, würdest du's schaffen, ihm ans Hemd zu gehen? Oder ihn bloß zu MacDonald's auf einen Hamburger einzuladen? Bei dem Gedanken daran wird mir ja schon schlecht.«

»Mir auch. Na und?«

»Also, einer muß es ja anpacken. Und deshalb sind Männer schon von Natur aus verzweifelter als Frauen. Damit es ihnen nichts ausmacht, wenn sie von zehn Malen neunmal einen Hohlen schieben. Hauptsache, sie schaffen es beim zehnten Mal. Und wenn bei der ganzen Verzweiflung ab und zu mal ein Exhibitionist oder Vergewaltiger rauskommt, ist das vom Standpunkt der Natur aus gesehen der Preis des Fortschritts.«

Olivia dachte darüber nach. »Das sagst du so, als wären alle Männer Marsmenschen.«

»Sind sie vielleicht auch.«

Olivia sah an Teddys Schlafanzughose herunter und betrachtete den wichtigen Schlitz. »Vielleicht zieh ich sie lieber wieder aus.«

»Keine Sorge«, meinte Megan, »die ist frisch gewaschen.«

- 6 -

Da sie nicht ewig bei Megan bleiben konnte, tat Olivia das Nächstbeste: Sie nahm Megan am nächsten Abend mit zu sich nach Hause.

»Bin ich eigentlich deine Leibwächterin?« wollte Megan wissen. »Denkst du, der Kerl schleicht sich mitten in der Nacht an und schneidet dir die Gurgel durch?«

»Schleichen soll er sich, genau. Nein, davor hab ich keine Angst.

Der ist nachts doch damit beschäftigt, meine Mutter zu bumsen.«

Olivia sagte es mit lässiger Verachtung, und doch machte der Gedanke sie nervös. Sie mußte wieder an die nächtlichen Geräusche denken. Megans gutgemeinter Witz, er würde sich anschleichen – wie das Ungeheuer in ihrem Alptraum –, war genauso beunruhigend.

Megan war absolut nicht beunruhigt. »Ich kann's kaum erwarten, ihn kennenzulernen.«

Olivia ging in die Küche, um Teewasser aufzusetzen. Aus dem Wohnzimmer ertönte Klaviermusik. Anscheinend hatte Megan das Radio eingeschaltet. Als sie wieder ins Wohnzimmer kam, fing gerade jemand an zu singen, dem Klang nach eine große, kräftige Frau – eine Schwarze.

I dreamed last night that I was dead.

Olivia blieb in der Tür stehen; Schauer jagten ihr über den Rücken. Die Sängerin beschrieb eine Höllenfahrt. Das Klavier klang so unheimlich, die Frau so verzweifelt, daß Olivia wie betäubt stehenblieb. So etwas hatte sie noch nie gehört.

»Wahnsinn«, rief Megan. »Was ist das?«

»Keine Ahnung. Nie gehört.«

»Aber es ist doch eine von euren CDs. Die war drin, als ich eingeschaltet hab.«

»Nie gehört.« Olivia nahm die leere Plastikhülle in die Hand. Eine große schwarze Frau, wie sie gedacht hatte. »Bessie Smith.«

»Wer ist das?«

»Keine Ahnung. Die gehört vielleicht diesem Widerling Nick.«

Inzwischen war die Sängerin in einer anderen Art von Hölle und flehte jemanden an, es ihr zu besorgen. Die Melodie hatte einen mitreißenden Tanzrhythmus, die absolut stimmsichere Sängerin klang enthusiastisch. Megan meinte: «So widerlich kann der nicht sein, wenn ihm die Musik gefällt.«

Olivia ging hinaus, um den Tee aufzugießen, Megan kam hinterher und stürzte sich sofort auf die *Sun*, die Nick liegengelassen hatte.

»Ach, Meg, laß das«, sagte Olivia genervt, als wäre Megan ein Hund und die Zeitung ein ganz besonders übel riechender Knochen. Es störte sie empfindlich, daß Nick seinen Kram in *ihrem* Haus herumliegen ließ. Nicht einmal den Aschenbecher hatte er geleert, der stand immer noch stinkend auf dem Tisch. Wie ein Affe benahm er sich, beschmutzte sein eigenes Nest. Sie nahm den Aschenbecher und warf ihn mitsamt den Kippen in den Mülleimer.

Megan las laut vor: »Wahnsinnige plant Mord an eigenen Kindern.«

»Worum geht's da?«

»Die schreiben über das Theaterstück, das ich letzte Woche gesehen habe.«

»Und wie würdest du es beschreiben?«

»Na ja, das Stück hat sich wirklich auf das Thema Wahnsinnige plant Mord beschränkt! Aber die haben das ganz falsch aufgezogen. Es ist eigentlich total aktuell, es geht um Scheidung und Wiederverheiratung und was mit den Kindern passiert. Wenn man es richtig inszenieren würde, könnte es echt aufregend sein.«

Olivia schnalzte mit der Zunge. »Immer diese Salonkritiker.«

»Na, was ist, machen wir es?«

»Was?«

»Das Stück richtig aufführen. Wir könnten es umschreiben und aktualisieren.«

»Ist das dein Ernst?«

»Klar, wieso denn nicht?«

»Du kannst doch nicht einfach ein fremdes Stück umschreiben. Das ist gesetzlich verboten.«

»Ach, das Stück hat irgend so ein alter Grieche geschrieben, der schon seit ein paar tausend Jahren tot ist. Die Urheberrechte sind bestimmt längst frei. Na los, Lia, das machen wir. Du könntest deinen Vater fragen, ob er uns ein paar unterschiedliche Übersetzungen raussucht, dann schreiben wir unsere eigene Version.«

»Okay, in Ordnung.« Olivia war fest überzeugt, daß sowieso nichts daraus wurde. »Wieso bist du eigentlich so scharf auf dieses Stück?«

»Es gefällt mir, weil die Heldin die Männer mit deren eigenen Waffen schlägt.«

»Was für Waffen?«

»Massenmord.«

Olivias Mutter kam gut gelaunt nach Hause und wirkte höchst zufrieden mit sich.

»Hallo, Lia. Ach, guten Tag, Meg! Ich muß euch gleich mal was zeigen.«

Neue Klamotten – Olivia formte die Worte unhörbar mit den Lippen zu Megan hinüber, während ihre Mutter nach oben verschwand. Die Garderobe ihrer Mutter war so umfangreich, daß man damit einen ganzen Negerstamm hätte ausstatten können. Sie behauptete immer, es würde sie aufheitern, sich was Neues zu kaufen, wenn sie mal deprimiert war. Heute mußte es wirklich gut funktioniert haben.

Aber diesmal irrte sich Olivia. Ihre Mutter kam mit einem Prospekt in der Hand die Treppe herunter. Olivia nahm ihn und fragte: »Ist das der, den Nick für dich gemacht hat? Sieht ja feudal aus«, fügte sie überrascht hinzu. Feudal war eigentlich nicht gerade ein Ausdruck, den sie für irgend etwas assoziiert hätte, wo Nick seine Hände im Spiel hatte.

»Ja, nicht wahr? Ich bin total begeistert.«

Ihre Mutter arbeitete schon seit Jahren in einer Galerie im West End, aber nachdem Olivias Vater ausgezogen war, hatte sie beschlossen, eine richtige Karrierefrau aus sich zu machen. Inzwischen hatte sie den Raum über der Galerie als Atelier gemietet; der Schmuck, den sie vormittags entwarf und anfertigte, wurde in der Galerie ausgestellt und verkauft. Der Prospekt war als Werbung für den Schmuck gedacht.

Diesen Zweck erfüllte er auch hervorragend, aber gleichzeitig war der Prospekt selbst ein Kunstwerk von erlesenem Geschmack. Der Schmuck war auf einen Frauenkörper – Armen, Händen, Hals, Ohren und die anderen Körperteile – drapiert, wobei die Frau selbst jedoch anonym blieb: seitlich abgewandt, nicht ganz zentriert und unscharf fotografiert.

Die aufregendste Abbildung befand sich auf der letzten Seite: ein Paar Hände mit jeweils zwei Ringen an jedem Finger über nackten Brüsten.

Olivia sah sich die anderen Fotos noch einmal an. Nirgends war etwas von Kleidung zu sehen, doch war das Ganze so raffiniert fotografiert, daß man erst auf der letzten Seite erkannte, daß das Fotomodell nackt war.

Und noch etwas erkannte sie beim zweiten Hinsehen. »Mummy, bis du das?«

Mutter errötete. Mit gutem Grund, dachte Olivia. »Ich dachte, man merkt es nicht.«

»Kann schon sein. Mir ist es beim ersten Mal auch nicht aufgefallen.«

»Ich hab's nicht gemerkt«, sagte Megan und sah sich die Fotos noch einmal genauer an. »Sie sehen sagenhaft aus. Sie hätten Fotomodell werden sollen.«

»Ich fürchte, dafür ist es jetzt ein bißchen spät«, meinte Olivias Mutter, nicht unerfreut über die Bemerkung. »Na ja, wenn ich Nick vor fünfzehn Jahren begegnet wäre ...«

Wenn sie Nick vor fünfzehn Jahren begegnet wäre, rechnete sich Olivia aus, dann wäre der vielleicht ihr Vater geworden. Eine entsetzliche Vorstellung. Sie war entrüstet, daß ihre Mutter so etwas sagen konnte, daß sie Nick erlaubt hatte, ihre nackten Brüste zu fotografieren. Das fand sie viel schlimmer als die Tatsache, daß sie mit ihm ins Bett ging. Doch im Grunde war an den Fotos gar nichts Skandalöses. Hätte eine Unbekannte als Modell posiert, dann hätte Olivia überhaupt nichts daran gefunden. Jede Zeitung hätte die Bilder anstandslos gedruckt. »Wer ist eigentlich auf die Idee gekommen, den Schmuck so zu präsentieren?«

»Nick natürlich. Ich habe ja keine Ahnung von Fotografie.«

»War das auch seine Idee, dich als Modell zu nehmen?«

»Ja. Dadurch habe ich ziemlich viel Geld gespart«, rechtfertigte sich ihre Mutter.

»Wirklich super.« Megan war immer noch in den Prospekt vertieft. »Lia, den mußt du nächste Woche unbedingt mit in die Schule bringen. Die werden alle wahnsinnig neidisch sein, was für eine tolle Mutter du hast.«

»Besser wär's noch, wenn ihnen auch der Schmuck gefällt«, sagte Olivias Mutter.

Megan sagte eifrig: »Der ist auch ganz super.«

Olivia sah plötzlich, daß Nick zur Haustür hereinkam und

wandte sich rasch ab, um ihm nicht in die Augen sehen zu müssen. Sie bemerkte, daß sich das Gesicht ihrer Mutter aufhellte, als er an der Tür erschien, daß sie auf ihn zugehen wollte, sich aber dann zurückhielt. »Wir bewundern gerade deinen Prospekt. Der ist vorhin vom Drucker gekommen.«

»Zeig mal her.«

Als Megan ihm den Prospekt hinhielt, lächelte er sie an.

»Danke. Dich kenn ich noch nicht, oder?«

»Ich heiße Meg.«

»Dachte ich mir schon.« Er blätterte den Prospekt rasch durch, offensichtlich nur, um zu sehen, ob alles stimmte, und gab ihn Olivias Mutter. »Sieht gut aus. Aber du bist die Kundin, wie findest du ihn?«

»Ich finde ihn brillant.«

»Na, solche Kunden mag ich.«

Sie lächelten einander auf eine Art an, daß Olivia fast die Galle hochkam und sie sich am liebsten hinter dem Sofa verkrochen hätte. Sie war sicher – wären sie und Megan nicht dagewesen, die beiden hätten sich bestimmt geküßt oder sonst irgendwie angefaßt. Hätten ihre Eltern sich so angesehen, dann hätte sie Gott auf Knien dafür gedankt. Aber so – sie wollte gar nicht hinsehen, wollte nichts davon wissen.

Ihre Mutter sagte zu Nick: »Ich hol dir was zu trinken. Lia und Meg können dir ja solange Gesellschaft leisten.«

Sie ging in die Küche, und Nick ließ sich in den nächstbesten Sessel fallen. Er fuhr mit einer Hand durch sein kurzes, helles Haar wie jemand, der einen anstrengenden Tag hinter sich hat, und lächelte Olivia und Megan auf dem Sofa ihm gegenüber zu. »Also los, Ladies, dann leistet mir mal Gesellschaft. Habt ihr euch gestern abend amüsiert?«

»Ja, und wie«, sagte Megan fröhlich. »Wir –«

Olivia fuhr ihr über den Mund. Sie hatte plötzlich ein grauenvolles Gefühl, Megan könnte erzählen, was sie tatsächlich getan hatten, die Sache mit den Sexheften und so, und deshalb sagte sie schnell: »Es war okay, außer daß Megs Katze mitten in der Nacht mit einer lebendigen Maus reinkam.«

Megan sah sie überrascht an. »Daran kann ich mich gar nicht erinnern.«

»Doch, doch. Du hast einfach weitergeschlafen. Tig kam mit einer Maus rein und hat sie unterm Bett gefoltert und dann aufgefressen.«

»Ich hab nichts gehört. Bist du sicher, daß es kein Traum war?«

»Ich war hellwach und konnte danach ewig nicht einschlafen. Tig hat einen Höllenlärm veranstaltet, und die Maus hat gequiekt und gekreischt. Ich mußte mitanhören, wie er sie Glied um Glied zerfetzt und geknackt hat, und zwar direkt unter mir. Es hörte sich an, als ob ein kleiner Kannibale unterm Bett sitzt.«

»Woher wußtest du, daß es Tig war? Vielleicht war es Mog.«

»Egal, es war jedenfalls schrecklich. Aber es war bestimmt Tig; der stand nämlich später auf meinem Bauch und wollte schmusen.«

Megan erklärte Nick – als ob ihn das interessiert hätte –, daß Mog die Katzenmutter und Tig ihr Junges war. Um deren barbarisches Verhalten zu entschuldigen, fügte sie hinzu: »Ich liebe Katzen über alles; wenn sie bloß nicht so grausam zu Mäusen wären. Mit Vögeln ist es noch schlimmer.«

Nick fand, sie bräuchte sich nicht zu entschuldigen. »Das ist nicht grausam, die sind eben so. Wenn du mit Mäusen so umspringen würdest, würde Lia sofort beim Tierschutzverein anrufen. Aber Katzen sind nun mal Katzen, stimmt's? Man kann sie nicht ändern.«

Olivias Mutter kam mit einem kleinen Glas Wein und einem großen Glas Bier zurück. »Um was geht's?«

»Meg kriegt Nachilfe in Biologie«, erklärte ihr Olivia.

»Aber nicht hier in meinem Wohnzimmer.« Sie gab Nick sein Bier und ließ sich auf der Sessellehne nieder. Während sie an ihrem Wein nippte, meinte sie: »Ich weiß gar nicht, wann wir noch das Kleid für die Hochzeit kaufen wollen. Ich hab so wahnsinnig viel zu tun.«

»Schon erledigt, ich war gestern mit Meg einkaufen. Wir haben eins gefunden.«

Ihre Mutter starrte sie ungläubig an. »Du hast ein Kleid für Ross' Hochzeit gekauft?«

»Ja. Ich hab dir doch gesagt, daß er mir Geld dafür gegeben hat, das hab ich ausgegeben. Na ja, es hat nicht ganz gereicht. Er schuldet mir noch fünfzig Pfund.«

Mutter wirkte nicht besonders erfreut über diesen Beweis von Unabhängigkeit.

»Es ist wirklich super«, versicherte ihr Megan. »Los, Lia, zieh's mal an und zeig es deiner Mutter.«

Oben im Dachzimmer sagte Olivia: »Du bist echt das Letzte, Meg. Mit dir red ich kein Wort mehr.«

Megan ließ sich durch diese Drohungen nicht einschüchtern. Nichts schien sie aus der Fassung zu bringen.

»Wieso?«

»Diesem Widerling in den Hintern zu kriechen.«

»Bin ich gar nicht, und ein Widerling ist er auch nicht. Ich mag ihn, er ist irgendwie sexy.«

»Widerlich. Der könnte dein Vater sein.«

»Mel Gibson auch, und den himmelst du ja auch an und findest es okay.«

»Also, es reicht ja wohl, daß meine Muter diesen Ekeltyp Nick anhimmelt. Fang du bloß nicht auch noch an.«

»Du kannst ihn doch nicht hassen, bloß weil er raucht und mit deiner Mutter schläft.«

»Ich hasse ihn, weil er's nicht anders verdient. Wetten, wenn er eine Katze wäre, würder er sich neue Foltermethoden für Mäuse ausdenken. Der würde sich danach aber nicht knuddeln lassen wie Tig.«

Olivia schlüpfte in ihr neues Kleid, strich den Rock glatt und sah in den Spiegel. Ihr Busen kam ihr jetzt viel auffälliger vor als bei der Anprobe. Sie zog das Band am Ausschnitt enger und band es knapp unterm Schlüsselbein zu. »Meinst du wirklich, meine Mutter genehmigt es?«

»Wieso nicht? Du siehst schön aus.« Megan sah erst sie an und dann ihr Spiegelbild. »Alle finden dich schön, Lia. Ich weiß gar nicht, was du gegen dein Aussehen hast.«

Man konnte es nicht erklären. Jedenfalls nicht Megan, deren Brüste genau die richtige Größe für ihren kräftigen Oberkörper hatten. Olivia wandte sich von der Fremden im Spiegel ab. »Komm, wir gehen runter. Mal sehen, was sie sagt.«

Als sie ins Wohnzimmer kamen, saß Nick immer noch im Sessel, doch ihre Mutter stand aufrecht da und nippte verlegen an ihrem Weinglas. Sie wirkte leicht nervös, als hätte sie gerade eben etwas anderes gemacht.

Nachdem sie sich gefaßt hatte, begutachtete sie Olivia kritisch. »Das ist aber hübsch.« Es klang überrascht. »Die Farbe ist gut, die paßt zu deinem Teint. Aber am Ausschnitt hast du es zu fest zugezogen. Das Oberteil sitzt nicht richtig.« Sie korrigierte es, zu ihrer Zufriedenheit und Olivias Verlegenheit. »So ist es besser. Was meinst du, Nick?«

Olivia hätte ihrer Mutter vors Schienbein treten können dafür, daß sie den Kerl aufforderte, sie anzusehen. Er zündete sich gerade eine Zigarette an. Über die Feuerzeugflamme sah er zu ihr hinüber, ließ den Deckel zuschnappen und lehnte sich zurück, um sie durch eine Rauchwolke zu betrachten.

Sie wollte nicht, daß er sie so inspizierte und auf die Form ihres Oberteils und den darunterliegenden Busen glotzte. Sie verschränkte die Arme über der Brust und funkelte ihn an.

»Sieht toll aus«, sagte er.

Er lächelte nicht; vielleicht meinte er es ernst. Als ob sie sich darum scherte, was er dachte. Sie beachtete ihn gar nicht und wandte sich an ihre Mutter. »Das Kleid ist also genehmigt?«

»Ich finde es passend«, sagte ihre Mutter zustimmend.

»Lia sieht immer gut aus«, bemerkte Megan. »Ich sag ihr dauernd, sie könnte Fotomodell werden. Was meinen Sie, Nick?«

Olivia wurde rot. »Halt die Klappe, Meg. Ich will kein Fotomodell werden.«

Aber Nick sah sie schon wieder mit seinem kühlen, abschätzenden Röntgenblick an, der sie nervös machte. Daß er es wagte, sie so anzusehen, vor ihrer Mutter, wie der Wolf, der das Fleisch auf Rotkäppchens Knochen begutachtete?

Nein, ihre Knochen begutachtete er ebenfalls. Als sie nach oben ging, um das gewagte Kleid wieder auszuziehen, hörte sie ihn zu Megan sagen: »Der Knochenbau, darauf achten sie besonders. Lia hat gute Knochen.«

Er hatte also doch einen Röntgenblick.

- 7 -

Im Pub war es laut und voll. Der Wirt mochte seine Beliebtheit dem aktuellen Dekor und der Live-Musik (an Samstagabenden) zuschreiben, aber für Olivia und ihre Freundinnen lag der Reiz ganz woanders.

»Sie hatten fest vor, hierherzukommen«, wiederholte Clare aufgeregt. »Ich hab gehört, wie sich Danny nach dem Abendessen telefonisch mit Will verabredet hat.«

Olivia äußerte erneut Skepsis gegenüber dem ganzen Unterfangen. »Meinst du nicht, die finden das komisch, daß wir zufällig im gleichen Pub auftauchen?«

»Und wenn wir vielleicht die Band hören wollen? Sei nicht so kindisch, Lia. Weißt du nicht, wie so was funktioniert?«

»Ich dachte, Danny hat vielleicht was dagegen, wenn wir um ihn und seine Freunde rumstreichen.«

»Danny kann mich mal«, sagte Clare grob, um der Tatsache Ausdruck zu geben, daß weder soziale Konventionen noch die Gefühle ihres Bruders ein Hindernis für sie darstellten. »Ich will Allie treffen.«

»Aber vielleicht ist Allie –«

»Ach, sei still, Lia. Da sind sie ja. Schaut lieber woanders hin.«

Gehorsam starrten Olivia und Megan den Flipperautomaten an. Clare kannte sich in diesen Dingen aus, denn sie hatte schon mal einen Freund gehabt. Jetzt interessierte sie sich für den Freund ihres Bruders, Alistair, und nahm die Angelegenheit entschlossen in Angriff. Olivia war beeindruckt von Clares Unverfrorenheit. Vielleicht lag es ja an ihren leuchtendroten Locken; damit konnte man wohl kaum das Mauerblümchen spielen. Olivias eigene Erfahrung in Liebesdingen beschränkte sich darauf, auf Partys »Postman's Knock« gespielt und sich in André Agassi verliebt zu haben. Noch beeindruckter war sie, als es Clare tatsächlich gelang, ihren Bruder und seine Freunde an ihren Tisch zu locken. Sie waren zu viert: Clares Bruder Danny, ihr Schwarm Allie, Will und Charlie. Alle vier waren in der Abschlußklasse von Dannys Schule, auf einer reinen

Jungenschule. Clare flirtete schamlos mit Allie, der offensichtlich nichts dagegen hatte. Megan war zu direkt und unkompliziert, sich auf einen Flirt einzulassen, genoß jedoch sichtlich die männliche Gesellschaft. Und Olivia kam sich einfach nur schüchtern und ziemlich dämlich vor. Vielleicht lag es daran, daß Clare und Megan fast ein Jahr älter waren als sie. Beide wurden im September sechzehn, während sie noch nicht ganz fünfzehn war.

Schließlich flüchtete sie aufs Klo, wo sich die Mädchen eng drängten und dabei schwatzten, rauchten, sich kämmten oder ihr Make-up auffrischten. Hier war es noch voller, verrauchter und lauter als in der Bar.

Sie rannte wieder hinaus und stieß – buchstäblich – mit Dannys Freund Charlie zusammen.

»So ein Glück«, sagte er und lächelte sie durch den Tabaknebel an. »Will bestellt an der Bar gerade eine neue Runde. Was nimmst du?«

»Bloß eine Cola, bitte.«

»Ich lad dich ein, aber du mußt mitkommen und mir tragen helfen.« Charlie kämpfte sich bis zum Tresen durch. Olivia folgte ihm und wurde von den anderen Gästen an ihn gedrückt, die alle versuchten, einen guten Platz und ein Getränk zu ergattern. Es machte ihr nichts aus, von Fremden geschubst zu werden, aber an jemanden gedrückt zu werden, den sie kannte, war peinlich. Sie wollte ausweichen, aber es war zu eng.

»Entschuldigung.« Sie kicherte, um ihre Verlegenheit zu verbergen. »Es ist so voll hier drin.«

»Komm, stell dich hierher.« Er manövrierte sie zum Tresen und stellte sich hinter sie; mit den Händen links und rechts von ihr aufgestützt, versuchte er sie mit den Armen und dem Körper gegen das Geschubse zu schützen. »So ist es besser«, sagte er ihr ins Ohr.

Olivia war sich da nicht so sicher. Ihre Körper berührten sich immer noch, aber wenigstens lag es nicht mehr an ihr. Sie quetschte sich an die Theke und starrte in den gegenüberliegenden Spiegel. Rechts von dem Mann neben ihr erkannte sie Will, und dahinter lächelte Charlies Gesicht sie aus dem Spiegel an.

Er war groß, dunkelhaarig und auf seine schlaksige Art gutaussehend. Weil er am anderen Tischende gesessen hatte, waren sie bisher noch nicht ins Gespräch gekommen. Sie sah, wie er den Kopf neigte, um ihr etwas zu sagen. »Clare hat uns vorhin zwar vorgestellt, aber ich hab deinen Namen nicht verstanden.«

»Olivia«, sagte Olivia.

»Ich dachte, sie hätte dich anders genannt.«

»Sie hat Lia gesagt. Das soll eine Abkürzung für Olivia sein.«

»Klingt aber viel exotischer.«

Inzwischen sah er sie nicht mehr im Spiegel an, sondern direkt. Besser gesagt: er sah in den Ausschnitt ihrer Bluse. Sie wünschte, sie hätte sie zugeknöpft gelassen. Clare hatte sie beschwatzt, die oberen Knöpfe zu öffnen, damit sie keinen Ärger wegen ihres Alters kriegten. Clare trank Weißwein mit Mineralwasser.

Um seinen Blick von ihr abzulenken, fuhr sie sich mit der Hand übers Gesicht. »Heiß ist es hier, findest du nicht?«

»Willst du rausgehen?«

»Na ja –«

»Hinterm Haus ist ein Garten. Das wissen aber die wenigsten«, fügte er trocken hinzu. »Da sind ja die Drinks. Geh schon mal vor, ich komme gleich, wenn ich Will hier geholfen hab. Da, nimm deine Cola.«

Ein halbes Dutzend Jungs etwa im Alter von Danny und seinen Freunden standen vor der Tür, die ins Freie führte. Sie rauchten und alberten herum. Sie beäugten Olivia, als sie herauskam. Einer von ihnen machte eine Bemerkung, worauf die anderen lachten und Olivia rot wurde. Sie haßte Jungs. Besonders in Gruppen. Der Vorlaute sagte Schätzchen zu ihr und wollte wissen, ob sie irgend jemanden suche. Sie ignorierte ihn, war aber nun aus dem Konzept geraten. Als sie gerade wieder hineingehen wollte, kam ihr Charlie entgegen.

»Hier ist so ein Lärm, komm, wir gehen.«

Er führte sie über den Rasen, weg von den bunten Lichtern und den feixenden Jungen. Im Garten hinten war die Luft kühl und frisch. Die Sonne war fast untergegangen.

Er lehnte sich gegen die Gartenmauer und trank einen Schluck Bier. Sie nippte an ihrer Cola. Jetzt war ihr nicht mehr heiß; sie fröstelte und wußte nicht recht, was sie sagen sollte. Wäre sie bloß nicht mit herausgekommen.

»Ich mag deine Ohrringe.« Er starrte auf ihren Busen.

»Danke. Die hat meine Mutter gemacht.«

»Macht sie solche Sachen öfter?«

»Das ist ihr Beruf. Sie ist Schmuckdesignerin.«

»Ich bin beeindruckt.«

Da ihr darauf keine Antwort einfiel, wechselte Olivia das Thema. »Gehst du mit Clares Bruder in eine Klasse?«

»Nur noch einen Monat, dann bin ich frei.« Er grinste. »Mir doch egal, wenn ich durch die Abschlußprüfung rassle, bin ich trotzdem frei.«

»Gehst du danach nicht auf die Uni?«

»Keine Chance. Die wollen mich nicht und ich sie auch nicht.«

»Hast du schon einen Job in Aussicht?«

»Ich werd für meinen Vater arbeiten.«

»Was macht er?«

»Er hat eine Firma. Bauunternehmung Cahill, schon mal davon gehört?«

Sie hatte. Der Name stand so ungefähr auf allen Bauzäunen in London.

»Mußt du da als Maurer anfangen und dich hocharbeiten, oder trägst du Schlips und nennst dich Management-Trainee?«

»Mein Dad meint, ich muß es auf die harte Tour machen. Also mit Schutzhelm und so. Langweilig, was? Mal sehen, wie lange er durchhält. Meine Brüder haben es schon hinter sich, und jedesmal wird die Zeit im Fegefeuer kürzer.« Charlie grinste wieder. »Wenigstens gibt's dafür Geld, und ich komm weiter.«

»Was willst du denn werden, außer Bauunternehmer?«

»Weiß noch nicht. Vielleicht ein bißchen reisen. Hab ich mir noch nicht überlegt.« Seine Augen wanderten von ihrem Gesicht zu ihren Brüsten und wieder zurück.

»Und du mußt noch ein paar Jahre zur Schule?«

»Ja. Langweilig, was?«

Beide mußten lachen.

»Bist du mit der Cola fertig?« Er streckte die Hand nach dem leeren Glas aus und stellte es auf einen Nebentisch. Dann sah er sie wieder an. Ihre Brust. Sie verschränkte die Arme. Die Seidenbluse war dünn, und der Wind wehte auf einmal kühl.

»Ist dir kalt, Lia?«

»Bißchen schon.« Sie zitterte. »Vielleicht sollten wir wieder reingehen.«

»Erst probieren wir das noch.«

Er schloß die Lücke zwischen ihnen und legte die Arme um sie. Sie hatte die Ellenbogen immer noch vor ihrer Brust verschränkt und starrte auf sein Gesicht, das sich langsam näherte. Dann küßte er sie auf den Mund.

Er tat es sehr behutsam. Sie vertraute ihm nun so weit, daß sie die Arme löste und ihm die Hände auf die Schulter legte.

»So ist es besser.« Er küßte sie noch einmal und fuhr mit der Zunge über ihre Unterlippe, genau wie das Leute im Film machten. Ihr Zittern deutete er als Lust und schob seine Zunge in ihren Mund.

Sie war noch nie so geküßt worden, und es gefiel ihr eigentlich ganz gut. Sie tastete sich mit der Zungenspitze vor, schüchtern, damit er sie nicht für zu frech hielt und legte ihm die Arme um den Hals. Er umfaßte mit der einen Hand ihren Kopf, mit der anderen ihre Brust.

Es war keineswegs unangenehm. Doch auf einmal hatte sie Nick Winters Bild im Kopf. Im Hausflur, wie er ihre Brüste unter dem Trägerhemdchen anstarrte. Im Wohnzimmer, wie er auf das Oberteil an ihrem neuen Kleid starrte, während ihre Mutter wohlwollend zusah. Wie er sie kühl und unverfroren musterte, sie mit seinem Blick auszog, als hätte er das Recht, ihren nackten Körper zu betrachten.

Was dieser junge Mann mit ihr machte, kam ihr plötzlich anstößig und schmutzig vor. Die Vorstellung, ein Mann könnte ihre Brüste berühren oder auch bloß anschauen, schien demütigend. Ihre Brüste selbst waren demütigend – grotesk, schwer und unübersehbar wie eine obszöne Karikatur.

Sie stieß Charlies Hand weg und faßte sich an die Bluse.

»Lia –?«

»Entschuldige.« Sie drehte sich von ihm weg zur Mauer, die eine Hand schützend vor der Brust, die andere auf den Mund gepreßt.

»Mir war eben so schlecht.« Sie holte ein paarmal tief Luft und spürte die rauhen Backsteine an ihrem Körper. Jetzt ging es ihr besser, und sie kam sich dumm vor. »Entschuldige«, wiederholte sie verlegen. »Ich geh jetzt wohl besser nach Hause.«

»Ich fahr dich.«

»Das geht nicht, ich bin mit Megan da. Wir müssen zusammen nach Hause fahren.«

»Dann fahr ich euch beide«, bot er an.

Das klang schon besser. Sicherer. »Okay.«

Sie nahm seinen Arm, wie um ihn um Verzeihung zu bitten, während sie zusammen zurückgingen. Sie mochte ihn, und es tat ihr leid, daß sie ihn unabsichtlich beleidigt hatte. »Charlie, es tut mir leid. Es hat nichts mit dir zu tun.«

»Hoffentlich nicht.« Es klang ein bißchen beleidigt, aber auch amüsiert. »Ich hab immer gedacht, es wäre bloß so eine Redensart, wenn man sagt, du machst mich krank.«

Olivia holte Megan und verabschiedete sich von Clare, nachdem es ihr gelungen war, sie von Allie loszueisen. Clare horchte auf, als sie erfuhr, wie die beiden nach Hause kamen. »Oh, Charlie, der ist toll. Der ist echt süß und hat einen stinkreichen Vater. Danny meint, zum Glück, weil Charlie nämlich nichts in der Birne hat.«

An Charlies Stelle reagierte Olivia indigniert. »Ich finde ihn nett.«

»Ist er auch. Hab ich doch gesagt, oder? Bloß ein bißchen dämlich.«

Die beiden Mädchen ließen sich auf den Rücksitz nieder. Olivia ließ Megan die Unterhaltung bestreiten. Charlie brachte zuerst Megan nach Hause. Als er Olivias Haus erreichte, stieg er aus, hielt ihr die Wagentür auf und begleitete sie bis zur Haustür. Ihre Mutter hatte das Außenlicht brennen lassen.

»Ist dir immer noch schlecht?«

»Ein bißchen. Nicht so schlimm. Morgen früh ist es bestimmt okay.«

»Gut.« Er sah in ihr Gesicht. Woanders konnte er nicht hinsehen, da sie ihre Jacke zugemacht hatte. »Probieren wir es morgen noch mal?«

»Morgen muß ich meinen Vater besuchen.«

»Wieso, ist er im Krankenhaus?«

»Nein, er – er wohnt eben nicht hier.«Sie sah zur Seite. »Frag nicht! Ich wohne in einem Zoo.«

In dieser Nacht kam der Traum wieder.

Als das Ungeheuer diesmal durchs Fenster kletterte, merkte sie, daß sie nicht weglaufen konnte. Zwar wußte sie, daß sie hätte weglaufen sollen, blieb aber wie angewurzelt im Bett. Er – es – das Ding – kam ans Bett und starrte sie mit bleichen, feindseligen Augen an. Er, es, riß die Steppdecke weg. Zu ihrem Entsetzen bemerkte sie, daß sie nackt war. Ihre Scham wurde größer als die Angst, Scham vor allem darüber, daß sie sich nicht gezwungen hatte, wegzulaufen.

Der Mann, das Ding, streckte die Hand aus und faßte ihr an die nackte Brust.

- 8 -

Ihr Vater wohnte in Highgate Village in einem kleinen, aber hübsch geschnittenen Reihenhäuschen mit Garten aus dem achtzehnten Jahrhundert, dem mittleren in einer Dreierreihe. Jeden zweiten Sonntag besuchte Olivia ihn. Diese strenge Regelung hatten sie eingeführt, kurz nachdem er weggegangen war. Olivia hatte festgestellt, daß es nie stattfinden würde, falls sie nicht ein ehernes Gesetz daraus machten. Allerdings war das nichts Neues. Auch als er noch zu Hause gewohnt hatte, war er nie dagewesen.

Der Besuch verlief ebenfalls nach einem festen Muster. Wenn das Wetter schön war, fuhr sie immer mit dem Fahrrad durch den Park von Hampstead Heath. Auf dem Hinweg ging es ziemlich bergauf, aber der Rückweg bergab war ein Genuß. Wenn sie ankam und an der Haustür läutete, machte Althea ihr auf. Was sie Olivia damit sagen wollte, war deutlich: Das ist mein Haus, nicht deins. Er gehört mir, nicht dir.

Althea bat sie jedesmal freundlich, aber förmlich herein, als lägen zwischen ihnen nicht neun, sondern neunzehn Jahre Altersabstand. »Ross ist oben im Arbeitszimmer.« Sie sagte nie »dein Vater«, immer »Ross«. Dann rief sie hinauf: »Ross, Lia ist hier«, als ob er nicht wüßte, wer geklingelt hatte, wenn sie es ihm nicht sagte. Niemand kommt zum Vater, denn durch mich!

Olivias Vater hatte sein eigenes festes Programm. Er küßte sie immer auf die Wange, was sie haßte, weil es ihr so vorkam, als seien sie Fremde. Am schönsten wäre es, wenn er sie hochheben und herumwirbeln, umarmen und zur Begrüßung wie die Russen dreimal küssen würde. Das Zweitbeste war überhaupt kein Kuß.

Sherry im Wohnzimmer war der nächste Programmpunkt. Olivia mochte dieses Zimmer, trotz Altheas Gegenwart, die sich in den eleganten Blumenarrangements und der eigenwilligen Farbgebung manifestierte. Es war voll mit Büchern, die früher alle zu Hause gestanden hatten und die er mitgenommen hatte. Sie assoziierte ihn schon immer mit Büchern, und die Abwesenheit von Büchern – mehr noch als seine eigene, da er sowieso kaum dagewesen war –, hatte ihr zu verstehen gegeben, daß er nie wieder zurückkommen würde. Sie nahm jedesmal ein Glas Amontillado. Der schmeckte zwar nicht so gut wie Bristol Cream, war aber romantischer wegen der Geschichte von Edgar Allan Poe. Ihr Vater trank Whisky, und Althea nahm einen Wodka mit Tonic. Alles war so gemessen, so erwachsen, wahrscheinlich weil man so tun wollte, vermutete Olivia, als sei der Mensch, der einem da gegenübersaß, nicht das einzige Kind, das man verlassen hatte. Vielleicht hoffte er, die Besuche würden so langweilig werden, daß sie am Ende gar nicht mehr kam.

Während sie beim Drink saßen, zog Althea ihre Tantennummer ab. Sie erkundigte sich nach der Schule. Sie fragte nach den Geigenstunden. Sie fragte nach außerschulischen Aktivitäten. Sie erkundigte sich nach Olivias Mutter – wahrscheinlich in der Hoffnung, Olivias Mutter sei möglicherweise in den letzten Wochen tot umgefallen und es hätte sich bloß noch nicht bis zu Althea herumgesprochen.

Althea sah Olivias Mutter tatsächlich ziemlich ähnlich. Sie war zwar ein paar Zentimeter kleiner, ihr glänzendes, flott geschnittenes Haar war schwarz statt blond, und ihre Augen waren braun statt blau; aber sonst hätte man denken können, sie wolle sie kopieren:

schmal, adrett, gut gekleidet, sogar mit dem gleichen Gefühl für Stil, was Olivia zur Verzweiflung brachte, weil es ihr selbst abging. Die gleiche nervöse Energie und rigide Selbstbeherrschung. Die gleichen kleinen, eleganten Brüste, dachte Olivia verbittert. Allerdings war Althea elf Jahre jünger als ihre Mutter.

Das Programm nach dem Essen bestand darin, daß Olivia mit ihrem Vater im Park von Hampstead Heath einen Spaziergang machte. Traditionsgemäß blieb Althea unter dem Vorwand, spülen zu müssen, zu Hause, obwohl sie eine Spülmaschine hatten. Olivia hatte ihren Vater für sich. Bei schlechtem Wetter gingen sie nach dem Essen manchmal in die Tate Gallery oder in die Nationalgalerie, was eigentlich interessanter sein sollte, jedoch schlimmer war, weil Althea sie begleitete.

Olivia fragte ihren Vater nach seinem Buch. Er schrieb gerade ein Buch über den englischen Bürgerkrieg. Er unterhielt sich mit ihr wie mit einer seiner Studentinnen. Das schmeichelte ihr, und sie zeigte sich dadurch erkenntlich, daß sie gut zuhörte und wohlüberlegte Fragen stellte.

Soweit sie zurückdenken konnte, hatten sie sich immer am besten verstanden, wenn er ihr etwas aus seinem Interessengebiet erzählen konnte. Sie erinnerte sich, wie sie vor Jahren auf das Schlachtfeld von High Barnet gefahren waren und er sie zum Dead Men's Ditch geführt hatte, wo die Soldaten von Lancaster, die Verlierer, zu fliehen versucht und es zum größten Teil nicht geschafft hatten. Er war auf dem Feld umhergelaufen und hatte ihr die Truppenbewegungen an jenem nebligen Ostersonntag beschrieben. Sie hatte damals so ein seltsames Gefühl gehabt; daß diese toten Soldaten von Lancaster für ihn realer waren als sie, seine eigene Tochter, sein leibhaftiges Fleisch und Blut, hatte ihrem kleinen zehnjährigen Herzen einen Stich versetzt. Sie wünschte sich, er würde auf dem Spaziergang jeden zweiten Sonntag zumindest den Arm um sie legen. Als sie noch klein war, hatte sie seine Hand festgehalten; auf dem Schlachtfeld in Barnet hatte er auch ihre Hand gehalten. Aber dafür war sie inzwischen zu groß. Es kam ihr so vor, als sei es beinahe über Nacht geschehen – er war fortgegangen, sie war groß geworden und ihre gräßlichen Brüste waren zum Vorschein gekommen. Sie hakte sich bei ihm unter. So wie früher ihre Mutter und heute Althea. Er hatte anscheinend nichts dagegen. Das war also in Ordnung.

»Wir haben einen Zimmerherrn«, erzählte sie ihm.

»Einen was?«

»Einen Zimmerherrn. Er hat das Gästezimmer gemietet.«

Ihr Vater blieb stehen und sah sie an. »Seit wann denn?«

»Seit letzter Woche. Er ist bloß an Wochentagen dort. Mummy sagt, es sei sein *pied-à-terre*.«

»Jemand, den ich kenne?«

Da wußte sie, daß er verstanden hatte. Einen Zimmerherrn würde er wohl kaum kennen, aber einen Liebhaber – einen Liebhaber vielleicht schon. »Er heißt Nick Winter. Er ist Fotograf.«

»Und wo kommt er her?«

»Er hat Mummy einen Werbeprospekt für ihren Schmuck gemacht.«

»Und, war er gut?«

Olivia mußte es zugeben. »Er hat Mummy als Modell benutzt. Sie sah wirklich toll aus, der Schmuck auch. Bloß daß sie obenrum nichts anhatte.«

Ihr Vater stieß ein Geräusch aus, eine Mischung aus Würgen und Husten. Olivia hielt den Kopf gesenkt. »Bißchen spät für öffentliche Nacktauftritte, nicht?«

Olivia fühlte sich verpflichtet, ihre Mutter gegen diese männliche Spöttelei in Schutz zu nehmen. »Sie sah wirklich gut aus. Überhaupt nicht alt.«

»Er hat wahrscheinlich einen Filter benutzt oder so etwas«, sagte ihr Vater vage. »Und was halten ihre Kunden von diesem Ausbruch an Exhibitionismus?«

»Ich glaub, die merken nicht mal, daß sie es ist. Es ist eigentlich ganz gut gemacht. Und gib Mummy nicht die Schuld dafür, es war nämlich Nicks Idee.«

»*Das* glaub ich.«

Sie verfielen in Schweigen und stellten sich vielleicht beide insgeheim vor, wie Nick ihre Mutter auszog. Olivia wurde beinahe rot, nicht sosehr wegen der Vorstellung an sich, obwohl das schon peinlich genug war, sondern weil sie sich denken konnte, daß ihr Vater denselben Gedanken hatte. Dabei wußte er nicht einmal, wie Nick aussah.

»Wie ist er?«

»Meg findet ihn sexy.«

»Und du?«

»Ich mag ihn nicht. Er ist ein Rüpel. Und er raucht. Er ist aber nicht oft da.«

Ihr Vater wirkte erleichtert. Er schien fast besorgter um sie als um ihre Mutter. Bei dem Gedanken wurde ihr warm ums Herz. Sie wechselte das Thema. »Übrigens, ich hab ein Kleid für die Hochzeit gekauft. Meg und ich haben es selbst ausgesucht. Es kostet aber mehr, als du mir gegeben hast.«

»Wieviel bin ich dir noch schuldig?«

»Du schuldest Mummy noch fünfzig Pfund.«

»Fünfzig Pfund?« Ihr Vater riß sich von ihr los. »Du hast hundertfünfzig Pfund für ein Kleid ausgegeben?«

»Na, und? Das macht Althea doch andauernd! Du hast selbst gesagt, ich darf mir eins aussuchen. Es ist wirklich super, Daddy.«

»Das will ich schwer hoffen, bei dem Preis. Aber, Lia, in einem halben Jahr bist du doch rausgewachsen.«

»Daddy, ich bin seit über einem Jahr nicht mehr gewachsen. Jedenfalls nicht in die Höhe. Größer als ich jetzt bin, werd ich nicht.«

Ihr Vater sah sie an, als hätte er sie in den zweieinhalb Jahren seit der Trennung nicht gesehen. Sein Blick kehrte immer wieder zu ihren Brüsten zurück, als seien sie die unglaublichste Veränderung, die mit ihr vorgegangen war. Sie genierte sich, als sie ihren Vater so auf ihren Busen starren sah, und verschränkte schützend die Arme vor der Brust.

Er sagte: »Stimmt, sehr viel größer wirst du wohl nicht werden.«

»Ich müßte eigentlich kleiner sein«, jammerte sie. »Ich wiege zu viel.«

»Ißt du deswegen nie dein Mittagessen?«

Sie aß ihr Mittagessen nicht, weil das, was Althea zubereitet hatte, sie anekelte. Aber das konnte sie ihm nicht sagen.

»Ach, ich mach so eine Art Diät.«

»Du bist wie Emma, die war auch immer auf Diät.«

»Ist sie immer noch. Aber das hält sie schön, findest du nicht?«

»Na, um so besser«, bemerkte ihr Vater trocken.

Er hatte gut reden. Männer blieben auch schön, wenn sie Falten bekamen und einen dicken Bauch und graue Haare. Wirklich unfair, sagte ihre Mutter immer.

Beim Gedanken an die unfaire Lage zwischen Männern und Frauen fiel Olivia wieder Megans verrückte Idee mit dem Theaterstück ein und daß sie ihr etwas versprochen hatte. »Daddy, könntest du mir ein paar Übersetzungen von einem griechischen Theaterstück besorgen? Meg hatte die Idee, es aufzuführen, und ich soll ihr beim Umschreiben helfen.«

»Welches Theaterstück denn?«

Sie wußte, daß der Titel ein Frauenname war, doch der einzige Name, der ihr einfiel, war der ihrer Mutter, Emma, der auch der Titel eines Romans von Jane Austen war. »Ich hab vergessen, wie es heißt. Es geht um eine Frau, die von ihrem Mann verlassen wird und seine neue Frau umbringt.«

»*Medea.*«

»Ja, genau. Ich wußte, daß du es kennst. Du mußt mir unbedingt ein paar Übersetzungen raussuchen. Wir wollen sie miteinander vergleichen, weil wir doch kein Griechisch können.«

»Das kann heute niemand mehr. Altgriechisch ist eine vergessene Kunst.«

»Na und? Es ist doch eine tote Sprache, oder? Die verstehen nicht mal mehr die Griechen.«

»Ihr Pech«, sagte ihr Vater scharf. »Da mußt du warten, bis ich aus dem Urlaub zurück bin. Bevor wir wegfahren, muß ich noch einen ganzen Berg Prüfungsaufgaben durchackern.«

Sie waren wieder am Haus angelangt.

»Gibst du mir das Geld für das Kleid? Ich muß es Mummy zurückzahlen.«

»Ich schreib dir einen Scheck aus.« Wieder warf er ihr einen leicht ungläubigen Blick zu, als könne er immer noch nicht fassen, daß dieses vollbusige Ding seine kleine Tochter war.

»Hat Emma dieses massivgoldene Gewand genehmigt?«

Olivia freute sich, daß ihr Vater die Autorität ihrer Mutter in Geschmacksfragen immer noch anerkannte. »Ja, hat sie.« Zu ihrer eigenen Überraschung fügte sie hinzu: »Und Nick auch.«

»Ach, na dann«, meinte ihr Vater. »Der muß es ja wissen. Der tut ja den ganzen Tag nichts anderes als Frauen ansehen, die in schicken Kleidern stecken. Oder sie ausziehen, je nachdem.«

- 9 -

Olivia brauchte es in dieser Woche nur zwei Abende mit Nick auszuhalten: am Mittwoch tauchte er erst nach dem Abendessen auf, und am Donnerstag kam sie wegen ihrer Geigenstunde selbst spät nach Hause. Sie stellte fest, daß die tägliche Routine eines Fotografen – wie immer die aussehen mochte, vorausgesetzt, Fotografen hatten wie Schulmädchen oder Schmuckdesignerinnen überhaupt eine Alltagsroutine – ihn immer im Bett festhielt, bis sie schon in die Schule gegangen war. Auf diese Weise bekam sie ihn morgens wenigstens nicht zu Gesicht. Obwohl ihr lieber gewesen wäre, er wäre früh aufgestanden und gemeinsam mit ihrer Mutter aus dem Haus gegangen. Sie ging nicht gern an Mutters Schlafzimmer vorbei, wenn sie wußte, daß er dort drin war. Es kam ihr so vor, als würde sie sich auf Zehenspitzen an einer Drachengrube vorbeischleichen und hoffen, daß der Drache nicht aufwachte.

Als Megan meinte, das sei doch irrational, wußte sie sich nicht recht zu verteidigen. Es stimmte, was Megan sagte: Er war eigentlich immer freundlich und höflich zu ihr, aber das war ja klar, schließlich war ihre Mutter dabei.

Sie hatte ihn als Widerling bezeichnet, aber das war er eigentlich nicht, jedenfalls nicht wie die früheren Freunde ihrer Mutter, die alle etwas Rattenhaftes an sich gehabt hatten. Bei Nick fiel ihr kein Vergleich mit kleinen, kriecherischen Kreaturen ein, sondern mit großen, gefährlichen, fleischfressenden Monstern. Es war beunruhigend und bekümmernd, daß ihre Mutter einen Bären im Schlafzimmer beherbergte, aber langweilig war es nicht.

In der darauffolgenden Woche war der Bär nicht da. Ihre Mutter sagte, er sei geschäftlich nach Spanien gefahren. Er sei die ganze Woche weg, sagte sie.

Doch sie irrte sich.

Am Donnerstag abend kam Olivia wie immer spät nach Hause, weil sie nach der Schule noch Geigenstunde gehabt hatte. Bei ihrer Mutter würde es wegen eines privaten Besichtigungstermins in der Galerie ebenfalls spät werden. Als sie den Hügel hinauf aufs Haus zuging – das dritte in der Reihe, mit dem steinernen Löwen vor der Haustür und dem Dachfenster ihres Schlafzimmers, das wie ein Auge in der Dachschräge saß –, den Geigenkasten in der einen, die Tasche mit den Schulbüchern und Notenheften in der anderen Hand, hörte sie, wie jemand ihren Namen rief.

Sie hatte Nick noch nie in seinem Wagen ankommen oder abfahren sehen, und weil er immer da parken mußte, wo er gerade Platz fand, entdeckte sie erst jetzt, daß das stahlblaue XJS-Cabrio, das sie und Megan letzte Woche bewundert hatten, ihm gehörte.

Unwillkürlich war sie beeindruckt, obwohl der Wagen schon ziemlich alt war und einiges mitgemacht hatte. Das hatte er übrigens mit seinem Besitzer gemeinsam. Trotzdem, wie Megan ganz richtig bemerkt hatte, ein Jaguar ist ein Jaguar, und er sah wirklich gut darin aus, obwohl Olivia sich hüten würde, es ihn merken zu lassen. Sie mußte zugeben, daß Megan auch in diesem Punkt recht hatte: Er war irgendwie sexy. Sein Haar war unregelmäßig blond, oben sehr hell, unten etwas dunkler, vielleicht von den paar Tagen unter spanischer Sonne.

Sie stellte ihre Büchertasche und die Geige ab und beugte sich hinunter, um einen Blick ins Wageninnere zu werfen. »Ich dachte, Sie sind in Spanien.«

»Und jetzt bin ich wieder da.«

»Mummy ist heute abend nicht da. Sie kommt erst etwa um zehn nach Hause.«

»Heißt das, du bist heute die Köchin?«

Die Vorstellung, als eine Art Kombüsensklavin für ihn zu fungieren, erfüllte sie mit Entrüstung. »Wieso das denn?«

»War bloß ein Witz. Weißt du was, ich lad dich um die Ecke ins Taj Mahal ein.«

»Ich komm schon zurecht«, gab Olivia steif zurück. »Gehen Sie ruhig allein.«

»Du mußt aber mitkommen, ich weiß nämlich nicht, wo es ist.«

»Ich zeichne es Ihnen auf.«

»Komm schon, Kleines.« Er griff nach ihrem Handgelenk und zog scherzhaft daran. »Irgendwann müssen wir uns doch mal anfreunden, findest du nicht? Wie wär's mit heute abend?«

Olivia versuchte, ihre Hand wegzuziehen. »Wer sagt, daß ich mich mit Ihnen anfreunden will? Lassen Sie mich los.«

Er ließ sie nicht los. Es war kein schmerzhafter Griff, nur sehr kräftig. »Willst du mal in meinem Auto mitfahren?«

»Ist das Ihr normaler Aufreißerspruch?«

»Nein, den hab ich für vierzehnjährige Gören reserviert.«

Sie sah zu ihm hinunter, und als er lächelte, fing sie an zu lachen. Er war so unmöglich, daß es schon wieder komisch war.

»Okay, ich bring nur schnell meine Sachen rein und zieh mich um. Ich muß aber um acht wieder zu Hause sein, weil da eine Sendung kommt, die ich anschauen möchte.«

»Wie du willst, Schätzchen.«

Sie war so verwirrt, während sie ihre Sachen einsammelte, daß sie überlegte, ob sie sich vielleicht verhört hatte. Es bedeutete natürlich gar nichts; er war einer von denen, die alle mit Schätzchen titulierten. Daß sie trotzdem verwirrt war, nahm sie ihm übel.

Noch mehr nahm sie ihm übel, daß er sie im Curry Palace überredete, mehr zu essen, als sie wollte. Sie bestellte sich einen kleinen Salat, und er sagte ziemlich aggressiv: »Na, mehr nimmst du nicht?« Sie sagte: »Na, und?« Und er erwiderte, sie würde vor Hunger in Ohnmacht fallen, bevor sie aus dem Lokal wäre, und er machte vor dem fassungslosen Kellner so ein Theater, daß sie sich schließlich noch Chicken Tikka und Reispilaf dazubestellte, nur damit er Ruhe gab. Essen würde sie es nicht, nahm sie sich vor.

»Das darf doch nicht wahr sein«, murmelte sie, als der Kellner schmunzelnd verschwunden war. »Machen Sie das bei Mummy auch, wenn Sie mit ihr essen gehen?«

»Wenn Em verhungern will, soll sie, sie ist alt genug. Aber du bist bloß ein dummes Gör.«

»Das ist überhaupt nicht dumm. Ich bin so groß wie sie und zwanzig Jahre jünger, aber zehn Pfund schwerer.«

»Vielleicht ist sie ja zu dünn, hast du daran schon mal gedacht?«

Eigentlich wollte Olivia sagen, wenn Sie sie zu dünn finden, warum bumsen Sie sie dann? »Legen Sie es darauf an, sie zu mästen?«

Er lächelte. »Kann schon sein. Aber du mußt nicht abmagern oder gemästet werden, Lia. Du siehst gut aus, so wie du bist.« Sie kreuzte die Hände über ihren Brüsten, eine fast schon automatische, defensive Geste, die sie sich angewöhnt hatte, sobald ein männliches Wesen Interesse zu bekunden schien. »Nennen Sie mich nicht Lia.«

»Warum nicht?«

»Das ist ein blöder Babyname. Als ich sprechen gelernt habe, konnte ich noch nicht Olivia sagen. Meine Eltern fanden es so süß, daß sie es übernommen haben.« Sie funkelte ihn an, irritiert über die Tatsache, daß es diesem Fremden gelungen war, sich in eine so private Familienangelegenheit hineinzudrängen.

»Wer nennt dich denn sonst noch Lia?«

»Bloß Familie und Freunde.«

»Dann weiß ich ja, wo ich hingehöre, was? Also gut, ich sag Olivia, wenn du zu mir Nicholas sagst.«

Olivia sah ihn an und hielt sich die Hand vor den Mund, um ein Kichern zu unterdrücken. Nicholas paßte ebensogut zu ihm wie Frederick oder Bartholomew.

»Und wenn du lachst, mußt du Mr. Winter sagen.«

»Okay«, willigte sie ein, »dann nenn mich eben Lia.«

Jetzt war er amüsiert. »Gut, warum nicht? Das spart Zeit.«

Nick trank sein Bier aus und zündete sich eine Zigarette an. »Ich mag deine Freundin Meg.«

»Ich mag sie auch.« Um sich an Megan für den Abend vor kurzem zu rächen, fügte Olivia hinzu: »Sie mag dich auch. Sie findet, du bist ein echt sexy Typ.«

Er lächelte. »Und du findest das nicht?«

Sie sah verlegen auf ihre Hände hinunter. »Es ist beinahe acht.«

»Also gut, fahren wir nach Hause.«

Obwohl sie wegen der Fernsehsendung, in der es um Darwins Reise auf der *Beagle* ging, so ein Theater gemacht hatte, konnte Olivia sich kaum konzentrieren. Nach zehn Minuten ging sie in die Küche, um sich eine Kanne Tee zu machen. Sie streckte den Kopf zur Wohnzimmertür hinein und fragte Nick, ob er auch eine Tasse wollte.

»Mit zwei Stück Zucker.«

Na, das war ja wohl klar, oder? Er war so durchschaubar, genau der gleiche Geschmack und dieselben Gewohnheiten wie Mutters Putzfrau!

Und ihre Mutter nannte er Em, was sie seltsamerweise nicht zu stören schien.

Sie schenkte den Tee ein, rührte Zucker hinein und brachte ihn ihm ins Zimmer. Offensichtlich interessierten ihn Darwins Abenteuer nicht, denn er blätterte in einer von Mutters Hochglanz-Modezeitschriften.

Aus beruflichem Interesse, vermutete sie. »Machst du auch solche Sachen?«

»Ab und zu. Das eigentliche Geld verdient man mit Werbung.«
Olivia setzte sich ans andere Ende des Sofas, hielt sich an ihrer Teetasse fest und dachte daran, daß Megan vor ein paar Tagen gesagt hatte, sie könnte Fotomodell werden. Megan war eine loyale Freundin, aber auch die letzte, die zu Schmeicheleien neigte. Nick wüßte bestimmt, ob Megan recht hatte oder verrückt war. Er hatte doch jeden Tag mit Fotomodellen zu tun. Er sah sich den ganzen Tag Frauen an und beurteilte sie kritisch. Nicht, daß sie Fotomodell werden wollte. Aber vielleicht war sie ja gar nicht so weit vom Ideal ihrer Mutter entfernt, von Vaters Althea, wie sie gedacht hatte.

»Nick, meinst du, ich könnte Fotomodell werden?«

»Du hast doch gesagt, du willst nicht.«

»Ich will ja bloß wissen, ob ich könnte. Muß man da nicht, du weißt schon, eine ganz bestimmte Größe und Gewicht haben und so weiter?«

Er sah hoch. »Deine Größe ist okay. Sehen wir uns mal das und so weiter an.« Er nahm ein Zug an seiner Zigarette und musterte sie eingehend. »Zieh erst mal das Zelt da aus.«

»Meinen Pulli?« Olivia erschrak. »Wozu?«

Geduldig sagte er: »Wie kann ich wissen, ob du wie ein Fotomodell aussiehst, wenn ich nicht sehe, wie du aussiehst? Du hast doch drunter noch was an, oder?«

»Ja«, gab sie zu. »Aber ...«

»Also gut – die Antwort ist nein.«

Er wandte seine Aufmerksamkeit wieder der Zeitschrift zu. Sie starrte empört auf seinen Kopf. »Was soll das heißen, nein?«

»Du kannst nicht Fotomodell werden, wenn dich keiner anschauen darf. Das ist doch der Witz beim Modellstehen.«

Sie haßte ihn wirklich, aus vollem Herzen. Im Moment haßte sie insbesondere die Tatsache, daß er so leicht erraten hatte, was ihr im Kopf herumging. Sie wollte nach oben fliegen, aber das hieße, klein beigeben. Und sie wollte es ja wissen.

Sie zog den Pullover aus und stand in einem genauso überdimensionalen T-Shirt in der Tür.

»Also?«

»Soll ich ehrlich sein?«

»Darum frag ich ja.«

»Ich bin geschmeichelt.« Er rauchte und betrachtete sie prüfend; sie wäre am liebsten im Boden versunken. »Laß mal sehen.« Er drückte die Zigarette aus und stellte sich mit der Zeitschrift in der Hand hin. »Stell dich mal da drüben im Flur vor den Spiegel. Und du meinst, so willst du aussehen, ja?« Er hielt ihr die Zeitschrift hin. Olivia blickte auf das ganzseitige Foto einer unglaublich schlanken, unglaublich großen, langgliedrigen, kleinbrüstigen, übermäßig grell geschminkten jungen Frau hinunter, die eine Art kunstvoll zerfetztes Lumpenkostüm trug.

»Ja, schon«, sagte sie schwach.

»Also gut. Jetzt sieh dir das an, und dann schau in den Spiegel.«

Sie sah in den Spiegel. Er stand direkt hinter ihr, ein paar Zentimeter größer als sie. Er faßte ihr Haar mit den Händen zusammen und häufte es auf ihrem Kopf auf. »Was hältst du davon?«

Sie konnte die Wärme seines Körpers hinter sich spüren, die

Wärme seiner Hände in ihrem Haar. Es überraschte sie, daß er so nah herankam, sie berührte, ihr Haar anders arrangierte. Sie betrachtete ihr eigenes Bild und machte vor Verzweiflung über den Anblick die Augen zu.

»Ich bin zu dick. So schlank werd ich nie sein.«

»Du könntest nicht mal dick sein, wenn du wolltest, Kleines. Die blöde Schlampe da lebt von Gurke und Hüttenkäse, und ohne Make-up sieht die aus wie ausgekotzt.«

Nick nahm seine Hände weg. Ihr Haar fiel herunter. Er schlang die Arme um ihre Taille.

Sie erstarrte.

»Schätzchen, bessere Formen als deine gibt's nicht. Auf Seite drei würden sie dich lieben.«

Sie bekam Angst, wenn er sie so festhielt, so mit ihr redete. Und doch war es eine Ewigkeit her, Jahre, daß jemand sie überhaupt in den Arm genommen hatte. Abgesehen von dem jungen Mann im Pub.

Olivia ließ die Zeitschrift fallen und legte die Hände auf seine Arme, die wie Eisen um ihre Mitte verschränkt waren. Er redete mit ihr, atmete ihr die Worte ins Ohr; so würde ein Löwe beim Anblick seines Fressens schnurren. »Um dich hat sich keiner gekümmert, Kätzchen. Jemand hätte dir sagen müssen, wie schön du bist.«

Seine Hände waren wie seine Stimme, warm und einschmeichelnd, warm und überzeugend. Staunend beobachtete sie im Spiegel, wie sich diese Hände nach oben bewegten, sich um ihre Brüste legten und sie streichelten. Sie konnte die Wärme durch das dünne T-Shirt und den BH spüren. Sie spürte den Druck seiner Liebkosungen, besonders auf ihren Brustwarzen.

Die Lust an seinen Liebkosungen. So etwas hatte sie noch nie gespürt; wie er sie hielt, sie streichelte, mit ihr redete. Es war tröstend und erschreckend, beschämend und erregend.

»Laß mich los«, flüsterte sie.

Er ließ sie los.

Sie drehte sich zu ihm um. Er sah sie an, ohne zu lächeln, nicht verärgert, nicht verlegen, nur so auf eine Art, daß ihr innerlich ganz komisch wurde.

»Das darfst du nicht.«

So hätte sie es nicht sagen sollen. Es hörte sich kindisch und dumm an: Du darfst vor dem Essen nichts Süßes naschen, du darfst nicht auf dem Sofa herumhüpfen. Er war erwachsen. In seinem Land herrschten andere Gesetze.

Sie konnte nur eine erwachsene Autorität zu Hilfe rufen. »Ich sag's meiner Mutter.«

»Das würde ihr gefallen, was?«

»Was meinst du damit?«

»Du bist doch ein schlaues Kind, denk mal drüber nach.«

Trotz seines Sarkasmus war Nick ernst. Olivia beschloß, oben in ihrem Zimmer darüber nachzudenken.

Sie ging hinauf und machte die Zimmertür hinter sich zu. Ich brauche ein Schloß an der Tür, dachte sie. Sie trat ans Fenster, das riesige Auge des Hauses, und sah auf die Straße hinunter, auf die stufenförmige Reihe von Dachgiebeln, die den Hügel entlang verliefen, auf die entfernten Fenster von Kilburn, in denen sich die tiefstehende Sonne widerspiegelte. Diese Stadtlandschaft war ihr der vertrauteste Anblick auf der Welt.

Sie wußte nicht, was ihre Mutter Nick gegenüber empfand. Ihre Mutter war der letzte Mensch auf der Welt, der nach Hause kommen und etwa sagen würde, ich hab da einen tollen Mann kennengelernt und bin ganz verrückt nach ihm. Andererseits würde sie aber wohl kaum einen Mann in ihr Haus und in ihr Leben lassen, bloß weil sie sich in ihn verknallt hatte. Und dieser Mann war so anders als all die anderen Männer, mit denen ihre Mutter sich bisher abgegeben hatte. Die Tatsache, daß er so anders als sie war und trotzdem hier wohnte, konnte nur bedeuten, daß sie einen wirklich tollen Mann kennengelernt hatte und ganz verrückt nach ihm war.

Er hatte also recht. Das letzte, was ihre Mutter wollte, war eine Tochter, die zu ihr kam und sagte, übrigens, dein Freund hat mich begrabscht, und was machst du jetzt?

Was hatte er denn schon getan? Nur das, was Charlie Cahill am Samstag abend auch versucht hatte. Und er konnte immer behaupten: Sie hat mich gefragt, ob sie Fotomodell werden könne. Oder: Ich hab sie bloß umarmt.

Er konnte aber auch sagen: Es hat ihr gefallen.

Sie hörte schon Megans hartnäckige Fragen, etwas neugierig und schrecklich direkt. Megan war auch sich selbst gegenüber unerbittlich, eine Art psychologischer Staatsanwalt. Megan würde sagen: Na, und hat's dir gefallen?

Und unter Eid müßte Olivia antworten: Ja – doch.

- 10 -

Am Tag seiner Hochzeit holte ihr Vater sie ab und fuhr mit ihr nach Marlow. Altheas Eltern lebten dort in einem großen viktorianischen Haus mit einem Rasen, der sich über einen Abhang bis zur Themse erstreckte, ein perfekter Rahmen für eine Hochzeitsfeier; und sie waren fest entschlossen, dort Hochzeit zu feiern. Althea war ihre einzige Tochter, also die einzige Chance.

Althea war schon da. Um ihrer Mutter moralische Schützenhilfe zu leisten, sagte Olivias Vater. Er zeigte sich von seiner besten Seite und war recht aufmerksam. »Du siehst wirklich hübsch aus, Lia. Ist das das neue Kleid?«

Ironie war nicht Olivias Art, obwohl es sie reizte. Sie überlegte, ob sie sagen sollte: Nein, ich hab mir irgendeinen alten Fetzen übergeworfen. Doch weil sie ihren Vater liebte und seine Schwächen kannte, pflichtete sie ihm bei und sagte, ja, es sei das neue Kleid.

»Und die Haare hast du dir auch hochgesteckt.«

»Das hat Mummy gemacht. Gefällt's dir nicht?«

»Doch, natürlich. Es macht dich sehr erwachsen.«

Sie sagte betrübt: »Wenn wir uns das nächste Mal sehen, bin ich schon fünfzehn.«

»Tatsächlich.« Er klang beunruhigt und etwas ungehalten. »Wir feiern, wenn wir uns wiedersehen.«

Ihr war, als müßte sie sich vor einer langen Seereise von ihm verabschieden, wie in alten Zeiten, als die Leute oft nicht mehr zurückkamen. Sie dachte an Sir John Franklins glücklose Arktisexpedition. Ihr war, als ob ihr Vater in die Arktis aufbrach. Oder sie selbst.

Es war keine richtige Hochzeit, weil sie nicht in der Kirche stattfand. Nur Junggesellen und ledige Frauen oder Witwer und Witwen konnten kirchlich getraut werden. Althea kam dafür in Frage, aber Olivias Vater nicht. Also hatten sie bereits am Vortag standesamtlich geheiratet. Die Hochzeit, zu der Althea und ihre Eltern eine Menge Leute eingeladen hatten, war eigentlich bloß ein Hochzeitsfest, nachdem die Zeremonie schon stattgefunden hatte.

Im Haus waren viele Leute versammelt, aber Olivia kannte kaum jemanden. Von den Freunden und Verwandten ihrer Mutter war natürlich niemand da. Die Eltern ihres Vaters wohnten in Yorkshire und hatten wegen der großen Entfernung abgesagt. Doch ihr Vater hatte gesagt, sie mißbilligten die Scheidung. Jedenfalls waren ihre Großeltern nicht dabei und Onkel John, der Bruder ihres Vaters, auch nicht. Olivia wanderte herum und wünschte, sie könnte sich ganz klein machen. Als Altheas Vater sie sah, reichte er ihr ein Glas Champagner. Olivia nippte vorsichtig daran. Es schmeckte ein wenig wie sehr herbes Ingwerbier. Ein Weilchen später kam er wieder, um ihr Glas aufzufüllen. Als er ihr ein drittes Glas anbot, lehnte sie ab. Statt dessen ging sie ihren Vater suchen, der inzwischen verschwunden war.

Als sie ihn bei ein paar Leuten stehen sah, die sie nicht kannte, wartete sie höflich ab, ohne recht zuzuhören, und beobachtete ihn dabei. Im Auto hatte er ihr gesagt, daß sie nett aussah, und sie hatte das Kompliment erwidert. Aber es war kein fairer Austausch: Er sah nicht nur nett aus, er sah direkt toll aus. Er hatte schon immer wie ein Filmstar ausgesehen, dunkles Haar, blaue Augen, groß und schlank, dazu bereit, die Bösewichter zu bekämpfen und zu besiegen. Er war aber kein Filmstar, sondern Professor. Er sah nicht bloß gut aus, sondern hatte auch Grips.

Kein Wunder, daß ihre Mutter ihn geliebt hatte. Kein Wunder, daß Althea ihn haben wollte. Olivia liebte ihn auch, aber danach fragte keiner. Sie war das Kind aus der Ehe, die es nicht mehr gab, und spielte daher keine Rolle mehr.

Endlich bemerkte er sie und unterbrach sein Gespräch, um sich ihr zuzuwenden. Er war ganz in Schwarzweiß und förmlich und steif. Außer daß heute sein Hochzeitstag war und er Champagner getrunken hatte.

»Was ist denn, Lia?«

»Gar nichts. Mummy hat gesagt, sie kommt mich um fünf abholen, und jetzt ist es fünf.«

»Alles okay? Amüsierst du dich gut?«

»Eigentlich nicht«, gestand sie. »Daddy, ich will mit dir reden, bevor ich heimfahre.«

Er machte eine untypische, ausladende Geste. Wahrscheinlich lag es am Hochzeitstag oder am Champagner. »Dann schieß los.«

»Nein, ich will mit dir allein reden. Komm, wir gehen zum Fluß runter.«

Da sie es leise sagte, nahm er sie ernst. Sie hakte sich bei ihm unter und ging dicht neben ihm her. Um mit seinen langen Beinen mithalten zu können, mußte sie große Schritte machen.

»Daddy, ich…« Sie holte tief Luft. »Wenn du vom Urlaub zurückbist, kann ich dann bei dir wohnen?«

»Wieso? Stimmt was nicht bei deiner Mutter?«

»Es ist wegen dem Mann, von dem ich dir erzählt hab.«

»Stimmt was nicht mit ihm?«

»Na ja, er ist –« Sie fragte sich, ob ihr Vater begreifen würde, was ein Onkelmann war. Ja, wahrscheinlich nur zu gut. »Er ist nicht bloß ein Zimmerherr. In bezug auf Mummy, meine ich. Für mich ist er ein wildfremder Mensch. Wie fändest du es denn, wenn du mit einem wildfremden Menschen zusammenwohnen müßtest?«

Ihr Vater sagte eine Weile gar nichts. »Hast du schon mit Emma darüber gesprochen?«

»Nein.«

Er war stehengeblieben. Sie senkte den Blick auf seinen Brustkorb und hätte gern die Hand ausgestreckt und ihn berührt.

»Nein«, wiederholte sie. »Ich glaube, sie hat nicht mal kapiert, daß ich weiß – äh –, was sich zwischen ihnen abspielt.«

Er rückte verstimmt von ihr ab. Er will mich nicht, dachte Olivia. Sie hatte es schon geahnt, aber nie gewagt, es darauf ankommen zu lassen. Sie tat es jetzt nur wegen Nick und überlegte, was ihr Vater wohl gesagt hätte, wenn sie es ihm erzählt hätte. *Mummys Freund hat meine Titten begrabscht.*

»Nicht jetzt«, sagte ihr Vater. »Vielleicht nächstes Jahr.«

»Wieso nicht jetzt?«

Er sah über den Fluß, als sei am anderen Ufer ein Paradies, in dem es solche peinlichen Situationen nicht gab. »Althea ist schwanger.«

»Sie bekommt ein Baby?« Es war ihr nie in den Sinn gekommen, daß ihr Vater und Althea ein Baby zustande bringen könnten. Er war zu alt, er war doch schon über vierzig. Allein der Gedanke war abstoßend. Er sah sie abwartend an. Wahrscheinlich erwartete er, daß sie sich freute, doch sie war nur schockiert. Das einzige, was sie herauskriegte, war: »Wann?«

»Weihnachten.« Nach einer Pause fügte er hinzu: »Nächstes Jahr um diese Zeit haben wir die schlaflosen Nächte und die Blähungen größtenteils überstanden. Dann kannst du vielleicht kommen.«

Um das Baby zu hüten, dachte Olivia. Althea würde ein Baby bekommen. Ihr Vater würde eine neue Tochter oder noch besser, einen Sohn bekommen. Eine nagelneue Familie, und sie durfte als Dienstmagd einspringen. Als Aschenbrödel.

»Lia, der Zeitpunkt ist ungünstig. Verstehst du?«

Sie antwortete nicht. »Hatte ich auch Blähungen?«

»Du warst schrecklich«, erwiderte er lächelnd. »Du hast uns sechs Wochen lang jede Nacht wachgehalten.«

»Sind alle Babys so?«

»Hoffentlich nicht. Lia, ich muß wieder ins Haus. Kommst du?«

»Noch nicht. Ich will noch ein Weilchen hierbleiben.«

»Na dann –« Er zögerte einen Moment lang. Dann drehte er sich um. »Bis später.«

Am Ufer der Themse hockte Olivia sich nieder, aber zwischen all den Fremden hier wollte sie nicht weinen. Sie war ein wenig beschwipst vom Champagner, und es fiel ihr leicht, den Teil des Gehirns abzuschalten, der über die Worte ihres Vaters nachgrübeln wollte. Ihr war, als ob er durch ihren Kopf floß, die Gedanken herausspülte und im salzigen Meer versenkte.

Althea kam herunter und rief nach ihr. »Lia, da ist jemand für dich.«

Olivia war so sehr damit beschäftigt, Altheas langes, weißes Seidenkleid zu betrachten und sich ein Baby in ihrem Bauch vorzustellen, daß sie nicht hörte, was sie sagte. So erschrak sie furchtbar, als sie in Erwartung ihrer Mutter ins Haus trat und statt dessen Nick Winter vorfand.

In seinem hocheleganten Anzug, den er anstatt der üblichen ausgebleichten Jeans trug, wirkte er erstaunlich respektabel. Er unterhielt sich mit Altheas Vater, besser gesagt, Altheas Vater unterhielt sich mit ihm. »Wie wär's mit Champagner?« sagte Altheas Vater gerade, der selbst einiges getrunken hatte.

»Nein, danke, ich muß Lia chauffieren.«

»Das hat Zeit«, beharrte Altheas Vater. »Kommen Sie herein, setzen Sie sich, wir holen Ihnen etwas zu essen.«

Nick warf einen Blick zu Olivia hinüber, die ihn aus sicherer Entfernung anstarrte. »Ich glaube, Lia will jetzt gehen.«

Olivias Vater trat hinzu. Sie erschrak wieder, als sie ihn neben Altheas Vater sehen sah und feststellte, daß der Altersunterschied zwischen den beiden geringer war als der zwischen ihr und Althea. Fand Altheas Vater es eigentlich nicht komisch, einen Schwiegersohn in seinem Alter zu haben?

Keiner war dem anderen vorgestellt worden, und das schien auch nicht nötig. Altheas Vater wußte nicht, wer Nick war, und scherte sich auch nicht darum, während Olivias Vater haarscharf kombinierte und Nick deshalb nicht leiden konnte. Olivias Vater kam zu Olivia herüber und legte ihr die Hand auf die Schulter, sah aber Nick an, als er sagte: »Hat Emma Sie als Lias Chauffeur geschickt?«

Es sollte eine Beleidigung sein, und Olivia fand, daß es ihm gut gelungen war. Doch sie wußte, daß Nick nicht nur als Chauffeur geschickt worden war, sondern als Mutters Kampfgefährte. Am Hochzeitstag ihres Vaters hatte ihre Mutter sich nicht erniedrigen lassen, persönlich zu erscheinen. Sie wollte sich nicht als die abgelegte Ehefrau zeigen, sondern als Frau mit einem neuen, jüngeren Liebhaber, dem Ersatz für den früheren Ehemann. Und das ging Olivias Vater gegen den Strich.

»Ich fahr sie nach Hause«, erwiderte Nick kühl. »Bist du soweit, Lia?«

Das Rotkäppchen war noch nicht ganz bereit, in den Wagen des Wolfes zu steigen. »Moment, ich muß mich noch verabschieden.«

Sie machte sich von der besitzergreifenden Hand ihres Vaters los und verabschiedete sich von Altheas Eltern, Bruder und Schwägerin, den Großeltern und der Urgroßmutter, und von der gräßlichen Althea auch. Als sie ihren Vater umarmte und küßte, kämpfte sie mit den Tränen. Es kam ihr so vor, als nähme sie für immer Abschied von ihm.

Vielleicht lag es an der Hochzeit, vielleicht an dem Baby. »Daddy«, flüsterte sie verzweifelt, »könntest *du* mich nicht nach Hause fahren?«

»Du weißt doch, daß das nicht geht, Lia. Diese Leute sind meine Gäste. Außerdem müssen wir sowieso bald zum Flughafen.«

»Ich weiß. Aber ich will nicht, daß Nick mich heimfährt.«

»Wieso nicht?«

Kurzerhand erfand Olivia eine Lüge: »Er fährt zu schnell. Er hat einen XJS.«

»Die Geschwindigkeitsbegrenzung gilt für einen Affen im Jaguar genauso wie für uns gewöhnliche Sterbliche.«

Ihr Vater begleitete sie hinaus, gefolgt von Althea und ihren Eltern, und alle sahen sich Nicks XJS an. Außer Olivia und ihrem Vater bewunderten ihn alle uneingeschränkt. Althea setzte sich sogar hinters Steuer..

Schließlich drehte sich Nick zu Olivia um. »Okay, Lia, fahren wir?«

Olivia stieg ein. Ihr Vater, Althea und ihre Eltern standen da und winkten.

Als Nick losfuhr, lehnte sich Olivia erschöpft in ihrem Sitz zurück.

»War's nett?«

Sie hatte Nick fast vergessen. Unwillkürlich seufzte sie auf. »Es war okay.«

Er warf ihr einen seltsamen Blick zu. »Wie kommen wir wieder auf die Autobahn?«

»Du fährst durch den Ort bis zum zweiten Kreisverkehr und biegst dann links ab.«

»Du kommst wohl oft hierher, oder?«

»Ich war erst einmal hier.« Sie betrachtete ihre Fingernägel und suchte sich einen aus, um daran zu kauen. »Das sind jetzt wohl meine Stiefgroßeltern, oder?« Diesen umständlichen Ausdruck zog sie der Alternative »Eltern meiner Stiefmutter« vor. Althea würde nie eine Art Mutter für sie sein.

»Was machst du eigentlich hier?«

»Rate mal! Ich bin gekommen, um dich abzuholen.«

»Ich meine – heute ist doch Samstag. Du solltest doch in Norfolk sein, oder?«

»Ist das eine Regel?«

Olivia antwortete nicht. Ihr war ziemlich schwindlig, wahrscheinlich vom Champagner.

Als sie versuchsweise die Augen schloß, drehte sich plötzlich alles. Olivia nagte an ihrem Fingerknöchel und sah starr geradeaus, in der Hoffnung, das Gefühl würde verschwinden. Sie betete darum, sich nicht übergeben zu müssen.

»Lia, alles okay?«

»Ja, doch.«

»Du siehst aus wie ein Gespenst. Mußt du gleich kotzen?«

»Nein«, log sie, den Tränen nahe. »Es wird schon wieder.«

»Bist du sicher? Da vorn kommt gleich ein Rastplatz.«

Ohne ihre Antwort abzuwarten, wechselte er von der Überholspur auf die andere Seite. Als er auf den Rastplatz einbog, hielt sie sich bereits die Hand vor den Mund. Kaum hatte er den Wagen zum Stehen gebracht, öffnete Olivia die Tür und stolperte ins Freie. »Der Champagner«, murmelte sie. Sie stolperte und fiel auf die Knie.

Sie würgte vergeblich und stützte sich auf Händen und Knien auf, um ihr neues Kleid nicht schmutzig zu machen. Auf der Fahrt im offenen Wagen hatten sich ein paar Haarsträhnen aus ihrem Haarknoten gelöst, und nun wehte ihr der Wind das offene Haar ins Gesicht. Sie schob es hilflos zurück, blind vor Tränen. Der Magen tat ihr weh, der Hals tat ihr weh. Es fühlte sich an, als hätte sie ein großes Loch in der Mitte. Sie hockte sich neben den Wagen, atemlos und schluchzend. Sie war so leer, daß nichts zum Erbrechen kam. Ihr Vater hatte sie einmal als jämmerliches, kleines Mädchen bezeichnet. Nun wußte Nick, daß sie ein jämmerliches, kleines Mädchen war. Sie wünschte, sie wäre tot.

»Komm mal her, Kätzchen.«

Nick ließ sich vor ihr auf den Knien nieder. Sie sah ihn verschwommen durch einen Schleier von Haaren und Tränen. Er zog sie auf seinen Schoß, drückte sie an sich und wiegte ihren Kopf an seiner Schulter. Er streichelte ihr übers Haar und strich es ihr aus dem Gesicht.

»Es geht schon wieder, Schätzchen«, sagte er.

Es ging gar nicht. Weinend vergrub sie ihr Gesicht in sein Designerhemd. Es tat so weh im Bauch, im Herzen. Sie hatte ihren Vater verloren.

Als sie wieder sprechen konnte, sagte sie: »Althea kriegt ein Baby.«

»Sieh mal einer an.«

Sie hob den Kopf, um ihn anzusehen. »Hast du das gewußt?«

»Zumindest hab ich's mir gedacht. Was glaubst du denn, warum er sie heiratet? Er hatte es ja verdammt eilig.«

»Eilig?«

»Er hatte keine Zeit, sich lang rumzustreiten. Er brauchte die Scheidung. Er hat Em das Haus überschrieben.«

»Wieso denn das?«

»Vielleicht wollte Altheas alter Herr nicht, daß seine Gäste von einer Mußheirat reden. Oder vielleicht hatte sie keine Lust, im Schwangerschaftskittel zu heiraten. Es sollte ein Tauschhandel sein – dein Alter kommt frei und zahlt Unterhalt für dich –, das klappt aber nicht ganz.« Nick zauste ihr Haar, eine lässige Geste, die ihr Vater nie über sich gebracht hätte. »Die Welt ist schlecht, Kleines. Ein Haus in London ist verdammt viel mehr wert als du.«

Olivia verstand die finanziellen und rechtlichen Konsequenzen, von denen er sprach, nicht. Nur so viel, daß ihr Vater sehr darauf aus gewesen war, sie sich vom Hals zu schaffen, damit er Althea heiraten konnte, bevor sie sein Baby bekam.

Vielleicht war er deshalb dagegen gewesen, daß sie zu ihm zog. Er hatte ja bereits für sie bezahlt.

»Du meinst, er hat Mummy bestochen, ihn gehen zu lassen?«

»So könnte man es auch nennen. Oder er hat die Bestechung einfach weitergegeben. Em hat mir erzählt, daß Altheas alter Herr ihm ein ziemlich großzügiges Angebot gemacht hat.«

»Du meinst, damit Daddy Althea auch bestimmt heiratet, bevor das Baby geboren wird?«

Er zuckte die Achseln. »Geld bleibt am Ende immer in der Familie.«

Mit dem Kopf an Nicks Schulter, die Augen weit offen, blickte Olivia ins Leere. Ihr Vater wollte sie nicht. Nick hielt sie für ein dummes kleines Mädchen, das im Auto spuckte. Ein paar Meter weiter brauste der Verkehr in einem stetigen, schnellen, beängstigenden Rhythmus vorbei: schum, SCHUM, schum, SCHUM und beherrschte ihre Bemühungen um einen klaren Gedanken. Sie merkte, daß sie wie ein kleines, verängstigtes Kätzchen zitterte.

Nick streichelte ihr über Haar und Nacken. Mit dem Daumen wischte er die Tränen aus ihren äußeren Augenwinkeln. Er hob ihr Gesicht an. Sie schloß die Augen, um ihn nicht ansehen zu müssen.

Mit der Zungenspitze berührte er ihre Nasenspitze. Es war ihr nie in den Sinn gekommen, jemanden so mit der Zunge zu küssen. Die Eskimos küßten doch mit der Nase, oder? Kichernd schlug sie die Augen auf.

Er sah sie an. Er lächelte nicht mehr. »Geht's besser?«

»Hmm.« Sie bewegte sich nicht, sondern kuschelte sich enger an ihn, glücklich, ein Weilchen umarmt und gestreichelt zu werden. Wieder hob er ihr Kinn an. Diesmal betastete er mit der Zunge ihre Mundwinkel. Sie machte den Mund auf, um etwas zu sagen, wenn auch nur ein überraschtes oder wohliges »Oh«, als er plötzlich seine Zunge in ihren Mund steckte.

Sie sagte noch einmal »oh«, diesmal im Hals, weil sie nicht sprechen konnte, während er sie küßte. Er konnte es viel besser als der junge Mann im Pub. Wieder tat es ihr im Innern weh, aber anders und ziemlich aufregend.

Sie saß immer noch auf seinen Oberschenkeln. Er streifte eine ihrer Sandalen ab und streichelte ihren Fuß. Dann bewegte er die Hand langsam nach oben, über den Knöchel, die Wade, das Knie, den Schenkel, und schob ihren Rock hoch, um ihre nackte Haut zu streicheln. Die Hand wanderte den Schenkel hinauf bis ganz nach oben und glitt in ihren Schlüpfer, dabei strich sie über die glatte Haut ihres Hinterns, als wäre es Seide. Seine Fingerspitzen blieben auf der Spalte zwischen ihren Pobacken liegen. Die Innenfläche seiner Hand schmiegte sich um ihre linke Pobacke. Als er sie mit dem Daumen streichelte, erzitterte sie unter seiner Hand. Nick fluchte leise und zog seine Hand weg.

Er stand auf und stieß sie von seinem Schoß herunter. »Wir müssen fahren. Ich hab Em gesagt, ich hol sie um sechs in der Galerie ab. Wir müssen auf eine verdammte Dinnerparty.«

Der rauhe Ton in seiner Stimme war beunruhigend, und Olivia rappelte sich umständlich hoch.

Nick lehnte sich an den Wagen und zündete sich eine Zigarette an. Er blies den Rauch fort und sah zu, wie sie sich bemühte, die Sandale wieder anzuziehen. Ihr wurde schlecht, als sie den Blick in seinen schmalen Augen sah; als ob er sie haßte.

»Du wirst doch nicht noch mal kotzen, oder?«

Es klang eher wie eine Drohung als wie eine Frage. Sie schüttelte den Kopf.

»Gut. Steig ein.«

Sie stieg ein, und er machte die Tür hinter ihr zu. Kaum hatte er den Motor angelassen, schaltete er das Radio ein. Jemand sang: *Tell Laura, I love her.* Glückliche Laura, dachte sich Olivia. Sie wünschte, jemand würde sie lieben. Sie wünschte, sie wäre Althea, die von ihrem Vater geliebt wurde. Oder sogar ihre Mutter, die von Nick geliebt wurde.

Wieso wollte sie überhaupt von Nick geliebt werden?

Bei der Vorstellung fühlte sie einen tiefen Schmerz tief drinnen. Vorhin, als er sie umarmt und geküßt hatte, hatte sie sich so gut gefühlt wie seit Jahren nicht mehr, es war ein Gefühl wie in ihren Träumen, wenn ein Stern sie mit seiner Wärme umgab: sicher und geborgen in der Gewißheit, daß alles gut werden würde.

Aber es war nicht gut. Als er sie gleich darauf mit seinen kalten blauen Augen ansah, wich alle Wärme aus ihr. Er liebte sie nicht, er haßte sie. Er fand sie widerlich. Sie konnte es an seinem Gesicht sehen.

Sie verschränkte die Arme auf dem Bauch. Ihr war schlecht. Aber sie durfte sich nicht übergeben.

- 11 -

Der Mann kam wieder. Falls es ein Mann war.

Diesmal kam das Ding die Treppe herauf. Sie hörte es, konnte aber nicht weglaufen. Vielleicht hätte sie durchs Fenster flüchten können; in Träumen funktionierte das manchmal. Aber sie blieb starr im Bett liegen, während die Tür krachend aufflog und der Fremde das Zimmer betrat.

Wieder kam er an ihr Bett und zog ihr die Steppdecke weg. Wieder war sie nackt, verängstigt und voller Scham. Diesmal war die Scham noch stärker, denn sie rechnete damit, daß er sie berührte. Sie wollte sogar, daß er sie berührte. Im Traum wand sie sich auf den Laken und wagte nicht einmal, sich mit den Händen zu bedecken, wohl wissend, daß er ihre Wünsche kannte. Er sah auf sie hinab, mit fremden Augen voller Verachtung und Abscheu vor ihrer Nacktheit und ihrem Verlangen, von ihm berührt zu werden.

Da erkannte sie, daß es doch ein Mann war. Ein Mann, den sie kannte.

Ihr Vater.

Olivia fühlte sich so gedemütigt, daß sie am Sonntag morgen kaum aufstehen und der Welt ins Gesicht sehen konnte. Inzwischen waren ihr sogar ihre Alpträume peinlich. Und es stimmte, daß ihr Vater sie verachten und verabscheuen würde, wenn er wüßte, was auf dem Weg von seiner Hochzeit nach Hause passiert war.

Sogar Nick hatte sich vor ihr geekelt. Nick hätte eigentlich der Mann in ihrem Traum sein müssen.

Hieß das, sie wollte wirklich von ihm berührt werden?

Olivia konnte diesen Gedanken kaum zu Ende denken. Wie tief war sie gesunken, daß sie von einem Mann verachtet wurde, der selbst verabscheuungswürdig war? So tief, daß sie sich wünschte, der Liebhaber ihrer Mutter würde die Hand unter ihren Rock stecken?

Ihre Mutter kam herein und zog beide Vorhänge auf. »Na, stehst du heute noch auf, Lia? Ich dachte mir, es ist so ein schöner Tag, da könnten wir doch nach St. Albans zum Mittagessen fahren.«

Olivia kannte St. Albans gut. Zwei Schlachten hatten dort stattgefunden. Ihr Vater hatte es ihr, übrigens vor Ort, ganz genau beschrieben. »Kommt Nick mit?«

»Natürlich. Ich kann ihn doch nicht hier bei Brot und Käse sitzen lassen.«

»Ich dachte, er ist unser Untermieter. Einen Untermieter muß man sonntags doch nicht zum Mittagessen ausführen.«

»Er führt *uns* zum Mittagessen aus.«

»Wie nett.« Olivia wollte nicht mit Nick im gleichen Raum sein, geschweige denn am gleichen Tisch essen. »Wieso ist er sonntags überhaupt hier? Ich dachte, es gilt nur für Wochentage.«

»Letzte Woche war er in Spanien«, sagte ihre Mutter vage, als ob aus zwei falschen Behauptungen eine richtige werden könnte.

»Und gestern waren wir auf der Dinnerparty bei Kay und Simon.«

»Wie war's? Hat es Nick gefallen?«

Olivia war ehrlich interessiert. Kay schrieb Kochbücher, und Simon arbeitete bei der BBC. Die beiden wohnten auf der anderen Seite der Finchley Road, auf der vornehmeren Seite. Es mußte ihre Mutter ziemlich erwischt haben, wenn sie Nick sogar ihren Freunden vorstellte.

»Ja klar«, erwiderte ihre Mutter. »Alle mögen Kays Dinnerpartys, sie ist ja so eine ausgezeichnete Köchin. Jetzt steh aber auf, Lia, wir fahren bald.«

»Ich will nicht nach St. Albans. Ich habe Meg versprochen, heute nachmittag was mit ihr zu unternehmen.«

»Na gut, dann bist du dir selbst überlassen. Steh aber trotzdem auf.«

Daß die eigene Tochter bei Brot und Käse zu Hause hockte, war demnach in Ordnung. Olivia versprach aufzustehen. Sie ging ins Badezimmer hinunter, nahm ein ausgiebiges, entspannendes Bad, wusch sich die Haare und rasierte ihre Beine. Als sie fertig war, waren Mutter und Nick weg.

Als Megan kam, wollte sie gleich wissen, wie es auf der Hochzeit gewesen war.

»Ehrlich gesagt, ziemlich langweilig. Es war gar keine richtige

Hochzeit, weil sie schon am Tag vorher geheiratet haben. Komisch, obwohl es die Hochzeit von meinem Vater war, kannte ich fast keinen. Es war eher eine Party für die Freunde und Verwandten und Geschäftskollegen von Altheas Vater.«

»So sind Hochzeiten doch immer. Das Brautpaar ist bloß eine faule Ausrede.«

»Wetten, daß auf den Hochzeitsbildern von meinen Eltern eine Menge Leute sind, die ich kenne. Und das war vor meiner Geburt.«

Olivia kramte das Hochzeitsalbum ihrer Mutter hervor, blätterte mit Megan darin und deutete auf die Gesichter, die sie erkannte. Manche Gesichter gehörten Leuten, die bereits gestorben waren, wie zum Beispiel ihr Großvater. Sie erkannte auch die Kirche von Devon wieder, wo ihre Großmutter lebte. Alle schienen sich zu freuen, die Toten wie die Lebenden.

Auf diesen Bildern sah ihre Mutter aus wie die zierlichere, zartgliedrigere Ausgabe der Prinzessin von Wales. Ihr Vater sah sehr gut und sehr jung aus, eher wie eine Student als wie ein Dozent, obwohl er bereits seinen Doktor gemacht hatte. Sie lächelten, Arm in Arm, fest entschlossen, bis in alle Ewigkeit glücklich miteinander zu leben.

»Wie haben sie sich kennengelernt?«

»Mummy war eine von Daddys Studentinnen.«

»Wie Althea.«

»Ja. Vielleicht sind seine Studentinnen die einzigen Frauen, die er kennenlernt.«

»Die er zumindest bemerkt. He, deine Eltern haben ja im Dezember geheiratet.«

»Ja, am einundzwanzigsten Dezember. Am kürzesten Tag des Jahres.«

»Und du bist sechs Monate später am längsten Tag des Jahres geboren.«

Olivia sah erst Megan an und dann das Foto ihrer Eltern. Wieso war sie nicht selbst darauf gekommen? Ihre Mutter mußte im dritten Monat schwanger gewesen sein, als das Foto gemacht worden war. Und das bedeutete...

Sie wußte, daß ihre Mutter ihr Studium nie abgeschlossen hatte, weil sie nach ihrem zweiten Jahr, vor Olivias Geburt, aufgehört hatte. Da Erwachsene anscheinend immer tun durften, was ihnen paßte, hatte Olivia angenommen, daß ihre Mutter ihren Vater geheiratet und ein Baby bekommen hatte, weil ihr das lieber war, als sich weiter durchs Studium zu beißen. Man bekam schließlich kein Baby, wenn man keins wollte, oder? Nicht mit Pille und Abtreibung.

Doch wenn es stimmte, was Nick gesagt hatte, daß ihr Vater Althea bloß heiratete, weil sie schwanger war …

Angenommen, Althea hatte heiraten wollen und ihr Vater nicht. Angenommen, Althea war schwanger geworden, damit er sie heiraten mußte. So etwas Ähnliches hatte Nick damit bestimmt sagen wollen. Althea wollte das Baby also und ihr Vater nicht. Oder vielleicht wollte Althea in Anbetracht ihres mangelnden Mutterinstinktes das Baby im Grunde auch nicht und war nur schwanger geworden, damit Olivias Vater sie heiratete.

Wenn so etwas heutzutage passierte, was war dann vor fünfzehn Jahren passiert?

Vielleicht hatte ihr Vater sie auch nicht haben wollen. Am liebsten hätte Olivia ihn angerufen, um es ihn abstreiten zu hören. Aber er war tausend Meilen weg in Amalfi. Und selbst wenn er sagte, nein, so sei es nicht, jedenfalls nicht in ihrem Fall – woher wußte sie, daß es die Wahrheit war? Sie wußte lediglich, daß er sie verlassen hatte und Ausflüchte suchte, weshalb sie nicht zu ihm ziehen konnte.

»Lia, mach nicht so ein Gesicht.« Megan stupste sie am Arm. »Das ist doch jetzt egal! Früher waren die Leute wahrscheinlich auch nicht mehr Jungfrau, wenn sie geheiratet haben. Und so was wie Bastarde gibt's heute nicht mehr.«

»Das ist es nicht. Ich wollte es dir vorhin schon sagen: Althea ist schwanger. Daddy hat es mir gestern gesagt.«

»Auf der Hochzeit? Gutes Timing.« Megan machte eine Pause, um die Neuigkeit zu überdenken. »Dann kriegt er ja wieder ein Sechsmonatsbaby.«

»Nick meint, Daddy hat Althea deswegen geheiratet.«

»Nick meint das? Wieso besprichst du eigentlich solche intimen Familiengeheimnisse mit Nick?«

»Er hat mich von der Hochzeit abgeholt.«

»Ich dachte, am Wochenende ist er nicht hier.«

»Dieses Wochenende schon. Wegen einer Dinnerparty, sagt Mummy.«

»Vielleicht sind sie wirklich verliebt.«

Megan fand die Vorstellung romantisch. Im Gegensatz zu Olivia.

»Wie gräßlich, Meg! Ich kann mir nicht vorstellen, daß Nick in irgend jemanden verliebt ist außer in sich selbst.« Sie klappte das Album zu. »Weißt du was? Wir gehen ins Kino.«

Der Film, für den sie sich entschieden hatten, war erst ab achtzehn. Weil Olivias Mutter nicht zu Hause war, konnte sie sich schminken, um wie achtzehn auszusehen, ohne daß sie andauernd fragte, was um alles in der Welt sie eigentlich vorhätten. Olivia lieh sich von ihrer Mutter ein Paar hochhackige Sandalen und einen Pulli; ihre eigenen Pullis waren alle zu weit, und an der Kinokasse sollte man gleich sehen, daß sie einen richtigen, erwachsenen Busen hatte. Ihre Theorie war, daß man mit einer Größe von einsachtzig und Brüsten wie Elizabeth Taylor ganz einfach achtzehn Jahre alt sein *mußte*.

Dann steckten sie sich gegenseitig die Haare hoch. Während Megan sie frisierte, mußte Olivia wieder an Donnerstag abend denken, als Nick ihre Haare mit den Händen auf ihrem Kopf zusammengehalten hatte. Und ihr gesagt hatte, sie hätte regelrechte Seite-drei-Titten. Und sie mit seinen Händen gestreichelt hatte.

Allein die Erinnerung daran war furchtbar peinlich. Ihr fiel ein, wie er sie gestern angesehen hatte, kalt und verächtlich. Unwillkürlich begann sie zu zittern.

Megan sah sie im Spiegel an. »Was ist los, Lia?«

»Nichts, wieso?«

»Du hast gerade ausgesehen, als ob du gleich losheulst.«

»Wirklich? Tu ich aber nicht.«

Sie betrachteten das Ergebnis ihrer Bemühungen in dem bodenlangen Spiegel im Hausflur und waren hochzufrieden. Als sie hinausgingen, fühlten sie sich wie richtiggehende Fotomodelle.

Im Kino hatten sie keinerlei Probleme, eingelassen zu werden. Der Film handelte von einem Mann, der reihenweise Frauen umbrachte. Die Morde wurden in grellen Technicolorfarben gezeigt, was an sich schon schlimm genug war, doch das Nervenaufreibendste war, daß der Mörder eine Freundin hatte, die nichts von seinem fatalen Hobby ahnte. Als die Freundin im Verlauf des Films allmählich Verdacht schöpfte, wuchs die Spannung, ob sie ihn nun zur Rede stellen, ihn verpfeifen und/oder von ihm umgebracht werden würde.

Auf dem Weg nach draußen sagte Olivia: »Vielleicht hätten wir uns das nicht ansehen sollen. Ich weiß jetzt schon, daß ich heute nacht Alpträume habe.«

»Die blutrünstigen Szenen machen mir nichts aus«, gab Megan heiter zurück. »Ich werd schließlich später mal mit Unfallopfern zu tun haben und Leuten, die bei Messerstechereien zerfetzt werden.«

Olivia hielt sich die Hand vor den Mund und tat, als müßte sie sich übergeben. »Das wär nichts für mich. Außerdem meine ich Alpträume, bei denen man umgebracht wird.«

Auch Mord schreckte Megan nicht. »Die meisten Leute werden von ihren Angehörigen umgebracht. Die Wahrscheinlichkeit, von einem entlaufenen Geisteskranken attackiert zu werden, ist gleich null, Lia.«

Kein Mann, ob geisteskrank oder nicht, würde je den Versuch machen, Megan umzubringen. Sie hatte glattes, helles Haar, große, weit auseinanderstehende, blaue Augen und einen kräftigen, durchtrainierten Körper; sie war der kühnste, selbständigste Mensch, den Olivia kannte. Als sie zwölf war, hatte sie ein Kind vor dem Ertrinken gerettet. Letzten Winter, als sich den beiden im Park ein Betrunkener genähert und obszöne Drohungen ausgestoßen hatte, hatte Olivia ängstlich reagiert, aber Megan hatte ihm einen Vortrag über sein ungebührliches Benehmen gehalten, und er war kleinlaut abgezogen.

Olivia verabschiedete sich von Megan vor deren Haustür und ging durch den Park nach Hause. Sie stellte fest, daß sie die Küchentür nicht aufzuschließen brauchte, da ihre Mutter schon zu Hause war. Früher hätte sie sich darüber gefreut, aber jetzt bedeutete es Nick. Bei dem Gedanken wurde ihr flau im Magen.

Sie machte die Tür auf und trat in die Küche. Da saß er am

Küchentisch, mit der unvermeidlichen Zigarette, einem Glas Bier und der Zeitung. Wetten, es ist der *Sunday Sport*, dachte sie mißmutig, oder irgendein Bumsblättchen. Er sagte »hallo«, und sie ignorierte ihn.

Ihre Mutter war am Ausguß beschäftigt. »Hallo, mein Liebling. Ich hab mich schon gewundert, wo du steckst.« Sie sah hoch und bemerkte erst jetzt Olivias Aufmachung. »Wo um alles in der Welt warst du denn in dem Aufzug?«

»Wir waren im Kino.« Trotzig fügte Olivia hinzu: »Gefalle ich dir nicht?«

»Du siehst sehr nett aus«, sagte ihre Mutter skeptisch. »Aber ich glaube, das sind mein Pulli und meine Schuhe.«

»Na und? Es ist schließlich kein Verbrechen, wenn ich sie mir ausleihe, oder?«

»Ich sage nicht, daß es ein Verbrechen ist, aber du könntest mich vorher fragen.«

»Du bist ja nie da.«

Dieser Tiefschlag zielte darauf ab, den Einwand ihrer Mutter abzuschwächen und funktionierte wie immer. »Na gut«, sagte ihre Mutter steif. »Jetzt geh bitte rauf und zieh dich um. Und dann hilf mir mit dem Abendessen.«

»Ich hab keinen Hunger.«

»Du mußt aber was essen, Lia, du kannst doch nicht von Luft leben. Übrigens bist du nicht allein hier. Nick hat sicher Hunger. Er hat ein Recht auf sein Abendessen.«

Olivia sah Nick an. Er hatte die Zeitung aufgegeben – zu viele lange Wörter, dachte sie gehässig. Er lehnte sich im Stuhl zurück, den Arm über der anderen Stuhllehne, und starrte sie mit seinem kühlen blauen Blick an.

Sie fühlte sich furchtbar nackt unter seinem starren Blick. Ihr war, als ob sich ihr Inneres zusammenzog, wenn er sie so ansah. Wie konnte es ihrer Mutter nur entgehen?

Vielleicht betrachtete er ihre Brüste, die in dem braunen Pullover ihrer Mutter so offensichtlich waren, und erinnerte sich womöglich daran, wie er sie gehalten und gestreichelt hatte. Vielleicht fiel ihm beim Anblick ihres Hinterns wieder ein, wie er die

Hand in ihren Schlüpfer gesteckt hatte. Oder vielleicht dachte er nur daran, daß sie ihm erlaubt hatte, all diese Dinge zu machen.

Und daß es ihr gefallen hatte.

Sie starrte ihn wütend an. »Er kann sich sein Essen selbst machen«, sagte sie zu ihrer Mutter. »Eigentlich sollte er heute abend auch gar nicht hier sein. Wieso soll ich ihn bedienen?«

»Lia, sei nicht ungezogen.« Ihre Mutter warf einen ängstlichen Blick zu Nick hinüber, um zu sehen, ob er es übelgenommen hatte. »Nick bezahlt für Essen und Wohnung, er hat ein Recht darauf.«

Nick hatte es offenbar nicht übelgenommen: Er schenkte ihrer Mutter ein knappes, freundliches Lächeln, das diese mit untypisch kindlicher Freude über die nonchalante Zustimmung erwiderte. Wie ein Hund nach einem Klaps, dachte Olivia. Wie konnte sie ihm nur so in den Hintern kriechen?

Dann dachte sie, es ist ungerecht. Sie lächelt er an, aber bei mir tut er so, als sei ich bloß der Dreck unter seinen Fußnägeln. Sie spürte, daß ihre Gefühle im Begriff waren, die Oberhand zu gewinnen. Und dann sagte sie etwas absolut Unverzeihliches. Sie konnte kaum glauben, daß ihre eigene Stimme es aussprach: »Ach, er gibt dir also Geld dafür?«

Ihre Mutter starrte sie fassungslos an. Wortlos öffnete sie den Mund. Ihre sowieso schon helle Haut war bis auf zwei rote Flecken auf den Wangenknochen leichenblaß geworden. Sie sah aus, als würde sie gleich ohnmächtig werden.

Doch im Gegensatz zu anderen Leuten verlor sie selbst jetzt die Beherrschung nicht. Zwar war sie zutiefst gekränkt, vor Nick gedemütigt, wütend über Olivia, doch ihre Stimme klang bloß eisig. »Du gehst jetzt sofort in dein Zimmer, Olivia, und komm erst wieder herunter, wenn du bereit bist, dich bei uns beiden zu entschuldigen.«

Also nie, dachte Olivia, während sie die beiden Treppen hinaufstürmte. Bei ihrer Mutter würde sie sich vielleicht entschuldigen. Aber bei diesem Mann – niemals. Eher würde sie sterben, als sich so zu erniedrigen.

Oben in ihrem Zimmer merkte sie, daß sie ihre Mutter angelogen hatte: Sie hatte doch Hunger. War sogar fast am Verhungern. Sie aß einen Schokoriegel, den sie in ihrem Nachttisch fand.

Dann legte sie sich aufs Bett und hörte sich die Platte mit dem Titel *Glassworks* an. Sie hatte sie einmal von ihrem Vater zu Weihnachten bekommen. Normalerweise beruhigte diese Musik sie wie Orpheus, der den Furien etwas vorspielte. Die Musik war ständig in Bewegung, wogte ziellos wie Wellen im Meer vor und zurück. Sie hatte keinen Anfang und kein Ende. Sie schien von weither zu kommen, vielleicht aus einer anderen Welt, und weckte unbezähmbare Sehnsüchte in ihr. Aber heute abend nützte selbst *Glassworks* nichts.

Sie wünschte mehr als je zuvor, sie könnte zu ihrem Vater ziehen. Doch mehr als je zuvor schien ihr Vater sie nicht zu wollen. Sie saß bei ihrer Mutter fest. Und bei Nick.

Ob Nick wußte, daß sie, wie Megan es ausgedrückt hatte, ein Sechsmonatsbaby war? Er wußte noch ganz andere Dinge, von denen sie keine Ahnung gehabt hatte: über ihre Eltern, über Geld. Ihre Mutter hatte es ihm gesagt. Olivia kam sich verraten und verkauft vor. Sie wußte, daß ihr Vater immer noch das Schulgeld und den Musikunterricht bezahlte. Die Scheidungsvereinbarung, die er mit ihrer Mutter getroffen hatte und von der Nick ihr erzählt hatte – ob darin stand, daß ihr Vater nicht mehr dafür bezahlen würde? Ihre Mutter konnte es sich nicht leisten, das wußte Olivia. Direkt fragen konnte sie nicht, wahrscheinlich durfte sie gar nicht wissen, was Nick ihr erzählt hatte. Genausowenig wie sie erzählen konnte, was er mit ihr gemacht hatte.

Obwohl es beinahe Mitternacht war, war sie noch hellwach. Am nächsten Morgen hatte sie Schule und mußte früh aufstehen. Irgendwann mußte sie einschlafen.

Sie beruhigte sich und dachte an die Sterne, ihre Lieblingsphantasie. Als sie diesmal durchs All driftete, wurde sie in die Atmosphäre von Rigel gezogen, eines großen, heißen Sterns, der blau und weiß im Gürtel von Orion, dem Jäger, brannte.

Sie breitete die Hände aus und sah, wie sie sich in der Helligkeit auflöste. Dann wurden ihre Arme und Beine in den Kreis des Sterns aufgesogen, eine wollüstige, euphorische Zerteilung. Bald würde sie aufhören, selbst zu existieren, und zu einem Sternenwesen werden.

- 12 -

Schweißgebadet wachte sie auf, als ihre Mutter zum Wecken heraufkam. Ihre Mutter war immer noch verärgert. Sie nannte sie Olivia statt Lia.

Olivia legte schützend einen Arm übers Gesicht, als ihre Mutter den Vorhang öffnete. Sie wollte noch nicht ins Morgenlicht sehen oder ihrer Mutter ins Gesicht. Sie hatte gerade wieder geträumt. Keinen Traum, den sie ihrer Mutter erzählen konnte. Als Mutter wieder hinuntergegangen war, blieb sie im Bett liegen und dachte an den Traum. Es war um den Film gegangen, den sie mit Megan gesehen hatte. Aber in ihrem Traum war Nick der Mörder gewesen und ihre Mutter die Freundin des Mörders. Sie hatte versucht, ihre Mutter zu warnen, doch diese hatte sie nicht gehört; es war, als spräche sie in einer fremden Sprache. Schließlich hatte sie gemerkt, daß sie im Traum stumm geworden war. Als Nick sie von hinten packte, konnte sie nicht einmal schreien. Doch er hatte etwas anderes als Mord im Sinn. Sie wußte nicht mehr, was danach geschah. Es mußte schrecklich und doch aufregend gewesen sein; sie war immer noch ganz verwirrt.

Ihre Mutter rief vom Treppenabsatz herauf. »Olivia, meine Güte, steh doch endlich auf. Ich muß jetzt gehen.«

Olivia brummte etwas und kuschelte sich wieder unter die Decke. Dort war es unangenehm heiß – wie auf dem Stern Rigel. Sie hatte etliche Gründe, nicht aufzustehen. Zum einen hatte sie nicht viel geschlafen und hatte Kopfschmerzen. Zum anderen würden ihre Schulfreundinnen sie über die Hochzeit ihres Vaters ausquetschen, und sie hatte keine Lust, an ihren Vater zu denken.

Bevor sie es sich versah, war es zehn Uhr.

In panischer Hast stolperte sie die Treppe hinunter ins Bad und wusch sich das Gesicht mit kaltem Wasser. Die Kopfschmerzen waren verflogen. Schade, nun hatte sie keine Ausrede, die Schule zu schwänzen. Andererseits war es wohl keine gute Idee, mitten am Vormittag dort aufzutauchen. Sie schlenderte aus dem Bad, unschlüssig, was sie tun sollte.

Plötzlich ging die Tür des Gästezimmers auf, und Nick kam heraus. Bei seinem Anblick erschrak sie. Er war angezogen und rasiert und wollte offensichtlich gerade aus dem Haus gehen. Aber eigentlich hätte er schon lang weg sein müssen. Normalerweise stand er etwa auf, wenn sie losging; beim Hinausgehen hörte sie oft die Dusche laufen.

»Ich dachte, du wärst schon weg«, sagte Olivia scharf. »Was machst du denn noch hier?«

Falls sie ihn überrascht hatte, zeigte es sich jedenfalls nicht in seinem spöttischen Blick. »Das könnte ich dich auch fragen, Kleines.«

»Ich hab verschlafen. Ich hatte Kopfschmerzen.«

»Aber jetzt ist dein Kopf in Ordnung, ja?«

»Ich hatte wirklich welche. Außerdem geht dich das nichts an.«

Er stand in der Tür zu seinem Zimmer. Sie betrachtete es immer noch als Gästezimmer, denn obwohl er seine Sachen dort aufbewahrte, wußte sie sehr wohl, daß er im Bett ihrer Mutter schlief. Sie mußte auf dem Weg zur Treppe, die in ihr Zimmer hinaufführte, an der Tür vorbei. Sie mußte hinauf in ihr Zimmer und sich anziehen; sie hatte immer noch den Schlafanzug an.

Ihr fiel ein Spiel ein, das sie und Megan früher gespielt hatten, als sie kleiner waren, und das sie Hexenhaus genannt hatten. Die eine mußte versuchen, am Hexenhaus vorbeizuschleichen, ohne daß die Hexe herauskam und sie schnappte. Wer geschnappt wurde, wurde gefressen. Dann war die andere an der Reihe, die Hexe zu spielen.

Vorsichtig näherte sie sich seiner Tür, im Rücken die Sicherheit des Treppengeländers, und sah ihn herausfordernd an. »Du kannst mir gar nichts vorschreiben. Du bist nämlich nicht mein Vater.«

»Wenn ich's wäre, hätte ich dir schon längst den Arsch versohlt.« Nick machte einen Schritt vorwärts und drückte sie ans Geländer. »Ich hab gestern abend nichts gesagt, damit du kein Theater machst. Aber jetzt sag ich's dir ein für allemal: Wenn ich dich noch einmal so mit Em reden höre, wird es dir leid tun.«

Die Drohung war vage, aber wirkungsvoll. Olivia starrte ihn fassungslos an. Sie wußte, wie stark er war. Sie erinnerte sich an die

Hand auf ihrem Handgelenk draußen am Wagen, als er sie zum Essen eingeladen hatte.

Sie stellte fest, daß der Gedanke an körperliche Züchtigung mindestens so erregend wie furchteinflößend war. Soweit sie sich erinnern konnte, hatte keines ihrer Eltern ihr je auch nur einen Klaps auf den Po verabreicht. Ihre Mutter behalf sich mit süßen Überredungskünsten oder kaltem Rückzug, ihr Vater mit Bestechung und Drohungen. Die Vorstellung, von Nick geohrfeigt oder geschlagen zu werden, war also rein theoretisch, ohne die Angst vor früheren Schmerzen und Wut. Wogegen der Gedanke, er könnte sie mit seinen Händen…

»Du würdest es nicht wagen, mich anzufassen«, sagte sie mit angemessener Verachtung.

Er schien unbeeindruckt. »Ach ja? Warum nicht?«

Ihrer Mutter konnte sie nichts sagen, den Weg hatte er ihr bereits verstellt. »Ich sag's meinem Vater.« Mit kindlicher Offenheit fügte sie etwas leiser hinzu: »Wenn er wieder da ist.«

Als sie von ihrem Vater sprach, spürte sie die Sehnsucht nach ihm wie ein schmerzliches Loch im Bauch, sie kam sich vor, als habe man sie auf einem unbewohnten Planeten ausgesetzt. Dabei war sie zu Hause. Dies war ihr Zuhause.

Sie streckte die Hand nach Nick aus. Um ihn zurückzustoßen. »Geh weg«, flüsterte sie. »Hände weg von mir.«

Mit den Fingerspitzen konnte sie den rauhen Jeansstoff seines Hemdes fühlen, das breite, harte Brustbein und den Muskel unter dem Hemd. Sie starrte auf die rauhen, hellen Haare unterhalb seines Halses über dem obersten Hemdknopf. Ihr Vater hatte schwarze Haare auf der Brust. Der Anblick von blondem Körperhaar faszinierte sie.

Ihre Hand schob sich nach oben, um es zu berühren. Er stieß einen kehligen Laut aus, wie das Knurren eines Tieres. Er preßte sich hart an sie und drückte sie gegen das Geländer. Die Wärme und die harte, unnachgiebige Kantigkeit seines Körpers, die sie durch ihren Baumwollpyjama spürte, nahmen ihr den Atem. Sie hob den Blick und sah ihm ins Gesicht.

Seine Augen starrten sie an, als sähe er außer ihr nichts und sähe sie doch nicht richtig. So sah die Hexe vielleicht ihre Opfer an, bevor sie sie verschlang. Ein Schreck durchfuhr sie.

Bis er sie küßte.

Es hätte sie noch mehr erschrecken müssen, denn es waren Kannibalenküsse, mit denen er ihre Unterlippe zwischen die Zähne nahm, die Zunge in ihren Mund stieß, an der Stelle unterm Ohr an ihrem Hals zupfte, ihren Kopf zurückbog, um an den empfindlichen Punkt zwischen Hals und Kinn zu kommen.

Er riß die Jacke ihres Pyjamas auseinander, so daß die Knöpfe durch die Luft flogen. Mit einem Arm drückte er sie an sich, der andere glitt über ihre nackte Brust, über Rippen und Taille, Hüften und Pobacken und schob dabei ihre Pyjamahose hinunter.

Olivia war ziemlich verwirrt. Selbst wenn er ihr Zeit zum Nachdenken gegeben hätte – sie bestand nur noch aus Gefühlen, körperlichen Empfindungen und emotionalen Reaktionen. Ihre Haut fühlte sich plötzlich an wie eine Mischung aus Seide und Eiskrem, so glatt und köstlich. Sie spürte Aufregung und Schrecken, Triumph und Scham. Ein überwältigendes Erlebnis hielt sie gefangen, und sie hatte nicht die mindeste Kontrolle darüber, wie in einer Sturmbö ging sie über Bord.

Keine dreißig Sekunden und nicht weniger als drei Stunden schienen vergangen zu sein, seit er begonnen hatte, sie zu verschlingen. Er hob sie hoch und trug sie in sein Zimmer, um sie auf das ordentlich gemachte, nie benutzte Bett zu legen. Mit einem Ruck zog er ihr die Pyjamahose aus, und wieder spürte sie ihre Scham und Erregung wie einen Stich. Nackte Brüste, das ging noch, aber ein nackter Hintern… Voller Angst vor dem, was jetzt kam, zog sie die Beine an und preßte sie eng aneinander.

Er schob sie ihr mühelos auseinander, als ob sie keinen Widerstand leistete. Als er den Kopf zwischen ihre Schenkel senkte, stieß sie ihn vergeblich von sich.

Bitte nicht, laß mich, bitte…

Er hatte es sicher nicht einmal gehört. Sie hatte auch nur geflüstert. Ihre Stimme funktionierte nicht richtig. Genau wie in dem Traum.

Er nahm die empfindliche Haut an der Innenseite ihres Schenkels zwischen die Zähne, in der Beuge, wo das Bein in den Oberkörper übergeht. Es tat zwar nicht weh, doch sie zitterte unwillkürlich, und die seltsame Unruhe in ihr wurde stärker. Dann tat er noch anderes mit seinem Mund.

Ihr Körper wollte sich bewegen, doch ihr Geist war vor Scham wie erstarrt. In einem Buch ihres Vaters gab es ein Bild, das sie faszinierte, seit sie es zum ersten Mal gesehen hatte. Als kleines Mädchen war ihr vielleicht der helle Glanz des Goldes ins Auge gefallen. Das Bild zeigte ein nacktes Mädchen, mit angewinkelten Beinen auf dem Rücken liegend, die Augen geschlossen, der Mund in einer rätselhaften Emotion leicht geöffnet, zwischen dessen erhobenen Schenkeln sich ein Strom von Gold ergoß. Das Gemälde hieß *Danae*.

Olivia hatte ihren Vater nie danach gefragt; sie hatte den leisen Verdacht, der sich mit zunehmenden Alter bestärkte, daß es zu den Dingen zählte, die er ihr eigentlich nicht erklären wollte. Und je älter sie wurde, desto weniger durfte er merken, wie gern sie es betrachtete. Sie hatte dabei immer so ein merkwürdiges Gefühl, eine Mischung aus Begierde und Scham, als sei diese unbekannte Begierde etwas Beschämendes. Sie hatte versucht, sich vorzustellen, wie es sich anfühlt, wenn einem Goldmünzen wie Wasser über Bauch und Hintern und die Innenseite der Schenkel rieselten. Wie das Mädchen sich fühlte, oder wie sie sich an ihrer Stelle fühlen würde, nackt daliegend, den Launen des Himmels ausgesetzt.

Vor ein paar Monaten war sie dann auf einen Vers von Tennyson gestoßen, *Now lies the earth all Danae to the stars*, und ihre Englischlehrerin hatte ihr erklärt, was es mit Zeus und Danae und dem goldenen Strom auf sich hatte. Olivia wußte also, worum es in dem Bild ging.

Jetzt wußte sie, wie sich das Mädchen gefühlt haben mußte. Sie vergrub die Finger in Nicks Haar zwischen ihren Schenkeln, kräftig und hell wie das glänzende Gold auf dem Gemälde.

»Nick«, flüsterte sie und wünschte, er würde aufhören, weil sie die Intensität ihrer Scham und ihres Verlangens und den Schmerz, den er in ihrem Bauch hervorrief, nicht mehr ertragen konnte. »Mach das nicht.«

Er hörte auf. Aber nicht, weil sie es wollte.

Er stand auf, zog sein Hemd aus und machte den Gürtel an seiner Jeans auf. Sie erschauerte unter seinem Blick. Als er nackt war, wagte sie, ihn anzusehen.

Die blonde Behaarung erstreckte sich über seinen ganzen Oberkörper. Unterhalb des Brustkorbs lief sie über Nabel und Unterleib spitz zu und verbreiterte sich großzügig in der Schamgegend. Doch im Gegensatz zu der ihr vertrauten weiblichen Anatomie verbarg sein Schamhaar nichts. Was er hatte, war eindrucksvoll sichtbar.

Sie hatte schon Abbildungen von Penissen gesehen. In der Schule hatte einmal jemand eine Zeitschrift mit Fotos von nackten Männern dabeigehabt, deren baumelnde, verletzliche Genitalien eher komisch als erregend waren. Und in ihrem Biologiebuch gab es eine Zeichnung von einem erigierten Penis. Doch seiner war viel größer, viel furchteinflößender als erwartet.

Ihr blieben nur ein paar Sekunden, um einen Blick darauf zu werfen, bevor er sich zwischen ihre Beine legte. Weil er so groß war, mußte sie die Beine anwinkeln, damit er Platz hatte. Er küßte sie auf den Mund und die Brüste und nannte sie sein schönes Kätzchen in einer rauhen, heiseren Stimme, die sie innerlich erbeben ließ. Er sagte, alles wäre okay, sie müsse sich nur entspannen. Er würde ihr nicht weh tun, sagte er.

Er tat es aber doch.

Als sie wieder einmal über solche Sachen diskutiert hatten, hatte Megan gesagt, Mann und Frau könnten körperlich gar nicht inkompatibel sein, weil nämlich die Vagina sehr elastisch sei. Wenn bei der Geburt ein Baby durchpaßte, hatte Megan ihr erkärt, mußte sie mit dem, was ein Mann zu bieten hatte, spielend fertig werden. Aber spielend fertig werden war eins, stellte Olivia nun fest, Schmerz etwas ganz anderes. Von Lust, die ja angeblich die Hauptsache war, konnte keine Rede sein. Nicht die spezielle Größe irgendeines Körperteils war das Problem, sondern die Tatsache, daß er im ganzen viel größer und stärker und schwerer und kraftvoller und heftiger war, als sie sich je hätte vorstellen können, und noch dazu so wild entschlossen. Wenn seine heftige Zuwendung ihr zuvor das Gefühl gegeben hatte, auf Sturmwellen zu treiben, so kämpfte sie nun in einem gewaltigen, todbringend erbarmungslosen Ozean ums Überleben. Sie war nicht mehr die in einem goldenen Strom gefangene Danae, sondern die vom Stier bestiegene Europa.

Er zitterte und stöhnte furchtbar, und es klang eher wie heftiger Schmerz als wie höchste Lust. Sie klammerte sich an ihn, wie um ihn zu trösten, um sich selbst zu trösten. »Ich muß wahnsinnig sein.« Seine Stimme klang rauh und atemlos. »Dafür könnten sie mich einlochen, du kleine Hexe.«

»Was heißt das?«

»Es ist ein Verbrechen, eine Vierzehnjährige zu vögeln. Auch wenn sie danach verlangt.«

Die obszöne Sprache verstörte sie ebensosehr wie die Bedeutung seiner Worte. »Ich bin fast fünfzehn«, sagte sie, unfähig zu einer sinnvolleren Antwort.

»Das ist auch *off-limits*. Die Typen, die die Gesetze machen, haben was gegen geile kleine Mädchen.«

»Bin ich aber nicht«, flüsterte sie. Weder ein kleines Mädchen, noch geil. Er stellte es so hin, als sei es anstößig und unnatürlich, daß sie von ihm berührt werden wollte. Und mehr wollte sie ja nicht; sie wußte ja nicht mehr, trotz allem, was sie im Biologieunterricht gelernt hatte. Sie hatte Angst vor dem verächtlichen, angeekelten Blick, mit dem er sie damals auf dem Rastplatz angesehen hatte. Wenn er sie schon verachtet hatte, als er ihren Hintern angefaßt hatte, wieviel mehr würde er sie jetzt verachten? Sie verachtete sich selbst.

Sie schloß die Augen, um sein Gesicht über ihr nicht mehr zu sehen. Unter ihren Lidern quollen Tränen hervor. »Nicht, Baby.« Seine Stimme wurde weich und rauchig. »So schlimm war's doch gar nicht.«

Sie spürte, wie er seinen Mund an ihrem Gesicht rieb, ihr mit der Zunge die Tränen ableckte, wie ein großer, unberechenbarer Hund, abwechselnd freundlich und bedrohlich und sogar in seinen Annäherungsversuchen gefährlich. Sie öffnete die Augen. Er lächelte beinahe. Vielleicht verachtete er sie doch nicht.

Als er sich von ihr herunterrollte, drehte sie sich verschämt auf den Bauch. Sie trug immer noch ihre Pyjamajacke, wenn auch ohne

Knöpfe. Sie sah zu, wie er eine Zigarette aus dem Kleiderhaufen auf dem Fußboden fischte, sie anzündete und sich zum Rauchen wieder zurücklegte, den einen Arm hinter dem Kopf. Sie wollte ihn anfassen, traute sich aber nicht.

Sie betrachtete sein Gesicht. Ein seltsam vertrautes Gesicht, angelsächsischer Typ, nichts Nobles. Die Knochen unter der Haut waren kräftig, nicht grob und rauh, eben gute englische Eiche. Die Nasenspitze war eher scharf als fleischig. Wenn es lächelte oder entspannt war, wie jetzt, war es ein freundliches, sogar liebenswürdiges Gesicht, aber immer verschlossen. In den Augenwinkeln waren Fältchen und zwischen den Brauen und in den Mundwinkeln tiefe Linien, wie bei ihrem Vater.

Sie fand ihn mindestens genauso schön wie Zeus in einer seiner göttlichen Verwandlungen.

Nick streckte die Hand mit der Zigarette nach ihrem Gesicht aus. »So würde ich dich gern aufnehmen.«

»Du meinst fotografieren?«

»Genauso, wie du jetzt bist.« Er stützte sich auf den Ellbogen und betrachtete sie forschend. Seine Hand wanderte über ihren Rücken bis zum Po hinunter, wo das Oberteil aufhörte. »Eine tolle Pose. Hätte ich selber nicht besser arrangieren können.« Sie mußte an den Werbeprospekt denken, an das Foto von Mutters bloßen Brüsten. So, hatte ihre Mutter erzählt, hatte sie ihn kennengelernt, über den Auftrag für den Prospekt. Olivia fragte sich, ob er ihre Mutter damals verführt hatte, sie überredet hatte, sich für ihn auszuziehen, ihr gesagt hatte, er wolle sie aufnehmen. Bestimmt hatte er sich bei ihrer Mutter erst noch die Mühe machen müssen, sie zu verführen, statt ihr einfach die Kleider herunterzureißen und sie aufs Bett zu werfen wie Olivia, die ja ein geiles, kleines Mädchen war, das danach verlangt hatte.

Er schob die Pyjamajacke beiseite, um ihren nackten Po zu streicheln, dabei hatte er immer noch die brennende Zigarette zwischen den Fingern. Er beugte sich hinunter und küßte sie auf den Po. Noch vor einer Stunde hätte sie es nicht für möglich gehalten, daß einem einer den Hintern küssen wollte. Noch unwahrscheinlicher als die Vorstellung, er könnte seine Zunge in ihre Vagina stecken, was er zu ihrer Beschämung und Verwunderung bereits getan hatte. Er war wie ein blindes Tier, das sich durch Berühren und Schmecken, Lecken und Beißen ein Bild von ihr verschaffte. Die Vorstellung fand sie gleichermaßen abstoßend und erregend.

Er küßte sie auf die andere Pobacke, berührte ihre weiche Haut mit der Zunge und zwickte sie sanft mit den Zähnen. Sie rappelte sich auf die Knie hoch, um ihn abzuwehren. »Hör auf, Nick, laß das.«

Sie zog den Pyjamakragen fest zu, als sei es der Überrest ihrer verlorenen Jungfräulichkeit, verschränkte wie zum Schutz die Arme vor der Brust und starrte ihn atemlos und ängstlich an. Gleich würde er es noch einmal machen, und diesmal etwas Schlimmeres. Sie wußte zwar nicht, was das sein konnte, aber er wußte es bestimmt.

Nick setzte sich ebenfalls auf; während er seine Zigarette zu Ende rauchte, betrachtete er sie durch die Rauchwolken hindurch. Ihre Angst schien ihn zu belustigen. Doch er machte nicht den Versuch, sie anzufassen.

»Keine Angst, Kätzchen, ist ja gut.« Er schwang die Beine über die Seite des Betts und drückte die Zigarette aus. »Ich muß jetzt gehen. Zieh dich an, dann fahr ich dich zur Schule.«

Der Gedanke an die Schule war entsetzlich. Wie konnte sie ins Klassenzimmer marschieren, als sei nichts geschehen? »Ich kann nicht, es ist zu spät.«

»Klar kannst du. Jetzt aber los, marsch.«

Er hatte schon seine Unterhosen und Jeans angezogen. Er beugte sich vor, packte sie an beiden Oberarmen und zog sie vom Bett herunter auf die Füße, und zwar so mühelos, als sei sie tatsächlich ein kleines Mädchen und nicht so groß wie eine erwachsene Frau.

Wie um sie daran zu erinneren – als ob das nötig wäre! –, daß sie ihm ausgeliefert war, umfaßte er ihre beiden nackten Pobacken mit den Händen und zog sie fest an sich, indem er ihre Schenkel zwischen seine zwängte. Er hatte die Jeans schon zugeknöpft, aber noch nicht den Gürtel zugemacht. Die herunterhängende Schnalle stach ihr kalt und scharf in den Bauch.

Olivia hielt sich den Schlafanzug vorn zu und sah in seine hellen Augen. Tig und die Maus fielen ihr ein. Er würde sie noch einmal quälen und auffressen.

»Vielleicht machen wir's wieder mal. Wenn du willst.« Er küßte sie zart auf den Mund. »Willst du es wieder mal machen?« Das sagte er doch bloß so; er wußte genau, daß es egal war, was sie wollte. Er gab ihr einen Klaps auf den Po, auch sehr zart. »Aber jetzt nicht, jetzt fahr ich dich zur Schule. Geh, zieh dich an, aber beeil dich.«

Als er sie losließ, floh Olivia die Treppe hinauf in ihr Zimmer und zog sich an, so schnell sie konnte. Aber vorher zog sie ihre Pyjamajacke aus und betrachtete sich im Spiegel. Sie hatte sich nicht etwa grün verfärbt, und an Hals, Brust oder Po waren auch keine Bißspuren zu sehen. Sie war wund, blutete aber seltsamerweise nicht. Er hatte keine äußeren Spuren hinterlassen.

Und doch fühlte sie sich in Besitz genommen, geschändet und erniedrigt. Nicht, weil er all das mit ihr gemacht hatte, sondern weil er gar nicht erst lang gefragt hatte. Er hatte einfach gemacht, was er wollte, als zählte ihre Zustimmung nicht, weil sie zu jung war, sie ihm zu geben.

Woher hatte er gewußt, daß sie nicht das ganze Bett vollbluten würde? Das taten Jungfrauen manchmal. Wie hätte er es ihrer Mutter erklärt, Blutflecken auf der Decke eines Bettes, in dem er nie schlief? Vielleicht hatte er gedacht, sie sei gar nicht mehr Jungfrau. Doch, er hatte es bestimmt gewußt – es hatte für ihn irgendwie zum Vergnügen dazugehört. Ich tu dir schon nicht weh, hatte er gesagt und gewußt, daß er es doch tat.

Sie hörte ihn unten an der Treppe nach ihr rufen. In Windeseile zog sie die Schuluniform an, aus Angst, er könnte heraufkommen und sie schnappen. Als sie nach unten kam, hatte er das Bett wieder in seinen ursprünglichen, ordentlichen Zustand versetzt und die Schlafanzugknöpfe aufgesammelt. Olivia war wie benommen. Sie hatte keine Ahnung, was sie zur Entschuldigung für ihr Zuspätkommen sagen sollte. Es war ihr auch völlig egal. Als er vor dem Schultor anhielt, fummelte sie an der Autotür herum, ohne daß es ihr gelang, den Griff zu finden und sie zu öffnen.

Er langte mit dem Arm hinüber und machte ihr auf.

Sie glitt hinaus und sah sich nach ihm um, voller Angst, den schrecklichen, kalten Blick in seinen Augen zu finden. Aber er lächelte. Sozusagen. »Bis später, Kätzchen. Wenn du irgend jemandem etwas erzählst, bring ich dich um.«

- 13 -

Er hätte mich nicht zu warnen brauchen, dachte Olivia leicht indigniert. Normalerweise wäre sie nach einem abenteuerlichen Erlebnis oder mit einem Geheimnis als erstes zu Megan gerannt, um ihr davon zu erzählen, doch diesmal verspürte sie nicht die geringste Versuchung. Es war ein Erwachsenengeheimnis, das, falls es herauskam, katastrophale Folgen haben konnte. Das war ihr durchaus klar.

Das Problem war nur: da sie Megan nicht davon erzählen konnte, mußte sie es sich selbst immer wieder vorsagen. Tagelang konnte sie an nichts anderes denken. Sie verbrachte den ganzen Tag in der Schule und zu Hause damit, diese unglaubliche Viertelstunde immer wieder von neuem zu erleben. Die Sache im Bett, als er tatsächlich mit ihr geschlafen hatte, ließ sie meistens aus. Dar-aus wurde sie noch nicht recht schlau. Im Biologieunterricht erzählten sie einem vom Ablauf des Geschlechtsakts – weil es Biologie war, nannten sie es Insemination, Erektion, Penetration, Ejakulation und so weiter –, doch sie hätten genausogut über das Leben auf dem Mars reden können, so wenig hatte es mit ihrem Erlebnis mit Nick zu tun. Schmerzhaft, verwirrend, beängstigend waren Ausdrücke, mit denen sie es beschrieben hätte. Aber das lag vielleicht nur daran, daß es das erste Mal war.

Die Sache davor – Vorspiel nannte man das ja wohl – war am aufregendsten. Um am alleraufregendsten war das, was er mit ihr gemacht hatte, was sie an das Gemälde von Danae erinnerte. Hätte ihr jemand vorher gesagt, daß Männer mit Frauen solche Sachen machten, sie hätte es abstoßend gefunden. Nicht einmal jetzt schien es ihr romantisch; es wurde einem dabei ganz flau im Magen. Es war sexy.

An diesem Punkt ihrer Träumerei angelangt, bedauerte Olivia es am meisten, ihrer Freundin Megan nicht davon erzählen zu können. Sie wollte Megan beschreiben, was Sex wirklich war. Megan hatte, besonders was Sex betraf, einen reichen Schatz an nützlichen und interessanten Informationen. Einmal hatte sie ein Kondom aus Teddys Kommodenschublade stiebitzt und es Olivia gezeigt. (Sie hatten es mit Wasser gefüllt und platzen lassen und waren dabei klatschnaß geworden und fast gestorben vor Lachen, aber das hatte ja mit Sex nichts zu tun.) Sie hatte herausgefunden, was schwule Männer miteinander machen (ganz schön eklig, fand Olivia; Megan war da etwas toleranter). Und jetzt, wo Olivia praktische Erfahrungen auf diesem Gebiet hatte und vor Megan hätte angeben können, durfte sie ihr nichts davon erzählen.

Nachdem sie den Schultag überstanden hatte, wollte sie noch nicht nach Hause. Sie wußte nicht, wie sie Nick in die Augen sehen sollte, geschweige denn ihrer Mutter. Doch Nick war gar nicht da. Er sei wieder unterwegs, sagte ihre Mutter, diesmal auf den Orkney-Inseln.

Fast war es, als sei nichts geschehen. Olivia versöhnte sich sozusagen wieder mit ihrer Mutter, indem sie sich bereit erklärte, ihr beim Abendessenmachen und beim Abwasch zu helfen. Ihre Mutter reagierte gut gelaunt und war den ganzen Abend recht fröhlich und gesprächig.

»Meg hat diese Schnapsidee, ein Theaterstück aufzuführen«, erzählte Olivia ihr, um etwas zur Unterhaltung beizutragen. »Mich hat sie auch schon eingespannt. Ich soll ihr beim Umschreiben helfen.«

»Was ist es denn, eine moderne *Hamlet*-Fassung?«

»Nein, irgend so ein altes griechisches Drama. Sie hat Ms. Pankhurst überredet, es zu betreuen, und nächstes Jahr wollen wir es in der Schule aufführen.« Der Witz mit Ms. Pankhurst stammte von ihrem Vater. Er hatte ihre Englischlehrerin nach dieser berühmten Familie von Suffragetten genannt, nachdem er sie beim Elternabend in der Schule kennengelernt hatte. Zum Elternabend war immer er statt ihrer Mutter gegangen. Olivia nahm an, nachdem er ja die Gebühren zahlte, wollte er sich vergewissern, ob es sich auch lohne. Mit richtigem Namen hieß die Englischlehrerin Kate Reid und galt als radikale Feministin. Die Mädchen in ihrer Klasse bewunderten sie wegen ihrer starken, aufrührerischen Ansichten, und nachdem Olivia erzählt hatte, was ihr Vater gesagt hatte, nannten alle sie Ms. Pankhurst, oder abgekürzt Ms. P.

»Worum geht es in dem Stück?«

»Um eine Frau, die wegen einer anderen von ihrem Mann verlassen wird.«

»Das gab es im alten Griechenland also auch?«

»Ja, aber sie läßt sich das nicht einfach so bieten, behauptet Meg. Sie bringt die neue Frau ihres Mannes um, und dann bringt sie ihre eigenen Kinder um, damit er nicht das Sorgerecht kriegt.«

Ihre Mutter ließ die Teetasse fallen, die sie gerade abwusch. Zum Glück fiel sie ins Spülwasser. »Und Ms. Pankhurst hat das Stück genehmigt?«

»Sie meinte, wir müßten es nur in den richtigen Kontext stellen. Griechische Männer, sagte sie, durften ihre Kinder nach der Geburt umbringen, wenn sie sie nicht wollten. Meistens brachten sie die Mädchen um, sagte sie. Sie setzten sie in den Bergen aus, und da sind sie dann verhungert oder von Wölfen gefressen worden.«

»Reizend! Und ich dachte, die griechische Gesellschaft der Antike sei die Wiege der westlichen Zivilisation.«

»Das sagte Ms. P. auch. Ich glaube, sie meinte es ironisch.«

»Das mit den alten Griechen oder mit der westlichen Zivilisation?«

»Wahrscheinlich beides.« Olivia wandte sich ab, um die abgetrockneten Teller in den Schrank zu räumen. Mit dem Rücken zu ihrer Mutter sagte sie: »Bezahlt Daddy eigentlich nächstes Jahr noch meine Schulgebühren?«

Ihre Mutter gab locker zurück: »Das nehme ich doch an. Ich kann sie mir jedenfalls nicht leisten. Überhaupt war diese ganze Geschichte mit der Privatschule seine Idee. Ich fand es ziemlich altmodisch, aber er hat behauptet, daß Mädchen in einer getrenntgeschlechtlichen Umgebung besser lernen.«

Olivia erinnerte sich an diese Diskussion. Als sie acht war, hatte ihr Vater mit ihrer Lehrerin gestritten, ob sie in der Schule überhaupt etwas lernte. Das Fazit war gewesen, daß er sie aus der örtlichen Grundschule genommen und auf eine private Mädchenschule geschickt hatte, die Vorstufe ihrer jetzigen Schule. Ihre Mutter hatte sarkastisch gesagt, sie hätte eigentlich geglaubt, Sozialisten hätten sich der nicht elitären, gemischten allgemeinbildenden Schule verschrieben. Ihr Vater hatte gemeint, der Sozialismus verpflichte einen ja nicht dazu, sein Kind von einer geistig minderbemittelten Verrückten unterrichten zu lassen, und im übrigen sei es falsch, Olivias Erziehung auf dem Altar abstrakter Prinzipien zu opfern. Worauf ihre Mutter erwiderte, weshalb er sie selbst denn dann bei zahlreichen Gelegenheiten als Snob bezeichnet hätte, bloß weil sie ohne eigenes Zutun auf eine Privatschule geschickt worden sei statt wie er auf eine staatliche Schule? Ihr Vater hatte gesagt, das beweise ja nur, daß selbst eine teure Erziehung manche Leute nicht daran hindere, strohdumm zu bleiben, und wenn er ihr Vater gewesen wäre, hätte er sein Geld zurückverlangt.

»Wenn Daddy also das Schulgeld nicht bezahlt, muß ich auf eine andere Schule.«

»Wie kommst du auf die Idee, daß Ross nicht zahlen will? Hat er was gesagt?«

»Nein, es ist bloß – Babys sind teuer, und er jammert doch immer, daß Dozenten so schlecht bezahlt werden. Althea hat bestimmt was dagegen, daß er so viel Geld für mich ausgibt, wo sie doch jetzt ihr eigenes Kind kriegen.« Sie stellte den letzten Teller in den Schrank, bevor sie sich wieder zu ihrer Mutter umdrehte. »Und außerdem, hat er dir nicht das Haus gegeben, damit er für mich keinen Unterhalt mehr zahlen muß?«

Sie ließ nicht verlauten, daß Nick es ihr gesagt hatte. Sie traute sich nicht, Nick zu erwähnen. Ihre Mutter nahm an, daß sie es von ihrem Vater erfahren hatte und war irritiert.

»Davon habe ich aber erst etwas, wenn ich das Haus verkaufe. In der Zwischenzeit muß ich die Hypothek selbst aufbringen. Wenn Nick nicht wäre, wüßte ich gar nicht, was ich tun soll.«

Olivia wollte nicht, daß ihre Mutter von Nick sprach. Es erinnerte sie daran, daß er bei ihrer Mutter im Bett geschlafen hatte. Sie überlegte, ob er mit ihrer Mutter die gleichen Sachen machte wie mit ihr, ob er es jede Nacht tat, wenn er mit ihrer Mutter schlief, ob er ihr mit dem Mittelfinger über die Pospalte strich, ihren Anus rieb, alle Falten und Vertiefungen zwischen ihren Schenkeln küßte …

Bei dem Gedanken drehte sich ihr der Magen um, vor Abscheu bei der Vorstellung von ihrer Mutter in so einem lebhaften sexuellen Kontext. Vor Eifersucht, daß das, was er mit ihr gemacht hatte, nicht für sie reserviert war.

Vor Verlangen, weil sie sich wünschte, daß er sie wieder in die Arme nahm. Sie mußte verrückt sein. Er war widerlich, sie haßte ihn. Er war ein Kinderschänder, das hatte er selbst zugegeben. Sie redete sich ein, nicht sehr überzeugend, daß sie hoffte, er würde für immer in Schottland bleiben.

»Das Schulgeld«, wiederholte sie hartnäckig, »ist das im Haus inbegriffen?«

»Soviel ich weiß, nein. Das mußt du mit Ross abklären, Lia. Er weiß, daß ich dafür kein Geld habe, er kann von mir nicht erwarten, daß ich zahle. Obwohl es nicht das erste Mal wäre, daß er sich aus seinen Verpflichtungen für dich herausstehlen will.«

»Na, wenigstens brauchst du mich ja nicht umzubringen.«

Ihre Mutter sah sie verständnislos an. »Wovon redest du?«

»Von dem Stück. Wenn Daddy mich nicht will, verlierst du nicht gleich das Sorgerecht über mich.«

Sie versuchte, ihren Geist in zwei Hälften zu zerteilen. Der Gedanke an Nick und das, was er gemacht hatte, noch schlimmer, wie sie es empfand, war im Hinblick auf ihr gewöhnliches Leben unerträglich. Falls ihre Eltern oder ihre Nachbarn oder irgendein wildfremder Mensch je davon erfuhren, würde sie vor Scham sterben. Sie versuchte, es aus ihrem Kopf zu verbannen, während sie ihre alltäglichen Dinge erledigte. Es fiel ihr leichter, wenn Nick nicht da war.

Doch nachts im Bett kamen ihr diese sündigen, unterschwelligen Gedanken, traten wie giftige Gase aus einem verborgenen Vulkan blubbernd von unten an die Oberfläche. Selbst Ms. Pankhurst, die so unverblümt über weibliche Sexualität sprach, hätten diese Bilder mißfallen.

Zum Beispiel, als sie Nick zum ersten Mal gesehen hatte. Wenn er damals nicht einfach auf ihre Brüste gestarrt, sondern tatsächlich das getan hätte, was er drei Wochen später tat?

Vielleicht hatte er es damals schon vorgehabt, als er sie das erste Mal sah. Sie stellte sich vor, wie er sie auszog und in sie eindrang, ohne daß sie je miteinander gesprochen hatten, dort in ihrem eigenen Hausflur.

Im wirklichen Leben wäre es Vergewaltigung gewesen. In der Phantasie … Ms. Pankhurst – oder irgend jemand anderes, sogar Megan – durfte nie von dieser Phantasie erfahren. Olivia verabscheute sich selbst dafür, daß sie nicht genügend Abscheu empfand. Dafür, daß sie wie ein mickriger Hamster dagelegen hatte, während er sie wie einen Krapfen behandelt hatte. Einen frisch gebackenen, glasierten Krapfen, wohlgemerkt, aber trotzdem einen Krapfen.

Nein, nein, es war noch schlimmer. Hamster und Krapfen wurden wenigstens nicht angetörnt, wenn sie darüber nachdachten, was irgend so ein Perverser mit ihnen angestellt hatte.

Unwillkürlich schüttelte sie sich bei dem Gedanken daran, wie er sie angesehen hatte. Als sei sie der einzige lebende Mensch auf der Erde.

Ob er es wieder tun würde? Er hatte es jedenfalls behauptet. Wenn sie wollte, ha, ha! Aber vielleicht sagten Männer solche Sachen danach immer, wie ihre Mutter zu Bekannten sagte, die sie auf der Straße traf, wir sollten uns mal auf einen Drink treffen. *Vielleicht machen wir es wieder mal. Wenn du willst …* Sie lag im Bett und umschlang sich mit beiden Armen. Sie streichelte ihre Brüste und Arme, den Hals und die Haare und malte sich aus, es wären andere Hände. Sie wünschte sich, daß sie jemand liebte. Nick würde sie jedenfalls nicht lieben. Sie hatte ihn ein bißchen gereizt, und er hatte sie benutzt, um den Reiz zu stillen.

Es war beschämend, schockierend, *krankhaft*, daß sie sich wünschte, er würde es noch einmal tun. Sie konnte, er konnte, sie konnte nicht mit sich leben, wenn er es tat. Das erste Mal hatte er sie überrumpelt. Beim nächsten Mal würde sie es wissen, würde stillschweigend mitmachen …

Wie in dem Traum.

- 14 -

Am Donnerstag nach der Geigenstunde ging Olivia zu Megan. Sie hatten am nächsten Tag eine Französischprüfung und wollten zusammen noch Vokabeln büffeln und sich gegenseitig abfragen. Megans Eltern waren ins Theater gegangen, und ihr Bruder Teddy, der heimliche Lustmolch, verschanzte sich den ganzen Abend in seinem Zimmer, wo er für die Abiturprüfung paukte und sich mit seinen Freunden am Telefon beriet und nur ab und zu herauskam, um sich wieder etwas zu essen zu holen.

Nachdem die beiden Mädchen eine Zeitlang Verben konjugiert hatten, sahen sie sich im Fernsehen einen Film an. Um elf Uhr kam Teddy herüber.

»Lia, deine Mutter hat gerade angerufen und gesagt, sie kommt gleich und holt dich.«

»Wie spät ist es denn? O Gott, ich hätte spätestens um zehn zu Hause sein sollen. Ich renne schnell durch den Park...«

»Sie meint, du sollst hier auf sie warten. Sie wollte nicht, daß du im Dunkeln heimgehst. Ich hab gesagt, Meg und ich könnten dich ja nach Hause begleiten oder meine Eltern könnten dich fahren, wenn sie wieder da sind, aber sie meinte, das sei nicht nötig.«

»Du hättest sagen sollen, daß ich schon weg bin. Jetzt ist sie bestimmt stinksauer.«

»Sorry.« Teddy zuckte die Achseln über so viel Undankbarkeit.

»Sie hat recht, du solltest nachts nicht allein draußen rumlaufen.«

»Wieso nicht? Zu Fuß sind es bloß zehn Minuten, und wir sind ja nicht in Kilburn. Ms. Pankhurst sagt jedenfalls, daß männliche Gewalt darauf abzielt, Frauen einzuschüchtern und sie in ihren Freiheiten und Aktivitäten einzuschränken. Es ist unsere Pflicht, uns der Einschüchterung zu verweigern, meinst du nicht auch, Meg?«

Als Frau mußte Megan ihr zustimmen. Sie fand es sogar eine gute Idee, die Männer ein bißchen einzuschüchtern, was Teddy mißbilligte.

»Es passiert doch bereits«, bemerkte Olivia, während sie ihre

Französischnotizen einsammelte und in die Schultasche stopfte. »Das besorgen sie sich gegenseitig. Am besten warte ich draußen auf Mummy, dann muß sie nicht aussteigen.«

Megan ging mit ihr hinaus. Sie machte am Hauseingang Licht und schloß die Haustür. Während sie auf den Stufen vor dem Haus saßen und warteten, daß der zerbeulte Volvo von Olivias Mutter auftauchte, diskutierten sie über die neuesten Grausamkeiten gegen Frauen.

Wer statt dessen auftauchte, war Nick. Zu Fuß.

Olivia erkannte ihn am Gang, als er sich dem Haus näherte – er bewegte sich immer mit dieser gockelhaften Selbstsicherheit, als gehöre ihm die Erde, auf der er wandelte –, noch bevor sie sein Gesicht sehen konnte. Sie war entsetzt, so entsetzt, daß sie nicht einmal »hallo« sagen konnte. Megan sprang für sie ein. »Nick. Wo ist denn dein Superschlitten?«

»Ich bin zu Fuß hergekommen.«

»Schade. Meine Eltern kommen gleich, da hätte mein Vater Lia doch nach Hause fahren können. Wirklich schade, ich wollte mir nämlich dein Auto mal genauer anschauen. Lia und ich haben uns gleich in den Wagen verliebt, bevor wir wußten, daß es deiner ist. Warum hast du ihn nicht mitgebracht?«

Olivia starrte verlegen auf ihre Sandalen. Nick sagte: »Ich könnte jetzt sagen, es ist eben ein schöner Abend, was auch stimmt, aber das wäre gelogen. Tatsache ist, ich bin zu Fuß gekommen, weil ich drei Pints Bier und ein paar Whiskys intus hab.«

»Mein Vater wird auch nicht gerade stocknüchtern sein«, erwiderte Megan mit der gleichen lässigen Offenheit. »Aber er würde es drauf ankommen lassen, es ist ja nicht weit.«

»Ich kann's nicht drauf ankommen lassen. Mich haben sie letztes Jahr geschnappt, ich bin aber noch mal davongekommen. Nächstes Mal...« Olivia hob den Blick und sah, wie er sich mit der Hand quer über den Hals fuhr.

Sie war verblüfft und entsetzt über diesen Dialog. Verblüfft, weil es sich anhörte, als sei Megan nicht fünfzehn, sondern fünfundzwanzig. Entsetzt, weil ihr eigener Vater noch nie auch nur wegen Falschparkens vor Gericht gestanden hatte, geschweige denn wegen Trunkenheit am Steuer. Und Nick gab es auch noch freimütig zu. Sie stellte fest, daß er und Megan einander in ihrer gesprächigen Offenheit und direkten Redeweise nicht unähnlich waren. Zwar hatte Megan ihres Wissens nie das Wort »verdammte Scheiße« in den Mund genommen, doch es würde Olivia nicht wundern, wenn sie es täte.

Megan wünschte ihnen gute Nacht, und Olivia wandte sich zum Gehen. Megan rief ihnen nach: »He, Nick. Wenn du mal nüchtern bist, fährst du mich dann ein bißchen in deinem Auto rum?«

Olivia konnte Nick im Dunkeln grinsen sehen, als er sich zu Megan umdrehte. »Jederzeit, Süße.«

Megan warf ihm eine Kußhand zu.

Olivia haßte sie alle beide. Nick nahm ihr die Schultasche ab. Sie verschränkte die Arme vor der Brust und ging schweigend voran, ohne ihn zu beachten. Die Straße war völlig menschenleer. Ihre Sandalen klatschten bei jedem Schritt laut auf das Pflaster des Gehwegs.

»Ich dachte, du wärst in Schottland«, sagte sie schließlich.

»Ich bin wieder da.« Trocken fügte er hinzu: »Die Unterhaltung hatten wir doch letzte Woche schon mal!«

»Wieso holt Mummy mich nicht ab? Ist sie auch betrunken?«

»Sie hat ein paar Gläser Wein getrunken. Das reicht bei ihr schon.«

»Was habt ihr denn den ganzen Abend gemacht – rumgehockt und euch besoffen?«

»Im Pub waren wir, Mensch. Beleidigt das dein empfindsames Anstandsgefühl?«

Olivia wäre rot geworden, wenn sie nicht so wütend gewesen wäre. Natürlich, *er* mußte abfällig über Anstand reden, nachdem er sie am Montag morgen wie eine Nutte behandelt hatte.

»Dann hat sie also erst gemerkt, daß ich noch nicht da bin, als ihr vor ein paar Minuten nach Hause gewankt seid.«

Er sagte bloß: »Willst du eine gescheuert?«

Sie hatte plötzlich ein schwindelerregendes Bild vor sich; er legte sie grob über sein Knie, schob ihren Rock hoch und versohlte ihren nackten Hintern mit seiner kräftigen, flachen Hand, direkt hier auf der öffentlichen, aber menschenleeren Straße. Bei der Vorstellung zogen sich ihre Muskeln zusammen. Es mußten die Schließmuskeln sein, die sich da zusammenzogen; der Muskel, der seine kräftige Hand fühlen würde, war der Gesäßmuskel.

Sie hätte fast bejaht, um zu sehen, wie er reagierte. Aber sie war sich unsicher, ob er es nicht tatsächlich tun würde. »Red nicht so mit mir.«

»Wie denn?«

»Wie ein – wie ein Grobian. So würde mein Vater nie daherreden.«

»Ja, ich weiß, ich hatte ja das Vergnügen, deinen Alten kennenzulernen, weißt du noch? Ein verdammter Heiliger, das hab ich gleich gesehen. Ein echter Gentleman.«

Diesmal wurde Olivia doch rot; sie spürte, wie ihr vor Verlegenheit ganz heiß wurde. Es war ihm gelungen, sie an so vielen Stellen gleichzeitig zu treffen, daß sie nicht wußte, wie sie zurückschlagen sollte. Ihr wäre lieber gewesen, er hätte sie verhauen. »Im Gegensatz zu dir. Du bist widerlich«, stieß sie hervor und rannte davon. »Du kannst allein heimgehen und es Mummy erklären.«

Sie lief über die Straße und bog um die Ecke. Bis zum großen Parktor war es nicht mehr weit. Er würde nicht mal wissen, wo das war. Ihr Haus grenzte mit der Rückseite an das andere Ende des Parks, und selbst wenn er schon mal im Park gewesen war, hatte er sicher die kleine Pforte benutzt, die vom Garten hinten auf den Pfad hinausführte.

Beide Tore waren natürlich zu, wie immer nach Sonnenuntergang. Aber das hatte Megan und sie nie davon abgehalten, auch nach Einbruch der Dunkelheit die übliche Abkürzung zu nehmen. Die abgeschlossenen Tore bedeuteten nur, daß sonst niemand mehr im Park war.

Wenn sie es schaffte, über das Tor zu klettern und in der Dunkelheit zu verschwinden, bevor Nick um die Ecke bog, würde er nicht wissen, wo sie steckte. Mit ein bißchen Glück lag sie sogar friedlich im Bett, wenn er nach Hause kam.

Ihre Sandalen schlugen beim Laufen laut auf, so laut, daß sie nicht hören konnte, ob er ihr folgte. Sie wagte nicht, sich umzudrehen, falls er es wirklich tat. Sie erreichte das schmiedeeiserne Tor und begann hinaufzuklettern. Aus alter Gewohnheit wußte sie, wo sie ihre Füße hinstellen mußte. Sie raffte ihren Rock hoch, damit er sich nicht in den Pfahlspitzen verfing, und schwang die Beine darüber. Als sie sich umdrehte, um auf der anderen Seite wieder hinunterzuklettern, stellte sie mit einem Blick auf die Straße fest, daß er schon beängstigend nahe war. Voller Panik sprang sie in die schützende Dunkelheit hinunter, anstatt zu klettern und schlug sich die Knie auf dem Kiesweg auf. Sie zog die Sandalen aus und stolperte barfuß über den Rasen weiter. Als sie einen Blick über die Schulter warf, stand Nick immer noch auf der anderen Seite des Tores. Sie sah, wie er die Büchertasche über das Tor warf und zu klettern begann.

Olivia überlegte, ob sie sich verstecken oder nach Hause rennen sollte. Sie konnte sich ja bis zum nächsten Morgen hier verstecken. Was würde ihre Mutter tun, wenn sie nicht nach Hause kam? Nach ihr suchen? Würde sie es merken oder wäre es ihr egal?

Es war ein schöner, warmer Abend, und die Sterne standen groß und klar am Himmel. Das war das Beste an dem nächtlichen Park: In der Dunkelheit konnte man die Sterne sehen. Im Winter, wenn es früh dunkel wurde, kam sie an klaren Abenden manchmal mit einer Taschenlampe und einer Sternenkarte hierher, um ihre Namen und Positionen zu studieren. Sie waren unvorstellbar weit weg, und ihre Namen klangen wie Zauberformeln. A wie Antares, Arktur, Aldebaran …

Sie blieb auf dem weitläufigen Rasen stehen und sah in den Himmel. Ihr Großvater in Huddersfield hatte ihr die Namen der Sommersterne beigebracht. Alle hellen, vertrauten Sternbilder breiteten sich hier vor ihr aus, der Schwan, der Adler, das Kreuz des Nordens. Als sie den Blick senkte, sah sie das Sternenlicht auf ihren bloßen Armen und Beinen schimmern.

»Lia!«

Sie konnte Nick im Schein der Sterne sehen, am Rand des Rasens. Er kam auf sie zu. Jetzt konnte sie sich nicht mehr verstecken. Der Gedanke, sich unter die Büsche zu hocken, den Atem anzuhalten und zu hoffen, er würde nicht über sie stolpern, war schlimmer als die Vorstellung, sich nach Hause zu ihrer Mutter zu retten. Dort war es zumindest relativ sicher. Sie wandte sich um und lief auf das rückwärtige Tor zu.

Ganz in der Nähe des Tores befand sich der Spielplatz. Die kleinen Füße hatten nur wenig Gras übriggelassen, und das freigelegte Erdreich neben dem Fußweg war vom Regen noch schlüpfrig, wie Olivia sofort feststellte, als ihr nackter Fuß abrutschte und sie auf den Knien landete. Sie rappelte sich hoch. Dem aufgeschlagenen Knie gefiel es nicht, daß es auch noch geprellt wurde. Das letzte Stück bis zum Tor humpelte sie.

Nick war dicht hinter ihr. Sie konnte hören, wie er ihr mit gedämpfer Stimme etwas zurief und dabei lachte: »He, Lia! Wenn du nicht stehenbleibst, schmeiß ich deine Bücher in den Ententeich. Wenn du sie dir holen willst, mußt du schwimmen.«

Er packte sie am Arm, als sie gerade am Tor emporklettern wollte. Sie stieß mit dem Fuß nach ihm, traf ihn aber nicht. »Laß mich los, du Ekel. Hör auf, mich zu schikanieren. Und untersteh dich, meine Bücher ins Wasser zu schmeißen.«

»Na komm, du kleine Hexe.«

Er begann, am Tor zu rütteln. Das war nicht schwer, denn es war nur mit Kette und Vorhängeschloß gesichert. Sie traute sich nicht, weiterzuklettern, vor Angst, sich oben aufzuspießen. Sie schlug mit den Sandalen in der Hand nach ihm.

»Ich soll dir also doch den Arsch versohlen, was?«

Dann tat er etwas Unglaubliches. Er ließ das Tor los, schob die Hand unter ihren Rock und zog ihr den Schlüpfer bis zu den Fesseln herunter.

Olivia war ratlos. Mit dem Schlüpfer an den Fußknöcheln konnte sie nicht weiterklettern. Und hochziehen konnte sie ihn nicht, ohne herunterzukommen. Sie genierte sich wahnsinnig.

Sie hatte gar keine Gelegenheit, sich zu entscheiden. Er hatte Katz und Maus mit ihr gespielt. Er griff nach ihr und zog sie so leicht herunter, als schäle er Efeu von einer Wand ab.

Sie versuchte, noch im Fallen nach ihm zu treten – eine Ferse in die Schrittgegend soll angeblich Angreifer abschrecken –, doch das verrutschte Höschen machte das Manöver unmöglich. Es führte lediglich dazu, daß sie es vollends verlor.

Er zog sie zu sich ins Gras und hielt ihr Handgelenk fest, damit sie ihn nicht kratzen konnte. Er legte sich auf sie, ein Bein zwischen ihren Schenkeln. Ihr Rock war bei der Balgerei hochgerutscht, so daß seine Jeans auf dem zarten Fleisch zwischen ihren Schenkeln scheuerten.

Sein Gesicht war so dicht vor ihr, daß sie den sauren Hefegeruch des Biers in seinem Atem schmecken konnte. Sie mußte an die Begegnungen mit Betrunkenen in der U-Bahn denken. Das befremdliche Gefühl verstörte sie am meisten. An Männer, die nach Bierdunst rochen, war sie nicht gewöhnt. Ihr Vater trank Whisky und Wein, und sie hatte ihn noch nie auch nur beschwipst erlebt. Oder in so einer verrückten Stimmung wie Nick jetzt. Er machte ihr angst. »Geh doch runter von mir! Du bist zu schwer, ich krieg keine Luft.«

Er gab keine Antwort und rührte sich nicht. Statt dessen rieb er sich an ihr, schob seinen Schenkel vorsichtig an ihre nackte Schamgegend und drückte seine Erektion gegen ihren Bauch. Ihre Panik wuchs. Das war überhaupt nicht romantisch; es machte ihr angst, hier im Dunkeln auf der Erde zu liegen, mit ihm, der womöglich so betrunken war, daß er nicht merkte oder sich nicht darum scherte, wer sie überhaupt war. Sie kam sich vor, als sei sie von einem betrunkenen Fremden in die Büsche gezerrt worden. Sie bäumte sich gegen ihn auf, vergeblich. Er bewegte das andere Bein so, daß es zwischen ihren Beinen zu liegen kam und drückte ihre Schenkel auseinander. Er ließ ihr Handgelenk los und fummelte an seinen Jeans herum, um sie aufzumachen. Mit der befreiten Hand riß sie ihn an den Haaren und versuchte, ihm weh zu tun oder zumindest abzulenken, hatte aber Angst, ihn zu provozieren.

»Hör auf damit«, knurrte er. »Sonst schmeiß ich dich mitsamt deinen Büchern in den Teich.« Er packte ihre beiden Hände mit einer Hand und drückte sie ihr hinter den Kopf. Mit der anderen hielt er ihr den Mund zu. »Da kommt jemand..«

Auf dem Gehweg auf der anderen Seite der hohen Hecke hörte sie Schritte näher kommen. Wahrscheinlich einer ihrer Nachbarn. Wenn sie laut rief, würde man sie hören.

Nick nahm die Hand von ihrem Mund.

Olivia starrte in sein Gesicht, das dicht vor ihr im Schatten lag. Seine Augen waren dunkel, daß sie nichts erkennen konnte. Er sah auf sie herunter, wie ein Fremder auf eine Fremde. Sie erinnerte sich an die kalte, heftige Verachtung, die sie am Hochzeitstag ihres Vaters in seinen Augen gesehen hatte. All die häßlichen Ausdrücke und Flüche, die Männer für das hatten, was er mit ihr vorhatte, schossen ihr durch den Kopf und ließen sie unter ihm erstarren.

Die Schritte waren jetzt auf ihrer Höhe.

Sie konnte die Wärme seiner unverhüllten Erektion spüren. Er flüsterte ihr ins Ohr: »Magst du's denn nicht gern brutal?«

Seine Penisspitze rieb sanft an ihren Schamlippen und an ihrer empfindlichsten Stelle. Trotz ihrer Angst rief der Druck ein angenehmes Gefühl hervor.

Die Schritte verhallten, der Fußgänger war fort. Nick drang in sie ein. »Nein«, flüsterte sie, aber zu spät.

Vielleicht hatte er es für Einverständnis gehalten, als sie nicht laut geschrien hatte. Das Gefühl ihrer Ohnmacht erregte und beschämte sie.

Überrascht und erleichtert stellte sie fest, daß es diesmal nicht weh tat, auch als er heftig in sie hineinstieß. Er legte die Arme um sie und hob ihren Hintern vom harten Erdboden hoch, um seinen rhythmischen Stößen zu begegnen. Das Gefühl, das seine Bewegungen in ihren Genitalien hervorriefen, wurde stärker. Es war eine Art wohliges Prickeln. Und dann wieder ein tiefes, heftiges Verlangen, wie wenn man sich nach etwas sehnt und ganz krank davon wird, heimwehkrank, liebeskrank.

Sie zog seinen Kopf zu sich herunter, bis sein Gesicht seitlich an ihrem Hals lag. Sie konnte seinen heißen Atem auf der Haut spüren, während er ein gedämpftes, rhythmisches Stöhnen ausstieß – wie ein brünstiges Tier, dachte sie, was überhaupt nicht romantisch war, sondern wahnsinnig sexy. Sogar sein Bieratem und der rauchige Tabakgeruch waren sexy. Sie konnte es nicht erwarten, daß er sie küßte.

Plötzlich zuckte er wie bei einem Anfall und drückte ihr fast den Brustkorb ein. Sein ganzes Gewicht lastete auf ihr, und er rührte sich nicht.

»Nick«, flüsterte sie. Sie wollte ihn schütteln, ihn aufrütteln.

Er hob den Kopf und sah sie aus trüben Augen an. »Entschuldige, Kätzchen.«

Sie atmete auf. Er hatte sie Kätzchen genannt.

Er stand auf und brachte seine Jeans wieder in Ordnung. Olivia richtete sich auf und sah sich suchend nach ihrem Schlüpfer um, der weiß in der Dunkelheit leuchtete. Nachdem sie ihn angezogen hatte, stand sie auf und strich sich den Rock glatt.

Sie hatte ihn immer noch an sich: Zwischen den Schenkeln war sie so naß, daß ihr Höschen auch etwas abbekam. Es war ihr unangenehm peinlich, aber auch ganz seltsam im Bauch. Sie wollte, daß er sie umarmte und küßte, daß er all das tat, was er vorhin hätte machen sollen anstatt ihr einfach den Schlüpfer herunterzuziehen und...

Sie glaubte nicht, daß Männer das, was er gerade gemacht hatte, mit Frauen taten, die sie liebten. Aber natürlich liebte er sie nicht. Er war ja der Liebhaber ihrer Mutter.

Es tat weh, ganz tief drinnen. Sie wollte sich klein machen und sich in ihre Arme schmiegen.

Er legte die Arme um sie. »Sorry, Baby«, sagte er noch einmal. »Nächstes Mal sollst du auch was davon haben.«

Sie wußte nicht, was er damit meinte, doch was *nächstes Mal* bedeutete, wußte sie. Sie legte ihm die Arme um den Hals, lehnte den Kopf an seine Schulter und drückte ihr Gesicht an seinen Hals. Sie spürte, wie sich seine Arme fester um sie schlossen, und dachte, sie müßte gleich losheulen. Statt dessen küßte sie ihn auf den Hals, in die Kuhle am Schlüsselbein. Sie traute sich nicht, es zu sagen. Sie fürchtete, dann würde er sie loslassen.

»So kann ich nicht nach Hause, mit den schmutzigen Beinen.«

»Das bringen wir draußen in Ordnung.«

Sie fand ihre Sandalen, er holte die Büchertasche, die nicht im Ententeich gelandet war, und sie kletterten über das kleine Tor. Diesmal rüttelte er nicht, sondern hielt das Tor für sie fest.

Unter einer Straßenlaterne putzte er ihr mit einem Taschentuch den Schmutz von den Knien. Zuerst spuckte er darauf, wie ihre Mutter früher, wenn sie sich Eiskrem oder Schokolade ins Gesicht geschmiert hatte.

Um ihr Gleichgewicht halten zu können, legte sie ihm eine Hand auf die Schulter. Sie sah auf seinen gesenkten Kopf hinunter, auf den Nacken, die breiten Schultern und die obere Rückenpartie. So von oben hatte sie ihn noch nie gesehen. Er wirkte kräftig, auf eine sehr fundamentale, körperliche Art. Wenn er aufstand, malte sie sich aus, würde er sie mit sich hochheben wie Leviathan, der aus der Tiefe emporstieg. Vielleicht beachtete er sie genausowenig wie dieses Seeungeheuer die sinkenden Schiffe, die es hinter sich ließ.

»Du blutest ja.«

»Ich hab mich an den Kieselsteinen aufgeschürft. Du bist schuld, du hast mich erschreckt, und da bin ich runtergesprungen.«

»Klar, ich bin an allem schuld, stimmt's?«

Sie sah, wie er sie schräg von unten anlächelte. Dann berührte er die aufgescheuerte Stelle mit der Zunge wie ein Tier, das dem anderen die Wunde leckt. Sie fiel fast um, obwohl sie sich an ihm festhielt.

»Was zum Teufel hattest du im Park zu suchen?«

»Auch deine Schuld. Du warst gemein zu mir. Außerdem geh ich immer durch den Park. Ich seh mir gern im Dunkeln die Sterne an.«

Er ließ ihr Bein los und richtete sich auf. Nun mußte sie wieder zu ihm hochsehen. »Scheiß auf die Sterne. Du bleibst draußen, wenn das Tor zu ist, verstanden? Stell dir vor, was dir alles hätte passieren können.«

- 15 -

Nach Hause zu kommen war schrecklich.

Olivia dachte, ihre Mutter würde ihr ansehen, was geschehen war. Sie wollte gleich nach oben schleichen und ins Bett gehen, doch ihre Mutter wollte erst noch ihren Unmut darüber äußern, daß eine Vierzehnjährige mitten in der Woche um halb zwölf nach Hause kam, obwohl man dieser Vierzehnjährigen gesagt hatte, sie solle um zehn zu Hause sein. Olivia war erschöpft und hatte keine Lust, sich zu verteidigen.

Sie flüchtete schließlich in ihr Zimmer. Als sie die Treppe hochstieg, hörte sie, wie sich ihre Mutter bei Nick für Olivias Gedankenlosigkeit, nicht fertig gewesen zu sein, als er bei Megan ankam, entschuldigte. Olivia war heilfroh und mußte gleichzeitig lachen, als sie das hörte. Es bedeutete, daß ihre Mutter sich eine Erklärung für die zusätzlichen zehn Minuten zurechtgelegt hatte, die sie länger gebraucht hatten.

Nick meinte, schon gut, es sei nicht so schlimm. Olivia staunte; er redete mit ihrer Mutter, als sei überhaupt nichts passiert. Vielleicht war seiner Meinung nach auch nicht viel passiert. Vielleicht zählte es für ihn nicht, weil sie bloß ein Kind war. Vielleicht schlief er andauernd mit anderen Frauen. Sie hatte gelesen, daß vielen Männern mehr am Sex lag als an der Person, mit der sie ihn hatten. Vielleicht stimmt es; wie sonst ließe sich die Prostitution erklären?

Nachdem sie die Tür zugemacht hatte, hörte sie ihre Mutter die Treppe heraufkommen. Zuerst befürchtete sie, sie würde nach oben kommen, doch dann hörte sie sie ins Badezimmer gehen.

Dann hörte sie Nick heraufkommen; er ging ins Schlafzimmer unter ihrem, in Mutters Schlafzimmer. Ob er heute nacht mit ihrer Mutter schlafen würde? Bei dem Gedanken daran wurde ihr schlecht.

Sie zog sich aus. Ganz zuletzt den Schlüpfer, der noch ganz naß vom Sperma war. Sie wollte hinuntergehen und ihn Nick zeigen, um ihn davon abzuhalten, mit ihrer Mutter zu schlafen. Aber womöglich würde ihn das noch anmachen. Erst die Mutter, dann die Tochter; einmal die Tochter, einmal die Mutter. Sein persönlicher Harem.

Ms. Pankhurst würde Olivia enterben, wenn sie es wüßte. Vor allem, weil sie nicht geschrien hatte, als die Schritte vorbeigekommen waren. Und ganz besonders wegen des ziehenden Gefühls, als sie daran dachte, was Nick gemacht hatte; und daß sie sich wünschte, er würde heraufkommen und es wieder tun. Es war, als ob man sich von einem Bären bumsen lassen wollte.

Sie fragte sich, ob er wirklich mit anderen Frauen schlief, und wie das mit seiner Frau war. Der Gedanke war schockierend, daß der Liebhaber ihrer Mutter verheiratet war. Zwar getrennt lebte, aber nicht geschieden war.

Erst war ihr Vater zu Althea gezogen, während er noch mit ihrer Mutter verheiratet war. Und jetzt war ihre Mutter zwar geschieden, lebte aber mit einem Mann zusammen, der noch mit einer anderen verheiratet war. Alles schien zu zerfließen. Alles war möglich, alles war okay.

Das einzige, was nicht okay war, was auf gar keinen Fall sein durfte, war, daß ein vierzehnjähriges Mädchen vom Liebhaber ihrer Mutter gevögelt wurde. Nick in ihrem Slip war das eine große Nein.

Während sie den Schlüpfer in den Wäschekorb legte, dachte Olivia zum ersten Mal über die biologischen Folgen dessen nach, was passiert war. Wenn sie nun schwanger wurde? Sie regte sich nicht besonders auf, weil es wohl nicht sehr wahrscheinlich war. Sie hätte auch nicht viel tun können, um es zu verhindern. Weder beim ersten noch beim zweiten Mal hatte sie vorgehabt, mit ihm zu schlafen, und hätte es dennoch durch nichts aufhalten können. Es war wie höhere Gewalt. Oder vielmehr wie die Gewalt der alten griechischen Götter, die plötzlich in eine Frau vernarrt waren: Nick hatte sich in den Kopf gesetzt, sie zu bumsen, und er hatte es getan. Er hatte »nächstes Mal« gesagt, doch sie hatte keine Ahnung, wann das sein sollte, wenn überhaupt. Sie konnte doch nicht dauernd ein Kondom bei sich haben, um ihn – wahrscheinlich vergeblich – zu überreden, es zu benutzen, falls es ein nächstes Mal geben sollte.

Sie untersuchte ihr verletztes Knie. Es hatte aufgehört zu bluten. Seine Zunge hatte also geholfen. Sie würde es nie wieder waschen.

Sie schlüpfte in ihr Nachthemd, legte sich ins Bett, machte das Licht aus und schloß die Augen. Die Sterne verfehlten heute abend ihre beruhigende Wirkung. Sie dachte nur, daß Nick gesagt hatte, scheiß auf die Sterne. Dann stellte sie sich vor, daß er nackt im All stand, wie Orion, der Jäger, mit einer riesigen Erektion, auf deren weißer, heißer Spitze die Pléiaden, der Kreis der Sieben Schwestern, aufgespießt waren. Zitternd streckte sie die Beine aus und versuchte, sich zu entspannen. Es war schon sehr spät und sehr still.

Unter ihr begannen die Sprungfedern von Mutters Bett unter dem Gewicht zweier Körper zu ächzen.

Der nächste Tag war ein Freitag. Sainsbury's, und kein Nick! Ein ganzes Wochenende ohne Nick, hurra! Er war nach Norfolk gefahren, wo er eigentlich jedes Wochenende sein müßte. Vielleicht hatte er in Norfolk eine Geliebte. Olivia verbrachte einen Großteil des Wochenendes in ihrem Zimmer und spielte Geige, besessen wie Sherlock Holmes bei der Lösung eines Kriminalfalls. Sie sehnte sich nach dem sonntäglichen Besuch bei ihrem Vater, doch der kam erst am Dienstag aus Amalfi zurück, und so mußte sie noch eine Woche warten.

Sie stellte sich vor, er würde sie beim Amontillado fragen, wie sie denn die letzten zwei Wochen verbracht hätte, und sie würde antworten: Daddy, ich bin entjungfert, geschändet und verführt worden. Mummys alter schwarzer Bock hat dein weißes Lämmchen besprungen. In ihrer Vorstellung saß sie plötzlich splitternackt bei ihrem Vater im Wohnzimmer, während das Sperma an den Innenseiten ihrer Schenkel hinunterrann und ihr Vater außer sich vor Wut und Abscheu auf ihre Schamgegend starrte.

Danach würde er nie mehr das Schulgeld für sie bezahlen.

Am Montag stellte sich heraus, daß sie die Französischprüfung vom Freitag versiebt hatte. Es war, wie ihre Lehrerin säuerlich anmerkte, das erste Mal, daß sie in einem Fach nicht bestanden hatte. Ihr Vater würde noch wütender sein als in ihrem Tagtraum.

Ihre Mutter gegenüber erwähnte sie die desaströse Französischprüfung nicht; die war sowieso mit den Vorbereitungen für Olivias Geburtstagsparty beschäftigt. Die Party sollte am Donnerstag stattfinden, aber dann sagte ihre Mutter, am Donnerstag ginge es nicht, weil sie nach Bristol müsse und erst ziemlich spät zurückkäme. Sie wollte einen Vertrag mit einem Mann aushandeln, der eine Ladenkette hatte und eventuell ihren Schmuck führen wollte. Er habe den Prospekt gesehen und sei ziemlich angetan gewesen, sagte ihre Mutter. Vom Schmuck, überlegte Olivia, oder vom Busen ihrer Mutter? Aber natürlich konnte der Mann in Bristol nicht wissen, daß es die Hände auf den Brüsten waren, die die Ringe geschmiedet hatten.

Jedenfalls hieß das, die Party – bestehend aus Megan und Clare und Sissy – mußte auf Freitag abend verschoben werden. »Das macht dir doch nichts aus, mein Liebling, oder?«

Olivia sagte brav, nein, es mache ihr überhaupt nichts aus. Es machte ihr aber doch etwas aus. Erstens war ihr Geburtstag nicht einfach verschiebbar, weil er auf die Tagundnachtgleiche fiel. Und zweitens war dann Nick wieder da, und es war bestimmt nervtötend, den ganzen Geburtstag damit zu verbringen, sich vor ihm in Sicherheit zu bringen.

Es war bereits nervtötend genug, sich den ganzen Montag abend in ihrem Zimmer herumzudrücken, weil sie seine Nähe nicht aushielt, besonders wenn er mit ihrer Mutter zusammen war. Und wie kühl und lässig er sie ansah, als hätte er keine blasse Ahnung, ob sie Männlein oder Weiblein war. Es war unerträglich! Am Dienstag kam ihr Vater zurück. Wenn sie es bloß bis Dienstag schaffte, ohne daß etwas passierte …

Als sie am Dienstag morgen in der Küche ihre Bluse bügelte, klingelte das Telefon. Es klingelte sonst nie, bevor sie in die Schule ging. Der Gedanke schoß ihr durch den Kopf, es könnte ihre Mutter sein und es sei etwas Schreckliches passiert. Doch dann meldete sich eine Frauenstimme und wollte Nick sprechen.

Olivia war sauer. Nick lag wahrscheinlich noch oben im Bett. Er stand normalerweise erst auf, wenn sie schon weg war. Im Schlafzimmer ihrer Mutter gab es einen zweiten Anschluß, etwa einen Meter von der Stelle entfernt, wo er lag und schlief. Wenn sie gewußt hätte, daß es für ihn war, hätte sie es klingeln lassen, bis er selbst drangegangen wäre.

»Er schläft«, sagte sie. »Sie müssen später noch mal anrufen.«

»Könnten Sie ihn bitte rufen? Es ist sehr wichtig.«

Olivia ging an die Treppe und rief nach Nick.

Keine Antwort. Sie ging hinauf und hämmerte an Mutters Schlafzimmertür.

Immer noch keine Antwort. Vielleicht war er schon weg. Sie öffnete die Tür und spähte hinein. Die Vorhänge waren halb zugezogen und die Bettdecke so zerwühlt, daß man von der Tür aus unmöglich sagen konnte, ob jemand darunterlag oder nicht. Ihre Mutter machte die Vorhänge immer weit auf und zog die Decke mit peinlicher Sorgfalt zurecht, aber Nick waren solche calvinistischen Bedenken fremd.

»Nick?« Sie näherte sich dem Bett, trat auf Zehenspitzen ängstlich in die Höhle des Löwen. Jetzt sah sie, daß er in seitlicher Bauchlage schlief, wie es in ihrem Biologiebuch gestanden hatte, mit dem Gesicht nach unten quer über die entferntere Betthälfte ausgestreckt. Die ihres Vaters.

»Nick?«

Er war unansprechbar. Sie setzte ein Knie auf die Bettkante an Mutters Seite und berührte seine nackte Schulter. »Nick, Telefon für dich.«

Er mochte taub sein, wenn er schlief, aber gefühllos war er nicht. Bei ihrer Berührung wachte er auf und rollte sich in ihre Richtung. »Lia«, brummte er, »verdammt, was ist denn?«

»Da will dich jemand sprechen. Sie sagt, es sei wichtig.«

»Na gut. Danke.« Er griff mit der rechten Hand nach dem Hörer, nahm ihn in die linke und stützte sich mit dem linken Ellbogen auf. »Ja?«

Olivia nahm ihr Knie vom Bett und wollte gerade gehen, als er mit der freien Hand nach ihrem Handgelenk griff und sie zu sich herzog. Er bedeckte die Muschel mit den Fingern der linken Hand. »Moment.«

»Ich muß gehen, ich komm sonst zu spät zur Schule.«

Sie versuchte, sich loszumachen, doch er hielt sie mit eisernem Griff. Er achtete gar nicht mehr auf sie, sondern unterhielt sich mit der Frau am Telefon, mit Pausen zwischen jeder Bemerkung.

»Ach, ja? Was soll das heißen? Erzähl mir doch keinen Scheiß.«

Olivia gab ihren Fluchtversuch auf und begann, der Unterhaltung zu lauschen. Wer war diese Frau, daß er es wagte, so mit ihr zu reden? Als er sagte, sie sei eine blöde Kuh und solle gefälligst antanzen, war Olivia wie vom Donner gerührt.

»Wer war das?« wollte sie wissen, als er aufhängte, zu neugierig, um so zu tun, als hätte sie nicht gelauscht.

»Eines von meinen Fotomodellen, die regelmäßig für mich arbeiten. Besser gesagt, unregelmäßig. Eine total unzuverlässige Schlampe.«

Ihr wurde komisch zumute, als sie ihn so reden hörte. Er wirkte plötzlich so fremd und bedrohlich. In ihrem Familien- oder Freundeskreis gebrauchte niemand diese Kraftausdrücke, wenigstens nicht in ihrer Gegenwart. Leute, die das taten, gehörten nicht in ihre Welt – Straßenbengels, Fremde in der U-Bahn, Leute in Filmen oder Theaterstücken. Der Gedanke, daß ihre geborgene, sonnige Welt durch ihn mit einer anderen, gefährlichen Unterwelt in Berührung kam, war aufregend.

Er hielt sie immer noch am Handgelenk fest und zog sie nun zu sich hinüber. Sie wehrte sich. »Ich muß runter, den Hörer auflegen.«

»Scheiß auf den Hörer. Komm her, Kätzchen, willst du nicht ein bißchen schmusen?«

Sie wollte schmusen, aber das meinte er nicht. Auf gar keinen Fall konnte sie sich zu ihm in Mutters Bett legen.

Er war wirklich stark, stellte Olivia fest. Im Grunde wußte sie es bereits. Er zog sie aufs Bett und rollte sie zu sich her.

Noch etwas stellte sie fest: Er trug keinen Schlafanzug. Der Gedanke, dicht neben einem nackten, haarigen, muskulösen Männerkörper zu liegen, machte ihr angst. Vielleicht lag es daran, daß er eine sehr augenfällige Erektion hatte.

Etwas anderes war noch viel schlimmer. Es erschien ihr fast wie ein Sakrileg, auf Mutters Seite in Mutters Bett zu liegen. Als sie klein war, hatte sie am Sonntagmorgen zu ihren Eltern ins Bett schlüpfen dürfen. Sie erinnerte sich an dieses Gefühl absoluter Sicherheit, das Gefühl, im Zentrum des Universums geborgen zu sein, wenn sie sich zwischen Mutter und Vater unter die Decke gekuschelt hatte.

Und jetzt lag sie im Bett ihrer Eltern, ohne daß einer der beiden da war. Nur Nick auf der Seite ihres Vaters und sie auf der Seite ihrer Mutter. Wenn Nick sie jetzt berührte, dachte sie, würde ihn sicher der Blitzstrahl Gottes treffen. Oder vielleicht sie.

»Du gehst mir ja dauernd aus dem Weg«, sagte er mit schläfriger, rauher Stimme. Eine sexy Stimme, mußte Olivia unwillkürlich denken. »Was ist los, magst du mich nicht mehr?«

»Ich hab nie gesagt, daß ich dich mag.«

»War so ein Eindruck von mir.«

Sie trug ein Baumwollnachthemd, weil sie ihre Bluse noch nicht fertig gebügelt hatte und noch nicht dazu gekommen war, die Knöpfe wieder an ihr Schlafanzugoberteil zu nähen. Sie preßte die Beine fest zusammen. Er legte die Hand auf ihr Knie und schob ihr Nachthemd beiseite, während seine Hand langsam an ihrem Schenkel hochglitt.

Sie packte ihn am Handgelenk, damit er aufhörte. »Du bist widerlich«, zischte sie, zitternd vor unbestimmter Furcht und Wut. »Ich weiß doch, daß du es mit meiner Mutter machst, genau hier. Gestern nacht hast du's mit ihr gemacht.«

Er sagte mit seiner rauhen, sinnlichen Stimme: »Ist es denn dann nicht noch aufregender?«

Sie starrte ihn ungläubig an und erinnerte sich, was er im Park gesagt hatte, wo sie halbnackt ineinander verschlungen im Dunkeln gelegen hatten, als einer der Nachbarn vorübergegangen war. *Magst du's denn nicht gern brutal?* hatte er gesagt. Vielleicht war er pervers.

Vielleicht war sie pervers.

Sie versuchte wieder, ihn wegzustoßen. »Dann ist es noch widerlicher.«

Gott ließ sich aber ziemlich viel Zeit mit seinem Blitzstrahl. Nick hatte den Daumen zwischen ihre zusammengepreßten Schenkel gebohrt und schob seine Hand weiter auf ihre Schamgegend zu.

Während er sie streichelte, merkte sie, daß es zwischen den einzelnen Schenkelregionen unterschiedliche Empfindlichkeitsstufen gab. Es war, als ob ihr Körper ihn ermunterte, je näher er seinem Ziel rückte. Wenn er drängte, gab sie nach, ob sie wollte oder nicht, und das lag nicht nur daran, daß er stärker war.

Ihr war klar – er sorgte dafür, daß es ihr klarwurde –, daß er sich einfach nehmen konnte, was er wollte, wie vorher auch schon. Doch jetzt war er kein Sexpirat auf Beutezug. Er forderte eine Reaktion von ihr. Er wollte, daß sie nach ihm verlangte, daß sie das von ihm verlangte, was er von ihr wollte. Und dabei wußte sie noch gar nicht, was diese Begierde bedeutete, außer daß man einen Schmerz im Bauch und ein Kitzeln in der Schamgegend bekam.

An ihrem Venushügel angelangt, fuhr er mit dem Mittelfinger an der Spalte entlang, immer auf und ab. Olivia war, als hätte er eine Zaubertür aufgestoßen. Ihre vorsichtigen Schenkel öffneten sich, ihr Becken reckte sich seiner Hand entgegen. Sie mußte gar nichts tun, es passierte einfach. Sie fühlte sich wie eine Einbrecherin im Bett ihrer Mutter. Und Nick war der König der Einbrecher: Er hatte den Platz ihres Vaters und die Liebe ihrer Mutter genommen, und bestand nun darauf, daß sie sich ihm freiwillig gab.

Olivia hörte sich leise stöhnen. Zitternd fühlte sie seinen Finger in sie eindringen. Bei dem Gedanken, daß er in ihr war, verging sie fast vor Scham und Begierde. Sie wollte ihn ebenso heftig in sich spüren, wie sie wollte, daß er draußen blieb. Das Gefühl des Ausgeliefertseins steigerte ihr Verlangen ebenso wie ihren Abscheu. Er machte sie krank, krank vor Verlangen nach ihm; der Schmerz in ihr forderte ihn auf, in sie einzudringen und ihn zu heilen. Ihre Scham war unbeschreiblich, ihre Begierde unersättlich. Wie ein Kind, das geschlagen wird, wimmerte sie zu den Bewegungen seiner Hand.

Er stieß ein leises, kehliges Knurren aus. Sie hörte es, weil sein Kopf dicht neben ihrem lag. Zärtlich biß er sie in den Hals wie Katzen beim Liebesspiel. Sie drängte sich immer heftiger an ihn, ihr passives Reagieren wurde zu einer offenen Aufforderung. Sie verspürte keine Scham mehr, nur noch Verlangen. Verlangen nach ihm; Verlangen danach, daß er ganz bestimmte Dinge mit ihr machte. Diese verzweifelte Begierde steckte in ihrem Innern, bis sie dachte, sie müßte sterben … bis alles um sie herum zu niesen schien und sie selige Erleichterung verspürte. Bevor sie Zeit hatte, sich zu erholen, zwängte er sich zwischen ihre Beine und drang in sie ein. Sie war zu verblüfft, sich zu wehren. Dieselben Gefühle, die gerade ihren Höhepunkt erreicht hatten, verstärkten sich in ihr wieder, während er in sie hineinstieß.

Diesmal war es besser. Was er ihr gab, gab sie ihm auch. Sie merkte es daran, wie er atmete, an der Spannung in seinen Armen, den rhythmischen Bewegungen seines Körpers. Ihr war, als seien sie beide zwei Wesen gleichzeitig, jedes es selbst und das andere. Sie bewegten sich, um einander Lust zu geben.

Einen kurzen Augenblick war sie sich seiner Gegenwart nicht mehr bewußt, dann nicht einmal ihrer eigenen.

Als sie wieder klar denken konnte, merkte sie, daß sie ihn immer noch umarmt hielt, daß er immer noch die Arme um sie geschlungen hatte. Sie wollte etwas Passendes sagen. Etwas im Sinn von ›Ich liebe dich‹. Doch das wäre das Unpassendenste, Unerwünschteste gewesen. Er wollte ja nicht, daß sie ihn liebte, er wollte nur, daß sie die Beine für ihn öffnete. »Bingo«, sagte er ihr ins Ohr. »So sollte es jedesmal sein.« *Jedesmal* deutete in die Zukunft, auf eine Wiederholung. Olivia regte sich, streichelte ihn mit Armen und Beinen und wandte ihm das Gesicht zu. Er küßte sie, aber nicht tief. Wie eine Katze schmiegte er seine Zunge in die Grübchen in ihrem Gesicht. Sie hatte nichts dagegen. Inzwischen verstand sie den Code: drängende Küsse bedeuteten Vögeln, zärtliches Kuscheln bedeutete Liebe. Vielleicht.

Es gab also noch etwas Schlimmeres, Beschämenderes und Erniedrigenderes und Vernichtenderes als den Verlust der Selbstachtung, in den er sie getrieben hatte. Das Schlimmste war diese hoffnungslose Gier nach seiner Liebe, nach einem Zeichen seiner Liebe. Sie kam sich vor, als ob sie unter einem zum Festmahl gedeckten Tisch nach Abfällen suchte.

Während er sie küßte, sagte er etwas. Die Wärme seines Atems kitzelte auf ihrer Haut.

»Du bist phantastisch, Kätzchen.«

Wieder so ein Spruch. »Wirklich?«

»Hm.« Er biß sie ins Ohrläppchen, wie um zu naschen. »Du hast einen phantastischen Körper.«

»Große Titten, meinst du.«

»Du hast erklassige Möpse, aber das mein ich gar nicht.«

»Was meinst du dann?«

Er streichelte über ihre Hüfte. Sie erschauerte unter der Berührung. Es war nicht bloß der sinnliche Reiz, sondern auch die besitzergreifende Geste, so wie wenn man beim Reiten die Flanke eines Pferdes tätschelt. Sie wußte, daß er ihr Zittern spürte, daß er wußte, weshalb sie zitterte, und daß es ihm gefiel. Er wußte besser Bescheid über sie als sie selbst. Als hätte er sie durch den Liebesakt überhaupt erst erschaffen, als sei sie im biblischen Sinn seine Schöpfung.

Aber er redete nicht wie ein göttliches Wesen. »Du bist wahnsinnig gut.«

»Was heißt das, gut?«

Er machte es ihr nicht leicht. »Das heißt, du bist gut im Bett.«

Ihr war, als hätte er ihr einen Schlag versetzt. »Sehr witzig.« Sie stieß ihn weg. »Geh runter, ich bin sowieso schon viel zu spät dran. Und überhaupt, ach du liebe Zeit – wir schreiben ja heute eine Physikarbeit, die hat bestimmt schon angefangen. Du ruinierst nicht bloß meine Moral, sondern auch noch meine Ausbildung.«

Er rückte grinsend beiseite. »Keine Panik. Ich fahr dich hin.«

Sie setzte sich auf und schwang die Beine über die Bettkante. Dann zog sie ihr Nachthemd herunter, doch bevor sie aufstehen konnte, kniete er hinter ihr, klemmte ihren Po fest zwischen seinen Schenkeln ein und legte ihr die Arme um die Taille. Weil er noch nackt war, spürte sie, wie sich seine Erektion gegen ihren Rücken und Po drückte. Jetzt macht er es noch mal, dachte sie verzweifelt und begeistert.

Sie lehnte sich rückwärts an ihn. Seine Hände schmiegten sich um ihre Brüste. Sie wünschte, daß er sie liebte, und wenn er es nicht tat, würde sie sich eben nehmen, was sie kriegen konnte.

»Oh, ich könnte dich den ganzen Tag bumsen.« Seine Stimme, rauh und abgehackt, und seine zärtlichen Hände auf ihren Brüsten riefen in ihr den Wunsch wach, daß er es tat. Zum Teufel mit der Physikarbeit. Viel besser war es, statt dessen mit Nick zu vögeln. Doch er rettete sie vor sich selbst, indem er sagte: »Ein andermal. Ich muß jetzt los.«

Wahrscheinlich mußte er sich um die blöde Kuh kümmern, die unzuverlässige Schlampe.

Er ließ sie los. Schob sie sanft von sich, als sei sie es, die ihn aufgehalten hatte. Indigniert und verlegen rannte sie die Treppe hinunter. Reichlich spät fielen ihr das Bügeleisen und der Telefonhörer ein.

Als sie zehn Minuten später herunterkam, wartete er schon im Flur, den Autoschlüssel in der Hand.

»Fertig?«

»Okay.«

Er hielt ihr die Haustür auf und sah sie irgendwie seltsam an. »Ist das deine Schuluniform?«

»Ja.« Die hast du doch schon mal gesehen, wollte sie sagen. Aber dann würde er sich an jene Situation erinnern, als er das erste Mal mit ihr ins Bett gegangen war.

»Ganz schön altmodisch, was?«

»Ich glaube, das soll so sein. Um die Gedanken auf höhere Dinge zu lenken.«

Er schloß ihr lachend die Autotür auf. »Und, funktioniert es?«

Sie starrte vorne auf seiner Hose direkt vor ihr, als er die Wagentür zuschlug. Schön wär's, dachte sie voller Selbstverachtung, schön wär's, wenn es wie ein Zauber wirken würde. Schön wär's, ich würde mir nicht wünschen, daß du mich den ganzen Tag vögelst.

- 16 -

Ms. Pankhurst tadelte Olivia, daß sie offenbar in anderen Sphären schwebte. Die Idee gefiel Olivia. Auf der Erde gab es keinen Platz mehr für Einsiedler. Wer die Einsamkeit suchte, würde wohl auf den Mond ziehen müssen.

Das Gute am Leben auf dem Mond wäre, daß sie Nick dann nie wiedersehen müßte.

Sie war sicher, daß sie bei der Begegnung mit ihm vor Scham erröten würde. Sie wurde ja fast schon beim bloßen Gedanken an ihn rot. Sie spürte all die Stellen an ihrem Körper genau, diese sogenannten erogenen Zonen, und es kam ihr vor, als hätte sie diese empfindlichen Stellen jetzt überall. Man brauchte sie bestimmt bloß anzusehen, um zu wissen, was an dem Morgen passiert war.

Es war tatsächlich ein Zauber gewesen. Sie hatte so etwas vorher noch nie erlebt. Sooft sie daran dachte, schauderte Olivia und sehnte sich danach, daß Nick es noch einmal mit ihr machte.

Das Gräßliche und Beschämende an der Sache war, daß Nick sich irgendwie in ihren Kopf gedrängt hatte und ihre Gedanken völlig beherrschte. Dabei war er so ein widerlicher Typ. Es war wie in den Schundblättern, die er las: *Ich war die Sexsklavin eines Super-Macho.*

Schlimm genug, daß der Liebhaber ihrer Mutter die gleichen Sachen mit ihr machte wie mit ihrer Mutter. Sooft sie daran dachte, krampfte sich ihr Herz zusammen und ihr Inneres fühlte sich an wie ausgewrungen. Doch im Gegensatz zu Megan mit ihrer skrupellosen Selbstkritik sagte sie sich immer wieder, daß es ja nicht ihre Schuld war. Er war so viel stärker als sie, ihr blieb ja gar nichts anderes übrig.

Man konnte es auch Vergewaltigung nennen.

Doch damals im Park hatte er absichtlich die Hand von ihrem Mund genommen, damit sie schreien konnte. Wohl wissend, daß sie es nicht tun würde.

Wirklich sterbenselend wurde ihr, wenn sie daran dachte, daß ihr das alles gefiel. Mehr als gefiel. Er hatte etwas gemacht, und sie war gekommen, zum ersten Mal im Leben. Er hatte sie zum Orgasmus gebracht. Ihre Mutter würde ihr nie verzeihen. Ihr Vater wäre vor Abscheu außer sich. Schon bei dem Gedanken, es könnte noch irgend jemand anders davon erfahren – ihre Freundinnen oder Lehrerinnen zum Beispiel –, hätte sie sich am liebsten vor den nächstbesten Bus geworfen.

Ein weniger dramatischer Aktionsplan wäre, ihren Vater davon zu überzeugen, daß er sie zu sich und Althea ziehen ließ. Die Gegenwart von Althea wäre zwar gräßlich, aber nicht halb so schlimm wie die Folgen eines weiteren Zusammenlebens mit Nick.

Heute sollte er von seiner Hochzeitsreise zurückkommen. Nach der Schule rief Olivia bei ihm zu Hause an und hinterließ eine Nachricht auf dem Anrufbeantworter. Er rief am gleichen Abend zurück. Eigentlich hätte sie fragen sollen, ob er eine schöne Reise gehabt hatte, doch sie brachte es nicht fertig, weil es seine Hochzeitsreise mit Althea gewesen war.

»Daddy, kann ich morgen nach der Schule zu dir kommen?«

»Hat das nicht Zeit, bis du nächsten Sonntag zu uns kommst?«

Zu uns, was sollte das heißen, uns? Althea wäre es egal, wenn Olivia ihr nie wieder unter die Augen treten würde und umgekehrt. Olivia fuhr nach Highgate, um ihren Vater zu besuchen, und damit basta.

»Eigentlich nicht. Es ist ziemlich dringend. Wann kann ich kommen?«

»Ich bin um kurz nach sechs zu Hause.«

»Es muß aber vorher sein. Kann ich dich im College besuchen?«

»Ich habe um fünf eine Besprechung, davor bin ich in meinem Büro.«

Sie müßte den Turnunterricht ausfallen lassen, was eigentlich streng verboten war. Egal. »Okay, ich bin um halb fünf da.«

»Willst du mir nicht sagen, worum es geht?«

„Um ein Projekt. Ich erklär's dir, wenn wir uns sehen.«

Mit Megan besprach sie, wie sie am besten vorgehen sollten. Natürlich wollte sie Megan nicht die ganze Wahrheit sagen. Lediglich, daß sie eine Zeitlang zu ihrem Vater ziehen wollte, weil sie Nick nicht um sich haben mochte.

»Was hast du denn gegen ihn?« wollte Megan wissen.

»Ich kann ihn eben nicht leiden. Wieso soll ich mit jemand zusammenwohnen, den ich nicht mag?«

»Aber Althea magst du doch auch nicht.«

»Stimmt, aber das weiß mein Vater nicht. Außerdem kann er Nick nicht ausstehen. Als Nick mich von der Hochzeit abgeholt hat, haben sie sich sofort gehaßt, das hab ich gemerkt.«

»Klar, kann ich mir denken! Deine Mutter ist von Althea ja auch nicht besonders begeistert, oder? Du mußt dir schon ein paar gute Gründe zurechtlegen, wenn du nicht bei deiner Mutter und Nick wohnen willst.«

Olivia dachte scharf nach.

»Er raucht wie ein Schlot«, verkündete sie schließlich. »Mein Vater ist militanter Nichtraucher.«

»Ganz gut, aber du mußt dir noch was Besseres einfallen lassen.«

»Ich könnte ja behaupten, er schlägt mich.«

Megan sah sie interessiert an. »Tut er das?«

»Nein«, gestand Olivia. »Noch nicht. Aber er wäre der Typ dazu. Er hat schon gedroht, daß er mich umbringt.«

»Damit drohen meine Eltern mindestens einmal pro Woche«, sagte Megan ungerührt. »Lia, wieso willst du *tatsächlich* nicht zu Hause wohnen?«

»Ich komm mir vor wie das fünfte Rad am Wagen.« Näher an die

Wahrheit traute Olivia sich nicht heran. »Meine Mutter ist so kindisch und läppisch. Sie himmelt Nick an und denkt, er ist der Größte. Früher haben wir beiden immer was zusammen unternommen, aber jetzt macht sie alles mit ihm.«

»Das gibt sich schon wieder. Warum wartest du nicht einfach ab, bis sie die leidenschaftliche Phase hinter sich haben?«

»Ich warte ja, aber lieber woanders.«

»Und wenn du zu deinem Vater ziehst, jammerst du, daß er Althea anhimmelt.«

»Mein Vater himmelt überhaupt niemanden an«, sagte Olivia indigniert. »Althea ist diejenige, die angekrochen kommt. Auf wessen Seite bist du eigentlich, Meg?«

»Auf deiner, du Idiotin. Deswegen sag ich das alles. Lia, wenn du das deinem Vater erzählst, wird er sagen, du seist kindisch und eifersüchtig, und deine Mutter hätte ein Recht auf ihr eigenes Leben, und du solltest erwachsen werden.«

»Das würde er nicht sagen, Meg. Denken vielleicht, aber du bist die einzige, die es sagen würde.« Und Nick, fügte sie im stillen hinzu.

»Dann ist es am besten, du heulst ihm was vor und erpreßt ihn emotional, damit er dich bei sich einziehen läßt. Entweder das, oder du führst dich zu Hause so schlecht auf, daß deine Mutter sagt, er soll dich eine Weile übernehmen, weil sie nicht mit dir fertig wird.«

»Hab ich ja schon versucht.« Olivia kicherte. »Daraufhin hat Nick gesagt, er bringt mich um.« Etwas ernsthafter sagte sie: »Der Haken an dieser Idee ist, ich bin mir gar nicht sicher, ob meine Mutter überhaupt merken würde, ob ich nach Hause komme oder nicht.«

»Sie würde es schon merken, wenn du um drei Uhr morgens sturzbesoffen daherkämst.«

»Klar, aber ich will mich nicht besaufen. Danach krieg ich bloß einen Kater.«

»Du bist zum Piepen, Lia.«

»Es bringt auch nichts, wenn ich anfange, zu rauchen und zu fluchen. Das macht der schon alles, und sie findet's toll.« Sie fingen beide an zu lachen.

Ein junger Mann, wahrscheinlich ein Student, stand bei ihrem Vater im Büro, als sie dort ankam. Olivia blieb an der Tür stehen.

Schließlich bemerkte ihr Vater sie und winkte sie herein. „Komm rein, Lia. Das ist meine Tochter«, sagte er zu dem Studenten.

Und das sind die Titten meiner Tochter, dachte Olivia, als ihr der Junge flüchtig zulächelte und seine Aufmerksamkeit auf ihre Brüste heftete. Sie trug ihre Schuluniform, aber ohne den Blazer, weil es so warm war. Zum ersten Mal haßte sie den Sommer. Um keinen Preis würde sie einen Badeanzug anziehen. Sie drehte sich wieder um. »Ich warte draußen, bis du fertig bist.«

»Moment noch«, sagte der Junge hinter ihrem Rücken. »Ich bin gleich soweit. Meinetwegen brauchst du nicht zu gehen.«

Olivia beachtete ihn nicht und blieb im Flur stehen, bis er fast unmittelbar darauf, Entschuldigungen murmelnd, herauskam. Immerhin sah er ihr dabei ins Gesicht. Sie betrat das Büro und schloß die Tür hinter seinen Entschuldigungen.

Ihr Vater warf ihr einen Blick zu, der besagte, daß sie unhöflich gewesen war, sprach es aber nicht aus. Statt dessen sagte er: »Eine sehr gekonnte Vorstellung.«

Olivia überlegte, wie er wohl reagieren würde, wenn sie sagte, er hat meine Titten angeglotzt. Es war reine Spekulation. Sie hätte vor ihrem Vater genausowenig eine Anspielung auf ihre Brüste gemacht, wie er vor ihr das Wort Titten benutzt hätte. Egal, im Moment wollte sie ihren Vater jedenfalls nicht verärgern.

Andrerseits wollte sie sich für ihre Weigerung, zur Schau gestellt zu werden, nicht auch noch entschuldigen. »Was wollte er?«

»Er war nicht besonders glücklich über die Note, die ich ihm gegeben habe.«

»Na, den hab ich dir vom Hals geschafft, was?«

Ihr Vater lachte. »Aus dir wird mal eine knallharte Lady, wenn du groß bist, Lia.«

»Noch größer werd ich hoffentlich nicht. Ich bin schon einszweiundsiebzig.«

Er sah sie etwas überrascht an, als hätte er vergessen, wie groß sie war. »Ich hätte sagen sollen, wenn du erwachsen bist.« Nun war er verlegen; er mochte es nicht, wenn man ihn bloßstellte, besonders mit einem dummen Wortspiel. Heute machte sie aber auch alles falsch. »Ich wollte mir gerade eine Tasse Kaffee holen. Möchtest du auch eine?«

»Gern, Daddy.« Tee wäre ihr zwar lieber gewesen oder noch lieber ein kaltes Getränk, doch sie wollte ihm nicht noch mehr Umstände bereiten.

Ihr Vater ging auf den Korridor hinaus. Olivia schlenderte in dem kleinen Büro herum und besah sich die Bücher in den Regalen und die Papiere auf seinem Schreibtisch. Eine Schreibtischschublade stand halb offen. Automatisch wollte sie sie zumachen und stellte fest, daß sie klemmte. Sie zog sie ganz heraus, um sie geradezurücken. Unter lauter Krimskrams, Kugelschreibern, abgebrochenen Bleistiften und so weiter lag ein Foto. Neugierig nahm sie es heraus, um es zu betrachten.

Es war das Foto einer Frau. Althea in einer sehr untypischen Pose. Außer einer langen Bluse trug sie gar nichts; die Bluse war aufgeknöpft und stand vorne offen. Sie saß auf der Armlehne des Sofas im Wohnzimmer des Hauses in Highgate. Ein Bein hatte sie auf das Sofa gestützt, das andere Knie war durchgestreckt, so daß sie mit den Zehen den Fußboden berührte. Sie hielt sich an der Sofalehne fest, und ihr Schamhaar war gerade noch sichtbar. Sie hatte sich leicht zur Kamera vorgebeugt, und ihre kleinen Brüste zeigten ebenfalls nach vorn und waren durch die offene Bluse deutlich sichtbar. Am untypischsten war ihr Gesichtsausdruck. Ihr Mund war halb geöffnet, die Augen halb geschlossen, der Kopf erhoben, ihre ganze Aufmerksamkeit war auf die Kamera gerichtet. Das heißt, auf Olivias Vater, denn nur er konnte das Foto gemacht haben. Olivia starrte auf das Foto. Interessant, wie Althea nackt aussah, obgleich ihr der elegante, unaufdringliche Busen ihrer Stiefmutter zuwider war. Doch nicht die Größe von Altheas Brüsten fesselte ihre Aufmerksamkeit, sondern ihr Gesichtsausdruck.

Sie erinnerte sich, wie Nick sie angesehen hatte, kurz bevor er in sie eindrang: schrecklich konzentriert, aber nur halbwegs ihrer bewußt. Die andere Hälfte seiner Aufmerksamkeit war von einem urzeitlichen Meer sexueller Begierde überflutet. Bei dem Gedanken fröstelte sie.

Und hier war nun Althea und sah ihren Vater mit dem gleichen Gesichtsausdruck an. Als das Foto gemacht wurde, wollten sie wahrscheinlich gleich miteinander schlafen oder hatten es gerade hinter sich. Sie versuchte sich vorzustellen, wie ihr Vater auf dieser Althea von dem Foto lag und genauso auf sie heruntersah, wie Nick auf sie, und mit Althea das gleiche machte, wie Nick mit ihr. Konnte es sein, daß ihr Vater zu Althea die gleichen vulgären Ausdrücke sagte wie Nick zu ihr? Ihr wurde übel.

Rasch legte sie das Foto wieder zurück und machte die Schublade in dem Moment zu, als ihr Vater mit dem Kaffee hereinkam.

Sie ließ sich auf den Stuhl fallen, auf dem vorhin der Student gesessen hatte. Ihr Puls hämmerte in ihren Ohren. Ihr Vater stellte die Kaffeetasse neben sie auf den Schreibtisch und nahm auf seinem Stuhl Platz. Sie sah ihn an und versuchte sich vorzustellen…

Es sollte eigentlich nicht schwer sein. Ihr Vater war einundvierzig, der Altersunterschied zwischen ihm und Nick also etwa der gleiche wie zwischen ihr und Althea. Sie wußte, daß er sehr gut aussah, weil ihre Freundinnen ihn immer mit irgendwelchen Filmstars verglichen. Auch er mußte seine Wurzeln in diesem unterirdischen Fluß männlicher Sexualität haben. Von daher war sie schließlich auf die Welt gekommen.

Aber nicht deshalb haßte und beneidete sie Althea in diesem Augenblick, sondern weil sie daran denken mußte, daß ihr Vater Althea so im Arm hielt, wie Nick sie danach im Park gehalten hatte, so fest umarmt, daß sie sich begehrt fühlte, und so sanft, daß sie das Gefühl hatte, er liebte sie vielleicht wirklich. Sie wünschte sich, ihr Vater würde sie so umarmen.

»Also«, sagte ihr Vater unvermittelt. »Was ist das für ein Projekt, das ihr da vorhabt?«

Olivia nahm sich zusammen.

»Ach, es ist eigentlich kein Projekt, jedenfalls kein offizielles. Wir wollen es in der Schule aufführen. Ich hab dir doch schon gesagt, daß Meg und ich ein paar Übersetzungen von diesem Theaterstück brauchen, in dem die Heldin die zweite Frau ihres Mannes und die eigenen Kinder umbringt, als er sie ihr wegnehmen will.«

»Ja, ich erinnere mich.« Ihr Vater sah sie verwundert an. »Hat Ms. Pankhurst zufällig etwas damit zu tun?«

»Na ja, wir haben es mit ihr besprochen, und sie hat uns ihre Unterstützung zugesagt.« Sie blinzelte ihren Vater verlegen an. Irgendwie konnte sie ihn nicht deutlich sehen. »Sie hat das Stück aber nicht geschrieben. Es wurde schon vor ein paar tausend Jahren geschrieben.«

»Ich weiß. Euripides hatte zu fortschrittliche Ansichten. Er mußte zweitausendfünfhundert Jahre warten, bis Leute wie Ms. Pankhurst daherkamen, die seine Botschaft zu schätzen wußten.«

Ihr Vater war sarkastisch, das merkte Olivia. Megan hätte die Situation bestimmt besser gemeistert. In Megans kosmischer Weltanschauung waren Raum und Zeit unerheblich. »Aber sie hat doch recht! Sie sagt, Männer bringen andauernd ihre Frauen und Kinder um, damit sie niemand anders kriegt. Ich meine«, fügte sie hastig hinzu, »natürlich kann man einen anderen Menschen nicht besitzen, aber Ms. Pankhurst sagt, Männer denken, daß…«

»Daß sie ihre Frauen und Kinder besitzen. Jetzt aber mal im Ernst, Lia. Glaubst du wirklich, daß ich auch so denke?«

Olivia schüttelte den Kopf und starrte auf ihre Kaffeetasse. Ihre Hände hatten angefangen zu zittern, ihre Stimme wurde dünn und kraftlos. »Ich erzähl dir ja nur, was Ms. Pankhurst gesagt hat. Sie meint, Männer glauben, sie könnten sie erst besitzen und dann verstoßen.«

Es entstand eine ziemlich lange Pause, während sie den Blick starr auf die zitternde Oberfläche in ihrer Kaffeetasse gerichtet hielt. Schließlich räusperte sich ihr Vater. »Und wieso ist es so dringend? Vorher hast du nämlich nicht gesagt, daß es dringend ist.«

»Es ist nicht dringend. Das hab ich bloß so gesagt.«

Sie sah ihm beherzt ins Gesicht. Er starrte sie abwartend an.

»Warum?«

»Du hast gefragt. Irgendwas mußte ich ja sagen.«

Sein Blick verweilte auf ihr, doch sie war nicht nervös, nur traurig. »Ich nehme an, du hattest einen Grund, mich heute sprechen zu wollen, statt bis Sonntag zu warten.«

Sie konnte ihm einfach nicht ins Gesicht sehen. Immer noch

stand ihr das Foto vor Augen. Sie ging zum Fenster und sah auf den Campus hinunter. »Brauche ich denn einen Grund? Ich bin keine von deinen Studentinnen, sondern deine Tochter. Kann ich dich denn nicht besuchen kommen, wenn ich möchte? Ich hab dich fast einen Monat nicht gesehen, wenn man die Hochzeit nicht mitrechnet.«

Als er nicht gleich antwortete, sagte sie: »Willst du mich denn nicht sehen und mit mir reden? Hab ich dir denn überhaupt nicht gefehlt?«

Sie wandte sich fragend zu ihm um. Sie hatte ihn überrumpelt, und nun war er zu verblüfft, einen emotionalen Rückzieher zu machen. »Ich freue mich immer, dich zu sehen.«

»Warum muß ich dann einen Termin bei dir machen? Jeden zweiten Sonntag um eins. Heute zwischen vier und fünf. Daddy, als du noch zu Hause warst, haben wir uns jeden Tag gesehen. Fehle ich dir denn nicht?«

»Inzwischen bist du aber kein kleines Mädchen mehr«, sagte er steif. »In ein paar Jahren führst du dein eigenes Leben und mußt dir extra Zeit nehmen für einen Besuch bei mir.«

Olivia setzte sich wieder und nahm einen Schluck Kaffee. Sie hatte sich es nicht bewußt vorgenommen, es war einfach aus ihr herausgeplatzt, und nun fühlte sie sich innerlich leer. Sie wollte ihm die wichtige Frage über ihre eigene Entstehung stellen, war dazu aber im Moment nicht fähig. Statt dessen sprach sie das für sie unverfänglichere Thema von Altheas Schwangerschaft an. Sie brachte es nicht über sich, es als Vaters Baby zu betrachten. *Sie* war Vaters Baby.

»Du und Althea, habt ihr das Baby eigentlich geplant?«

Er starrte sie wieder ungläubig an. Diesmal stand sein Mund tatsächlich offen, fassungslos vor dieser Ungeheuerlichkeit.

»Ich – wir hatten es schon irgendwie vor. Vielleicht nicht so bald. Aber das ist jetzt doch egal.«

Ein Punkt für Nick, dachte sie. »Hättest du Althea geheiratet, wenn sie nicht schwanger gewesen wäre?«

»Äh, also ich – ich –«

Sie unterbrach sein untypisches Gestammel. »Ich meine, hast du erst beschlossen, sie zu heiraten, als sie dir gesagt hat, daß sie schwanger ist? Sie muß ja schon schwanger gewesen sein, als du mir gesagt hast, daß du sie heiratest.«

Er machte den Mund entschlossen zu und sah nicht mehr erstaunt, sondern ziemlich grimmig aus. »Hat Emma dich auf solche Ideen gebracht?«

Zweiter Punkt für Nick. »Mit Mummy hab ich überhaupt nicht darüber gesprochen«, gab Olivia verärgert zurück. »Ich rede mit ihr nie über dich und Althea, das regt sie bloß auf. Meinst du, ich könnte mir so was nicht selbst zusammenreimen?«

»Tut mir leid, Lia.« Er strich sich übers Kinn und fuhr sich mit der Hand durch die Haare, wodurch er plötzlich attraktiv und zerknirscht aussah. »Also gut, die Wahrheit ist, daß Althea und ich wegen des Babys früher geheiratet haben. Wie es sonst gegangen wäre – wer weiß. Bist du jetzt zufrieden?«

»Nein, bin ich nicht. Stimmt es, daß du Mummy das Haus überschrieben hast, um Althea schnell heiraten zu können? Und daß Altheas Vater versprochen hat, dich zu entschädigen? Und daß du zu Mummy gesagt hast, du würdest ihr für mich kein Geld mehr geben?«

»Du meine Güte, Lia, du willst doch nicht behaupten, das hättest du nicht von Emma.«

»Nein, nein, ich –« Sie konnte ja schlecht sagen, daß sie es von Nick hatte. »Ich hab gehört, wie sie mit Nick drüber geredet hat.«

»Ach ja, mit dem berühmten Freund.« Ihr Vater schien eine perverse Genugtuung zu verspüren. »Wer außer Emma wäre dermaßen konventionell, ihn als Untermieter zu bezeichnen und auch noch zu erwarten, daß man ihr das abnimmt? Trotzdem, ihre Geschmacksverirrung ist nicht zu fassen. So ein abgehalfterter, blondierter Dreamboy, ein ungebildeter Cockney-Trampel.«

Olivia war gleichermaßen erfreut und höchst pikiert.

Einerseits hatte ihr Vater gerade ihre ursprüngliche – und nicht völlig revidierte – Meinung über Nick bestätigt. Andererseits war sie mittlerweile besessen und fasziniert, durchzudringen und korrumpiert von ebendiesem abgehalfterten Cockney-Trampel. Im übrigen war die abfällige Bemerkung über blondierte Haare unfair, denn das traf auf Nick nicht zu. Sie wußte, daß seine blonden Haare echt waren, bis in die Wurzeln.

Wo war ihr Vater gewesen, als sie ihn gebraucht hatte? In seinen ehebrecherischen Flitterwochen. Und nun war es zu spät. Wenn er die Wahrheit erführe, würde er sie auf den gleichen Schrotthaufen werfen wie ihre Mutter. Er würde sie nie zu sich ziehen lassen, wenn er die Wahrheit wüßte.

Doch der Frontalangriff auf Nick war bloß ein Ablenkungsmanöver. Sie bohrte weiter: »Aber, Daddy, stimmt es?«

Immerhin war ihr Vater kein Lügner. »Ja, es stimmt.«

»Heißt das, du bezahlst keine Schulgebühren und Musikstunden mehr für mich?«

»Nein, das heißt es nicht. Ich gebe Emma kein Geld mehr. Ich bin ihr zum Glück nichts mehr schuldig. Ich habe reinen Tisch gemacht. Was für dich gedacht ist, bezahle ich direkt, also die Schule und den Geigenunterricht.« Er machte eine Pause. »Noch irgendwelche Fragen, Ms. Torquemada?«

Das war ein Witz, den sie aber nicht verstand und deshalb ignorierte. »Willst du es denn?«

»Ob ich was will?«

»Das Baby.«

Ihr Vater erwiderte irritiert: »Was ich will, ist ganz egal. Althea will es, und es ist schon unterwegs. Ich denke, wenn ich es erst mal kennenlerne, werden wir schon noch Freunde.«

Sieg auf der ganzen Linie für Nick! Sicher hatte ihr Vater vor fünfzehn Jahren das gleiche über sie gesagt. Doch ihr war selbst nach fünfzehn Jahren noch nicht klar, ob es ihr je gelungen war, sich mit ihm anzufreunden.

Obwohl ihr Vater noch nie so offen zu ihr gewesen war, wollte sie nun nichts mehr hören. Das hier waren ziemlich knallharte Erwachsenenthemen. Megan wäre besser damit fertig geworden, Olivia quälte sich nur damit.

Offensichtlich hatte auch ihr Vater die Schmerzgrenze erreicht. »Ist das alles, Lia? Ich muß gleich in eine Besprechung.«

Die letzte Frage wagte sie nicht zu stellen, die einzige, derentwegen sie eigentlich hergekommen war. Sie stand auf und ging zur Tür.

Er schob seinen Stuhl zurück und stand ebenfalls auf. Mit der Hand am Türknauf blieb sie stehen und drehte sich zu ihm um.

»Daddy, bitte, darf ich zu dir ziehen? Bloß für ein Weilchen? Bitte, Daddy, ich bin…«

Sie konnte nicht sagen, was sie war. Geschändet, verdorben, verzweifelt, eine jugendliche Schlampe, eine kindliche Konkubine. Sie brach in Tränen aus.

Ihr Vater stand da und sah zu, wie sie weinte. Er faßte sie nicht an, nicht einmal, um ihr übers Haar zu streichen. Er hätte die Arme um sie legen und sie festhalten sollen wie Nick auf dem Rastplatz. Im Gegensatz zu Nick hätte er dafür auch keinen teuren Anzug zu ruinieren brauchen.

Wahrscheinlich fand er, daß sie zu groß zum Weinen war, zu groß für zärtliche Umarmungen. In der Erwachsenenwelt wurde man anscheinend zum Trost gefickt, und es brachte einem nur Unglück ein.

Ihr Vater gab ihr ein Taschentuch. Sie trocknete sich die Augen und schneuzte sich.

Er sagte: »Ich muß erst mit Althea sprechen. Es ist ja auch ihr Haus.«

- 17 -

Am Donnerstag, Olivias Geburtstag, stellte sich heraus, daß sie Nick überhaupt nicht aus dem Weg ging, sondern mit der U-Bahn nach Wapping fuhr, um sich dort mit ihm zu treffen.

An allem war ihre Mutter schuld, weil sie so ein Getue gemacht hatte wegen der verschobenen Geburtstagsparty.

»Das war noch nie nötig. Ein Geburtstag ist etwas Besonderes, so ein Fest läßt sich eigentlich nicht verschieben. Man kommt schließlich nur an einem ganz bestimmten Tag im Jahr auf die Welt.«

»Hör doch auf, Mummy. Soll ich mir jetzt etwa Vorwürfe machen?«

»Du sollst nur nicht denken, es wäre mir egal. Kaum zu fassen, daß du morgen fünfzehn wirst.« Das sagte ihre Mutter jedes Jahr –

nicht fünfzehn, sondern eben das jeweilige Alter. Aber dieses Jahr sah ihre Mutter Olivia dabei so seltsam an, als wollte sie sagen: Kaum zu fassen, daß du morgen erst fünfzehn wirst. »Im letzten Jahr bist du so gewachsen.«

Olivia wußte, was ihre Mutter als nächstes tun würde, und tatsächlich: Sie holte das alte Fotoalbum mit Olivias Babyfotos hervor und betrachtete ein Foto der neugeborenen Olivia, rot und runzlig und blinzelnd wie eine ältliche Fledermaus. »Du warst so ein schönes Baby.«

»Hat Daddy das Bild gemacht?«

»Ja. Bei der Geburt war er natürlich nicht dabei. Das war auch besser so, er wäre wahrscheinlich in Ohnmacht gefallen. Ich muß sagen, ich konnte dich gar nicht gebührend würdigen, als das Foto gemacht wurde. Ich war noch zu geschafft von den Wehen. Ich wollte nur, daß sie dich wegbringen und mich schlafen lassen.«

»Warst du gar nicht aufgeregt?«

»Dazu war ich viel zu erschöpft.« Ihre Mutter erinnerte sich anscheinend nur zu deutlich an ihre Geburt, bis in jedes grausige Detail. »Es war entsetzlich. Ich lag mehr als vierundzwanzig Stunden in den Wehen. Ich war absolut fertig. Am Ende haben sie dich mit der Zange geholt. Du warst riesig. Neun Pfund, ich bin fast dabei gestorben. Ich war so kaputt, daß ich dich nicht mal ansehen wollte, nur noch schlafen. Zu Hause hast du dann wochenlang jede Nacht geschrien und warst überhaupt nicht zu beruhigen. Ich war drauf und dran, dich wieder zurückzuschicken.«

Ihre Mutter lachte. Olivia sagte, und es sollte wohl sarkastisch klingen: »Tut mir leid, daß ich so eine Nervensäge war.«

»Nachdem du aufgehört hast zu schreien, warst du wunderbar. Aber du warst nie ein verschmustes Baby, immer unabhängig.«

»Immer noch besser als ein Schreihals, oder?« Olivia holte tief Luft. Vielleicht war dies der geeignete Moment, die Sprache auf ihr Geburtsdatum zu bringen. Mit gespielter Naivität sagte sie: »Vor ein paar Tagen hat mich Megan draufgebracht, daß du mich ja wohl schon erwartet hast, als ihr geheiratet habt.«

»Du warst zu früh dran«, sagte ihre Mutter rasch, und ihre helle Haut bekam einen leicht rosa Schimmer.

»Aber nicht drei Monate, und nicht mit neun Pfund.«

»Das war Zufall. Ich meine, es war falsch ausgerechnet. Wir hätten sowiewo geheiratet, aber erst nach meinem Abschluß. Über Dinge, die nicht passiert sind, kann man nicht spekulieren. Im Endeffekt war es auch egal. Beim Schmuckentwerfen würde mir ein Geschichtsstudium sowieso nichts nützen, oder?«

»Was hat Daddy davon gehalten? Ich meine, von mir.«

Ihre Mutter zuckte die Achseln. »Er hat mich geheiratet. Also muß er dich ja wohl gewollt haben. Jedenfalls würde ich dich jetzt nicht im Traum mehr zurückschicken.«

»Danke.« Olivia war jetzt wirklich sarkastisch. Wenigstens war sie auf die Welt gekommen und nicht abgetrieben worden.

Ihre Mutter war gedanklich schon wieder bei der Geburtstagsparty. »Ich hätte vielleicht diesen Mr. Rae noch mal anrufen und es verschieben sollen. Das Datum ist mir einfach nicht eingefallen, als wir den Termin vereinbart haben, ich war so verblüfft über diese gute Chance.«

»Mummy, es ist egal. Es macht mir wirklich nichts aus.«

Allmählich bekam sie Schuldgefühle, weil ihre Mutter Schuldgefühle hatte.

Am Abend sagte ihre Mutter für Olivia völlig überraschend zu Nick: »Nick, hast du morgen abend Zeit?«

»Vielleicht. Wieso?«

»Du könntest doch mit Lia ins Kino gehen oder so etwas. Damit sie an ihrem Geburtstag nicht allein zu Hause herumsitzt.«

»Schon gut«, sagte Olivia hastig. »Ich hab doch gesagt, es macht mir nichts aus.«

Nick sah Olivia ausdruckslos an. Wenn er sie so ansah, als würde er sie kaum kennen, konnte sie seinen Blick leicht erwidern. Zu ihrer Mutter sagte er: »Ich könnte ja mit ihr Essen gehen!«

Olivia horchte auf. Essengehen hörte sich sicher an. Und außerdem war es spannend, wie eine Erwachsene zum Essen ausgeführt zu werden. Von Nick. Ihre Mutter sagte dankbar: »Was für eine wundervolle Idee! Wie lieb von dir, mein Schatz.« Nick, mein Schatz, hieß das, nicht Olivia, mein Schatz. »Aber vergiß nicht, Lia, du hast morgen nach der Schule noch deinen Musikunterricht.«

»Kann ich den nicht sausen lassen?«

»Nein, natürlich nicht. Du weißt genau, daß Ross ein Riesentheater machen würde, wenn er erfährt, daß du ohne Grund eine Stunde verpaßt hast. Und Mrs. Stone würde sie ihm bei der kurzfristigen Absage trotzdem berechnen. Also geh lieber hin. Ach, aber dann mußt du ja den ganzen Weg von Golders Green noch mal hierherkommen, dich umziehen und wieder losfahren; und nach Wapping dauert es ewig. Nimm doch einfach dein Kleid mit in die Schule und zu Mrs. Stone und fahr von dort aus mit der U-Bahn! Du kannst dich ja im Atelier umziehen.«

Und so fuhr Olivia nun also auf der Nordlinie in Richtung Süden, immer noch in Schuluniform, unterm Arm eine kleine Reisetasche und ihren Geigenkasten. Nicht gerade der günstigste Start zu einem angeblich erwachsenen Abend.

Die Geigenstunde war auch nicht besonders vielversprechend verlaufen. Mrs. Stone hatte sich ziemlich tadelnd über Olivias mangelnde Aufmerksamkeit geäußert. Ihre Geigenlehrerin war schon immer eine Art Drachen – vielleicht hatte sie gelernt, daß Feuerspeien die beste Methode war, um ihre Schüler zu guten Leistungen anzuspornen –, doch heute hatte sie sich selbst noch übertroffen. Sie hatte Olivia vorgeworfen, ihre von Gott geschenkte Begabung zu vergeuden.

Olivia war das Ganze entsetzlich peinlich gewesen, erstens weil Gott in die Geschichte mit reingezogen wurde, und dann wegen der Bemerkung, sie sei begabt. So etwas wollte sie lieber gar nicht hören. Begabung bedeutete Erwartungen und Enttäuschungen und Verpflichtungen und die Bestätigung des unangenehmen Verdachts, man könnte womöglich anders sein als die anderen. Sie wollte doch nur ein bißchen Verständnis; wissen, daß sie kein außerirdischer Wechselbalg war, was ihr oft die einzige Erklärung für ihr Lebensgefühl zu sein schien. In dieser Hinsicht erfuhr sie von Mrs. Stone keine Unterstützung. Trotzdem hatte sie das Gefühl, Mrs. Stone verstand sie manchmal besser, als ihr lieb war.

Als spezielles Geburtstagsgeschenk hatte sie von ihr eine Bachsche Fuge bekommmen, die sie in den Sommerferien üben sollte. Mrs. Stone war zutiefst der Überzeugung, daß das Licht der Musik nicht mit Apollo, sondern im Jahre 1685 aufgegangen, und nicht mit Schönberg, sondern 1750 untergegangen war.

Olivia haßte Bach. Er war wie Geometrie: Man sah genau, wie es funktionierte, und in einem trockenen, intellektuellen Sinn war es auch recht interessant, hatte aber mit dem wahren Leben nichts zu tun. Es erinnerte sie an einen Konzeptkünstler, von dem ihr Vater einmal erzählt hatte, der eigentlich keine Kunstwerke schuf, sondern nur die Ideen dafür. Sie wunderte sich, daß bisher noch niemand einen Computer nach Bach benannt hatte.

Ihre Mutter hatte ihr den Weg von der U-Bahn-Station Wapping zu Nicks Atelier genau beschrieben. Leider stimmten die Details, typisch für den mangelnden Orientierungssinn ihrer Mutter, nicht ganz. Olivia erinnerte sich an die Urlaubsreisen mit ihren Eltern und an die unsäglichen Diskussionen, wenn ihre Mutter links statt rechts sagte und Nord und Süd verwechselte, obwohl Olivia ihr erklärt hatte, daß in der nördlichen Hemisphäre die Sonne immer im Süden stand, nie im Norden. Olivia war noch nie in Wapping gewesen. Sie versuchte es über eine Abkürzung durch eine Sozialbausiedlung und verirrte sich. Sie kam sich so dumm vor, als sie mit ihrer Violine wie eine geisteskranke Straßenmusikantin auf der vergeblichen Suche nach einem Stellplätzchen in der Gegend herumirrte. Ein paar Halbwüchsige liefen hinter ihr her und riefen unflätige Sachen. Es war noch lange vor Sonnenuntergang, und auf der Straße waren viele Leute, so daß sie sich eigentlich nicht zu fürchten brauchte; trotzdem zwang sie sich, nicht loszulaufen. Als sie die renovierte Lagerhalle endlich gefunden hatte, in der Nick sein Atelier hatte, war sie so froh, daß sie wie wild an die Tür hämmerte.

Sie spähte über die Schulter und hoffte, die Burschen würden nicht wieder auftauchen, und merkte plötzlich, daß Nick in der offenen Tür stand.

»Es gibt auch eine Klingel«, informierte er sie trocken.

»Ach so«, sagte sie dümmlich, »hab ich gar nicht gesehen.«

Eigentlich waren es vier Klingeln. Als sie hinter ihm die Treppe hochstieg, stellte sie fest, daß die Türen, die zu den anderen Klingeln gehörten, im Erdgeschoß, im ersten und im zweiten Stock lagen. Seine Tür war im dritten Stock. Unten an der Haustür hatte sie also an alle vier Türen gleichzeitig gehämmert, oder an gar keine, je nachdem, wer es gehört hatte.

»Du bist spät dran.« Es klang wie eine Feststellung, nicht wie eine Beschuldigung.

»Ich hab mich verirrt. Mummys Wegbeschreibung war nicht die beste.« Hastig fügte sie hinzu: »Ein paar Typen haben mich verfolgt. Furchtbar.«

»Ich hätte dich an der U-Bahn abholen sollen.«

»Na, jetzt bin ich ja hier«, gab sie spitz zurück; er spielte mit der Bemerkung wohl auf ihre vermeintliche kindliche Unfähigkeit an. Doch als er oben an der Treppe die Tür aufschloß und ihr den Vortritt ließ, ihr dabei eine Hand auf die Schulter legte, während er die Tür hinter ihr zuzog, begriff sie verwirrt, daß er es nicht als Erwachsener zu einer Schutzbefohlenen gesagt hatte, sondern als Mann aus Höflichkeit einer Frau gegenüber.

Beschämt über ihr Mißverständnis machte sie sich von ihm los, wandte sich ab und betrachtete das Atelier.

Der Raum war über drei Meter hoch. Die Fensterfront, die an der Südseite auf den Fluß hinausging, ließ ihn wie ein Loft erscheinen, geräumig, hell, hoch und luftig. Der große Raum war mit beweglichen Stellwänden unterteilt. Überall auf dem Fußboden lagen Teppiche in verschiedenen Größen und Mustern, teils farbenfroh, teils in neutralen, gedeckten Tönen. Das Mobiliar war extravagant und spartanisch, es gab ein paar dekorative Stücke, andere waren nur praktisch.

Olivia hatte nie versucht, sich Nicks Atelier vorzustellen. Es war ihr nie real vorgekommen, wie etwa die Werkstatt ihrer Mutter über der Kunstgalerie real war, oder das kleine Büro ihres Vaters. Doch selbst wenn sie es versucht hätte, auf so etwas wie hier wäre sie nie gekommen.

Sie sah Nick fragend an, ob sie sich umsehen dürfte. Als Antwort nahm er ihr die Tasche und den Geigenkasten ab. Sie trat an die Fensterfront und sah hinaus. Die Themse war hier ziemlich breit, und die starke Strömung schien in der Abendsonne vergeblich gegen die Wellen anzukämpfen, die sich der Schwerkraft widersetzten und das Wasser zumindest an der Oberfläche flußaufwärts strömen lassen wollten, während die darunterliegende Strömung unbeirrbar ihrem Lauf flußabwärts aufs offene Meer hinaus folgte.

Olivia stellte sich in die Mitte des weiten Raums und drehte sich einmal langsam um die eigene Achse.

»Wie in einer romanischen Kirche«, sagte sie; es erinnerte sie an einen Italienurlaub in dem Sommer, bevor ihr Vater weggegangen war. »Außen langweilig und innen wunderschön.«

Nick antwortete nicht auf ihr ungestümes Kompliment, jedenfalls nicht direkt. Er trat ans Fenster und sah über den Fluß. »Tut mir leid, daß du Probleme hattest. Ich bin so dran gewöhnt, daß ich gar nicht an die Nachbarn denke.«

Sie betrachtete seinen breiten Rücken und fuhr sich mit der Zunge über die trockenen Lippen. »Seit wann arbeitest du schon hier?«

»Seit fünf Jahren.« Er sah wieder hinaus, die Hand flach an die Scheibe gepreßt, als wollte er nach dem dahinterliegenden Himmel greifen. »Da drüben bin ich geboren.«

»Da drüben?« Auch das hatte sie sich noch nie versucht vorzustellen. Für sie hatte er an dem Tag, als er zur Tür hereingekommen war, angefangen zu existieren.

»Auf der anderen Flußseite. In Bermondsey.« Sein Mund verzog sich zu einem Lächeln. »Ganz schön beschissene Gegend, schon bevor sie die Nigger reingelassen haben.«

Olivia war entsetzt. Sein ganzes ordinäres Gerede war Kaffeekränzchen-Geschwätz verglichen mit dem Tabu, das er soeben gebrochen hatte. »Wie redest du? Das ist Rassismus.«

Er drehte sich um; sein Lächeln war jetzt richtig boshaft. »Darf man die Dinge nicht beim Namen nennen?«

»Du weißt genau, was ich meine.«

»Und *du* weißt, was ich meine.« Er kam vom Fenster her auf sie zu. »Ich hab eine Überraschung für dich. Zwei Überraschungen. Komm mit.«

Sie folgte ihm hinter die Stellwände. In einer Ecke befand sich eine Art Kochnische: Spülbecken, ein kleiner Kühlschrank, ein Wasserkocher und ein Mikrowellenherd. Im Spülbecken stand ein Eiskübel mit einer Flasche Champagner.

»Oh«, sagte sie und klang zum soundsovielten Male in den letzten fünf Minuten überrascht. »Oh, Nick, ich weiß gar nicht, was ich sagen soll.«

»Ich hab nicht verlangt, daß du eine Rede hältst«, gab er trocken zurück. Er nahm die Flasche aus dem Kübel, entkorkte sie und schenkte den Champagner schwungvoll in zwei Gläser ein. Er reichte ihr eins und stieß mit dem anderen an. »Alles Gute zum Geburtstag, Kleines. Auf die fünfzehn.«

Sie nippte an ihrem Glas und kicherte. »Die Luftblasen steigen mir in die Nase.«

»Du sollst trinken, nicht schnüffeln, als ob's Koks wäre.«

Olivia ließ ihn einfach stehen und trat wieder hinter der Stellwand hervor in den offenen Raum. Sie nahm noch einen Schluck Champagner und sah sich erneut um.

An ein paar von den Stellwänden steckten Fotos. Sie trat interessiert näher. Es waren lauter Aufnahmen von Frauen, die Kleider vorführten oder sich so präsentierten, wie sie gesehen werden wollten. Es waren bestimmt an die hundert Fotos, die da aufgereiht hingen. Die Frauen sahen alle ziemlich gut aus, soweit Olivia das beurteilen konnte, höchstens Körbchengröße B.

Trotz des Champagners war sie plötzlich deprimiert. Sie ging zu einer Reihe Fotos hinüber, die in einer Ecke fast versteckt hingen.

Diese Bilder schien ein anderer Fotograf gemacht zu haben. Die von vorhin waren so das übliche, Werbeaufnahmen oder vielleicht für die Mappe eines Fotomodells. Die Bilder in der Ecke waren... nicht menschlich, könnte man sagen, denn es waren keine Menschen darauf abgebildet. Sie hätten genausogut vom Mars stammen können, so wenig wurde sie daraus schlau. Je länger sie daraufstarrte, desto genauer erkannte sie, daß sie aus ganz alltäglichen Dingen komponiert waren, die jedoch seltsam abstrakt, entwurzelt, isoliert wirkten, als hätte sich der Fotograf nur für ihre reine Form interessiert und Kontext, Sinn sowie jeden menschlichen Bezug entfernt.

Ein bißchen wie Bach, fand sie. Oder wie die Tuilerien. Wie verblüfft war sie damals gewesen, als sich herausgestellt hatte, daß dieser berühmte Garten gar kein Garten war, sondern eher die Idee von einem Garten. Sehr französisch, hatte ihr Vater angemerkt.

Sie war so vertieft in die Betrachtung der Fotos, daß sie erschrak, als Nick hinter sie trat.

»Ich dachte, du siehst dir die anderen an. Du wolltest doch Fotomodell werden.«

Sie warf einen flüchtigen Blick auf die Reihen perfekter Frauen. »Das sind ja bloß – Bilder von Bildern.«

Er stand jetzt dicht neben ihr. »Und die hier?«

Wieder betrachtete sie die seltsamen Aufnahmen. Sie konnte ihn riechen. Nick war der erste Mensch, mit dem sie einen ganz bestimmten Geruch assoziierte. Es war eigentlich vor allem der Geruch von brennendem Tabak, der jedoch im olfaktorischen Nervenzentrum ihres Gehirns *sein* rauchiger Geruch wurde. Er paßte zu seiner Stimme. Sogar seine Augen waren rauchig, der blasse, blaugraue Farbton von Rauch und Sonnenlicht. Ohne auf ihn zu achten, versuchte sie, diese harschen, trockenen, emotional ausgebleichten Bilder mit dem Mann in Verbindung zu bringen, der die *Sun* las und Frauen als Schlampen bezeichnete.

»Das bist ja du auf den Bildern«, sagte sie plötzlich. Als sie merkte, was sie eben gesagt hatte, wurde sie so verlegen, daß sie den Rest ihres Champagners auf einmal hinunterkippte.

Nick sah erst die Fotos und dann sie an, mit einem Gesichtsausdruck, den sie bei ihm noch nie gesehen hatte. Er erinnerte sie an Mrs. Stone. Seltsamerweise – denn sie konnte sich keine zwei Menschen vorstellen, die in Charakter und äußerer Erscheinung verschiedener waren als Nick und Mrs. Stone.

Aber dann sagte er nur: »Noch ein bißchen Champagner?«

Sie streckte ihm ihr Glas hin. Unterwegs blieb er stehen und legte eine Kassette ein. Als er mit zwei vollen Gläsern wiederkam, spielte jemand Cello. Das überraschte sie.

»Was ist das?«

»Lloyd Webber. Nicht ganz mein Geschmack. Wie findest du es?«

Olivia lauschte. Der Ton war voll, die Melodie verführerisch. Es wirkte schön und reizvoll, wenn auch zu üppig, wie wenn man zwei Schokoriegel auf einmal aß.

»Ich mag Cello«, sagte sie. »Ich hätte es auch gern gelernt, aber es ist so umständlich zu transportieren und noch viel umständlicher zu spielen.«

»Du würdest dir also nicht öffentlich zwischen den Beinen rumfiedeln?«

Diesmal wußte Olivia, daß sie knallrot geworden war. Sie wandte sich ab, verärgert über seine absichtliche Grobheit und über sich, weil sie genauso reagiert hatte, wie er wollte.

»Hör doch auf, so zu reden.« In einer Mischung aus Gehässigkeit und Pathos fügte sie hinzu: »Mit Mummy würdest du nicht so reden.«

»Sie ist aber nicht hier, oder?«

Er trat auf sie zu und legte von hinten die Arme um sie und verschränkte die Finger über ihrem Bauch. Er preßte seine Hände an ihren Körper und zog sie an sich. Sie berührte seine Hände, die stark und warm und sehr verwirrend waren. Wie alles an ihm. Sie ließ den Kopf an seine Schulter sinken und schloß die Augen.

»Willst du nicht dein Geschenk auspacken?«

Sie riß die Augen auf. »Die andere Überraschung?«

»Du kriegst es aber nur unter einer Bedingung.«

Sie drehte den Kopf an seiner Schulter und sah ihm in die Augen. Er lächelte. »Unter welcher?«

»Daß du es anziehst und heute abend trägst.«

Sie war so neugierig, daß sie gleich einwilligte.

Er ließ sie los. »Da hinten, neben dem Spiegel.«

Olivia ging wieder nach hinten. Dort befand sich ein großer Tisch und die Tür zu einem anderen Raum, wahrscheinlich die Dunkelkammer, außerdem eine Menge geheimnisvoller Fotografierutensilien. Und ein Schlafsofa. Ob er darauf die Fotos für den Prospekt ihrer Mutter gemacht hatte? Ob er wohl auf diesem Sofa mit ihrer Mutter geschlafen hatte? Vielleicht hatte so alles angefangen.

Sie wollte gar nicht darüber nachdenken. Es machte ihr einen Knoten im Bauch. Suchend sah sie sich nach dem Geschenk um. An einer der Stellwände war wie in einer Boutique auf allen drei Seiten je ein Spiegel angebracht. Davor hing an einem Holzstuhl eine Harvey-Nichols-Tüte. In der Tüte waren mehrere Päckchen, offensichtlich von Harvey persönlich als Geschenk verpackt.

Sie öffnete zuerst das flachste. Es waren ein Paar hauchdünne schwarze Seidenstrümpfe mit Naht.

Danach traute sie sich fast nicht, die anderen aufzumachen.

Doch da war es – der Stoff, aus dem die geheimsten Phantasien sind: Strapsgürtel, Slip und BH, alles in Schwarz. Im letzten, kleinsten Päckchen lagen ein Paar schlichte, goldene Ohrringe. Sie erkannte das Design ihrer Mutter.

Und sie hatte versprochen, alles anzuziehen.

»Nick, wehe du kommst nach hinten.«

»Würde mir nicht im Traum einfallen.«

Vom Spiegel abgewandt, begann sie sich auszuziehen. Es kam ihr so vor, als ob sie ein Ich ablegte und ein anderes anzog. Sie streifte die flachen Schuhe ab und zog den Blazer, den dunkelblauen Rock und die weiße Baumwollbluse, die hautfarbene Strumpfhose und den einfachen weißen BH mit passendem Schlüpfer aus.

Die goldenen Ohrringe kamen zuerst dran. Die waren am unverfänglichsten. Sie hatten die Form des griechischen Buchstabens Delta. Das griechische Alphabet kannte sie, weil die Fachbezeichnung für Sterne in griechischen Buchstaben geschrieben wurden; Pflanzen und Tiere hatten immer lateinische Namen.

Den Strapsgürtel zog sie als nächstes an, dann die Strümpfe. Der Slip war schwarz aus Seide mit Spitzen, aus viel mehr Spitzen als Seide, und von beidem nicht viel. Der BH war tief ausgeschnitten und hatte ziemlich liberale Vorstellungen davon, wie ihre Brüste sich zu arrangieren hatten. Als sie sich im Spiegel betrachtete, blickte ihr eine sehr sexy aussehende Fremde entgegen.

Sie erschrak plötzlich, so als sei sie in den Zug mit der vertrauten Aufschrift »Edgware« eingestiegen und hätte zu spät entdeckt, daß er statt dessen nach Hainault fuhr. Wo Hainault lag, wußte sie nicht, nur daß sie dort nicht wohnte.

In dem Moment fiel ihr ein, daß sie die Tasche mit dem Kleid und den Schuhen auf der anderen Seite der Stellwand neben der Tür vergessen hatte.

»Nick, reichst du mir mal die Tasche rüber?«

»Nein.«

»Was soll das heißen, nein?«

»Komm doch raus, wie du bist. Das Kleid kannst du später anziehen.«

Olivia war erst verblüfft, dann wütend. Falls er glaubte, sie würde so aufgedonnert vor ihm herumstolzieren, hatte er sich aber geschnitten. Schon die Idee an sich war peinlich. Sie zog ihre Bluse wieder an, dann den Rock, den Blazer und die flachen, abgestoßenen Schuhe. Von seinen Geschenken waren nun noch die Ohrringe und die Strümpfe knieabwärts zu sehen. Nicht besonders aufreizend.

Sie nahm noch einen Schluck Champagner und trat hinter der Stellwand hervor. Sie erwartete, ja hoffte, er wäre enttäuscht, doch er schmunzelte nur.

»Gefällt dir dein Geschenk?«

»Es ist… ziemlich aufregend. Danke.«

»Bitte.« Er musterte sie von oben bis unten mit lebhaftem Interesse, als hätte sie außer der Unterwäsche, die er ihr geschenkt hatte, nichts an. »Ich sagte, es sind zwei Überraschungen. Die zweite ist, ich will dich fotografieren.«

»Aber nicht in der scheußlichen Uniform. Warte, ich zieh mich schnell um.«

»Nein, so, wie du bist. Wenn du so hergerichtet bist, wie du aussehen willst, mach ich noch eins. So wie die da drüben.« Er deutete auf die Reihen lächelnder Schönheiten hinter ihr.

So wie die wollte sie aber gar nicht aussehen. Und auch nicht wie das menschliche Äquivalent der Foto-Sahara auf der anderen Seite.

Ihr Zögern amüsierte ihn. »Verlaß dich ganz auf mich, Kleines. Ich mach das beruflich.«

»Oh – okay.«

»Braves Mädchen.« Er drehte die Stellwand mit den Spiegeln herum und arrangierte sie so, daß jeder Spiegel das gleiche Bild aus einem unterschiedlichen Winkel reflektierte. Dann stellte er einen Hocker davor und klopfte auf den Sitz. »Los, Kätzchen, schwing deinen Arsch da rauf und guck in den Spiegel.«

Olivia stieg auf den Hocker und sah in den Spiegel. Nick reichte ihr ein randvolles Glas Champagner. »Kümmer dich mal um das hier, während ich mich um deine Haare kümmere.«

»Ist was mit meinen Haaren?«

»Nein. Die sind ganz toll. Aber die können anders auch ganz toll aussehen.«

Sie nippte an ihrem Champagner und sah im Spiegel zu, wie er ihr Haar im Nacken zusammenfaßte. Entspannt genoß sie das Gefühl seiner Hände in ihrem Haar. »Ich wäre so gern blond. Mummy ist blond. Es ist ungerecht.«

»Blond sind alle. Du bist anders.«

»Farblos.«

»Sieht eher nach Honig aus, finde ich.«

Honigfarbenes Haar. Das gefiel ihr. Sie wünschte sich, er würde sie noch einmal umarmen. »Was machst du denn da, Zöpfe?«

»Sozusagen. Halt still, ich bin gleich soweit.«

Er drapierte den Zopf über ihre Schulter. Sie staunte, wie weit er hinunterreichte. »Ich seh aus wie ein kleines Mädchen«, protestierte sie.

»Du siehst aus wie ein Schulmädchen«, verbesserte er sie und nahm ihr das Glas ab. »Jetzt hol mal tief Luft und steck die Hände in die Blazertaschen. So ist es gut, bleib so und schau dich im Spiegel an. Du kannst übrigens weiteratmen.«

Er machte verschiedene Aufnahmen, mal von ihr, mal von ihrem Spiegelbild, dann setzte er die Kamera ab.

»Darf ich mich jetzt bewegen?«

»Halt doch still, wir fangen ja gerade erst an. Hier, trink.« Er hielt ihr das Glas mit Champagner hin, damit sie einen Schluck nehmen konnte, und trank dann auch daraus. Wie, fragte sie sich, konnte es eigentlich sexy sein, daß er aus ihrem Glas trank? Doch geheimnisvollerweise war es das.

Er stand hinter ihr und zupfte sie zu einer Pose zurecht. Alle seine Bewegungen dienten dem gleichen Zweck. Er raffte ihren Rock hoch und ließ sie die Beine anders hinstellen, so daß der obere Strumpfrand sichtbar wurde und ein kurzes Stück ihres nackten Schenkel hervorblitzte. Er knöpfte die beiden oberen Blusenknöpfe auf; aufgrund der hebenden Funktion des BHs darunter entstand ein Dekolleté von wahrhaften Hollywood-Ausmaßen.

Olivia fand, jetzt müßte sie protestieren. »Nick, was machst du da?«

»Zeitunglesen.« Mit der Fingerkuppe strich er von der Kuhle unter ihrem Hals abwärts. »Den *Telegraph* haben wir durch, jetzt kommen *Express* und *Daily Mail* dran. Wenn's in einer steht, steht's in allen.«

Sein Finger glitt in ihren Ausschnitt bis zum ersten zugeknöpften Knopf hinunter. Sie beobachtete die Bewegung im Spiegel. Dann sah sie, daß Nick ebenfalls zusah. Ihre Augen trafen sich im Spiegel.

Sein Blick wanderte von ihrem Spiegelbild zu ihr selbst. Er ergriff sie am Hals, bog ihren Kopf rückwärts an seine Schulter zurück und küßte sie auf den Mund.

Sie machte die Fäuste in ihren Blazertaschen auf und zu. Sie konnte ihn nicht umarmen, weil er mehr oder weniger hinter ihr stand. Außer mit dem Arm, gegen den sie sich lehnte, berührte er sie unterhalb des Halses nirgends. Er kniff sie ins Ohrläppchen, strich über ihren Kiefer und fuhr mit dem Daumenballen über ihre Unterlippe. Und dann küßte er sie.

Als er fertig war, richtete er sie auf dem Hocker auf. Sie sollte sich den Rock glattstreichen und die angewinkelten Beine geraderücken. Dann steckte er ihre Hände wieder in die Taschen und machte noch ein paar Bilder.

Allmählich fand sie es aufregend und amüsant. »Und jetzt?«

Er sah in den Spiegel und überlegte: »Jetzt ziehst du den Rock und die Bluse aus, aber den Blazer wieder an.«

Sie rutschte vom Hocker, befreite sich von Rock und Bluse und zog den Blazer wieder an. Sie teilten sich noch ein Glas Champagner, bevor er sie wieder dahin setzte, wo er sie haben wollte.

Inzwischen fühlte sich Olivia ziemlich beschwipst, doch sie war sich nicht sicher, ob ihr von Nick oder vom Champagner so schwindlig war. Das Cello spielte immer noch, mit einem Klang wie schwarzer Samt auf nackter Haut. Sie summte die Melodie mit, während Nick sie nach seinen Vorstellungen drapierte.

Diesmal mußte sie sich mit leicht geöffneten Beinen hinsetzen, die Hände ausgestreckt auf den Schenkeln, und die Daumen oben unter den Strumpfrand schieben. Er löste den Zopf auf, band ihr die Haare im Nacken zusammen und legte sie ihr so über die Schulter, daß sie sich um ihre linke Brust kringelten. Das alles tat er mit vollkommen professioneller Miene, sogar als er ihren nackten Schenkel und die Brust berührte.

»In welche Zeitung kommt das?«

»Wir sind immer noch bei *Mail* und *Express*. Wäschemoden oder Diätfahrplan oder so.« Er fügte trocken hinzu: »Die *Times* würde alles bringen, wenn sie es als Werbefoto für eine Oper deklarieren könnte.«

Bei *Sun* oder *Star* oder *Mirror* waren sie also noch nicht gelandet, geschweige denn beim *Daily Sport*. In diesen Zeitungen hatte Olivia riesige Fotos von buchstäblich nackten Frauen gesehen. Das hieß, daß sie auch buchstäblich nackt sein würde, wenn er sie fotografierte.

Das war das Aufregendste, was ihr je in den Sinn gekommen war. Nicht die Vorstellung, nackt fotografiert zu werden, sondern die Vorstellung, von Nick nackt fotografiert zu werden.

Als er sie in dieser Pose vollends abgelichtet hatte, schenkte er noch einmal ein und stellte dann die Flasche kopfüber in den Kübel. »Der Champagner ist alle, Kätzchen. Für dich reicht's auch, glaub ich.«

Sie zog den Blazer aus und schleuderte ihn von sich. »Was willst du diesmal?«

»Allmählich hast du den Dreh raus, wie ich sehe.« Er stellte sich hinter den Hocker und legte ihr die Hände auf die Schultern. »Macht doch Spaß, oder?«

Er ließ sie einen Schluck Champagner trinken. Dann hakte er den schwarzen BH auf und zog ihn ihr aus. Er löste ihr Haar und drapierte es kunstvoll über ihre bloßen Brüste, nicht um sie zu verstecken, sondern um sie noch zu betonen. Dabei schaute er wie ein Friseur in den Spiegel, und sie sah auch hin, wie eine Friseurkundin. Sie beobachtete, wie er ihre Brüste streichelte, und es kam ihr so vor, als spürte sie es doppelt, einmal selbst und einmal als eine andere, außerhalb von sich selbst. Sie sah auch aus wie eine andere. Sie sah schön und erwachsen und sexy aus.

Er rieb ihre Brustwarzen zwischen Finger und Daumen. Sie sah im Spiegel, wie sie sich versteiften und anschwollen. Im Biologieunterricht hatte sie etwas über Schwellgewebe gelernt. Aber niemand hatte ihr gesagt, daß sie es zwischen den Schenkeln spüren würde, wenn er das mit ihren Brüsten machte. Sie biß sich auf die Unterlippe, um sich nicht lustvoll zu räkeln. Seine Hände glitten zu ihren Hüften hinunter. Er schob den schwarzen Seidenslip über ihre Hüften und Pobacken. Sie streckte sich ein wenig, damit er ihn ausziehen konnte. Er ließ ihn mit sinnlicher, konzentrierter Aufmerksamkeit über ihre Beine und auf ihre Füße hinuntergleiten. Sie merkte, daß ihr ganzer Körper von Kopf bis Fuß auf einmal sexy wirkte, weil kein winziges seidenes, spitzenbesetztes Hindernis der plötzlichen Besitznahme im Wege war. Sie trug nur noch den Strapsgürtel und die Strümpfe. In gewissem Sinn war sie nackt, obwohl sie noch ziemlich viel anhatte.

Sie begriff, daß auch das ein Spiel war. Zuerst war es das Zeitungsspiel gewesen, aber jetzt waren sie bei der *Sun* gelandet, fast auf der untersten Sprosse. Dann das Kleiderspiel, bei dem sie ihm vollständig bekleidet ausgeliefert war. Und das letzte und aufregendste war das Spiel, das er mit sich selbst spielte, um zu sehen, wie lange er es aushielt, bevor er sie nahm.

Er rückte sie ein wenig seitwärts, so daß ihre Brüste im Profil zu sehen waren. Ihre nackte Flanke zeigte dem Betrachter deutlich, daß sie kein Höschen anhatte, nur den Strapsgürtel. Er ließ sie die Finger der rechten Hand unter den oberen Strumpfrand schieben. Dann sollte sie die linke Hand auf den linken Oberschenkel legen und das rechte Bein etwas tiefer stellen, damit die Hand sichtbar war. Im Spiegel sah sie, worauf diese Pose anspielte. Bisher hatte sie die optischen, erotischen Anspielungen des weiblichen Körpers nie verstanden. Ein bedeutender Historiker hatte einmal in einem anderen Zusammenhang gesagt: Es wirkte wie absichtlich dort plaziert.

Nick beugte sich herüber und rückte sie zurecht. »Jetzt bist du auf Seite drei, Baby«, brummte er, und sie mußte lachen. Er schien selbst fast lachen zu müssen, als er sah, wie sie ihn im Spiegel betrachtete. »Lach nicht. Sei sexy.«

»Wie denn?«

»Du weißt doch.«

Er zeigte es ihr. Er schob seine Hand zwischen ihre Schenkel, nur um sie daran zu erinnern, daß er sie überall anfassen durfte, daß sie keine privaten Stellen mehr hatte. Die Wirkung war verblüffend und verstärkte sich noch, weil sie ihm dabei im Spiegel zusah. Sie konnte sehen, wie sich ihre Pose und ihr Gesichtsausdruck veränderten, plötzlich sehnsüchtig und gierig wurden. Ihre Brüste schwollen an, als wollten sie seinen Zärtlichkeiten entgegenkommen; er hätte der letzte Mann auf Erden sein können, blind und ungeschickt, angewiesen auf alle Hilfe, die er kriegen konnte. In bezug auf die Fotos galt das vielleicht für sämtliche männlichen Leser der *Sun*.

So fotografierte er sie.

Sie holte tief Luft. »Und jetzt?«

»Jetzt den Gürtel weg.« Er löste die beiden Strapsbänder, hakte den Gürtel auf und schleuderte ihn beiseite. Die Strümpfe blieben da, wo sie waren. Doch vom Kopf bis zu den Oberschenkeln war sie nackt. Bis auf die Ohrringe.

»Okay, Maestro, was jetzt?«

Er sagte es ihr, in allen Einzelheiten. Sie sollte ihr linkes Bein über das rechte schlagen und die rechte Hand auf dem Po plazieren. Mit der Linken sollte sie sich die Schenkel auseinanderschieben. Den Kopf sollte sie leicht in den Nacken werfen und sich in Richtung Spiegel drehen.

Sie tat alles und sah, wie sie aussah. Eigentlich ganz gut, aber hoffnungslos vulgär. »Wofür ist das? Die *Sun* haben wir doch schon.«

»Sagen wir für den *Sport*.«

Er berührte ihre Brüste. In dieser Pose traten sie deutlich hervor, und die Spitzen versteiften sich bei der Berührung. Auch das wurde von allen Seiten verewigt. Sie war gespannt, was als nächstes kam.

Obwohl ihm nur noch ein Paar Strümpfe zur Verfügung standen, hatte Nick eine Menge Ideen. Er ließ sie vom Hocker herunterkommen und auf dem Teppich posieren, immer noch vor dem dreiteiligen Spiegel. Sie sollte in einer bestimmten Pose auf dem linken Fuß sitzen, so daß Ferse und Knöchel sich genau in ihre Schamgegend schmiegten. Ihr rechtes Bein war graziös ausgestreckt, und sie zog langsam den Strumpf aus, was die Kamera schrittweise festhielt.

Danach legte er sie auf den Rücken, das rechte Bein als kleines Zugeständnis an die Züchtigkeit angewinkelt, während sie das linke hochhob und den zweiten Strumpf auszog.

»Ganz schön ordinär«, kicherte sie in Champagnerlaune. »Wo sind wir jetzt?«

»Auf dem Kabelkanal.«

Sie kicherte wieder. Sie war völlig nackt und fand, nun müßte er ihr auch entgegenkommen. Sie hatte ihren Tribut entrichtet und sich seine Zärtlichkeiten verdient. Sie räkelte sich auf dem warmen Teppichboden. Er stand mit der Kamera über ihr, und sie wünschte sich, daß er zu ihr kam.

»Nur noch eins«, sagte er.

Sie verzog den Mund zu einer Schnute. Das hätte sie normalerweise nie gemacht, aber jetzt hatte sie einen Schwips und wollte ihn anmachen. »Was denn noch?«

»Leg mal die linke Hand hinter den Kopf. So ist's brav. Und jetzt beug dein rechtes Knie ein ganz klein bißchen, und zieh den linken Fuß näher an den Arsch ran, ja, so, und die rechte Hand da runter. Perfekt.«

Er trat zurück, um sie durch die Kamera zu betrachten. Sie hörte, wie er leise *Wahnsinn* sagte. Nachdem die Cellomusik verstummt war, merkte sie plötzlich, daß er rauh und hörbar atmete. Bestimmt hat er genauso Herzklopfen wie ich, dachte sie. Wenn er sie jetzt irgendwo anfaßte, würde sie zerspringen.

»So ist's brav«, wiederholte er. Seine Stimme war wie eine rostige Türangel, belegt, voller Lust. Er legte die Kamera hin und zog seine Kleider aus, schnell, hastig. Nicht so, wie sie sich für ihn ausgezogen hatte. Er zog sich aus, weil er etwas vorhatte.

Sie sah ihn an, als er nackt über ihr stand. Er hätte ein Marsmensch sein können, so wenig wußte sie, wie es war, so einen Körper zu haben. An ihm war nichts Weiches oder Überflüssiges, nichts Beschützendes wie an einem Frauenkörper, der zum Austragen und Säugen und Beschützen von Babys geschaffen war. Sein Körper war das Instrument, mit dem er der Welt seinen Willen aufzwang.

Er legte sich auf sie, zwischen ihre Beine. Er war bereit, in sie einzudringen, tat es aber noch nicht. Er sah auf sie hinunter. Noch nie hatte jemand sie so angesehen. Sie wußte nicht, wie sie den Blick beschreiben sollte, außer daß es der Teufel sein könnte, der ihm aus den Augen sah, und wenn es so war, wollte sie liebend gern mit ihm direkt zur Hölle fahren. An seinem Blick merkte sie, wie sehr er sie begehrte; sie wollte begehrt werden. Sie legte ihm die Arme um den Hals. Er streifte ihren Mund flüchtig mit den Lippen. »Du hast Geburtstag, Baby. Was willst du?«

Sie wollte, daß er sie liebte. Aber das zu sagen war verboten, sogar jetzt. »Du weißt doch.«

»Sag's mir.«

Er bewegte sich auf ihr und liebkoste ihren Körper mit seinem, wie ein Hengst eine scheue Stute durchs Gattertor stupst. Sie mußte reagieren. »Daß du mit mir Liebe machst«, flüsterte sie.

»Das tu ich doch seit einer Stunde. Hast du das nicht gemerkt?«

Er schmiegte sich an, küßte flüchtig ihre Wangen, die Kuhle an ihrem Hals, berührte sie mit der Zunge in einem zufälligen, unfehlbaren Muster. Sie räkelte sich lustvoll unter ihm. Sie wollte keine Spiele mehr spielen; er sollte das tun, was er schon die ganze Zeit vorgehabt hatte. »Du weißt doch«, wiederholte sie.

»Sag es.«

»Ich kann nicht.«

»Klar kannst du. Es hat bloß vier Buchstaben.«

Sie hatte keine Lust auf Wortspielereien, sie wollte, daß er sie liebte. Liebe hatte fünf Buchstaben. Aber ihr war klar, was er wollte. »Fick mich, Nick.«

Irgendwo im Kopf war sie entsetzt, als sie sich so ein schändliches, erniedrigendes Wort aussprechen hörte. Doch die Sprache der Liebe schien sich von der Alltagssprache beträchtlich zu unterscheiden. In ihr gab es Wörter, bei denen Beowulf errötet wäre.

Liebe gehörte nicht dazu.

Trotzdem war es eine Zaubersprache. Was man verlangte, bekam man. Er stieß in sie hinein. Sie war so dankbar, daß sie es gleich aussprechen wollte, das eine, verbotene Wort: ich liebe dich, ich liebe dich, ich liebe dich.

Es war nicht so sehr die sexuelle Erregung, so wundervoll sie war, sondern das Gefühl von Nähe, das Verschwinden der Einsamkeit. Vielleicht bedeutete Frausein, immer leer zu sein, immer einen Mann zu wollen, der einen ausfüllte. Vielleicht paßte nur der richtige Mann. Ob Männer nie diese innere Leere empfanden? Waren Männer und Frauen vielleicht wie Schrauben und Muttern und ergänzten einander vollkommen?

Sie umklammerte ihn mit Armen und Beinen und ließ nur los, um ihn wieder in sich hineinzuziehen. Es lag vielleicht am Champagner, aber ihr war, als seien sie beide durchsichtig geworden, damit sie wußte, wie er in sie hineinpaßte und wie sie sich bewegen sollte. Er stöhnte ihr uralte, obszöne Wörter ins Ohr, und sie begehrte ihn nur noch heftiger. Er durfte sie so derb nehmen, wie er wollte. Je derber er war, desto mehr begehrte er sie, rechnete sie sich in ihrer Begierde aus. Doch das einzige Wort mit vier Buchstaben, das sie auf dem Höhepunkt ausstieß, war sein Name.

Er kam mit ihr zusammen in einer Reihe heftiger, bebender Stöße.

»Wahnsinn.« Er öffnete nur kurz die Augen. Er konnte kaum etwas sagen. Sie dachte, weil er atemlos war.

In diesem Augenblick liebte sie ihn so sehr, daß sie auch nichts hätte sagen können. Sie streichelte ihm übers Haar. Es war das mindeste, was sie hätte tun wollen. Jeder Zentimeter an ihm war schön, jedes Gramm an ihm begehrenswert.

Er faßte sich wieder. »Du bist der beste Fick, den ich je hatte.«

In ihrem Innern schlug etwas schmerzhaft gegen ihre Rippen. Sie wollte sagen: Liebst du mich denn, liebst du mich?, aber das war eine andere Sprache. Seine Muttersprache war Angelsächsisch, und es hatte keine Zweck, ihn auf Griechisch zu fragen. Sie mußte sich mit ficken statt lieben zufriedengeben.

Er richtete sich auf. »Mann, hab ich einen Hunger. Los, wir gehen essen.«

- 18 -

Er führte sie in ein Restaurant in Hampstead, ein hübsches Lokal mit entspannter Atmosphäre.

»Wieso ausgerechnet Hampstead?« wollte sie wissen.

»Es ist nicht weit von zu Hause, und man kann dort gut parken. Außerdem mag ich das Lokal.«

Olivia gefiel es auch, aber nicht mehr so gut wie vorhin bei Nick im Atelier.

»Warst du mit Mummy mal hier?«

»Kann sein, ich weiß nicht mehr. Was willst du essen?«

Sie wollte sagen, ich hab keinen Hunger. Bei der Erwähnung ihrer Mutter hatte sich die Atmosphäre merklich abgekühlt. Noch so ein verbotenes Wort. Aber dafür konnte sie ihn eigentlich nicht verantwortlich machen. Sie wollte auch nicht über ihre Mutter reden. Im Beisein von Nick wollte sie nicht einmal an ihre Mutter denken.

Wenn sie ehrlich war, hatte sie doch Hunger. »Ich weiß nicht. Sag du mir, was gut ist.«

»Wehe, wenn bei den Preisen nicht alles super ist.« Er beugte sich über den Tisch und deutete mit dem Finger auf ihrer Speisekarte von oben nach unten. Die Speisekarte war selbstverständlich auf französisch und stand von ihm aus gesehen auf dem Kopf. »Wenn du gern Hühnchen ißt, das hier ist ganz gut.«

Sie sah auf das Gericht, auf das er deutete. Es schien tatsächlich Hühnchen zu sein. Er konnte also offensichtlich französisch lesen, noch dazu verkehrt herum. Aber es war ihr eigentlich egal, was er ihr empfahl. Tintenfisch, Rindfleisch, Polenta – sie hätte alles gegessen, wenn nur die Stimmung zwischen ihnen entspannt blieb. »Also gut, das nehm ich.«

Der Ober kam und nahm ihre Bestellung entgegen. Olivia nippte an dem Drink, den Nick ihr bestellt hatte. Er schmeckte interessant und war ohne Alkohol. Ich muß dafür sorgen, daß du wieder nüchtern bist, bis wir nach Hause fahren, hatte er gesagt. Und gemeint, bevor dich deine Mutter sieht.

Schon der Gedanke an die Heimfahrt war ernüchternd. Im Atelier hatte er sie verzaubert, in eine andere verwandelt, eine aufregende sinnliche Frau, die sich gestatten konnte, verbotene Dinge zu tun. Schon bei dem Gedanken, ihr gewöhnliches Ich könnte solche Sachen machen, erschrak sie. Jetzt war sie, wie er gesagt hatte, nicht weit von zu Hause entfernt und wußte gar nicht, was sie davon halten sollte. Also dachte sie an etwas anderes. Er hatte das Thema selbst angesprochen, es war also nicht verboten.

»Bist du in Bermondsey aufgewachsen?«

»Größer geworden. Ich weiß nicht, ob man es aufwachsen nennen kann.«

»Wie war das?«

»Beschissen.« Er zog an seiner Zigarette. Er hatte den Blick auf einen unbestimmten Punkt hinter ihrer linken Schulter geheftet. »Aber mein Alter hätte mir das Leben überall zur Hölle gemacht.«

»Wieso?«

»Der hat mich bei jeder Gelegenheit verprügelt.«

Nick klang ausdruckslos, gleichgültig. Doch als er ihr den Blick wieder zuwandte, erkannte sie darin ein unruhiges Flackern. Sie konnte sich überhaupt nicht vorstellen, daß ihr Vater ihr auch nur einen Klaps geben könnte.

»Wohnt er immer noch dort?«

Achselzuckend drückte er die Zigarette aus. »Keine Ahnung. Ich hab den Scheißkerl seit fast zwanzig Jahren nicht gesehen. Vielleicht ist er tot. Hoffentlich.«

»Wie kannst du so über deinen eigenen Vater reden?«

»Ganz einfach. Ich hab ihn gehaßt.« Diesmal lag keine gespielte Gleichgültigkeit in seiner Stimme, sondern echte Bosheit.

»Weil er dich geschlagen hat?«

»Unter anderem.«

Es hatte keinen Sinn, nach dem »anderen« zu fragen; sie merkte, daß Nick sich nicht weiter darüber auslassen würde. »Und was ist mit deiner Mutter?«

Er schüttelte den Kopf. »Das letzte Mal hab ich die beiden vor achtzehn Jahren gesehen.« Plötzlich lächelte er, einen fast grimmigen Ausdruck im Gesicht. »Da war ich in deinem Alter.«

»Du bist mit fünfzehn von zu Hause weg.«

»Mit vierzehn.«

Bei der Vorstellung wurde ihr schwindlig, als sei sie in fünf Sekunden um fünf Jahre gealtert. »Und die Schule?«

»Das war das Beste, raus aus der Schule.«

Der Ober kam mit dem Essen. Als er gegangen war, sagte Nick: »An dem Abend, als ich weg bin, kam er total besoffen nach Hause und legte sich mit meiner Mutter an. Die blöde Fotze hat ja nie gelernt, die Klappe zu halten. Ich hab zu den beiden gesagt, sie sollten die Schnauze halten, und da ist er auf mich los.«

»Hat er dich geschlagen?«

»Nein, diesmal nicht. Zur Abwechslung hat der gute Junge mal gesiegt. Ich hab ihn schweinemäßig verprügelt.«

Olivia starrte ihn sprachlos an, als hätte er ihr gerade vom Leben auf dem Mars erzählt. Für sie völlig fremd, für ihn, seinem Tonfall nach, nichts Besonderes. »Du hast deinen Vater verprügelt?«

»Verdammt, und wie. Einmal für die hundertmal, die er mir verpaßt hat. Jetzt sind wir nicht gerade quitt, aber immerhin besser als nichts.« Er sah auf das hinunter, was der Kellner ihm gebracht hatte. »Guten Appetit.«

Olivia mußte sich gedulden. Zum Glück war sie hungrig und beschwipst, so daß sie vergaß, daß sie ja eigentlich abnehmen wollte. Sie aß ihr Hühnchen und sah ihm beim Essen zu. Zu Hause beim Abendessen war ihr schon mehr als einmal aufgefallen, daß er so eine merkwürdige Art zu essen hatte. Er machte nichts Grundlegendes falsch, wie das Besteck zu verwechseln oder etwas ähnlich Offensichtliches. Sie konnte es nicht genau sagen. Doch jetzt verstand sie es. Er aß wie einer, dem die Vorstellung, man könnte zum Vergnügen essen, noch nicht aufgegangen war. Daß Essen auch Unterhaltung oder ein geselliges Erlebnis sein konnte, war in seinem Milieu keine Selbstverständlichkeit. Er aß systematisch, gründlich, so wie er sein Auto auftanken würde – eine notwendige Routinehandlung, ohne rechte Freude daran.

Aber Liebe machte er anders.

Als er aufgegessen hatte, zündete er sich eine Zigarette an und leerte sein Weinglas. Er hatte nur ein Glas getrunken, weil er sie ja noch heimfahren mußte; der Champagner zählte anscheinend nicht. Er beobachtete sie, während sie an den Knochen auf ihrem Teller herumpickte. »War's gut?«

»Ja.« Weil sie dachte, er meinte vielleicht nicht nur das Hühnchen, bedankte sie sich nicht. Für alles, was davor gewesen war, schuldeten sie sich gegenseitigen Dank.

»Wie wär's mit Nachtisch?«

»Nimmst du einen?«

»Wieso nicht?« Als sie zögerte, fügte Nick belustigt hinzu: »Na los, heute ist dein Geburtstag. Es muß ja nicht zur Gewohnheit werden.«

Sie wägte die verschiedenen Möglichkeiten auf der Speisekarte gegeneinander ab. »Was ist eine Zabaione?«

»Das ist gut. Sollen wir uns eine teilen?«

»Okay.« Sie klappte die Speisekarte zu und nahm das Gespräch da wieder auf, wo er stehengeblieben war. »Ich nehme an, nachdem du das … getan hast, mußtest du weg von zu Hause.«

»Ganz so war es nicht.«

»Wie war es?«

Er lächelte kühl. »Na, wenn ich schon alt genug war, es meinem Alten zu zeigen, dann war ich auch alt genug, zu machen, was ich wollte. Und ich wollte dort raus aus der Scheiße.«

»Aber du warst doch erst vierzehn. Hat dich denn niemand gesucht? Ich dachte, die Polizei –«

»Die waren doch heilfroh, mich loszuwerden. Wir reden hier nicht von Hampstead, Baby. Da, wo ich herkomme, hieß es Gott sei Dank, wenn ein Unruhestifter Leine gezogen hat. Besonders beim Abschaum.«

Olivia wollte nicht darüber spekulieren, wie die Polizei überhaupt von seiner Existenz erfahren hatte. »Wo bist du dann hingegangen? Was hast du gemacht?«

»Ich wollte was erleben. Ich war ja noch nie über London rausgekommen. Ich hab mir einfach das Geld für die Miete genommen, damit hab ich mich eine Zeitlang über Wasser gehalten und bin im ganzen Land rumgetrampt. Später bin ich dann mit der Fähre nach Holland gefahren und quer durch Europa gereist.«

Das erklärte sein Französisch, aber nicht, daß er es verkehrt herum lesen konnte. Doch Olivia kam es auf etwas ganz anderes an. »Du hast deinen Eltern das Geld für die Miete gestohlen?«

»Das waren die mir schuldig, meinst du nicht? Ich hätte es jemand anders klauen können, aber ich hatte ja keine Zeit zu verlieren.« Er lächelte plötzlich, diesmal war es ein echtes Lächeln. »Mensch, Lia, jetzt solltest du mal dein Gesicht sehen. Du bist anscheinend wirklich im Kloster aufgewachsen.«

Sie war zwischen Verlegenheit und Entrüstung hin und her gerissen. »Es wundert mich nicht, daß du's getan hast, bloß daß du es so offen zugibst.«

»Das ist jetzt unser Geheimnis, Kätzchen. Verpfeifst du mich?«

»Heißt das, du hast noch nie jemand von dem allem erzählt?«

»Ich hab nie jemand irgendwas erzählt.« Er nahm einen tiefen Zug und stieß langsam den Rauch aus, dabei sah er wieder in die Ferne. »Wenn du mich fragst, mein Leben hat erst angefangen, als ich diese ganze Scheiße hinter mir gelassen hab. Ich hab mir irgendeine abstruse Story ausgedacht, um die Lastwagenfahrer zu unterhalten, die mich mitgenommen haben, und bei der bin ich bis heute geblieben.«

Olivia starrte ihn ungläubig an. Sie wollte ihn berühren. Was er ihr erzählt hatte, machte ihn noch fremder, noch begehrenswerter. Im Biologieunterricht hatten sie ihr nicht beigebracht, sich vorzustellen, sie könnte mit einem Marsmenschen eine sexuelle Beziehung haben wollen.

»Und warum erzählst du es mir?«

»Du steckst ja noch drin, oder?«

Drin. In der Kindheit, in dem Alter, in dem die Erwachsenen über einen bestimmten. Ihre Eltern, ihre Lehrerinnen, Mrs. Stone. Nick.

Der Kellner war wieder aufgetaucht, und Nick bestellte die Zabaione. Dann kehrte sein Blick zu ihr zurück. »Kaffee?« Heute abend war sie erwachsen. Sie nahm einen Kaffee.

Als sie das Restaurant verließen, war es nach zehn. Das Essen hatte Olivia gutgetan, aber sie war immer noch ein bißchen beschwipst vom Champagner. Außerdem war die Aussicht deprimierend, daß nun wieder der Alltag einkehrte, in dem Nick ihrer Mutter gehörte. Und sie ihn weder ansehen noch berühren durfte, aus Angst, sonst schreckliche Geheimnisse preiszugeben.

Auf dem Weg zum Auto hakte sie sich bei ihm unter, wie sie es bei ihrer Mutter gesehen hatte. Sie wollte ihm nahe sein, aber wegen des Champagners und der hohen Absätze auf dem unebenen Pflaster war sie auch ganz froh, sich festhalten zu können. Die Straßenlampen gingen allmählich an, und die untergehende Sonne leuchtete noch am Himmel; es war ein schöner, ruhiger Abend. Im Dämmerlicht sah sie ein Paar den Hügel herab näher kommen. Als sie genauer hinsah, erkannte sie ihren Vater und Althea.

»Es ist Daddy«, flüsterte sie Nick zu und zog die Hand von seinem Arm. Bei dem Gedanken an das, was sie getan hatte, was Nick im Atelier mit ihr gemacht hatte, kam sie sich auf einmal schmutzig vor. Siedend heiß fiel ihr die schwarze Unterwäsche ein, obwohl sie das Kleid darüber trug und nichts davon zu sehen war – das rote Kleid, das sie sich zur Hochzeit ihres Vaters gekauft hatte. Wenn er wüßte ...

Sie blieb stehen und wartete. Nick blieb ebenfalls stehen, neben ihr, aber nicht zu nahe.

Einerseits war sie froh, daß er da war; andererseits war ihr in Gegenwart ihres Vaters nicht wohl dabei. Doch sie hatte keine andere Wahl.

Ihr Vater blieb vor ihr stehen. Er stand etwas näher bei ihr als bei Nick, zwar nicht direkt zwischen ihr und Nick, aber auch nicht von Nick abgewandt. Die unmißverständliche, sehr deutliche kalte Schulter. Althea hatte die Hand auf seinem Arm und ließ nicht los.

»Hallo, Lia, was machst du denn hier?«

»Hallo, Daddy. Ich hab heute Geburtstag.«

»Ja, stimmt. Herzlichen Glückwunsch. Hast du unser Geschenk bekommen?«

Unser. Sie haßte Althea. »Ja, aber ich hab's noch nicht ausgepackt. Das hab ich mir für morgen abend aufgehoben, weil Mummy nach Bristol mußte, und da hat sie Nick gefragt, ob er mit mir essen geht, und das haben wir gerade gemacht. Und jetzt gehen wir nach Hause«, fügte sie eilig hinzu, als er sie mißbilligend ansah.

Nach ihrer Rede war ihr richtig schwindlig, vielleicht lag es aber auch an den hohen Absätzen. Sie spürte, wie sie leicht schwankte, und legte die Hand auf die Schulter ihres Vaters, um sich abzustützen. »Entschuldige.«

»Hast du dein Dinner gegessen oder getrunken?«

Der trockene, sarkastische Ton war schärfer als gewöhnlich, was bedeutete, daß er sehr wütend war. Sie zog ihre Hand weg. »Entschuldige, Daddy«, sagte sie noch einmal. »Ich hab bloß zwei Gläser Champagner getrunken. So viel wie bei deiner Hochzeit.«

Aus Angst vor der Wut ihres Vaters wurde ihr noch schwindliger. Sie machte einen Schritt zur Seite und verlor den Halt. Diesmal war es Nick, der sie auffing und festhielt.

»Alles okay, Lia?«

Obwohl er leise gesprochen hatte, hatte ihr Vater es natürlich gehört. »Nichts ist okay. Sie ist doch betrunken.«

»Bin ich nicht, Daddy«, protestierte Olivia. Sie versuchte sich von Nick loszumachen, doch er hielt sie an beiden Ellbogen fest. Das war vielleicht ganz gut, denn sie fiel vor Verlegenheit fast in Ohnmacht, als sie sah, wir ihr Vater und Nick sich gegenseitig wütend anstarrten.

Ihr Vater sagte in eisigem Ton: »Stellen Sie sich *das* unter einem unterhaltsamen Abend vor, eine Vierzehnjährige besoffen zu machen?«

»Ich bin fünfzehn, Daddy, heute ist mein Geburtstag.«

Er achtete nicht auf sie. »Sind Sie überhaupt in der Lage, Auto zu fahren? Wohl kaum. Jedenfalls sind Sie nicht in der Lage, sich um ein junges Mädchen zu kümmern, wenn das dabei herauskommt. Ich hätte gute Lust, sie selbst nach Hause zu bringen.«

»Daddy, bitte –«

Olivia spürte Nicks festen Griff an ihren Armen. Sie fürchtete, er könnte mit körperlicher Gewalt reagieren. Ihr Vater war zwar größer, aber Nick hatte breitere Schultern und – wie sie eben gehört hatte – mehr Erfahrung mit tätlichen Angriffen. Er hatte auch eine ziemlich gute Antwort parat, triefend vor Sarkasmus. »Wenn Sie Lia dann genügend in Verlegenheit gebracht haben, können wir ja gehen.«

Althea hängte sich an den Arm von Olivias Vater, als ob sie Angst hätte, er würde gleich zum Schlag gegen Nick ausholen. »Ross, Lia ist okay. Sie hat sich bloß ein bißchen amüsiert. Junge Leute amüsieren sich nun mal gern. Laß sie nach Hause ins Bett gehen, sie muß ja morgen in die Schule.«

Zum ersten Mal in der Geschichte der Menschheit war Olivia ihr dankbar. »Es ist schon okay, Daddy, wirklich. Ich muß jetzt wirklich ins Bett.«

Nick zerrte buchstäblich an ihr. Althea bemühte sich nach Kräften, Olivias Vater in die entgegengesetzte Richtung zu ziehen. Schließlich sagte er mißmutig: »Also gut, Lia, dann geh nach Hause. Wir unterhalten uns morgen.«

Nick schob sie in den Jaguar und brauste mit aufheulendem Motor davon.

Olivia merkte, daß sie zitterte. Sie hielt sich die Hand vor den Mund, weil sie das Gefühl hatte, gleich loszuheulen oder sich übergeben zu müssen. Sie wußte, was ihr Vater vorhatte. Er würde ihre Mutter anrufen. Nick war so wütend, daß sie es innerlich fühlen konnte und jedesmal zusammenzuckte, wenn er die Hand an die Gangschaltung legte oder in ihre Richtung sah. Sie lehnte den Kopf an die Fensterscheibe, schloß die Augen und wollte am liebsten sterben.

»Nick.«

Er gab keine Antwort.

Sie öffnete die Augen und nahm die Hand vom Mund, damit er sie hören konnte. »Es tut mir leid, Nick.«

»Was?«

»Das mit meinem Vater.«

Sie näherten sich gerade der Finchley Road. Er bremste scharf und fuhr an den Straßenrand.

Er schnallte seinen Sicherheitsgürtel auf. Dann löste er ihren ebenfalls und beugte sich herüber, um sie zu umarmen. Das hatte er den ganzen Abend nicht getan, außer als sie sich geliebt hatten. Sie umarmte ihn und konnte nicht aufhören zu zittern. Man hätte meinen können, sie würde an einem warmen Sommerabend erfrieren.

»Du zitterst ja, Kätzchen. Was ist denn?«

»Nichts.« Sie vergrub ihr Gesicht an seinem Hals. »Ich hab Angst.«

»Vor was?«

»Ich weiß nicht.« Sie konnte ja nicht sagen, vor dem, was wir tun. »Daddy war so wütend. Und du auch.«

»Nicht wegen dir. Wegen ihm.«

»Du kannst ihn nicht leiden.«

»Er mich auch nicht. Was hast du denn erwartet?«

Sie seufzte. »Ich hasse Althea.«

»Ja, ich weiß.«

Er liebkoste sie immer noch, tröstete sie, streichelte sie mit den Händen und zarten, unaufdringlichen Küssen auf relativ unerogene Zonen wie Schläfen und Kopf. Allmählich hörte sie auf zu zittern und begann sich zu entspannen. Als sie den Kopf hob und zu ihm aufsah, küßte er sie auf den Mund, erst mit einem kleinen Kuß wie vorher, dann mit einem tiefen. Sie fing wieder an zu zittern.

»Wir müssen nach Hause, Kätzchen.«

»Ich will aber nicht.«

»Ich auch nicht. Ich will wieder mit dir nach Wapping fahren und dich die ganze Nacht bumsen. Aber das geht nicht.«

Er ließ sie los. Sie sah zu, wie er sich eine Zigarette anzündete, das Fenster herunterkurbelte und sich wieder anschnallte. Aber er ließ den Motor nicht gleich an. Er saß da und rauchte und sah aus dem Fenster. Wenn er gesagt hätte, daß er sie liebte, dann hätte sie alles ertragen, dachte sie. Aber er sagte es nicht. Er fuhr sich mit der Hand durchs Haar, mit der Hand, die die Zigarette hielt. »Mann, was für ein Chaos«, murmelte er. Dann drehte er den Schlüssel im Zündschloß um, legte den Gang ein und fuhr nach Hause.

- 19 -

Olivias offizielle Geburtstagsparty ging recht gut über die Bühne. Sie war das einzige Positive an einem ansonsten total verkorksten Tag.

Abgesehen von ihrem Vater hatten ihr alle was zum Anziehen

geschenkt. Von ihrem Vater – wahrscheinlich gemeinsam mit Althea – bekam sie einen CD-Spieler und drei CDs. Die *Schottische Phantasie* von Bruch und Vaughan Williams' Phantasien waren köstliche, romantische Stücke, wenn auch nicht gerade ihr Geschmack. Die dritte CD war irgendwas von Bach. Sie sah gar nicht erst nach, was es war; Bach war sowieso immer das gleiche, trockene Zeug.

Von ihrer Mutter bekam sie ein hochgeschlossenes, altmodisches Nachthemd mit Spitzen und Rüschen und passendem Morgenmantel. Ihre Großeltern schickten zwei Paar gemusterte Strumpfhosen (von ihrer Großmutter) und *Sturmhöhe* und *Jane Eyre* (offensichtlich der Beitrag ihres Großvaters). Von ihrer Großmutter Hardy, die in Devon lebte, kam ein geräumiger, modischer, hübsch gemusterter Pullover, den sie selbst gestrickt hatte.

Clare schenkte ihr eine blaue Stola mit Paisleymuster und Sissy ein paar indische Armreifen.

Megan hatte ihr ein halbes Dutzend Schlüpfer gekauft, aber nicht aus weißer Baumwolle. Das war nett von Megan, denn dadurch konnten die von Nick in den Wäschekorb, ohne daß ihre Mutter sich wunderte, woher sie stammten.

Offiziell hatte Nick ihr natürlich die goldenen Ohrringe geschenkt. Als sie am Vorabend nach Hause gekommen waren, hatte ihre Mutter gesagt: »Wie ich sehe, hat Nick dir sein Geschenk schon überreicht.«

»Damit ich sie zum Ausgehen tragen konnte«, erklärte Olivia. Dann merkte sie, daß es clever von ihm gewesen war, ihr etwas Sichtbares zusätzlich zu den Unausprechlichen zu schenken.

»So ist er«, bemerkte ihre Mutter. »Er denkt an solche Sachen. Nicht wie gewisse andere Leute.«

Früher hätte Olivia gedacht, der Gegensatz zwischen der Art, in der sie gestern abend Geburtstag gefeiert hatte (falls feiern der richtige Ausdruck war) und dieser harmlosen, netten kleinen Party heute abend würde ihr ein Gefühl von Gewagtheit, Erwachsensein und Überlegenheit gegenüber ihren unerfahrenen Freundinnen geben. Doch so war es nicht. Sie kam sich schrecklich verdorben und entfremdet vor, besonders als sie die Geschenke ihrer Großeltern auspackte. Ihre Großeltern, Eltern und Freundinnen hielten sie für eine ganz normale, gewöhnliche und unschuldige Fünfzehnjährige. Statt dessen war sie eine Pharisäerin, eine Heuchlerin, würde ihr Großvater sagen. Nick hatte sie von der übrigen Welt isoliert. Er hatte sie mit einer Art moralischem Aussatz angesteckt, gegen die er selbst, der Marsmensch, immun war.

Nach dem Geburtstagsessen verschwand ihre Mutter geflissentlich eine Weile und ließ die Mädchen ungestört im Wohnzimmer Musik hören, tanzen, reden und kichern.

»Wo ist eigentlich dieser Untermieter, von dem du erzählt hast?« erkundigte sich Clare.

»Der ist heute abend nicht da. Ich hab ihm gesagt, daß du kommst, und da hat er sich verdrückt.«

Clare streckte ihr die Zunge raus. »Du Scheusal. Meg sagt, er sieht super aus.«

»Und – glaubst du's ihr nicht?«

»Klar glaub ich's ihr. Um so mehr Grund, ihn mir selber anzusehen.«

»Das geht aber nicht. Er ist in Norfolk. Da verbringt er immer das Wochenende.« Olivia wechselte bewußt das Thema. »Wie geht's eigentlich deiner Affäre mit Allie?«

»Ich hab ihn schon ewig nicht mehr gesehen. Danny sagt, sie sind in Klausur gegangen, bis die Abschlußprüfung vorbei ist. Allie muß mindestens eine Eins kriegen, sonst kann er sich seine Karriere als Ingenieur an den Hut stecken. Sobald es was Neues gibt, bist du die erste, die es erfährt.«

Dann kam die Sprache auf Megans Theaterstück. Sissy hatte noch nicht davon gehört, und so mußte Megan ihr eine kurze Zusammenfassung der Handlung geben.

»Ich will den Bösewicht spielen«, sagte Clare rasch.

»Wer ist denn der Bösewicht?« fragte Olivia verwundert.

»Na, dieser Dings, dieser abtrünnige Ehemann natürlich.«

»Und was ist mit Medea? Die bringt doch alle um.«

»Aber die kann ja nicht gleichzeitig Heldin *und* Bösewicht sein.«

»Wieso nicht? Wie ist es bei Macbeth?«

»Wenn sie der Bösewicht sein soll, darf sie am Schluß doch nicht davonkommen«, entschied Megan resolut. »Sie leidet mehr, als daß sie andere leiden läßt.«

»Das trifft aber auf die meisten Leute zu, die im Gefängnis sitzen«, wandte Olivia ein. »Sogar bei welchen, die ganz gräßliche Verbrechen begangen haben, stellt sich raus, daß sie von ihrer Mutter verstoßen worden sind, vom Vater verprügelt, von der Freundin betrogen, daß ihre Lehrer sie durch die Prüfung haben fallen lassen und ihre Frau mit einem anderen Mann durchgebrannt ist.«

Die anderen schrien sie nieder. »Lia, was ist los, bist du ein verkappter Nazi? Als nächstes willst du wohl den Strick wieder einführen. Jedenfalls können sich Männer ganz gut durchschlagen. Tun sie ja meistens auch.«

Olivia beharrte auf ihrer ketzerischen Behauptung. »Ich behaupte ja bloß, daß Medea nicht einfach ein passives Opfer der Umstände ist. Sie wird doch als starke, unabhängige Frau dargestellt, oder? Beides zusammen geht nicht. Entweder wir sind für die Konsequenzen unseres Tuns verantwortlich oder nicht. Und wenn wir nicht, wer dann?«

»Das System. Die Gesellschaft.«

»Mrs. Thatcher sagt, so was wie Gesellschaft gibt's nicht.«

»Ja, okay, mein Vater sagt, die ist inzwischen aber auch gescheiter, die Gesellschaft hat sie nämlich aus ihrem Job rausgeschmissen.« Clare wühlte in einem Stapel CDs herum.

»Lia, was ist das eigentlich für eine altmodische Musik? Letztes Mal, als ich da war, hattest du die noch nicht.«

»Das ist Nicks Negermusik«, sagte Olivia boshaft.

Alle sahen ihn an. »Wasch dir sofort den Mund mit Seife aus!«

»Ich hab bloß ihn zitiert.«

»Klingt ja reizend. Wer ist dieser Mississippi John Hurt?«

Olivia wußte es nicht, und es war ihr auch egal. Die Fotos auf den Kassetten waren alle gleich. Die Männer – ab und zu war auch eine Frau dabei, mit freundlichem, rundem Gesicht, mütterlicher Figur und ziemlich bieder –, die Männer waren mal alt, mal jung, dick oder dünn, jedenfalls lauter wettergegerbte Schwarze in komischen Hüten und schlechtsitzenden Anzügen aus den dreißiger Jahren. »Das ist irgend so ein alter Bluessänger.«

»Der Name gefällt mir. Los, wir legen ihn mal auf.«

Sie legten ihn auf. Er sang »Candy Man«, einen anzüglichen, obszönen Song über all die Frauen, die ganz verschossen in die lange Zuckerstange des Candyman waren. Sie kicherten und machten Witze und tauschten Geschichten über Männer und ihre Sexualorgane aus und fühlten sich wie Desdemona, die Jagos Frau Emilia weitererzählte, was Othello ihr über die Anthropophagen verraten hatte.

Olivia hörte sich die Musik an und sagte gar nichts.

Nachdem Clare und Sissy von Clares Mutter abgeholt worden waren, begleitete Olivia Megan ein Stückchen durch den Park nach Hause. Die Sonne war untergegangen. Der Parkwächter kam und wollte sie wegschicken, aber sie sagten, sie würden sowieso gehen. Olivia überlegte, was Megan wohl sagen würde, wenn sie wüßte, was ihr – Olivia – letztes Mal im Park passiert war. Stell dir vor, könnte sie sagen, ich bin vergewaltigt worden. Er hat mich vergewaltigt, und ich bin in ihn verliebt.

»Weißt du noch, was du gesagt hast, als wir überlegt haben, ob ich betrunken nach Hause kommen sollte, damit ich zu meinem Vater ziehen darf? Gestern abend war es soweit. Zufällig.«

»Du warst zufällig betrunken?«

»Na, absichtlich ja wohl kaum. Heute morgen war mir wahnsinnig schlecht.«

»Und – hat sich deine Mutter Sorgen gemacht? War sie entsetzt?«

»Sie hat's nicht mal gemerkt. Hab ich dir ja gesagt. Aber Daddy war außer sich.«

»Wie hat dein Vater davon erfahren?«

Olivia gab eine revidierte Fassung ihrer Geburtstagsabenteuer; die Ereignisse in Nicks Atelier ließ sie weg. »Er muß sie in der Arbeit angerufen haben. Als sie heute abend heimkam, war sie total niedergeschmettert und wollte genau wissen, was passiert ist.«

»Hast du's ihr gesagt?«

»Klar! Auf der Hochzeit hat Altheas Vater doch auch versucht, mich mit Champagner abzufüllen, und da hat Daddy nichts gesagt.«

»Na, ist doch klar, oder? War deine Mutter sauer?«

»Sie war sauer auf meinen Vater. Sie nannte ihn scheinheilig und rachsüchtig, was bei ihr heißt, daß sie vor Wut tobte.«

Inzwischen hatten sie das andere Parktor erreicht. Der kleine Mann ließ sie hinaus und schlug die Eisenpforte hinter ihnen zu. Mit sehnsüchtigem Blick blieben sie wie Ausgestoßene aus dem Paradies noch ein Weilchen am Gitter stehen, um ihr Gespräch zu beenden.

Megan analysierte die Situation in gewohnter Weise. »Wenn dein Vater nicht so scharf drauf ist, daß du zu ihm ziehst, wieso macht er dann so einen Aufstand?«

»Weil er wahrscheinlich scheinheilig und rachsüchtig ist.«

»Du meinst, er will deiner Mutter eins auswischen?«

»Das denkt Mummy jedenfalls. Wieso sollte er sie sonst am Telefon anbrüllen?« Sie benutzte das Wort im metaphorischen Sinn; ihre Eltern brüllten nie jemanden an. Ihr Vater wurde bloß giftig und sarkastisch, was viel schlimmer war, als wenn man angebrüllt wurde. Und ihre Mutter reagierte beleidigt und eingeschnappt. Schreien und kreischen gehörte nicht zu ihren Spielregeln. Aber dann fügte sie hinzu: »Ich glaube, sie irrt sich. Er wollte bloß Nick eins auswischen, damit Mummy ihn sausen läßt.«

»Das klingt tatsächlich rachsüchtig und scheinheilig. Er hat doch deine Mutter wegen Althea verlassen, wieso sollte sich deine Mutter keinen neuen Mann zulegen?«

Olivia rief sich die Szene noch einmal in Erinnerung, als Nick und ihr Vater fast beim ersten Anblick aufeinander losgegangen wären. »Vielleicht ist es wegen mir«, sagte sie langsam und ungläubig. »Vielleicht ist er wegen mir eifersüchtig.«

Wenn Daddy eifersüchtig ist, heißt das, er hat mich lieb, dachte sie. Sie sprach es nicht aus, weil sie ihre schreckliche Unsicherheit nicht einmal Megan gebeichtet hätte. Der eigene Vater muß einen doch automatisch liebhaben, oder nicht, ob er einen nun gewollt hatte oder nicht? Früher hatte sie diese magische Elternliebe als selbstverständlich vorausgesetzt. Aber dann hatte ihr Vater sie erst verlassen, dann hatte sie erfahren, daß er sie gar nicht gewollt hatte, und jetzt... Sie mußte wieder daran denken, was Nick über seinen

Vater gesagt hatte: ein brutaler Kerl, überhaupt nicht wie ihr Vater. Aber das bedeutete, daß die Liebe eines Vaters für seine Kinder überhaupt nichts Magisches oder Automatisches hatte. Er konnte sie genausogut hassen oder verachten.

Und doch war ihr Vater eifersüchtig gewesen. Fast wäre es so weit gekommen, daß er sich wegen ihr geprügelt hätte.

Unerhört, so was war noch nie dagewesen!

»Na dann«, sagte Megan resolut, wie um Olivias Gedanken weiterzuführen, »will er vielleicht doch, daß du zu ihm ziehst.«

Mit diesen optimistischen Worten trennten sie sich. Megan beobachtete den Verkehr, weil sie die Straße überqueren wollte. Olivia machte sich auf den langen Weg außen um den Park herum. Megan sah es, als sie sich noch einmal umdrehte und winkte.

»Ha! Er ist weg.« Sie deutete auf das Tor, sie meinte den kleinen Mann.

Olivia sah auf; es wurde allmählich dunkel. »Ich kann nicht. Nick hat gesagt, wenn es dunkel ist, darf ich nicht.«

»Gibt er jetzt die Befehle?«

Olivia wußte, daß Megan nicht deshalb so herausfordernd fragte. Ihre eigenen Eltern hätten das gleiche gesagt, wenn sie von der Angewohnheit ihrer Tochter wüßten. Sie fragte nur aus Interesse. Wenn Nick sich jetzt als Daddy aufspielte, hatte Olivias Vater wohl allen Grund, eifersüchtig zu sein. Olivias Gedanken drehten sich um etwas anderes. Was fiel Nick eigentlich ein, ihr Befehle zu geben? Er war der Liebhaber ihrer Mutter, nicht einmal ihr Stiefvater. Als ihr eigener Liebhaber besaß er keinerlei Autorität; sein Status war völlig illegitim. Ja, sogar kriminell. Das hatte er selbst gesagt. Er hatte kein Recht, ihr etwas vorzuschreiben.

Sie lief zurück und erklomm das Gittertor. Dann winkte sie Megan noch einmal zu, bevor sie in der Dunkelheit verschwand.

Als Olivia die Haustür aufschloß, hörte sie Stimmen. Ihre Mutter und Nick hatten offensichtlich eine Auseinandersetzung. Lautlos schloß sie die Tür hinter sich.

Sie konnte sich schon denken, worüber sie stritten. Sie lehnte sich neben der Wohnzimmertür an die Wand. Im Flur war es dunkel. Der Spiegel ihr gegenüber zeigte ins Wohnzimmer, von dem aber nur der Kamin zu sehen war.

»Ich mache dir gar keine Vorwürfe, Liebling«, sagte ihre Mutter gerade in einem süßen, verständnisvollen Ton. »Niemand kann doch im Ernst etwas dagegen haben, daß eine Fünfzehnjährige an ihrem Geburtstag zum Abendessen ein Glas Wein trinkt. Ross gibt ihr selbst was zu trinken, wenn sie ihn sonntags besucht. Sie ist weiß Gott alt genug, man sollte nicht meinen, daß sie davon einen Schwips kriegt. Zu dumm...«

»Zu dumm«, unterbrach sie Nick eisig, »daß du dich drum scherst, was dieser blöde Kerl sagt. Wieso hast du ihm nicht einfach gesagt, er soll sich verpissen? Verdammt, Em, er ist doch aus deinem Leben raus. Du bist von ihm geschieden, er ist mit einer anderen verheiratet. Das einzige, was euch noch verbindet, ist Lia, und die ist alt genug, sich selbst mit ihm auseinanderzusetzen.«

»Genau das hat sie ja anscheinend getan.« Nun war auch die Stimme der Mutter eisig; sie war wütend auf Olivia, nicht auf Nick. »Wußtest du, daß sie bei ihm war und gebettelt hat, ob sie zu ihm ziehen darf? Sie hat gesagt, weil du im Haus bist, will sie nicht mehr hier wohnen.«

»Wann war denn das?«

»Diese Woche. Am Mittwoch, glaub ich, hat er gesagt. Ich bin sicher, es stimmt. Du magst in allem recht haben, aber ein Lügner ist er nicht.«

Nick sagte nachdenklich: »Und was meint er?«

»Er meint, er würde sie vielleicht über die Ferien nehmen. Er hätte ihr aber gleich gesagt, daß er es erst mal mit Althea besprechen müßte. Ich kann mir nicht vorstellen, daß sie begeistert ist.« Eine Spur freundlicher, hastiger und leiser fügte sie hinzu: »Es tut mir leid, Nick. Ich weiß, Lia lehnt dich ab, weil du nicht Ross bist. Sie ist im Moment in einem schwierigen Alter, keiner versteht sie und so weiter –«

Er schnitt ihr ungeduldig das Wort ab. »Ja, ja, schon gut, ich brauch keine Nachhilfestunden. Und sauer bin ich auch nicht, also spar dir deine Entschuldigungen. Ist doch scheißegal, warum sie wegwill! Wenn es ihm recht ist, laß sie doch.«

»Ich habe aber das Gefühl, ich hätte sie irgendwie im Stich gelassen.« Ihre Mutter tauchte im Spiegel auf, in einer unbewußt dramatischen Pose stand sie vor dem Fenster, die langen, schmalen Hände vor der Brust verschränkt. »Wenn sie so drauf versessen ist, daß sie sich sogar mit dieser entsetzlichen Frau abfindet…«

»Das ist Lias Problem. Sie ist ein großes Mädchen, wie du gerade selbst festgestellt hast. Sie kann selbst damit fertig werden.« Nick kam hinter ihrer Mutter ins Blickfeld. Er legte ihr die Hände auf die Schultern. »Wär doch schön, wenn wir das Haus mal für uns hätten, oder? Wir könnten in Urlaub fahren.«

Er streichelte ihre Mutter über die Oberarme und Schultern und massierte mit den Daumen ihren Nacken. Ihre Mutter widerstand seiner Verführung erst und sagte: »Können wir uns denn überhaupt einen Urlaub leisten?«

»Urlaub muß sein. Wann hast du zuletzt Urlaub gemacht?«

»Ich weiß gar nicht mehr. Seit Ross weg ist, gar nicht.«

»Dann wird's höchste Zeit. Weißt du was, ich entführe dich von dem allem hier. Wir fahren irgendwohin, wo es schön sonnig ist und studieren das *Kamasutra*. Tausend Arten, Ihr Sexualleben spiritueller zu gestalten. Hast du Lust?«

Ihre Mutter lehnte sich lachend an ihn: »Du könntest ja selbst ein neues *Kamasutra* schreiben: tausend Arten, eine Frau anzumachen.«

»Wie wär's mit Nummer vierunddreißig: wie man der Tochter eines Obersten schmutzige Sachen sagt.« Er flüsterte ihr etwas ins Ohr, was Olivia nicht hören konnte und auch gar nicht wollte. Er öffnete den Reißverschluß an Mutters Hose und steckte die Hand hinein. In den Slip ihrer Mutter, die sich unter seiner Hand wollüstig räkelte. Olivia wurde fast schlecht.

Ihre Mutter griff hinter sich und rieb über die Vorderseite seiner Jeans. Streichelte seine Erektion. »Hör auf, du Wüstling. Lia kann jeden Moment hereinkommen.«

Olivia hatte keine Lust, zuzusehen, wie Nick ihre Mutter masturbierte und umgekehrt. Sie wollte den rauchigen, schläfrigen Tonfall seiner Stimme nicht mehr hören. Oder daran denken, wann und wo er mit *ihr* so gesprochen hatte.

Genau hier vor dem Spiegel, beim ersten Mal.

Nick zog die Hand aus ihrem Slip und sagte mit veränderter Stimme: »Apropos Lia, wo zum Teufel steckt die eigentlich? Es ist ja schon dunkel.«

»Vielleicht ist sie noch ein Weilchen bei Megan geblieben.«

»Wenn sie durch den Park gegangen ist, bring ich sie um.«

»Sie kann nicht durch den Park. Der ist doch nach Sonnenuntergang abgeschlossen.«

»Sie klettert übers Tor. Wußtest du das nicht? Ich hab sie letzte Woche dabei erwischt und gesagt, wenn sie's noch mal macht, kann sie was erleben.«

Ihre Mutter lachte. »Vielleicht will sie deshalb zu Ross ziehen.«

Olivia schloß die Haustür und war draußen. Sie lief die Straße hinauf und um die Ecke, bevor sie herauskommen und sie finden konnten.

Nie würde sie zurückkommen, nie. Die beiden wollten sie nicht – sie konnten es ja kaum erwarten, daß sie aus dem Haus war. Ihrer Mutter war bloß wichtig, nicht als Rabenmutter dazustehen. Und Nick war bloß wichtig, ihre Mutter zu ficken. Daß er so lässig darüber reden konnte, wie er sie damals im Park gefunden hatte ... als hätte er schon vergessen, was geschehen war, nachdem er sie geschnappt und bevor er die Warnung ausgesprochen hatte. Bei der Erinnerung daran hätte er sich vor ihrer Mutter auf die Zunge beißen sollen. Aber ihm war es ja egal. Sie sollte ruhig gehen; er war froh, wenn er sie los war.

Außer nach Highgate konnte sie nirgendwohin. Jetzt bekam ihr Vater sie eben, ob es Althea paßte oder nicht.

Die Luft hatte sich merklich abgekühlt. Sie wäre gern umgekehrt, um sich einen Pulli und etwas Geld fürs Taxi zu holen, aber daran war jetzt nicht zu denken. Nicht mal ihr Fahrrad konnte sie holen, weil es im Gartenhaus eingeschlossen war. Also mußte sie den ganzen Weg nach Highgate zu Fuß zurücklegen.

Wenigstens konnte sie sich nicht verirren. Immer geradeaus bis zur Finchley Road hinunter und dann quer durch den Park von Hampstead Heath wieder hinauf. Wenn sie schnell ging, würde ihr schon warm bleiben.

Als sie die Finchley Road überquerte, bot ihr ein Mann im Auto an, sie mitzunehmen. Sie beachtete ihn nicht, und er fuhr davon.

Vor Jack Straw's Castle riß der Riemen an ihrer Sandale. Weil sie mit einem Schuh nicht weiterlaufen konnte, nahm sie beide in die Hand und ging barfuß weiter.

Der Gehsteig vor dem Pub war mit Glasscherben übersät, die sie jedoch in der Dunkelheit nicht sehen konnte. Sie mußte stehenbleiben, um sich die Glassplitter aus den Füßen zu ziehen. Doch selbst unter der Straßenlampe konnte sie manche Stückchen nicht finden und humpelte unter Schmerzen weiter. Ihre Füße fühlten sich an, als sei sie über aufgestellte Rasierklingen gegangen. Die Sohlen bluteten, und in ihren rechten Fuß hatte sich eine Glasscherbe gebohrt, die ihr bei jedem falschen Schritt mörderische Schmerzen verursachte. Wenn sie jemandem begegnet wäre, hätte sie ihn um zehn Pence gebeten, um ihren Vater anzurufen. Falls sie eine Telefonzelle gefunden hätte. Aber jetzt war sie schon im Park angelangt und kam sich vor wie der von der Dunkelheit überraschte Reisende in dem alten Märchen, das ihr Vater ihr erzählt hatte. Hier in der Nähe wohnte niemand, der einen ein dringendes Telefongespräch führen ließ. Ein idyllisches Fleckchen Erde, vorausgesetzt, die Sonne schien.

Sie setzte sich an den Straßenrand, den Tränen nahe. Sie konnte nicht mehr. Womöglich mußte sie bis zum nächsten Morgen hier sitzenbleiben, todmüde und durchgefroren bis auf die Knochen.

Sie überlegte, ob ihre Mutter sich wohl ernsthaft Sorgen machte, wo sie steckte. Nick war ihre Abwesenheit aufgefallen, nicht ihrer Mutter. Sie konnte jetzt nicht mehr zurück; Nick würde sie umbringen. Das hatte er ja gesagt. Sie dachte nach. Vielleicht meinte er damit, er würde sie so verprügeln, wie sein Vater ihn verprügelt hatte. Früher hatten die Leute ihre Kinder ständig geschlagen, und niemand hatte sich groß aufgeregt, nicht einmal die Kinder, obwohl es wahrscheinlich kein Spaß für sie war. Ob er mit den Fäusten auf sie losgehen würde oder ihr den Hintern versohlen oder ihr sogar mit dem Gürtel eins überziehen? Unbekanntes Terrain. Sie erinnerte sich, wie er seinen Gürtel aufgemacht hatte, wenn auch nicht zum Zweck der körperlichen Züchtigung. Bei dem Gedanken durchfuhr sie ein Schauer.

Im Moment hätte sie nichts dagegen, wenn er sie so oder so schlagen würde. Hauptsache, er liebte sie. Tat er aber nicht. Als sie schon eine Ewigkeit dort gesessen hatte, kam ein Polizeiauto vorbei. Es kehrte um und fuhr auf den Bordstein. Einer der Polizisten kurbelte das Fenster herunter und fragte, was los sei.

Sie humpelte zu dem Streifenwagen, zeigte ihnen das Sandalenriemchen und erklärte in einem Wortschwall, daß sie kein Geld hätte, ihren Vater anzurufen und auf dem Heimweg nach Highgate sei. Als sie fertig war, wischte sie sich mit dem Handrücken die Tränen ab und schämte sich schrecklich, weil sie wie ein verlorengegangenes Kleinkind geheult hatte. Der Polizist sagte, sie würden sie nach Hause fahren. Olivia gab ihnen die Adresse ihres Vaters und stieg ein. Als sie vor dem Haus vorfuhren, stieg der Polizist auf dem Beifahrersitz aus und hielt ihr die Wagentür auf. Sie kletterte hinaus und konnte nur mit Mühe einen Schrei unterdrücken, als sie in Richtung Haustür hinkte und versehentlich auf den Glassplitter in ihrem Fuß trat.

Der Polizist kam zu ihr und nahm ihren Arm. »Haben Sie sich den Fuß verletzt, Miss?«

»Ich bin in Glasscherben getreten.«

»Das sollten Sie aber verarzten lassen. Ich bring Sie zur Tür.«

»Nein, bitte nicht!« Olivia machte sich los. »Es geht schon wieder, jetzt bin ich ja zu Hause. Bitte gehen Sie.«

»Nun mal langsam, Kindchen.« Er nahm wieder ihren Arm. Sie hatte ihren Protest übertrieben. Das hatte ihn mißtrauisch gemacht. »Wie heißen Sie?«

»Olivia.«

»Und wie alt sind Sie, Olivia?«

»Vierzehn«, sagte sie, erschöpft, daß sie gar nicht daran dachte, daß sie ja gestern ihren fünfzehnten Geburtstag gefeiert hatte.

»Moment mal, Olivia, wir können Sie nicht einfach absetzen und davonfahren. Ihre Eltern warten sicher schon längst auf Sie.«

»Ja«, sagte Olivia. »Nein.« Sie konnte sich denken, was ihr Vater sagen würde, wenn sie mitten in der Nacht in Begleitung der Polizei bei ihm vor der Tür stand. »Bitte, lassen Sie mich gehen. Bitte, gehen Sie jetzt.«

Sie fing wieder an zu weinen und zitterte vor Angst und Kälte. Sie wußte, daß sie durch ihr Verhalten alles noch schlimmer machte, konnte sich aber nicht zusammenreißen. Vielleicht hätte sie sich doch ein Beispiel an Nick nehmen sollen und per Anhalter in Richtung Norden fahren, um die Welt zu sehen.

»Was ist denn, Kindchen? Wovor haben Sie denn solche Angst?«

Wo sollte sie überhaupt anfangen, um ihm das Problem zu erklären? Sie kam nur bis »Mein Vater –«, als ihr die Stimme versagte.

»Ich werd mal mit Ihrem Vater reden«, sagte der Polizist mit fester Stimme. »Stützen Sie sich bei mir auf. Ich bring Sie zur Tür.«

Er legte sich ihren Arm um den Hals, hielt sie um die Taille fest und half ihr, über den Gehweg zu humpeln. Mittlerweile hatte sie sich mit ihrem Schicksal abgefunden. Schließlich mußte sie sowieso an der Haustür klingeln und es ihrem Vater irgendwie erklären; besser, dieser hilfsbereite Polizist brach das Eis für sie.

Er klingelte. Nach einiger Zeit ging das Licht an, und ihr Vater erschien im Bademantel.

Zuerst war er zu überrascht und verwirrt, und vielleicht zu schlaftrunken, sich zu ärgern. Der Polizist führte die tränenüberströmte Olivia ins Wohnzimmer, setzte sie aufs Sofa und hob nacheinander ihre Füße hoch, um sich die Sohlen anzusehen, während ihr Vater angespannt dastand und auf eine Erklärung wartete. Olivia sah zu Boden und merkte, daß sie auf Altheas pastellfarbenem, chinesischem Teppich blutige Fußspuren hinterlassen hatte.

»Daddy, tut mir leid. Das mit dem Teppich, meine ich«, fügte sie unter Schluchzen und Schniefen hinzu. »Den hab ich ruiniert.«

Nick hätte vielleicht gesagt, vergiß den Scheißteppich, doch ihr Vater ging nicht so großzügig darüber hinweg. »Was ist mit deinen Füßen passiert?«

»Meine Sandale ist gerissen, meine Füße sind voller Scherben. Es tut wahnsinnig weh.«

»Wir haben sie im Park drüben gefunden, Sir, nicht weit von den Statuen«, mischte sich der Polizist beherzt ein. »Sie sollten ein junges Mädchen nicht so spät noch draußen rumlaufen lassen ohne eine Möglichkeit, nach Hause zu kommen.«

In diesem Augenblick kam Althea herein und stellte sich neben

Olivias Vater. Sie sah erst Olivia an, dann das Blut auf dem chinesischen Teppich und dann wieder Olivia, nicht besonders freundlich.

Währenddessen sagte Olivias Vater: »Ich hatte keine Ahnung, daß sie draußen rumläuft. Sie wohnt in West Hampstead drüben bei meiner Exfrau.«

Der Polizist sah Olivia an. Sie war überrascht, daß er eher amüsiert als verärgert aussah. »Ja und nein, soso! Jetzt versteh ich.« An ihren Vater gewandt sagte er: »Na, das ist dann Ihre Sache, Sir. Aber vielleicht würde ihre Mutter gern erfahren, wo sie steckt.«

»Wahrscheinlich«, sagte ihr Vater grimmig.

Er begleitete den Polizisten zur Tür. Olivia hörte den Mann noch sagen, ein Arzt müsse sich ihre Füße ansehen, während ihr Vater ihn höflich, aber ungeduldig hinausbugsierte. Ihr Vater gehörte zu den Leuten, die der Polizei nur zu begegnen wünschten, um sich über das laute Bellen des Nachbarhunds zu beschweren. Jeden Kontakt oder wohlgemeinten Ratschlag würde er weder erwarten noch willkommen heißen, denn damit stünde er ja auf einer Stufe mit ledigen Müttern in Sozialwohnungen.

Althea nutzte die Gelegenheit, Olivia anzuzischen: »Was hast du mit meinem Teppich gemacht?«

»Meine Füße.« Olivia hielt sie ihr zur Ansicht hoch. »Blut.«

Ihr Vater kam zurück, nachdem er den penetranten Polizisten endlich los war. »Lia, bist du betrunken?«

»Natürlich nicht.« Entrüstet fügte sie hinzu: »Gestern abend war ich übrigens auch nicht direkt betrunken.«

»Wenn du sagst, du seist jetzt nicht betrunken, heißt das dann, du bist nicht betrunken oder du bist nicht direkt betrunken?«

»Daddy, sprich doch nicht so mit mir.« Sie war wütend, sie fürchtete sich vor seinem Zorn und schämte sich wegen der Geschichte von gestern abend. »Du bist der einzige, der mir was zu trinken gibt, wenn ich sonntags hierherkomme.«

»Gestern abend hat dir aber jemand anderes was zu trinken gegeben.«

»Das hab ich dir doch erklärt. Bitte, fang jetzt nicht wieder davon an.« Sarkastisch fügte sie hinzu: »Da wir schon mal dabei sind, interessiert es dich vielleicht, daß ich auch Hasch rauche, Kleber schnüffle, Kokain schnupfe und Ecstasy nehme. Okay?«

Ihr Vater setzte sich in den Sessel ihr gegenüber. Althea ließ sich neben ihm auf der Armlehne nieder. Olivia fiel plötzlich wieder das Foto ein, auf dem die nackte Althea auf der Armlehne desselben Sofas gesessen hatte, auf dem sie nun lag. Sobald sie daran dachte, konnte sie den beiden nicht mehr ins Gesicht sehen.

»Würdest du mir jetzt bitteschön erklären, weshalb du um halb zwei Uhr morgens in Hampstead Heath herumwanderst?«

Altheas Anwesenheit machte alles noch hundertmal schlimmer.

»Ich war auf dem Weg hierher«, murmelte Olivia. »Ich hatte kein Geld fürs Taxi, da mußte ich laufen.«

»Du warst auf dem Weg hierher?« wiederholte er ironisch. »Du hast dir gedacht, du kommst eben mal mitten in der Nacht auf einen Sprung vorbei?«

»Ich bin gekommen, weil ich bei dir wohnen will«, brach es aus ihr heraus. »Ich halte es dort nicht mehr aus.«

Einen Augenblick dachte sie, er würde sie fragen, was genau sie nicht mehr aushalten konnte, aber er ließ es vielleicht in Anbetracht der vorgerückten Stunde bleiben. Er rieb sich nachdenklich übers Kinn, auf dem ein ziemlich schlimmer, frühmorgendlicher Stoppelbart sproß. »Weiß Emma eigentlich, wo du bist?«

Sie schüttelte den Kopf.

»Dann ruf ich sie besser gleich an.« Er stand auf und sagte zu Althea: »Entschuldige, aber könntest du ihr vielleicht das Gästebett richten... dann kannst du ja wieder schlafen gehen. Ich kümmere mich um Lia.«

Mit einem mürrischen Achselzucken ging Althea nach oben. Olivias Vater ging in die Küche, um ihre Mutter anzurufen. Olivia wollte von dem Gespräch nichts mitkriegen.

Sie hatte alles gründlich vermasselt. Statt Mitleid mit ihr zu haben, ging ihr Vater vor Wut fast in die Luft. Er redete sich offenbar ein, sie sei eine Art jugendliche Alkoholikerin. Und daß zweifellos Nick an allem schuld sei.

Wenn er schon bei einer halben Flasche Champagner so reagierte, schwindelte ihr bei dem Gedanken, was er tun würde, wenn er auch nur die leiseste Ahnung hätte, was Nick gestern abend sonst noch in sie reingesteckt hatte. Nie und nimmer könnte sie je etwas darüber verlauten lassen oder auch nur im entferntesten die Spur einer Andeutung machen. Sie war mit ihrem schrecklichen Geheimnis allein.

Wutschnaubend kam ihr Vater wieder ins Wohnzimmer. »Sie haben dich draußen gesucht, zumindest dieser biersaufende Untermieter. Emma saß händeringend da und wollte schon fast die Polizei rufen.«

Olivia schlug die Hände vors Gesicht. Damit hatte sie nicht gerechnet. »Oh, nein. Es tut mir so leid, Daddy.«

Er setzte sich und wirkte plötzlich eher müde statt wütend.

»Sag mal, Lia, was hat dich eigentlich zu diesem spontanen Wohnungswechsel veranlaßt?«

Olivia überlegte. Sie mußte aufpassen, was sie jetzt sagte. Sie konnte ja nicht andeuten, daß ihre Mutter sie nicht mehr haben wollte. Das tat so weh, daß sie es niemandem sagen konnte, nicht einmal Megan, geschweige denn ihrem Vater. Und wenn ihr Vater sie nun auch nicht haben wollte? Besser, beide Eltern dachten, der andere wollte sie, als daß beide die schreckliche Wahrheit erfuhren.

Sie starrte auf die wunden Füße, während sie soviel von der Wahrheit herausließ, wie sie konnte. »Als ich heimkam, hab ich die beiden reden hören. Mummy sagte, du hättest zu ihr gesagt, ich wollte zu dir ziehen, und du hättest gesagt, ich könnte vielleicht in den Ferien hierbleiben.« Sie sah zu ihm hoch. »Stimmt das?«

»Ja, das hab ich gesagt.«

»Na, sie war jedenfalls nicht sehr glücklich darüber. Sie klang so, als sei es eine Art persönliche Beleidigung. Aber Nick meinte, es wäre doch nett, wenn sie zur Abwechslung mal allein wären, dann könnte er mit ihr in Urlaub fahren und ...«

Sie hielt inne und schluckte. Was jetzt kam, würde ihren Vater endgültig überzeugen. »Dann bin ich –« Sie sah grimmig auf ihre Füße. »Ich weiß, ich hätte es nicht tun sollen, aber ich stand da, während sie über mich geredet haben, ohne daß sie es wußten, und ich wollte auch nicht, daß sie es wußten, also bin ich einfach stehengeblieben und hab überlegt, ob ich so tun sollte, als würde ich gerade reinkommen, und dann hab ich im Spiegel gesehen, wie er sie befummelt hat. Ich mein, *richtig* befummelt. Er hat ihr mit der Hand –«

An dieser Stelle hielt sie inne. Sie wußte genau, was seine Hand gemacht hatte. Sie spürte ja noch, wie dieselbe Hand dasselbe mit ihrer Klitoris gemacht hatte, während sie ihn im Atelier im Spiegel beobachtet hatte. Aber das konnte sie ihrem Vater nicht sagen. In seiner Gegenwart konnte sie es nicht einmal denken.

Hastig sprach sie weiter. »Mir ist richtig schlecht geworden. Gerade hatte er mehr oder weniger gesagt, daß er mich nicht mehr sehen wollte, und ich… ich wollte keine Minute länger mit ihm unter einem Dach bleiben.«

Sie wagte einen Blick zu ihrem Vater hinüber. Er zeigte keinerlei Emotionen, sondern wirkte völlig versteinert. Er starrte sie an, als sei sie nicht Lia, sondern eine Fremde. Er war ihr irgendwie unheimlich, dieser Blick.

»Daddy?«

»Schon gut, Lia.« Er rieb sich das Gesicht, wie um sich wieder zum Leben zu erwecken. »Reden wir nicht mehr darüber, gehen wir lieber schlafen. Aber zuerst muß ich mich um deine Füße kümmern.«

Er ging hinaus und kam mit einer kleinen Schüssel voll Wasser und ein paar Zeitungen unterm Arm wieder. Er breitete die Zeitungen auf dem Teppich aus und stellte das Wasserbecken darauf. Dann ging er in die Hocke und wusch ihr die Füße und versuchte, so gut er konnte, an den Stellen, die sie ihm zeigte, die Glassplitter zu entfernen. Dann trocknete er ihr die Füße sorgfältig ab und trug sie die Treppe hinauf. Seit sie ganz klein gewesen war, hatte er das nicht mehr getan. Im Gästezimmer, eigentlich in seinem Arbeitszimmer, war ein Bett für sie hergerichtet. Althea hatte ihr eins von ihren Nachthemden hingelegt, und Olivias Vater gab ihr ein paar dicke Wollsocken, in die sie ihre wunden Füße stecken konnte.

Sie saß auf der Bettkante und überlegte, ob sie es noch schaffte, sich auszuziehen. »Gute Nacht, Daddy. Ich meine, guten Morgen. Tut mir leid, daß ich dir so viel Ärger mache.«

»Schon gut, Lia. Gute Nacht.«

Sie beschloß, sich nicht auszuziehen und das Nachthemd nicht anzuziehen. Erstens gehörte es Althea. Zweitens wollte sie so einschlafen, wie er sie verlassen hatte, und sich an dem Gedanken weiden, daß ihr Vater sie bemuttert hatte.

- 20 -

Am nächsten Morgen holte Olivias Vater den Hausarzt, da Olivia nicht laufen konnte. Als der Arzt den Zustand ihrer Füße sah, mußte er ihm beipflichten. Er entfernte noch ein paar Glassplitter und sagte, sie sei ein dummes Ding und solle ein paar Tage nicht herumlaufen.

»Muß ich dann bis zu den Ferien überhaupt noch in die Schule?« fragte Olivia hoffnungsvoll. »Die geht sowieso nur noch bis nächste Woche, und Prüfungen hab ich keine mehr.« Als ihr Vater gegen diesen Vorschlag sein Veto einlegte, fragte sie: »Aber ich kann doch hierbleiben, auch wenn die Ferien noch nicht angefangen haben?«

»Wie kommst du denn dann in die Schule?«

»Mit dem Rad. Im Sommer macht mir das nichts aus. Es ist ja sowieso nur für die kurze Zeit.«

Sie setzte sich durch. Vielleicht befürchtete ihr Vater, wieder mitten in der Nacht einen Polizisten an der Haustür vorzufinden. Nicht durchsetzen konnte sie sich, als es darum ging, ihre Mutter anzurufen und sich zu entschuldigen. Nick war am Apparat. Erst überlegte Olivia, ob sie mit verstellter Stimme Emma verlangen sollte, beschloß aber dann, ganz kühn aufzutreten. »Kann ich bitte Mummy sprechen?«

»Ich weiß nicht, ob sie mit dir sprechen will.«

»Dann frag sie.«

»Moment. Sie ist gerade oben. Was war das eigentlich für eine Idee mit dem Scheiß-Mitternachtsdrama?«

Olivia dachte gar nicht daran, es ihm zu erklären, weil Althea am Fenster gerade die Topfpflanzen goß und jedes Wort hören konnte. »Ich fand es eine gute Idee.«

»Hast du etwa gedacht, wir merken nicht, daß du weg bist?«

»Eigentlich schon. Ihr wart ja beide... beschäftigt.«

Er war so lange still, daß sie schon dachte, er sei ihre Mutter holen gegangen. Schließlich sagte er: »Hier ist Em.«

Ihre Mutter hatte wieder ihr förmliches Getue, was das Gespräch erleichterte. Olivia entschuldigte sich in aller Form. »Mummy, tut mir leid, daß ich dir gestern einen Schrecken eingejagt hab. Ich hab's nicht so gemeint.«

»Ich nehme an, du hattest auch eine schlechte Nacht.«

»Stimmt. Meine Füße sind so wund, daß ich nicht laufen kann.«

»Dann sind wir ja quitt, also reden wir nicht mehr drüber. Wann kommst du nach Hause?«

Olivia holte tief Luft. »Gar nicht.« Als ihre Mutter nicht antwortete, fuhr sie fort: »Daddy sagt, ich kann den Sommer über hier bleiben. Ich kann ja mit dem Rad zur Schule fahren – wenn ich wieder laufen kann.«

»Das willst du also?«

»Ja.« Sie holte wieder tief Luft. »Ich brauch meine Sachen. Vielleicht kann Daddy vorbeikommen und sie abholen.«

»Sag mir, was du brauchst, dann pack ich sie zusammen, und Nick bringt sie dir.«

Olivia überlegte, wie sie ihre Bedenken höflich formulieren könnte. Zögernd sagte sie: »Findest du das eine gute Idee, nach allem, was...«

Ihre Mutter begriff, was sie meinte, hatte aber ihrerseits etwas hinzuzufügen. »Lia, Ross hat gestern nacht ein paar sehr verletzende und unfaire Dinge zu mir gesagt. Ehrlich gesagt, ich finde, du hast mich vor ihm schrecklich bloßgestellt, so wie du dich benommen hast. Ich will ihn eigentlich nicht sehen. Verstehst du das?«

»Ja, okay«, räumte Olivia ein. Es lief darauf hinaus, daß ihre Mutter Nick den Schwarzen Peter zuschob. Na, das war irgendwie auch fair; er war ja eigentlich auch schuld – mehr als ihre Mutter ahnte. Und wenn er nicht wollte, konnte er ja sagen, es sei nicht sein Bier und ablehnen.

»Warum ist Nick überhaupt zu Hause? Ich dachte, ihr hättet vereinbart, daß er am Wochenende immer in Norfolk bleibt.«

»Ursprünglich ja, aber jetzt hat er das Cottage vermietet, bis er einen Käufer findet, zumindest den Sommer über. Deshalb ist er gestern abend so spät gekommen. Er mußte noch seine restlichen persönlichen Sachen ausräumen, bevor der Mieter am ersten Juli einzieht.«

Zweifellos freuten sie sich über die Idee, daß sie zu ihrem Vater zog. »Hoffentlich hast du ihm die Miete erhöht.«

»Er zahlt die Hälfte der Hypothek und der Haushaltskosten. Zum Glück, von Ross kriege ich ja nichts mehr.«

»Ich wollte gerade Meg anrufen. Wenn sie mich hier besuchen darf, könnte Nick sie dann vielleicht im Auto mitbringen?«

»Ich denke schon. Ich frag ihn mal.«

»Erinnere ihn daran, daß er ihr versprochen hat, sie dürfte mal mitfahren.«

Als sie ihn fragte, erlaubte ihr Vater, daß Megan sie besuchte. Sie rief Megan an, um es ihr zu sagen.

»Ich bin bei meinem Vater. Kannst du heute nachmittag rüberkommen?«

»Klar, aber wie hast du denn das geschafft?«

»Erzähl ich dir später. Wenn du bei meiner Mutter anrufst, kannst du mit Nick mitfahren. Er soll mir ein paar Sachen herbringen.«

»So ein Glück, allein mit Nick! Ich ruf sie gleich an.«

Nach dem Mittagessen klingelte es an der Haustür.

Olivia hatte den ganzen Morgen überlegt, wie sie ihrem Vater höflich dazu bringen könnte, Althea aufmachen zu lassen. Althea hatte eigentlich nichts gegen Nick. Im Gegenteil, sie sollte ihm dankbar sein, daß er ihr Gewissen vom Gespenst der verlassenen Ehefrau befreit hatte. Aber als es klingelte, hatte Olivia noch nicht einmal den Mut gehabt, ihrem Vater zu sagen, daß Nick und nicht ihre Mutter den Koffer brachte. Sie überlegte, ob sie schnell an die Tür sausen sollte – was mit ihren Füßen allerdings mehr ein Kriechen als ein Sausen gewesen wäre. So mußte sie die Konfrontation hilflos von ihrer kissengestützten Position auf dem Sofa verfolgen.

Als ihr Vater die Tür öffnete, stand Megan davor. Er bat sie herein.

Megan blieb erst einmal stehen. »Nick kommt gleich mit Lias Koffer. Wir mußten weiter unten parken.« Sie sah über die Schulter. »Da ist er ja. Wirklich süß von ihm, daß er Lias Zeug in der Gegend rumschleppt.«

Daß er für Ihre Tochter das Zeug herumschleppt, Dr. Beckett, was eigentlich Ihre Aufgabe ist, klang unterschwellig durch. Nachdem sie ihren Giftpfeil abgeschossen hatte, wartete Megan keine zweite Einladung ab und trat ein.

»Lia, du liegst ja darnieder! Was hast du denn gemacht?«

»Erzähl ich dir später.« Olivia rückte ein bißchen, um Megan Platz zu machen. »Setz dich erst mal hin und sei still.«

Ihr Vater hielt am Hauseingang Wache. Nick erschien und stellte den Koffer geräuschvoll an der Tür ab. Die beiden grüßten sich nicht. Ihr Vater stieß ein knappes Danke hervor.

»Wo ist Lia?«

»Sie kann nicht an die Tür kommen. Sie kann nämlich nicht laufen.« Und Nick war schuld, deutete ihr Vater damit an.

Nick sah an ihm vorbei zu Olivia auf dem Sofa. »Alles okay, Lia?« Es klang so, als sei er der Meinung, daß ihr Vater sie vielleicht gegen ihren Willen gefangenhielt.

»Mir geht's gut, ich kann bloß nicht aufstehen, weil meine Füße so weh tun.«

»Pech, wenn man sich bedienen lassen muß.«

Ihr Vater nahm den Koffer und stellte ihn so in der Tür, daß Nick keine Möglichkeit hatte, einzutreten.

»Lassen Sie sich nicht aufhalten. Sie haben bestimmt was Besseres zu tun, als Botengänge für meine Tochter zu machen.«

Nick erwiderte kühl: »Das ist jetzt Ihr Job, was, Kumpel? Also, dann bis bald, Lia.«

Er war weg, noch bevor ihr Vater den Koffer beiseite stellen konnte, um die Tür zuzuknallen.

Olivia merkte erst, daß sie den Atem angehalten hatte, als sie ihn wieder ausstieß. Sie wußte nicht einmal, auf wessen Seite sie gewesen war. Ihr Vater hatte wahrscheinlich gedacht, seine absichtliche Grobheit würde Nick abschrecken oder er würde sich davon zu Obszönitäten hinreißen lassen. Aber Nick hatte ihn mit seinen eigenen Waffen geschlagen, und zwar mit der gekonnten Parodie des proletarischen Besserwissers, für den ihr Vater ihn hielt.

»Daddy, dürfen wir uns in den Garten raussetzen?«

»Gute Idee«, sagte ihr Vater schlechtgelaunt.

Als er Olivia hochhob, um sie nach draußen zu tragen, sagte Althea: »Muß das sein, Liebling? Du willst dir doch keine Muskelzerrung holen.«

»Ganz tot bin ich noch nicht, danke.«

Olivia legte die Arme um seinen Hals und vergrub ihr Lächeln an seiner Schulter.

Der Garten war eigentlich gar kein richtiger Garten, eher ein ummauerter Innenhof. In einer Ecke stand eine Winterkirsche, in der anderen ein Rebstock und an der Südwand rankte sich eine Kletterrose. Auf den Steinfliesen standen Büsche in großen Terrakottatöpfen. Ein Garten ganz im Stil von Althea. Aber hier saß man warm, geborgen und windgeschützt.

Ihr Vater fuhr mit Althea einkaufen und ließ Olivia in der Obhut von Megan zurück.

»Was ist mit deinen Füßen?«

»Ich bin im Dunkeln in ein paar Glasscherben getreten.«

»Und wie bist du hier gelandet?«

»Ein Polizist hat mich hergebracht.«

»Wieso hab ich das Gefühl, daß du bei dieser Geschichte eine ganze Menge wegläßt?«

»Ist doch egal, Meg. Sagen wir einfach, ich bin von zu Hause abgehauen.«

»Und wieso?«

»Hab ich dir doch am Dienstag schon alles erzählt.«

»Du hast gesagt, du willst von zu Hause weg, aber nicht, daß du mitten in der Nacht abhauen willst.«

»Na ja, als ich nach Hause kam, hab ich sie reden hören und hab's einfach nicht mehr ausgehalten. Jedenfalls hat es funktioniert. Hier bin ich.«

»Für ein Weilchen.«

Olivia zuckte die Achseln. »Vielleicht bleib ich abwechselnd eine Woche hier und eine Woche dort. Das wäre schon okay. Wenn ich's mit Althea nicht mehr aushalte, geh ich nach Hause, und wenn ich's mit Nick nicht mehr aushalte, komm ich wieder hierher. Hab ich dir gesagt, daß er mit Sack und Pack einzieht? Und daß sie sich die Kosten teilen? Schluß mit dem Quatsch von wegen Untermieter.«

»Bist du deswegen abgehauen?«

»Nein, da wußte ich es noch gar nicht. Das hat mir meine Mutter erst heute morgen erzählt. Wir haben wirklich eine großartige zwischenmenschliche Beziehung, Mummy und ich.«

»Sie war wahrscheinlich unsicher, wie sie es dir beibringen sollte, weil sie schon wußte, daß es dir nicht gefallen würde. Ich weiß gar nicht, warum du so sauer auf den armen Nick bist. Er mag dich.«

»Ach nee, wirklich? Woher weißt du das?«

»Wir haben auf der Fahrt hierher über dich geredet. Er hat sich nach dir erkundigt.«

»Was wollte er denn wissen?«

»Na, du weißt schon, ob du gut in der Schule bist, ob du einen Freund hast. Ich hab ihm gesagt, du bist total schwachsinnig und leidenschaftlich in einen Rugbyhintermann verknallt.«

»Hoffentlich hat er's geglaubt. Ich dachte schon, du wolltest dich an ihn ranschmeißen, solange du ihn für dich hast.«

Megan seufzte. »Schön wär's. Dein Vater hat ihn auf dem Kieker, was?«

»Ich hab wirklich damit gerechnet, daß Daddy den Koffer nach ihm schmeißt oder sonst was«, kicherte Olivia. »Vielleicht will er, daß Nick verschwindet, damit ich wieder nach Hause gehe.«

»Ich weiß nicht, Lia. Ich glaub schon, daß dein Vater dich liebt. Er weiß bloß nicht, was er mit dir anfangen soll. Übrigens, Nick hat mir was für dich mitgegeben.«

»Wirklich?«

»Ja. Moment, ich hab's hier.« Megan kramte in ihrer Handtasche und brachte eine Kassette zum Vorschein. »Er sagt, er hat es heute morgen aufgenommen, damit es dich von deinem Leiden ablenkt. Besser als ein Blumenstrauß oder eine Schale Obst.«

Olivia starrte auf die Kassette in ihrer Hand, als handelte es sich um einen Sprengkörper. Nirgends stand etwas über den Inhalt. »Das hat Nick gesagt?«

»Ja. Also, eigentlich hat er gesagt, eine Scheißschale Obst.«

»Das klingt schon besser. Meg, rennst du mal nach oben und holst mir meinen Walkman, damit wir sie anhören können? Mummy hat ihn wahrscheinlich in den Koffer gepackt.«

Megan war, das Gerät in der Hand, gleich wieder da. Bevor sie es einschaltete, stöpselte sich Olivia die Hörer ein, für den Fall, daß Nick etwas aufgenommen hatte, das Megan nicht hören sollte. Vielleicht war es die Cellomusik, die sie bei ihm im Atelier gehört hatte. Beides wäre sehr romantisch, sowohl die Musik als auch die Geste.

Sie spielte das Band ab. Es war Klaviermusik, nicht Cello. Dann fing einer von diesen wettergegerbten, alten Schwarzen an zu singen. Er verlangte »sea food, mama«. Im nächsten Lied beklagte er sich »your feet's too big«.

Sie hätte sich denken können, daß von Nick nichts Romantisches kommen würde. Selbst der Geburtstagschampagner hatte nur dazu gedient, sie betrunken zu machen, damit er seine schlimmen Sachen mit ihr treiben konnte.

Megan sah sie gespannt an. »Was ist es?«

Nach der ersten Enttäuschung merkte Olivia, daß sie belustigt über die Musik lächelte. Eigentlich war der Mann auf seine exzentrische Art ziemlich clever. Jedenfalls besser als eine Scheißschale Obst. Und etwas fröhlicher als Lloyd Webbers schluchzendes Cello.

»Ist bestimmt ein Selbsthypnosekurs«, meckerte Megan.

Olivia stöpselte die Kopfhörer aus und schob sie Megan hinein. Dann lehnte sie sich zurück und sah zu, wie sich Megans Gesicht zu einem Lächeln verzog.

»Das ist ja echt toll.«

»Absolut. Hat Nick gesagt, wer es ist?«

»Nein. Vielleicht sollst du raten.«

Viel später – ihr Vater und Althea waren vom Einkaufen wieder da, ihr Vater hatte sie ins Wohnzimmer getragen und fuhr nun Megan nach Hause, während Althea in der Küche die Lebensmittel wegräumte – legte Olivia die Kassette in der Anlage ihres Vaters ein, um sie richtig zu hören. Der Seafood-Mann, stellte sich heraus, war auf der A-Seite. Auf der B-Seite war ihre Lieblingssängerin – Bessie Smith.

Als ihr Vater den Kopf zur Tür hereinsteckte, erwachte Bessie gerade aus ihrem Todestraum. Olivia rechnete damit, daß er sie bat, es leiser zu stellen. Statt dessen fragte er: »Woher hast du denn diese bemerkenswerte Musik?«

»Die hat mir Nick aufgenommen.«

»Nick?« Er wirkte verblüfft und skeptisch, als wollte er sagen: Was kann von Nazareth Gutes kommen? Dann hörte er wieder zu, vielleicht um sein Urteil zu revidieren. Der Text des nächsten Liedes bestand aus einer Reihe ziemlich gewagter Zweideutigkeiten. »Das ist ja hart an der Grenze, meinst du nicht?«

Olivia wurde verlegen. »Daddy, wenn du nicht immer nur Klassikradio hören würdest, würdest du jetzt nicht mal mit der Wimper zucken. Aber auf der anderen Seite ist jemand anderes. Ich weiß nicht, wer. Vielleicht kannst du's mir sagen.«

Sie spulte zu dem Seafood-Song zurück. Wie sie und Megan zuvor mußte ihr Vater ebenfalls schmunzeln. Ihre Frage konnte er aber nicht beantworten. »Tut mir leid, da kann ich dir auch nicht weiterhelfen. Der Blues steht nicht im Köchelverzeichnis.« Lässig fügte er hinzu: »Erkundige dich mal und laß es mich wissen.«

Er meinte, frag Nick. Aber das konnte er natürlich nicht sagen. Das würde ja bedeuten, daß der ungebildete Halbaffe etwas wußte, was der Professor nicht wußte.

- 21 -

Die Stimmung am Montag morgen war nicht gerade harmonisch. Als ihr Vater in der Schule anrief, um zu erklären, daß Olivia einen Unfall gehabt hatte und ein paar Tage fehlen würde, wurde er in ein langes Gespräch verwickelt, das Olivia nicht ganz mithören konnte, weil er im Flur stand und sie auf dem Wohnzimmersofa festsaß. Der Ton verhieß allerdings nichts Gutes.

Tatsächlich kam er danach ziemlich wütend ins Wohnzimmer.

»Lia, was hast du denn da wieder angestellt?«

»Ich weiß nicht, wovon du redest, Daddy?«

»Du weißt nicht, daß du in den letzten vierzehn Tagen zweimal zu spät gekommen bist? Du weißt nicht, daß du durch die Physik- *und* durch die Französischprüfung gefallen bist? Deine Direktorin sagt, du seist verträumt gewesen, aber vielleicht wäre komatös der präzisere Ausdruck, wenn du dich nicht mal mehr dran erinnern kannst.«

»Ich kann in letzter Zeit so schlecht einschlafen.« Das stimmte absolut. »Und dann bin ich am nächsten Tag ganz beduselt. Manchmal komm ich im Kopf gar nicht in die Gänge. Du weißt doch, wie das ist.«

»Nein, das weiß ich nicht.« Er wußte es wahrscheinlich tatsächlich nicht. Auf der Hochzeitsreise mit Althea war er bestimmt jeden Morgen um acht aufgestanden, hatte die italienischen Schlagzeilen überflogen und es kaum erwarten können, sich auf das Tagespensum, bestehend aus antiken Ruinen und Altargemälden aus dem fünfzehnten Jahrhundert, zu stürzen. Sie hatte manchmal den Eindruck, daß sich bei ihrem Vater das Gehirn nie ausschaltete. Vielleicht hatte er sogar logische Träume. »Ich hätte gute Lust, gleich Emma anzurufen. Was zum Teufel fällt ihr eigentlich ein, dich verschlafen zu lassen?«

»Nein, Daddy, nein! Ruf sie bitte nicht an. Sie kann nichts dafür, sie weckt mich immer, bevor sie aus dem Haus geht. Jetzt, wo ich nicht mehr dort wohne, ist es doch egal, oder?«

»Im Moment vielleicht schon. Aber von jetzt an sagst du mir hoffentlich, wenn du Schwierigkeiten hast, dich zu konzentrieren, statt abzuwarten, bis du die Abschlußprüfung vermasselt hast.« Dann machte er noch ein paar Bemerkungen über die erzieherischen und intellektuellen Fähigkeiten ihrer Mutter. Sie waren nicht gerade schmeichelhaft und ziemlich unangebracht, aber nicht unzutreffend, fand Olivia.

Was sie ebenfalls komisch fand: das einzige, wofür sie Nick nicht verantwortlich machen konnte, waren die Dinge, an denen er tatsächlich schuld war. Villeicht fand er es in Ordnung, daß sie mit einer Stunde Verspätung in der Schule auftauchte, weil er selbst sich nur selten die Mühe gemacht hatte, überhaupt dort zu erscheinen. Vielleicht fand er es nicht schlimm, daß sie durch eine Prüfung fiel, weil er selbst nie eine Prüfung gemacht hatte. Oder vielleicht war es ihm schnuppe.

Sie weigerte sich, das zu glauben. Beide Male hatte er darauf bestanden, daß sie in die Schule ging, statt den Rest des Tages blauzumachen. Vielleicht verstand er nichts von Schule, so wie ihr Vater nichts von Zärtlichkeiten verstand und ihre Mutter nichts von Musik. Wenn man sich die verschiedenen Arten, auf die Menschen Dinge verstehen konnten, einmal als verschiedene Farben vorstellte, dann waren Nick, ihr Vater und ihre Mutter farbenblind.

Sie fragte sich, welche Farben sie selbst nicht sehen konnte. Nachdem der grundlegende Streit aus dem Weg geräumt war, war sie überglücklich, ihren Vater für sich zu haben. Am Montag und Dienstag blieb er zu Hause und kümmerte sich um sie, und den Rest der Woche fuhr er sie zur Schule und holte sie danach wieder ab – wenn vielleicht auch nur, um sich zu vergewissern, daß sie tatsächlich dort ankam.

Zwei herrliche Tage lang machte er ihr Schinken-Avokado-Sandwiches und spielte Scrabble mit ihr. Er gewann jedes Spiel, aber das machte nichts; sie genoß es einfach, mit ihrem Vater zusammenzusein und sich von ihm umsorgen zu lassen, so wie früher von ihrer Mutter. Nick mochte ja alle möglichen Talente haben, aber bestimmt hatte er noch nie in seinem Leben Scrabble gespielt.

Am Donnerstag fuhr ihr Vater sie nach dem Unterricht zu Mrs. Stone nach Golders Green und wartete, solange sie ihre Geigenstunde hatte. Im Durcheinander der letzten Tage hatte Olivia kaum Gelegenheit gehabt, zu üben, und Mrs. Stone war nicht gerade erfreut.

Das sagte sie auch zu Olivias Vater. Sie hatte ihn zwei Jahre nicht gesehen, schickte aber jeden Monat die Rechnung, die er dann bezahlte. Vor etwa zehn Jahren hatten ihre Eltern sich gestritten, ob Olivia Ballettstunden oder Geigenunterricht nehmen sollte. Ihre Mutter wollte, daß sie Ballettstunden nahm, weil sie als Kind welche gehabt hatte, und ihr Vater befürwortete Geigenstunden, weil er als Kind keine bekommen hatte. Olivia wußte nicht mehr, auf wessen Seite sie – wenn überhaupt – gewesen war, doch ihr Vater hatte gesiegt, und von da an war er bei ihrer Mutter für die Musikstunden verantwortlich. Mrs. Stone sah in ihm ihren Hauptverbündeten.

»Dr. Beckett«, sagte sie und sprach es hart aus wie »Docktor«, wodurch der Titel irgendwie illustrer klang, »diese junge Dame sagt zu mir, das mag ich und das mag ich nicht, als wüßte sie in ihrem Alter Bescheid über Musik. Ich sage, Geschmack in der Musik ist wie Geschmack beim Essen und Trinken. Kinder mögen alles Süße, aber wenn man größer wird, fängt man an, die Feinheiten und Abstufungen zu unterscheiden. Wenn sie zuhören und achtgeben würde, könnte sie es mit der Zeit hören. Sie hat doch Köpfchen und ein gutes Gehör, und mit den Fingern macht sie es auch richtig. Romantiker sterben alle jung, sage ich ihr. Beim alten Beethoven klangen die Violinen rauh, nicht weich. Ach, aber was weiß denn ein altes Weib wie ich? Sie sind doch ein gebildeter Mann, Dr. Beckett, sagen Sie's ihr, vielleicht hört sie auf Sie.«

»Lia wohnt jetzt bei mir«, sagte ihr Vater. »Bestimmt wird jetzt manches anders.«

Auf dem Nachhauseweg fragte er Olivia, ob sie begriffen habe, worüber Mrs. Stone gesprochen habe.

»Ja«, erwiderte Olivia. »Über Bach.«

Die Probleme, die dadurch entstanden, daß drei Leute in dem kleinen Haus wohnten, machten sich sofort bemerkbar. Unten waren Wohnzimmer, Eßzimmer und eine winzige Küche. Oben waren das vordere Schlafzimmer, das Schlafzimmer nach hinten hinaus und ein winziges Bad. Ihr Fahrrad mußte Olivia in dem kleinen Innengarten abstellen und durchs Haus ins Freie tragen, wenn sie es brauchte. Althea bekam fast einen Anfall, als sie es herausbekam.

Das hintere Schlafzimmer war das Arbeitszimmer ihres Vaters. Es war mit Büchern vollgestopft, die er immer erst vom Bett entfernen mußte, damit Olivia schlafen gehen konnte. Wenn er arbeiten wollte, konnte sie auch nicht in ihrem Zimmer bleiben wie zu Hause. Es gab nicht einmal genug Platz, um das Skelett aufzuhängen. Sie fragte sich, wie es wohl werden würde, wenn das Baby kam und das hintere Schlafzimmer brauchte. Vielleicht würde ihr Vater lieber sein Arbeitszimmer behalten als ein Baby bekommen.

Abgesehen von den Abenden war Althea zum Glück selten zu Hause. Sie hatte irgendeinen ominösen Job in der Stadt, wo sie mit

Swapgeschäften zu tun hatte, was immer das sein mochte. Mit ihren vierundzwanzig Jahren verdiente sie mehr Geld als Olivias Vater, eine Tatsache, die er als zutiefst unmoralisch betrachtete, da sie den Werteverfall der Gesellschaft widerspiegele. Allerdings, bemerkte Olivia, hatte er nichts dagegen, mit Altheas üppigem Gehalt in feinen Restaurants essen zu gehen und Auslandsreisen zu machen oder den schicken Wagen zu fahren, den ihre Arbeitgeber ihr zur Verfügung stellten.

Althea behauptete, ihr Job sei anstrengend und eigentlich ziemlich ermüdend und sie freue sich richtig auf den Mutterschaftsurlaub. Olivias Vater fand, ein Baby sei eine recht seltsame Methode zur Vermeidung von Streß und Müdigkeit. Dann erzählte er die gleiche Geschichte noch einmal, die Olivia schon von ihrer Mutter kannte, daß sie nämlich in den ersten sechs Wochen ihres Lebens Tag und Nacht geschrien hatte.

Aber Altheas Baby würde nicht schreien. Altheas Baby würde perfekt sein. Wehe, wenn nicht.

Außerdem würde es ein Junge werden.

Olivia sprach fast vierzehn Tage nicht mit ihrer Mutter, bis diese schließlich anrief. »Ich nehme an, alles ist in Ordnung, nachdem ich nichts von dir gehört habe.«

»Alles okay, Mummy.«

»Habe ich keinen Anspruch auf einen Sonntagsbesuch?«

Olivia war etwas verblüfft. Ihre Mutter zu besuchen, kam ihr sehr komisch vor. »Soll ich dich besuchen kommen?«

»Anders rum geht es doch auch! Weißt du was, komm am Sonntag zum Mittagessen nach Hause.«

Ihre Mutter sagte »nach Hause«, und auch Olivia betrachtete es noch als ihr Zuhause. Aber als ihr Vater sie vor dem Haus absetzte, in dem sie ihr ganzes Leben lang gewohnt hatte, kam sie sich plötzlich wie eine Fremde vor. Sie mußte sich beherrschen, um nicht an die Tür zu klopfen. Es lief alles weniger förmlich ab als bei den Sonntagsbesuchen bei ihrem Vater. Ihre Mutter bat sie in die Küche und stellte sie zum Kartoffelschälen an.

Nick war nirgends in Sicht. Vielleicht war er gar nicht im Haus.

Vielleicht war sie mit ihrer Mutter allein, wie in alten Zeiten. Olivia fühlte sich bei dem Gedanken gleichzeitig erleichtert und betrogen. »Wo ist Nick?«

»Draußen, mit dem Kopf in den Eingeweiden meines Autos. Der Motor stirbt mir immer wieder ab. Ich wollte es eigentlich in die Werkstatt bringen, aber anscheinend überläßt kein echter Mann einem Mechaniker das Auto, ohne genau festgestellt zu haben, was los ist, damit er ihm sagen kann, wie er es machen soll.« Ihre Mutter raspelte Salat, während sie redete. »Wie gefällt dir denn dein Leben bei Ross und Althea?«

»Bis jetzt ist es okay. Aber das Haus ist wirklich klein. Mein Schlafzimmer ist gleichzeitig Daddys Arbeitszimmer, und wenn ich Geige übe, ist er manchmal dabei. Er sagt, es macht ihm nichts aus, mir zuzuhören, aber ich weiß nicht, ob das stimmt. Keine Ahnung, wie das mal wird, wenn das Baby kommt. Er kann das Zimmer ja nicht als Arbeitszimmer benutzen, wenn das Baby da drin schlafen soll.«

Sie machte sich darüber richtige Sorgen. Würde es dann im Haus ihres Vaters kein Bett mehr für sie geben? Würde er sie wieder nach Hause schicken, wenn das Baby kam?

Ihre Mutter sagte knapp: »Dann werden sie wohl umziehen, denke ich.«

Das war beruhigend. Oder auch nicht, je nachdem, wohin sie zogen. »Sie können sich ein größeres Haus leisten«, bemerkte Olivia wissend. »Althea verdient eine Menge Geld. Mehr als Daddy. Wußtest du das?«

»Althea kommt das Geld zu den Ohren raus. Ich glaube, ihr Großvater hat ihr in seinem Testament ein hübsches Sümmchen vermacht, davon haben sie das Haus angezahlt. Und ihre Eltern haben ihr zur Hochzeit noch mal einen Batzen geschenkt.«

Olivia ließ nicht verlauten, daß sie es von Nick bereits wußte. »Wie schön für Daddy«, sagte sie trocken.

»Allerdings. Meines Wissens sind Börsenmakler meistens reicher als Armeeoffiziere.«

Börsenmakler bezog sich auf Altheas Vater. Armeeoffiziere bezog sich auf Olivias Großvater, Oberst Hardy. Er war gestorben, als Olivia noch ganz klein war, und sie konnte sich nicht mehr gut an ihn erinnern. Aber bei der Bemerkung ihrer Mutter fiel ihr Nicks Witz wieder ein, den sie belauscht hatte, über das *Kamasutra* und die Tochter des Obersten, also ihre Mutter. Olivia wurde flau im Magen, und sie konnte ihrer Mutter nicht ins Gesicht sehen. Sie konzentrierte sich darauf, die Kartoffeln kleinzuhacken, und versuchte, an gar nichts zu denken.

»Schon gut, Lia, du brauchst kein Hackfleisch draus zu machen.« Ihre Mutter nahm ihr die Kartoffeln weg, gab sie in einen Topf und schaltete den Herd ein. »Geh mal raus zu Nick und sag ihm, es ist Zeit zum Mittagessen!«

Olivia ging die Straße hinunter, bis sie den Wagen ihrer Mutter fand. Nick jagte den Motor hoch, indem er irgend etwas unter der Kühlerhaube machte. Sie rief ihn, aber er konnte sie nicht sehen, geschweige denn bei dem Motorlärm hören. Sie mußte hingehen und ihn berühren, damit er sie bemerkte.

Er trug ein weißes T-Shirt. Sein bloßer Arm war braungebrannt, die blonden Härchen darauf von der Sonne ausgebleicht. Seine Hand lag ausgestreckt auf dem Kotflügel. Sie betrachtete die straffen Armmuskeln mit den darüberliegenden Venen. Zum ersten Mal, seit sie von zu Hause weggegangen war, sehnte sie sich nach ihm. Sie wollte ihn umarmen, damit er sie in seine kräftigen, sonnengebräunten Arme nahm.

Als sie ihm mit der Fingerspitze über den Unterarm strich, merkte sie, daß die Härchen sich aufrichteten.

Ohne den Arm zu bewegen, wandte er den Kopf in ihre Richtung. Als er sie sah, ließ er den Motor absterben.

Ihr Brustkorb schnürte sich zusammen, so daß sie kaum noch Luft bekam. »Du sollst zum Mittagessen kommen.«

Sein Blick ruhte auf ihr und quetschte den letzten Kubikzentimeter Luft aus ihr heraus. Dann trat er zurück, schlug die Motorhaube zu und wischte sich an einem Lappen die Hände ab. »Wird auch Zeit, ich bin am Verhungern. Wie geht's, Kleines? Wie behandelt dich Ihre Königliche Hoheit?«

»Du meinst Althea? Wieso nennst du sie so?«

»Ich kenn doch königliches Geblüt, wenn ich's sehe. Die würde den verdammten Erbsentest mit Bravour bestehen, meinst du nicht?«

Olivia dachte an Althea: snobistisch, pingelig, selbstherrlich, immer von oben herab. Sie kicherte. »Stimmt. Aber du bist ihr doch erst einmal begegnet.«

»Einmal reicht.« Er legte die Hand auf ihre Schulter. »Na komm, Kätzchen, wir gehen essen.«

Beim Mittagessen war die Stimmung noch befremdlicher. Statt sich wie zu Hause zu fühlen, war ihr, als hätten ihre Mutter und Nick sie zum Essen eingeladen. Es lag nicht nur daran, daß ihre Sachen nicht mehr hier waren. Nach der Mahlzeit wußte sie, daß es hauptsächlich daran lag, wie ihre Mutter und Nick sich benahmen. Sie führten sich schon auf wie ihr Vater und Althea. Nick war kein Untermieter, sondern der Mann im Haus, der Mann ihrer Mutter. Sie lebten zusammen, und dies war ihr Haus. Es war nicht mehr Olivias Zuhause.

Bei dem Gedanken wurde sie innerlich ganz hohl. Altheas Baby bekam ihr Zimmer in Highgate. Wenn sie wieder hierher zurückkommen würde, wäre sie die Untermieterin, nicht Nick. Sie fühlte sich wie ein Gespenst. Tote, die zurückkehrten, gehörten nicht mehr dazu.

Nach dem Essen spielte sie mit ihrer Mutter Scrabble, während Nick draußen am Auto weitermachte. Sie fühlte sich an früher erinnert, als sie und ihre Mutter gerade verlassen worden waren und Scrabble spielten, um sich an den leeren Sonntagen die Zeit zu vertreiben. Damals schien es ihr sterbenslangweilig; heute kam es ihr vor wie ein sicherer Hafen, den sie für immer verloren hatte.

Damals hatte meistens ihre Mutter gewonnen. Heute siegte Olivia. »Ich hab ein paarmal gegen Daddy gespielt«, gestand sie.

»Wann kommt er dich abholen?«

»Gar nicht. Er ist mit Althea nach Marlow gefahren. Ich muß mit der U-Bahn zurück. Ziemlich mühsam, ich muß nämlich noch ein paar Sachen mitnehmen.«

»Ich fahre dich hin, sobald Nick mit dem Auto fertig ist. Moment, ich bespreche es gleich mit ihm.«

Ihre Mutter war gleich wieder da. »Er sagt, er fährt dich hin. Er will den Wagen ausprobieren und sehen, ob er sich jetzt anständig benimmt.«

Darum geht es gar nicht, ob sich der Wagen anständig benimmt, dachte Olivia.

»Nächstes Mal fahren wir ans Meer«, schlug ihre Mutter vor. Olivia war beleidigt. Ans Meer fahren war Kinderkram.

»Nächstes Mal geht bei mir nicht. Ich fahr doch für zwei Wochen zu Grandad und Granny nach Huddersfield.«

»Das habe ich ganz vergessen. Wir sind auch vierzehn Tage verreist, dann sehen wir uns also erst gegen Ende August wieder.«

Nun war sogar ihre eigene Mutter fast zu beschäftigt, sie zu sehen. Sie müßte wahrscheinlich im voraus Termine machen. Bei ihrem Vater war es immer so gewesen, aber bei ihrer Mutter... Es war das Ende der Zivilisation, wie sie sie kannte.

Sie wechselte kein Wort mit Nick, bis sie – im Wagen ihrer Mutter – fast die Hälfte der Strecke zurückgelegt hatten. So war das nun also: Nick fuhr den Wagen ihrer Mutter. Sie überlegte, ob ihre Mutter den Jaguar schon mal hatte chauffieren dürfen.

»Wer war das auf dem Band, das du Meg gegeben hast?«

»Ich hab's nicht Meg gegeben, sondern dir. Gefällt's dir?«

»Wir fanden es beide super. Wer ist es?«

»Fats Waller.«

»Nie gehört.«

»Der war ein großer Hit, bevor deine Mutter geboren wurde. Vielleicht sogar schon, bevor deine Großmutter geboren wurde.«

»Daddy hat es auch gefallen. Besonders Bessie Smith, obwohl er gemeckert hat, daß die Texte ein bißchen vulgär seien.«

»Zu gewagt für den Geschmack von deinem Alten, was? Vielleicht denkt er, sie verderben dich.« Er warf Olivia ein leicht hämisches Lächeln zu.

Sie erwiderte es nicht und wechselte das Thema. »Wohin fahrt ihr denn, du und Mummy?«

»Nach Kreta. Das war Ems Idee.«

»Willst du nicht nach Kreta?«

»Doch, wieso nicht? Hauptsache, Sonne, Strand und was Gutes zum Saufen, dann bin ich schon zufrieden.«

Hauptsache, ein Bett, dachte sie und erinnerte sich, was er an jenem Abend zu ihrer Mutter gesagt hatte. Sie betrachtete seine braungebrannten Hände auf dem Lenkrad und stellte sich vor, daß sie die kleinen Brüste ihrer Mutter gestreichelt hatten. Eine Woge von Eifersucht und purer Verzweiflung schlug über ihr zusammen. Sie kuschelte sich in ihre Arme und schloß die Augen.

»Lia? Ist dir schlecht?«

Er merkte es jedesmal. Er merkte mehr als ihre eigenen Eltern. Sie wollte aber nicht, daß er es merkte, und schlug die Augen wieder auf. »Nein.«

Sie hätte sich so gern getraut, ihm ihr Innerstes zu offenbaren. Sie wünschte, sie könnte geradeheraus sagen, ich will, daß du mich nach Kreta mitnimmst und all das mit mir machst, was du mit meiner Mutter machen wirst. Aber es hatte keinen Sinn, er würde es sowieso nicht tun.

Als er vor dem Haus ihres Vaters parkte, stieg sie sofort aus. »Danke fürs Mitnehmen.« Sie war überrascht, daß er ebenfalls ausstieg. »Was machst du denn?«

Er öffnete den Kofferraum und nahm ihre Taschen heraus. »Ich trag sie dir noch rein.«

»Schon gut, ich schaff es schon.«

Er ignorierte sie einfach. Er ging mit zum Haus und wartete, bis sie den Schlüssel hervorgekramt hatte und aufschloß. Dann folgte er ihr hinein und machte die Tür hinter sich zu. Er ging ohne Umschweife ins Wohnzimmer, ließ die Taschen auf den chinesischen Teppich fallen und sah sich um.

»Nettes Haus.«

»Das würde sie sicher freuen, daß du es genehmigst.«

»Im Gegenteil. Sie würden bestimmt gleich alles umändern wollen.« Er drehte sich zu ihr um, weil sie immer noch abwartend im Hausflur stand. Seine blauen Augen waren kalt.

»Was sollte eigentlich die Schau, die du neulich abgezogen hast?«

Olivia sagte spitz: »Das war keine Schau.«

»Es war jedenfalls verdammt dramatisch. Und verdammt kindisch auch. Em war total aus dem Häuschen.«

Sie wich in den engen Hausflur zurück. »Es tut mir leid. Ehrlich.

Das hab ich ihr aber schon gesagt. Ich hab einfach nicht daran gedacht.«

»Dein Alter hätte dir ordentlich den Arsch versohlen sollen«, knurrte Nick unversöhnlich. »Ich an seiner Stelle hätte es getan, wenn ich dich gefunden hätte.«

Wenn Nick nun nach ihr gesucht hätte? Olivia schüttelte sich innerlich. Sie hätte es nicht ertragen, ihn oder ihre Mutter an dem Abend zu sehen, nach dem, was sie gehört hatte …

»Du warst schuld an allem. Du hast zu Mummy gesagt, es wäre besser, ich gehe.«

Falls er sich ärgerte, daß sie gelauscht hatte, ließ er es sich jedenfalls nichts anmerken. »Dann hatten wir ja die gleiche Idee«, sagte er gleichmütig. »Du hast ja deinen Alten schon vorher gefragt, ob du bei ihm einziehen kannst.«

Sie hielt sich die Hand vor den Mund und drehte das Gesicht zur Wand. Es war zwar keine Antwort darauf, aber sie mußte es sagen. »Ich hab gesehen, wie du deine Hand auf Mummys –«

Er sollte sich das obszöne Wort selbst zusammenreimen. Nick war überhaupt nicht verlegen. »Selber schuld, wenn du hinschaust. Du weißt haargenau, was Em und ich für eine Abmachung miteinander haben. Sie will was Festes fürs Bett.«

Olivia bezweifelte, ob ihre Mutter sich so ausgedrückt hätte oder erfreut wäre, daß er es so ausdrückte. Sie malte sich aus, wie ihre Mutter Nick ihren Freunden vorstellen würde, nicht als Freund oder Liebhaber oder Partner oder Mitbewohner oder was ihr sonst noch an bürgerlichen Modewörtern passend erschien, sondern als »was Festes fürs Bett«. Der Ausdruck war zweifellos ehrlicher, aber unmöglich.

Das fand Olivia auch. Sie flüsterte der Wand zu: »Ich halt das nicht aus.«

»Hier bist du besser dran. Hab ich dir doch gesagt. Wieso bist du überhaupt abgehauen?«

»Ich dachte, du kannst mich nicht …«

Sie brachte den Satz nicht zu Ende: Ich dachte, du kannst mich nicht mehr leiden. Aber er schien zu wissen, wie er endete. Er kam näher und faßte sie beruhigend am Arm.

»Ist ja gut, Kätzchen. Ist ja schon gut.«

Sie drehte sich zu ihm um. Er umarmte sie. Sie legte die Arme um seinen Hals. Er küßte sie. Sie hätte am liebsten geweint, weil plötzlich alles besser und gleichzeitig furchtbar war. Er knöpfte ihre Bluse auf und hakte ihren BH auf, dann begann er ihre bloßen Brüste zu streicheln und zu küssen. Sie begehrte ihn so heftig, daß es ihr angst machte, trotzdem versuchte sie, seine Hände wegzustoßen. »Nick, Daddy kommt gleich heim. Geh jetzt lieber.«

Er griff hinter sie und verriegelte die Haustür.

»Daddy kann warten.«

»Nein, Nick, wirklich ...«

Er achtete überhaupt nicht auf sie, sondern streifte ihr die Bluse und die BH-Träger ab. Als er ihren Rock aufmachen wollte, geriet sie in helle Panik.

»Nicht, nicht, er bringt dich um, wenn er kommt, ich sterbe, wenn er jetzt nach Hause kommt, bitte geh jetzt, Nick –«

Er verschloß ihren Mund mit einem derben Kuß. »Sei still«, sagte er zwischen Küssen. »Dein Alter ist in Marlow. Ich geh ja gleich. Wahnsinn, bist du schön, Baby. Wie kommst du auf die blödsinnige Idee, ich könnte dich nicht mehr wollen?«

Inzwischen hatte er sie ganz nackt ausgezogen. Er streichelte sie überall, vor allem die Brüste und die Klitoris. Ihre Knie wurden weich, als er sie dort berührte. Sie protestierte nicht mehr.

Sie erlaubte ihm, ihr mit seinen muskulösen Schenkeln die Knie auseinanderzudrücken und in sie zu stoßen. Sie mußte sich auf Zehenspitzen stellten, weil er größer war als sie.

Schließlich schob er die Hände unter ihre Pobacken und hob sie hoch, und sie schlang ihre Beine um seine Hüften. Er stieß immer wieder hart in sie hinein, bis er ganz tief in ihr war, an die Scham, an den Schenkelansatz, bis er kam.

Nur die Tür bot ihnen Halt. Er lehnte sich gegen sie, drückte sie gegen die Tür, während sie sich an seinen Hüften und Schultern festklammerte. Sein Blick war verhangen, abwesend, unvorstellbar intensiv wie bei einer fremden Spezies: der Spezies Mann.

Mit belegter Stimme sagte er: »Jetzt sollte dich dein Daddy sehen.«

Nicht ihretwegen hatte er es getan, das wußte Olivia, sondern um es im Haus ihres Vaters zu tun. Bei dem Gedanken wurde ihr schlecht, und sie kam sich schäbig vor. Sie wäre wirklich gestorben, wenn ihr Vater sie so vorgefunden hätte...

Sie lockerte die Beine und löste sich aus seiner Umarmung. Zitternd begann sie sich anzuziehen. »Nick, du mußt jetzt gehen. Bitte geh.«

Er brauchte nur seine Jeans hochzuziehen und zuzumachen. Sie versuchte immer noch ihre Bluse zuzuknöpfen, aber ihre Finger wollten nicht gehorchen. Er half ihr.

»Keine Angst, es ist alles okay.«

»Gar nichts ist okay. Du bist verrückt.«

Sie zitterte unaufhörlich und war kurz davor, in Tränen auszubrechen. Es war widerlich, was sie gerade getan hatte, was sie ihm erlaubt hatte. Sie fuhr sich mit den Händen übers Gesicht und fuhr sich mit einer unschlüssigen Geste durchs Haar.

Nick legte die Arme um sie und zog sie so fest an sich, daß ihre Hände an seiner Brust gefangen waren. »Hör auf damit. Jetzt hör mir mal zu, Baby.« Er küßte sie immer wieder. »Du weißt doch, ich will dich, aber erst mal ist es besser, du bleibst hier. Das ist dir doch auch klar.«

Sie zitterte immer noch, aber wenigstens hielten ihre Hände jetzt still. Sie legte den Kopf an seine Schulter und flüsterte an seinem Hals: »Du bist verrückt. Ich hasse dich.«

»Klar doch.« Er klang nicht beleidigt. »Keine Angst, Süße, es passiert dir schon nichts. Jetzt ist doch alles gut. Wenn du dich beruhigt hast, geh ich.«

Olivia versuchte es. Irgendwoanders als im Haus ihres Vaters hätte sie die Umarmung sogar genossen, Nicks Umarmung. Zu jeder anderen Zeit hätte sie sich sicher gefühlt statt verängstigt. Sie atmete seinen Geruch ein: Zigaretten, Schweiß, der erdige, scharfe Geruch von Motorenöl. Wenn ihr Vater ein Hund wäre, hätte er sofort gemerkt, daß Nick dagewesen war. Vielleicht hätte er sogar erraten, was Nick hier gemacht hatte. Falls Hunde das alles merkten, war es ein Glück, daß sie nicht sprechen konnten. Niemand hätte mehr Geheimnisse.

Die Vorstellung amüsierte sie. Das Zittern verschwand. Und nach ein paar Minuten verschwand auch Nick.

Olivia ging nach oben, zog sich aus und duschte. Sie wusch sich die Haare und schrubbte sich gründlich ab, als wollte sie jede Spur von Nicks Geruch loswerden. Dann zog sie sich von Kopf bis Fuß frisch an. Der Rock, die Bluse und die Unterwäsche, die sie bei ihrer Mutter getragen hatte, wanderten in die Waschmaschine.

- 22 -

Die Zugreise nach Huddersfield dauerte etwa drei Stunden, inklusive Umsteigen in Wakefield. Ihr Vater hatte Olivia mit einem Koffer und der Geige, einer Reisetasche mit ihrem neuen CD-Player und mehreren CDs, einem dreiteiligen Science-fiction-Schmöker und Großvaters Geburtstagsgeschenk, den Brontë-Romanen, zum Bahnhof King's Cross gebracht. Im Zug las sie *Jane Eyre*, weil Großvater bestimmt danach fragen würde. Jeden Sommer verbrachte sie vierzehn Tage bei ihren Großeltern Beckett. Sie wohnten in einem kleinen Reihenhaus, das noch winziger war als das ihres Vaters in Highgate, und bei weitem nicht so schick. Über die Hügel der ganzen Stadt erstreckten sich reihenweise diese winzigen, rußigen Häuser. Es gab ein mit Büchern vollgestopftes Wohnzimmer, eine Küche, in der man vor lauter Enge nicht essen konnte, nach vorn hinaus ein kleines Schlafzimmer, nach hinten hinaus ein noch kleineres Schlafzimmer, ebenfalls voller Bücher, und das wohl winzigste Badezimmer der Welt. Nicht einmal eine Badewanne gab es, bloß eine Dusche. Als er klein war, hatte ihr Vater erzählt, hätten sie überhaupt kein Badezimmer gehabt und auch kein heißes Wasser. Da wo heute das Bad war, habe ihr Onkel John geschlafen. Wenn man damals pinkeln wollte, mußte man das Klo im Garten unten benutzen, und wenn man ein Bad nehmen wollte, mußte man sich im Kessel Wasser heißmachen und eine tragbare Wanne damit füllen. Hätte nicht ihr Vater, sondern jemand anders es ihr erzählt, Olivia hätte es für eine Erfindung gehalten.

Ihre Großeltern kamen nie nach London. Ihre Großmutter sagte, daß sie es sich nicht leisten könnten, aber ihr Großvater sagte, daß er London nicht mochte. Althea mochten sie auch nicht. Ihr Vater hatte Althea einmal mitgebracht, kurz nachdem sie zusammengezogen waren, aber der Besuch war ziemlich schiefgegangen, und Althea war nie wieder dortgewesen. Vielleicht, dachte Olivia, wurde es anders, wenn Althea das Baby bekam. Vielleicht würden ihre Großeltern sich über ein zweites Enkelkind freuen. Vielleicht würden sie Olivia dann vergessen, weil ihre Mutter nicht mehr mit ihrem Vater verheiratet war...

Sie umarmte und küßte beide Großeltern, als sie aus dem Zug stieg. Ihr Großvater erwiderte ihre Umarmung ziemlich steif, als sei er verwirrt, da eine junge Frau in den Armen zu halten. »Bist du wieder gewachsen, Lia? Ich erinnere mich gar nicht, daß du schon so groß warst.«

»Ich bin nicht größer, Grandad. Dicker vielleicht.«

»An dir ist kein Gramm zuviel«, sagte ihre Großmutter. »Bloß ein so schmächtiges Ding wie deine Mutter würde dich dick nennen.« Sie war ein paar Zentimeter kleiner als Olivia und ihre Mutter, aber viel kräftiger gebaut. Eine solide, stattliche Yorkshire-Frau, so würde sie sich bezeichnen. Eine gutaussehende Frau, so hatte Olivias Mutter sie beschrieben.

Olivia hatte keine Ahnung, wie man die Schönheit von Großmüttern beurteilte: jede war ein Fall für sich. Ihr Vater achtete jedesmal darauf, daß sie schon am Samstagnachmittag ankam, um ihrem Großvater nicht den Sonntag zu verderben. Nachdem er sein ganzes Leben als Schreiner gearbeitet hatte, betrieb er nach seiner Pensionierung einen Secondhandbuchladen, in dem er sich wochentags vergnügte. An den Sonntagen war er aber nie zu Hause.

Wenn es nicht gerade eine Überschwemmung oder einen Wirbelsturm gab, ging er jeden Sonntag nach der Kirche im Moor spazieren. Ihr Großvater kannte sich im Moor genausogut aus wie ihr Vater auf Schlachtfeldern. Er wußte über ihre geologische und topographische Beschaffenheit Bescheid, über die Zivilisationsgeschichte des Moors, über das Tierleben, über Wege, Pflanzen und Wetter.

Er kannte sich auch bei Sternen aus. Jeden Sommer nahm er Olivia einen Abend mit ins Moor, um ihr die Sterne zu zeigen, nannte ihre Namen, während sie allmählich aus dem Dunkel hervortraten, und wenn es so viele wurden, daß man sie nicht mehr zählen konnte, ihre Konstellationen. Er suchte sich immer einen Abend aus, an dem es Sternschnuppen gab. Jeder Meteorschauer hatte seinen eigenen Sammelnamen. Die Leoniden, das waren die Völker des Löwen; die Ursiden waren die des Bären: primitive Wanderstämme des Himmels. Wenn sie der Erde zu nahe kamen, wurden sie in ihr Verderben gezogen, kleine uralte Gesteinsbrocken, die sonst vielleicht für ewige Zeiten friedlich um die Sonne gekreist wären.

Die Sterne waren nicht dieselben wie in London, nicht einmal im Park von Hampstead Heath oder in dem kleinen Park in Olivias Viertel. Dort wurde die ganze verschwenderische, überbordende Sternenpracht von den Straßenlampen geschluckt. Am Tag nach Olivias Ankunft besuchten sie wie immer gemeinsam den Frühgottesdienst, und danach nahm ihr Großvater sie mit ins Moor.

Ihre Großmutter kam nie mit. Sie habe zu tun, sagte sie, wenn der alte Herr schon mal aus dem Haus war. Sie hatte immer zu tun, hatte Olivia früher schon festgestellt. Nie setzte sie sich hin, außer zum Essen. Während sie sich im Fernsehen ihre Lieblingssendungen ansah, bügelte sie oder besserte Kleider aus. Außer ihr sah Olivia nie jemanden Kleider ausbessern, höchstens Knöpfe annähen oder Säume heften.

Als sie kurz vor Sonnenuntergang wieder nach Hause kamen, hatte ihre Großmutter das Abendessen fast fertig; sie wußte, wann sie mit ihnen rechnen konnte. Während sie auf das Essen warteten, schenkte sie ihnen erst einmal eine Tasse Tee ein und fragte beiläufig: »Wie geht's Emma?«

»Gut.« Olivia zögerte und überlegte, wie sie es am besten ausdrücken sollte. »Ihr wißt doch, daß ich jetzt bei Daddy wohne, oder?«

»Nein, das wußten wir nicht. Wie lange bist du schon bei Ross?«

»Seit – also, etwa seit sie wieder aus Italien zurück sind.«

Nun war ihre Großmutter an der Reihe, sich diplomatisch auszudrücken. Als Yorkshire-Frau gelang ihr das nicht ganz.

»Ich hätte nicht gedacht, daß Althea... mit ihrer Arbeit und jetzt, wo das Baby unterwegs ist... für drei statt für zwei zu kochen ist doch mehr Arbeit.«

»Althea kocht gar nicht selber. Dafür hat sie ihre zwei Chefköche.«

»Zwei Chefköche?«

»Der Witz ist von Daddy«, erläuterte Olivia. »Mr. Marks und Mr. Spencer.«

»Das ist bestimmt sehr teuer«, bemerkte ihre Großmutter mißbilligend. »Fühlt sich Emma denn nicht einsam, ganz allein in dem großen Haus?«

»Sie ist gar nicht allein.« Olivia beschloß, nicht länger um den heißen Brei herumzureden. Ihre Mutter tat nur das, was ihr Vater auch getan hatte: Nick war nichts Unmoralischeres als Althea. Ehrlich währt am längsten, wie ihre Großmutter selbst gesagt hätte. »Offiziell ist er so eine Art Untermieter. Aber in Wirklichkeit... nächsten Monat fahren sie zusammen in Urlaub.«

Diese Mitteilung mußte ihre Großmuter erst einmal verdauen und antwortete dann beherzt, mit robustem Optimismus. »Dann hast du ja sogar zwei Paar Eltern.«

Im Endeffekt wahrscheinlich überhaupt keine, dachte Olivia verdrossen. Aber das sagte sie nicht.

Dann erkundigte sich ihre Großmutter nach Althea und dem zukünftigen Baby und nach Nick und ihrer Mutter, alles in einem ganz nüchternen Ton, als handele es sich nicht um Zustände wie in Sodom und Gomorrha. Zweifellos hatte sie inzwischen die Hoffnung aufgegeben, die Welt zu akzeptieren und versuchte nur, sie ein bißchen zu verstehen. Dabei konnte Olivia ihr aber auch nicht helfen; sie verstand sie nämlich ebenfalls nicht.

Nachdem sie die Zähne geputzt hatte und ins Bett gegangen war, das gleiche Bett, in dem schon ihr Vater als Kind geschlafen hatte, stellte sie fest, daß sie seit ihrer Ankunft nicht an Nick gedacht hatte, bis ihre Großmutter unversehens die Sprache auf ihn gebracht hatte.

Ihre Glückseligkeit dauerte sieben Tage.

Als sie am zweiten Sonntag aufstand, voller Vorfreude auf einen weiteren schönen Tag im Moor, überkam sie plötzlich eine Welle von Übelkeit. Sie rannte in das Badezimmer. Nachdem sie versucht hatte, den Brechreiz zu unterdrücken, erbrach sie eine übelriechende Flüssigkeit aus ihrem leeren Magen.

Als sie herauskam, war ihr noch nicht besser. Ihre Großmutter erwartete sie schon. »Geht's dir heute morgen nicht gut?«

Sie hielt sich kopfschüttelnd die Hand vor den Mund. »Geht lieber ohne mich in die Kirche.«

»Wir sind doch noch früh dran. Leg dich noch ein Weilchen hin, ich bringe dir eine Tasse Tee.«

Olivia legte sich wieder ins Bett. Ihr war zwar noch nicht besser, aber immerhin bestand vorerst keine Gefahr mehr, daß sie sich wieder übergeben mußte. Ihre Großmuttter kehrte mit der versprochenen Tasse Tee zurück und richtete sie mit ein paar Kissen auf, damit sie trinken konnte.

»Du hast Zucker reingetan.«

»Ja. Heißer, gezuckerter Tee beruhigt den Magen.«

Olivia nippte an dem Tee. Ihr Magen ließ es sich gefallen. Als sie die Tasse halb ausgetrunken hatte, gab sie sie ihrer Großmutter zurück und kroch unter die Bettdecke.

»Na gut, ruh dich aus, solange wir in der Kirche sind. Andy geht ohne dich nicht ins Moor.«

Olivia döste ein. Als sie ihre Großeltern zurückkommen hörte, versuchte sie noch einmal aufzustehen. Ihr war immer noch komisch im Magen, doch es passierte nichts Dramatisches. Sie zog sich bedächtig an und ging nach unten.

»Na siehst du«, sagte ihre Großmutter. »Ich mach dir ein bißchen Toast.«

»Wo ist Grandad?«

»Im Garten beim Jäten. Ich sagte doch, er geht nicht ohne dich. Wenn du ein bißchen frische Luft schnappst, geht's dir gleich besser.«

Es ging ihr tatsächlich besser, als sie oben im Heidemoor ankamen. Und als es Zeit für die Mittagspause war, hatte sie richtigen Heißhunger.

Ihr Großvater war ein wortkarger, reservierter Mensch, aber wenn es ums Moor ging, wurde er leidenschaftlich. Wenn ihn einmal eine Sache interessierte, gab es nichts, was er darüber nicht wußte, und er erzählte so lebhaft und anschaulich, daß Olivia sich auch dafür interessierte, selbst wenn es um Dinge wie die Instandhaltung von Natursteinmauern ging.

»Sally sagt, du übst jeden Tag Geige«, bemerkte er, während sie beim Essen saßen.

»Das mußte ich Daddy versprechen.« Olivia biß zögernd in ihr Sandwich. Das Brot war lecker, ihre Großmutter hatte es selbst gebacken, doch es war der alten Dame durchaus zuzutrauen, daß sie es mit dubiosen Dingen wie Zunge oder Sülze belegt hatte. Was es auch war, es schmeckte jedenfalls ganz gut, und so schluckte sie es hinunter. »Es stört euch hoffentlich nicht.«

»Sally hört es gern. Willst du mal Musikerin werden?«

»Ich glaub nicht. Ich hab immer Angst, wenn ich vor Publikum spielen muß. Im Orchester zu spielen macht mir nichts aus, da hört mich ja keiner, aber sonst ist es furchtbar. Außerdem muß man sich wirklich reinhängen.« Sie dachte an Mrs. Stone, die die Musik so sehr liebte und sich ihren Lebensunterhalt damit verdienen mußte, lustlosen Kindern Dinge beizubringen, die diese nicht lernen wollten.

»Was willst du denn dann mal machen, wenn du mit der Schule fertig bist?«

»Wahrscheinlich auf die Uni gehen.«

»Und was willst du studieren?« Er sah sie nicht an, sondern wischte sich bedächtig die Krümel vom Schoß. »Dein Vater ist als Junge immer gern mit hier heraufgekommen – nicht wie dein Onkel John, der hat sich mehr für Sport interessiert. Ich hatte eigentlich gehofft, daß er es studieren will, als er dann auf die Universität ist. Aber dann hat sich gezeigt, daß ihm andere Sachen noch mehr zusagen.« Er sah sich um wie ein kleiner Fürst, der den Blick über sein kleines Reich schweifen läßt. »Ich dachte immer, es wäre doch himmlisch, wenn einen einer dafür bezahlt, daß man die Lilien auf dem Felde beim Wachsen beobachtet. Interessierst du dich dafür?«

Olivia spürte ein Prickeln im Nacken. Bereits jetzt, mit kaum fünfzehn, hatte sie die Hoffnungen ihrer Eltern enttäuscht. Ihr Vater hatte sich gewünscht, daß sie Musikerin würde. Nach seinem letzten Gespräch mit Mrs. Stone hatte er diese Hoffnung aber wahrscheinlich begraben. Ihre Mutter hatte sich gewünscht, daß sie Tänzerin oder Schauspielerin oder sogar so etwas Prosaisches wie Textildesignerin wurde; das waren aber lauter Nieten. Und nun wollte ihr Großvater ihr das Naturwissenschaftsstudium schmackhaft machen.

Er hob den Kopf und sah sie mit seinen leuchtendblauen Augen an. »Aber vielleicht willst du lieber Historikerin werden wie Ross.«

»Ich hab viele Interessen«, sagte Olivia sanft. »Ich weiß noch nicht, was ich am liebsten mag.«

»Du hast ja noch Zeit«, pflichtete er ihr bei und klang nicht beleidigt. »Einem Mädchen wir dir stehen heutzutage alle Türen offen. Nicht wie in meiner Jugend, vor dem Krieg.« Er sprach langsam, während er sich erinnerte. »Das war eine andere Welt. Eigentlich war es die *schlechte alte* Zeit. Wir wohnten drüben in Barnsley. Die jungen Männer sind alle in die Grube hinunter.«

»In die Grube?« Wenn in der Bibel davon die Rede war, daß jemand in die Grube hinabfuhr, war die Hölle gemeint.

»Ins Bergwerk, in die Zeche. Jetzt werden sie ja geschlossen, und ich kann nur sagen, zum Glück. Es gab da mal ein Lied über ein Minenunglück ... zwei Meilen Erde für einen Grenzstein. Das gilt übrigens für die Lebenden genauso wie für die Toten. Den ganzen Tag im Dunkeln zu verbringen, im Innern der Erde, das ist doch kein Leben. Man kommt sich eher vor, als sei man im Bauch des Walfischs gefangen. Der Staub zerfrißt einem die Lunge, und am Ende ist man innen wie außen schwarz. Und die Narben im Gesicht. Wie ein Kainsmal.«

Sie sah ihren Großvater an. Auf seinem Gesicht lag ein merkwürdiger, ziemlich beängstigender Ausdruck, wie der eines Mannes, der sich den eigenen Tod in Erinnerung ruft. Um ihn zu trösten, sagte sie: »Ich glaub, heute ist es nicht mehr so schlimm.«

»Die Sonne haben sie aber nicht unter die Erde bekommen, oder? Und Kohle fördern macht immer noch Staub.« Er räusperte sich.

»Ich hab ein Stipendium für die Oberschule bekommen. Meine

Mutter wollte mich nicht gehen lassen, sie sagte, wir könnten uns die Schuluniform nicht leisten, aber mein Vater wollte Überstunden machen, um sie zu bezahlen. Und bei den Überstunden ist er gestorben.«

Olivia schluckte den letzten Bissen ihres mysteriösen Sandwichs hinunter. »Wie alt warst du da?«

»Vierzehn. Damals alt genug, um arbeiten zu gehen.«

Alt genug, um von zu Hause wegzugehen, wie Nick. Alt genug, um mit dem Liebhaber der eigenen Mutter zu vögeln, wie sie. Arbeit hörte sich dagegen wie eine glückliche Alternative an, auch wenn es hieß, in die Grube zu steigen. »Hast du dann im Bergwerk gearbeitet?«

»Ich mußte, meine Mutter hat es mir befohlen. Ich hatte fünf jüngere Geschwister, und wir mußten ja essen. Meine Mutter meinte, es gibt gar keine andere Arbeit. Für sie bestand die ganze Welt aus einer Kohlengrube. Zechensiedlungen waren damals wie belagerte Städte, man konnte nicht raus. Das ist das Schlimmste dran, diese geistige Gefangenschaft. Eine Sünde gegen den Heiligen Geist, die nie vergeben werden wird.«

»Wie bist du da rausgekommen?«

»Ich bin nicht gesprungen, muß ich gestehen, man mußte mich stoßen. An einem schönen Sommertag, wie's in den alten Liedern heißt, bin ich hinausgegangen und hatte plötzlich Angst, in die Zeche zu steigen.« Er lächelte unvermittelt.

»Ich muß mich mächtig gefürchtet haben, um die Angst vor meiner Mutter und vorm Hunger zu überwinden. Aber an dem Tag konnte ich einfach nicht in die Grube steigen, sondern hab einen langen Spaziergang gemacht.«

»Und was ist dann passiert?«

»Sie haben mich wegen unentschuldigten Fernbleibens rausgeworfen. Der schönste Tag meines Lebens. Ich hab's nie bereut.«

Olivia mußte wieder an Nick denken, der sich im gleichen Alter vom Erbe seines glücklosen Schicksals befreit hatte. Ihr Großvater war eine Generation älter als Nick, und der war alt genug, um ihr Vater zu sein. Offensichtlich hatte sich seither nicht viel gebessert. Heutzutage starben einem die Eltern zwar nicht weg oder schickten einen in die Grube und schlugen einen auch nicht, zumindest nicht in wohlerzogenen Kreisen. Heutzutage gingen nicht die Kinder von zu Hause weg, sondern die Eltern. Die Stimme ihres Großvaters hörte sich an, als käme sie von weit her, von viel weiter weg als die Brachvögel, die über ihnen in der Luft kreischten, oder die Drosseln, die auf der Steinmauer hinter ihnen ihre monotonen Schreie ausstießen.

»Lern nur fleißig weiter, Lia. Die beste Freiheit im Leben ist, wenn man sich mit dem, was einem Spaß macht, sein Geld verdienen kann.«

Kaum richtete sie sich am nächsten Morgen im Bett auf, überkam sie wieder diese Übelkeit. Diesmal legte sie sich noch einmal hin, um den Brechreiz abzuwehren. Sie wußte, sobald sie versuchte aufzustehen, würde er wiederkommen. So eine komische Krankheit, die mal kam und dann wieder verschwand. Gestern hatte es nur ein paar Stunden gedauert. Hoffentlich war es heute morgen genauso und würde mit der Zeit wieder weggehen. Was war das für eine Art von Grippe?

Bei dem Gedanken, der ihr plötzlich durch den Kopf schoß, hätte sie sich beinahe doch übergeben. Es konnte nicht sein, es war zu früh, das konnte *ihr* doch nicht passieren, du lieber Gott, es konnte doch nicht sein…

Sie rechnete nach, wann ihre Periode fällig war. Sie konnte sich nicht erinnern, wann sie die letzte gehabt hatte. Wenn sie genau überlegte, war es schon eine ganze Weile her. Ihre Mutter hatte ihr geraten, es aufzuschreiben, aber sie vergaß immer, es sich im Terminkalender zu notieren; bei ihr war es sowieso unregelmäßig – immer so zwischen drei und fünf Wochen –, daß es ihr unnötig erschienen war.

Sie überlegte noch einmal ganz genau. Das letzte Mal, erinnerte sie sich, hatte sie sie in den Pfingstferien gehabt, als Megans Familie sie auf den Ausflug nach Broadstairs eingeladen hatte und sie sich damit herausgeredet hatte, das Meer sei so kalt, damit sie sich nicht mit den verhaßten Tampons herumschlagen mußte. Das nächste Mal hätte sie sie ungefähr um die Zeit haben müssen, als sie zu ihrem Vater gezogen war. Daran hätte sie sich erinnert, falls sie sie gehabt hätte. Aber sie hatte sie nicht gehabt.

Sie versuchte, an den Fingern abzuzählen und kam auf acht Wochen. Zwei Monate. Es mußte also beim ersten Mal passiert sein.

Du liebe Güte, gleich würde sie sich übergeben müssen. Sie schnappte sich eine Handvoll Papiertaschentücher und preßte sie sich an den Mund; dabei beugte sie sich seitlich aus dem Bett. Sehr viel konnte nicht herauskommen, nur ein Mund voll Gallenflüssigkeit. Sie zerknüllte die feuchten Tücher und vergrub sie ganz unten im Papierkorb.

Sie wußte nicht mehr recht, ob ihre Mutter gesagt hatte, sie wurden nächste Woche oder die Woche danach nach Kreta fahren. Ob sie bei ihrer Rückkehr nach London schon weg waren? Dann wäre sie in der elften Woche, wenn sie Nick wiedersah. Nach zwölf Wochen mußte man irgend etwas Grausiges mit Salzlösungsinjektionen machen, und es tat viel mehr weh, hatte sie irgendwo gelesen.

Nach zwölf Wochen war es schon fast ein richtiges Baby. Sie mußte sich beinahe noch einmal erbrechen. Es kam ihr schon hinten im Hals hoch und brannte wie Säure. Wie hatte ihr das nur passieren können?

Sie dachte an ihren Großvater, der mit vierzehn in die Kohlegrube geschickt worden war. In der schlechten, alten Zeit, hatte er gesagt. Die war noch nicht vorbei. Biologie ist Schicksal: Wer hatte das gesagt? Als Megans Katze Mog noch ein verspieltes Kätzchen gewesen war, war sie läufig geworden und hatte zwei Monate später zwei eigene Kätzchen geworfen. Olivia kam sich vor wie diese kleine Katze, ein Spielball der blinden Mächte der Natur; keine Frau, sondern ein Bauch, kein Individuum, sondern ein Bündel imperialistischer Gene. Sie hörte ihre Großmutter heraufkommen und stellte sich schlafend. Abgesehen davon, daß ihr schlecht war, brauchte sie auch Zeit, sich wieder zu fassen. Sie mußte hinuntergehen und so tun, als sei nichts geschehen: Ihr war nicht übel, sie war nicht schwanger.

Sie durfte nichts Ungewöhnliches tun. Sie konnte nicht früher nach London zurückfahren. Sie konnte nicht einmal ihre Mutter anrufen und fragen, wann sie denn abreisten. Bestenfalls mußte sie eben eine ganze Woche warten und ihren Großeltern Normalität vorgaukeln, bevor sie mit Nick sprechen konnte. Schlimmstenfalls mußte sie ihr schreckliches Geheimnis drei quälende Wochen lang für sich behalten. Sie zog ihr Nachthemd aus und betrachtete ihren Körper im Spiegel auf der kleinen Kommode. Ihr Bauch war so flach wie jeden Morgen. Sie überlegte, ab wann man es sehen konnte.

Sie berührte ihre Brüste. Waren sie größer? Sie vergrößern sich schon ziemlich früh, dachte sie. Megan wußte es bestimmt, aber Megan konnte sie nicht fragen. Es war unmöglich, es optisch festzustellen, weil ihre Brüste sowieso schon so voll waren.

Sie ging schließlich doch nach unten und entschuldigte sich bei ihrer Großmutter dafür, daß sie so lang geschlafen hatte.

»Das liegt an der frischen Luft«, erwiderte diese nachsichtig.

»Der große Spaziergang gestern mit Andy hat sich über Nacht bemerkbar gemacht.«

Es war eine Antwort, wie man sie einem kleinen Kind geben würde. Natürlich sah ihre Großmutter in ihr ein Kind. Bis jetzt war sie ja auch ein Kind gewesen.

Und nun war das Kind in ihr.

Was ihre Großeltern wohl sagen würden, wenn sie es wüßten? Die Scheidung ihrer Eltern und die Wiederverheiratung ihres Vaters hatten sie mißbilligt. Wenn sie wüßten, was sie getan hatte – was sie war…

Vielleicht stimmte es gar nicht, daß sie sie trotz allem liebten.

- 23 -

Wenigstens kannte sie den Weg diesmal schon. Sie folgte geradewegs der richtigen Route zur richtigen Tür an der Lagerhalle, klingelte im dritten Stock und wartete.

Nick war noch nicht nach Kreta abgereist, das wußte sie, weil sie gleich nach ihrer Rückkehr von Huddersfield bei ihrer Mutter angerufen hatte. Sie flogen erst am Samstag morgen ab. Olivia hatte heute vormittag versucht, ihn anzurufen, als sie sicher war, daß ihre

Mutter schon aus dem Haus war, aber es hatte sich niemand gemeldet.

Vielleicht war er gar nicht da, vielleicht schlief er noch. Sie wußte, wie fest er schlief. Daß sie ihn damals aufgeweckt hatte, war womöglich der Grund für ihre jetzige Lage.

Er ging auch nicht an die Tür. Sie drückte mindestens eine Minute auf die Klingel. Sie hämmerte an die Tür und rüttelte an der Klinke. Schließlich hockte sie sich vor die Haustür, um auf ihn zu warten.

War er nur kurz weggegangen oder war er heute gar nicht da? Würde er heute überhaupt noch kommen? Vielleicht hatte er irgendwo außerhalb einen Fototermin. Vielleicht war er die ganze Woche weg; sie hatte sich nicht getraut, ihre Mutter zu fragen.

Bitte, lieber Gott, laß ihn kommen, betete sie. Ich darf keinen Tag vergeuden, und am Samstag ist er weg. Ob die Zeit überhaupt ausreichte, fragte sie sich. Sie hatte keine Ahnung, wie so etwas vor sich ging. Zwei Ärzte, man brauchte zwei Ärzte. Und die Einwilligung der Eltern? Wenn man die auch brauchte, war sie geliefert. Olivia hatte das Gefühl, sie müßte sich gleich hier vor der Haustür übergeben.

Es fing an zu regnen. Die Luft war sehr stickig, und der Regen kam in großen, warmen Tropfen herunter und durchnäßte sie völlig. Sie kauerte sich eng an die Tür, was aber nicht viel nützte. Ein Mann fuhr im Lieferwagen heran und stieg aus. Als er an die Tür kam, trat sie beiseite, damit er aufschließen konnte. Der gehörte wahrscheinlich zu einer der anderen Klingeln. Er hielt ihr die Tür auf. Hineingehen hatte aber auch nicht viel Sinn, denn wenn Nick nicht da war, konnte sie ja nicht ins Atelier, und allein im Treppenhaus wollte sie auch nicht bleiben. Vor allem nicht mit diesem Mann. Er musterte sie von oben bis unten und fragte, ob sie auf eine Tasse Tee hereinkommen wollte. Mit etwas mehr Nachdruck als vielleicht nötig schüttelte sie den Kopf.

»Hat er dich versetzt, mein Schatz? Ich an deiner Stelle würd ihm den Laufpaß geben.«

Ich an meiner Stelle auch, dachte Olivia, wenn ich ich selber wäre. Bin ich aber momentan anscheinend nicht.

Es war sinnlos, vielleicht sogar gefährlich, den ganzen Tag vor der Haustür zu sitzen. Sie beschloß, irgendwo eine Tasse Tee zu trinken und später wiederzukommen.

Als sie endlich ein Café gefunden hatte, war sie ziemlich durchnäßt. Ihre Bluse klebte so an ihr, daß es peinlich war. Sie bestellte sich einen Tee und setzte sich hin, die Arme vor der Brust verschränkt. Es roch eklig nach abgestandenem Kaffee und Bratfett. Sie tat sich Zucker in den Tee, wie bei ihrer Großmutter, und zwang sich dazu, ihn in kleinen Schlucken zu trinken. Der Tee schmeckte scheußlich, rauh und dämpfig. Sie mußte kräftig schlucken, damit er untenblieb.

Als es aufgehört hatte zu regnen, ging Olivia zum Atelier zurück. Diesmal stand der XJS davor. Sie wäre fast auf die Knie gefallen und hätte ihn geküßt. Statt dessen klingelte sie. Als niemand kam, klingelte sie erneut. Sie hielt den Finger so lange auf der Klingel, bis sie auf der Treppe Schritte hörte. Nick riß die Tür auf, offensichtlich gereizt über das penetrante Geläute. »Verdammt, was …?« sagte er, dann sah er sie und unterbrach sich.

Sicherlich bot sie einen erbärmlichen Anblick, vom Regen durchnäßt, krank vor Angst, eine jämmerliche Gestalt mit tränenleerem Blick. Ein verlorengegangenes Hündchen, keine strahlende Geliebte. Erbärmlich war der richtige Ausdruck.

»N – Nick?« stotterte sie. »Kann ich raufkommen?« Als er sie mit seinen blauen Augen gleichmütig ansah, wollte sie sich schon für ihr Kommen entschuldigen. »Tut mir leid, daß ich hier einfach so auftauche. Du bist bestimmt beschäftigt – ich wollte nicht –«

Sie verstummte. Er streckte den Arm aus und stieß die Tür weit auf. »Na, komm rein, Lia. Wieso rennst du eigentlich da draußen in dem Scheißregen rum?«

Sie duckte sich unter seinem Arm hindurch ins schützende Treppenhaus. »Als ich vorhin ankam, warst du nicht da. Ich hab ewig gewartet, aber dann fing es an zu regnen und einer von deinen Nachbarn kam und hat mich angemacht. Da hab ich Angst gekriegt und bin gegangen.«

»Den bring ich sofort um!« Mit einem freundschaftlichen Schubser stieß er sie die Treppe hinauf.

Als sie die Tür zum Atelier öffnete, bekam sie einen Schreck.

Da war jemand.

Sie starrte die hochgewachsene Frau im Kaftan an, die hinter der Trennwand hervortrat. Die Frau wirkte beherrscht und kühl, fast gelangweilt. Sie hatte die klaren, perfekten Züge einer Göttin aus der Antike. Ihre Haut hatte die Farbe von Kleehonig, und ihre Augen waren wie der Himmel zwischen den Sternen. Sie warf Olivia einen raschen, abschätzigen Blick zu. Nick, der hinter Olivia hereingekommen war, mußte den Blick ebenfalls bemerkt haben. Seine Selbstherrschung war perfekt.

»Meine Stieftochter«, log er ungerührt, sehr zu Olivias Verwunderung und Verlegenheit. »Lia, das ist Jamaica. Sie will gerade gehen.«

»Wenn du meinst«, sagte Jamaica zustimmend.

»Ich ruf dich an, wenn ich dich wieder brauche.«

»Okay, Boss«, sagte sie spöttisch. Diesmal sah sie Lia aufmerksam an.

Was immer sie suchte, dachte sich Lia, sie würde enttäuscht werden. Oder zufrieden, je nachdem, welches Motiv sich hinter diesem Blick verbarg. Diese Frau war offensichtlich ein professionelles Fotomodell. Und Olivia war im Moment eine ersoffene Ratte. Nein, viel zu verschüchtert und verängstigt für eine Ratte. Eher eine ersoffene Maus.

Jamaica beendete ihre Musterung und ging hinter die Trennwand, um ihre Sachen einzusammeln.

»Willst du einen Kaffee?« fragte Nick.

Bei der bloßen Vorstellung wurde ihr schon schlecht. »Lieber Tee, bitte.«

»Gut, dann eben Tee.«

Er ging nach hinten, um Wasser aufzusetzen. Olivia dachte sich weiter nichts dabei, bis Jamaica plötzlich in Jeans zum Vorschein kam, in der Hand eine Reisetasche. Hatte sie sich etwa umgezogen, solange Nick dort hinten war? Aber vielleicht hatte sie sich nur unter dem Kaftan die Jeans angezogen. Oder auch nicht.

Jamaica sagte: »Bye, bye, Schätzchen«, und verschwand die Treppe hinunter.

Olivia wartete ab, bis unten die Tür zufiel, bevor sie etwas sagte. »Bist du das Schätzchen oder ich?«

»Bestimmt du.« Nick brachte den Tee in zwei Henkeltassen.

»Mich hat sie noch nie Schätzchen genannt.«

Olivia nahm ihre Tasse. Sie war heiß. »Mich hat sie auch noch nie Schätzchen genannt.«

»Das heißt bloß, daß du ein kleines Mädchen bist und sie ein großes.«

»Ich bin kein kleines Mädchen«, sagte Olivia bitter. Wenn sie eins wäre, befände sie sich jetzt nicht in dieser mißlichen Lage. Obwohl es noch schlimmer sein könnte. Sie hielt die Henkeltasse mit dem heißen Tee zwischen beiden Händen und starrte in die trübe Flüssigkeit. Es bot nicht genügend Ablenkung oder Schutz. Sie ging umher, die Tasse immer noch fest umklammert. »Nick, ich –«

All ihre vorbereiteten Reden waren weg. Mut, Schlagfertigkeit, Empörung – alles weg. Sie hatte es nie empfunden, sondern sich immer nur verängstigt, verzweifelt und schrecklich beschämt gefühlt.

»Was ist los, Kätzchen?«

»Ich bekomme ein Baby«, brach es aus ihr hervor.

Erst sagte er gar nichts. Dann fragte er: »Was soll das heißen?«

Es klang etwas atemlos und ziemlich barsch. Sie war schrecklich aufgeregt. »Das weißt du genau. Ich hab seit zwei Monaten meine Periode nicht gekriegt.« Sie brachte das Wort kaum heraus. Solche intimen Frauensachen vor einem Mann aussprechen zu müssen, war genauso peinlich wie alles, was in den letzten zwei Monaten passiert war. »Ich hab einen Test gemacht. Es war rosa. Letzte Woche bei meinen Großeltern hab ich ein paarmal gespuckt.«

»Verdammte Scheiße.« Er trat hinter sie, und sie konnte seine Wut spüren. »Du elendes kleines Miststück, soll das heißen, du hast nie etwas dagegen genommen?«

Sie hielt die Tasse ganz fest und verbrühte sich fast die Finger. Gut so – es lenkte sie von dem schrecklichen inneren Schmerz ab. »Was denn? Wie hätte ich dich stoppen können?«

»Du weißt genau, was ich meine.« Er drehte sie heftig zu sich herum, so daß der heiße Tee auf ihre Hand überschwappte. Sie merkte es kaum. »Du hast wohl noch nie was von der Scheißpille gehört?«

Sie hätte erwidern sollen *Und du hast wohl noch nie was von Kondomen gehört?* Oder vielleicht besser noch *Ich hatte nicht vor, es zur Gewohnheit werden zu lassen.* Der tollen Amazone, die gerade gegangen war, wären solche Antworten wahrscheinlich eingefallen. Olivia war nur zu gestammelten Entschuldigungen und Tränen fähig. Es gelang ihr zwar, beides zu unterdrücken, doch ihr wurde dabei so schlecht, daß sie sich beinahe erbrechen mußte.

»Kann ich mich setzen? Mir ist nicht gut.«

Er sah sie zornig an, meinte aber bloß: »Na, komm, setz dich da hinten hin.«

Ihren Tee fest umklammernd, folgte sie ihm hinter den Wandschirm und setzte sich aufs Sofa. Er setzte sich nicht.

»Es muß passiert sein, als wir das erste Mal… Ich hätte gleich nach dem Geburtstag meine Tage bekommen sollen. Ich hab's nicht gemerkt wegen – na, du weißt schon –, wegen dem ganzen Durcheinander mit dem Umzug zu Daddy.«

»Bist du dir ganz sicher?«

»Ich sag doch, ich hab einen Test gemacht. Zweimal, zwei verschiedene, an zwei Tagen hintereinander, falls ich mich geirrt hätte. In einer öffentlichen Toilette, damit meine Großmutter nichts merkt.« Sie zitterte. »Ich kam mir richtig pervers vor. Morgens mußte ich immer liegenbleiben und erst mal warten, bis mir nicht mehr schlecht war, bevor ich aufstehen konnte. Es war furchtbar, dabei waren sie so nett zu mir. Wenn sie gewußt hätten, dann –«

Dann hätten sie sie nicht bei sich haben wollen, führte sie den Satz in Gedanken zu Ende. Was sie getan hatte, war unendlich viel schlimmer als die Tatsache, daß ihr Vater mit Althea zusammengezogen war. Ihre Großeltern würden nie darauf kommen, daß sie zu so etwas Verworfenem fähig sein könnte. Ihr war, als hätte sie sich bereits für immer von ihnen entfremdet.

»Okay, dann müssen wir's so hinkriegen, daß sie es gar nicht erst erfahren«, sagte Nick kategorisch. »Du brauchst einen Arzt.«

»Zwei Ärzte.« Olivia hatte sich in der Leihbibliothek informiert.

»Wenn du die richtigen erwischst, ziehen beide am gleichen Strang.«

Nick blätterte bereits im Telefonbuch mit der Miene eines Mannes, der genau wußte, wonach er suchte. Olivia war überrascht. Vielleicht hatte er die Anzeigen in der U-Bahn, die mit der Frage: SCHWANGER? anfingen, aufmerksamer gelesen als sie? Oder aber... Sie mußte zweimal Anlauf nehmen, bevor sie den Gedanken herausließ. Womöglich war es für ihn nicht das erste Mal.

Eigentlich hätte sie dankbar sein sollen, nicht eifersüchtig. Es bedeutete, daß er wußte, was zu tun war. Doch die Vorstellung schmerzte sie. Sie würde auf keinen Fall fragen. Um sich zu trösten, nippte sie an ihrem Tee. Sie sah zu, wie Nick auf die Rückseite eines Briefumschlags eine Telefonnummer notierte. Dann ließ er das Buch auf den Boden sinken und steckte den Umschlag in seine Brusttasche.

»Also, jetzt paß mal auf. Hörst du mir zu?« Er setzte sich neben sie aufs Sofa und sah sie scharf an. »Mach jetzt genau, was ich dir sage, sonst steckst du total in der Scheiße. Verstanden?«

Olivia schloß die Augen und nickte langsam.

»Das Wichtigste ist, daß du sagst, du wärst gerade sechzehn geworden. Verleg deinen Geburtstag um ein Jahr vor und rechne dir aus, in welcher Klasse du nächstes Jahr wärst. In der sechsten, in der Mittelstufe, stimmt's?«

Diesmal brachte sie ein zustimmendes Flüstern zustande.

»Gut, merk dir das genau. Und jetzt gehst du heim und ziehst dich um. Du ziehst – Moment mal – du ziehst das dunkelblaue Kleid an, das kurzärmelige mit den weißen Knöpfen, und steckst dir die Haare hoch. Dann kommst du wieder hierher. Hast du das kapiert?«

Olivia war so verblüfft über seine Kenntnis ihrer Garderobe, daß sie keine Antwort gab. Wenn man ihren Vater nach ihren Kleidern gefragt hätte, hätte er bestimmt keine blasse Ahnung gehabt. Andererseits sah Nick sich den ganzen Tag durch die Kameralinse Frauenkleider an und achtete deshalb wohl mehr darauf, was sie anhatte.

»Lia, hast du das gehört?« Er nahm sie beim Kinn und drehte ihren Kopf zu sich her, damit sie ihm in die Augen sehen mußte. »Was hab ich gesagt, was sollst du tun?«

»Das dunkelblaue Kleid anziehen und die Haare hochstecken.«

»Richtig, und was noch?«

»Ich bin sechzehn.«

»Brav.«

Er fuhr mit der Hand über ihren Kiefer und streichelte ihre Wange mit dem Daumenballen. Sie schloß die Augen und merkte, daß ihr unter den Augenlidern Tränen hervorquollen.

»Ist ja gut, Kätzchen, das wird schon wieder. Wir kriegen das schon noch hin, bevor ich wegfahre.«

»Ich hab solche Angst«, flüsterte sie. »Was ist, wenn sie es Mummy oder Daddy sagen?«

»Das tun sie nicht, wenn du es nicht willst. Deswegen mußt du ja sagen, du seist sechzehn. Und aussehen wie sechzehn.«

»Kontrollieren die denn nicht mein Alter?«

»Das dürfen sie nicht.« Er nahm ihr die Henkeltasse ab und stellte sie auf den Boden. »Na, komm her.«

Er zog sie auf seinen Schoß und küßte sie, stieß seine Zunge in ihren Mund und ließ seine Hand in ihre Bluse gleiten, um ihre Brüste zu streicheln. Sie legte ihm die Arme um den Hals. Der Akt, der ihr vorhin noch unsagbar verrucht und unanständig vorgekommen war, schien ihr nun das Ziel aller ihrer Sehnsüchte zu sein.

»Scheiße, ich kann dich doch jetzt nicht bumsen.« Seine Stimme war rauh geworden. »In ein paar Stunden glotzt dir irgend so ein wohltätiger Quacksalber in die Möse, und dem vergeht es vielleicht, wenn du gerade gestopft worden bist.«

Es war absurd – aber nach allem, was er mit ihr gemacht hatte, wurde sie bei seiner Ausdrucksweise immer noch rot. Daran hatte sie überhaupt nicht gedacht – aber natürlich hatte er recht –, daß der Arzt sie bestimmt untersuchen wollte, um sich zu vergewissern, daß sie tatsächlich schwanger war. Und die Vorstellung, der Arzt könnte merken, daß Nick kurz zuvor mit ihr geschlafen hatte… Wieder durchfuhr sie Angst und Scham.

Er nahm ihre Hand und rieb sie mit der Innenfläche über die Vorderfront seiner Jeans, damit sie seine Erektion spüren konnte. Es schockierte und erregte sie gleichzeitig. Mit seiner heiseren Stimme sagte er: »Wie wär's, wenn du mir einen runterholst?«

Theoretisch verstand sie, was er meinte. Sie hatte sich mit Megan einmal darüber unterhalten. Megan behauptete, Männer würden sich gern masturbieren lassen. Es gehörte zu den weniger widerlichen Sachen, die schwule Männer miteinander anstellten. Man könne es, hatte Megan gesagt, auch mit dem Mund machen. Damals fand sie den Gedanken ziemlich abstoßend. Jetzt aber, während sie an Nicks Jeans herumnestelte, um sie zu öffnen, wohl wissend, was sie erwartete, fand sie ihn außerdem äußerst beängstigend.

Zögernd berührte sie seinen Penis. Die Haut fühlte sich überraschend samtig an. Sie fuhr mit den Fingerspitzen bis ganz hinunter, von der Spitze bis zur Wurzel. Etwas regte sich unter ihrer Berührung und schien sich zu bewegen, anzuschwellen und sich an ihre Hand zu schmiegen.

»Weiter«, sagte Nick mit belegter Stimme. Er schob sie von seinem Schoß herunter, so daß sie zwischen seinen Beinen kniete.

Sie streichelte ihn wieder und spürte, wie er reagierte. Allmählich vergaß sie ihre Schüchternheit über der Lust, ihm Lust zu verschaffen.

Sie nahm beide Hände zu Hilfe. Er stieß sich ihr entgegen, und sie streichelte ihn in seinem eigenen Rhythmus. Doch obwohl sie ihn befriedigte, hatte er die Kontrolle. Sie kam sich vor wie eine Akolythin, eine Gottesdienerin, die sich der Kraft seines Körpers und der Macht seines sexuellen Drängens voll bewußt war.

»Mach es mit dem Mund«, flüsterte er.

Nein konnte sie nicht sagen. Außerdem war es bis jetzt ziemlich aufregend gewesen, sogar erregend. Was jetzt kam, war vielleicht doch nicht so unangenehm, wie sie dachte.

Als sie sich vorbeugte und die samtige Haut mit der Zungenspitze berührte, spürte sie sofort seine Reaktion. Es war wie verzaubert. Sobald sie ihn an der Stelle berührte, schien er es überall zu spüren. Sie hielt seinen Penis mit beiden Händen und leckte die breite, glatte Spitze, als wäre es Eis am Stiel.

Er stöhnte auf. Offensichtlich machte sie es richtig. Er wühlte mit den Händen in ihrem Haar und zog ihren Kopf zu sich herunter. Sie versuchte zurückzuweichen, aber er ließ sie nicht. Nicht mit Absicht, er war so kurz vor dem Höhepunkt, daß ihm alles egal war und er nur dieses Ziel erreichen wollte. Er sagte ihr, was er wollte, und zwang sie, es zu tun. Sie mußte ihn in den Mund nehmen.

Weil er ihren Kopf festhielt, konnte sie sich nur so bewegen, wie er es zuließ. Das war auch nicht so schlimm, nur etwas anstrengend am Kiefergelenk. Doch dann stieß er so tief in sie hinein, daß sie glaubte, würgen oder ersticken zu müssen, und ihr Mund füllte sich mit einer salzigen, schleimigen Flüssigkeit. Weil sie nicht ausweichen konnte, mußte sie es hinunterschlucken.

Sobald er sie losließ, bekam sie einen Brechreiz. Sie schlug die Hände vor den Mund. »Ich muß spucken.« Hastig fügte sie hinzu, was zugleich die Wahrheit und gelogen war: »Das Baby, davon ist mir schlecht.«

»Geh und kotz ins Waschbecken«, keuchte er. Diesmal schaffte sie es gerade noch bis zum Waschbecken, wahrscheinlich weil sie sich schämte, auf den Boden zu speien. Danach wußte sie nicht recht, was scheußlicher schmeckte, das Erbrochene oder das Sperma. Sie spülte sich mehrmals den Mund aus, um alles wegzubekommen.

Nick kam herüber. »Wasch dir das Gesicht, dann geht's dir gleich besser«, sagte er.

Sie tat es, und es stimmte. Als sie sich abgetrocknet hatte, zog er sie an sich. Sie schlang die Arme um ihn und schmiegte den Kopf an seine Schulter, aber das Gesicht wandte sie ab. Sie befürchtete, er könnte verärgert oder beleidigt oder angeekelt sein, doch er reagierte vor allem belustigt. Er lachte lautlos in sich hinein, und sie spürte, wie es seinen ganzen Körper schüttelte.

»Was ist denn so witzig?«

»Nichts. Entschuldige, Kätzchen, das wollte ich gar nicht. Jetzt magst du mir bestimmt nie mehr einen blasen, was?«

Es stimmte, aber sie wollte es nicht sagen.

»Du bist schuld.« Jetzt lachte er nicht mehr. Er schob ihr die Haare aus dem Gesicht und streifte ihren Hals mit den Lippen, während er es sagte: »Du bist so verdammt sexy. Da konnte ich mich einfach nicht mehr beherrschen.«

Sie hätte ihm fast verziehen.

- 24 -

Die schwerste Aufgabe ihres Lebens war, allein hineinzugehen. Sie hatte Nick inständig gebeten, sie doch zu begleiten, nur mitzukommen und sich zu ihr ins Wartezimmer zu setzen.

»Ich kann nicht. Verdammt noch mal, kapier das doch endlich! Es ist ein verdammtes Verbrechen, die können mich dafür einlochen, daß ich dich gebumst hab.«

»Es ist aber doch kein richtiges Verbrechen. Ich mein, dafür wird doch keiner ins Gefängnis geschickt?«

»Na, und ob. Zwei Jahre Knast könnte ich dafür kriegen. Und dein verdammter Alter würde schon dafür sorgen, daß ich die volle Zeit absitze.«

In dem Punkt konnte Olivia ihm nicht widersprechen. Ihr Vater würde wahrscheinlich noch viel schlimmere Sachen machen, wenn er es wüßte. Bei dem Gedanken wurde sie wieder starr vor Angst.

»Also, paß auf, du gehst jetzt da rein und erzählst deine Story. Hast du dir alles genau zurechtgelegt?«

»Ich glaub schon.«

»Also, dann mach dir keine Sorgen. Die wollen dir ja helfen, die wollen dir keinen Ärger machen. Kein halbwegs vernünftiger Arzt wird einer Sechzehnjährigen dazu raten, das Baby zu kriegen. Wenn sie dich was fragen, was du nicht beantworten willst, heul einfach los, dann hören sie schon auf. Sag ihnen, was bezahlt werden muß, wird bezahlt. Ich warte hier auf dich. Alles in Ordnung?«

»Alles in Ordnung.«

Nichts war in Ordnung, im Moment war überhaupt nichts in Ordnung. Olivia wußte nicht, ob es je wieder in Ordnung sein würde. Daran würde sie sich vielleicht einfach gewöhnen müssen.

Sie hatte ein Buch mitgebracht, um zu lesen oder wenigstens so zu tun, denn sie ertappte sich dabei, daß sie immer wieder denselben Absatz las. Als sie bemerkte, daß die anderen wartenden Frauen sehr nervös aussahen, wurde ihr etwas wohler. Daß es dann eine Ärztin war, erleichterte sie noch mehr. Sie stellte Olivia alle möglichen sachlichen Fragen. Olivia vergaß nicht, ihr Geburtsdatum zu ändern und zu sagen, daß sie wieder zur Schule gehen würde, um für die Abschlußprüfung zu lernen. Einmal wurde es brenzlig, als die Ärztin fragte, wer denn ihr Hausarzt sei. Zum Glück kam Olivia auf die Idee, zu sagen, sie hätte zwar einen neuen Hausarzt, seit sie bei ihrem Vater wohnte, wisse aber seinen Namen nicht, weil sie sich noch nicht angemeldet hatte. Sie wisse nicht mal, wer ihr früherer Hausarzt gewesen sei, denn seit der alte in Pension gegangen sei, also vor etwa drei Jahren, sei sie nicht mehr dortgewesen. All dies erklärte sie ausführlich, bis die Ärztin sagte, sie solle sich eine Woche nach der Abtreibung zur Nachuntersuchung bei ihrem Hausarzt melden und ihnen dann den Namen und so weiter mitteilen, damit sie ihm die Unterlagen zuschicken konnten.

Olivia log und versprach, es zu tun.

Das Schwierigste war, zu erklären, wie sie überhaupt in diese Lage geraten war. Wenn sie die Wahrheit sagte, würde die Ärztin einer Abtreibung sicher sofort zustimmen, aber genau die Wahrheit durfte sie ja nicht sagen, nicht einmal hier, wo sie offiziell das Alter überschritten hatte, bei dem eine elterliche Einwilligung erforderlich war. Es konnte ja durchaus sein, daß etwas aufgeschrieben wurde und durch ein schreckliches Versehen ihrer Mutter oder ihrem Vater zur Kenntnis kam.

Statt dessen wartete sie mit einer Geschichte auf, die gewisse Elemente von Wahrheit enthielt; sie sei zum ersten Mal mit einem Jungen ausgegangen und habe sich betrunken, und dann habe es sich so ergeben – sie wollte irgendwie andeuten, daß es sich um Zwang gehandelt hatte, also nicht direkt um Vergewaltigung, mehr um Verführung; wie definierte man eigentlich Vergewaltigung bei Verabredungen? Jedenfalls beschrieb es genau das, was Nick mit ihr gemacht hatte – na, und jedenfalls sei sie jetzt in anderen Umständen. Der imaginäre Vater des sehr realen Babys wolle nichts mehr mit ihr zu tun haben und sie nicht mit ihm, habe aber angeboten, die Abtreibung zu bezahlen. Es müsse schnell gehen, damit ihre Eltern und die Schule nichts davon erfuhren.

Der Ärztin schien das alles einzuleuchten. Olivia war erleichtert, aber nicht überrascht, daß Nick recht gehabt hatte. Er hatte meistens recht.

»Dann haben Sie Ihren Eltern also nichts davon gesagt?«

Olivia schüttelte heftig den Kopf. »Das geht nicht. Das geht wirklich nicht.«

»Warum nicht?«

Sie überlegte rasch und machte es an dem einzigen wahren Aspekt der Situation fest. »Es ist so kompliziert, daß ich es nicht genau erklären kann.« Sie erklärte es dann aber doch; daß sie bei ihrer Mutter gewohnt hatte, als es passiert war (richtig), daß sie danach zu ihrem Vater gezogen war, weil ihre Mutter sie wegen des neuen Freundes, der dann einzog, vernachlässigt hatte (auch richtig), und daß ihre Schwangerschaft, falls sie bekannt wurde, zu einem unerträglichen Zerwürfnis zwischen ihren Eltern führen würde (absolut und furchtbarerweise richtig). Am Ende ihrer Erklärungen angelangt, war sie tatsächlich in Tränen aufgelöst.

Nachdem diese Hürde überwunden war, schreckte sie auch die medizinische Untersuchung nicht. So etwas hatte sie noch nie beim Arzt machen lassen. Weil es sich um eine Ärztin handelte, war es ihr weniger peinlich, als sie gedacht hatte. Es war aber trotzdem ein merkwürdiges Gefühl, sich da medizinisch untersuchen zu lassen, wo bisher nur Nick sie berührt hatte.

Als sie sich wieder angezogen hatte, sah die Ärztin sie argwöhnisch an und fragte, ob sie sich die Pille verschreiben lassen wollte. »Das ist vielleicht das beste, wenn Sie eine aktive sexuelle Beziehung unterhalten wollen. Wissen Sie, Abtreibung ist eine ziemlich unschöne und teure Alternative zur Empfängnisverhütung.«

Es dauerte eine Weile, bis Olivia verstand, was sie meinte. Daß sie ihr nämlich die Story, wie sie schwanger geworden war, nicht abnahm. Ob Ärzte erkennen konnten, wie oft man schon Liebe gemacht hatte, etwa wie an den Jahresringen eines Baumes? Wie ungerecht! Männerkörper verrieten sexuelle Geheimnisse nicht so leicht.

Sie wußte nicht, was sie der Ärztin antworten sollte. Sie wußte nicht einmal, ob ihre sexuelle Beziehung überhaupt noch aktiv war, ob Nick nach der Abtreibung je wieder mit ihr schlafen würde.

Am Ende bestand die Ärztin darauf, Olivia ein Rezept auszustellen, das sie gleich mitnehmen konnte. »Nur für den Fall, daß Sie es brauchen sollten«, sagte sie. »Sie wollen doch nicht in ein paar Monaten schon wieder hier sein, oder?«

Olivia war zu verblüfft, um etwas zu entgegnen. Sie nahm das Rezept und stopfte es in ihre Tasche.

Als sie wieder zu der Stelle zurückkam, wo sie sich vorhin von Nick getrennt hatte, lehnte er am Wagen und rauchte. Bei ihrem Anblick schien er erleichtert, was sie überraschte und erfreute. Er war sonst nie wegen irgend etwas nervös; voller Genugtuung stellte sie fest, daß er es diesmal doch war.

»Ist alles gutgegangen?«

»Ich glaub schon. Da muß ich Freitag morgen hin.« Sie gab ihm die Adresse der Klinik und teilte ihm mit, was sie dafür haben wollten.

Entweder wußte er über den allgemein üblichen Preis von Abtreibungen schon Bescheid, oder er hatte eine höhere Rechnung erwartet, denn er nickte lediglich und rauchte seine Zigarette zu Ende. »Freitag ist total beschissen. Da müßte ich einen Auftrag absagen.«

Sarkastisch erwiderte sie: »Soll ich noch mal reingehen und es abblasen?«

»Quatsch, ich sag ja nur, wie es ist. Jeder Tag ist okay, damit wir's hinter uns kriegen.«

Olivia stieg ein. Ihr war plötzlich sehr seltsam zumute. Da war dieses Baby in ihr; eigentlich war es noch gar kein Baby, aber es würde eins werden, wenn sie es wachsen ließ. Es würde mehr als ein Baby, es würde ein Mensch wie alle anderen Erdenbewohner. Es wußte ja nicht, daß seine Geburt für die beiden Leute, die es gemacht hatten, eine Katastrophe bedeutete. Es würde ihr Leben total durcheinanderschmeißen. Seinetwegen würde sein Vater vielleicht sogar im Gefängnis landen. Aber daran war das Baby nicht schuld; es wußte gar nichts davon. Es war nur darauf bedacht, geboren und dann geliebt zu werden. Dieses Recht stand doch wohl jedem Baby zu. Statt dessen redete sein Vater davon, es hinter sich zu kriegen. Außerdem war es Nicks Baby. Darüber hatte Olivia noch gar nicht richtig nachgedacht. Was passierte eigentlich nach der Abtreibung, wenn sie nicht mehr schwanger war? Sollte sie ihn ganz einfach vergessen? Wie denn, wenn er weiter mit ihrer Mutter zusammenlebte? Die gräßliche Tatsache war: Sie war in ihn verliebt. Und er hatte keinerlei Neigung gezeigt, sie in Ruhe zu lassen. Im Gegenteil.

Es stimmte also, was sie vorhin gedacht hatte: Nichts wäre mehr in Ordnung, so weit sie es vorhersehen konnte.

Angenommen, sie wäre achtzehn gewesen, als sie entdeckte, daß sie von ihm ein Kind erwartete. Wieso könnte er dann nicht ihre Mutter verlassen und mit ihr zusammenleben?

Weil er sie nicht liebte, deshalb. Ein Mann rief keinen Skandal dieses Ausmaßes hervor, ohne hochmotiviert zu sein, und Nick war es nicht. Sie war bloß ein Verhältnis, nicht mal was Festes fürs Bett.

Und das Baby? Würde er sich überhaupt um sein Kind scheren, wenn es nicht mehr das Zeugnis eines kriminellen Aktes war? Olivia hatte keine Ahnung, wie er sich dazu stellen würde. Er war unerwartet nett und seltsam beschützerisch, wenn er sie als junges Mädchen statt als Objekt seiner sexuellen Begierden betrachtete. Er wäre vielleicht ein guter Vater. Womöglich wäre er sogar froh, wenn sich ihm die Chance dazu bot. All das ging ihr durch den Kopf, während er sie nach Hause fuhr. Als er vom Archway abbog, um sie herauszulassen, faßte sie sich ein Herz.

»Nick, was ist, wenn wir es nicht tun?«

»Was meinst du damit?«

Sie holte tief Luft. »Wenn ich das Baby einfach kriege?«

Er sah sie lange ausdruckslos an. »Wie kommst du denn auf die Idee?«

Weil es von dir ist, dachte sie, sagte es aber nicht. »Ich weiß auch nicht. Ich hab nur gedacht –«

»Geträumt, meinst du«, knurrte er. »Werd endlich erwachsen, Lia. Wer will schon eine fünfzehnjährige Mutter? Gib dir selber eine Chance.«

»Aber wenn ich dann eins kriege, ist es doch nicht das gleiche Baby?«

Es sollte trocken und sachlich klingen. Statt dessen kämpfte sie plötzlich mit den Tränen. Es wäre nicht das gleiche, es wäre ja nicht seins. Egal, wen sie heiratete, ihn jedenfalls nicht.

Er sah sie wieder nachdenklich an. Schließlich streckte er die Hand nach ihr aus und fuhr ihr zärtlich mit dem Handrücken über den Wangenknochen. Komisch, was für eine seltsame Art der Berührung. So umarmte ein Mann, ohne tatsächlich zu berühren.

»Ich weiß, Kätzchen«, sagte er sanft. »Aber das hier wird noch mal davonkommen.«

- 25 -

Beim Anblick von so viel Blut wurde ihr ganz schwach. Im Biologieunterricht hatte sie einmal ausgerechnet, daß ihr Blutkreislauf ungefähr viereinhalb Liter Blut enthielt. Das meiste davon mußte jetzt aus ihr herausgeflossen sein. Sie setzte sich auf die Toilette und blutete eine Weile dort hinein, während Kopf und Magen sich von dem Schock erholten.

»Lia?« Es war Nick auf der anderen Seite der Tür. »Ist alles okay?«

»Nein, ich verblute hier gerade.«

In der Klinik hatten sie ihr gesagt, sie würde die nächsten Tage ziemlich stark bluten, aber solche Mengen hatte Olivia nicht erwartet. So konnte sie unmöglich nach Hause. So konnte sie, wenn sie recht überlegte, nirgendwohin. Die riesige Binde, die sie ihr gegeben hatten, war total von Blut durchtränkt, es tropfte sogar heraus. Sie saß auf dem winzigen Klo unter Nicks Atelier fest, und Nick war der einzige, der sie retten konnte. Sie würde sich bestimmt zu Tode schämen.

»Ich – ich hab ein Problem«, stotterte sie in Richtung Tür. »Ich brauch noch ein paar – du weißt schon –«

Sie brachte es nicht heraus. Es war auch gar nicht wichtig, denn er besaß anscheinend hellseherische Fähigkeiten. »Bleib, wo du bist, aber schlaf nicht ein. Ich bin gleich wieder da.« Sie schlief nicht ein, dazu genierte sie sich viel zu sehr. In dem kleinen Waschbecken wusch sie ihren Schlüpfer mit kaltem Wasser aus. Für Blutflecken mußte man kaltes Wasser nehmen, weil Blut, wie zum Beispiel auch Eiweiß, zu den Proteinen gehörte; bei heißem Wasser würden die Flecken nur noch mehr in den Stoff eindringen. Der naturwissenschaftliche Unterricht kam ihr heute wirklich zugute, wenngleich ihr Lehrer wahrscheinlich nicht an so eine Situation gedacht hatte, als er seine Klasse davon zu überzeugen versuchte, wie nützlich wissenschaftliche Kenntnisse auch im täglichen Leben sein könnten.

Den Schlüpfer wieder anzuziehen, wäre bestimmt total unangenehm, aber immer noch besser als überall da, wo sie sich hinsetzte, eine Blutlache zu hinterlassen.

Nick kehrte mit den unaussprechlichen Sachen zurück und reichte sie ihr durch die Tür herein. Ein erstaunlicher Mann, dachte Olivia dankbar, während sie sich zum Verlassen ihres kleinen Gefängnisses anschickte. Sie konnte sich nicht vorstellen, daß ihr Vater sich getraut hätte, eine Drogerie zu betreten und Damenbinden zu kaufen. Eher konnte sie sich vorstellen, daß sie selbst eine Packung Kondome kaufte. Obwohl das auch nicht gerade im Bereich des Möglichen lag.

In der Hoffnung, vielleicht doch noch zu überleben, kam sie heraus. Inzwischen war sie sogar ein bißchen hungrig.

Nick hatte Kaffee gemacht, mit Milch und Zucker. Den trank sie und fühlte sich schon besser. Er brachte eine Packung Chips zum Vorschein, die sie ebenfalls vertilgte. Dabei merkte sie erst, daß sie seit jenem schrecklichen Morgen in Huddersfield keinen rechten Hunger mehr gehabt hatte.

An die Abtreibung selbst konnte sie sich gar nicht erinnern. Sie wußte nur noch, daß sie einen Traum gehabt hatte. Sie hatte von einem Raum voller Frauen geträumt, die alle dort gelandet waren, weil die Männer in ihrem Leben die Babys, die sie erwarteten, nicht wollten. Männer kamen in dem Traum auch vor, Väter, Liebhaber, sogar Ehemänner, aber keiner wollte eine Frau mit Baby. So ein verrückter Traum! Doch es kam immer wieder, dieses schreckliche Gefühl von Einsamkeit und Verlassensein, das die Frauen in ihrem Traum empfunden hatten – kein Baby, kein Mann, niemand.

Im echten Leben hatte ihr nur mißfallen, daß sie sie nicht schlafen ließen. Sie mußte aufstehen, sich anziehen und dann hatten sie sie nach Hause geschickt. Sie rief Nick an, der versprach, gleich zu kommen. Der Krankenschwester sagte sie, jemand würde sie abholen, und dann schlief sie wieder ein.

Die Schwester weckte sie und sagte, ihr Vater sei da, um sie nach Hause zu fahren.

Wäre Olivia richtig wach gewesen, dann wäre ihr bei dieser Mitteilung das Herz stehengeblieben. Doch dann sah sie Nick hinter der Schwester stehen und verstand, daß sich diese geirrt hatte.

Nick brachte sie zum Auto. Er redete die ganze Zeit, aber sie wurde aus dem, was er sagte, nicht ganz schlau. »So kannst du nicht nach Hause. Ich bring dich erst mal ins Atelier, da kannst du dich ausschlafen.«

Alles, was mit Schlafen zu tun hatte, klang gut. Auf der Fahrt nach Wapping schlief sie die ganze Zeit. Er half ihr die Treppe hinauf und setzte sie aufs Sofa.

»Trink erst mal einen Kaffee.«

»Lieber Tee, bitte.«

»Kaffee, und zwar verdammt stark.«

Während er ihn machte, schlief sie wieder ein. Er weckte sie, damit sie ihn trank.

»Wie fühlst du dich?«

»Mir ist so komisch im Kopf.«

»Das merk ich. Los, trink jetzt den Kaffee.« Nachdem sie die Tasse fast ausgetrunken hatte, sagte er: »Ich muß noch ein paar Stunden weg. Du kannst ja schlafen, bis ich wiederkomme.«

Sie wollte nicht gern allein gelassen werden, war aber zu schwach, sich zu wehren. Sie gab ihm ihre Tasse und ließ sich auf das Sofa fallen.

Wieder hatte sie diesen Traum. Im Traum weinte sie.

»Lia, wach auf. Was hast du denn?«

Nick rüttelte sie an der Schulter. Sie packte seine Hand mit beiden Händen. »Die armen Frauen. Alle im Stich gelassen.«

»Was phantasierst du da?«

Sie merkte, daß er ungehalten war. »Nichts. Ich hatte bloß einen Traum.«

»Du hast ja geweint.« Er sah sie argwöhnisch an, während sie immer noch seine Hand festhielt. »Ist ja gut, Kleines. Jetzt bin ich ja wieder da. Alles ist gut. Setz dich hin, ich mach dir noch einen Kaffee.«

Und dann, als sie sich aufsetzte, fühlte sie es ominös, warm und naß zwischen ihren Schenkeln hinunterfließen. Blut, stellte sie fest, als sie die Treppe hinunter aufs Klo stolperte.

Blutend oder nicht, Nick bestand nun darauf, daß sie nach Hause fuhr. »Ich muß los, Kätzchen. Wir fliegen morgen in aller Herrgottsfrühe, und ich muß noch packen.«

»Daß du auch unbedingt weg mußt.« Olivia wünschte, sie hätte es nicht gesagt. Um es wieder hinzubiegen, fügte sie hinzu: »Und wenn jetzt was schiefgeht? Ich könne mich ja infizieren oder Blutungen kriegen oder –«

»Nichts geht schief.« Er setzte sich zu ihr und legte ihr den Arm um die Schulter. »Und wenn, dann gehst du einfach noch mal zu der Ärztin, bei der du am Dienstag warst. Aber es wird schon nichts passieren.«

Olivia legte die Hand auf seine Brust und schmiegte sich an ihn. Sie wollte nirgendwohin, sie wollte einfach so sitzen bleiben wie jetzt. »Nick, das hast du doch schon mal gemacht, stimmt's?«

»Was?«

»Na, du weißt schon. Das mit der Abtreibung.« Als er nicht antwortete, fragte sie: »Bei deiner Frau?«

Er warf ihr einen abwägenden Seitenblick zu, als wollte er etwas sagen, wandte sich dann aber schweigend ab.

Sie hätte gern gewußt, was ihm wohl im Kopf herumging. Im Profil wirkte er gelassen, wie immer. Und schön, wie immer. »Wieso wolltest du das Baby eigentlich nicht? Ihr wart doch verheiratet.«

»Sie wollte es nicht.«

»Warum nicht?«

»Weiß ich auch nicht mehr. Irgendeine Scheiße von wegen ihrer Karriere und daß sie noch nicht soweit wäre, Mutter zu werden.«

»Was für eine Karriere macht sie denn?« Offensichtlich nichts, was mit Swapgeschäften zu tun hatte, wenn ein Baby da im Weg wäre.

»Sie war mal Fotomodell. Jetzt nennt sie sich Schauspielerin.«

»Ist sie berühmt?«

Er mußte schmunzeln. »Wenn, dann hättest du's doch alles in der Zeitung gelesen. Was für ein Arschloch ich war, wie toll ihr neuer Kerl ist, den ganzen Scheiß. Sie ist der Meinung, so was wie schlechte Presse gibt's nicht, Hauptsache, sie schreiben meinen Namen richtig.«

»Hat sie einen neuen Kerl?«

»Mindestens einen. Wieso hätte sie sonst gleich die Scheidung wollen? Abgesehen davon, daß sie's schriftlich wollte, daß ich natürlich an allem schuld bin. Sogar kostenlos bescheißen kann sie mich, ihr Alter ist nämlich Anwalt.«

Früher heiratete man, dachte Olivia, weil die Frau ein Baby erwartete. Heutzutage ließ man sich anscheinend scheiden, weil einer von beiden jemand anderes gefunden hatte. Zumindest traf das auf ihre Eltern zu. Vielleicht galt es ja allgemein. Es hörte sich jedenfalls nicht so an, als ob Erwachsene irgendwelche Entscheidungen trafen; sie wurden einfach von der Flut der Ereignisse hinweggespült. Vielleicht war sie jetzt schon richtig erwachsen, und weiter ging's nicht. Eine äußerst deprimierende Vorstellung.

Sie hatte keine Lust, noch weiter über Nicks Frau nachzudenken. Sie wollte an überhaupt nichts denken, weil ihr nur lauter gräßliches Zeug einfiel. Sie wollte am liebsten immer so sitzen bleiben, Nicks Arm um ihre Schultern.

»Lia, wir müssen jetzt wirklich los.«

»Ein Moment noch. Nur fünf Minuten.«

»Keine einzige. Sonst schläfst du mir wieder ein.«

Sie mußte klein beigeben und sich von ihm nach Hause bringen lassen. Diesmal nahm er die Swains Lane und hielt zwischen den hohen Mauern an, dem Friedhof auf der linken und Waterlow Park auf der rechten, wo keine Häuser waren oder Passanten vorbeikamen. Von dort aus war es für Olivia nur noch ein kurzer Fußweg.

Als sie morgens aus dem Haus gegangen war, war ein Baby in ihr dringewesen, etwas, das ihm gehörte und ihn mit ihr verband. Nun kam sie mit nichts zurück, ohne Baby, ohne ihn, ohne Hoffnung auf das, was kommen mochte. Sie fühlte sich… verwaist. Es war verrückt, denn es bedeutete das genaue Gegenteil von dem, was geschehen war, es beschrieb aber auch genau, wie ihr zumute war.

»Also dann, bis in ein paar Wochen«, sagte er.

Über diese Bemerkung hätte sie sich eigentlich freuen müssen, statt dessen drehte sich ihr der Magen um. Meinte er damit, wenn sie ihre Mutter besuchen kam oder... Sie verkniff sich die Frage. Im Moment fand sie die Vorstellung, mit ihm ins Bett zu gehen, abschreckend, doch das lag wahrscheinlich an dem Blut.

Bis sie ihn wiedersah, hatte sie es sich wahrscheinlich schon wieder anders überlegt.

Aber was sie wollte, war sowieso egal.

- 26 -

Ein Glück, daß sie bei ihrem Vater und Althea wohnte. So konnte sie wenigstens nach Hause kommen und behaupten, sie hätte Kopfschmerzen und sich gleich ins Bett verziehen, ohne daß es groß auffiel. Althea war es sowieso egal, und ihren Vater interessierten die Kopfschmerzen anderer Leute ebensowenig wie ihre Garderobe. Er hätte ihr in allen Einzelheiten beschreiben können, was ein Soldat von Roundhead in der Schlacht von Edgehill getragen hatte, aber die neueste Mode des gemeinen Volkes vor seiner Haustür oder sogar in seinem eigenen Haus ging glatt an ihm vorüber.

Was Althea betraf, so hatte sie noch nicht kapiert, was Muttersein bedeutete. Kommenden Dezember wartete zwar ein Schnellkurs auf sie, doch selbst dann würde sie ihre Erkenntnisse nicht auf Olivia anwenden.

Inzwischen hatte sich Altheas Bauch beträchtlich gerundet. Sie behauptete, sie könnte schon fühlen, wie das Baby boxte. Olivia war überrascht, wie abstoßend sie diese Vorstellung fand – daß das Baby von innen dagegenboxte. Sooft sie während der nächsten Woche Altheas Bauch ansah, dachte sie nur an Blut.

Von Mrs. Stone hatte sie die Aufgabe bekommen, sich während der Ferien mit der Bach-Suite herumzuschlagen. »Und dann kommst du und sagst mir, wie gut sie dir gefällt«, hatte sie gesagt. Die Suite hatte den Vorteil, daß es keine Begleitung dazu gab; Olivia brauchte sich also nicht auszumalen, daß Mrs. Stones Klavierspiel die Zwischenräume ausfüllte. Sie spielte nur das, was da war, den allertrockensten Bach.

Gewissenhaft übte sie also ihre Suite, sogar mehr als gewissenhaft. Das Stück war wunderbar neutral und erforderte ihre strikte Aufmerksamkeit. Es erinnerte sie nicht an Babys oder an Nick oder daran, wo sie kommenden September wohnen würde.

Ihr Vater dachte, er täte ihr damit einen Gefallen, als er eine Kassette mit Oskar Shumskys Interpretationen ebendieser Suite hervorkramte. Einerseits war es hilfreich, indem es ihr zeigte, wie sie sich anhören sollte. Andererseits zeigte es ihr aber auch, wie *sie* sich nicht anhörte. Da sie aber nichts anderes zu tun hatte, übte sie weiter und war weiterhin frustriert. Sie hörte sich Shumsky an, um sich ihr Ziel vor Augen zu führen, und imitierte sogar seine Phrasierung. Sie ertappte sich dabei, daß sie die Melodie mitsummte.

Normalerweise war Bach ein Komponist, der sich zum Mitsummen nicht eignete. Durch das erste Thema kam man noch ganz gut durch, aber dann setzte die zweite Folge ein, und man konnte sich beide gleichzeitig nicht vorstellen. Bei der Suite gab es dieses Problem nicht, obwohl man von der Melodie nicht behaupten konnte, sie sei eingängig.

Ihre Mutter schickte eine Postkarte. Darauf stand nicht: *Uns geht's prächtig, schade, daß Du nicht da bist*, sondern nur *Uns geht's prächtig*. Olivia zerriß sie und spülte sie im Klo hinunter. Sie fand den Gedanken an ihre Mutter und Nick einfach unerträglich.

Sie fand es auch unerträglich, als sie einmal ihren Vater und Althea belauschte. Sie lag im Dunkeln noch wach, als sie Althea plötzlich kichern hörte. Das Bett der beiden stand direkt neben ihrem auf der anderen Wandseite. Sie hörte es knarzen, und dann machte einer der beiden *sshh*. Wahrscheinlich ihr Vater, denn sie hörte ihn sagen: »Du hast vergessen, die Tür zuzumachen.« Althea sagte: »Ach, laß doch, sie schläft schon« und kicherte wieder. Kurze Zeit später knarzte das Bett erneut und dann weiter in einem ihr wohlbekannten Rhythmus. Das übrige war ihr ebenfalls sehr vertraut, das Keuchen und die Laute, als ob jemand leise verendete. Das Sexleben anderer Leute war widerlich.

Ihr eigenes übrigens auch.

Sie fragte Megan, wie Leute sich liebten, wenn die Frau schwanger war, damit sie das Baby nicht zerquetschten. Megan erwiderte, wahrscheinlich von hinten.

»Was, wie Schwule?« Das war noch widerlicher, wenn sie dabei an ihren Vater und Althea dachte.

»Nein, doch keinen Analverkehr. Eben von hinten rein.«

Olivia sinnierte über die technische Seite dieses Vorschlags nach. »Wie soll das gehen?«

»Ich glaub, man muß dazu auf alle viere.«

»Wie Hunde.« Das war ja noch abstoßender als das andere. Dann dachte sie daran, daß Nick es mit ihr machen würde, und wie eine Woge überkam sie die Sehnsucht nach ihm, so daß ihr fast schlecht wurde.

»Woher weißt du denn das alles?« wollte sie wisssen. Hier saß Megan, die Jungfrau, und sie, Olivia, die Erfahrene, und trotzdem war Megan immer noch ihre Informationsquelle. Und zwar nicht bloß, weil Olivia ihr nicht beichten konnte, was sie schon alles wußte.

»Ich frag meine Mutter.«

»Und sie sagt es dir?« Selbst wenn Olivia sich je getraut hätte, ihre Mutter nach etwas zu fragen, das auch nur im entferntesten mit sexuellen Aktivitäten zu tun hatte, hätte sich ihre Mutter um die Antwort gedrückt.

»Na ja, eigentlich schon. Aber ich muß sie fragen, freiwillig rückt sie nicht damit raus.«

Megans Mutter war eine ziemlich kleine, plumpe Frau. Sie wirkte überhaupt nicht wie eine Fundgrube verborgener sexueller Erfahrungen. Olivia hatte sogar ziemliche Mühe, sie sich bei jeglicher Art von sexueller Betätigung vorzustellen, obwohl sie zugeben mußte, daß das wohl nur ein jugendliches Vorurteil gegen Leute mittleren Alters war. Trotzdem betrachtete sie Megans Mutter danach mit etwas mehr Respekt. Sie wollten aber gar nicht über Sex diskutieren, sondern beschließen, wie es mit *Medea* weiterging. Olivias Vater hatte von den drei verschiedenen Übersetzungen des Stückes je zwei Kopien angefertigt. Die eine war eine altmodische, etwas poetische Fassung voller »Ihrs« und »Euchs«. Die andere war in moderner Versform gehalten, also ohne Reime und Metren, und die dritte im nüchternsten Prosastil, den man sich vorstellen konnte.

»Es dürfte eigentlich nicht schwer sein, auf was Besseres zu kommen«, verkündete Megan zuversichtlich. »Ich finde, wir sollten ein Musical draus machen.«

»Es soll aber eine Tragödie sein, Meg. Ein tragisches Musical – das geht doch gar nicht.«

»Doch, natürlich. Das nennt sich Oper.«

»Sehr witzig. Na, eine Oper werden wir jedenfalls nicht schreiben.«

»Ich mein damit, aus den Stellen, wo der Chor ins Spiel kommt, könnten wir doch Songs machen. Irgendwas richtig Schmalziges, so im Country-und-Western-Stil. Und außer Medea könnten alle in abgedroschenen Phrasen sprechen, um zu zeigen, daß sie als einzige unabhängig ist. Schau mal hier.« Megan deutete auf die verschiedenen Reden und übersetzte sie ins Banale: »Stille Wasser, die sind tief! Es schmerzt mich mehr, als es dich schmerzt! Sie müßte nur mal ordentlich durchgebumst werden ...«

Olivia war schwer beeindruckt. »Meg, das ist eine Wahnsinnsidee, wirklich.«

»Ich weiß.«

»Ms. P. wird begeistert sein.«

»Na ja, sie kann erst begeistert sein, wenn wir's geschrieben haben. Ich setz mich gleich an die Dialoge, und du kannst ja die Chorstellen à la Tammy Wynette ummodeln, okay?«

Olivia willigte ein.

Aber so einfach war es gar nicht, stellte sie fest, als sie sich an die Arbeit machte. Das Problem war nicht das Erfinden (oder Klauen) passender tragischer Country-und-Western-Texte, sondern die Tatsache, daß es in dem Stück um eine Frau ging, die von ihrem Mann verlassen worden war und dazu getrieben wurde, ihre Kinder umzubringen. Olivia mußte an ihren Traum von den verlassenen Frauen und abgetriebenen Kindern denken. Und daran, was sie Nicks Baby angetan hatte.

Ms. Pankhurst hätte sich für sie geschämt, weil sie deswegen weinen mußte.

Ihre Mutter war wieder zurück und lud Olivia für den kommenden Sonntag zum Mittagessen ein, am letzten Wochenende vor Schulbeginn. Ihr Vater bot an, sie hinzuchauffieren, und ihre Mutter sagte, Nick würde sie danach wieder heimfahren. Auf diese Weise brauchte keiner beim anderen an die Tür zu klopfen.

Ihre Mutter gab ihr zur Begrüßung einen Kuß. Das war in Ordnung, fand Olivia, schließlich waren sie beide verreist gewesen. Erst jetzt fiel ihr auf, daß sie ihre Mutter den ganzen Sommer nicht gesehen hatte. Fünfzehn Jahre hatte sie bei ihrer Mutter gelebt und sie ohne Ausnahme täglich gesehen, außer wenn sie ihre Großeltern besuchte, und nun plötzlich sieben Wochen lang überhaupt nicht.

Und nun gab ihr ihre Mutter zur Begrüßung einen Kuß auf die Wange. Eher wie eine Großmutter als wie eine Mutter. Als hätte Olivia gar keine Mutter mehr.

»Du siehst toll aus«, sagte Olivia aufrichtig und schluckte den plötzlichen Klumpen im Hals hinunter. Ihre Mutter sah tatsächlich toll aus: Ihr Haar war fast platinblond, ihre Haut schimmerte golden, und sie wirkte locker, innerlich nicht mehr so angespannt. Olivia konnte sich nicht erinnern, sie je so erlebt zu haben. Sie war geradezu schön, besser als ein Filmstar, echter. Olivia fügte pflichtschuldig hinzu: »War's schön?«

»Es war wunderschön. Der beste Urlaub meines Lebens. Wir haben die Ruinen besichtigt, Bergtouren gemacht und waren oft am Strand, es war einfach alles perfekt.«

Olivia hatte weniger Mühe, sich Nick beim »Ruinenbesichtigen« vorzustellen, als ihren Vater beim Sonnenbad am Strand. Ihre Mutter war rundum glücklich. Nick machte sie glücklich, was ihr Vater nicht getan hatte. So ein Glück für ihre Mutter! Sie wußte, was sie eigentlich sagen sollte, brachte es jedoch nicht heraus, ohne sich dabei zu verschlucken. Oberflächliches Geschwätz wie: Das ist ja toll, Nick ist anscheinend richtig gut für dich, das höre ich aber gern. Doch sie sagte es nicht; sie haßte sie alle beide.

Schließlich gelang es ihr doch, etwas zu sagen. »Wo ist Nick?«

»Er holt Zigaretten. Komm in die Küche, du kannst den Tisch decken, solange ich den Salat mache. Es gibt Lasagne, das magst du doch, oder?«

Zigaretten waren ein geringer Preis fürs Glück, dachte sich Olivia. Sie wünschte, jemand hätte für sie das Glück mit einem Preisschild versehen. Mit dem Baby hatte sie bereits bezahlt, aber anscheinend war sie ihm noch nicht nähergekommen.

In der Küche machte sich ihre Mutter ernsthaftere Gedanken.

„Bei dir fängt doch bald wieder die Schule an.«

»Nächste Woche.«

»Ross hat gesagt, er nimmt dich während der Ferien. Und was ist, wenn die Schule wieder anfängt?«

Ihre Mutter bemühte sich um einen neutralen Ton, doch die Besorgnis war ihr anzumerken. Sie fürchtete, Olivia könnte wieder nach Hause kommen und durch ihre bloße Gegenwart die glückliche Balance zwischen ihr und Nick aus dem Gleichgewicht bringen. Keine Angst, Mummy, dachte sie, ich denk gar nicht dran, zurückzukommen. Wenigstens das hatte sie mit ihrem Vater schon vereinbart.

Was ihn am Ende überzeugt hatte, waren nicht die Glasscherben in ihren Füßen gewesen oder der Polizist an der Haustür, sondern die beiden vermasselten Prüfungen. Er traute ihrer Mutter nicht zu, dafür zu sorgen, daß Olivia gut durch die Abschlußprüfungen kam. Das wußte Olivia, weil sie ein Gespräch zwischen ihrem Vater und Althea belauscht hatte. Sie hatte es belauscht wie immer, spätnachts, als sie ins Bett gingen und dachte, sie würde bereits schlafen. Wie ein kleines Kind, das einfach so eindöste!

Althea wollte wissen, ob sie Lia eigentlich jetzt für immer am Hals hätten, bloß weil Emma nichts mehr dran lag, sich um sie zu kümmern. Olivias Vater sagte, das Problem bei Emma sei, daß sie keinen gesunden Menschenverstand hätte und sich wahrscheinlich vorstellte, Lia würde werden wie sie und am Ende irgendwas Künstlerisches machen, wozu eine gründliche Schulbildung und Abschlüsse nicht nötig waren.

Althea sagte, wenn er sie fragte, sie fände Emma eigentlich ziemlich schlau. Kaum habe er aufgehört, Geld für Lia rüberzuschieben, habe sie den Freund einziehen lassen und Lia hinausgeekelt. Und jetzt habe sie genau das, was sie wollte – nämlich das Haus, den Mann und ihre Freiheit.

Ihr Vater sagte eisig, na, dann herzlichen Glückwunsch für Emma, wenn das alles sei, was sie wollte. Er seinerseits wolle eine gute Ausbildung für seine Tochter.

Althea sagte, wehe, wenn die nicht gut sei, bei dem Haufen Geld, den er dafür zahlte, und ob er sich schon mal überlegt hätte, daß es vielleicht Verschwendung sei.

Ihr Vater wollte wissen, was sie damit meinte.

Althea sagte, vielleicht hätte Lia ja Emmas Hirn geerbt und nicht seins.

Da wurde ihr Vater wirklich sauer und sagte, möglicherweise hätte Lia Emmas Mangel an gesundem Menschenverstand geerbt, aber mit ihrem Hirn sei alles in Ordnung.

Althea fragte, was sie denn tun würden, wenn das Baby käme. Ihr Vater sagte, dann würden sie eben umziehen, und ob sie ihn jetzt endlich schlafen lassen könnte.

Althea sagte, er habe überhaupt keinen Grund, so grob zu sein, sie würde sich über diese Dinge eben Gedanken machen.

An der Stelle hatte sich Olivia bereits das Kissen über den Kopf gezogen und hielt sich die Ohren zu.

»Ich bleibe bei Daddy«, sagte sie zu ihrer Mutter. »Sie wollen das Haus verkaufen und suchen ein größeres, aber auch in Highgate. Das hast du doch gesagt, oder?«

»Sie müssen ja wohl, wenn er beim Arbeiten zu Hause kein Baby auf dem Schoß haben will«, bemerkte ihre Mutter säuerlich. »Irgendwie paßt das Baby nicht ganz dazu. Ross ist doch gar nicht so versessen auf Babys. Für dich hat er sich erst interessiert, als du sprechen gelernt hast.«

Solche Sachen hatte ihre Mutter noch nie zuvor über ihn gesagt. Olivia, die ihren Vater kannte, war sich sicher, daß es absolut stimmte. Es war interessant, daß Olivia erst einmal sprechen mußte, zeigen, daß sie eine Persönlichkeit war, bevor ihr Vater von ihr Notiz genommen hatte. Sie fragte sich, ob Männer in der Beziehung alle gleich waren.

Der Mann, bei dem sie das besonders interessierte, kam in dem Moment herein. Wie bei ihrer Mutter war auch sein Haar heller und seine Haut dunkler. Sie überlegte, wo er wohl überall braungebrannt war. Hatten sie ganz nackt in der Sonne gelegen? Wurden Männer an ihren Geschlechtsteilen auch braun? Megan wußte es vielleicht. Sie mußte sie fragen. Oder vielleicht kriegte sie es ja vorher selbst heraus.

Das Mittagessen war furchtbar. Die Lasagne war bestimmt lecker; jedenfalls hatte sie im Ofen lecker gerochen. Nick und ihre Mutter waren dagegen unerträglich. Sie führten sich auf wie frisch verheiratet. Zumindest ihre Mutter; Nick war außerstande, irgend jemanden anzuhimmeln, unternahm aber nichts gegen ihr Getue. Er genoß es, angehimmelt zu werden. Er ermunterte sie noch dazu. Und Olivia ließ er ziemlich links liegen.

Nach dem Essen spielten Olivia und ihre Mutter im Garten Scrabble, während Nick die *Sunday Sport* las. *Nachrichten vom Mars* sollte es eigentlich heißen, fand Olivia. Vielleicht las er sie deswegen. Sie wurde überhaupt nicht aus ihm schlau, aber wenn er ein Marsmensch wäre, würde das alles erklären.

»Ach, Lia«, sagte ihre Mutter, »ich hab ganz vergessen, es dir zu sagen. Ein junger Mann war da und wollte dich sprechen.«

»Ein junger Mann?« Sie kannte keine jungen Männer.

»Es ist schon länger her, du warst noch in Yorkshire. Er sagte, er heiße Charlie. Ich hab ihm gesagt, du bist noch den ganzen Sommer verreist. Ich wollte es ihm nicht erst lang und breit erklären.«

Olivia mußte eine Weile überlegen, wer Charlie war. Der Freund von Clares Bruder aus dem Pub. Er war eigentlich ganz nett gewesen. Sie hätte nichts dagegen, einmal mit ihm auszugehen. »Na, wenn er wieder kommt, gib ihm doch Daddys Telefonnummer.«

»Woher kennt ihr euch?«

»Ich hab ihn vor ewigen Zeiten getroffen, im –« Sie wollte gerade sagen, im Pub, biß sich aber rechtzeitig auf die Zunge. Ihre Mutter wiegte sich im Glauben, ihre Kenntnis von Pubs beschränke sich auf das sonntägliche Mittagessen in St. Albans und wäre sicher empört, zu erfahren, daß dem nicht so war. »Bei Clare«, beendete sie ihren Satz. »Er ist mit ihrem Bruder befreundet.«

»Wie ich sehe, fährt er Motorrad. Da fährst du ja hoffentlich nicht mit, das ist so schrecklich gefährlich. Immer wieder kommen Leute dabei ums Leben.«

Das Leben bei ihrem Vater hatte durchaus seine Vorteile. »Ich hab noch nie im Leben auf einem Motorrad gesessen«, versicherte Olivia ihrer Mutter. »Das einzige Mal, als ich ihn getroffen hab, hatte er das Auto seines Bruders dabei.«

»Wie alt ist er?«

»Na, wenn er Auto fährt, ist er bestimmt siebzehn. Hör mal, Mummy, ich kenn ihn kaum, es nützt also nichts, wenn du mich über ihn ausquetschst. Gib mir eine Liste mit Fragen, damit löchere ich ihn, wenn ich ihn das nächste Mal sehe. Oder du rufst Clares Bruder an und fragst ihn aus.«

»Tut mir leid«, sagte ihre Mutter verstimmt. »Ich mache mir eben Sorgen um dich, wenn ich nicht weiß, was du treibst.« Wenn du's wüßtest, würdest du dir noch mehr Sorgen machen, dachte Olivia. Sie sah Nick nicht an, kein einziges Mal. Danach tranken sie Tee, und Nick fuhr sie nach Highgate zurück. Da inzwischen Wolken aufgezogen waren und es nach Regen aussah, war sie dankbar, im Auto hingefahren zu werden.

»Heute ist Daddy zu Hause«, warnte sie ihn im Wagen.

»Ist das gut oder schlecht?«

Sie wußte nicht, was sie sagen sollte. Nie zuvor hatte sie solche Ängste ausgestanden wie damals, als er mit ihr an der Tür im Haus ihres Vaters Liebe gemacht hatte. Andererseits... andererseits, als es ihr wieder einfiel, sehnte sie sich heftig nach ihm.

Ihre Mutter war schuld. Sie war total verschossen in ihn, weil er sie zwei Wochen lang jeden Tag wie wild gevögelt hatte. Deshalb wünschte sich Olivia, er würde sie auch so begehren. Sie verschränkte die Arme vor dem Bauch. Sie glaubte fast zu zerspringen, so stark und drängend war dieses Verlangen, zermürbend und unerträglich schmerzhaft. Sie fühlte sich wie der spartanische Junge, an dessen Eingeweiden der Fuchs genagt hatte. Nur wußte sie nicht recht, wo ihre Eingeweide waren. Sie hatte eigentlich immer geglaubt, damit seien Herz, Lunge und Leber gemeint, die lebenswichtigen Organe unter dem Brustkorb, doch dieser sehnsüchtige Schmerz lag viel tiefer.

»Ich weiß nicht«, gab sie zu.

Er fädelte sich auf der Straße von North Hill in den einspurigen

Kreisverkehr ein, doch statt rechts abzubiegen, fuhr er geradeaus und hielt am Straßenrand an. Sie standen gut sichtbar im hellen Tageslicht. Hier konnte nichts passieren, dachte Olivia. Sie war etwas enttäuscht.

»Ist alles in Ordnung? Kein Desaster passiert?«

»Nein. Ich fühl mich ganz okay, sozusagen.«

»Was ist denn nicht okay?«

Sie wußte, was sie sagen wollte, aber nicht, wie: Sie konnte es nicht sagen. Es lag außerhalb des Bereichs, über den sie mit ihm reden durfte.

Sie drückte es indirekt aus. »Mummy sieht toll aus.«

»Stimmt«, pflichtete Nick ihr bei. »Und – ist das nicht okay?«

»Doch, klar. Es steht ihr gut. Vorher sah sie so … zerbrechlich aus, hat Meg gesagt.«

»Das ist ein guter Ausdruck. Meg hatte recht.«

Sie wollte sagen *Und was ist mit mir?* Ihr Hals war wie zugeschnürt.

»Hast du Lust, mich mal zu besuchen?«

Er hatte tatsächlich telepathische Kräfte. Genau das hatte sie sich am allermeisten gewünscht. »Wann?«

»Donnerstag ist ein guter Tag. Sagen wir, Donnerstag in einer Woche.«

Bis dahin waren es noch fast zwei Wochen. Sie fuhr sich mit der Zunge über die trockenen Lippen. „Donnerstags hab ich Geigenunterricht.«

»Aber nur eine Stunde. Komm doch danach.«

»Und was soll ich Daddy und Althea sagen?«

»Das ist deine Sache. Du bist doch jetzt ein großes Mädchen.«

Er machte sich über sie lustig, weil sie noch ein Kind war. Olivia wandte sich ab und starrte aus dem Fenster, wo inzwischen dicke, große Regentropfen an die Scheibe trommelten. Alles Lügen. Ihre Mutter war im Glück, und sie mußte lügen.

Er sagte: „Was hast du gemacht, damit es nicht wieder passiert?«

»Was – äh, ich – nichts.« Weil sie nämlich nicht gewußt hatte, ob sie je wieder miteinander schlafen würden. »Kannst du denn nicht, du weißt schon – was ist mit Kondomen?«

»Wenn ich ins Bett geh, behalt ich nicht die Stiefel an, Baby. Du hast vor einem Monat in der Scheiße gesteckt, nicht ich. Hat die Quacksalberin nichts von der Pille gesagt?«

»Ich hab ihr …« Olivia fuhr sich mit den Händen übers Gesicht. »Ich hab gesagt, es ist bloß einmal passiert.«

»Wieso denn das?«

»Damit sie nicht denkt –«

Damit sie nichts Schlimmes denkt. Olivia konnte sich nicht einmal vorstellen, was die Ärztin hätte denken können. Wörter fielen ihr ein, Wörter, mit denen man ein Mädchen bezeichnete, das Männer mit sich schlafen ließ. Ordinäre Wörter, die Männer auf Frauen anwendeten, mit denen sie geschlafen hatten. Nur daß sie es nicht so nannten, sondern ein Arsenal von vulgären Ausdrücken für das zur Verfügung hatten, was sie mit Frauen machten.

Sie begann zu zittern. Sie glaubte, nun würde sie gleich anfangen zu weinen, unterdrückte aber nur ein Schluchzen und zitterte, so wie Nick beim letzten Mal vor Lachen gezittert hatte. Sie konnte gar nicht damit aufhören, aber wenigstens weinte sie nicht.

»Hör auf.« Er sagte es leise und beugte sich zu ihr herüber. Er legte den Arm um sie. »Nicht weinen, Schätzchen, ist ja gut.«

»Ich wein ja gar nicht.«

Die riesigen Sommerregentropfen fielen jetzt schneller und strömten an der Windschutzscheibe herunter, als hätte das Auto beschlossen, eine Dusche zu nehmen. Sie verursachten einen Heidenlärm auf dem weichen Dach.

Er küßte sie auf den Mund. Er kam nicht richtig an sie heran, weil die Gangschaltung dazwischen war. Das schien ihn aber nicht davon abzuhalten, die Hand unter ihren Rock und in ihren Schlüpfer zu schieben. Auf dem Highgate Hill.

»Nicht«, sagte sie, aber es klang wie ein Seufzer, wie ein zärtliches Kosewort. »Laß das.«

Während sie es sagte, hob sie den Hintern, damit er ihren Schlüpfer herunterziehen konnte. Er steichelte ihre Schamgegend. Zwischen den Küssen sagte er ihr, was er alles gern mit ihr machen würde, wenn sie woanders wären.

Trotz des Prasselregens hörte sie ihn ganz genau. Manche Sachen, von denen er sprach, hatte er noch nie mit ihr gemacht, und bei dem Gedanken zog sich ihr Bauch wie eine Faust zusammen. Sie dachte daran, was Megan gesagt hatte. Wie Hunde, hatte sie gesagt. Vielleicht würde er es beim nächsten Mal tun.

Während seine Finger in sie hinein und herausglitten, wurde sie so naß, als hätte er schon mit ihr geschlafen. Sie nahmen sie auch von hinten, auf die schwule Art, die sie unglaublich widerlich gefunden hatte und jetzt unglaublich erregend fand, daß er es am Straßenrand mit ihr machte. Vielleicht sagte sie zu ihm auch etwas, sie wußte es nicht. Sie liebte ihn. Aber das sagte sie nicht.

Danach zog er ihr den Schlüpfer wieder hoch, der irgendwie auf ihre Fesseln hinuntergeraten war. Sie schämte sich wahnsinnig, doch für ihn gab es so etwas wie Scham nicht, genausowenig wie er verstand, was widerlich daran sein sollte, einem den Finger ins Rektum zu stecken. Er ließ sich durch nichts anwidern oder beschämen.

»Das hättest du nicht tun sollen.«

»Das sagst du nur so.«

»Jedenfalls nicht hier.«

»Hier oder nirgends. Kommst du nächsten Donnerstag?«

Sie wandte sich zu ihm und küßte ihn auf den Mund. Es war das erste Mal, daß sie sich traute, ihn richtig zu küssen, von sich aus.

»Dann geh aber noch mal zu der Ärztin.«

Sie verschwieg ihm, daß das nicht nötig war. Sie hatte das Rezept bereits in der Tasche.

- 27 -

Ihrem Vater erzählte sie, sie ginge nach der Geigenstunde ein Geburtstagsgeschenk für Megan kaufen. Es stimmte zwar, daß Megan am nächsten Tag Geburtstag hatte, aber Olivia hatte das Geschenk schon besorgt. Sie hatte es im Buchladen ihres Großvaters in Huddersfield gefunden, ein großes Buch, reich illustriert mit all den abscheulichen Dingen, mit denen Ärzte ihre unglückseligen Patienten im Lauf der Geschichte traktiert hatten. Schon im ersten Kapitel ging es darum, daß die Höhlenmenschen den Leuten

Löcher in die Köpfe schnitten, um Geisteskrankheiten zu heilen, und im letzten Kapitel wurden Neurochirurgen beschrieben, die den Leuten zum gleichen Zweck Löcher ins Gehirn schnitten. Wenn sich Megan dadurch nicht von der Medizin abschrecken ließ, war ihr nicht zu helfen.

Nach der Schule fuhr sie zu Mrs. Stone nach Golders Green. Dort vergaß sie Nick eine Zeitlang fast, weil sie sich freute, ihrer Lehrerin die Bach-Suite vorspielen zu können. Mrs. Stone ihrerseits freute sich ebenfalls.

»Du hast den Sommer nicht vertrödelt, wie ich sehe. Es ist doch schön, wenn man zeigen kann, was man mit seiner Zeit angefangen hat. Hat es dir denn Spaß gemacht, diese Komposition spielen zu lernen? Spielst du sie denn gern?«

Olivia überlegt. »Gern würde ich nicht sagen. Es kommt mir eher so vor wie ein Dauerlauf, vor allem anstrengend und manchmal ...«

»Manchmal einfach wunderbar«, beendete Mrs. Stone lächelnd ihren Satz. »So könnte man doch auch das Leben beschreiben, mein Kind. Entweder man kämpft und lernt dazu, oder man verliert den Halt. Nur stillstehen darf man nie.«

Dann ging Olivia, immer noch hochzufrieden trotz Mrs. Stones düsterer Prognosen. Um nach Hause zu gelangen, mußte sie mit der U-Bahn bis Camden Town fahren und dann wieder ein Stück zurück nach Highgate. Sie mußte nach Hause, um ihre Geige loszuwerden – damit konnte sie ja logischerweise nicht einkaufen gehen –, und weil sie schon mal da war, zog sie die Schuluniform aus und einen kurzen Rock an. Sie wollte für Nick sexy aussehen und war sich ziemlich sicher, daß er ziemlich konventionelle Ansichten darüber hatte, was sexy war. Halbschuhe kamen zum Beispiel absolut nicht in Frage. Aber zu schick durfte sie sich auch nicht anziehen, sonst würde Althea etwas merken.

Dann ging sie wieder zur U-Bahn-Station Highgate und fuhr nach Wapping; bei jedem Halt und Umsteigen wurde sie aufgeregter. So etwas hatte sie noch nie getan. Diesmal war es anders. Wenn sie bisher miteinander geschlafen hatten, war es – zumindest von ihrer Seite aus – immer unabsichtlich gewesen. Sie hatte es nie darauf angelegt. Er hatte es einfach mit ihr gemacht. Aber diesmal hatte sie eingewilligt, sich mit ihm nur zu dem Zweck zu treffen, mit ihm zu schlafen. Sie hatte mit der Pille angefangen, alles war vorausgeplant. Sie konnte sich nicht mehr mit ihrer Unschuld herausreden.

Sie klingelte. Sie konnte kaum hören, so laut pochte ihr das Blut in den Ohren.

Nick kam herunter. Seine Bräune war noch nicht ganz wieder verblaßt. Oben, wo die Sonne Kretas hingekommen war, waren seine Haare ganz hell und hatten unten, wo sie seit der Rückkehr nachgewachsen waren, einen dunkleren Blondton. Er trug Jeans und ein weißes Hemd aus grobem Baumwollstoff, das am Hals offenstand. Er sah atemberaubend gut aus.

Bei ihrem Anblick lächelte er. »Hallo, Lia. Komm rein.«

Sie ging hinein, und er machte die Tür zu. Er wußte auch, daß es diesmal anders war; er küßte sie schon im Treppenhaus, bevor sie nach oben gingen. Es war eine ziemlich tiefe Art von Kuß, mit dem er seine Absichten unmißverständlich kundtat. Danach meinte sie, ihre Beine würden sie gar nicht bis nach oben tragen.

Sie hatte eigentlich damit gerechnet, daß er sie sofort auszog, kaum daß sie im Atelier war. Statt dessen sagte er: »Du mußt dir noch ein paar Minuten die Zeit vertreiben. Ich war gerade noch mit etwas beschäftigt, da kann ich jetzt nicht mittendrin aufhören.«

»Schon gut, laß dich von mir nicht stören.«

Das gab ihr Zeit, noch nervöser zu werden. Er verschwand hinten in der Dunkelkammer. Sie schlenderte herum und sah sich seine Sachen an. Sie war neugierig und suchte nach Dingen, die ihr etwas über ihn verrieten, das sie noch nicht wußte. Viel wußte sie nicht.

Hinten an der Wand stand ein kleines Bücherregal. Die Bücher waren einfach wild hineingestopft, die meisten lagen auf dem Rücken, manche waren aufgeschlagen, andere lagen umgekehrt aufgeschlagen herum, was wie ihr Vater sie belehrt hatte, eine schandbare Mißhandlung von Büchern war. Es überraschte sie nicht; sie wußte bereits, daß Nick – gelinde gesagt – schlampig war. Überraschend fand sie, daß es hier überhaupt Bücher gab. Die paßten nicht recht zur *Sun*.

Bei genauerer Betrachtung löste sich das Rätsel. Bis auf ein paar technische Handbücher zur Fotografie waren es lauter Bildbände. Einige enthielten Fotografien, andere aber auch richtige Kunst – Gemälde und Zeichnungen.

Die Kunstbücher fand sie am interessantesten. Die Namen waren ihr unbekannt – also nicht im Bücherregal ihres Vaters zu finden – und größtenteils deutsch: Bellmer, Schiele, Beckmann, Grosz. Der einzige Name, den sie erkannte, war Aubrey Beardsley.

Und noch ein Name kam ihr bekannt vor, ein Österreicher namens Klimt; Olivia konnte sich allerdings nicht mehr recht erinnern, wo sie ihm schon einmal begegnet war. Das Buch lag auf dem obersten Regal unter einem Stapel Papiere begraben. Als sie sie beiseite schieben wollte, stellte sie fest, daß es Nicks Post war.

Einiges davon, darunter offensichtlich unbezahlte Rechnungen, war bereits Monate alt. Ein Brief war eine Art gerichtliches Dokument und hatte mit Scheidung zu tun. Miranda Elizabeth Collinson Winter war die Klägerin, Nicholas John Winter der Beklagte. Nicholas John Winter wurde des ungebührlichen Betragens bezichtigt. Olivia konnte sich bei Nick alle möglichen Arten von ungebührlichem Betragen vorstellen, hatte aber keine Ahnung, welche von ihnen eventuell einen Scheidungsgrund darstellen könnten. Sie stellte fest, daß Miranda Elizabeth Collinson Winter in Kentish Town wohnte, unweit von Highgate.

Sie schlug das Klimt-Buch auf und erkannte ihn sofort an der Goldfarbe wieder, die großzügig auf allen Bildern verspritzt war. Sogar das ihr so wohlvertraute Gemälde fand sie, die *Danaë*. Sie nahm das Buch aus dem Regal, um es Nick später zu zeigen.

Unter dem Buch befand sich eine weitere Überraschung: ein Stapel Zeitschriften. Die oberste war auf Deutsch, die anderen auf Englisch. Die deutsche war auf Hochglanzpapier gedruckt und ziemlich aufwendig gemacht, präsentierte aber ebenso wie die darunterliegenden englischen auf der Titelseite eine fast nackte junge Frau in provokativer Pose.

Neugierig fing Olivia an zu blättern. Der Text war auf deutsch geschrieben, wenn auch nicht in dem Deutsch, das sie in der Schule lernte, weil sie das meiste nicht verstehen konnte. Sie fragte sich, ob Nick es lesen konnte. Wahrscheinlich war das gar nicht nötig, es war ja keine literarische Zeitschrift. Es waren Fotos in hochglänzenden, leuchtenden Farben, nichts Verrücktes, nur die üblichen Brüste und Hintern und äh – Nick hätte Fotzen gesagt.

Olivia war enttäuscht, obwohl es eigentlich keinen Grund gab. Es paßte doch zu allem anderen, oder? Sie hätte sich doch denken können, daß ein Mann, der die *Sun* und *the News of the World* las, eine Sammlung von Sexheften haben würde. Es waren auch keine alten, das deutsche Heft war die Septemberausgabe. Sie überlegte, ob ihre Mutter davon wußte.

Sie fragte sich auch, ob er beim Betrachten dieser Bilder eine Erektion bekam. Bei dieser Vorstellung stieg Eifersucht in ihr hoch. Die Frauen waren alle jung und schön und sehr gut gebaut – zu gut gebaut für den Laufsteg, falls sie je Fotomodelle der respektableren Art hatten sein wollen. Sie stellte sich vor, sie selbst sei in einer der expliziteren Posen, und Nick würde sie betrachten. Der Gedanke war erstaunlich erregend.

Beim Umblättern erlebte sie eine viel größere und weit unangenehmere Überraschung. Dort, auf einem sehr unpornographischen Foto, saß ein Mädchen auf einem Stuhl, vollständig bekleidet mit dunkelblauem Blazer und ordentlichem blauen Rock, und sah in einen Spiegel. Sie hatte der Kamera den Rücken zugekehrt, doch ihr Gesicht war im Spiegel gut zu erkennen. Es war Olivia.

Sie sank auf die Knie. Schnell blätterte sie weiter, doch sie hatte sich nicht geirrt: Alles war da, die komplette Fotoserie, die er an ihrem Geburtstag gemacht hatte, bis zu dem Bild, auf dem sie nackt auf dem Fußboden lag, die Beine kunstvoll arrangiert, die Hand dazwischen.

Die Fotos waren sehr geschickt aufgenommen. Er hatte irgendeinen Trick mit den Spiegeln gemacht. Das echte Mädchen sah man immer nur von hinten, wenigstens bis sie ganz am Ende auf dem Boden lag, doch die Vorderansicht reflektierte sich haargenau im Spiegel. Die seitlichen Spiegel zeigten ein Abbild des nächsten Fotos in der Serie. Man hatte den Eindruck einer Traumsequenz: ein junges Mädchen vor dem Spiegel, das sich in seiner unmodernen Schuluniform betrachtet und sich in seiner Phantasie etwas ausmalt. Der letzte Rahmen war eine eindeutige Anspielung auf Masturbation.

Auf den Fotos bekam sie nach und nach diesen verschwommenen Schlafzimmerblick, denn genau das war in Wirklichkeit passiert. Sie hatte sich für ihren Geliebten ausgezogen. Sie war verraten worden.

Man konnte, stellte Olivia fest, ziemlich lange ohne einen einzigen Herzschlag überleben. Ihr Herz hatte in dem Augenblick ausgesetzt, als sie das erste Bild gesehen hatte, und nahm erst jetzt seine Tätigkeit wieder auf, nachdem der Schock, der ihre Brust wie eine Faust zusammengepreßt hatte, seinen eisernen Griff lockerte. Erst an dem Zigarettengeruch merkte sie, daß Nick hinter ihr stand.

Sie drehte den Kopf, um zu ihm hochzusehen, die Zeitschrift offen auf dem Schoß. Ihre Stimme funktionierte auch nicht. Sie mußte mehrere Anläufe nehmen, um ihre Entrüstung auszudrücken, und brachte schließlich nur hervor: »Wie konntest du –?«

Zerknirschtheit war wie Scham: der Ausdruck stand nicht in seinem Wörterbuch. »Ich fand es eigentlich verdammt gut«, sagte er gelassen. »Die übrigens auch.«

Es konnte schon sein, daß es verdammt gut war, wenn man so was mochte. Aber sie hatte es doch für *ihn* getan, dieser Gesichtsausdruck war für ihn bestimmt gewesen. Und er hatte es verkauft, damit die ganze Welt sie sehen konnte.

»Aber du wußtest doch, daß ich dich die Fotos nie hätte machen lassen, wenn ich gewußt hätte –«

»Was hast du denn gedacht?« Er sog den Rauch ein und stieß ihn wieder aus. »Daß ich sie rahmen lasse und da drüben an die Wand hänge?«

Da drüben neben die respektablen Frauen. Seine lässige Verachtung für ihre Naivität brannte ihr unter der Haut. Sie betrachtete die Bilder noch einmal. Sie mußte sich den Mund zuhalten, ihr Inneres würde sonst herausquellen. »Du bist verrückt«, flüsterte sie. »Wenn Mummy das sieht?«

»Sie würde diesen Scheiß nicht mal im Traum lesen. Außerdem ist sie viel zu wohlerzogen, bei anderen Leuten rumzuwühlen.« Im Gegensatz zu dir, schien er sagen zu wollen.

Olivia besah sich den Stapel Zeitschriften. Plötzlich verstand sie, weshalb sie hier lagen. Sie verstand auf einmal eine ganze Menge.

Sie wußte, was Nick im Kopf herumging, wenn er auf der Straße Frauen ansah. Sie wußte, warum diese Jamaica einen Kaftan getragen hatte, als Olivia die Treppe heraufgekommen war. Sie wußte sogar, woher paradoxerweise das Geld für ihre Abtreibung stammte.

Sie schleuderte das Heft weg und stand auf. Er stand völlig reglos, den Rücken an den Tisch gelehnt, und rauchte. Er ist wirklich ein Marsmensch, dachte sie. Marsmenschen sind Monster.

»Weiß Mummy, daß du obszöne Fotos von anderen Frauen machst?«

Er musterte sie kühl, sein starrer Blick durchdrang die Rauchwolke, die er ausstieß. »Ich denk nicht, daß sie das interessiert, oder? Aber vielleicht interessiert es sie, wie du dahintergekommen bist.«

Das verstand Olivia ebenfalls. Vor allem wollte er damit sagen, daß der Überbringer schlechter Nachrichten selten belohnt wird. Und zweitens wollte er sagen, wenn sie ihn verpfiff, würde er es ihr heimzahlen.

Sie konnte sich schon denken, was das praktisch für sie bedeuten würde. Ihre Mutter, falls sie die Beziehung mit Nick daraufhin abbrach, würde es ihr wohl nie verzeihen. Ihr Vater würde sie hinauswerfen. Und Nick würde sie wahrscheinlich umbringen. Enthüllung war nicht angesagt. Er hatte ihr wieder einmal jeden Ausweg verstellt.

Sie wußte erst, was sie sagen wollte, als sie es bereits sagte. »Bumst du die andern auch alle?«

Das fand Nick ziemlich lustig. »Die wollen ihre Beine hochstellen, nicht breitmachen.«

Sie kam sich erniedrigt vor, vergiftet, unrettbar gedemütigt und entwürdigt. Er hatte sie sich angesehen und dabei nur dran gedacht, schmutzige Bilder aus ihr zu machen. Kein Wunder, daß er ihre grotesken Brüste bewundert hatte.

Sie schlang die Arme um sich, um nicht auseinanderzufallen. Wie von weither hörte sie sich etwas sagen. »Du bist zum Kotzen«, sagte sie. »Ich will nichts mehr von dir wissen.« Sie wandte sich von ihm ab und rannte zur Treppe. Wenigstens funktionierten ihre Beine. Sie hörte ihn nach ihr rufen, sie sollte zurückkommen.

Sie rannte die Treppe hinunter. Die Tür zur Straße war abgeschlossen. Sie mußte im Halbdunkel daran herumfummeln und hörte schon, wie er hinter ihr die Treppe herunterkam. Ihr Herz oder sonst irgendwas in ihr würde gleich zerspringen. Endlich bekam sie die Tür auf und rannte auf die dunkle Straße hinaus.

Er war immer noch hinter ihr her. Sie hörte seine Füße, sein schweres Atmen. Ihre Beine funktionierten nun doch nicht; sie schien kaum von der Stelle zu kommen.

Er packte ihren Arm. Sie schrie ihn an, er solle sie loslassen, sie gehenlassen. Sie schrie ihn tatsächlich auf offener Straße an. Er hatte ein vulgäres Fischweib aus ihr gemacht! So eine, die draußen laut herumzetert. Dafür haßte sie ihn genauso wie für alles andere. Er sagte, sie solle das Maul halten. Dabei schrie er aber nicht wie sie, sondern sagte es mit leiser, giftiger Stimme voller Zorn und unterdrückter Gewalt. Der Ton machte ihr angst. Er war ein Wildfremder; sie hatte ja soeben den Beweis erhalten, daß sie rein gar nichts über ihn wußte. Er wäre zu allem fähig.

»Hör auf, du Biest. Komm wieder rein.«

»Ich geh nach Hause. Faß mich nicht an. Du bist zum Kotzen.«

»Du kannst aber nicht weg ohne deine Scheißtasche. Du hast ja kein Geld.«

»Mir doch egal, dann geh ich zu Fuß. Laß mich los!«

Mittlerweile kreischte Olivia richtiggehend. Er hielt ihr von hinten mit der Hand den Mund zu. Als sie versuchte, ihn in die Finger zu beißen, hielt er ihr auch noch die Nase zu, damit sie nicht mehr atmen konnte. Sie dachte, sie würde gleich sterben und fiel rückwärts gegen ihn.

Er nahm den Finger und den Daumen von ihrer Nase, damit sie wieder atmen konnte, hielt ihr den Mund aber weiter fest zu. »Schon besser«, sagte er ganz kühl, weil er nun die Oberhand hatte. »Komm wieder rein, du blöde kleine Kuh.«

Als sie störrisch blieb, zerrte er sie quer über den Gehweg wieder ins Haus und knallte die Tür hinter sich zu. Dort nahm er die Hand von ihrem Mund, behielt aber die Arme um sie und drückte sie von hinten hart an sich. Wenigstens machte er nicht den Versuch, sie nach oben zu bringen.

Sie war immer noch total verängstigt, wehrte sich aber nicht mehr. »Nick, laß mich gehen. Ich will nach Hause.«

»Du gehst nirgendwohin; erst beruhigst du dich mal.«

»Ich bin doch ruhig.« Sie zitterte jetzt vor Anstrengung, ihn ihre Angst nicht merken zu lassen. »Bitte, bitte, laß mich los.«

Diesmal gab er keine Antwort. Er atmete immer noch schwer. Sie auch, vor Panik und weil sie sich so heftig gewehrt hatte.

Seine Hand um ihre Mitte bewegte sich zum Saum ihres Minirocks hinunter und wollte ihn hochziehen.

Sie versuchte, sie zu packen und wegzustoßen. »Hör auf. Ich will nicht, daß du das machst.«

Er gab immer noch keine Antwort und hörte auch nicht auf. Sie konnte ihn durch nichts daran hindern. Es hatte gar keinen Zweck, nein zu sagen; er betrachtete es anscheinend als eine besondere verlockende Aufforderung. Er ließ sie einfach nicht nein sagen.

Inzwischen hatte er ihr den Rock hoch- und den Schlüpfer heruntergezogen und rieb sie derb, drängend. Er zwängte seine Hand zwischen ihre Schenkel und stieß ihr die Finger tief in die Scheide und den After. Theoretisch gesehen widerlich, anatomisch eindringlich, emotional eine im wahrsten Sinne obszöne Zweifingergeste – und sexuell die totale Inbesitznahme. Olivia spürte, wie ihr Körper trotz der Angst auf ihn reagierte. Vom Kopf her wollte sie ihn nicht, aber ihr Kopf schien im Moment nicht zu funktionieren.

Er machte es ihr auf der Treppe in einem kurzen und ziemlich brutalen Akt. Die Brutalität lag nicht in einer bestimmten gewalttätigen Handlung, sondern war die unterschwellige Reaktion auf ihr Verhalten draußen auf der Straße. Ihr Widerstand und ihre erbitterte Gegenwehr hatte den Einsatz erhöht, den Ton ihres sexuellen Wechselspiels verändert. *Magst du's denn nicht gern brutal*, hatte er im Park gefragt, als sie vor ihm weggelaufen war und er sie geschnappt hatte. Damals hatte sie ihn nicht verstanden. Jetzt verstand sie ihn.

Erst vor ein paar Minuten hatte sie sich gesagt, daß sie nichts von ihm wußte, doch auf dieser primitiven Ebene traf genau das Gegenteil zu: Er kam ihr durchsichtig vor. Sie ihm vermutlich auch. Wahrscheinlich nahm er deswegen nie Notiz von ihr, wenn sie nein sagte. Denn nach allem, was passiert war, nach allem, was sie gefühlt und gedacht und gesagt hatte und was ja auch stimmte, war sie immer noch in ihn verliebt. Er sah im Dämmerlicht des Treppenhauses auf sie herunter, immer noch erschöpft, nachdem er gekommen war. »So wollte ich's nicht. Ich wollte dich mit raufnehmen und es richtig machen.«

»Mit der Kamera, meinst du?«

»Sei still, komm her.« Er setzte sich auf die Treppe und nahm sie in den Arm. Das hatte sie sich die ganze Zeit sehnsüchtig gewünscht. »Okay. Ich hätte es nicht machen sollen, ohne dich zu fragen. Es war einfach so perfekt, du warst so verdammt perfekt.«

»Perfekt pornographisch.« Doch sie machte sich nicht von ihm los. Sie wollte, daß er sie wieder zum Leben erweckte.

»Alles, was offen sexy ist, ist pornographisch«, sagte er sachlich. »Das nennt man dann Pornographie. Komisch, anders herum ist es oft nicht so.«

»Du meinst, Pornographie ist nicht besonders sexy?«

»Was denkst du?«

»Keine Ahnung, ich bin ja kein Mann.«

Darüber mußte er lachen. »Na, sie will jedenfalls sexy sein, Kätzchen. Im Wörterbuch steht bloß, Pornographie will an die erotischen Instinkte appellieren, aber nicht, daß es ihr auch tatsächlich gelingt.«

Sie sah zu ihm hoch. Sie wollte sein Gesicht sehen, wenn er ihre nächste Frage beantwortete. »Heißt das, du findest die Frauen in diesen Heften nicht sexy? Oder die, die du fotografierst?«

Er zuckte die Schultern. »Das sind doch bloß Papiernutten. Professionelle Mösen machen mich nicht an.«

Er sagte es mit so lässiger Gleichgültigkeit, daß sie ihm glaubte. Sie fiel dann wohl in die Kategorie Amateurmöse. Oder vielleicht unprofessionelle Möse, obwohl darin eine Art unsportliches Verhalten anklang – wie zum Beispiel, gegen das Gebumstwerden Einspruch zu erheben.

Beim Stichwort Amateur fiel ihr das Foto von Althea wieder ein, das ihr Vater gemacht hatte. Sie wußte, daß sie Nicks Beziehung mit ihrer Mutter nicht erwähnen sollte. Jetzt, fand sie, hatte sie aber ein bißchen Nachsicht verdient. Ziemlich viel sogar.

»Hast du von meiner Mutter schon mal Pornofotos gemacht?«

»Nur zum Spaß«, gab er zu. »Sie hat aber nicht die richtigen Formen.«

»Ich dachte, ihre Formen gefallen dir. Sie denkt das jedenfalls.«

»Stimmt auch. Sie hat die Form, die zu ihr paßt. Aber du bist viel –«

»Offensichtlicher«, beendete sie den Satz.

»Großzügiger bedacht, wollte ich sagen. Sinnlicher.« Er liebkoste ihre Brüste, während er sie beschrieb.

»Ich hasse es. Ich hätte viel lieber einen flachen Busen.«

»Das wär, wie wenn du sagen würdest, ich bin zu reich. Das gibt's nicht.« Er half ihr hoch und stand ebenfalls auf.

»Jetzt gehen wir rauf und probieren es noch mal.«

- 28 -

Alles wurde nur schlimmer statt besser.

Nick hatte sich tatsächlich entschuldigt und versucht, die Veröffentlichung der Fotos als Kompliment hinzustellen, was aber nichts an der Tatsache änderte, daß Olivia sich hintergangen fühlte. Die Vorstellung, daß sexuelle Außenseiter und Eigenbrötler beim Anblick ihres nackten, willigen Körpers keuchten und hechelten, war ein Alptraum.

Das Schlimmste aber war, daß es ihm offensichtlich nichts ausmachte. Er war nicht im geringsten eifersüchtig auf all diese Fremden, die sie anglotzen und widerliche Sachen mit ihr anstellen wollten, während sie ihnen mit echter Lust entgegensah. Wenn er sie liebte, würde es ihm etwas ausmachen, egal, was er behauptete. Aber er liebte sie ja nicht, und folglich machte es ihm auch nichts aus.

Sie kam nach Hause und fühlte sich wie vergewaltigt. War sie ja wohl auch. Wenn man wild um sich tretend und kreischend in einem Treppenhaus herumgezerrt wird und einem die Kleider heruntergerissen werden und man gefickt wird, dann war das doch eine regelrechte Vergewaltigung im allerwörtlichsten Sinn. Das fand sie aber eigentlich gar nicht so schlimm. Das verzieh sie ihm; es war ja auch ziemlich aufregend gewesen. Sogar sehr aufregend, wenn sie genau überlegte. Alles andere aber: wirklich trostlos.

Althea saß im Wohnzimmer und sah fern. Olivia hatte keine Lust, sich dazuzusetzen und mit Althea die Nachrichten zu sehen, also ging sie hinauf in ihr Zimmer. Nur, im Moment war es gar nicht ihr Zimmer, sondern Vaters Arbeitszimmer, und er saß drin.

Zuerst wollte sie sich mit ihrem Vater nicht im gleichen Zimmer aufhalten. Dann überlegte sie: er war im Moment der einzige, in dessen Nähe sie sein wollte. Sie nahm ihre Geige vom Bett, legte sie auf die Kommode und streckte sich auf dem Bett aus.

Ihr Vater las und machte sich Notizen. Das einzige Licht im Raum kam von der Schreibtischlampe. Sie betrachtete sein Profil; im Lampenlicht schossen goldene Fünkchen aus den Schatten in seinem dunklen Haar. Etwas von dem Gold – bisher nur ein paar vereinzelte Härchen – würde bei Tageslicht silbern glänzen. Die Fältchen an Augen- und Mundwinkeln und die leichten Vertiefungen an seinen hageren Wangen machten ihn nur noch männlicher und nicht weniger attraktiv.

Sie wäre gern wieder ein Baby gewesen, um ihrem Vater auf den Schoß zu klettern und die Arme um ihn zu legen. Sie brauchte so dringend einen Menschen, der sie festhielt und ihr sagte, daß er sie liebte und daß sie ein braves Mädchen war, ein prächtiges Mädchen.

Das wäre natürlich alles gelogen. Sie war überhaupt nicht brav. Endlich merkte ihr Vater, daß sie im Zimer war. »Wie war's in der Geigenstunde, Lia? Da warst du doch heute, oder?«

»Ja, die erste nach den Ferien. Es ging gut. Mrs. Stone war wirklich zufrieden mit dem Bach, glaub ich.«

»Da sollte sie auch sein. Ich fand auch, daß es sich gut anhörte.« Er mußte es wissen, er hatte ihr ja den ganzen Sommer beim Üben zuhören müssen.

Da er nun schon in gesprächiger Laune war, wollte sie die Gelegenheit ergreifen. »Daddy.«

»Ja, Lia.«

Er war nur halb bei der Sache, die andere Hälfte seiner Aufmerksamkeit konzentrierte sich auf das Buch. Auch recht.

»Hast du schon mal Herrenmagazine gelesen?«

»Ich glaube nicht, daß die gelesen werden müssen«, gab er trocken zurück.

»Du weißt doch, was ich meine. Hast du dir schon mal welche angeguckt?«

»Irgendwann habe ich wohl schon mal einen Blick reingeworfen. Wieso fragst du?«

»Meg hat welche bei ihrem Bruder gefunden. Wir haben sie uns angeguckt.«

»Und, war es eine interessante Erfahrung?«

»Hmm. Wieso lesen Männer so was?«

»Die meisten von uns tun es nicht.«

»Na ja, aber was für Männer lesen sie denn dann?«

»Sehr unreife, würde ich sagen. Wahrscheinlich brauchen sie Nachhilfeunterricht in Anatomie. Wie alt ist denn Megs Bruder?«

»Achtzehn.«

»Also, da hast du's.«

»Und was ist mit den Frauen auf den Bildern? Warum machen sie so was?«

»Sie werden doch dafür bezahlt, oder? Wenn sich absolut respektable Schauspielerinnen schon ausziehen und sich wollüstig in absolut respektablen Theaterstücken und Filmen räkeln, wieso sollten sich dann Sharon und Tracy nicht ausziehen und sich in so einer Zeitschrift wollüstig räkeln?«

»Ms. Pankhurst behauptet, das ist Ausbeutung.«

»Finde ich auch. Dieser Schund ist sündhaft überteuert.«

»Daddy, du weißt genau, was ich meine. Die *Frauen* werden ausgebeutet.«

»Denkt eure Ms. Pankhurst, es sollte verboten werden, junge Frauen in unbekleidetem Zustand zu fotografieren? Oder findet sie nur, daß sie dafür nicht genügend Geld bekommen, daß sie sich ausziehen?«

Olivia dachte über die Frage nach. »Wenn es verboten wäre, Leute ohne Kleider zu fotografieren, wäre das doch ein Rückschritt in viktorianische Zeiten.«

»Eine undenkbare Situation«, meinte ihr Vater trocken.

»Vielleicht meint sie, frei nach der Bibel: die Arbeiterin ist ihres Lohnes wert.«

»Nein, *ich* glaube, sie denkt, wenn sie mehr bezahlt kriegen, wird es noch schlimmer. Sie hat uns erzählt, daß die Frauen früher in die Prostitution getrieben wurden, weil sie sonst überall so niedrige Löhne bekamen, und wenn jetzt Nacktmodelle besser bezahlt werden als Kellnerinnen, haben wir doch wieder die gleiche Situation, oder?«

»Den Lohn der Sünde will sie also eigentlich nicht erhöhen.«

Das sollte wieder ein Witz sein, den Olivia aber nicht verstand. »Ich glaube, sie will, daß Frauen so ein hohes Selbstwertgefühl bekommen, daß sie ihre Körper gar nicht erst vermieten, damit einer sie beglotzen kann.«

»Vielleicht lassen sie sich gern beglotzen. Manche Leute haben es gern, wenn man sie bewundert, weißt du. Wenn der Körper das Bewundernswerteste an einem ist, warum sollte man ihn dann nicht herzeigen?«

»Daddy, denkst du das wirklich?«

Da sah er sie zum ersten Mal an. »Stimmt etwas nicht mit dieser Meinung?«

»Es kommt mir nur so, na ja – so geschmacklos vor.«

»Geschmacklosigkeit ist eine Frage von Geschmack, nicht von Moral.«

Ihr Vater hatte seine Aufmerksamkeit wieder dem Buch zugewandt. Olivia sagte: »Aber wie fändest du es, wenn ich so was machen würde?«

»Ich würde mich sehr wundern. Vor allem, weil du ja meinst, es sei geschmacklos.«

»Aber hättest du was dagegen?«

»Selbstverständlich hätte ich etwas dagegen. Ich würde meinen, du hast mehr Geschmack.« Er sah wieder hoch. »Ist das ein Trick, damit ich dir dein Taschengeld aufstocke?«

Olivia reagierte nicht darauf. »In manchen Heften stehen die Namen der Mädchen und wo sie wohnen. Was da wohl ihre Familien und Freunde denken?«

»Bestimmt werden sie denken, die junge Sharon ist aber

berühmt. Die Kumpels ihrer Freunde wären beeindruckt. Alles in allem eine tolle Sache.«

»Würdest du das auch denken, wenn Althea plötzlich im *Playboy* auftauchen würde?«

»Wenn Althea Schauspielerin wäre, müßte ich mich wohl an den Gedanken gewöhnen, daß sie sich nackt in der Öffentlichkeit zeigt. Aber zu Swapgeschäften gehört nun einmal nicht diese Art von Enthüllung.«

Das war eigentlich keine richtige Antwort auf ihre Frage, aber Olivia rechnete nicht damit, eine bessere Antwort aus ihm herauszulocken. Es machte ihm nichts aus, über die Verhaltensweisen irgendwelcher Hominiden zu diskutieren, er würde sich jedoch in keine Diskussion über seine eigenen Emotionen hineinziehen lassen. Eins war jedenfalls sicher – wenn ihr Vater herausbekäme, daß Nick Pornofotos von ihr gemacht und sie an eine Zeitschrift verkauft hatte, würde er vor Wut an die Decke gehen. Den Gedanken fand sie tröstlich: Er würde vor Wut schnauben. Wenn es Nick nichts ausmachte, ihrem Vater würde es jedenfalls sehr wohl etwas ausmachen.

- 29 -

Als Olivia und ihre Mutter gerade beim inzwischen traditionellen sonntäglichen Scrabblespiel waren, dem mütterlichen Äquivalent zum Spaziergang im Park von Hampstead Heath, läutete es an der Haustür. »Ich geh schon«, sagte Olivia automatisch und vergaß dabei, daß sie ja gar nicht mehr hier wohnte.

Es war für sie. Es war Charlie Cahill.

Olivia hatte ihn ganz vergessen, seit ihre Mutter ihn vor zwei Wochen erwähnt hatte. Nun starrte sie ihn überrascht und plötzlich verlegen an. Er schien gewachsen zu sein. Zumindest an den Schultern schien er breiter und etwas muskulöser geworden zu sein. Außerdem war er sehr braun. Er sah toll aus.

»Hallo, Lia, kennst du mich noch?«

»Ja, klar kenn ich dich«, fügte sie etwas fester hinzu. »Mummy sagt, du warst mal da, als ich in Yorkshire war.«

»Ja, stimmt. War's schön in den Ferien?«

»Ganz okay, danke. Wie geht's in deinem Job?«

»Beschissen, aber das hab ich mir schon gedacht. Die geben mir nicht mal frei für den Urlaub, die brutalen Mistkerle.« Er grinste. »Immerhin hab ich's geschafft, richtig schön braun zu werden. Erinner mich dran, daß ich's dir mal zeige.«

Olivia lächelte schwach. Ihr war klar, daß sie ihn eigentlich hereinbitten sollte, doch es war ihr schrecklich peinlich, sich im Beisein von ihrer Mutter und Nick mit ihm unterhalten zu müssen.

Dann heftete Charlie seinen Blick auf ihren Busen und sagte: »Ich hab das Auto von meinem Bruder da. Ich dachte mir, vielleicht hast du Lust, ein bißchen rumzufahren.«

Olivia hatte plötzlich eine prächtige Idee: Charlie könnte sie doch heimfahren. Auf diese Weise ließ sich höflich und absolut unverfänglich vermeiden, wovor sie sich schon die ganze Zeit gefürchtet hatte: mit Nick allein zu sein. »Gern. Ich muß bloß noch mit meiner Mutter zu Ende Scrabble spielen, und dann trinken wir Tee. Komm doch rein und trink mit uns Tee, danach können wir ja fahren.« Besorgt fügte sie hinzu. »Ist das okay?«

»Hört sich gut an.« Er schien sich tatsächlich über die gräßliche Aussicht zu freuen, mit ihrer Mutter und Nick den Tee einzunehmen.

Als Olivia zusammen mit Charlie in die Küche kam, sagte sie knapp: »Mummy, das ist Charlie Cahill. Du hast ihn doch schon kennengelernt, als ich verreist war, weißt du noch? Ich hab ihn zum Tee eingeladen, wenn du nichts dagegen hast.«

»Aber natürlich, mein Liebling. Ich freue mich. Setzen Sie sich doch, Charlie.«

Als Nick auftauchte, nachdem Olivia und ihre Mutter den Teetisch gedeckt hatten, sagte sie nur: »Das ist Charlie, das ist Nick.«

Eine halbe Stunde später fühlte sich Charlie anscheinend immer noch wohl. Olivia staunte. Sie hätte sich nicht so zieren müssen, ihn einzuladen; sie selbst war inzwischen völlig überflüssig. Er trank drei Tassen Tee und vertilgte die halbe Platte mit Bakewell-Törtchen. Ihre Mutter überhäufte ihn mit höflichen, aber direkten Fragen, die er gutmütig beantwortete. In Gesellschaft benahm sich ihre

Mutter meistens wie eine Dame auf einem immerwährenden Teekränzchen, und wenn Charlie unter diesen Umständen mit ihr fertig wurde, würde er in Zukunft keinerlei Schwierigkeiten mit ihr haben.

Nach dem Verhör unterhielten sich Nick und Charlie so angeregt über Motorräder, daß Olivia die beiden unterbrechen mußte, um Charlie zum Aufbruch zu mahnen. »Charlie, ich muß jetzt aber nach Highgate. Wolltest du mich nicht hinfahren?«

Noch bevor Charlie etwas erwidern konnte, meldete sich ihre Mutter zu Wort: »Lia, mit einem Motorrad fährst du mir nirgends hin.«

»Ich hab heute das Motorrad gar nicht dabei«, versicherte ihr Charlie. »Darf Lia in einem Ford Escort mitfahren? Er ist garantiert verkehrstüchtig, obwohl er nicht danach aussieht.«

Olivias Mutter räumte ein, daß ein Ford, auch ein älteres Modell, auf der Liste der genehmigten Fahrzeuge stand. Vier Räder gut, zwei Räder schlecht.

Aber auch vier Räder waren nicht so gut, wie sie hätten sein können, stellte Olivia draußen fest, als sie den Wagen zum ersten Mal bei Tageslicht sah. Entweder Charlies Bruder oder der ehemalige Besitzer mußten unsäglich schlechte Fahrer gewesen sein. »Clare hat behauptet, dein Vater sei reich. Warum kauft er deinem Bruder denn dann kein besseres Auto?«

»Was glaubst du, warum er so reich ist? Weil er seine Söhne für einen Hungerlohn für sich schuften läßt, anstatt ihnen fetzige Autos zu kaufen. Sag mal, Lia, wieso fahren wir eigentlich nach Highgate?«

»Ich wohne jetzt bei meinem Vater. Der wohnt da.«

Er mußte die Nachricht erst verdauen. »Deshalb ist Nick also Nick. Der ist gar nicht dein alter Herr.«

»Nein.« Olivia war gezwungen, den entsetzlich peinlichen Satz auszusprechen. »Er ist der Freund von meiner Mutter.«

»Wohnt er auch da?«

»Ja.«

»Seit wann?«

»Seit letzten Mai.«

»Wohnst du etwa deswegen jetzt bei deinem Vater?«

Sie sah ihn bewundernd und erleichtert an. »Bist du aber schlau, Charlie.«

Er grinste. Wenn er lächelte, sah er wirklich gut aus, so jungenhaft, richtig gut, und er lächelte oft. »Dann komm mal mit zu mir nach Hause und sag das meiner Mutter! Was hat Nick dir eigentlich getan, daß du was gegen ihn hast? Er scheint doch ein ganz netter Kerl zu sein.«

»Ist er eigentlich auch«, entgegnete sie unwirsch. »Aber die zwei sind sich selber genug.«

»Lebt dein Vater allein?«

»Nein. Im Gegenteil. Meine –« Sie überlegte und entschied sich dann für die am wenigsten scheußliche Alternative. »Die neue Frau von meinem Vater ist hochschwanger.«

»Und du verstehst dich nicht mit ihr.«

»Nein. Woher weißt du das?«

»Hast du nicht gerade gesagt, ich bin schlau?«

Sie lachte. Allmählich wurde sie etwas gelöster. Dann merkte sie, daß sie unten am einspurigen Kreisverkehr gerade zu der Stelle kamen, wo Nick angehalten hatte, als er sie letztes Mal nach Hause gebracht hatte. Wo er sie –

Sie hielt sich die Hände vors Gesicht, weil sie befürchtete, sie sei rot geworden. Dieser Junge hier würde sie sicher verachten, wenn er wüßte, was Nick mit ihr gemacht hatte. Sie starrte reglos aus dem Fenster, bis sie das Haus ihres Vaters erreichten.

Sie dachte schon, er sei vielleicht beleidigt, weil sie am Ende so still geworden war. »Entschuldige, aber mir war gerade nicht gut.«

»Das ist schon das zweite Mal, daß dir bei meinem Anblick schlecht wird.«

Sie hatte das erste Mal bereits vergessen. Damals war es etwas Besonderes für sie gewesen; zum ersten Mal hatte sie ein Junge geküßt, aber der Reiz des Neuen war bald von den Ereignissen überholt worden. Von Nick.

»Es hat nichts mit dir zu tun«, sagte sie ernsthaft. »Wirklich nicht.«

Er meinte trocken: »Heißt das, ich darf wiederkommen?«

»Ja. Bitte. In vierzehn Tagen bin ich wieder bei meiner Mutter. Wir könnten ja den Tee ausfallen lassen und statt dessen ein bißchen rumfahren, wenn du das Auto von deinem Bruder kriegst.«

»Ich dachte, du hättest vielleicht mal Lust, abends auszugehen, in einen Klub oder irgendwohin zum Tanzen.«

»Ja, schon, es ist bloß –«

»Was?«

»Daddy würde ... Wenn es spät wird, würde er mich, glaub ich, lieber abholen.«

Charlie sah sie ziemlich lange an, offensichtlich wußte er nicht recht, ob es eine beleidigend direkte Abfuhr sein sollte oder ob ihr Vater vielleicht Mitglied einer abstrusen religiösen Sekte war. »Wie alt bist du?«

»Fünfzehn.«

»Seit wann?«

»Seit Ende Juni.«

»Dann warst du also vierzehn, als wir uns kennengelernt haben?«

Es klang wie eine Anschuldigung, als ob sie ihn belogen hätte. Olivia nickte und sah verlegen auf die Hände in ihrem Schoß. Jetzt würde er nichts mehr mit ihr zu tun haben wollen; sie war ja noch ein Kind.

»Warum hast du denn das nicht gesagt?«

»Hab ich doch nicht gewußt, daß dir das wichtig ist.«

Nun mußte er lachen. »Und ich dachte, du wärst so alt wie Clare, die ist ja schon sechzehn. Ist ja egal. Also, in zwei Wochen komm ich bei deiner Mutter vorbei, und dann gehen wir aus, okay?«

»Ja, okay.«

»Dagegen hat dein Daddy doch nichts.«

»Er erfährt's ja nicht, oder?« Sie sah ihn lächelnd an.

Charlie lächelte nicht mehr. Er beugte sich herüber und küßte sie, nicht heftig, nicht tief. Es erregte sie nicht. Ihr wurde aber auch nicht schlecht davon.

- 30 -

Es kamen ständig Fremde ins Haus, potentielle Käufer. Olivias Vater und Althea verbrachten jeden Abend damit, über Informationen zu den Häusern anderer Leute zu brüten, die mit der Post gekommen waren, und sie ausführlich zu diskutieren. Wenn sie Häuser besichtigten, kam Olivia mit. Es machte Spaß, fremde Häuser von innen zu sehen und sich auszumalen, welches ihr Schlafzimmer werden würde, welches Zimmer das Arbeitszimmer ihres Vaters und welches das Kinderzimmer.

Es fiel ihr schwer, sich das Baby vorzustellen und noch schwerer, es zu mögen. Es würde Altheas Baby sein. Wenn ihre Eltern nach all den Jahren noch ein Baby bekommen hätten … Aber das kam ja nicht in Frage. Es würde das Baby von Althea und ihrem Vater sein und mit ihr nicht das geringste zu tun haben.

Dieses Jahr sollte sie in der Mittelstufe Prüfungen machen, in zehn Fächern. Schon seit September wurden sie von sämtlichen Lehrern dazu angehalten, sich bald an ihre Aufgaben zu machen.

Noch dazu mußte sich Olivia mit Mrs. Stones Nummer eins auf der Hitparade aller Zeiten herumschlagen, mit J. S. Bach.

Inzwischen hatte sie sich recht gut in Oskar Shumskys Interpretation der Suite eingehört. Es war eigentlich, wie wenn man grüne Oliven oder Naturjoghurt ißt: Am Anfang verzieht man das Gesicht und schluckt es schnell hinunter wie bittere Medizin, aber dann gewöhnt man sich an den Geschmack.

Olivia hatte schon beim letzten Mal den Eindruck gehabt, ihre Mutter hätte etwas zugenommen. Diesmal war sie sich sicher. Sogar ihr Busen wirkte größer. Das würde Nick aber gefallen. Vielleicht mästete er sie doch, wie er damals im Spaß gesagt hatte.

Das zusätzliche Gewicht stand ihr gut. Sie sah geradezu blühend aus. Ihr Gesicht wirkte weicher, selbst die Falten schienen allmählich zu verschwinden. Vielleicht lag es daran, daß sie zugenommen hatte, oder es war eine Auswirkung ihrer neu gefundenen Ruhe. Olivia kam ein Gedanke: Hätte ihre Mutter vor drei Jahren so ausgesehen, dann wäre ihr Vater womöglich nicht weggegangen.

Ihre Mutter trällerte in der Küche herum, während sie mit den Vorbereitungen fürs Mittagessen beschäftigt war. Sie war völlig unmusikalisch und hatte Olivia einmal gestanden, das einzig Gute am Weggang ihres Vaters sei gewesen, daß sie sich nun keine Opern mehr anzuhören brauchte.

»Wie geht's dir, mein Liebling? Was macht die Schule?«

»Ziemlich langweilig. Aber Meg und ich haben gerade unser Stück fertig umgeschrieben und schon viele Leute zum Mitspielen animiert.«

»Doch nicht das Stück, von dem du mir erzählt hast? Das mit dem grausigen Schluß?«

»Wo sie ihre Kinder umbringt? Ja, das ist es.«

»Aber das ist doch – äh, das ist aber nicht sehr geeignet als Schulaufführung, oder?«

»Warte doch, bis du es siehst«, beruhigte sie Olivia. »Wir haben es ganz toll gemacht. In dem ursprünglichen Stück ist Medea eine Ausländerin – sie behauptet, sie ist aus Asien –, und als Jason sich von ihr scheiden läßt, soll sie mit den Kindern aus der Stadt geworfen werden, aber dahin, wo sie her ist, kann sie nicht mehr zurück, weil sie Jason geholfen hat, das Goldene Vlies zu stehlen.«

»Hört sich nicht an wie eine redliche Bürgerin.«

»Ms. P. sagt, viele Frauen werden von ihren Männern oder Freunden zu Verbrechen verleitet.«

»Lady Macbeth zum Beispiel.«

»Ach, Mummy, lenk doch nicht immer ab, wenn ich dir von dem Stück erzählen will. Also, Meg und ich haben es so gemacht: Weil ihr Mann sich von ihr hat scheiden lassen, sie folglich nicht mehr mit einem Bürger verheiratet ist, soll sie mit ihren Kindern an ihr Heimatland ausgeliefert werden, wo die tyrannische Regierung sie sofort verhaften und als Staatsfeinde foltern würde. Sie bringt die Kinder um, um ihnen ein Schicksal zu ersparen, das schlimmer ist als der Tod.« In einer melodramatischen Geste faßte sich Olivia an die Brust und ließ die Hände dann sinken. »Sorry, wir haben es in lauter Klischees geschrieben – es ist total spannend.«

»Klingt ja hochinteressant«, meinte ihre Mutter zögernd. »Wärst du so lieb, den Tisch zu decken?«

Es war das dritte, nein, vierte Mal, daß Olivia sonntags zum Mittagessen gekommen war, und Nick nicht da war, wenn sie ankam. Vielleicht erfand er irgendeine Ausrede, oder vielleicht wollte ihre Mutter ihn erst mal aus dem Weg haben, damit Olivia sich mehr wie zu Hause fühlte. Wie dem auch sei, es war jedenfalls bestimmt kein Zufall. »Wo ist Nick?«

»Er hatte einen Auftrag im Bankenviertel, den er am Sonntag vormittag machen mußte. Weil da kein Verkehr ist, weißt du. Er müßte jeden Moment hier sein.«

Olivia versuchte es sich vorzustellen. Irgendeine Mieze, die mit Schirm und Melone und sonst gar nichts zwischen den Säulen der Bank of England posierte und wahrscheinlich zweideutige oder gar obszöne Dinge mit dem Schirm anstellte ...

Ihre Mutter hatte einen ernsthaften Ton angeschlagen. Offenbar hatte Olivia den ersten Teil verpaßt, denn ihre Mutter sagte gerade: »Ich wollte es dir zuerst sagen. So etwas spricht sich herum, und es ist nur richtig, daß du es vor allen anderen erfährst.«

»Was denn?« fragte Olivia.

»Versteh mich bitte nicht falsch, mein Liebling. Du wohnst ja jetzt bei Ross, für dich macht es dann doch eigentlich keinen Unterschied.«

So lavierte sich ihre Mutter um jedes wirklich wichtige Thema herum. Obwohl es, laut Aussage ihrer Mutter, für Olivia keinen Unterschied machen würde. »Um was geht's, Mummy?«

Ihre Mutter holte tief Luft. »Ich werde Nick heiraten.«

Olivia sah sie ziemlich lange an. »Ich dachte, er ist schon verheiratet.«

»Ist er auch, sozusagen. Aber so, wie es aussieht, kommt seine Scheidung jetzt durch. Danach müssen wir nur noch sechs Wochen warten.«

Olivia wußte über diese Scheidung Bescheid. Anscheinend hatte man sich mit dem Richter über Nicks ungebührliches Betragen geeinigt. Sie fragte sich, worin es bestanden hatte. Und ob ihre Mutter darüber Bescheid wußte.

»Ich dachte, man muß zwei Jahre warten. Daddy hat gewartet, stimmt's?«

»Ja, aber unter gewissen Umständen bekommt man sie schneller.«

»Was für Umstände?«

»Ich weiß auch nicht. Nick – äh – Nicks Schwiegervater ist Rechtsanwalt und kennt sich aus.«

Nachdem ihre Mutter anscheinend fest entschlossen war, die Unschuldige zu spielen, legte Olivia es nicht darauf an, Geständnisse aus ihr herauszuquetschen. Es machte sowieso keinen Unterschied. Der Onkelmann wurde der neue Daddy. Nur daß er gleichzeitig der Daddy ihres eigenen verlorenen Babys gewesen war. »Wann heiratest du?«

»Irgendwann vor Weihnachten.« Ihre Mutter wurde plötzlich nervös und legte Olivia die Hände auf die Schultern. »Ich weiß, mein Liebling, du magst ihn nicht, aber wenn du ihn unter anderen Umständen kennengelernt hättest …«

Nicht im Park, zum Beispiel, dachte Olivia seltsam ungerührt. Und nicht in seinem Atelier oder seinem Auto. Nicht in deinem Schlafzimmer, nicht in Daddys Haus. Welcher Ort auf der Welt blieb denn noch übrig?

Ihre Mutter quasselte immer noch. »Die alten Zeiten sind nun mal vorbei, Lia. Ross hat wieder geheiratet und eine neue Familie gegründet.«

Alte Zeiten, alte Familie: die Wörter hallten in Olivias Kopf wider. Mit fünfzehn war sie bereits überholt und abgelegt. Plötzlich fügte sich das, was ihre Mutter eben gesagt hatte, in ihrem Kopf zusammen.

»Mummy, bekommst du ein Baby?«

Ihre Mutter wurde erst blaß, dann rot. »Äh, ich – eigentlich –«

»Also ja«, sagte Olivia tonlos.

»Was ist denn dabei?« Ihre Mutter klang defensiv, was bedeutete, daß sie Schuldgefühle hatte. Mit gutem Grund. Dabei sollte Nick die Schuldgefühle haben.

Wie konnte er nur? Fünf Flüsse gab es in der Unterwelt, hatte ihr Vater ihr vor langer Zeit erzählt. Vielleicht hatte Nicks Mutter ihn in Lethe getaucht, den Fluß des Vergessens, so wie man den kleinen Achilles im Styx gebadet hatte, um ihm Unsterblichkeit zu verleihen.

Doch Achilles hatte eine verwundbare, unbenetzbare Ferse. Wo war Nicks wunder Punkt?

»Nichts ist dabei«, erwiderte Olivia. »Heute kriegen doch alle Babys und sind nicht verheiratet. Warum solltest du nicht vom Ehemann einer anderen schwanger sein?«

Ihre Mutter sank auf einen Küchenstuhl. »Sag so was nicht, Lia, bitte. Er lebt doch schon fast ein Jahr nicht mehr mit ihr zusammen. Seit Mai lebt er hier mit mir. Im eigentlichen Sinn ist er mein Mann, nicht ihrer.«

Olivia setzte sich auf den Stuhl ihr gegenüber. Sie hatte zwar keine Ahnung, sie hatten alle beide keine Ahnung, aber womöglich hatte Nick die ganze Zeit, während er mit seiner Frau zusammengelebt hatte, noch eine unbekannte Geliebte gehabt. Nach dem, was sie über ihn wußte, traute Olivia es ihm durchaus zu.

Außerdem hatte er, obwohl er es abstritt, wahrscheinlich auch noch einige der Fotomodelle gebumst, die sich vor seiner Kamera auszogen und die Beine breitmachten. Und unbestreitbar war, daß er sozusagen seit dem Einzug in Mutters Haus seinen Schwanz in ihre eigene Möse gesteckt hatte.

Das Wort Ehemann war in diesem Zusammenhang bedeutungslos. Die Beteuerung ihrer Mutter, vier Monate Ficken sei mit dem Jawort vor einem Pfarrer gleichzusetzen, war entweder naiv oder zynisch.

Doch sie hatte kein Recht zu sagen, dein Verlobter hat mich bei jeder Gelegenheit wie ein geiler Bock gefickt, und es sollte mich nicht wundern, wenn er's mit anderen Frauen, die er für Pornomagazine in ordinären Posen fotografiert hat, auch getrieben hat. Es stimmte zwar, aber es wäre nicht recht von ihr.

Wieso war es nicht recht, die Wahrheit zu sagen?

Megan wüßte eine Antwort, dachte Olivia. Wenn ich Megan von Anfang an alles hätte erzählen können, wäre ich nicht in diese verfahrene Situation geraten.

Sie mußte ihrer Mutter etwas Versöhnliches sagen. Im Moment war sie mit ihrem verlorenen Baby nebensächlich, ebenso wie Nicks Frau mit ihrem verlorenen Baby. Jetzt war nur ihre Mutter mit dem zukünftigen Baby wichtig, dem Baby, das im nächsten Frühjahr zur Welt kommen würde.

Sie holte tief Luft. »Okay, Mummy. Es ist okay, heirate ihn nur. Ich hab nichts dagegen, wenn du das willst. Ich sehe ja, daß du glücklich bist. Er macht dich glücklich, das seh ich, und ich freu mich für dich.«

Ihre Mutter sah sie voller Erstaunen an. »Lia, das ist aber sehr großzügig von dir.«

»Es stimmt doch, oder?«

»Ja.« Ihre Mutter klang, als würde sie gleich ein unheilbares Laster beichten. »Ich bin wirklich glücklich mit ihm. Er ist nicht wie Ross. Er läßt sich durch nichts aus der Ruhe bringen, er freut sich einfach an dem, was kommt. Und er kümmert sich ums Geld und all diese Dinge. Mir ist, als müßte ich mir um nichts Sorgen machen. Als wäre ein Traum in Erfüllung gegangen. Ich hätte nie gedacht, daß einer wie er...« Sie faßte sich wieder und wurde sich ihres Gegenübers bewußt. »Wie du gesagt hast, er macht mich glücklich. Ich hoffe, ich mache ihn auch glücklich.«

Olivia mußte Salz in ihre eigenen Wunden streuen. »Und was ist mit dem Baby? Freut er sich auf das Baby?«

Die helle Haut ihrer Mutter rötete sich. »Ja, er – äh, nachdem er sich erst mal daran gewöhnt hatte, gefiel ihm die Vorstellung von einer eigenen Familie eigentlich ganz gut.«

»Heißt das, es war ein Versehen?«

Auch die Offenheit ihrer Mutter hatte Grenzen. Sie stand auf und ging zum Herd hinüber, um die Backofentür zu öffnen. »Ja und nein«, sagte sie mit dem Rücken zu Olivia. »Ich bin da mit meiner Pille etwas durcheinandergeraten, wir wußten also, daß was passieren konnte.«

Olivia mußte aufstehen und ans Fenster gehen, weil sie befürchtete, man würde ihr etwas ansehen. Ihre Mutter sprach über eine eigene Familie, als hätte sie keine. Sie, Olivia, gehörte anscheinend zu keiner Familie. Bei ihrem Vater kam ein Baby, bei ihrer Mutter kam ein Baby, sie hatte ihr Baby verloren und war von niemandem das Baby. Nicht einmal von Nick. Sie schlang die Arme um sich und sagte zu ihrer Mutter: »Das ist nett. Ich freu mich für dich.«

Als Nick nach Hause kam, rief ihre Mutter ihn in die Küche. »Ich hab Lia unsere Neuigkeiten erzählt.«

Er stand in der Tür und sah Olivia an, nicht ihre Mutter. »Und was hat Lia gesagt?«

»Sie hat gesagt, sie freut sich für uns.«

Für dich, dachte Olivia wütend, nicht für ihn. Sie sah zu Nick hinüber.

Als erstes dachte sie, ihre Mutter könnte genausogut eine Raubkatze heiraten, soviel Einfluß und Wirkung würde sie bei ihm haben. Ihr zweiter Gedanke war, als sie seinen ungerührten blauen Augen begegnete: Wenn er jetzt in ihr drin wäre, wüßte sie, was er dachte. Es überraschte sie, daß sie so etwas überhaupt denken konnte, noch dazu vor ihrer Mutter. Er hatte sie anscheinend mehr verdorben, als ihr bisher bewußt gewesen war.

Nick sagte bloß: »Gut« und wandte sich von ihr ab.

Olivia war so wütend, so empört für sich selbst und ihre Mutter und sogar für das ungeborene Baby, daß sie wünschte, sie hätte sich von Charlie die Telefonnummer geben lassen, um ihm abzusagen, und sich statt dessen von Nick heimfahren zu lassen, damit sie ihm sagen konnte, was sie von ihm hielt. Aber es kam natürlich anders. Nick verschwand, als sie mit ihrer Mutter Scrabble spielte. Sie verlor. Dann kam Charlie, um sie abzuholen.

»Charlie ist da«, erklärte sie ihrer Mutter. »Er will noch mit mir weggehen, bevor wir nach Highgate fahren.«

»Schon wieder Charlie? Das muß eine tolle Romanze sein.«

Olivia sagte knapp: »Außer ihm kenn ich ja keine anderen Jungs.«

Charlie fragte, wie es ihr gehe. »Ist dir wieder schlecht?« fragte er halb im Spaß.

»Ja, aber nicht, wie du denkst. Meine Mutter heiratet.«

»Und davon wird dir schlecht?«

»Wenn sie bloß nicht ihn heiraten würde.«

»Stimmt was nicht mit ihm?«

»Ich mag ihn nicht. Ich hasse ihn sozusagen.«

»Na, er heiratet ja nicht dich.«

Das ist ja das Problem, dachte sie.

»Außerdem bekommt sie ein Baby.«

Das verschlug ihm eine Zeitlang die Sprache. Schließlich sagte er: »Du mußt dir ziemlich komisch vorkommen.«

»Zum Kotzen«, sagte sie. »Zum Kotzen ist der richtige Ausdruck.«

Wieder schwieg er ziemlich lange. Sie waren schon in Highgate. »Heute ist so schönes Wetter, wie wär's mit einem Spaziergang? Danach geht's dir vielleicht besser. Wir könnten doch in den Park gehen.«

Olivia fand es eine gute Idee.

Es war ein herrlicher Nachmittag, mit der melancholischen Herbstsonne, die einem das Gefühl gab, man hätte etwas Ernsthafteres mit seinem Leben anfangen sollen, zumindest mit diesem Sommer. Olivia hatte mit ihren fünfzehn Jahren das Gefühl, beides verhunzt zu haben. Charlie hielt ihre Hand und lenkte sie von ihren Gedanken ab, indem er ihr sehr unterhaltsam von seinen Abenteuern als Maurer erzählte.

»Wir sollten zurückgehen«, sagte Olivia schließlich. »Mein Vater wartet bestimmt schon auf mich.«

»Okay, klar.« Zögernd fügte er hinzu: »Stellst du mich deinem Vater vor?«

»He, bist du Masochist?«

Er grinste. »Ich dachte nur, wenn er mich kennenlernt, darf ich dich abends vielleicht selbst mal heimbringen, auch wenn's spät wird.«

Im Augenblick waren nicht viele Leute in der Nähe. Er zog sie an sich und legte den Arm um sie. Er versuchte nicht, sie zu küssen, sondern hielt sie einfach im Arm. Sie legte die Arme um seinen Brustkorb und schloß die Augen. Es fühlte sich so gut und tröstlich an. Sie war aber nicht getröstet, denn er war nicht Nick. Und Nick würde sie nie wieder trösten. Nick würde ihre Mutter heiraten.

Sie holte tief Atem und spürte, wie er ihr in der Kehle steckenblieb. Sie begann zu zittern. »He, du, wein doch nicht«, flüsterte Charlie in ihr Haar.

»Ich wein gar nicht.« Olivia versuchte noch einmal tief durchzuatmen, und diesmal ging es bis hinunter in ihre Lunge. Sie machte sich von ihm los. »Ich muß jetzt gehen.«

Charlie kam noch für fünf Minuten mit herein, lange genug, um ihrem Vater Gelegenheit zu geben, ihn sich anzusehen und festzustellen, daß er nicht der Teufel in Verkleidung war. Oder doch, je nachdem. Danach, auf der Treppe vor der Haustür, murmelte Charlie: »Ihr habt ja eine Menge Bücher da drin.«

»Die gehören meinem Vater. Oben und in seinem Büro hat er noch viel mehr.«

»Was macht er eigentlich beruflich?«

»Er ist Historiker. Dozent an der Uni.«

Charlie reagierte so, als hätte sie gerade gesagt, ihr Vater sei Offizier bei der Antiterroreinheit der Luftwaffe. Nachdem er sie um ihre Telefonnummer gebeten hatte, fuhr er ohne Abschiedskuß davon. Jetzt hab ich ihn verschreckt, dachte sie bekümmert. Oder besser gesagt, ihre Eltern hatten ihn verschreckt. Ihre schwangere Mutter und ihr intellektueller Vater.

Beim Abendessen wollte ihr Vater wissen: »Wer ist eigentlich dieser Charlie?«

»Na, so ein Junge eben. Ich hab ihn im …« Daß sie im Pub gewesen war, würde ihr Vater ebensowenig gutheißen wie ihre Mutter. »… vor ewigen Zeiten mal bei Clare kennengelernt. Er ist ein Freund von Clares Bruder. Vor ein paar Wochen ist er mal bei Mummy vorbeigekommen und hat mich nach Hause gefahren.«

»Darf er denn schon Auto fahren?«

»Anscheinend. Er borgt sich das Auto von seinem Bruder.«

»In welche Schule geht er?«

»Gar nicht.« Sie holte tief Luft und rückte mit der ganzen Wahrheit heraus. »Er arbeitet bei seinem Vater.«

»Und was macht sein Vater?«

»Ihm gehört das Bauunternehmen Cahill.«

Ihre Mutter wäre über den Sohn eines Industriekapitäns (oder zumindest Zweiten Offiziers) hocherfreut gewesen, doch ihr Vater hatte höhere Ansprüche. »Das heißt, er ist Maurer.«

»Ach, Daddy, ich glaub, er schleppt schon lang keinen Hammer mehr rum. Clare sagt, er stinkt vor Geld.«

Ihr Vater schien nicht sehr beeindruckt. »Na immerhin, besser ein erfolgreicher Maurer als ein erfolgloser.«

Vielleicht hätte sie schwindeln und behaupten sollen, Charlie wollte Atomphysiker werden. Auf diesem Gebiet kannte ihr Vater sich genausowenig aus wie sie – oder, noch wichtiger, Charlie. Doch sie konnte sich denken, daß Charlie sich im Gespräch früher oder später selbst verraten hätte.

Um ihren Vater von Charlies Mangel an intellektuellen Ambitionen abzulenken, sagte sie: »Wußtest du, daß Mummy Nick heiraten will?«

»Ich dachte, er ist schon verheiratet.«

»Stimmt, aber er läßt sich scheiden. Mummy sagt, sie heiraten im Dezember.«

»Vom Regen in die Traufe«, kommentierte ihr Vater. Olivia bemerkte, daß Althea ihn merkwürdig ansah. »Weshalb die Eile?«

»Sie bekommt ein Baby.«

Eine Weile sagte niemand was. Dann meinte ihr Vater: »Sehr originell von ihr. Wie ist denn das passiert?«

Na, auf die übliche Art, dachte Olivia. Doch sie hatte nicht die Absicht, ihrem Vater zu verraten, wie ihre Mutter es gedeichselt hatte. »Ich glaube, es war ein Versehen. Sie sagte, er würde sich schon noch dran gewöhnen.«

»So, so – ein Versehen. Wie praktisch.«

»Entschuldigt mich.« Althea stand abrupt auf und verließ das Eßzimmer.

Olivia erkundigte sich voller Unschuld: »Was hat Althea denn?«

»Sie fühlt sich nicht gut«, erwiderte ihr Vater brüsk. »Noch etwas Salat, Lia?«

- 31 -

Megan reagierte etwas direkter, als Olivia ihr die Neuigkeiten übermittelte.

»Das wundert mich aber bei deiner Mutter, daß sie so was Wichtiges wie die Pille vergißt.«

»Dann denkst du das gleiche wie Daddy, nämlich daß sie Nick bloß dazu kriegen wollte, daß er sie heiratet.«

»Nein, nicht unbedingt. Vielleicht wollte sie eben noch ein Baby. Das ganze Zeug mit der biologischen Uhr, du weißt schon. Je älter du wirst, um so unfruchtbarer wirst du, und folglich ist es um so wahrscheinlicher, daß das Baby einen Chromosomenschaden kriegt. Wenn sie also noch ein Baby will, dann besser früher als später.«

»Meg, du bist so schrecklich vernünftig«, sagte Olivia düster. »Wenn sie noch mal ein Baby will, warum hat sie sich dann nicht längst eins angeschafft?«

»Vielleicht wollte dein Vater keins mehr. Oder vielleicht will sie eins speziell von Nick.«

Keine der beiden Möglichkeiten trug dazu bei, daß Olivia sich besser fühlte.

Sie beschloß, Megan eine ganz direkte Frage zu stellen: »Meg, wenn du an meiner Stelle wärst und deine Mutter wollte Nick heiraten, was würdest du dann tun?«

Megan überlegte. Sie war so gerecht, diese Megan; Justitia mit der Augenbinde war nichts dagegen. »Kommt drauf an, was ich dagegen haben könnte, daß sie ihn heiratet. Wenn es bloß deswegen ist, weil du ihn nicht magst, hast du keine Chance.«

»Mal angenommen, ich denke, er ist nicht der Richtige für sie.«

»Da mußt schon deutlicher werden.«

»Vielleicht meine ich, er liebt sie nicht richtig.«

»Aber das kannst du doch gar nicht wissen, oder? Und wenn schon – vielleicht weiß sie's, und es stört sie nicht weiter.«

Olivia war entrüstet. »Wie meinst du das, es stört sie nicht weiter?«

»Na, wenn du in jemand verliebt bist, der dich nicht liebt, bist du wahrscheinlich so froh, daß er bei dir ist, daß es dir egal ist, ob er dich liebt oder nicht. Jedenfalls hat er, wenn er sie nicht liebt, bestimmt einen Grund, sie zu heiraten, und vielleicht ist das fast so gut, wie wenn er in sie verliebt wäre.«

Olivia sah ihre Freundin an, ihre großen blauen Augen und das blonde Haar.

»Nehmen wir mal an, ich wüßte was ganz Furchtbares über ihn, was sie nicht weiß.«

»Woher willst du wissen, daß sie es nicht weiß?« sagte Megan schlagfertig. Dann gewann die Neugier die Oberhand. »Weißt du wirklich ein dunkles Geheimnis über ihn?«

»Ja.«

»Was?«

»Er fotografiert Frauen für Sexhefte.«

»Oh, wow.« Megans Gesicht erhellte sich, aber aus ganz anderen Gründen. »Sag ihm, er kann mich jederzeit fotografieren.«

»Ach, Meg, sei doch mal ernst. Ist doch eklig, oder? Das ist doch das Zeug, das du bei Teddy unterm Bett gefunden hast.«

»Eklig vielleicht, aber was ist schlimmer, daß Nick die Fotos macht oder daß Teddy sie anschaut? Wenn Teddy verlobt wäre, würdest du dann zu seiner Verlobten sagen, sie soll ihn nicht heiraten, weil er sich schmutzige Bilder anschaut?«

Olivia zögerte einen Moment lang. Dann sagte sie: »Ich habe da eine Idee«, tastete sie sich vor. »Du weißt ja, daß er sich gerade scheiden läßt. Ich hab einen Brief gesehen, den sie ihm geschickt haben, in dem stand, daß seine Frau wegen ungebührlichem Betragen die Scheidung eingereicht hat. Ich dachte, vielleicht statte ich ihr mal einen Besuch ab, um mit ihr zu reden und rauszukriegen, was ungebührliches Betragen bedeutet. Vielleicht hat er ihr was ganz Gemeines angetan.«

»Sie hat bestimmt eine ganze Liste von Gemeinheiten, die er ihr angetan hat«, machte Megan ihr klar. »Das braucht man, wenn man eine schnelle Scheidung will. Die müssen aber nicht unbedingt stimmen, und deine Mutter würde es auch nicht glauben, selbst wenn sie stimmen.«

»Na ja, ich dachte, ich geh trotzdem mal hin«, sagte Olivia hartnäckig. »Ich weiß nicht, was ich sonst noch machen kann. Hast du vielleicht eine gute Idee?«

»Schwierig«, gab Megan zu. »Deine Mutter wiegelt bestimmt alles ab, was du sagst, weil du voreingenommen bist. Und was seine Frau sagt, spielt sie deshalb ebenfalls runter. Du wirst wahrscheinlich erst beweisen müssen, daß er Drogenhändler oder Kinderschänder ist, bevor sie drauf eingeht.«

Ist er ja, dachte Olivia düster. Bloß hilft mir das nichts.

Sie mußte unbedingt mit Nick sprechen. Sie mußte erfahren, was er dachte. Er konnte nicht mehr so tun, als ginge sie das alles nichts an.

Immerhin hatte er ihr seine Telefonnummer gegeben, so daß sie nicht mehr wie beim ersten Mal hinfahren und so schrecklich lange warten mußte.

Als sie seine Stimme hörte, wuchs ihre Aufregung um ein Hundertfaches. Wenn er sie nun gar nicht sehen wollte?

»Hier ist Lia. Kann ich rüberkommen und dich sprechen?«

Einen Moment herrschte Schweigen. »Jetzt gleich, meinst du?«

»Ist das okay?«

Wieder eine Pause. »Ich muß um halb sieben weg.«

Sie sah auf ihre Uhr. Es war halb fünf. Sie würde ihre letzte Stunde ausfallen lassen müssen. »Ich komm gleich.«

»Na gut.«

Er wollte nicht, das merkte sie. Bevor er sich gemeldet hatte, war sie entschlossen gewesen, hinzufahren und ihm zu sagen, daß er ihr nie wieder unter die Augen treten sollte. Nun befürchtete sie, daß sie ihm nie wieder unter die Augen treten durfte. Sie wurde noch verrückt. Er machte sie verrückt. Als er herunterkam, um sie einzulassen, grüßte er sie knapp, ging wieder nach oben und überließ es ihr, ihm zu folgen. Nicht wie beim letzten Mal, wo er sie an der Tür geküßt hatte. Als sie oben war, machte er die Tür zu und fragte: »Was kann ich für dich tun?« – wie ein Fremder hinter der Ladentheke.

In der U-Bahn hatte Olivia hin und her überlegt, wie sie es formulieren sollte, aber nun war auf einmal alles so schnell gegangen, daß sie gar nichts sagte. Sie war einfach zu nervös.

Sie trat an die Fensterfront und starrte auf den Fluß hinaus und bemühte sich, beim Sprechen nicht zu stottern. »Ich dachte, du hättest mir vielleicht was zu sagen.«

»Was zum Beispiel?«

Seine Frage machte sie so wütend, daß sie ihm wieder ins Gesicht sah. »Zum Beispiel das mit dem Baby, das Mummy erwartet.«

Nick betrachtete sie kühl und distanziert. »Wirst du jetzt wieder hysterisch?«

Olivia hatte gute Lust dazu; Grund genug hatte sie jedenfalls. Doch sie merkte, daß er sich dann ganz zurückziehen würde. Sie schluckte ihren Ärger hinunter. »Nein. Ich versprech's dir.«

»Was willst du wissen?«

»Hast du es vorher gewußt, oder war es ihre Idee, oder was?«

»Frag sie doch!«

Das hatte sie bereits, aber das brauchte er nicht zu wissen. »Wieso sollte sie es mir sagen? Ihr wär's wahrscheinlich am liebsten, ich würde denken, sie hätte es unter einem Seerosenblatt gefunden.«

Er fuhr sich mit der Hand durch sein dichtes, helles Haar.

»Man könnte es vielleicht als geplantes Versehen bezeichnen.«

»Was ist das genau?«

»Paß auf, das funktioniert so. Du fährst in Urlaub, und bei der Ankunft merkst du, daß du deine Pillen vergessen hast. Nun kannst du ja nicht einfach mal kurz in eine griechische Apotheke gehen und dir neue besorgen, oder? Also sagst du, ach, wie dumm, daß mir das auch passieren konnte, willst du mich jetzt vierzehn Tage mit Gummi ficken oder russisches Roulette spielen?«

Das hatte ihre Mutter wirklich clever eingefädelt. Olivia wurde ganz zittrig vor Erleichterung, daß all das nach ihrem eigenen alptraumartigen Erlebnis stattgefunden hatte. Er hatte nicht gleichzeitig sie überredet, sein Baby wegmachen zu lassen, und ihrer Mutter, die ebenfalls sein Baby erwartete, versprochen, er würde sie heiraten. Es war alles schon schlimm genug, aber es könnte noch schlimmer sein.

»Als du mich schwanger gemacht hast, mußte ich es wegmachen lassen, aber wenn Mummy von dir schwanger wird, heiratest du sie.«

Nick sah sie an, als sei sie geisteskrank. »Ja, aber dich könnte ich ja nicht heiraten, oder?«

Er sagte nur die Wahrheit. Es war gesetzlich verboten, mit fünfzehn zu heiraten, ebenso wie es für ihn verboten war, ihr mit fünfzehn ein Kind zu machen. Trotzdem hatte Olivia das Gefühl, daß er ihr damit etwas ganz anderes sagen wollte: daß sie nicht die Sorte von Mädchen war, die ein Mann heiraten wollte. Daß sie nie seine Frau sein könnte, weil sie seine Hure war.

Sie zwang sich zu einem sachlichen Ton. »Wie kannst du Mummy heiraten, wenn du in sie nicht verliebt bist?«

»In diesen Dingen bist du ja Expertin, was?«

Sein trockener Tonfall ließ sie zusammenzucken. Sie war überhaupt keine Expertin in Sachen Liebe. Ihre Liebe war meistens einseitig gewesen – zu ihrer Mutter, zu ihrem Vater. Doch sie beharrte: »Du kannst nicht in sie verliebt sein und dabei den ganzen Sommer mit mir Liebe machen.«

Nick trat neben sie. Olivia dachte schon, nun würde er sie gleich anfassen, doch er blieb nur dicht neben ihr stehen, womöglich um sie einzuschüchtern. Er verfehlte sein Ziel nicht. »Jetzt hör mir mal zu, Kätzchen, Liebe ist bloß der Ausdruck, den ein Mann benutzt, wenn er dir an die Wäsche will. Ich liebe dich heißt, ich will dich ficken. Liebe machen ist ficken, ganz schlicht und einfach. Mehr ist da nicht.«

Olivia schlang die Arme um sich, lehnte sich an die kalte Fensterscheibe und sah in die Dämmerung hinaus. »Warum willst du sie dann heiraten? Warum willst du das Baby?«

Nick stand direkt hinter ihr. Er legte einen Arm um ihre Schulter. Olivia erzitterte, als er sie berührte.

»So ist doch das Leben! Man heiratet und kriegt Kinder. Man könnte zwar ewig in der Gegend rumvögeln, aber es ist doch immer wieder dasselbe. Ich will nicht wie ein junger Kerl leben, wenn ich mal fünfzig bin.«

Zu ihrer eigenen Überraschung verstand Olivia ihn völlig. Sie verstand, was ihre Mutter ihm bedeutete und was er ihrer Mutter bedeutete. Die Biologie war etwas Schreckliches.

Seinen Arm um sie, seine Hand auf ihrer Schulter, drehte sie sich mit verzweifeltem Mut zu ihm um und sagte zaghaft: »Und was ist mit mir?«

Nick sagte nichts. Er sah sie nicht einmal an. Er nahm sie in die Arme und drückte sie an sich; über ihren Kopf hinweg sah er zum Fenster hinaus über die im Dämmerlicht liegende Themse nach Bermondsey hinüber, wo er geboren worden war.

Sie legte die Hände an seine Brust und lehnte den Kopf an seine Schulter und drückte ihr Gesicht an seinen Hals. Jetzt hätte er es sagen müssen, er hätte sagen müssen, daß er sie liebte. Sogar wenn er damit bloß meinte, daß er sie ficken wollte.

Aber er sagte nichts, er drückte sie nur an sich. Langsam begann er sie zu streicheln: ihre Haare, ihre Arme, ihren Rücken und Hintern. Er hob ihr Gesicht zu seinem hoch und küßte sie ein paarmal mit wachsender Begierde.

Erst danach sagte er etwas, als er ihr und sich die Kleider ausgezogen hatte und sie hingelegt hatte, um mit ihr zu schlafen. Als er endlich in ihr war, sagte er es ihr; wie schön sie war und wie sexy und daß sie prächtige Titten hatte und eine süße kleine Möse und – weniger offensichtlich als Kompliment – daß er sie bis zur Bewußtlosigkeit ficken wollte. Bewußtlos wollte Olivia in dem Moment sein. Sie wollte überhaupt nicht an Nick denken. Sie wollte ihm nur nahe sein, so nahe wie nur möglich.

»Ich liebe dich«, flüsterte sie und hoffte, er würde es hören, oder er würde es besser nicht hören. So oder so hatte sie nichts zu verlieren.

Er hielt ihr den Mund zu.

- 32 -

»Mrs. Winter?«

Mrs. Winter – genauer gesagt, Miranda Elizabeth Collinson Winter – schien nicht besonders erfreut zu sein. »Sollte ich dich kennen?«

»Ich glaube nicht.« Olivia brauchte sich gar nicht nervös zu stellen, sie brachte vor Stottern sowieso nichts heraus. »Ich heiße Olivia Beckett. Ihr Mann heiratet demnächst meine Mutter.« Sie machte eine Pause, um wieder Mut zu fassen. »Kann ich – kann ich Sie sprechen?«

Sie war froh, daß sie einfach gekommen war, ohne vorher anzurufen. Sie hatte einen weiten Pullover und alte Turnschuhe angezogen und sich nicht geschminkt, um kindlicher auszusehen. Die Frau war offensichtlich eher neugierig als mißtrauisch gegenüber diesem nervösen Kind an ihrer Tür. »Na gut, komm rauf.«

Olivia ging hinter ihr her die Treppe hinauf. Die Wohnung lag im ersten Stock eines großen, alten Hauses in Kentish Town. Es war die, um die Nick betrogen worden war, wie ihre Mutter es ausgedrückt hatte. Es hatte irgendwas mit der Hypothek zu tun, die Mirandas Vater für sie aufgenommen hatte, weil Nick damals kein regelmäßiges Einkommen gehabt hatte – wahrscheinlich vor seiner Entdeckung der Pornographie, dachte Olivia. Nick hatte zwar immer die Kreditzahlungen geleistet, aber Miranda hatte die Wohnung schließlich bekommen, weil der Vertrag auf ihren Namen lautete. Olivia sah sich interessiert um. Und neidisch: Hier hatte diese Frau also mit Nick gelebt.

Nick hatte kaum Spuren hinterlassen. Vielleicht war es hier wie bei ihrem Vater: Mit seinen Büchern, die er beim Auszug mitgenommen hatte, war der wichtigste Teil seiner Persönlichkeit aus dem Haus verschwunden. Das Mobiliar war jedenfalls sparsam und geschmackvoll banal. Selbst die Bilder an den Wänden waren einfach Reproduktionen bekannter Gemälde, woraus Olivia schloß, daß nicht Nick sie dort aufgehängt hatte.

Das Interessanteste an der Wohnung war Miranda selbst. Sie sah ganz anders aus, als Olivia sie sich vorgestellt hatte. Sie war vielleicht fünf Jahre jünger als Olivias Mutter, also ungefähr dreißig. Sie war größer als Olivias Mutter, hatte aber die gleiche Statur, mit schmalen Hüften, zartem Knochenbau, einem klassisch schönen Gesicht und Brüsten in *Vogue*-Größe. Wie ihre Mutter hatte diese Miranda helle Haut und dunkelblaue Augen, aber ihre Haare waren schwarz wie die von Althea und so lang wie Olivias.

Sie sei Schauspielerin, hatte Nick gesagt, aber keine erfolgreiche. Sie mußte eine sehr schlechte Schauspielerin sein, wenn sie ihr Geld nicht einfach dadurch verdienen konnte, daß sie sich auf eine Bühne oder vor eine Kamera stellte und so aussah, wie sie aussah.

Miranda sagte unvermittelt: »Wie heißt du gleich noch?«

»Olivia Beckett.«

»Ich dachte, die Frau, mit der Nick zusammenlebt, heißt Hardy.«

»Das ist der Name meiner Mutter. Der von meinem Vater ist Beckett. Ich wohne bei meinem Vater.«

»Ach so.« Miranda reimte es sich im Geiste zusammen. »Und ich heiße Miranda Collinson, nicht Mrs. Winter. Ich hab nie Winter geheißen. Man kann seinen Namen nicht dauernd ändern, wenn man berühmt werden will.«

»Sicher.«

»Ich meine, denk bloß mal an Elizabeth Taylor. Die war achtmal verheiratet, hat aber immer den Namen behalten, mit dem sie auf die Welt gekommen ist.«

Olivia lächelte unbestimmt und sagte nichts. Es gab auch nichts zu sagen. Allmählich begriff sie, wo das Problem bei Mirandas Schauspielkarriere liegen mochte.

»Setz dich«, lud Miranda sie ein. »Ich glaub, es ist noch Kaffee da, der dürfte noch nicht kalt sein. Möchtest du?«

Olivia hatte kein Interesse an lauwarmem Kaffee, aber weil sie Miranda einen Gefallen tun wollte, sagte sie ja.

»Ich schenk dir schnell einen ein. Zieh doch deine Jacke aus, es ist ja so heiß hier drin. Ich mußte die Zentralheizung anmachen, weil es in letzter Zeit nachts so kalt war. Ich zögere es immer so lang wie möglich hinaus, weil die Heizkosten so wahnsinnig hoch sind.«

Die Hälfte dieses Monologs wurde vom Nebenzimmer aus geführt, vermutlich die Küche, dachte Olivia. Gehorsam zog sie die Jacke aus. Miranda streckte den Kopf herein, um zu fragen, ob sie Milch oder Zucker in den Kaffee wollte.

»Nur Milch, bitte.«

Nach ein paar Minuten war Mirada mit schwarzem Kaffee in einer Henkeltasse wieder da. »Entschuldige, aber ich wußte nicht mehr, ob du Milch oder Zucker wolltest oder nicht. Ich weiß, ich hab dich gefragt, aber dann mußte ich den Kaffee noch mal aufwärmen, weil er schon kalt war, und bis ich damit fertig war, hab ich ganz vergessen, was du gesagt hast. Ich hol es dir, wenn du möchtest.«

Der Kaffee roch verbrannt. War es überhaupt möglich, Kaffee zu verbrennen? Wenn ja, so war Miranda dafür genau die Richtige.

»Schon gut«, murmelte Olivia. »Ich trink ihn so, wie er ist.«

Miranda nahm ihr gegenüber Platz und zündete sich eine Zigarette an. Selbst die nebensächlichsten Bewegungen hatten bei ihr die selbstvergessene Geschmeidigkeit einer Katze, was bewirkte, daß sich Olivia schon beim bloßen Dasitzen unbeholfen vorkam. »Worüber willst du mit mir reden?«

»Ja, also – ich … es ist ein bißchen peinlich und hat mit Ihnen eigentlich gar nichts zu tun. Ich dachte mir nur, vielleicht können Sie mir helfen.« Olivia holte tief Luft. »Wissen Sie, es ist so. Ich will nicht, daß meine Mutter Nick heiratet. Aber es hat gar keinen Sinn, wenn ich ihr das sage. Ich dachte – also, ich meine, Sie lassen sich doch aus einem bestimmten Grund von ihm scheiden, und vielleicht überlegt Mummy es sich noch mal, wenn sie erfährt, was es ist.«

»Er hat mir das Nasenbein gebrochen«, sagte Miranda.

Olivia starrte sie mit offenem Mund an. »Sie meinen, er hat Sie geschlagen?«

»Na ja, klar. Er hat mich ziemlich oft geschlagen. Nicht schlimm, nur ein Klaps, wenn ich ihm mal auf den Wecker gegangen bin, aber es hat doch ganz schön weh getan. Ich hab nie etwas gesagt, zu niemand. Es ist ja nicht besonders schön, wenn einen der eigene Mann verprügelt, oder? Ich mein, es ist total vulgär. Obwohl er's danach immer wiedergutgemacht hat.«

Olivia lauschte gebannt. Sie konnte es sich haargenau vorstellen. Er hatte es mit ihr genauso gemacht, erst die handgreifliche Auseinandersetzung und dann die körperliche Aussöhnung. Er hatte sie zwar nicht geschlagen, aber mit seiner kräftemäßigen Überlegenheit überwältigt und unterworfen.

Miranda redete immer noch. »Dann haben wir uns einmal tierisch gestritten – ich weiß auch nicht mehr, um was es ging, wahrscheinlich um gar nichts. Wir kamen gerade von einer Party heim und waren beide ziemlich betrunken. Nein, warte mal, jetzt weiß ich's wieder. Wir wurden auf der Heimfahrt von der Polizei angehalten, und er hat sich geweigert, in das blöde Röhrchen zu blasen, und da haben sie ihn aufgeschrieben. Er wurde richtig stinkig und hat es dann an mir ausgelassen. Er hat mich so in Rage gebracht, daß ich was nach ihm geworfen hab. Da hat er mich geschlagen. Ich mein, richtig geschlagen, mit der Faust. Er hat mir das Nasenbein gebrochen. Er hat's, glaub ich, gar nicht so gemeint, aber so war's. Er hat sich danach auch nicht dafür entschuldigt. Er ist einfach ins

Bett. Ich hab meine Eltern angerufen. Mein Vater kam und hat mich ins Krankenhaus gefahren und dann nach Hause – zu sich nach Hause, mein ich. Er war total sauer auf Nick. Er hatte sowieso was dagegen gehabt, daß ich Nick heirate, weißt du, drum sind wir ja allein aufs Standesamt. Daddy meinte, plastische Chirurgie sei teuer und er könnte es sich normal nicht leisten, mir die Nase richten zu lassen, und wenn ich wollte, würde er Nick aus der Wohung rausschmeißen lassen und eine einstweilige Verfügung erwirken, damit er mir nicht auf die Pelle rückt. Also hab ich eingewilligt, und so war's dann.«

Olivia hatte atemlos bis zum Ende gelauscht. »Hat er sich denn nie entschuldigt?«

»Was, der? Du machst wohl Witze. Daß er mir die Nase gebrochen hat, könnte ich ihm sowieso nie verzeihen, man kann nämlich nicht Schauspielerin werden, wenn man eine Nase hat wie ein Boxer. Nachdem Daddy ihn rausgeschmissen und die einstweilige Verfügung erwirkt hat, war Nick so sauer, daß er sowieso nicht zurückgekommen wäre. Es macht mir nichts aus, dir das alles zu sagen«, erklärte Miranda. »Es steht sowieso alles schwarz auf weiß in der Scheidungsvereinbarung, ich erzähl dir da kein Geheimnis. Sag es deiner Mutter ruhig, wenn du willst.«

Olivia fand, sie hatte schon viel mehr gehört, als sie erwartet hatte. Sie schob die Tasse mit dem ungenießbaren Kaffee beiseite und stand auf. »Danke, Miss Collinson«, sagte sie höflich. »Sie waren wirklich sehr nett und offen zu mir. Ich möchte Sie nicht länger stören.«

Miranda folgte ihr an die Tür. »Wo wohnt dein Vater?«

»In Highgate Village.«

»Nette Gegend. Ich mag Highgate, die süßen, alten Häuser. Es ist bloß ein bißchen weit bis zur U-Bahn, noch dazu bergauf. Wie alt bist du?«

»Fünfzehn.«

»So was Blödes, daß du dich mit alldem rumschlagen mußt. Wieso hast du was gegen Nick? Hat er dich etwa verprügelt?«

»Nein«, sagte Olivia apathisch.

»Gut. Oder auch nicht gut. Wenn er dich geschlagen hätte,

würde deine Mutter vielleicht mit ihm Schluß machen, dann wäre dein Problem gelöst, stimmt's?«

»Kann schon sein.« Olivia atmete tief durch. »Wußten Sie eigentlich, daß er Pornofotos macht? Für Sexhefte?«

»Na klar. Womit soll ein Fotograf heute sonst Geld verdienen? Sex und Gewalt, was anderes verkauft sich doch nicht. Mir war es egal, war sowieso alles bloß gestellt.«

Ein robuster Standpunkt. Olivia wünschte, sie könnte ihn teilen. Noch eine Frage wollte sie stellen, aus ihrer Sicht die wichtigste. Wäre Miranda eine andere Art von Mensch gewesen – egal, welche Art –, sie hätte sich nicht getraut zu fragen. Aber diese Frau war Nick merkwürdig ähnlich. Beiden fehlte ein Gefühl für Scham oder Diskretion. Dadurch konnten sie über Dinge reden, die andere lieber in den finstersten Gefilden ihrer Seele vergraben hätten. Die Folge davon war aber auch, daß beide nicht logen.

An der Tür faßte sich Olivia ein Herz und stellte die Frage. Sie mußte einen Euphemismus zu Hilfe nehmen, anders brachte sie es nicht über die Lippen. Erst wollte sie sich für die Frage entschuldigen, fand das aber sinnlos. »War er – war er Ihnen treu?«

Miranda zeigte keinerlei Zeichen von Entrüstung. »Ja, das denk ich doch. Er hatte ja keinen Grund, sich woanders umzusehen. Im Bett haben wir uns prima verstanden. Deswegen hab ich ihn ja geheiratet.«

- 33 -

Nun hatte Olivia zwar die erhoffte Auskunft erhalten, konnte sie aber nicht so benutzen, wie sie wollte. Undenkbar, am Sonntagnachmittag zu ihrer Mutter zu sagen: Übrigens, ich hab kürzlich mit Nicks Frau gesprochen, und sie hat mir gesagt, er hätte sie regelmäßig verprügelt, und sie hätte ihn verlassen, weil er ihr das Nasenbein gebrochen hat.

Eigentlich war die Kenntnis insbesondere dieser Tatsache eher für Olivia relevant als für ihre Mutter. Sie hatte keinen Grund, anzunehmen, Nick würde je die Hand gegen ihre Mutter erheben, oder ihre Mutter würde es sich, falls er es doch täte, gefallen lassen. In einer handgreiflichen Auseinandersetzung, wie sie Miranda beschrieben hatte, konnte sie sich ihre Mutter nicht vorstellen. Ihre Mutter betrank sich nicht, schmiß nicht mit Dingen um sich und machte auch nie irgendwelche Szenen. Wenn sie sich ärgerte oder aufregte, zog sie sich einfach in ihr emotionales Schneckenhaus zurück. Kein Mann würde anfangen, auf einen Eisblock einzuprügeln. Sie war es, Olivia, die die Szenen machte. Sie, Olivia, der Nick mit Schlägen gedroht hatte. Sie war es auch, die wußte, was er getan hatte, und die damit fertig werden mußte, was das über ihn als Mensch aussagte. Als Mensch, in den sie verliebt war.

Eigentlich wollte sie es noch nicht einmal Megan erzählen. Sie fand es so schrecklich beschämend, daß jemand erfahren könnte, daß ihr zukünftiger Stiefvater ein Kerl war, der seiner früheren Ehefrau die Nase eingeschlagen hatte. Doch dann erkundigte sich Megan, ob sie tatsächlich Nicks Frau besucht hätte.

Olivia sagte, ja, schon, sie sei bei ihr gewesen.

»Und, wie war sie?«

Olivia überlegte, wie sie Mirainda am besten beschreiben sollte. »Schön. Aber ziemlich übergeschnappt.«

»Hatte sie was dagegen, daß du gekommen bist?«

»Anscheinend nicht. Sie war sogar ziemlich gesprächig.«

»Und – irgendwelche großartigen, skandalösen und abschreckenden Enthüllungen über Nick?«

Olivia erwiderte knapp: »Er hat sie öfter mal verprügelt.«

»Was, ehrlich?«

»Ja, ehrlich.«

»Woher weißt du, daß es stimmt?«

»Oh, das hat die sich nicht ausgedacht. Was sie daran so auf die Palme gebracht hat, war, daß es so ordinär war. Schließlich hat er ihr die Nase gebrochen, und da hat sie ihn verlassen, weil sie dachte, er verpfuscht ihr sonst noch die Chancen auf Starruhm.«

»Wow. Erzählst du das alles deiner Mutter?«

»Nein«, gab Olivia mürrisch zu. »Das wird kaum was nützen. Diese Miranda ist eigentlich total bescheuert. Bei der wäre vielleicht sogar einem wie meinem Vater die Hand ausgerutscht, wenn er mit ihr verheiratet gewesen wäre. Und wenn Nick sich bei meiner Mutter so aufführt, erfährt sie's ja als erste, oder? Außerdem«, fügte sie hinzu, nachdem ihr gerade noch etwas eingefallen war, »findest sie es vielleicht unsolidarisch von mir, daß ich mit seiner Frau gequatscht hab.«

»Kann sein«, pflichtete ihr Meg bei. »Ich an deiner Stelle würde jedenfalls nichts sagen.«

Wodurch Olivia also immer noch das Problem hatte, wie sie ihre Mutter von der Heirat mit Nick abhalten konnte.

Seit letzten Sonntag hatte sie nichts mehr von Charlie gehört. Ich hab ihn tatsächlich verschreckt, dachte sie. Eine schwangere Mutter, die in ehebrecherischer Sünde lebt, und ein akademisches Ungeheuer von einem Vater. Und sie selbst, die jedesmal das Kotzen kriegte, wenn er sie anfassen wollte. Wieso sollte sich ein vernünftiger junger Mann in so etwas hineinziehen lassen, wo es auf der Welt doch so viele nette, normale Mädchen mit normalen Familien gab?

Ohne Charlie als rettenden Engel mußte Olivia sich damit abfinden, daß Nick sie am Sonntag nach Hause fuhr.

Sobald sie ins Auto gestiegen waren, fragte Nick: »Wo ist denn heute dein Freund?«

»Du meinst, Charlie?«

»Wie viele Freunde hast du denn?«

Sie zuckte die Schultern. »Ich weiß nicht, wo er ist.«

»Hast du mit dem schon wieder Schluß gemacht?«

»Mit dem hab ich noch gar nicht angefangen. Außer ihm kenn ich keine anderen Jungs, und ihn kenn ich auch kaum.« Sie fand, daß es Zeit für den Gegenangriff war. »Ich war bei deiner Frau.«

Sie rechnete damit, daß Nick überrascht oder verstimmt oder sogar verärgert reagierte, doch er schien nur amüsiert. »So? Und was hältst du von ihr?«

»Ich fand sie sehr schön und äh, wirklich süß.«

Darüber mußte er lachen. »Wirklich beknackt, meinst du wohl.«

»Nicht so beknackt, daß sie mir nicht gesagt hätte, was du mit ihr gemacht hast.«

»Und was war das genau?«

»Weißt du das nicht mehr?«

»Du meinst, sie hat mir nur ein einziges schauerliches Verbrechen angehängt?«

»Sie hat mir nur von einem erzählt, obwohl es mich nicht wundern würde, wenn es noch andere gäbe.« Olivia verschränkte nervös die Hände ineinander. »Sie sagte, du hast sie regelmäßig geschlagen.«

Er zeigte immer noch keinerlei Anzeichen von Betroffenheit oder Scham oder Ärger. Er zeigte überhaupt keine Reaktion. Er war so gleichmütig wie immer und blickte starr auf die Straße. »Und – was hältst du davon?«

Sie mußte sich ihre Antwort genau überlegen, weil sie diese Frage nicht erwartet hatte. Endlich sagte sie: »Es hat mir angst gemacht.«

»Du hast nicht gemeint, daß sie es sich vielleicht bloß ausgedacht hat?«

»Sie sah nicht aus wie eine, die sich Sachen ausdenkt.«

Er schmunzelte wieder. »Stimmt, tut sie auch nicht. Einer der Gründe, warum sie so eine verdammt miese Schauspielerin ist.«

»Du hast sie also wirklich geschlagen?«

Endlich sah er sie an. »Willst du wirklich drüber reden?«

»Ja.« Olivia fuhr sich mit der Zunge über die Lippen. Sein Blick machte sie nervös. »Es ist wichtig. Wirklich wichtig.« Als er nicht reagierte, fragte sie: »Findest du es nicht wichtig?«

Er gab keine Antwort. Statt die Finchley Road zu überqueren, bog er links ab und fuhr in Richtung Norden.

»Nick, was machst du da? Wo fahren wir denn hin?«

»Du willst reden, also fahren wir wohin und reden. Ich hock mich doch nicht eine Stunde bei deinem Alten vors Haus.«

Sie lehnte den Kopf zurück und schloß die Augen. Ihr war schwindlig.

Auf halber Strecke nach St. Albans hielt er auf irgendeiner Landstraße schließlich an. Es war ein düsterer Tag, um sie herum regte sich nichts. Sie hätten genausogut auf dem Weg zum Mars sein können.

»Wird sich Mummy nicht wundern, warum du so lange brauchst?« fragte Olivia boshaft.

»Ich muß Em nicht für jede Scheißminute Rechenschaft ablegen. Du wolltest doch über was Wichtiges reden, oder? Ich dachte, vielleicht willst du mir sagen, was für ein Scheißkerl ich bin, weil ich Miranda ihr hübsches kleines Näschen gebrochen hab.«

Er hatte ihr das Wort aus dem Mund genommen, obwohl sie es nicht direkt so ausgedrückt hätte wie er. »Ja, bist du auch.«

»Also gut, raus.«

»Was?«

»Steig aus.«

»Was soll das heißen?«

»Bist du schwer von Begriff? Das soll heißen, mach die Tür auf, steig aus, und mach die Scheißtür wieder zu, damit es nicht hereinregnet.«

Olivia starrte ihn verblüfft an. Er hatte nicht besonders gehässig gesprochen, nur in diesem flachen, gleichgültigen, drohenden Ton, vor dem sie sich schon mehr als einmal gefürchtet hatte. Würde er sie tatsächlich hier mitten in der Landschaft sitzenlassen?

Sie stieg aus und knallte die Tür hinter zu. Dann begann sie die Straße entlangzugehen. Sie hatte kein Geld bei sich und auch keinen Mantel. Die Luft war dicht vom Regen, der sich als Nieselregen ausgab.

Hinter sich auf der Straße hörte sie seine Schritte. Er rannte nicht, sondern lief nur etwas schneller. Schneller als sie. Am schnellsten schlug ihr Herz. Vielleicht hatte er sie aussteigen lassen, um sie verprügeln zu können. Sie fing an zu laufen.

Aber nicht lange. Er packte sie am Arm und riß sie herum.

»Lia, wieso verdresch ich dich nicht einfach?«

Sie flüsterte: »Und was willst du damit erreichen?«

»Verrat du's mir, wenn du so fest davon überzeugt bist, daß ich's tue.«

»Ich, ich weiß nicht«, stammelte sie. »Wieso hast du sie geschlagen?«

»Das hat sie dir doch bestimmt verklickert. Ich bin wegen Trunkenheit am Steuer von den Bullen angehalten worden, und die blöde Kuh hat sich beschissen benommen. Okay, ich hätte es nicht tun sollen. Jedenfalls nicht so fest. Ich wollte bloß, daß sie ihr Maul hält.«

»Wieso hast du nicht gesagt, daß es dir leid tut?«

»Weil's mir damals nicht leid tat. Und am nächsten Morgen, als ihr Alter kam, hat's mir erst recht nicht leid getan. Da hab ich mir im Gegenteil gewünscht, ich hätte ihr die Zähne auch noch eingeschlagen. Ihm hätte ich auch eins in die Fresse gegeben, wenn ich nicht gewußt hätte, daß das Arschloch mich dann zur Schnecke macht.«

Olivia hielt sich die Ohren zu. Sie verstand seinen Impuls, brutal zu reagieren, aber nicht, daß er es getan hatte. »Ich finde dich trotzdem unsäglich. Sie hat gesagt, du hättest sie andauernd geschlagen.«

»Aber nicht so. Es lief immer wie so ein blödes Spiel ab. Sie konnte sich manchmal in irgendwas verbeißen und hat dann nicht mehr aufgehört. Oft hat sie sich wegen rein gar nichts in eine totale Hysterie reingesteigert. Wenn ich dann gesagt hab, sie soll aufhören und sie nicht aufgehört hat, hab ich ihr eins draufgegeben. Danach war dann immer ich an allem schuld und mußte sie wieder beruhigen.«

Miranda hatte es mehr oder weniger genauso gesagt, nur daß es sich bei ihm ganz anders anhörte. Olivia fuhr sich über die nassen Lippen. »Wie hast du das gemacht?«

Er lächelte. »Soll ich's dir zeigen?«

Sie schüttelte den Kopf. Doch, sie wollte schon. Oder doch nicht, sie wußte es nicht. Ihr Magen tat weh. Brust und Hals taten weh. Er hielt ihre Arme immer noch in seinem schmerzhaften Griff.

»Laß mich los«, flüsterte sie.

»Willst du zu Fuß heimlaufen?«

»Nein, ich – du bist zum Kotzen.« Ihre Stimme war nur noch ein Krächzen. Und es stimmte nicht. Nicht er war zum Kotzen, sondern ihre Gier nach ihm war zum Kotzen.

»Sag das noch mal.« Er zog sie hart an sich und küßte ihren Mund mit derber, verletzender Kraft.

Sie wußte, wie es jetzt weitergehen würde. Blitzschnell hatte er sie halb ausgezogen, ihre Körper rankten sich umeinander wie Efeu um eine Eiche. Sie glaubte schon, nun wollte er es hier auf der Straße mit ihr tun. Bei dem Gedanken zerschmolz sie fast.

Er sagte heiser: »Komm wieder ins Auto.«

Nachdem er mit ihr geschlafen hatte, hielt er sie noch eine Weile im Arm. Er nannte sie Kätzchen und sagte, er würde ihr schon nicht weh tun. Er sagte, sie solle doch keine Angst haben, vor ihm nicht und vor gar nichts.

Doch sie hatte Angst. Er war der gemeinste, furchterregendste Mensch, dem sie je begegnet war, und sie war total in ihn verliebt.

- 34 -

»Wetten, du hast schon gedacht, ich wär gestorben oder nach Australien ausgewandert?«

Es dauerte einen Augenblick, bis Olivia die Stimme identifiziert hatte. »Ach, Charlie. Nein, hab ich nicht.«

»Was denn dann?«

»Weiß auch nicht, was ich gedacht hab«, log sie. »Ich hab mich nur gewundert.«

»Also, es war nicht persönlich gemeint. Mein Vater hat den Folterknechten, die bei ihm in Lohn und Brot stehen, gesagt, sie sollen mich das gleiche machen lassen wie die anderen Sklaven auch. Und die mußten eben sieben Tage schuften wie die Pferde, um den Auftrag fertigzukriegen, bevor nämlich die Konventionalstrafe fällig wurde. Ich hab mich direkt bei der Geschäftsleitung beschwert und gesagt, du würdest mich sitzenlassen. Aber da, wo andere ein Herz haben, hat mein Alter einen Lederstiefel. Darum ist er ja so reich.«

Darüber mußte Olivia lachen. »Okay, ich verzeihe dir. Dein Vater ist an allem schuld.« Sie fragte sich, ob er seinem Vater wirklich von ihr erzählt hatte. Wenn ja, ob er wohl gesagt hatte: Dem doofen Ding wird jedesmal schlecht, wenn ich sie küssen will. Und sein Vater hatte vielleicht erwidert: An die hältst du dich, Charlie, mit der gibt's wenigstens keinen Ärger.

»Meinst du, du darfst dieses Wochenende mal ins Kino? Vielleicht Samstag abend? Wir könnten ja die U-Bahn nehmen, damit dein Vater zufrieden ist.«

»Das ist bestimmt okay. Gern.«

Am Samstag abend war sie gerade dabei, sich die Wimpern zu tuschen, als Charlie klingelte. Ihr Vater kam nach oben und fragte, ob sie einen jungen Mann erwarte.

»Das ist bloß Charlie, Daddy, den kennst du doch schon . Ich hab dir doch gesagt, daß ich in einen Film gehe.«

»Sieht mir eher so aus, als ob du in einem Film auftrittst, mit dem Make-up.«

Sie konnte ihm nicht erklären, was es mit dem »erst ab achtzehn« auf sich hatte, denn in so einen Film würde er sie nicht gehen lassen. Sie sagte nur: »Seh ich denn nicht gut aus?«

»Du siehst immer gut aus. Für eine Fünfzehnjährige ist das aber zuviel des Guten.«

»Ach, Daddy.« Sie huschte an ihm vorbei zur Treppe. »Ist doch bloß ein Gag.«

Althea unterhielt sich gerade mit Charlie. Obwohl sie recht nett zu ihm war, beeilte sich Olivia, Charlie aus dem Haus zu bugsieren.

»Du siehst ja toll aus, Lia«, sagte Charlie bewundernd.

»Mein Vater hat geschimpft, es sei zuviel des Guten.«

»Vielleicht hat er recht.« Er grinste sie verlegen an. »Ich würde sagen, ganz ohne was siehst du wahrscheinlich am besten aus.«

Olivia sagte erschrocken: »Sag so was nicht.«

»Ist dir wieder schlecht?«

Obwohl er es nur im Spaß sagte – hoffentlich –, wurde sie verlegen. »Wenn du so daherredest, ja.«

»Okay, dann reden wir über was anderes. Welchen Film willst du sehen?«

Schließlich gingen sie in einen Film, der schon ab fünfzehn war. Das hieß aber lediglich, daß es keine harten Sexszenen gab und auf der Leinwand niemand in Stücke gehackt wurde. Es gab allerdings ein paar ziemlich heftige Liebesszenen, bei denen Olivia an Nick denken mußte. Sie hätte sich eigentlich sexy fühlen sollen, statt dessen war ihr nur trostlos zumute. Er hatte ihr ganzes Leben trostlos gemacht. Charlie würde sie bestimmt nicht wollen, wenn er über Nick Bescheid wüßte. Aber vielleicht war das egal, denn sie wollte auch nicht Charlie, sondern Nick.

Sie schlug sich diese Gedanken aus dem Kopf, als sie aus dem Kino kamen. Charlie spendierte ihr ein Eis, und sie spazierten auf dem Leicester Square herum, aßen Eis und hielten Händchen. Es war kein besonders warmer Abend, aber wenigstens regnete es nicht. Als das Eis aufgegessen war, gingen sie in die U-Bahn-Station hinunter und stiegen in den Zug Richtung High Barnet. Außer ihnen war niemand in ihrer Hälfte des Wagens. Charlie legte den Arm um sie. »Du hast Schokoeis im Gesicht.«

Olivia betrachtete sich in der Scheibe. »Stimmt gar nicht.«

»Doch, da um den Mund herum. Laß mich mal machen.«

Er küßte sie. Da sie sich nicht losmachte, küßte er sie noch einmal, diesmal mit der Zunge. Er hatte beide Arme um sie geschlungen, und es gefiel ihr; sie hatte nichts dagegen, daß er sie küßte. Sie legte ihre Arme um seinen Hals und erwiderte seinen Kuß, steckte ihm aber nicht die Zunge in den Mund wie bei Nick. Alles, was sie mit Nick machte, war unwahrscheinlich erregend, mit Charlie war es das nicht. Außerdem sollte er besser nicht wissen, daß sie sich beim Küssen auskannte.

Sie waren immer noch damit beschäftigt, als sie plötzlich merkte, daß sie schon in Highgate waren. »He, das ist ja meine Haltestelle.«

Sie sprang auf und rannte zur Tür. Fast hätten sie es nicht mehr geschafft. Charlie mußte die Tür mit Gewalt offenhalten, damit sie aussteigen konnten. Als der Fahrer es bemerkte, ließ er die Tür noch einmal aufgehen, damit Charlie herauskonnte.

Charlie landete lachend neben ihr. »U-Bahn-Fahren ist zu aufregend für mich. Nächstes Mal nehmen wir ein Taxi.«

Olivia war von dem plötzlichen Schreck immer noch außer Atem. Sie ließ sich von Charlie am Arm halten, und ihr Pulsschlag verlangsamte sich wieder. »Das war Glück. Um die Zeit hätte ich ewig auf den nächsten Zug zurück warten müssen.«

»Oder wir hätten zu Fuß zurückgehen müssen. Schrecklich.«

Sie erinnerte sich an ihren letzten, mitternächtlichen Fußmarsch, an jedes einzelne entsetzliche Detail dessen, was passiert war, wie ihr zumute gewesen war. Und daß ihr Vater sie am Ende ins Bett hinaufgetragen hatte.

Sie machte sich von Charlie los. »Ich muß jetzt nach Hause.«

Dort angekommen, bat sie ihn noch herein. Um zu vermeiden, daß er sie vor der Haustür küßte, was sehr peinlich gewesen wäre, weil ihr Vater auf der anderen Seite der Tür saß.

Ihr Vater und Althea sahen sich einen Film im Fernsehen an. Als sie hereinkamen, stellte ihr Vater die Lautstärke etwas leiser. Charlie setzte sich in einen Sessel, und Althea fragte, ob sie gern Tee hätten. Sie sagte, sie würde sowieso welchen machen, genau die gleiche verlogene Bemerkung, die Olivias Mutter gemacht hätte.

Olivia hängte die Mäntel auf und rannte nach oben aufs Klo. Vom Küssen in der U-Bahn war ihr Make-up ziemlich verschmiert, und sie wollte nicht, daß ihr Vater etwas merkte. Sie wischte sich das meiste ab und legte neuen Lippenstift auf, bevor sie wieder hinunterging.

Ihr Vater fragte Charlie nach dem Film aus, den sie gerade gesehen hatten. Ihr Vater ging zwar selten ins Kino, wußte aber über die Filme bestens Bescheid, weil er in der Zeitung immer die Kritiken las.

Als Charlie schließlich ging, ließ Olivia absichtlich die Haustür offenstehen, während sie sich von ihm verabschiedete, damit er sie nicht küßte.

»Gehst du morgen zu deiner Mutter?«

»Erst nächsten Sonntag.«

»Kann ich dich dort abholen?«

»Ja, gern.«

»Okay, also, bis dann.«

Sie schloß die Tür. Ihr Vater sagte: »Ist das jetzt eine regelmäßige Einrichtung?«

»Es ist überhaupt keine Einrichtung. Wenn ich mit ihm ins Kino gehe, heißt das doch noch lange nicht, daß ich ihn gleich heirate. Überhaupt, was hast du eigentlich gegen Charlie?«

»Gar nichts. Er ist bestimmt bestens geeignet, einmal den Platz seines Vaters im Baugewerbe einzunehmen.«

»Braucht er ein Mathematikexamen, um mit mir ins Kino zu gehen?«

»Ein Englischexamen könnte nicht schaden, wenn er danach drüber sprechen will.«

»Er hat den Film total gut erklärt.«

»Zugegeben, sein erzählerisches Talent war bewundernswert.«

Sie überlegte, ob das sarkastisch gemeint war, war sich aber nicht sicher. »Daddy, sei doch nicht so snobistisch. Man kann doch Sachen auch verstehen, ohne ein Buch drüber zu lesen.«

»Das weiß ich, Lia. Ich bin nicht snobistisch, sondern ganz ernst.«

Er war so ernst, daß Olivia ganz nervös wurde. Sie setzte sich in den Sessel, in dem vorhin Charlie gesessen hatte, während ihr Vater ihr einen Vortrag hielt.

»Das Schöne am Bücherlesen und an den neuen Ideen, die man daraus schöpft, ist doch, daß man mit anderen über das Gelesene und Gelernte sprechen kann. Das setzt aber voraus, daß der Gesprächspartner ein Interesse am Lernen hat. Ich rede gar nicht von Universitätsabschlüssen. Die Ausbildung meines Vaters war beendet, als er jünger war als du, aber er hat sein Leben lang gern gelesen und gelernt und mit anderen über seine Entdeckungen gesprochen. Das ist keine akademische Bildung. Er kann jedes Lebewesen benennen, das ihm draußen im Moor begegnet, er kennt die Geschichte der Stadt, in der er lebt, bis in alle Einzelheiten. Er ist ein hochgebildeter Mensch, obwohl er keinerlei Schulabschlüsse hat. Verstehst du, was ich meine, Lia?«

»Ja, Daddy, ich versteh dich genau«, sagte Olivia ungeduldig. »Ich weiß doch, wieviel Grandad weiß. Er nimmt mich immer ins Moor mit und zeigt mir alles.«

»Macht dir das Spaß?«

»Ja, klar. Er erzählt es wirklich anschaulich.« Dann fiel ihr wieder ein, was sie im Tumult der letzten Zeit vergessen hatte, und sie fügte hinzu: »Er hat gefragt, ob ich mir vorstellen könnte, später vielleicht mal Naturwissenschaft zu studieren.«

Ihr Vater sah sie gespannt an. »Was hast du gesagt?«

»Ich hab gesagt, ich wüßte es noch nicht. Stimmt ja auch, ich weiß noch nicht, was ich mal machen oder werden will.«

»Na, ganz gleich, für welchen Beruf oder welches Studium du dich entscheidest, eins mußt du dir merken. Du liest gern und du lernst gern, du hast auch keine Scheu, dich mit neuen Ideen auseinanderzusetzen. Aber jemand, der mit siebzehn meint, er wüßte schon über alles Bescheid und der kein Interesse dran hat, etwas dazuzulernen, der wird sich mit dir auch nicht über etwas Neues unterhalten wollen.«

Dies war nicht der geeignete Zeitpunkt, ihrem Vater zu sagen, daß Charlie nicht siebzehn, sondern fast neunzehn war.

»Charlie ist aber nicht so«, wandte sie ein und fügte vorsichtshalber hinzu: »Du meine Güte, Daddy, ich hab ja nicht vor, ihn zu heiraten.«

»Das hat sich deine Mutter wohl auch eingeredet, als sie sich auf den ungebildeten Klotz eingelassen hat, den sie jetzt heiratet.«

Seltsam, wie man manche Dinge plötzlich begriff, in großen Batzen weltumspannender Erkenntnis.

In diesem Moment wurde Olivia klar, weshalb ihr Vater die Entscheidung ihrer Mutter, Nick zu heiraten, mißbilligte und als persönliche Beleidigung auffaßte; weshalb er, nach anfänglichem Zögern, nun einverstanden war, daß sie, Olivia, bei ihm statt bei ihrer Mutter wohnte.

Es nagte an seinem Stolz, daß seine Exfrau einen Mann heiratete, der die *Sun* las und ihren Namen mit einem harten H aussprach. Es warf den drohenden Schatten eines Lebens auf ihn, dem er durch die Erziehung hatte entfliehen können.

Aus dieser Perspektive hatte Olivia ihre Großeltern noch nie betrachtet. Mit Kultur der Arbeiterklasse assoziierte sie Boulevardzeitungen, Seifenopern im Fernsehen, beim Sprechen die Hs zu verschlucken (harte Hs nannte Nick sie, obwohl er sie fast nie verschluckte) und Pauschalreisen. Die Eltern ihres Vaters hatten mit diesen Dingen überhaupt nichts am Hut, und deshalb hatte sie sie auch nie in diesem Licht gesehen. Doch jetzt begriff sie, daß die Mutter ihrer Mutter, Großmutter Hardy, immer gleich gesprochen hätte, ob sie nun in Devon oder Derbyshire oder sogar in London aufgewachsen wäre, daß das aber für ihre Großeltern in Huddersfield nicht galt. Sie begriff, daß Althea und Altheas Eltern in dieser Hinsicht ihrer Mutter und Grandma Hardy ähnlich waren. Sie begriff, daß Nick seine sprachlichen Spuren bis zu einem gewissen Grad verwischt hatte, seit er sich mit vierzehn den Staub von Bermondsey von den Füßen geschüttelt hatte, daß er seinen Südlondoner Akzent aber nicht vollständig zu verstecken suchte. Bis heute war die Sprechweise ihres Vaters weniger knapp als die von ihrer Mutter oder Althea, und manchmal zog er die Vokale angenehm in die Länge, so daß es sich anhörte wie das Echo der Stimme ihres Großvaters.

Sie begriff, daß all diese Dinge ihrem Vater aus irgendeinem Grund wichtig waren.

Aber gleichzeitig begriff Olivia, daß der Kampf ihres Vaters nicht ihr Kampf war. Sie hatte ihren eigenen Kampf auszutragen, und der hatte nichts damit zu tun, wie die Leute sprachen oder welche Zeitungen sie lasen. Was sie *taten*, ruinierte ihr das Leben, und ihren Vater traf dabei genausoviel Schuld wie alle anderen.

»Daddy, Charlie ist kein ungebildeter Klotz. Er war bei Clares Bruder in der Klasse, und sein Vater ist viel reicher als du. Sogar reicher als Altheas Vater. Bloß weil er nicht Einsteins Theorien diskutiert, heißt das doch noch lange nicht, daß er kein richtiger Mensch ist. Er ist witzig und nett, und wieso sollte ich ihn da nicht mögen?« Sie holte tief Luft und fügte hinzu: »Und überhaupt, außer ihm kenn ich ja keine anderen Jungs.«

- 35 -

Jedesmal, wenn Olivia ihre Mutter besuchte, rechnete sie in Gedanken nach. Es war jetzt beinahe Ende Oktober. Ihre Mutter war fast im dritten Monat. Nicks vorläufiges Scheidungsurteil war gerade durchgekommen, das endgültige Urteil wäre also in weniger als sechs Wochen fällig, etwa zum gleichen Zeitpunkt wie Altheas Baby.

Ihr Vater und Althea hatten ein neues Haus gefunden, das sie kaufen wollten, und auch einen Käufer für das alte. Das neue Haus lag ebenfalls in Highgate Village und war größer und neuer und um einiges teurer als das jetzige. Kurz nach der Geburt des Babys würden sie dort einziehen können.

Bis Weihnachten würde dann alles anders sein. Dann würden ihre Mutter und Nick verheiratet sein.

Und wenn Nick erst einmal der Ehemann ihrer Mutter war, dann würde sie, Olivia, ihn für immer verloren haben. Erstens weil es wirklich niederträchtig war, mit dem eigenen Stiefvater zu bumsen. Zweitens weil sie dann nicht einmal in ihren Träumen mehr so tun konnte, als würde er sie am Ende doch noch heiraten. Es war, als sei sie am Ende ihres Lebens angelangt, ohne daß sie selbst etwas dagegen tun konnte.

Der entscheidende Faktor war das Baby. Nick heiratete ihre Mutter wegen des Babys; das Baby war ein Teil von ihnen beiden, das sie wirklich miteinander verband, so wie sie, Olivia, das Bindeglied zwischen ihren Eltern war: Zwar hatten sie sich scheiden lassen und würden in ein paar Monaten jeweils wieder verheiratet sein und eine neue Familie haben. Ihretwegen jedoch würden sie nie wirklich voneinander loskommen.

Und wenn Nick sie nicht dazu gebracht hätte, das Baby wegmachen zu lassen, wäre er immer noch mit ihr verbunden. Untrennbar.

Natürlich wußte Olivia ganz genau, daß ein Baby in ihre Zukunftspläne – Abschlußexamen, Universität, ein interessanter Beruf – überhaupt nicht hineinpaßte.

Trotzdem träumte sie immer wieder einen hoffnungslos irrealen Traum, in dem sie erneut schwanger war.

In ihrem Herzen sehnte sie sich nach Nick. Und wenn sie ihn nicht haben konnte, dann wollte sie wenigstens ein Baby von ihm. Etwas, das ihr niemand mehr nehmen konnte. Olivia hatte diesen Gedanken immer häufiger, und es gelang ihr immer weniger, ihn zu verdrängen.

In Gegenwart ihrer Muter tat Olivia so, als ob Nick überhaupt nicht existierte und beachtete ihn so wenig wie möglich. Sie kam schließlich, um ihre Mutter zu besuchen.

Wenn Charlie auftauchte, kam er gleich herein und unterhielt sich ein bißchen mit ihnen. Darin war er ziemlich gut. Er erzählte amüsante Geschichten und diskutierte über unwichtiges Zeug, indem er ein paar Allgemeinplätze abgab. Zuerst redete er mit ihrer Mutter, die seine Aufmerksamkeit offensichtlich genoß. Nach einer

Weile verwickelte er Nick in eine ernsthafte Diskussion über Fußball.

Danach sagte er zu Olivia: »Warum magst du Nick eigentlich nicht? Er scheint mir ganz okay.«

»Ich mag ihn eben nicht«, sagte Olivia gereizt. »Brauch ich dazu einen Grund?«

»Mit ihm kann man sich leichter unterhalten als mit deinem Vater. Was hat dein Vater eigentlich gegen mich?«

»Du läufst eben nicht mit der Nase in einem Buch rum. Aber mach dir nichts draus, er gewöhnt sich schon noch an dich.« Da fiel ihr die Fußballunterhaltung wieder ein. »Unterhalt dich doch nächstes Mal mit Daddy über Kricket. Danach ist er ganz verrückt. Er stammt aus Yorkshire, und da oben sind sie alle verrückt nach Kricket.«

»Ich werd's mir merken.« Charlie sah zu ihr herüber. »Was machen wir jetzt?«

»Das Wetter ist so schön, wir könnten doch einen Spaziergang über den Friedhof machen.«

Er warf ihr wieder einen überraschten Blick zu. »Klingt ja ganz schön deprimierend.«

»Gar nicht. Warst du noch nie auf dem Friedhof von Highgate? Der ist wirklich interessant. Am besten ist der Dschungel, da, wo es ganz zugewachsen ist. Aber da lassen sie einen nur ein paarmal im Jahr rein. Der andere Teil ist auch nicht schlecht. Karl Marx liegt dort begraben, und es gibt eine Menge ganz seltsame Grabsteine. Ich geh gern dorthin.«

Charlie fuhr mit ihr also die Swains Lane hinunter zum Friedhof, und sie schlenderten zwischen den Grabsteinen umher. Trotzdem war es wohl kein Zufall, daß sie sich plötzlich in einer abgeschiedenen Ecke des Friedhofs wiederfanden. Er hatte sie hierhergeführt, um sie zu küssen, was er auch tat.

Olivia hatte nichts dagegen. Es fühlte sich gut an, wenn er sie im Arm hielt und küßte; es linderte diese schmerzende Leere, die sie in ihrer Mitte verspürte.

Dann schob er seine Hand in ihre offene Jacke und berührte ihre Brust. Die zärtliche Berührung war erst etwas zögernd – falls mir schlecht wird, dachte sie –, wurde jedoch sofort kühner, als sie seine Hand nicht wegstieß.

Sie trug den geräumigen Pulli, den ihre Großmutter ihr zum Geburtstag geschenkt hatte, er konnte also nicht viel mehr als die groben Konturen gespürt haben. Trotzdem begann er schwerer zu atmen. Bei Olivia hatte es nur den Effekt, daß sie nervös wurde.

Er schob seine Hand unter dem Pulli und dem T-Shirt hoch, um seinem eigentlichen Ziel näher zu kommen. Dazu mußte er erst mit ihrem BH kämpfen, einem schlichten Baumwollgebilde, eher dazu konstruiert, seine Pflicht zu erfüllen als aufzureizen. Ihre Mutter, die bisher all ihre Unterwäsche gekauft hatte, war der Ansicht, ein so großer Busen wie ihrer brauchte alle verfügbare Hilfe, um der Schwerkraft zu trotzen – im Gegensatz zu den kleinen Brüsten ihrer Mutter, die selbst mit Fünfunddreißig eigentlich keinen BH nötig hatten!

Charlie hakte ihren BH auf, schob mit den Händen vorn den BH aus dem Weg und nahm ihre bloßen Brüste in beide Hände. Sie wollte ihn abwehren. »Charlie, wenn uns jemand sieht …«

»Ach, was. Hier ist doch niemand.«

Sie standen unter einer Steineiche in einem Baumgrüppchen an der Mauer. Er hatte recht, es war niemand da. Trotzdem beunruhigten sie seine gierigen Hände auf ihrem Körper. Er schob sie rückwärts gegen den Baum, drückte sich eng an sie und streichelte mit zitternden Händen ihre Brüste. Sie spürte, wie er zitterte, hörte seinen keuchenden Atem. Allein die Berührung ihres Körpers rief diese Wirkung bei ihm hervor. Er hob ihren Pullover hoch, so daß ihre bloßen Brüste freilagen. Sie riß an dem Pullover und wollte ihn wieder herunterziehen. »Hör auf, Charlie, laß das.«

»Laß dich doch mal anschauen. Du bist so schön.«

Er hatte schon diesen Blick, der bedeutete, daß er sie gar nicht richtig hörte. Mit nackter Begierde starrte er ihre nackten Brüste an. Er machte ihr angst.

Es gelang Olivia, ihn wegzustoßen und den Pulli wieder herunterzuziehen. Jetzt zitterte sie auch, aber nicht vor sexueller Erregung. Sie hakte ihren BH wieder zu. Vorsichtshalber knöpfte sie auch noch ihre Jacke zu.

»Entschuldige, Lia. Ich wollte nicht …«

Charlie stammelte. Seine Hand auf ihrem Jackenärmel zitterte immer noch. Ihre Angst war verflogen. Charlie tat ihr sogar ein bißchen leid. Er war so erregt und sie nicht.

»Schon gut, ist ja egal.« Sie legte die Hände auf seine Schultern. »Halt mich ganz fest.«

Er legte die Arme um sie und umarmte sie ganz fest. Das war gut, es gefiel ihr. Sie war wieder Herrin der Lage. Sie konnte ihn dazu bringen, zu tun, was sie wollte, oder ihn zumindest an dem hindern, was sie nicht wollte. Anders als bei Nick.

Auf dem Weg zum Haus ihres Vaters erfuhr sie von Charlie, daß er nächste Woche für vierzehn Tage in Urlaub fuhr. »Ich hab meinen Vater endlich rumgekriegt, daß er mir freigibt. Es ist das erste Mal, daß ich im Winter wegfahre, außer zum Skifahren.«

»Wohin fährst du?«

»Nach Teneriffa. Dort soll's zu dieser Jahreszeit schön warm sein. Warst du schon mal da?«

Olivia schüttelte den Kopf. Sie war bisher nur in Frankreich und Italien und in Yorkshire und Devon gewesen. Ihr Vater hatte nichts für Faulenzen am Strand übrig, und ihre Mutter hatte nie Geld für Ferien gehabt. »Mit wem fährst du?«

»Bloß mit ein paar Freunden.« Er sah sie mit einem listigen Grinsen an. »Hättest du nicht Lust mitzukommen?«

Olivia lächelte zurück. Das sagte er nur im Spaß. »Liebend gern, aber morgen sind meine Trimesterferien vorbei.«

»So ein Pech.«

»Für wen?«

Er grinste noch breiter. »Na, für meine Freunde doch wohl.«

Er wollte nicht mit hereinkommen, sondern verabschiedete sich an der Straßenecke. Olivia wußte, daß er es tat, um sie noch einmal küssen zu können, was er ja wohl schlecht am hellichten Tag auf der Türschwelle ihres mißbilligenden Vaters tun konnte. Sie hatte nichts dagegen. Solange seine Hände nicht unter ihrem Pullover waren, durfte er sie küssen, soviel er wollte.

- 36 -

Erst am letzten Tag ihrer Periode wußte Olivia, was sie tun würde. Vielleicht hatte sie es schon vorher gewußt, es sich aber nicht eingestehen wollen. Sie würde russisches Roulette spielen.

So hatte Nick es genannt, als er ohne Verhütungsmittel mit ihrer Mutter geschlafen hatte. Das gleiche würde er jetzt mit ihr tun, bloß daß sie ihm nichts davon sagen würde. Auf diese Weise würde Gott oder sonst etwas über ihre Zukunft entscheiden.

Olivia wußte, daß ihr Plan verrückt war. Aber sie verspürte eine so überwältigende Sehnsucht danach, ebenfalls ein kleines Wesen im Arm zu halten, das sie für immer mit Nick verbinden würde, daß sie alle Vernunftgründe zu einem kleinen Päckchen verschnürte und im hintersten Winkel ihres Kopfes verstaute. Der Gedanke an ein Baby, ein Kind, das sie nie verlassen würde, das zu ihr stehen würde und dessen Liebe ihr niemand nehmen könnte, verursachte ein undefinierbares Ziehen in ihrer Magengegend und trieb ihr die Tränen in die Augen.

Sie plante ihr Vorgehen genau.

Falls sie schwanger wurde, würde sie keinem Menschen etwas davon sagen – vor allem nicht Nick. Sie würde nicht zulassen, daß sie irgend jemand zu einem Schwangerschaftsabbruch überredete. Nach dem fünften Monat war eine Abtreibung gesetzlich verboten, dann konnte niemand sie mehr gegen ihren Willen zu etwas zwingen.

Es gab noch ein anderes Problem, doch dafür hatte sie sich schon eine Lösung überlegt. Natürlich brauchte das Baby einen Vater, sozusagen einen offiziellen Vater, jemand anderen als Nick. Theoretisch könnte sie zwar geheimnisvoll tun und sich weigern, den Namen des Vaters preiszugeben, doch praktisch wußte sie sehr wohl, daß ihre Eltern sich mit Schweigen nicht zufriedengeben würden. Außerdem würden sie dann vielleicht annehmen, sie hätte einen guten Grund für ihre Verschwiegenheit, und eventuell sogar die Wahrheit erraten. Ihr Baby bräuchte einen plausiblen Vater, und dieser Vater müßte jemand sein, der den Vorwurf der Vaterschaft nicht abstreiten konnte.

Sie kannte nur einen Jungen.

Olivia staunte, daß sie ihr Vorhaben, Charlie zu verführen, so kaltblütig planen konnte. Es würde bestimmt ganz leicht sein. Sie erinnerte sich, daß seine Hände gezittert hatten, als er sie berührte. Wenn er sie dermaßen begehrte…

Sie würde schrittweise vorgehen. Auf diese Weise würde er der Meinung sein, er habe sie verführt, und nicht umgekehrt. Und konnte sie am Ende nicht verantwortlich machen.

Am Sonntag besuchte sie wie gewöhnlich ihre Mutter. Diese hatte wieder zugenommen. Es stand ihr gut, und Olivia mußte zum ersten Mal denken, daß Nick wohl recht gehabt hatte – ihre Mutter war vorher vielleicht doch zu dünn gewesen. Was sie wiederum, ebenfalls zum ersten Mal, auf den Gedanken brachte, daß sie selbst vielleicht doch nicht zu dick war. Bessere Formen als deine gibt's nicht, hatte Nick gesagt.

Weil Charlie auf Teneriffa war, fuhr Nick sie nach Hause. Olivia wartete darauf, daß er etwas tat oder sagte. Aber er sagte überhaupt nichts, kein einziges Wort. Als sie schließlich in Highgate ankamen, wußte sie, daß sie selbst etwas sagen oder tun mußte, aber sie wußte nicht, was. Bis jetzt hatte immer er den Ton angegeben.

Ihr wurde plötzlich schmerzlich bewußt, wie sehr sie sich nach ihm sehnte. Vielleicht wollte er sie nicht. Bei diesem Gedanken wurde der Schmerz in ihr noch größer.

Er hielt nicht weit vom Haus ihres Vaters an und zog die Handbremse. Seine Hand lag noch auf dem Schaltknüppel zwischen ihnen, als Olivia zaghaft ihre eigene Hand darauflegte. Ihr Herz schlug heftig wie bei einem wild dahinjagenden Pferd. Als sie seine Hand berührte, sah er sie an.

»Bist du –« Sie mußte sich räuspern. »Bist du sauer auf mich?«

»Wieso sollte ich?«

»Keine Ahnung.« Sie fuhr mit dem Daumen über seinen Handrücken, streichelte scheu die hervortretenden Venen und Sehnen, die borstigen blonden Härchen. So sehr sehnte sie sich nach seiner Berührung, daß sie glaubte, sie würde in Ohnmacht fallen, wenn er es tat. »Du hast die ganze Fahrt über kein Wort gesagt.«

»Was soll ich denn sagen?«

»Keine Ahnung.«

Sie nahm die Hand weg und sah aus dem Seitenfenster. Sie verschränkte die Arme über dem Bauch, da, wo es so leer war. Wenn er sie jetzt berühren würde, dachte sie, würde sie in Tränen ausbrechen. Er wollte sie nicht, das merkte sie. Sie legte die Hand auf den Türgriff und öffnete die Tür. Er sagte etwas, als gerade ein Auto vorbeifuhr. In ihren Ohren summte und pochte es. Ohne ihn anzublicken, fragte sie: »Was hast du gesagt?«

»Willst du mal zu mir kommen?«

Da sah Olivia ihn an. Sie lehnte sich in den Sitz zurück. Es gelang ihr gerade noch zu sagen: »Wann?«

Nick zuckte die Achseln, als wäre es völlig gleichgültig, als wäre es nicht die wichtigste Frage der Welt. »Wieso nicht morgen?«

Es gab gute Gründe, wieso nicht morgen. Montags war in der Schule Orchesterprobe. Sie wollten ein Weihnachtskonzert aufführen, und sie spielte bei den ersten Violinen mit.

»Okay, morgen«, sagte Olivia.

Als er herunterkam, um sie aus der frühabendlichen Dunkelheit hereinzulassen, war sie so froh, ihn zu sehen, daß sie ihn, kaum daß sie drinnen war, umarmte.

»Nett von dir«, sagte er amüsiert. Er legte die Arme um sie und hielt sie ein Weilchen fest.

Einen Augenblick lang hatte Olivia, weil er sie nicht geküßt, sondern nur umarmt hatte, das Gefühl, als sei er ihr Vater und nicht ihr Geliebter. Sie fühlte sich wie verzaubert, selig geborgen. Und sie vermeinte zu spüren, daß er sie liebte.

Es hielt nur einen Augenblick an, wie ein flüchtiger Traum. Nichts daran stimmte auch nur im entferntesten. Er war ihr Geliebter und sonst gar nichts. Er war die Quelle von Kummer und Gefahren, nicht von Geborgenheit. Und er liebte sie überhaupt nicht.

Sie wünschte sich verzweifelt, daß alles anders wäre. Und sie wünschte sich, ihr echter Vater würde sie so im Arm halten. Sie sagte an seiner Schulter: »Freust du dich, mich zu sehen?«

Schon wieder machte er sich über sie lustig. Er nahm ihre Hand und rieb sie über die Vorderfront seiner Jeans, damit sie seine Erektion fühlen konnte. »Was meinst du?«

Sie war verwirrt. Das hatte sie nicht gemeint.

Oder vielleicht doch. Sie bewegte ihr Hand auf und ab, und er preßte sich dagegen. Sie überlegte, was er wohl denken würde, wenn sie seinen Reißverschluß aufmachte und hineingriff. Vielleicht hatte er das im Sinn gehabt, als er ihre Hand da hingeführt hatte.

Sie tat es. Es war ein bißchen umständlich, in seine Shorts zu gelangen, aber schließlich schaffte sie es und streichelte seinen erigierten Penis. Sie spürte, wie er sich unter ihren Fingern bewegte und anschwoll.

Die Sexualität war doch eine außergewöhnliche Sache. Es war klar, daß Gott kein Mensch war oder überhaupt ein Erdenwesen, weil Er bei der Erschaffung dieser lebenswichtigsten Funktion keinerlei Rücksicht auf Würde genommen hatte. Daß Männer ihre Größe und Form verändern und Frauen – buchstäblich – zu triefen anfangen … daß beide sich plötzlich wie schwachsinnig die Kleider vom Leib rissen und diverse Körperteile wie wild aneinanderrieben, erschien wie eine absichtliche Verletzung von menschlichem Stolz und Würde. Außer, man fühlte sich *so* – dann war es nämlich das Wunderbarste von der Welt, ein wahrer Geniestreich. Nachdem sie nach oben gegangen waren, einander die Kleider vom Leib gerissen und zur gegenseitigen Befriedigung die diversen Körperteile aneinandergerieben hatten, sagte Olivia zu Nick: »Ich dachte, du machst dir nichts mehr aus mir?«

»Wann hast du denn das gedacht?«

»Gestern. Im Auto.«

»Du dummes Ding, wie kommst du denn darauf?«

»Du hast nichts gesagt. Du hast mich nicht mal angeschaut.«

»Weil ich nicht dran denken wollte, wie scharf ich drauf war, dich zu bumsen.«

Er lag auf dem Rücken, sie lag neben ihm. Sie hob den Kopf, um ihn anzusehen, um zu sehen, ob er sich über sie lustig machte. Aber er lächelte nicht einmal. »Wirklich?«

Da lächelte er. »Meinst du, ich würd dich anlügen, Kätzchen?«

Er fuhr sie fast bis nach Hause und ließ sie an der Station Highgate heraus. Sie war dermaßen spät dran, daß sie sich für ihren Vater eine Ausrede einfallen lassen mußte. Irgend etwas mit der Orchesterprobe, die sie geschwänzt hatte. Wenn sie es noch einmal tat, würde sie der Lehrer aus dem Orchester schmeißen, und was würde sie ihrem Vater dann erzählen?

Sie küßte Nick zum Abschied. Sie kam sich vor wie eine Beduinin, die den letzten Schluck trinkt, bevor sie sich auf dem Weg durch die Wüste macht; dabei hatten sie sich für Freitag wieder bei ihm verabredet. Sie stellte ihm nur noch eine Frage. Das traute sie sich, weil sie wußte, daß er ihr in seiner merkwürdig unverschämten Ehrlichkeit auch tatsächlich antworten würde.

»Nick, willst du's sehr mit mir?«

»Meinst du, sehr viel oder sehr oft?«

»Beides.«

»Ja.«

Darüber mußte sie lachen, obwohl es ihr auch schmeichelte.

»Willst du's mit mir machen, auch wenn ich nicht da bin?«

»Manchmal.«

»Wann?«

»Willst du Datum und Uhrzeit? Ich muß los, ich halte ja den ganzen Scheißverkehr auf. Bis Freitag.«

Bei ihr war es nicht nur manchmal. Sie verbrachte die ganze dazwischenliegende Woche damit, an ihn zu denken, so wie man von Alkoholikern sagt, daß sie den nächsten Drink kaum erwarten können.

- 37 -

Nach der Schule rannte Olivia zur U-Bahn und schaffte es, um halb sechs in Wapping zu sein. Es war dunkel und regnete. Nick war nicht da.

Sie dachte, er sei vielleicht aufgehalten worden. Weil sie nicht im Dunkeln herumstehen wollte, spazierte sie die Straße hinauf zu der hübschen Kirche von Hawksmoor. Bunte Lichter glitzerten durch die Fenster. Auf der Orgel spielte jemand eine Toccata von Bach. Sie stand draußen in der Dunkelheit und kam sich vor wie eine der törichten Jungfrauen, die vom Hochzeitsmahl ausgeschlossen waren.

Niemand machte auf, als sie wieder am Atelier ankam. Sie ging den gleichen Weg noch einmal, kam zurück, und Nick war immer noch nicht da. Sie wollte nicht noch länger warten, weil sie nach Hause mußte. Vielleicht kam er überhaupt nicht.

Vielleicht hatte er es vergessen.

Vielleicht hatte er genug von ihr.

Als sie schließlich unten auf dem Bahnsteig stand, war sie beinahe soweit, sich unter den Zug zu werfen statt in ihn einzusteigen. Und als sie in Highgate ausstieg und es immer noch regnete, stellte sie fest, daß sie ihren Regenschirm in der U-Bahn liegengelassen hatte. Alles in allem ein großartiger Tag!

Zu Hause angekommen, zog sie ihre nassen Sachen aus und nahm ein heißes Bad. Ihr war zum Heulen zumute, doch nicht einmal das gelang ihr. Sie dachte an diese Wespenart, die ihre Eier in einer Raupe ablegte, und wenn die Wespenlarven ausschlüpften, fraßen sie die Raupe von innen her auf, wobei sie alle lebenswichtigen Organe bis zum Schluß aufhoben, damit ihnen die Raupe nicht wegstarb, bevor sie lebenstüchtig waren. So etwas Ähnliches mußte mit ihr passiert sein, aber nicht im körperlichen, sondern im emotionalen Sinn.

Als ihr Vater wild an die Tür hämmerte, wurde sie aus ihrer trüben Apathie gerissen. »Lia, bist du da drin eingeschlafen? Es ist Zeit fürs Abendessen, außerdem ist jemand am Telefon für dich.«

»Wenn es Meg ist, ich ruf sie später wieder an.«

»Es ist aber nicht Meg. Ich glaube, es ist dein Freund aus dem Baugewerbe.«

Das gab ihr wenigstens einen Grund, aus der Wanne zu steigen statt liegenzubleiben und zu ertrinken. Außerdem war es tröstlich zu wissen, daß sich doch noch jemand etwas aus ihr machte, wenn es auch nur Charlie war. Sie trocknete sich hastig ab und ging hinunter ans Telefon.

»Hallo«, sagte Charlie.

»Hallo. War's schön im Urlaub?«

»Ganz toll. Das solltest du auch mal ausprobieren.«

»Was, Teneriffa oder einen Urlaub?«

»Egal. Beides. Und der Baugrube bin ich auch entfleucht; jetzt darf ich den Sekretärinnen beim Oberkommando Tee machen. Bald vertrauen sie mir vielleicht sogar die Portokasse an.«

»Was hast du angestellt, um befördert zu werden?«

»Gar nichts. Sie brauchen keine Sklaven mehr, deswegen. Mein Vater sagt, er muß sie in Scharen entlassen. Keiner will mehr bauen.«

»Klingt ja ziemlich düster.«

»Du sagst es. Noch schlimmer als Sklave zu sein, ist es, ein arbeitsloser Sklave zu sein. Aber ich glaub, um diese Jahreszeit ist es immer schwierig. Im Frühjahr geht's dann bestimmt wieder aufwärts. Hättest du Lust, morgen abend ins Kino zu gehen?«

»Ich geh schon mit Meg ins Kino.«

»Wer ist Meg?«

»Meine Freundin. Du kennst sie, sie war damals im Pub auch dabei. Du hast sie doch heimgefahren.«

»Ah, jetzt weiß ich wieder. So eine kleine Blonde, stimmt's?«

Das war eine so unpassende Beschreibung von Megan, daß Olivia einen Moment überlegen mußte. »Ja, so kann man's sagen.«

»Wie wär's, wenn ich einen Freund auftreibe, der auch ins Kino will und wir euch ganz zufällig dort treffen?«

»Klingt gut. Wir üben schon mal, überrascht zu tun.«

Megan war von dem Plan nicht gerade begeistert. Sie brummte ein bißchen, während sie den Leicester Square überquerten.

»Und mit was soll ich mich beschäftigen, während du mit Charlie rumknutschst?«

»Ich glaub, sein Freund soll dich unterhalten. Wie kommst du eigentlich drauf, daß wir uns nicht einfach den Film anschauen?«

»Weil du verknallt bist, deswegen.«

Olivia bestritt es vehement. »Bin ich gar nicht.«

»Doch, und ob. Du bist emotional völlig instabil. Du läufst rum wie belämmert. Die klassischen Symptome.«

In dem Moment tauchte Charlie mit seinem Freund auf, einem schmalen, hellhaarigen Jungen mit goldgeränderter Brille.

»Na, so eine Überraschung«, begrüßte er Olivia. »Ich hab zu Jon gesagt, hier kann man gut Mädchen anmachen, und schon haben wir einen Volltreffer gelandet. Da wird er aber staunen.«

Olivia unterdrückte ein Kichern. »Kennen wir uns?«

»Jetzt schon.« Er deutete erst auf sich und dann auf die anderen. »Charlie, Jon, Lia, Meg, stimmt's? Hallo, Meg, nett dich wiederzusehen. Kommt, ich hab schon die Karten, gehn wir rein.«

»Jon ist ein großer Filmkenner«, sagte er zu Olivia, als der Hauptfilm anfing. »Wenn er mir den hier erst erklärt hat, werd ich ihn deinem alten Herrn erklären können, mit Symbolismus und allem«, flüsterte er ihr ins Ohr, während sie auf die Leinwand sah. In den ersten drei Minuten waren bereits mehrere Leute auf besonders bestialische Weise umgebracht worden.

»Wenn du in *diesem* Mist einen Symbolismus findest, wird Daddy schwer beeindruckt sein.«

Sie hatte den Kopf zu ihm hingedreht, um ihm ihre Bemerkungen ins Ohr zu flüstern. Er ergriff die Gelegenheit, sie zu küssen.

»Hör auf«, flüsterte sie, bevor ihr wieder einfiel, daß sie ja in ihn verknallt sein sollte. Wenn Megan fand, sie sei verliebt, mußte sie dafür sorgen, daß Megan dachte, Charlie sei der Gegenstand ihrer Verliebtheit.

Olivia nahm seine Hand in beide Hände, auf ihren Schoß, wo ihre ineinander verschlungenen Finger deutlich zu sehen wären – alles für Megan. Charlie dachte, es sei für ihn gedacht und nutzte eine Nachtszene aus, um ihr die Hand unter den Rock zu schieben. Da sie Strumpfhosen anhatte, wäre er sowieso nicht weit gekommen, trotzdem packte sie die vagabundierende Hand und flüsterte: »Nicht hier.«

So ausgedrückt, bedeutete ihr Einwand, daß er vielleicht bei günstigerer Gelegenheit noch einen Versuch starten könnte. Schließlich war es möglich, daß sie im Hinblick auf ihr Abenteuer Anfang der Woche genau das und noch mehr von ihm wollte.

Bei dem Gedanken, daß sie schon schwanger sein könnte, wurde ihr flau im Magen. Die Wahrscheinlichkeit wäre größer, wenn sie gestern mit Nick zusammengewesen wäre. Falls bei ihr überhaupt alles regelmäßig verlief, wäre es genau der richtige Zeitpunkt für den Eisprung gewesen: vierzehn Tage nach Beginn ihrer letzten Periode. Solche nützliche Informationen hatte sie im Biologieunterricht gelernt.

Nach dem Film gingen sie auf einen Hamburger zu McDonald's, besser gesagt: die Jungs aßen Hamburger, während Olivia und Megan sich eine Portion Pommes frites teilten.

»Ihr Mädels solltet euch mal mit Jonnie unterhalten«, sagte Charlie. »Er ist ganz scharf drauf, Videos zu drehen.«

»Was willst du denn damit andeuten?« fragte Megan herausfordernd. »Die Art von Mädels sind wir aber nicht.«

Jon lief rot an und blinzelte nervös hinter seinen modischen Brillengläsern. »Der Mann ist ein ernsthafter Künstler«, gab Charlie vorwurfsvoll zurück. »Er studiert Medienkunst am College. Ich hab mir gedacht, ihr möchtet vielleicht einen Film von dem Stück machen, das ihr aufführen wollt.«

»Eine brillante Idee.« Megan sah zu Jon hinüber. »Zumindest könntest du kommen und die Aufführung auf Video aufzeichnen, oder?«

»Klar, warum nicht? Was für ein Stück ist es?«

»Eine moderne Version von einem alten griechischen Drama. Lia und ich haben es geschrieben; wir machen auch die Regie.«

»Meg macht die Hauptarbeit bei der Regie«, sagte Olivia. »Sie kann den Leuten viel besser sagen, was sie machen sollen. Das Stück war eigentlich auch ihre Idee.«

Jon blinzelte wieder und schob sich die Haare aus den Augen. Sein feines, helles Haar, das aussah wie die Fasern an einem unreifen Maiskolben, fluderte um ihn herum. Er sah Megan mit einem etwas verwirrten Gesichtsausdruck an. »Klingt wirklich gut. Das würd ich gern filmen.«

»Ich schick euch meine Rechnung für die Kontaktvermittlung«, sagte Charlie lässig. »Wie läuft denn das Stück?«

»Wir haben noch Probleme bei der Besetzung«, erläuterte Olivia. »Die Titelrolle wollten wir eigentlich Devika Patel geben, weil es in diesem Stück heißt, sie ist Asiatin, aber Ms. Pankhurst ist dagegen.

Sie findet es rassistisch, zu betonen, daß Devika Asiatin ist. Sie sagt, Devika kann jede andere Rolle spielen, bloß keine asiatische Frau.«

»Dann soll also eine Asiatin eine Griechin spielen und ein englisches Mädchen eine Asiatin, versteh ich das richtig?«

»Sagt sie jedenfalls.«

Charlie prustete. »Klingt ganz schön verrückt.«

»Es ist eigentlich nicht verrückt, nur irgendwie absichtlich farbenblind.«

»Das Problem ist bloß«, fügte Megan hinzu, »daß Devika echt versessen drauf ist, die Medea zu spielen. Sie wäre auch echt super für die Rolle; sie ist sehr groß und sieht hochdramatisch aus.«

»Na, euch fällt schon noch was Gutes ein«, sagte Charlie energisch. »Lia, ich bring dich jetzt lieber nach Hause, bevor dein Vater die Polizei holt. Meg kann sich ja um Jonnie kümmern. Sie steigen an der gleichen U-Bahn-Station aus, glaub ich.«

»Wir kommen schon irgendwie zurecht«, bekräftigte Megan. »Ich ruf dich morgen an, Lia.«

Jon war so abgelenkt, daß er sich nicht einmal verabschiedete. Er schüttelte sich unentwegt die Haare aus den Augen und wandte den Blick nicht von Megan ab.

Charlie gelang es, ein Taxi herzuwinken – keine geringe Leistung zu dieser Abendzeit im West End. Mit Olivia im Schlepptau schlängelte er sich durch den Verkehr auf der Charing Cross Road, um ein Taxi anzuhalten, das auf der anderen Straßenseite in entgegengesetzter Richtung fuhr. Um ein Haar wären sie von einem Bus überfahren worden. Der Bus, stellte Olivia fest, als sie wohlbehalten im Taxi saßen, hätte an der Station Highgate gehalten.

Sie wies ihn darauf hin. »Wir hätten den Bus nehmen können.«

»Wieso?«

»Na, weil's viel billiger ist.«

»Du, ich arbeite, ich bin doch kein armer Schuljunge mehr. Jedenfalls sind Taxis viel bequemer. Und es macht mehr Spaß.«

»Spaß?«

»Spaß. Mach die Augen zu.«

Sie machte die Augen zu. Er küßte sie.

Sie legte die Arme um seinen Hals, und er küßte sie noch einmal, diesmal mit einem langen Zungenkuß. Dann schob er seine Hand in ihren offenen Mantel und knöpfte ihre Bluse auf. Bevor sie entscheiden konnte, ob es ihr recht war oder nicht, hatte er ihren BH aufgehakt und streichelte ihre nackten Brüste.

»Charlie, nicht, wenn das der Taxifahrer sieht.«

»Laß ihm doch die Freude. Dem ist es sowieso egal, der hat schon alles gesehen. Mensch – bist du schön.« Er beugte sich hinunter, um ihre Brüste zu küssen und an ihren Brustwarzen zu saugen.

Olivia lehnte sich zurück. Sie zitterte. Kein Wunder: barbusig an einem kalten Novemberabend – wer bekäme da keine Gänsehaut? Sie zitterte wieder. »Charlie, hör auf«, flüsterte sie. »Mir ist kalt.« Charlie hob den Kopf von ihrer Brust und sah sie mit diesem Blick an, der ihr so angst machte: als hätte er sie noch nie gesehen. Sie konnte nicht aufhören zu zittern. Es fühlte sich an wie ein Fieberanfall. Sie raffte ihre Kleider zusammen.

»Laß mal, ich mach das schon.«

Er zitterte fast ebenso wie sie, obwohl er völlig bekleidet war, doch es gelang ihm, ihren BH wieder zuzumachen und ihre Bluse zuzuknöpfen. Währenddessen küßte er sie die ganze Zeit auf den Mund und auf jede andere nackte Stelle.

»Du bist so schön, du bist das schönste Mädchen, das ich je gesehen hab. Ich muß andauernd an dich denken.«

»Andauernd?«

»Den ganzen Tag. Ich starre die Tabellen auf dem Kalkulationsprogramm an und denke an deine Brüste. Ich nehm die Teebeutel raus und denke an deinen Mund. Während sie mir die Kostenrechnungen erklären, denke ich an deine Beine. Die ganze Zeit.«

Er legte die Arme um sie, und sie lehnte sich an ihn. Sein Mantel fühlte sich überraschend weich an; bestimmt war er aus Kaschmir. »Das solltest du aber nicht«, flüsterte sie ernsthaft, warnend. »Das solltest du nicht, das ist gefährlich.«

- 38 -

Sie war so aufgeregt, daß ihre Stimme richtig piepste. »Nick? Hier ist Lia.«

»Ach, ja.« Eine quälende Pause. »Tut mir leid wegen Freitag. Ich bin aufgehalten worden. Ich hatte keine Möglichkeit, dir's zu sagen.«

Sie atmete auf. Wenigstens hatte er es nicht vergessen. Obwohl sein lässiger Tonfall nicht gerade dazu beitrug, ihre anderen Befürchtungen zu zerstreuen. »Können wir –«

Sie brachte den Satz nicht zu Ende. Es war auch nicht nötig. Allerdings bekam sie nicht die erhoffte Antwort. »Diese Woche ist total beschissen. Ich bin jeden Tag beschäftigt. Nächste Woche ist besser.«

In ihrer Bestürzung sagte sie laut: »Ich kann aber keine Woche warten.« Gleich darauf hätte sie sich am liebsten die Zunge abgebissen.

»Ich auch nicht«, sagte er etwas sanfter. Ihr Herz machte einen Sprung. »Wie wär's mit Donnerstag, so um sieben?«

»Okay.«

Es war eigentlich überhaupt nicht okay. Sie mußte sich eine Ausrede für ihren Vater einfallen lassen, der es nicht gern sah, wenn sie unter der Woche abends wegging. Aber alles war besser, als noch eine weitere Woche zu warten.

Die Geigenstunde bei Mrs. Stone war noch schlechter als die letzte, denn die Tatsache, daß sie Nick in ein paar Stunden sehen würde, lenkte sie noch mehr ab.

»Es ist doch in letzter Zeit so gutgegangen«, sagte Mrs. Stone zu ihr. »Du hast so gute Fortschritte gemacht. Aber jetzt bist du mit deiner Seele wieder irgendwoanders.« Sie sah Olivia mit ihren durchdringenden, dunklen Augen an – den Augen einer Zigeunerin, hatte Olivia immer gedacht – und sagte mit einem für Mrs. Stone untypisch sanften Tonfall: »Hast du irgendwelche Schwierigkeiten, mein Kind?«

»Nein, nein«, beeilte sich Olivia zu sagen. »Ich meine, mit der

Zeit gibt sich das schon wieder. Es ist bloß – im Moment ist zu Hause alles so durcheinander, mit dem Baby und dem Umzug und daß meine Mutter heiratet.«

Mrs. Stones Nasenflügel bebten. Sie hatte eine feine, lange und sehr ausdrucksvolle Nase. »Baby, Heirat? Was sind denn das für Sachen?«

Olivia erklärte es ihr kurz. Es war alles so schrecklich peinlich und quälend. »Die Frau von meinem Vater bekommt nächsten Monat ein Baby, und sie haben in ihrem Haus nicht genug Platz für das Baby und mich und Daddys Bücher, und darum ziehen sie jetzt um, und gleichzeitig heiratet meine Mutter auch wieder und kriegt im Frühjahr ein Baby.«

In so dürren Worten hörte es sich an, als reichte es aus, jeden abzulenken. Bloß daß sich Olivia in letzter Zeit über diese Dinge überhaupt keine Gedanken gemacht hatte, weil sie viel zu beschäftigt war mit Nick und der Frage, ob sie selbst schwanger war oder nicht.

»Ach, jetzt verstehe ich«, sagte Mrs. Stone. Sie schien seltsam verstimmt über diese Neuigkeiten. »Kinder«, brummte sie vor sich hin. »Alles Kinder sind das heute.«

Dann sagte sie etwas energischer: »Schon gut, mein Kind. Wie du sagst – bestimmt gibt sich das mit der Zeit wieder. Aber vergiß nicht: die Musik ist eine große Trösterin, die noch niemandem das Herz gebrochen hat.«

Früher hätte Olivia bei diesem Ratschlag bloß achtlos mit den Schultern gezuckt. Doch im Lauf des letzten Sommers hatte sie sich mit der Bach-Suite getröstet und nach dieser ziemlich schlimmen Zeit einen guten Erfolg vorweisen können. Im Moment konnte sie sich allerdings auf nichts konzentrieren.

Im Dunkeln in Wapping herumzulaufen machte sie nervös. Sie hatte im Fernsehen einmal einen Film über Jack the Ripper gesehen, der, wie Nick ihr gesagt hatte, hier in der Gegend gedreht worden war, wegen der engen, kopfsteingepflasterten Straßen und altmodischen Industriegebäude und der unheimlichen, dunstigen Themse. Unwillkürlich mußte Olivia an diesen Film denken, während sie darauf wartete, daß Nick ihr aufmachte.

Auf der Straße hörte sie Schritte näher kommen. Vielleicht war es der Mann, den sie schon einmal gesehen hatte, der in diesem Gebäude ebenfalls eine Wohnung hatte. Sie wagte nicht, sich umzuschauen; es sollte so aussehen, als ginge sie gleich hinein. Sie kramte in ihrer Tasche und tat so, als suchte sie ihren Schlüssel. Die Schritte waren jetzt direkt hinter ihr. Sie wußte nicht, ob sie weglaufen sollte oder nicht. Falls es Nicks Nachbar war, wollte er ja nur zu seiner eigenen Haustür.

Dann legte er die Arme von hinten um sie und riß sie heftig an sich. Sie stieß einen leisen Schrei aus. Er flüsterte ihr ins Ohr: »Das wird dir nicht viel helfen.«

»Nick! Du hast mich zu Tode erschreckt.«

»Ich weiß. Du solltest nach Einbruch der Dunkelheit nicht hierherkommen. Nächstesmal hol ich dich an der U-Bahn ab.«

»Außer von dir bin ich hier noch nie von jemand angegriffen worden«, sagte Olivia indigniert. Sie lehnte sich rückwärts gegen ihn; sie war froh, daß er da war, daß sie mit ihm zusammen war. Wenn sie nicht mit ihm zusammen war, war es der ganze Nick, der ihr fehlte und nach dem sie sich sehnte, der ganze Mann, Körper und Seele; doch sobald er sie berührte, war es mehr ein körperliches Verlangen. »Vergewaltigst du mich jetzt?«

»Sobald ich dich drin habe.« Er machte den Reißverschluß ihrer Jacke auf und ließ seine Hand über ihren Pullover gleiten. »Oder vielleicht schon vorher.«

Sie drehte sich zu ihm um, legte ihm die Hände auf die Schultern und küßte ihn. Sie ließ die Hände unter seiner Jacke über seine Brust gleiten. Sie küßte die Vertiefung unter seinem Hals und berührte mit der Zunge die pulsierende Ader dort. Sofort schlug sein Herz schneller, und sie spürte, wie sein Pulsschlag rascher wurde. Dadurch ermutigt, begann sie sein Hemd aufzuknöpfen, einen Knopf nach dem anderen. Während sie ihn nach und nach entblößte, küßte und knabberte sie sich hinunter; sie zwickte ihn in die flachen Brustwarzen und rieb sie, damit sie sich zusammenzogen.

»He, warte.« Nick lachte, während er sie an den Händen faßte, aber sie konnte hören, wie seine Stimme rauh zitterte. Sie brachte ihn durch ihre bloße Berührung zum Zittern, wie er sie umgekehrt auch. »Komm, mach das oben.«

Er schloß die Haustür auf und nahm sie mit nach oben. Sobald sie im Atelier waren, küßte er sie und preßte seinen Unterleib hart an ihren. Sie öffnete die letzten Knöpfe an seinem Hemd und zog es aus dem Gürtel. Dann kniete sie sich nieder und steckte die Zungenspitze in sein Nabelgrübchen, direkt über der Gürtelschnalle. Sie begann die Schnalle zu lösen. Sie wollte ihn überall berühren, ihn aufessen. Ihre Begierde nach ihm wischte alle Scheu und Scham beiseite.

Nach der ersten scheußlichen Erfahrung damals hatte sie gedacht, sie könnte sich nie mehr überwinden, seinen Schwanz in den Mund zu nehmen. Aber diesmal machte sie mit ihm, was sie wollte, statt daß er sie führte oder zwang. Sie hatte jetzt keine Angst, ihm nicht zu gefallen. Es verlieh ihr ein starkes Machtgefühl, als sie spürte, wie sein Körper auf ihre Liebkosungen reagierte. Sie konnte mit ihm das machen, was er mit ihr gemacht hatte, sie konnte ihn dazu bringen, zu schreien und zum Orgasmus zu kommen...

Sie machte es, und er tat es.

Er sank vor ihr auf die Knie. Sie klemmte seine Schenkel zwischen ihre, legte die Arme um ihn und ließ sie in sein offenes Hemd unter der Lederjacke gleiten. Er war vom Hals bis zu den Schenkeln nackt, und sie war vollständig bekleidet. Er war so sexy – so schön wie kein anderer Mann auf der Welt. Sie liebte ihn mehr, als sie noch gestern für möglich gehalten hätte.

Was sie als nächstes sagte, überraschte sogar sie selbst. »Ich will dich fotografieren.«

Die Idee fand er amüsant. »Okay, warum nicht? Was soll ich machen?«

»Bleib da, wo du bist.« Sie ging hinüber und holte einen seiner Fotoapparate. Das Ding sah schrecklich kompliziert aus.

»Wie funktioniert das?«

»Das mußt du da rüberschieben.« Er griff nach der Kamera und machte es ihr vor. »Jetzt mußt du noch zielen und auf den Knopf drücken.«

»Wenn es so einfach ist, wie schaffst du's dann, daß sie dich dafür bezahlen?«

»Das da ist bloß die automatische Einstellung. Sozusagen das fotografische Gegenstück zur Missionarsstellung.«

Olivia sah ihn durch den Sucher an. Er war immer noch in dem verwundbaren Zustand, in den sie ihn versetzt hatte, die Kleidung offen, so daß sein Körper vom Hals bis zur Schamgegend unverhüllt war. Er lächelte sie an – nicht weil sie ihn gleich fotografieren würde, sondern weil er es komisch fand, daß sie ihn durch die Kamera hindurch anstarrte.

Sie drückte auf den Auslöser.

»Sonst noch was, was dein Herz begehrt?«

Eigentlich ziemlich viel, dachte Olivia, aber das war alles so unerreichbar, daß sie sich mit anderem zufriedengeben mußte. Nicht einmal das Bild, das sie gerade gemacht hatte, würde sie behalten können, es war viel zu gefährlich. »Kannst du mal aufstehen und dich anständig herrichten?«

»Klar, aber das macht doch keinen Spaß.«

Er tat es trotzdem, schloß den Reißverschluß seiner Jeans und knöpfte das Hemd zu, ließ aber die Jacke offen. Dann lehnte er sich mit einer Schulter an die Wand und verschränkte die Arme. Sein Lächeln war verflogen. Er sah leicht herausfordernd aus, leicht gereizt, leicht, nun ja, als könnte man ihn durchaus für gewisse Dinge interessieren, wenn man sich ein bißchen Mühe gab. Er sah unheimlich sexy aus.

»Du bist wie die Kamera, du machst das alles ganz automatisch. Du hättest Model werden sollen.«

»War ich ja.«

Sie ließ beinahe die Kamera fallen. »Du – wirklich? Was hast du vorgeführt?«

»Na, jedenfalls keine Moss-Brothers-Klamotten. Denk mal scharf nach, Baby. Wie bringt sich ein Fünfzehnjähriger in Paris oder Amsterdam wohl durch? So bin ich doch überhaupt darauf gekommen, daß der Mann *hinter* der Kamera sagt, was Sache ist.« Er richtete sich auf und kam herüber, um ihr die Kamera aus dem erstarrten Griff zu nehmen. »Jetzt bin ich dran.«

»Was heißt das, jetzt bist du dran?«

»Ich mach ein paar Aufnahmen von dir. Nur so. Hinterher verbrenn ich sie, wenn du möchtest.«

Sie wußte nicht, ob sie ihm trauen sollte. »Ehrenwort?«

»Hand aufs Herz.« Er raffte ihren Pulli vorn zusammen und zog sanft daran. »Komm, Kleines, zieh das aus.«

»Was, einfach so?«

»Diesmal machen wir's umgekehrt. Du fängst splitternackt an, und ich zieh dich an.«

Als sie ganz ausgezogen war, zog er seine Lederjacke aus und ließ sie hineinschlüpfen, den Reißverschluß zog er halb hoch. Sie betrachtete sich im Spiegel. Die Jacke bedeckte kaum ihren Po; es sah aus, als hätte sie darunter auch etwas anhaben können. Um sämtliche diesbezüglichen Zweifel auszuräumen, sagte er, sie solle die Hände in die Taschen stecken und sich nach vorn beugen. Als sie sich zum Spiegel vorlehnte, rutschte ihr die Jacke über den Hintern hoch und klaffte vorn auf, so daß ihre Brüste entblößt waren. Er machte ein Bild von der Vorder- und eins von der Rückenansicht.

Wie sich herausstellte, konnte das bloße Ausziehen einer Jacke außerordentlich sexy wirken. Er machte den Reißverschluß auf und zog ihr die Jacke über eine Schulter, so daß der Ärmelbund ihr Schamhaar bedeckte, während ihre Brüste freilagen. Dann zog er sie noch ein Stück herunter, bis die Ärmel leer dahingen und ihre Hände im oberen Ärmelteil versteckt waren. Die Jacke bedeckte ihre Hüften. Er ließ sie sich etwas seitlich drehen, so daß die linke Hand im Ärmel ihren Venushügel gerade noch verbarg, die rechte Seite aber bis oben nackt war. Danach zog er ihr die Jacke ganz aus und drapierte sie über die Schultern. Sie mußte sich, die Arme über der Stuhllehne verschränkt, so vorbeugen, daß ihre Brüste durch den Rahmen, den ihre Arme bildeten, hochgeschoben wurden und nach vorn zeigten.

Wenn er sie berührte und ihr Anweisungen gab, geschah es immer in dieser seltsam unbeteiligten Art, die sie vom letzten Mal in Erinnerung hatte. »Die Füße auseinander, halt die Knie gerade, ja, so, mehr, mehr, die Beine breiter, so ist es gut, sehr schön.« Sie wollte gar nicht darüber nachdenken, wie diese spezielle Pose von hinten aussehen mußte.

Dann zog er sein Hemd aus und zog es ihr an. Sie war überrascht und freute sich, denn so etwas konnte er mit seinen Models wohl kaum machen: Es war zu intim und überhaupt nicht professionell, seine Sachen auszuziehen und sie ihr anzuziehen. Es war unglaublich sexy.

Als er ihr das Hemd in schrittweisen Fotos ausgezogen hatte und sie wieder nackt war, schnallte er seinen Gürtel auf und stieg aus den Jeans, so daß er schließlich nur noch in Unterhosen war. Er reichte ihr die Jeans. »Mal sehen, wie du darin aussiehst.«

»Sie sind mir bestimmt zu groß.«

»Das ist ja der Witz.«

Sie zog sie an. Das Gefühl des rauhen Denimstoffs auf ihrem weichen Fleisch, der von seinem Körper noch ganz warm war, schuf eine unvorstellbar intime Verbindung mit ihm.

»Laß den Gürtel offen, den Reißverschluß nur halb zu. Behalt deine Hände da unten. Und jetzt mach den Reißverschluß ganz auf, laß die Jeans so halb über die Hüften gleiten, ja, sehr schön. Halt sie mit der linken Hand fest und schieb die rechte da runter. Braves Mädchen. Okay, und jetzt knie dich hin. Nein, so.«

Er kam zu ihr und stellte sich hinter sie, während sie sich hinkniete. Er schob die Jeans herunter und ihre Beine auseinander. Er nahm ihre Hand und schob sie in ihr Schamhaar, dabei preßte er ihre Fingerspitzen auf die feuchte, angeschwollene Stelle darunter. Dann flüsterte er ihr ins Ohr: »Mach es Baby. Besorg es dir selber für mich.«

Sie hatten diesen Ausdruck noch nie in diesem Zusammenhang gehört. Sie hatte sich noch nie da angefaßt. Ganz allein in ihrem Zimmer wäre es schon peinlich genug gewesen, aber es vor ihm zu tun – eigentlich müßte sie schon bei dem Gedanken daran vor Scham im Erdboden versinken.

Sie versank nicht. Es war überaus angenehm, sowohl die Gefühle, die sie mit ihrer eigenen Hand hervorrief wie das Bewußtsein, daß Nick ihr dabei zusah. Er machte ein Bild von ihr, wie sie es tat.

Dann legte er sie so auf den Rücken, wie er sie haben wollte: die Knie angewinkelt und auseinander, die Jeans um ihre Fesseln geknittert, wie sie sich selbst berührte.

Er mußte sie auch so fotografiert haben, sie war sich aber nicht sicher, weil sie so abgelenkt war. Er beschrieb ihr in sehr plastischer und obszöner Sprache ganz genau, was sie da mit sich machte, wie sie dabei aussah, welche Wirkung es auf ihn hatte, und wie er dem abhelfen würde.

Die knappen Wörter bildeten eine anzügliche Litanei, eine Art Urpoesie aus einer Zeit, bevor echte Sprache und echte Lügen in die Welt gekommen waren. Schwanz, Stock, Rute, steif, stopf, stoß, fick, bohr, Busch, Möse, Spalt, Fotze, Arsch ...

Ein andermal hätte er dieselben Wörter benutzt, damit sie rot wurde oder lachte, aber jetzt war es, als hätte er sie an eine Hauptstromleitung angeschlossen. Sie krümmte sich voller Lust, voller Scham, in unerträglicher Gier nach ihm. Er würde sie mit diesen Wörtern zum Höhepunkt bringen.

Sie kickte die Jeans weg. Er stieß heftig in sie hinein, zwang sie hinunter, füllte sie, nahm sie, machte es ihr, verschlang sie gierig und fraß sie auf einmal. Sie kam fast sofort, nachdem er in sie eingedrungen war. Eine lange, orgasmische Ewigkeit, es schüttelte sie wieder und wieder, als er sich in sie ergoß. O Gott, er war so gut, er war der beste Mann auf der Welt ... und der unerreichbarste.

Wie konnte er so mit ihr Liebe machen und sie nicht lieben?

- 39 -

Alle waren da – Charlies gesamte Familie hatte sich bei ihm zu Hause versammelt, um sie kennenzulernen. Es war ziemlich furchterregend.

Es war außerdem ziemlich chaotisch, ein Umstand, der die Aufmerksamkeit etwas von ihr ablenkte. Die kleinen Mädchen, Charlies Nichten, waren etwa dreißig Sekunden lang schüchtern, bevor sie anfingen, sich gegenseitig durchs Haus zu jagen. Das lieferte den Hintergrund für den Rest des Geschehens.

Charlies Vater sah ihrem eigenen Vater verblüffend ähnlich. Nur war er etwa zehn Jahre älter, kleiner und schwerer, hatte aber das gleiche dunkle Haar, die blauen Augen und die gleichen regelmäßigen Züge. In Sprache und Mimik ähnelte er ihm überhaupt nicht, was aber kaum verwunderlich war. Leute wie ihr Vater existierten außerhalb von Universitäten überhaupt nicht.

Als sie ihm die Hand hinstreckte, hielt er sie mit beiden Händen fest, statt sie zu schütteln. Das war wohl als freundliche Geste gedacht, um nicht allzu geschäftsmäßig zu erscheinen. »Hallo, Lia. Wir freuen uns, Sie endlich kennenzulernen. Charlie redet schon seit Monaten von nichts anderem.«

Olivia lächelte und nickte und sagte nichts. Wahrscheinlich hätte alles, was sie hätte sagen können, Charlie in Verlegenheit gebracht. Dann lernte sie Charlies Mutter kennen, die etwa so alt war wie sein Vater, aber schon fast völlig ergraut war. Seine Mutter mochte sie nicht, das merkte sie gleich, wußte aber nicht, weshalb. Vor einem Jahr hätte sie sich noch gewundert, wie man jemanden, den man überhaupt nicht kannte, nicht ausstehen konnte, doch hatte sie im letzten Jahr viel dazugelernt.

Dann wurde sie seinen Brüdern Barry und Jackie vorgestellt, seinen Schwestern Katy und Bridget, ihren Ehemännern und den beiden kreischenden Nichten, Maureen und Maeve. Falls sie ihnen fünf Minuten später auf der Straße begegnet wäre, hätte sie keinen von ihnen wiedererkannt. Ihr Hirn hatte sich in Pudding verwandelt.

Das machte aber nichts. Charlie hatte sie sicher an der Hand oder am Arm und führte sie dahin, wo sie hinmußte. Sie ließ die anderen einfach untereinander schnattern, was sie sowieso ununterbrochen taten, und antwortete, wenn sie gefragt wurde. Das Haus lag auf der Hampsteader Seite der Finchley Road und war in einem Stil gebaut, den Olivias Vater (allerdings nicht in Gegenwart von Altheas Vater) als Börsenmakler-Tudor bezeichnete. Es hatte einen sehr großen Garten und eine Garage für vier Autos. In der Einfahrt standen vier Autos, aber keines davon in der Garage.

Das gesamte Mobiliar war offensichtlich neu oder offensichtlich alt. Die neuen Sachen wirkten für ein neues Haus viel passender, doch Charlies Vater schien sehr an seinen alten Sachen zu hängen. Stolz zeigte er Olivia jedes einzelne Stück.

Das Seltsamste an dem Haus war, daß niemand darin zu wohnen schien. Alles war makellos (außer dort, wo die kleinen Mädchen herumgetobt hatten). Es gab nirgends Bücher oder Zeitschriften. Die Schwiegersöhne hockten auf ihren Stuhlkanten in dem riesigen Wohnzimmer. Erst als Maeve (oder vielleicht war es Maureen) darauf bestand, sie ins Fernsehzimmer zu lotsen, um ihr etwas zu zeigen, entdeckte Olivia, wo sich die Familie normalerweise aufhielt.

Das Mobiliar hier erinnerte an einen alten, wohlvertrauten Teddybären, lädiert und behaglich. Frauenzeitschriften und die Sonntagsausgaben der Boulevardpresse lagen herum, es gab einen Spieletisch und einen Beutel mit Strickzeug, eine Sammlung kleiner Kristallfigürchen auf dem Fensterbrett und eine dicke rotbraune Katze, die zusammengerollt in einem Lehnsessel lag. Olivia saß gerade auf der Armlehne des Sessels und streichelte die Katze, als Charlie auf der Suche nach ihr hereinkam. »Meine Mutter wäre entsetzt, wenn sie dich hier entdecken würde.«

»Wieso?«

»Das hier ist die Rückseite unseres Lebens.«

»Laß das aber nicht die Katze hören. Übrigens hat mich deine Nichte hier reingeführt. Nicht, daß du denkst, ich hätte geschnüffelt.«

Maureen (oder Maeve) war inzwischen abgezogen. Die Katze beschloß, ihr zu folgen. Charlie ließ sich in den Lehnsessel fallen, den die Katze freigemacht hatte, und zog Olivia auf seinen Schoß. »Mein Vater ist begeistert von dir.«

»Mach keine Witze.«

»Doch, wirklich. Eine Professorentochter, mein lieber Schwan, die kann man sich nicht einfach kaufen wie einen alten Meister oder eine Antiquität.«

Zum Glück war Charlies Vater angetan, denn bei ihrem eigenen war das nicht der Fall gewesen. Als sie ihm erzählte, daß sie am Sonntag bei Charlie zu Hause zum Mittagessen eingeladen war, schien er es als halbe Verlobung zu betrachten.

Olivia war ganz cool, als sie ihm antwortete; ihr war es ziemlich schnuppe. Ihm auch, wenn er Bescheid wüßte. Wenn er wüßte … wenn er auch nur einen Bruchteil der Wahrheit wüßte, würde er sie anflehen, doch bitte mit Charlie auszugehen, sich in Charlie zu verlieben. Es gab schlimmere Schicksale als eines mit Charlie.

»Daddy«, hatte sie geduldig gesagt, »wenn ich die ganze Zeit mit Charlie ausgegangen wäre und du ihn noch nicht kennen würdest, dann würdest du ihn doch kennenlernen wollen, oder nicht? Warum sollen seine Eltern also nicht das gleiche wollen?«

Ihr Vater sah sie an. Olivia wußte, was er dachte: weil es etwas anderes ist, ob der eigene Sohn mit irgendeinem unbekannten Mädchen rumbumst, oder ob irgendein Flegel mit der eigenen Tochter rumbumst. So hätte Nick es jedenfalls ausgedrückt.

Charlie war diesmal in einem anderen Auto erschienen, einem größeren, neueren und schickeren. »Von meiner Mutter«, erklärte er, noch bevor sie fragen konnte.

»Es ist schön«, erwiderte Olivia höflich, da anscheinend ein Kommentar erwartet wurde. Sie konnte kein Auto vom anderen unterscheiden, abgesehen von so extravaganten Schlitten wie Nicks Cabrio.

Charlie glaubte, sich entschuldigen zu müssen. »Mein Vater hat einen Jaguar, aber den läßt er mich nicht fahren, wegen der astronomisch hohen Versicherung. Der hier ist nicht so fein wie der von deinem Vater.«

Olivia sah ihn etwas verdattert an. Der letzte Wagen, den ihr Vater gekauft hatte, war der ältliche Volvo gewesen, den er ihrer Mutter überlassen hatte. Dann merkte sie, daß Charlie Altheas nagelneuen BMW meinte, den die Bank, für die sie die Swapgeschäfte erledigte, ihr kostenlos zur Verfügung stellte. Zur Ehrenrettung ihres Vaters klärte sie Charlie nicht auf. Statt dessen schenkte sie ihm ein breites Lächeln. »Egal, heut mach ich mal auf schäbig.«

Charlie legte den Gang ein. »Du siehst toll aus.«

»Das sagst du immer.«

»Weil es immer stimmt. Übrigens, sei bloß nicht nervös. Ich hab ihnen gesagt, sie sollen mit Prinzessin Diana rechnen, aufwärts von einem Fernsehstar wie Kylie Minogue sind sie also mit allem zufrieden.«

»Bin ich aufwärts von Kylie Minogue?«

»Na ja, sie ist bloß einsfünfzig und hat überhaupt keine Titten, da hast du schon mehr zu bieten, denk ich.«

»Ach danke, wie lieb von dir«, sagte Olivia lachend. »Wußtest du übrigens, daß ich dich Daddy als Kernphysikstudenten vorstellen wollte?«

»Gleichfalls danke. Ist er Kernphysiker?«

»Hör bloß auf. Er schreibt ein Buch über Karl I. und Oliver Cromwell.«

Charlie fing an zu lachen. Er blieb an einer roten Ampel stehen, während sie sich beide vor Lachen nicht mehr halten konnten. Die Ampel schaltete auf Grün, und er riß sich so weit zusammen, daß er weiterfahren konnte. »Warum vergessen wir das ganze Familientreffen nicht einfach und fahren irgendwohin? Wir könnten doch nach Brighton fahren und den Rest des Tages dort verbringen. Und die Nacht.«

»Klingt echt gut, aber das hättest du dir gestern überlegen müssen. Ich muß morgen früh um neun in der Schule sein.«

»Na, dann vielleicht ein andermal.«

»Wußtest du eigentlich, daß Meg gestern abend mit deinem Freund Jon aus war?«

Charlie schmunzelte. »Wirklich? Ich hab mich schon gefragt, wann der sich endlich traut. Wie war's?«

»Ganz okay, glaub ich. Sie waren im Kino und haben danach drüber diskutiert. Sonst ist nichts passiert.«

»Dann war sie sicher enttäuscht! Ich werd mir den Kerl mal vorknöpfen.«

»Ich glaub, Meg ist auch nicht auf den Mund gefallen.«

»Kann ich mir vorstellen. Ganz schön zum Fürchten, die Kleine. Jonnie ist völlig weg von ihr.«

»Ich glaub, das ist ihr piepegal. Sie will bloß, daß er unser Theaterstück filmt.«

»Zum Fürchten, sag ich ja. Wie habt ihr eigentlich euer Problem mit der weiblichen Hauptrolle gelöst?«

»Ach, Daddy hatte eine Idee. Er meinte, wenn Devika blauäugig und blond wäre, ob wir sie dann immer noch als Medea wollten? Ich hab gesagt, ja, eigentlich schon. Dann müßten wir sie eben schminken, hat er gesagt. Wenn wir ihr die Rolle nicht geben würden, wäre das praktizierte Rassendiskriminierung. Wir haben Ms. Pankhurst drauf hingewiesen, und sie mußte nachgeben.«

Kurz bevor sie ausgestiegen waren, hatte Charlie sie noch geküßt. Es hatte Olivia gefallen. Damit sagte er ihr, daß er in jedem Fall auf ihrer Seite war. Das hatte ihr im Leben noch nie jemand gesagt, geschweige denn es auch gemeint.

Und jetzt, im Lehnsessel, küßte er sie wieder. Sie erwiderte seinen Kuß. Er ließ seine Hand an ihrem Bein hochgleiten, unter ihren Rock. Sie wurde nervös. »Charlie, wir können uns doch nicht so benehmen, im Haus von deinen Eltern?«

»Ach, komm bloß ein bißchen, Lia. Die kommen schon nicht hier rein, die sitzen alle ganz formell im Wohnzimmer.«

Er wäre sowieso nicht weit gekommen. Olivia hatte am Tag vorher ihre Tage bekommen. Sie war tief enttäuscht gewesen, daß sie nicht schwanger geworden war. Aber jetzt war sie noch entschlossener, ihr Vorhaben auszführen. Es war alles nur eine Frage der Zeit.

Charlie wäre ebenfalls enttäuscht gewesen, wenn er eine Ahnung gehabt hätte. Wäre sie nämlich schwanger gewesen, dann hätte er mehr als nur seine Hand zwischen ihre Beine stecken dürfen, aber jetzt nicht. Sie sagte streng: »Nimm bloß die Hände unter meinem Rock weg.«

Er nahm sie beim Wort und begann, das Oberteil ihres Hemdblusenkleids aufzuknöpfen. Dann kam seine Schwester Bridget herein, um sie zum Mittagessen zu holen. Olivia war es schrecklich peinlich, aber Charlie und Bridget grinsten bloß, und Bridget ging wieder.

»Tut mir leid.«

»Das sollte es auch.«

»Bridget ist es egal. Sag ihnen aber bloß nicht, daß du erst fünfzehn bist. Sonst denken sie, ich vergreif mich an Babys.«

»Na, stimmt das etwa nicht?«

»Stimmt es?«

Sie fingen beide gleichzeitig an zu lachen. Er küßte sie noch einmal, bevor sie zum Essen hinübergingen.

Als Charlie sie später nach Hause chauffierte, sagte er: »Du hast ihnen gefallen.«

»Deiner Mutter nicht.«

»Ach, aber das war ja klar. Sie ist wie dein Vater. Sie wird sich schon noch berappeln.«

Olivia wollte fragen, wie die Frau eines Bauunternehmers eigentlich dazu kam, am Umgang ihres Sohnes mit der Tochter eines Universitätslehrers Anstoß zu nehmen. Doch sie unterließ es. Die Erklärung wäre wahrscheinlich genauso kompliziert wie die Geschichte, die sie über die Kindheit ihres Vaters erzählen müßte, um seine Haltung Nick gegenüber zu erklären. Es war einfacher, diese Dinge im dunkeln zu belassen.

- 40 -

Als Olivia von der Schule nach Hause kam, war Althea bereits da, obwohl es eigentlich ihr letzter Arbeitstag sein sollte. Sie lag auf dem Sofa und sah blaß aus.

»Althea, fühlst du dich nicht gut?«

»Ich weiß nicht recht. Ich kriege immer wieder diese Schmerzen, die dann aber wieder weggehen. Ich will Ross nicht anrufen. Nachher ist es bloß blinder Alarm.«

»In ungefähr einer Stunde kommt Daddy sowieso nach Hause«, meinte Olivia. »So schnell kriegst du das Baby ja wohl nicht. Ich mach erst mal einen Tee.«

Olivia ging in die Küche, machte den Tee und kehrte mit zwei vollen Henkeltassen ins Wohnzimmer zurück. Althea wirkte gequält, das war der beste Ausdruck dafür. Sie biß sich auf die Lippe und hielt mit beiden Händen ihren dicken Bauch fest. Olivia stellte den Tee neben sie. Althea war sonst immer so geschniegelt und gebügelt, hatte immer alles unter Kontrolle. Olivia bekam es mit der Angst, als sie sie in diesem Zustand sah. Althea war für sie Teil der Erwachsenenwelt, einer Welt von Freiheit und Macht. Momentan hatte Althea keines von beiden. Die Biologie hatte sie im Würgegriff. Menschenrechte, Würde, die Rechte der Frau und Autorität, selbst die sehr konkrete Tatsache, daß sie eine hochbezahlte, hochgeschätzte Angestellte einer großen Investmentbank war – das alles hatte keinerlei Einfluß auf ihre jetzige Lage. Sie war eine Frau, in der ein Baby steckte, das irgendwie herausmußte, weil sonst beide sterben würden.

»Althea«, sagte Olivia ängstlich, »geht's dir nicht gut?«

»Wird schon wieder«, stieß Althea zähneknirschend hervor. »Warte einen Moment.«

Olivia wartete, und die Schmerzen verebbten. Althea richtete sich auf, nahm ihren Tee und nippte vorsichtig daran.

»Vielleicht sollte ich den Arzt rufen.«

»Noch nicht«, fuhr Althea sie an. »Es sind wahrscheinlich Scheinwehen, das verdammte Ding ist doch erst in zwei Wochen fällig. Ich käme mir so blöd vor, alle in Alarm zu versetzen und dann stundenlang im Krankenhaus herumzuliegen, ohne daß etwas passiert. Warten wir erst mal ab.«

Weil Althea darauf beharrte, warteten sie, bis Olivias Vater nach Hause kam. Fast zwei Stunden lang mußte Olivia die leidende Althea beschwichtigen, bei der die Wehen jetzt alle fünf Minuten kamen und immer stärker wurden.

Olivia hielt Altheas Hände und konnte ihre Kontraktionen an der Kraft ihres Griffs verfolgen. »Du sollst dich doch entspannen«, sagte Olivia streng. »Tief durchatmen und so. Was hast du denn in der Geburtsvorbereitung gelernt?«

»Ich versuch's ja, aber es wird immer schlimmer. Die Hälfte von dem Kurs hab ich sowieso verpaßt, weil ich länger im Büro bleiben mußte, wegen der Bankstunden in New York.«

Althea war wahrscheinlich die letzte, von der man Entspannung verlangen konnte, stellte Olivia fest. Eine Frau, die täglich in den Millionen anderer Leute herumspekulierte, würde sich nie lässig zurücklehnen und der Natur ihren Lauf lassen können.

Im Gegenteil: Althea wehrte sich dagegen. »Wie ich das hasse«, gestand sie Olivia. »Die sollen mir einfach eine Narkose verpassen und mich aufwecken, wenn's vorbei ist.«

»Es geht doch erst zwei Stunden«, erinnerte sie Olivia. »In deinem Buch steht, daß es beim ersten Baby durchschnittlich zwölf Stunden dauert.«

»Das ist ja furchtbar. Ich muß verrückt gewesen sein.«

»Willst du denn das Baby nicht?«

»Es ist einfach unfair. Wieso soll ich das alles durchmachen bloß für ein Baby? Ein Baby zu kriegen ist doch völlig natürlich. Es sollte überhaupt nicht weh tun.«

»Sterben ist auch völlig natürlich, aber ich denke schon, daß es weh tut«, bemerkte Olivia unbarmherzig. »Wenn du eine Ameisenkönigin wärst, würdest du jeden Tag Tausende von Babys gebären und fändest überhaupt nichts dabei.«

»Was haben denn Ameisen damit zu tun? Du bist wirklich ein komisches Kind, Lia.«

»Da ist ja Daddy.«

Als erstes rief ihr Vater Altheas Arzt an. Von dort kam die Anordnung, sie *subito* ins Krankenhaus zu bringen. Althea rastete aus. Sie hatte noch nicht gepackt, sie war nicht fertig, die Babysachen waren noch gar nicht hergerichtet. Sie hätte die zwei Wochen noch gebraucht, um alles mögliche zu erledigen. Olivia hatte Althea noch nie dermaßen außer sich erlebt. Sie schien das Gefühl zu haben, daß jemand sie unfair behandelte, indem er alles zwei Wochen früher als erwartet geschehen ließ. Am Ende mußte Olivia für sie packen.

Nachdem ihr Vater und Althea endlich fort waren, machte sich Olivia etwas zu essen, erledigte ihre Hausaufgaben und spielte eine Stunde Geige. Um elf überlegte sie, ob sie ins Bett gehen sollte. Zwölf Stunden – das hieß, daß das Baby wahrscheinlich nicht vor morgen früh auf die Welt kommen würde.

Dann rief ihr Vater an, um zu sagen, der Arzt habe beschlossen, den Gordischen Knoten zu durchschlagen und einen Kaiserschnitt zu machen. Eben hätten sie Althea weggebracht. Weil ihr Vater so beunruhigt klang, wies Olivia ihn darauf hin, daß es genau das war, was Althea gewollt hatte. »Daddy, kurz bevor du heimgekommen bist, hat sie gesagt, am liebsten wäre ihr, sie würden ihr eine Narkose verpassen und sie wieder aufwecken, wenn alles vorbei ist. Und jetzt wird ihr Wunsch erfüllt.«

Ihr Vater schien nicht sonderlich getröstet.

Olivia wartete noch eine Stunde. Dann beschloß sie, ins Bett zu gehen, konnte aber nicht einschlafen.

Dann kam endlich ihr Vater nach Hause. Er kam in ihr Zimmer herauf und blieb in der Tür stehen, seine Umrisse waren im schwachen Licht von unten zu sehen.

»Lia, bist du wach?«

Sie streckte die Hand aus, um die Nachttischlampe anzuknipsen.

»Wie ging's? Ist alles okay?«

»Alles in Ordnung. Es ist ein Junge.«

»Wie geht's Althea?«

»Auch gut. Als ich gegangen bin, hat sie geschlafen. Sie haben gesagt, ich soll morgen früh wiederkommen.«

Er war an ihr Bett getreten. Sie setzte sich auf. Sie kam sich vor wie der tote König, dem das Begräbnis verweigert wird und der statt dessen seinen Nachfolger willkommen heißen muß.

»Hast du es gesehen? Ich meine ihn?«

»Ja, ich habe ihn auf dem Arm gehabt.«

Er setzte sich an ihre Bettkante. Er war direkt zu ihr heraufgekommen, er hatte noch nicht einmal seinen Mantel ausgezogen. Er strahlte: Etwas Großartiges war geschafft – ein Sohn war auf die Welt gekommen. Olivia fragte sich, ob er noch wußte, was er vor sechs Monaten gesagt hatte: daß er erst noch lernen müßte, das Baby zu lieben.

Ihr Vater sagte: »Es ist doch eigentlich nicht recht. Daß Althea alles verpaßt hat. Sie hätte der Star der ganzen Show sein sollen.«

»Ich sag dir doch, sie wollte es so haben. Sie hatte richtig Angst.« Olivia verspürte einen Anflug von Verachtung, obwohl das unfair war. Durch die Wunder der modernen Medizin hatte sich Althea ihrer primären weiblichen Verpflichtung entzogen. Eigentlich war es Betrug.

Sie betrachtete ihren Vater und vergaß Althea. Der Regen in seinem dunklen Haar glitzerte im Lampenlicht. Er hatte das neugeborene Baby auf dem Arm gehabt. Sie wünschte sich, daß er sie in den Arm nahm. Die Sehnsucht danach durchfuhr sie wie ein scharfer Stich, und sie streckte die Hand nach seinem Gesicht aus. Auf seiner Wange, die sich mit dem Eintagebart rauh anfühlte, waren ebenfalls Regentropfen.

»Du bist naß. Es regnet bestimmt draußen.«

»Ich hab nichts gemerkt.«

Sie wandte den Kopf ab und streckte gleichzeitig die Arme nach ihm aus. In seinem Mantel hing die kalte, feuchte Nachtluft. Die Kühle drang durch ihr Baumwollhemd und ließ sie erzittern.

»Du frierst ja«, sagte er, weil er vielleicht ihr Zittern bemerkt hatte. »Schlüpf lieber wieder unter die Decke.«

»*Du* frierst. Ich bin doch warm vom Bett. Wann darf ich das Baby sehen?«

»Morgen, wenn du möchtest. Ich komme erst hierher und nehme dich mit.«

Olivia wollte das Baby gar nicht sehen; sie wußte schon, daß sie es hassen würde. Mehr noch als das Baby würde sie die selbstgefällige Althea hassen, weil sie Olivia überflüssig gemacht hatte.

»Eigentlich sollten wir feiern«, sagte ihr Vater. »Aber du brauchst ja auch deinen Schlaf.«

»Ich hab gar nicht geschlafen. Ich bin auch überhaupt nicht müde.«

»Es ist kein Champagner im Haus, wir könnten uns aber ein Glas Wein teilen.«

Olivia stand auf und folgte ihrem Vater nach unten. Er legte seinen Mantel ab und schenkte ihnen beiden ein Glas Wein ein. Als er gesagt hatte, sie würden ein Glas teilen, hatte er es auch so gemeint. Die Gläser waren nur halb voll – höchstwahrscheinlich wegen der unseligen Begegnung an ihrem Geburtstag.

Er setzte sich in den Sessel, sie ließ sich auf der Lehne nieder und sie stießen auf den kleinen Matthew an. Olivia lehnte sich im Sessel zurück, den Arm hinter dem Rücken ihres Vaters, und nippte an ihrem halben Glas Wein. »Erzähl mal, wie es gegangen ist. Wieso haben sie einen Kaiserschnitt gemacht?«

»Irgendwas stimmt nicht mit dem Herzschlag. Heutzutage verdrahten sie dich ja wie eine Astronautin, sobald du Wehen kriegst. Sie wissen genau, was los ist, und gehen kein Risiko ein. Wahrscheinlich haben sie ja recht.«

»Zum Glück für Althea. Sie wollte es ja so.« Olivia schüttelte sich vielsagend. »Ich würde es lieber auf die altmodische Art machen, als eine Narkose verpaßt zu kriegen und aufgeschnitten zu werden.«

Ihr Vater sah sie etwas verblüfft an. Sie wußte auch, warum. Im Kopf verband er sie eher mit dem neugeborenen Baby als mit der Frau, die das Baby bekam. Aber wenn sie nicht mit Nick in die Klinik gefahren wäre, dann wäre sie jetzt im sechsten Monat schwanger. Und ihr Vater würde sie ganz anders ansehen.

Althea lag eigentlich in einer Entbindungsklinik, nicht in einem richtigen Krankenhaus. Ihre Arbeitgeber kamen für ihre private Krankenversicherung auf, damit sie das Baby stilvoll bekommen konnte. Als Olivia und ihr Vater am Abend des nächsten Tages ihr Zimmer betraten, saß sie von Kissen gestützt im Bett, schön geschminkt und mit einem reizenden Nachthemd angetan. Sie sah aus wie das Titelblatt einer Zeitschrift für junge Mütter.

Olivia erkundigte sich nach ihrem Befinden.

»Ich trau mich gar nicht, mich zu bewegen, aus Angst, daß die Naht reißt, aber sonst geht's mir gut. Schau dir mal den Kleinen an.« Sie deutete auf eine Art Kleiderbündel in einer Plastikbox neben ihrem Bett. »Im Moment schläft er, Gott sei Dank.«

Olivia kniete sich neben das Bettchen. Das Bündel hatte sogar ein Gesicht, nicht das erwartete runde, glänzende Babygesicht, sondern ein zerknittertes, stirnrunzelndes, leicht hageres Greisengesicht mit einer überraschenden Menge an dichtem, schwarzem Haar obendrauf. Es sah eher aus wie der Großvater ihres Vaters als wie sein Sohn.

Die Hände des Babys waren unterm Kinn zu Fäusten geballt, wie bei einem Boxer, der gleich Scheinhiebe austeilen will. Olivia berührte die winzigen Knöchelchen mit der Fingerspitze.

»Stups ihn nicht«, herrschte Althea sie an. »Schlafende Hunde soll man nicht wecken.«

Olivia zog die Hand von dem Bettchen zurück. Sie wollte sich gerade wieder aufrichten, als das Baby die Augen aufmachte und sie ansah. Er hatte trübe, kätzchenblaue Augen, die eigentlich noch nicht klar sehen sollten. Doch er guckte sie grimmig und intensiv mit einer Mischung aus Feierlichkeit und Verwirrung an, ganz ähnlich, wie der Großvater ihres Vaters geguckt hätte, wenn er aufgewacht wäre und sich plötzlich in einem winzigen, unkooperativen Körper wiedergefunden hätte.

»Er schläft gar nicht«, teilte sie Althea mit. »Er hat die Augen offen.«

»Ach, du liebe Zeit, hoffentlich hat er nicht schon wieder Hunger. Das ist so mühsam. Ich soll ja nichts heben, ihn auch nicht. Jedesmal, wenn ich ihn anders anlege, muß ich die Schwester rufen.«

Olivias Vater hatte sich auf einen Stuhl auf der anderen Bettseite gesetzt. »Wann lassen sie dich gehen?«

»Am Sonntag, so Gott will. Mama sagt, wir sollen zu ihnen kommen, bis wir ins neue Haus ziehen können. Nächste Woche ist doch dein Semester zu Ende, oder? Das wird dich schon nicht umbringen, wenn du ein paar Tage pendeln mußt.«

Das Baby starrte Olivia unverwandt an. Vielleicht überlegte er gerade, ob er sie schon mal getroffen hatte. Weil Althea nicht hersah, berührte Olivia sein Händchen wieder mit dem Finger. Er machte die Faust auf und schloß sie um ihren Finger, rechte Hand zu rechter Hand – wie ein Händedruck, dachte sie. Vielleicht würde sie ihn doch nicht hassen.

Ihr Vater sagte gerade: »Und was ist mit Lia? Ihre Schule ist erst in zwei Wochen zu Ende.«

»Sie kann doch zu Emma gehen, oder nicht? Emma nimmt sie sowieso über Weihnachten mit nach Devon, dann kann sie sie ein paar Wochen früher haben.«

»So einfach ist das nicht. Emma heiratet nächste Woche.«

Olivia hielt den Kopf gesenkt und konzentrierte sich auf das Baby. Ihr Vater hatte in einer Art lauwarmem Respekt vor ihrer Gegenwart die Stimme gesenkt, doch Althea redete in ihrem normalen, deutlichen, selbstsicheren Tonfall weiter. »Du meinst, sie zieht das tatsächlich durch? Sie will diesen Schieber wirklich heiraten?«

»Im Moment hat sie, glaube ich, gar keine andere Wahl. Indem sie schwanger geworden ist, hat sie sich selbst in die Enge getrieben.«

»Wie man's nimmt! Wie weit ist sie denn, im vierten Monat? Da hat sie immer noch Zeit, sich das mit dem Baby und dem Vater noch mal zu überlegen.«

»Es sieht aber nicht danach aus.«

»Dummes Ding. Das kann ich ihr gleich sagen, in fünf Monaten wird es ihr noch leid tun. »Emma weiß darüber genausogut Bescheid wie du«, machte ihr Vater ihr trocken klar. »Sie hat es nämlich schon einmal durchgemacht.«

Olivia machte sich aus dem Griff des Babys los. Weil es sich vielleicht vielleicht im Stich gelassen fühlte, stieß das Baby ein leises Wimmern aus.

Da fiel Althea plötzlich wieder ein, daß Olivia im Zimmer war.

»Lia, hast du ihn etwa aufgeweckt?«

Olivia stand auf und trat vom Bettchen des Babys weg. »Ich sag doch, er hat gar nicht geschlafen. Er hat einfach beschlossen zu weinen.«

»Dann hat er wahrscheinlich doch Hunger. »Althea seufzte. »Ich muß nach der Schwester klingeln.«

»Ich bring ihn dir.«

»Nein, nein, das ist doch keine Puppe. Laß das mal die Schwester machen.«

Die Schwester kam. Olivias Vater saß da und sah zu, wie sie das Baby hochhob und es neben Althea legte. Dann half sie Althea, das Nachthemd aufzuknöpfen und dem Baby, sich an Altheas rechter Brustwarze festzusaugen. Alle sahen zufrieden aus: die Krankenschwester, das Baby, Althea und Olivias Vater. Olivia wandte sich ab. Weil sie nicht recht wußte, wohin, fragte sie die Schwester, wo das Klo sei und ging hinaus. Als sie sich in der Kabine eingeschlossen hatte, weinte sie so heftig, daß es sie würgte.

- 41 -

Ihr Vater telefonierte mit ihrer Mutter, um zu fragen, ob Olivia am Sonntag wieder nach Hause ziehen konnte. Olivia hörte, wie er die Sache mit Althea und dem Kaiserschnitt erklärte und daß sie nichts heben sollte und sie deswegen in Marlow bleiben müßten, wo Altheas Mutter sich um das Baby kümmern konnte. Olivia könnte aber nicht mit nach Marlow, weil sie ja noch zwei Wochen Schule hatte.

Nachdem er aufgelegt hatte, sagte er zu Olivia: »Also, das geht in Ordnung. Ich fahre dich Sonntag morgen hin, bevor ich Althea und das Baby abhole.« Nachträglich fügte er hinzu: »Emma heiratet nächsten Freitag, aber ganz schlicht, sagte sie, du mußt also nicht das Gefühl haben, daß du störst.«

Es war nett zu wissen, daß ihre Gegenwart in ihrem – angeblich – eigenen Zuhause das Leben ihrer Mutter nicht störte. Allzu wichtig konnte die Hochzeit aber nicht sein, dachte Olivia voll düsterer Ironie, da weder ihre Mutter noch ihr Liebhaber sich die Mühe gemacht hatten, ihr Bescheid zu sagen – zweifellos weil sie annahmen, daß sie sich nicht dafür interessierte. Sie rief ihre Mutter an, um zu fragen, ob sie Charlie für Sonntag zum Mittagessen einladen dürfte. Sie konnte etwas Verstärkung gut gebrauchen.

»Ich war letzten Sonntag bei seiner Familie eingeladen.«

»Wirklich? Das ist aber nett. Ja, natürlich kann Charlie zum Mittagessen kommen.« Ihre Mutter machte eine Pause. »Übrigens, Nicks Scheidung ist durchgekommen. Vielleicht hat Ross es dir schon gesagt. Wir heiraten nächsten Freitag.«

»Ja, Daddy hat es mir gesagt.«

»Es ist eigentlich keine richtige Hochzeit«, entschuldigte sich ihre Mutter. »Nur eine Formalität, sozusagen. Ohne Gäste und Feierlichkeiten, du kannst also ganz normal zur Schule gehen, ohne was zu verpassen.«

»Das klingt aber ziemlich grimmig.« Olivia klang selbst grimmig. »Willst du denn nicht heiraten?«

»Doch, natürlich. Bloß in Anbetracht der Umstände sieht es eher danach aus, lose Enden zu knüpfen, als sich auf etwas Neues einzulassen.«

Lose Enden. Wie passend ihre Mutter es formulierte. Olivia war selbst ein loses Ende für alle: für ihre Eltern und für Nick. Er hätte ihr das mit der Hochzeit eigentlich als erster sagen müssen, doch sie hatte kein Wort von ihm gehört. Damit er sich eine Szene ersparte, dachte sie. Nun, sie würde gar keine Szene machen. Dazu fühlte sie sich viel zu tot.

Am Sonntag morgen fuhr ihr Vater sie hin, ihre Habseligkeiten waren auf dem Rücksitz verstaut. Er war dafür, daß sie bei ihrer Mutter blieb, bis er mit Althea ins neue Haus gezogen war. Deshalb brachte er nun sie und all ihre irdischen Güter wieder zu ihrer Mutter zurück. Sie fragte sich, ob er sie überhaupt wiederhaben wollte oder ob er jetzt schon an einer Ausrede bastelte, damit sie für immer bei ihrer Mutter blieb.

Zu Olivias großer Erleichterung kam ihre Mutter an die Tür. Es war erst elf Uhr – vielleicht war Nick noch gar nicht aufgestanden. Ihre Eltern tauschten ein paar frostige Bemerkungen aus, in denen von Babys und Hochzeiten keine Rede war. Ihr Vater stellte ihre Sachen im Hauseingang ab.

Sie begleitete ihn zum Auto. »Daddy, seh ich dich vor Weihnachten noch mal?«

»Natürlich. Ich ruf dich an.«

Die Geschichte kannte sie schon. »Hast du die Telefonnummer von Marlow dabei?«

»Ich schreib sie dir auf.«

Er riß eine Seite aus seinem Taschenkalender, schrieb die Nummer darauf und gab ihr den Zettel. Da hatte sie plötzlich ein Gefühl, das einem *déjà vu* glich. Es war wie beim ersten Mal, als er weggegangen war. Nur daß sie diesmal keine Hoffnung hatte; sie wußte, daß er für immer fort war und daß sie und ihre Eltern nie wieder zusammensein würden. Sie hatten einander gegen Althea und Nick ausgetauscht, und sie selbst hatten sie jeweils durch ein Baby ersetzt.

»Mummy sieht hübsch aus, findest du nicht?«

Ihrem Vater schien die Vorstellung zu mißfallen, als sei die blühende Schönheit ihrer Mutter ein persönlicher Affront gegen ihn. Na, vielleicht war sie das auch. Er meinte barsch: »Man sagt ja, daß die Schwangerschaft manchen Frauen gut zu Gesicht steht.«

»Hat sie so ausgesehen, als sie mit mir schwanger war?«

Er hatte die Wagentür schon geöffnet, richtete sich aber noch einmal auf und sah sie an. Die Tür war zwischen ihnen. Etwas sanfter sagte er: »Ja, eigentlich schon.« Er sah sie eine Weile nachdenklich an. »Sie sah dir damals wirklich sehr ähnlich. Ich sollte wohl besser umgekehrt sagen: du siehst aus wie sie damals.«

Olivia strich sich das Haar aus dem Gesicht. Normalerweise wäre sie überglücklich, wenn ihr jemand sagen würde, daß sie ihrer Mutter gliche. Doch für ihren Vater schien es eine eher bedauerliche Tatsache zu sein, schien ihn an etwas zu erinnern, über das er nicht nachdenken wollte. »Ist das gut?«

»Schön sein kann nicht schaden«, sagte er auf seine trockene Art.

Olivia ging ins Haus zurück. All ihre Sachen standen im Hauseingang und warteten darauf, in den zweiten Stock hinaufgetragen zu werden. Sie nahm den größten Koffer und schleppte ihn an die Treppe.

»Laß doch, Lia«, sagte ihre Mutter. »Nick bringt ihn dir rauf. Er muß jeden Moment runterkommen.«

»Ich schaff es schon«, beteuerte Olivia, ließ aber den großen Koffer stehen und trug statt dessen einen kleineren hinauf. Als sie den ersten Treppenabsatz erreichte, trat Nick aus dem Schlafzimmer ihrer Mutter.

Er sah sagenhaft aus. Er trug Jeans und ein T-Shirt, doch seine Haare waren verwuschelt, und er wirkte irgendwie zerknittert. Offensichtlich war er gerade erst aufgestanden.

»Hallo, Lia.« Er lächelte sie unbestimmt an und griff nach der Tasche, die sie in der Hand hatte. »Ich trag sie dir hoch.«

Sie brachte sich und das Gepäckstück vor ihm in Sicherheit. »Schon gut, ich schaff es schon.« So schnell sie konnte, lief sie das letzte Stück die Treppe hinauf.

Es war ein merkwürdiges Gefühl, wieder in ihrem eigenen Zimmer zu sein. So weit sie zurückdenken konnte, war es ihre Festung gewesen, ihre Privatsphäre, ihr Zufluchtsort, ihr eigenes Plätzchen.

Nichts wies darauf hin, daß jemand diese Schwelle überschritten hatte, seit sie weggegangen war und ihre Habseligkeiten mitgenommen hatte. Trotzdem kam sie sich wie eine Untermieterin vor.

Sie stand am hinteren Dachfenster und starrte auf den Park hinunter, diese grüne Oase, als Nick mit ihrem großen Koffer und der Reisetasche hereinkam. Er stellte beides ab und sah sich um.

»Ich war noch nie hier oben.«

»Ach, wirklich?«

»Wieso hätte ich hier raufkommen sollen? Ich steig ja nicht zum Spaß Treppen rauf und runter.« Er kam ans Fenster und schaute ihr über die Schulter. »Schöne Aussicht.«

»Es ist eine wunderschöne Aussicht.«

Sie war sich intensiv und schmerzlich bewußt, daß er hinter ihr stand, ganz dicht bei ihr.

Als er ihr die Hand auf die Schulter legte, schreckte sie zurück, als hätte er sie verbrannt, und drehte sich wütend zu ihm um. »Rühr mich nicht an.«

Nick erwiderte ihren Blick, allerdings nicht wütend, sondern mit einem wissenden, leicht spöttischen Anflug. »Wie du meinst, Kätzchen.«

Olivia fühlte sich erniedrigt, weil er sie so nannte – als hätte sie sich gerade als Leibeigene verkauft.

Sie sprach leise, immer auf die Schritte ihrer Mutter horchend. »Warum hast du mir nicht gesagt, daß du am Freitag heiratest?«

»Wieso, willst du eine Einladung zur Hochzeit?«

»Du bist widerlich.« Sie konnte kaum sprechen, kaum atmen. »Raus, raus aus meinem Zimmer.«

Er zuckte, immer noch amüsiert, die Achseln und ging hinaus. Olivia machte ihre Koffer auf und schüttete den Inhalt auf dem Bett aus. Am liebsten hätte sie alles aus dem Fenster geschmissen. Doch sie hatte kein Recht, wütend zu sein. Sie war in das Territorium ihrer Mutter eingedrungen: das Haus ihrer Mutter, den Kerl ihrer Mutter. Den Ehemann ihrer Mutter, nächsten Freitag.

Sie blieb oben und räumte ihre Sachen ein, bis ihre Mutter heraufkam, um zu sagen, daß Charlie da sei. Sie trat ins Zimmer und sah sich um. »Es ist wirklich erstaunlich, Lia. Du bist erst seit einer Stunde wieder da, und schon sieht es hier aus wie nach einem Wirbelsturm.«

»Wenn du so auf Ordnung versessen bist, wieso kriegst du dann ein Baby?«

»Ich meine nur … na, es ist jedenfalls erstaunlich. Ich glaube, du bist ein Genie in Sachen Chaos. Wieso hast du deine Sachen nicht direkt aus dem Koffer eingeräumt?«

»Weil ich sie erst sortieren muß. Ich hab alles durcheinander reingeschmissen und in die Taschen gestopft, um es hierherzuschaffen.«

»Das seh ich. Na komm jetzt erst mal runter. Charlie ist hier.«

Olivia hatte Charlie eingeladen, um mit ihrer Mutter und Nick nicht allein sein zu müssen. Wenn Charlie dabei war, würde alles freundlich und zivilisiert ablaufen, und niemand würde merken, daß sie die meiste Zeit sehr still war. Auf diese Weise entstand kein peinliches Schweigen.

Nach dem Mittagessen sagte sie zu ihrer Mutter: »Charlie und ich machen den Abwasch.«

Schwer zu sagen, wer verblüffter aussah, Charlie oder ihre Mutter. Letzten Sonntag bei Charlie zu Hause war keiner von den Männern auch nur in der Nähe der Küche gekommen, und wahrscheinlich hatte Charlie in den neunzehn Jahren seines Lebens noch nie auch nur eine Gabel gespült. Doch er reagierte liebenswürdig auf ihren Vorschlag und half ihr, den Tisch abzuräumen.

Sie machte die Küchentür zu und drückte ihm ein Geschirrtuch in die Hand. »Ich spüle und du trocknest ab, okay?«

»Muß ich mir erst noch überlegen.« Er schnappte sie sich und gab ihr einen Kuß. »Dürfen wir das?«

Sie kicherte. »Was denkst du, warum ich die Tür zugemacht hab?«

Er umarmte sie und küßte sie noch einmal, diesmal etwas heftiger. Dann sagte er: »Okay, sag mir, was ich tun soll.«

Bis zu den Ellbogen im heißen Wasser, erwiderte sie: »Ich wohn jetzt wieder hier. Heute morgen bin ich wieder eingezogen.«

»Heißt das, du bist mal ein halbes Jahr hier und ein halbes Jahr dort?«

»Hoffentlich nicht. Es ist bloß, weil Althea das Baby per Kaiserschnitt gekriegt hat, deshalb wohnen sie erst mal bei ihren Eltern, bis sie in ihr neues Haus ziehen können. Ich hab noch zwei Wochen Schule, und deshalb muß ich hierbleiben, bis sie im neuen Haus sind.«

„Und wann ist das soweit?«

»Wer weißt? Jedenfalls erst im neuen Jahr.« Sie sah zu, wie er einen Eßteller behandelte. »Charlie, du sollst sie abtrocknen, nicht bloß kurz mit dem Tuch drüberfahren. Wisch ihn richtig ab. Du kannst ihn nicht wegstellen, wenn er noch naß ist.«

»Das kommt davon, daß das Tuch da naß ist.«

»Warte, ich geb dir ein neues.« Sie zog eine Schublade auf und reichte ihm ein frisches Geschirrtuch.

»Ich brauch ein bißchen Aufmunterung«, sagte er. »Wieso mach ich das hier eigentlich?«

Sie legte ihm die Arme um den Hals. »Sag du's mir.«

»Jetzt weiß ich's wieder.« Er küßte sie noch einmal.

Plötzlich kam ihre Mutter herein. Schuldbewußt fuhren sie auseinander. Olivia sagte: »Wir sind noch nicht fertig.«

»Das seh ich.« Doch ihre Mutter schien gar nicht beunruhigt, während ihr Vater sicher mit fünfzig Grad minus in der Stimme irgendwas gesagt hätte.

»Ich wollte bloß noch etwas Kaffee machen.«

»Den mach ich schon«, bot Olivia eilig an. »Wir bringen ihn euch rein.«

»Das klingt gut. Daß es aber nicht zu lang dauert.«

Ihre Mutter ging wieder hinaus. Mit ein bißchen Glück würde sie jetzt Nick erzählen, was sie da gerade unterbrochen hatte.

Olivia sagte zu Charlie: »Mummy muß wirklich verliebt sein. Sie heiraten am Freitag.«

»Das ist nett.« Charlie sah sie zweifelnd an. »Oder?«

»Nachdem sie im sechsten Monat schwanger ist, wird's wohl das Beste sein«, sagte Olivia hämisch. »Ehrlich gesagt – ich find's völlig daneben.«

Charlie zuckte die Achseln. »So ist das eben. Manche Väter von meinen Freunden bringen Mädchen mit nach Hause, die kaum älter sind als ihre eigenen Freundinnen. Das mußt echt total peinlich sein. Zumindest hat deine Mutter einen Mann in ihrem Alter.«

»Mindestens«, pflichtete Olivia ihm bei. Innerlich zog sich ihr alles zusammen: Was würde Charlie wohl fühlen oder sagen, wenn er die Wahrheit über sie ahnen würde? Sie brachte die Sprache auf ein unverfänglicheres Thema. »Hättest du Lust, am Donnerstag abend mit zu einem Konzert zu kommen?«

»Was für ein Konzert?«

»Nichts Aufregendes, bloß mein Weihnachtskonzert in der Schule.«

»Spielst du da mit?«

»Wieso hätte ich dich sonst gefragt, du Idiot? Weil ich dich leiden sehen will? Ich spiele bei den ersten Violinen mit.«

»Du hast mir gar nie erzählt, daß du Geige spielst.«

»Tu ich ja auch gar nicht. Es ist alles geschummelt, eigentlich wird's eine Instrumentalversion von Lippensynchronisation. Sie legen eine Kassette mit Beethovens Fünfter ein, und wir tun alle so, als ob wir spielen.«

»Na, wenn's so ist, komm ich auf jeden Fall. Hab ich dir schon mal gesagt, daß mein alter Herr Fiedel spielt?«

»Wirklich?«

»Fiedel, nicht Geige. Zwei verschiedene Instrumente. Beethoven kann man nicht auf der Fiedel spielen, nur Polka und schottische Volkstänze.«

»Andrerseits«, erwiderte sie, »kann man zu Beethoven auch nicht tanzen.«

- 42 -

Die Generalprobe für das Konzert war so schlecht, wie sie traditionsgemäß sein sollte, und der dirigierende Lehrer schickte sie schließlich wütend und verzweifelt fort.

Olivia ging nach Hause und legte sich auf ihr Bett. Sie hatte schon den ganzen Nachmittag Kopfschmerzen gehabt, die durch die laute Orchesterprobe noch schlimmer geworden waren. Sie hörte ihre Mutter ins Haus kommen. Kurz darauf streckte sie den Kopf zur Tür herein.

»Geht's dir nicht gut, Lia?«

»Ich hab Kopfschmerzen.«

Olivia hatte immer noch ihre Schuluniform an; nur die Schuhe hatte sie ausgezogen und sich zugedeckt, weil es ihr so kalt im Haus vorkam. Normalerweise war es im oberen Teil des Hauses warm, selbst wenn das Erdgeschoß kalt war. Ihre Mutter trat ans Bett und legte ihre Hand auf Olivias Stirn. »Du scheinst mir Fieber zu haben. Vielleicht hast du diese Grippe aufgeschnappt, die jetzt überall umgeht.«

»Das geht aber nicht. Ich darf das Konzert nicht verpassen.«

»Du kannst ja nicht mal den Bogen halten, so wie du im Moment zitterst. Zieh dir lieber dein Nachthemd an. Ich gebe dir ein Aspirin, und morgen früh sehen wir mal, wie du dich fühlst.«

Olivia schlief den ganzen Abend und die Nacht durch; ab und zu wachte sie auf, offenbar nur, um sich bewußt zu werden, wie elend sie sich fühlte. Sie wickelte sich in ihren Morgenmantel, bevor sie wieder unter die Decke kroch, denn unter der Decke herrschte ein unerklärlicher Zug, und sie zitterte unaufhörlich, wodurch ihr der Kopf noch mehr weh tat.

Am nächsten Morgen kam ihre Mutter herauf und untersuchte sie gründlich. »Ich glaube, du gehst heute nirgendwohin. Und auf gar keinen Fall spielst du bei dem Konzert heute abend mit. Ich rufe in der Schule an und sage Bescheid.«

Olivia fühlte sich so elend, daß sie sich nicht herumstreiten wollte. »Dann mußt du es Daddy aber auch sagen. Und Charlie. Die wollten bloß meinetwegen hingehen.«

»Wird gemacht«, sagte ihre Mutter. »Ich muß erst um zwölf Uhr mittags in der Galerie sein. Nachmittags kannst du ja dann vielleicht allein zurechtkommen. Nick sollte gegen sieben zu Hause sein, er kann dir ja dann holen, was du brauchst.«

»Außer Schlaf brauch ich gar nichts.«

Zum Beweis dafür schlief sie den ganzen Tag und nahm kaum wahr, daß ihre Mutter hereinkam, um ihr noch einmal ein Aspirin zu geben und ihr mitzuteilen, daß sie gleich wegginge. »Geht das denn so, mein Schatz? Willst du nicht runterkommen und es dir auf dem Sofa bequem machen?«

»Nein, ich will hierbleiben.«

Nach Einbruch der Dunkelheit wachte sie wieder auf. Ihre Kopfschmerzen waren verflogen, und ihr Fieber war gesunken. Der Schüttelfrost war weg, sie war schweißgebadet. Obwohl ihr ganzer Körper weh tat, fühlte sie sich besser.

Sie kroch aus dem Bett und ging nach unten aufs Klo. Während sie im Bad war, hörte sie, wie die Haustür aufgeschlossen wurde. Als sie herauskam, kam Nick gerade die Treppe hoch.

»Hallo, Lia. Ich wollte gerade nach dir sehen. Wie fühlst du dich?«

»Besser. Immer noch ziemlich mies, aber besser.«

»Hättest du gern eine Tasse Tee?«

»Das wäre toll.«

Nick ging wieder hinunter. Sie ging in ihr Zimmer hinauf. Ihr

Nachthemd war feucht vom Schweiß; sie zog es aus und schlüpfte in ein anderes, das altmodische aus Flanell, das ihre Mutter ihr zum Geburtstag geschenkt hatte. Dann stieg sie wieder ins Bett, erschöpft vom anstrengenden Treppensteigen.

Nick kam herauf und brachte ihr den Tee in einer Henkeltasse. Olivia rappelte sich hoch, um ihn aufrecht sitzend trinken zu können.

»Halt mal still.« Er zog sie an den Schulter hoch und stopfte ihr ein paar Kissen in den Rücken. »Gut, jetzt kannst du dich zurücklehnen. Hier ist dein Tee.«

»Danke.« Sie nahm die Tasse und trank. Bei jedem Schluck fühlte sie sich besser. Er zog die Dachfenstervorhänge zu und trat wieder an ihr Bett. »Wie geht's deinen Kopfschmerzen?«

»Scheinen weg zu sein.«

Er hielt die Innenseite seines Handgelenks, da wo der Puls war, an ihre Stirn. »Dein Fieber ist anscheinend auch runtergegangen.«

»Hoffentlich. Ich bin total verschwitzt aufgewacht, kurz bevor du gekommen bist.«

Seine Hand schob sich in ihr feuchtgewordenes Haar, und er strich es mit den Fingerspitzen aus ihrer Stirn. »Schade, daß du dein Konzert verpassen mußtest.«

»Kann dir doch egal sein! Du wärst sowieso nicht hingegangen.«

»Du hast mich auch nicht eingeladen.«

Olivia lehnte sich in die Kissen zurück. Sie schloß die Augen und öffnete sie gleich wieder, um ihn anzusehen. »Wieso brauchst du eine Einladung?«

Er nahm ihr die leere Tasse ab und stellte sie auf den Nachttisch. Als er sich an ihre Bettkante setzte, legte sie die Arme um seine Mitte, wie eine Dryade, eine griechische Baumnymphe, die ihren Baum umarmt. Sie vergrub ihr Gesicht in seinem Pullover. Sie hatte überall Schmerzen, innen und außen, in den Knochen und in ihrer Seele.

»Ich dachte, du hättest gesagt, ich bin widerlich.«

»Das war gelogen. Nein, es stimmt. Wir sind beide widerlich. Wie kannst du das hier machen, wenn du morgen Mummy heiraten willst?«

Zuerst dachte sie, er würde nicht antworten. Schließlich sagte er: »Du stellst mir die falsche Frage.«

Wie lautete die richtige Frage? Vielleicht umgekehrt: Wie kannst du meine Mutter morgen heiraten, wenn du heute abend das hier machst? Doch das konnte sie ihn nicht fragen, und auch nichts anderes, denn er küßte sie und trieb ihr alles aus dem Kopf.

»Du steckst dich noch an«, protestierte sie.

»Scheiß auf die Grippe. Fühlst du dich zu mies zum Bumsen?« Es war eine rhetorische Frage, denn er zog ihr bereits die Decke weg und schob seine Hand unter ihr züchtiges Nachthemd.

Als sie später nebeneinander lagen, sagte Olivia: »Wenn du bloß nicht heiraten würdest.«

»Das hatten wir doch schon mal. Davon fangen wir nicht noch mal an.«

»In einem halben Jahr bin ich sechzehn.« Sie sagte es verzweifelt, ohne Scham, bevor sie sich bremsen konnte. »Alt genug, um zu heiraten.« Sie rechnete damit, daß er sie auslachen würde, doch er tat es nicht. Er betrachtete sie nur nachdenklich, bis sie sich am liebsten unter der Decke verkrochen hätte. Dann lachte er doch, es war aber mehr wie ein Knurren. »Nicht ohne die Einwilligung von deinem Daddy. Na, und dann? Du wirst doch mit sechzehn nicht heiraten wollen. Du hast doch noch einiges vor – Abschlußprüfung, Studium, das ganze Zeug.«

»Ich mach mir nichts mehr draus.«

»Sei doch nicht blöd, klar machst du dir was draus.« Nick setzte sich wieder ans Bett, vollständig angezogen, und nahm sie energisch bei den Schultern. »Das geht nicht, Kätzchen, das weißt du ganz genau. So wird das nichts bei dir. Das willst du doch nicht. Du hast noch viel Zeit, bis du erwachsen bist.«

Olivia legte die Arme um seinen Hals. Weinen nützte nichts. Sie wollte nur, daß er sie so festhielt; er tat es.

An seine Schulter gelehnt, sagte sie: »Ach, wärst du bloß nie mit mir ins Bett gegangen!«

»Verdammt, der Meinung bin ich auch. Das war das Verrückteste, was ich je im Leben gemacht hab.«

»Du hast gesagt, ich hab danach verlangt.«

»Und – stimmt das nicht?«

»Wie denn? Ich wußte ja nicht mal...«

»Ach, dann hab ich mich eben geirrt.« Jetzt lachte er doch; er hielt sie fest und schüttelte sich vor Lachen. »Mein Fehler. Tut mir leid, Kätzchen. Wir nehmen alles zurück und tun so, als wär's nie passiert, okay? Dann hast du nichts, worauf du sauer sein kannst.«

»Nick, das ist kein Witz.«

»Nicht? Ich dachte, es wär einer. Wenn du dich besser fühlst, dann komm doch runter, ein bißchen fernsehen! Ich mach noch einen Tee, okay?« Er legte ihr fürsorglich ihren Morgenmantel um die Schultern. »Na, komm, da unten geht's dir gleich besser.«

Er hob sie in seinen Armen hoch, genauso wie ihr Vater letzten Sommer, und trug sie die Treppe hinunter ins Wohnzimmer. Als sie mit Kissen gepolstert auf dem Sofa saß, ging er in die Küche und kam mit einer Tasse Tee und einem Briefumschlag wieder herein.

Gespannt öffnete sie den Umschlag. Ein Schauer erschrockener Freude durchfuhr sie – oder vielleicht war es bloß das Fieber –, als sie sah, daß die Fotos darin waren, die Nick letztes Mal im Atelier gemacht hatte. Die Negative lagen ebenfalls dabei.

Sie betrachtete die Aufnahmen, auf denen sie als enthemmte Unbekannte zu sehen war. Bilder von sich, auf denen sie Nicks Sachen anhatte. Bilder von sich, auf denen sie es sich selbst besorgte, von ihrem Körper, wie sie ihn noch nie zuvor gesehen hatte. Eine Außerirdische wie er, ein Marsmensch.

»Ich hab dir ja versprochen, daß ich sie verbrenne, aber dann dachte ich, das überlaß ich dir«, sagte Nick.

»Willst du sie denn nicht?«

»Doch, klar.«

»Nur für dich selbst, mein ich.«

»Das mein ich ja.«

»Dann behalt sie doch. Als Andenken.«

Sie nahm sich die beiden Fotos, die sie von ihm gemacht hatte, und gab ihm den Rest zurück.

Er warf einen Blick auf die Fotos in ihrer Hand. »Die kannst du aber nicht hierbehalten.«

»Ich weiß.«

»Wie gesagt, am besten verbrennst du sie.«

Das wußte sie, aber sie konnte es noch nicht. »Zuerst will ich zur Beschwörung noch Nadeln reinstechen. Bringst du sie rauf und steckst sie in meine Schultasche? Da sind sie vorerst sicher. Dort würde *sie* als letztes suchen.« Komisch, daß sie ihre Mutter sie nannte. Sich einzugestehen, daß sie und Nick sich gegen ihre Mutter verschworen hatten. Daß sie ihre Mutter richtiggehend betrogen hatte.

Als Nick wieder nach unten kam, setzte er sich ans andere Ende des Sofas; um sich Platz zu schaffen, hob er Olivias Füße an und legte sie sich auf den Schoß. Sie konnte die Wärme in seinen Händen, in seinen Schenkeln spüren. Es tat weh, wie Erfrierungen.

»Deine Füße sind kalt.«

»Dann wärm sie mir.«

Er deckte ihre Füße zu und streichelte sie unter der Decke. Als Trost für morgen, dachte sie, für das, was seit letztem Sommer passiert war, für alles Unrecht, das er ihr zugefügt hatte und den Schaden, den er angerichtet hatte. Dafür, daß er innerhalb der kurzen Zeit, die die Erde braucht, um einmal um die Sonne zu wandern, ihr Leben zerstört hatte.

So saßen sie da und sahen sich die Nachrichten an, heimelig wie ein Paar alte Schuhe, als ihre Mutter um halb zehn am Vorabend ihrer Hochzeit nach Hause kam.

- 43 -

Der Tag der Hochzeit war weniger peinigend, als Olivia befürchtet hatte. Ihre Mutter lud sie zwar ein, mit ihnen Abendessen zu gehen, doch Olivia sagte, sie habe sich noch nicht ganz von der Grippe erholt, was durchaus stimmte. Megan hatte gesagt, sie würde herüberkommen und sich um sie kümmern, und darauf freute sich Olivia. Seit sie zu ihrem Vater nach Highgate gezogen war, hatte sie Megan nicht mehr so häufig wie früher gesehen.

Megan brachte verschiedene Gerichte aus dem indischen Imbiß

mit. Olivia stellte fest, daß sie anscheinend seit einer Woche nichts mehr gegessen hatte, und machte sich daran, dem abzuhelfen. »Das war wirklich gut«, sagte sie danach. »Danke, Meg.«

»Wenn dein Appetit so gut ist, hättest du doch mit deiner Mutter und Nick essen gehen sollen. Die spachteln, glaub ich, was Feineres.«

»Die haben mich bloß aus Höflichkeit eingeladen. Die halten eigentlich viel lieber Händchen und schmachten sich über den Tisch hinweg an.«

»Ich find's süß, in dem Alter. Aber ich bin ja bloß eifersüchtig, weil ich gern diejenige wäre, die mit Nick Händchen hält und ihn anschmachtet.«

»Soll ich ihm das sagen?«

Megan seufzte theatralisch. »Ach, zu spät! Jetzt ist er ein verheirateter Mann.«

»Er war schon die ganze Zeit verheiratet, bloß mit einer anderen.«

»Nein, aber jetzt ist er richtig verheiratet. Du weißt schon, was ich meine. Hör mal, Lia, wir sollten eigentlich an den Regieanweisungen für das bescheuerte Stück arbeiten. Ist dein Hirn noch zu fiebrig oder kannst du dich konzentrieren?«

»Na, wir machen es, dann ist es aus dem Weg. Hast du deinen Text mitgebracht?«

»Es ist doch leichter, wir schreiben in deinen rein und kopieren ihn dann. Hast du ihn da?«

»Oben in meinem Zimmer. In der Schultasche.«

»Ich hol ihn. Du bleibst hier und erholst dich.«

Megan war bereits oben, als Olivia die Fotos einfielen. Sie stand so schnell auf, wie ihre schmerzenden Knochen es ihr erlaubten, und lief in den Hausflur. »Meg, bring einfach die Tasche runter.«

Sie wartete ängstlich. Megans Stimme schwebte herab. »Was?«

»Bring einfach die ganze Tasche runter.«

»Okay.«

Olivia hoppelte wieder zum Sofa. Ihr Herz raste immer noch, als Megan mit der Büchertasche herunterkam. Und nicht ohne Grund: Sobald Megan ins Wohnzimmer kam, wußte Olivia, was passiert war. Sie merkte, wie sie allmählich rot anlief. Ihr Gesicht verriet alles.

»Du warst zu spät dran.«

»Was heißt das, zu spät?«

»Das heißt, ich hatte die Tasche schon aufgemacht. Warum hast du sie obendrauf liegenlassen?«

Olivia gab ihre gespielte Unschuld auf. »Ich wollte sie verbrennen, aber erst später. Ich hab sie gestern abend angeschaut, als meine Mutter plötzlich reinkam, und da hab ich sie schnell weggesteckt.«

»Du bist verrückt, Lia.« Megan starrte sie einen Augenblick streng an, bevor sie nachgab. »Soll ich sie für dich aufbewahren?«

»Und was ist, wenn Teddy deine Sachen durchwühlt so wie du seine?«

»Das würde der nie wagen, und überhaupt tu ich das nicht. Außerdem könnte er Nick nicht von Adam unterscheiden.«

»Okay, ist vielleicht besser. Jedenfalls bis ich wieder zu Daddy ziehe. Wenn das je stattfindet.«

»Okay, ich tu sie in einen versiegelten Umschlag. Nicht mal Teddy würde sich trauen, den aufzumachen.«

Olivia war ganz verblüfft über Megans sachliche Reaktion.

»Meg, wunderst du dich denn nicht?«

»Wenn du's genau wissen willst – ich komm mir vor, als hätte ich eins vor den Latz gekriegt. Erzähl mir alles, aber erst muß ich einen Umschlag finden.«

Während Megan nach Umschlägen suchte, betrachtete Olivia die Fotos. Megan hatte bestimmt einen Riesenschreck gekriegt, als sie das Foto von Nick entdeckte – auf den Knien, die Jeans auf Halbmast und alles gut sichtbar. Olivia fand, daß er einen unverkennbar postkoitalen Gesichtsausdruck hatte, dieses leicht schläfrige, gesättigte Lächeln, die Kleidung nicht nur aufgeknöpft, sondern total zerknittert. Wie ein Löwe, nachdem er seine Beute verschlungen hat, bereit zur Siesta, aber um die Schnauze herum immer noch blutig.

Megan kam wieder, nachdem sie einen Umschlag gefunden hatte. Sie setzte sich neben Olivia aufs Sofa und nahm das Foto in die Hand, auf dem Nick vollständig bekleidet war. »Er sieht wahnsinnig sexy aus.«

»Er hat mir erzählt, daß er Model war. Mit vierzehn ist er von zu Hause abgehauen und in Amsterdam gelandet. Da hat er als Model gearbeitet, er hat mir aber nicht gesagt, für was.«

»Na, wahrscheinlich für Schwulenschund.«

»Was ist das?«

»Du weißt schon. Was die miesen Läden in Soho immer im Fenster haben. Da sind Fotos von halbwüchsigen Jungs drin, in solchen Posen.« Sie deutete auf das andere Foto.

»Nick ist aber nicht schwul.«

»Na, du mußt es wissen«, bemerkte Megan trocken. »Er hat sich wahrscheinlich bloß vor der Kamera ausgezogen. Das heißt noch nicht, daß er seinen Körper verkauft hat.«

Auf die Idee war Olivia noch gar nicht gekommen. Sie fand sie entsetzlich und zutiefst beunruhigend. Aber sie konnte Nick unmöglich danach fragen.

Megan nahm die Fotos, steckte sie in den Umschlag und klebte ihn sorgfältig zu. Dann fragte sie: »Lia, hast du die Bilder gemacht?«

Olivia überlegte einen Moment, ob sie behaupten sollte, sie hätte sie bei ihrer Mutter im Zimmer gefunden, doch das würde ihr Megan wahrscheinlich nicht abnehmen. »Ja, Meg, ich hab sie gemacht.«

»Bist du mit ihm ins Bett gegangen?«

Olivia vergrub ihr Gesicht in den Händen, aus Feigheit. »Ja, bin ich.« Sie wartete auf Megans Reaktion. Schock, Entsetzen, Ekel, ganz sicher Fassungslosigkeit.

Megan stieß sie mit dem Ellbogen in die Rippen und sagte mit Monty-Python-Stimme: »Und – wie isses?«

Olivia kicherte und ließ die Hände sinken. »Findest du mich nicht widerlich und unmoralisch?«

»Wenn's dir dann besser geht, okay, aber antworte erst auf meine Frage.«

Olivia überlegte. »Also – Ms. P. hat unrecht.«

»Inwiefern?«

»Weißt du noch, wie sie von der viktorianischen Meinung erzählt hat, wonach Sex etwas ist, was Männer Frauen antun? Und daß sie total schiefgewickelt wären? Stimmt aber gar nicht! Es ist tatsächlich so, daß Männer es Frauen antun.«

»Vielleicht ist er bloß kein besonders guter Liebhaber, wenn er dir dieses Gefühl gegeben hat.«

»Siehst du? Du hast gerade den Beweis geliefert. Du nimmst an, wenn es kein gegenseitiges verzücktes Getue ist, ist der Mann schuld, was aber nicht stimmt. Richtig ist, daß der Mann etwas, äh, etwas machen muß, daß er sich nicht einfach hinlegen und den lieben Gott einen guten Mann sein lassen kann. Und du kannst ihn zu nichts zwingen, wenn er nicht will. Wogegen die Frau ihm bloß hilft, daß er es hinkriegt. Oder auch nicht, je nachdem.«

Um jedem Mißverständnis vorzubeugen, und wohl auch, weil ihr daran lag, Nicks guten Ruf als Liebhaber zu verteidigen, fügte sie hinzu: »Mir gefällt die Geschichte auch nicht recht, ich finde es so unfair und ungleich verteilt, aber es stimmt, es ist eine biologische Tatsache. Du weißt doch, physiologisch gesehen besteht der Geschlechtsakt im Grunde aus Erektion, Penetration und Ejakulation, und das bezieht sich alles auf den Mann. Es heißt doch, aus evolutionären Gründen kann sich die Frau den Mann aussuchen, den sie an sich ranläßt, und hoffentlich macht's ihr Spaß, was er mit ihr anstellt, aber das ändert nichts an dem tatsächlichen Ablauf. Ich bin mir dabei unheimlich – äh, biologisch vorgekommen. Und verwundbar. Obwohl sich das mit der Zeit gibt.«

Nun war Megan mit ihren Betrachtungen an der Reihe. »Ich versteh schon, was du meinst. Das Hauptproblem ist das mit der Penetration. Ich mein, du wächst auf und denkst an deinen Körper, als wär er ganz du selbst, als hättest du alles im Griff. Und dann – wenn du eine Frau bist – mußt du plötzlich mit der Erfahrung fertig werden, daß jemand anders in dich eindringt – auch wenn du ihn dazu aufgefordert hast. Damit brauchen Männer sich nie auseinanderzusetzen. Die tun sogar das Gegenteil: die freunden sich mit der Vorstellung an, daß sie in den Körper von jemand anders eindringen.«

»Das klingt jetzt wie der Krieg der Welten.«

»Es war ja deine Idee, Lia, nicht meine. Ich bin ganz deiner Meinung. Und jetzt erzähl mal, was passiert ist.«

Dann erzählte Olivia ihr alles. Oder jedenfalls fast alles. Daß Nick pornographische Fotos von ihr an eine Zeitschrift verkauft hatte, ließ sie weg. Sie erwähnte auch nicht, daß sie sich verzweifelt ein Baby von Nick wünschte, daß sie versuchte, schwanger zu werden. Sie ließ ihre Erzählung mit dem Treffen enden, bei dem sie die Fotos gemacht hatte. Sie verriet Megan nicht, daß Nick gestern abend mit ihr geschlafen hatte, am Vorabend seiner Hochzeit.

»Mensch, Lia«, sagte Megan schließlich, »das ist ja total wahnsinnig. Kein Wunder, daß du so scharf drauf warst, zu deinem Vater zu ziehen. Kein Wunder, daß du nicht wolltest, daß deine Mutter Nick heiratet. Ich an deiner Stelle wäre übergeschnappt.«

»Ich wollte dir die ganze Zeit alles sagen, Meg, aber ich konnte nicht. Es wäre furchtbar gewesen, wenn jemand anders es rausgekriegt hätte.« Olivia fügte ängstlich hinzu: »Findest du mich jetzt total verdorben?«

»Nein, nicht direkt. Aber Nick vielleicht. Glaubst du, er ist wie dieser Dings, dieser Filmregisseur, der es mit minderjährigen Mädchen treibt?«

»Ein Perverser, meinst du?« Zum zweiten Mal hatte Megan sie mit Unterstellungen bezüglich Nick geschockt. »Nein, glaub ich nicht. Er mag große Titten. Das paßt nicht zu jemand, der auf Lolitas steht. Beim ersten Mal hat er auch gesagt, er müsse verrückt sein, und das klingt nicht so, als hätte er's schon mal gemacht.«

»Trotzdem – selbst wenn er kein Perverser ist, ist er doch ein Mistkerl. Es war nicht richtig von ihm, dich zu verführen. Er hat dir ein Unrecht angetan und deiner Mutter auch, auch wenn sie's nicht weiß.«

Olivia fühlte sich verpflichtet, Nick zu verteidigen, obwohl sie genau wußte, daß Megan recht hatte. »Aber damals war er noch nicht mit meiner Mutter verheiratet. Da war er nämlich noch mit Miranda verheiratet, also hat meine Mutter auch Ehebruch begangen. Und ein gewalttätiger Hypnosekünstler ist er auch nicht. Ich meine, ich bin genauso schuld, ich bin ja dauernd zu ihm in sein Atelier gegangen.«

»Lia, du kannst dich rausreden, wie du willst, Tatsache ist, er hat dich vernascht.«

Olivia kam sich so altmodisch vor wie das Nachthemd, das sie anhatte: verführt und verlassen, entjungfert und entehrt, vergewaltigt und ruiniert. Energisch wischte sie sich die Tränen weg. »Na ja, das ist ja jetzt alles vorbei. Koch uns doch einen Tee, und dann machen wir uns über die Regieanweisungen her.«

Während Megan in der Küche war, kramte Olivia das Skript aus ihrer Schultasche und versuchte, sich darauf zu konzentrieren. Aber die Wörter verschwammen immer wieder vor ihren Augen.

Megan brachte den Tee. Sie blieb einen Augenblick mitten im Zimmer stehen und sah Olivia an. Dann stellte sie den Tee ab, nahm ihr das Skript aus der Hand, setzte sich hin und legte die Arme um Olivia.

Olivia weinte. Ströme von Tränen. »Ach, Meg, ich liebe ihn so sehr!«

»Weiß ich doch. Hab ich ja gesagt. Bloß daß ich dachte, es wär Charlie.«

»Mummy kriegt ein Baby von ihm, und mich hat er meins wegmachen lassen.«

»Recht hatte er. Das ist das einzige, was er richtig gemacht hat.«

»Es ist nicht richtig, es ist gemein. Ich – ich hab's umgebracht.«

»Nein, hast du nicht, es hat ja noch nicht richtig gelebt. Du sagst ja auch nicht jedesmal, wenn du ein Ei aufschlägst, du hättest ein Hühnchen geschlachtet, oder? Jedenfalls kommt die Seele erst kurz vor der Geburt in den Körper.«

Dies sagte Megan mit solch nonchalanter Autorität, daß Olivia sich nicht zu fragen traute, woher sie so etwas überhaupt wußte. Sie schniefte und hatte Schluckauf. Megan hielt ihr ein Taschentuch hin und ließ sie hineinschneuzen und umarmte sie zärtlich wie ein kleines verängstigtes Kind.

Olivia lehnte den Kopf an Megans Schulter, und Megan streichelte ihr übers Haar. Allmählich legte sich Olivias Verzweiflung.

»Er ist ein wahnsinnig toller Lover, Meg«, sagte sie ziemlich verträumt zwischen den Schniefern. »Ich kann dir gar nicht sagen, wie ich mich gefühlt hab mit ihm.«

»Ich kann ihn mir gar nicht so romantisch vorstellen.«

»Er ist überhaupt nicht romantisch. Ganz im Gegenteil. Aber unheimlich sexy. Es törnt mich schon an, wenn ich bloß an ihn denke. Warum sind wir eigentlich dazu verdammt, uns zu Männern hingezogen zu fühlen, wenn es so schreckliche Geschöpfe sind? Wieso kann nicht eine von uns zum Beispiel ein Mann sein? Dann könnten wir heiraten und in Freuden leben bis an unser Ende.«

»Du spinnst, Lia«, sagte Megan resolut und setzte sich aufrecht hin. »Denk doch nur an die vielen Möglichkeiten, die uns entgehen würden.« Sie griff energisch nach der Teekanne. »Jetzt laß uns endlich arbeiten, sonst werden wir nie fertig.«

- 44 -

Ihr Vater holte sie am Bahnhof in Marlow ab. Er gab ihr einen Kuß auf die Wange. Aha, sie war also wieder die entfernte Verwandte!

»Wie geht's dem Baby?«

»Du wirst gleich sehen.«

»Wer von euch steht mitten in der Nacht auf?«

»Sue und Althea teilen sich das untereinander.«

»Was macht ihr denn ohne Altheas Mutter, wenn ihr wieder in Highgate seid?«

»Ich glaube, Althea geht erst weg, wenn Matthew nachts gut schläft.«

Sie sah ihren Vater an, der auf die vor ihm liegende Straße schaute. »Dann schreit er also nicht so wie dein letztes Baby?«

»Dazu hat er gar keine Chance. Sobald er einen Muckser macht, holt ihn jemand raus.«

Glückliches Baby, dachte sie.

Er war irgendwo oben und schlief, als Olivia ankam. Da es ja offiziell ein Weihnachtsbesuch war, obwohl es noch eine gute Woche bis Weihnachten war, fühlten sich Althea und ihre Eltern bemüßigt, Olivia mit einem Kuß auf die Wange zu begrüßen. Damit stand die Begrüßung ihres Vaters in einem festen Kontext.

Altheas Vater bot ihr ein Glas Sherry an, und Altheas Mutter ging hinaus, um sich ums Mittagessen zu kümmern. Aus dem oberen Stockwerk war ein leises Klagen zu vernehmen.

Althea wandte sich an Olivias Vater. »Ross, bist du mal so lieb und bringst ihn herunter?«

Olivia fragte: »Daddy, kann ich mitkommen und ihn anschauen?«

»Er kommt ja herunter«, informierte sie ihr Vater.

Trotzdem folgte Olivia ihm nach oben und sah das Baby in seinem Bettchen liegen. Mittlerweile hatte er sich in eine Wut hineingesteigert, was in dem winzigen Körper aber nicht viel bedeutete. Er war vor Entrüstung ganz rot im Gesicht. Olivia fand ihn – sehr zu ihrer Überraschung – richtig witzig und süß, und beinahe tat er ihr leid. Megan behauptete ja, Babys seien gar keine neuen Leute, sondern alte, die wieder auf die Welt kamen. Olivia konnte sich gut vorstellen, wie frustrierend es war, sich in diesem hilflosen Zustand wiederzufinden. Es klang wie kosmisches »Mensch-ärgere-dich-nicht« – ohne Ende.

Ihr Vater hob das quäkende Baby hoch, als ob das arme Ding gleich irgend etwas Schlimmes anstellen würde. Oder vielmehr, als sei der kleine Matthew ein widerwärtiger Bestandteil der wilden Natur, der irgendwie aus Versehen ins Haus geraten war und nun entfernt werden mußte. Olivia hatte keinen blassen Schimmer von Babys, wußte aber, daß es nicht angenehm war, so gehalten zu werden. Sie nahm die Decke aus der Wiege und breitete sie sich über die Schulter. »Komm, Daddy, gib ihn mir.«

Ihr Vater übergab ihr Matthew. Sie legte ihn sich über die Schulter, faltete die Seiten der Decke über ihn und klopfte ihm sanft auf den kleinen ausgestopften Hintern. Er hörte auf zu weinen.

»Ich trag ihn dir runter.«

Als sie die Treppe herunterkam, stürzten sich Althea und ihre Mutter wie zwei aufgeregte Geier auf sie und nahmen ihr das Baby weg.

Danach kümmerten sie sich nicht weiter um sie, bis sich alle zum Mittagessen um den Tisch versammelt hatten. Inzwischen hatte das Baby sich das Bäuchlein mit Milch aus Altheas Brüsten vollgeschlagen und war zwischen Mutter und Großmutter in einer Art Säuglings-Chaiselongue installiert worden, mit einem Sicherheitsgurt, damit er nicht herausrutschte.

Das war offensichtlich genau das, was ein neugeborenes Baby brauchte und verdiente: eine kräftige Dosis an Zärtlichkeit und Zuwendung. Ebenso offensichtlich war, daß Olivias Vater in dieser Kunst kein Meister war. Altheas Vater war weitaus entspannter und interessierte sich viel mehr für das Baby als dessen eigener Vater. Weil sie das labile Nervenkostüm und die körperliche Reserviertheit ihrer Mutter kannte, begriff Olivia allmählich, weshalb sie selbst während der ersten Zeit ihres Erdendaseins so viel geschrien hatte.

Nach dem Mittagessen nahmen sie den Kaffee im – wie Altheas Mutter es nannte – Salon ein. Er hatte hohe Fenster, die auf den Vorgarten hinausgingen, und Erkerfenster, die sich südlich zum Fluß hinaus öffneten, außerdem die Art von elegantem Mobiliar, bei dem sich Olivia nur auf der Kante zu sitzen traute, und das auch nur, weil sie sonntäglich besuchsmäßig gekleidet war. Im Sommer – zum Beispiel damals bei der Hochzeit ihres Vaters – war es ein schöner, heller und luftiger Raum. In der winterlichen Luft wurde er zugig, besonders wenn der Wind am Fluß entlang und den langgestreckten Rasen heraufblies. Heute war ein kalter, grauer Tag, und im Kamin brannte ein Feuer – allerdings ein ziemlich mickriges Feuer, strikt zu kosmetischen Zwecken, da die Zentralheizung für Wärme sorgte. Olivia hockte sich davor und hoffte, die anderen würden keine Notiz von ihr nehmen.

Von wegen. Altheas Vater – inzwischen unfaßbarerweise Olivias Stiefgroßvater – beschloß, sich kumpelhaft zu gebärden. »Sag mal, Lia, Ross hat mir erzählt, du hast ein Theaterstück geschrieben, das ihr aufführen wollt. Das ist ja mächtig clever.«

»Das hab nicht ich geschrieben, sondern Euripides.«

»Na, aber ihr führt es doch nicht auf Griechisch auf, oder? Obwohl… manche von diesen modernen Dramatikern könnte man genausogut auf Griechisch aufführen, so schlau wird man aus denen. Welches Stück ist es denn?«

»*Medea.*«

»Kenn ich gar nicht. Um was geht's denn da?«

Olivia starrte ins Feuer. »Um einen Mann, der seine Frau wegen einer Jüngeren verläßt, die einen reichen Vater hat.«

Sie dachte eigentlich, das würde ihm die Sprache verschlagen, doch er blieb hartnäckig. Vielleicht brauchte man als guter Börsenmakler ein besonders dickes Fell. »Klingt ja ziemlich modern. Alle diese alten griechischen Stücke basieren doch auf Mythen, hab ich recht? Voller grausliger Sachen, aber alles findet abseits von der Bühne statt.«

»In unserer Fassung«, gab Olivia versonnen zurück und umklammerte ihre Knie, »murkst sie ihre Kinder auf offener Bühne ab.«

Es folgte ein betretenes Schweigen, bis Matthew die Situation rettete: Er furzte so laut, daß er selbst davon aufwachte. Zuerst guckte er bloß verwirrt und entsetzt, wie ein altes Männlein, das unabsichtlich einen schrecklichen *faux pas* begangen hatte. Dann holte er tief Luft und greinte, bis ihn Altheas Mutter hochnahm.

Vielleicht weil sie sich für das Betragen ihres Sohnes schämte, beschloß Althea, das Thema zu wechseln. Mit ihrer klaren, tragenden Stimme fragte sie: »Lia, ist bei Emmas Hochzeit alles gut gelaufen?«

»Ich glaub schon. Jedenfalls hat sie stattgefunden, ich war aber nicht dabei.« Damit Althea nicht dachte, Olivia sei nicht eingeladen worden, fügte sie hinzu: »Ich lag an dem Wochenende im Bett und hatte Grippe.«

»Fährt Nick mit euch nach Devon? Jetzt, wo sie ihn geheiratet hat, kann Emma ihn ja wohl schlecht zu Hause lassen. Ich frage mich, was deine Großmutter wohl von ihm halten wird.«

Fast hätte Olivia geantwortet: Ungefähr das gleiche, was Gran Beckett von dir hält.

- 45 -

Großmutter Hardy wohnte in einem Bilderbuchcottage in einem Bilderbuchdorf. Das Cottage hatte dicke, weiß gekalkte Mauern, die mehr als einen halben Meter dick waren, und ein reetgedecktes Dach, das die oberen Fenster wie eine breite Borte säumte. Dadurch war es im Innern des Hauses ziemlich dunkel und kühl, was aber jetzt, an Weihnachten, wegen des ohnehin spärlichen Tageslichts und der Zentralheizung nicht viel ausmachte. Im Sommer verbrachte ihre Großmutter die ganze Zeit sowieso im Garten, der ebenfalls wie aus dem Bilderbuch war.

Sie fuhren am Heiligen Abend um neun Uhr morgens los und kamen – dank Nicks unglaublichen Fahrkünsten – um zwölf Uhr mittags im Cottage an.

Die ganze Fahrt über hatte sich Olivia über Altheas Bemerkung Sorgen gemacht: Auch sie fragte sich, was ihre Großmutter wohl von Nick halten würde. Sie fragte sich, ob ihre Mutter deswegen nervös war, und welche Vorschußlorbeeren sie ihm bei ihrer Großmutter bereits gegeben hatte. Sie hatte einmal gehört, wie ihre Mutter Nick einen Brief ihrer Großmutter vorlas; darin stand, daß ihre Großmutter ihren Nachbarn »eine Notlüge aufgetischt« hatte, indem sie behauptet hatte, die Hochzeit habe schon im September stattgefunden. Offensichtlich lag ledige Mutterschaft, oder auch nur das Liebäugeln damit, im ländlichen Devonshire noch nicht im Trend.

Ihre Mutter hatte die Geschichte amüsant gefunden. Olivia hatte jedoch den Verdacht, daß sie sich selbst auch ein paar Geschichten über Nick ausgedacht hatte, um ihn vor seiner neuen Schwiegermutter und deren Nachbarn etwas respektabler erscheinen zu lassen.

Als sie angekommen waren und ausstiegen, begrüßte Olivias Großmutter Nick mit den Worten, sie freue sich sehr, ihn kennenzulernen. Das sagte man eben so. Dann sagte sie zu Olivias Mutter, sie sehe ja erstaunlich gut aus. Das sagte man zwar auch nur so, in dem Fall stimmte es aber. Bei Olivias Großmutter konnte man nie wissen.

Das erste Anzeichen eines Zwists ereignete sich, als ihre Großmutter sie alle in den Mitternachtsgottesdienst mitnehmen wollte. Das gehörte zu den Dingen, die sie an Weihnachten in Devon immer machten. An Heiligabend nicht in die Kirche zu gehen war, wie wenn man beim Weihnachtsmahl nicht von der Pute kosten wollte. Doch Nick behauptete, er sei müde, er sei quer durch das ganze Scheißengland gefahren und ginge jetzt ins Bett. Olivia war enttäuscht. Sie konnte sich Nick nicht in der Kirche vorstellen und hätte es gern mit eigenen Augen gesehen. Nach dem, was sie über seine Herkunft wußte, war es durchaus möglich, daß er noch nie im Leben eine Kirche von innen gesehen hatte. Sie malte sich eine Szene aus: Wie in der mittelalterlichen Mythologie würde durch eine Ungeheuerlichkeit die Gegenwart des Teufels verraten. Ihre Großmutter war noch viel enttäuschter, wenn auch zweifellos aus anderen Gründen. »Ich weiß, daß du einen anstrengenden Tag hattest, aber du solltest wirklich mitkommen. Es ist so ein schöner Gottesdienst und so ein milder Abend. Ich finde es wirklich das Beste am ganzen Weihnachtsfest.«

»Kann sein, ich schenk's mir aber trotzdem. Gute Nacht.«

Nick verschwand nach oben. Die Großmutter warf Olivias Mutter einen Blick zu.

»Er ist müde«, verteidigte ihn ihre Mutter.

»Zu müde, um die Grundregeln der Höflichkeit zu beachten, scheint mir.«

Ihre Großmutter hatte den gleichen Tonfall wie bei Olivia, wenn diese einmal ungezogen gewesen war. Das war eigentlich nicht fair. Ihre Mutter hatte Nick schließlich nicht großgezogen, sondern ihn nur geheiratet. Immerhin hatte er nicht »Scheiß auf Weihnachten« gesagt.

Olivia meinte: »Ach, ist doch egal, Grandma, dann gehen wir eben ohne Nick. Es wär doch schlimmer, wenn er mitkäme und in der Kirche einschlafen würde, oder?«

Obwohl die Kirche am anderen Ende des Dorfes lag, konnte man gut zu Fuß hinspazieren. Nach dem Gottesdienst wurde klar, weshalb ihre Großmutter so beleidigt und ungehalten reagiert hatte. Olivia hörte, wie sie vor ihren Freunden und Nachbarn Nicks Abwesenheit rechtfertigte, indem sie sagte, er habe sich »nicht recht wohl gefühlt« und sei früh schlafen gegangen. Eigentlich hatte sie bei dieser Gelegenheit ihren Schwiegersohn und – was noch wichtiger war – den Vater der gut sichtbaren Wölbung des Bauchs von Olivias Mutter vorführen wollen.

Als Nick am nächsten Morgen herunterkam – natürlich als letzter –, wünschte ihm Olivias Großmutter betont fröhlich ein schönes Weihnachtsfest. »Nun hast du dich ja bestimmt vollkommen erholt, nach so einer ausgedehnten Nachtruhe.« Nick ignorierte ihren Sarkasmus. »Ja, mir geht's okay. Nach einer Tasse Kaffee würde es mir sogar noch bessergehen.« Olivias Mutter sprang auf, um sie ihm einzuschenken. So war sie die ganze Zeit: Sie hastete herum wie eine aufgeregte Dienerin und schaffte alles heran, was er sich wünschte, oder von dem sie annahm, daß er es sich wünschte.

Wahrscheinlich deswegen, dachte Olivia, damit ihre Großmutter ja nicht das Gefühl hatte, sie müßte ihn irgendwie bedienen. Ihre Großmutter war sich dagegen ihrer Verpflichtungen als Gastgeberin bewußt, selbst einem unerwünschten Schwiegersohn gegenüber, und war der Ansicht, Olivias Mutter sollte die Beine hochlegen und sich entspannen, weil sie doch schwanger war. Dies führte zu zahlreichen Diskussionen von der Art, wie wenn zwei Leute einander die Tür aufhalten wollen.

Nick tat so, als merkte er nichts. Wieso sollte er sich auch drum scheren, dachte Olivia, solange er bekam, was er wollte? Ein paar Stunden ging alles ganz glatt. Sie packten die Geschenke aus, die zum größten Teil von ihrer Mutter besorgt worden waren. Geschenke von Mummy und Nick für Lia, Geschenke von Emma und Nick für MUTTER, Geschenke von Emma für Nick – mit Küssen, wie Olivia beim Austeilen bemerkte. Bei den Geschenken ihrer Mutter für ihren Vater hatte es nie Küsse gegeben.

Am Ende schienen sich alle zu freuen, und keiner war beleidigt, zumindest nicht sichtbar. Allerdings hörte Olivia, wie Nick bei der Krawatte, die ihre Großmutter ihm geschenkt hatte, leise brummte, die sei ja recht praktisch für eine Beerdigung. Sie dachte – hoffte – daß ihm ihre Geschenke gefallen hatten: Jelly Roll Morton (CD) und Ansel Adams (Buch). Einige der Adams-Fotos waren banal und etwas überfrachtet, leicht naiv-optimistisch, doch andere sahen aus wie auf dem Mond aufgenommen und erinnerten Olivia an Nicks eigene Arbeiten – an die Bilder vom Mars allerdings, nicht an die professionellen Mösen.

Nachdem das Weihnachtsmahl verzehrt und das Geschirr abgewaschen war, schlug ihre Großmutter einen gemeinsamen Spaziergang vor, damit alle wieder aufwachten. Der Spaziergang nach dem Essen war eine fast ebenso geheiligte Tradition wie der Mitternachtsgottesdienst, und sowohl Olivia wie ihre Mutter saßen beide vor Angst, daß Nick wieder ablehnte, wie auf Kohlen. Hinzu kam, daß er auf dem Sofa vor dem Fernseher eingenickt war, während sie abgespült hatten, wodurch die traditionelle Bemerkung ihrer Großmutter übers Aufwachen auf unselige Weise passend wirkte.

Ihre Mutter sagte heiter: »Eine gute Idee, was meinst du, Nick? Du hast das Dorf ja noch gar nicht gesehen, und es ist ein wunderhübscher Spazierweg.«

Alle – das heißt, alle Frauen – hielten die Luft an, während Nick sich streckte, gähnte und aufstand. Olivia fand, daß er wie ein riesiges, fleischfressendes Raubtier aussah, ein Säbelzahntiger vielleicht, der den Weg in das überhaupt nicht zu ihm passende, behagliche kleine Cottage gefunden hatte und vor dem Feuer eingedöst war. Als er sagte: »Na gut, warum nicht?« fingen sie wieder an zu atmen und lächelten erleichtert. Auf dem Ausflug lenkte Olivia ihre Großmutter ab, während ihre Mutter Nick bei Laune hielt. Olivia hatte die schwierigere Aufgabe. Sie mußte ihrer Großmutter ganz normal Rede und Antwort stehen und dabei mit den Emotionen fertig werden, die beim Anblick von Nick und ihrer Mutter in ihr hochkamen, die Hand in Hand vor ihr herschlenderten.

Ihre Großmutter erkundigte sich nach der Schule. Es war ein regelrechtes Verhör. »Hast du schon entschieden, in welchen Fächern du später die Abschlußprüfung machen willst, Lia?«

»Ich weiß nicht recht. Ich glaub, in Physik und Bio, aber die anderen Fächer weiß ich noch nicht. Vielleicht Mathe, da bin ich aber nicht so gut.«

»Nimm auf jeden Fall Mathematik. Das ist ein gutes, solides Fach. Emmas Direktorin hat immer gesagt, es trennt die Spreu vom Weizen.«

»Mummy hat aber doch gar nicht Mathe gemacht, oder?«

»O nein, für Naturwissenschaften hatte sie nichts übrig. Und was ist mit deiner Musik? Hast du noch Geigenstunden?«

»Ich geh immer noch zu Mrs. Stone, und in Musik mach ich jetzt die Zwischenprüfung.«

»Das höre ich aber gern. Emma sagt, du hast das letzte halbe Jahr bei Ross gewohnt. Ich hatte schon befürchtet, die Geigenstunden werden dir vielleicht ein bißchen zuviel.«

»Nein, Daddy würde es nie erlauben, daß ich die Geige aufgebe. Daran liegt ihm am meisten.«

»Na, schön für ihn. Wie geht's dem Baby?«

»Der ist wirklich süß«, sagte Olivia nachdrücklich und warmherzig, damit ihre Großmutter merkte, daß es nicht einfach so dahergeredet war.

»Na, das sind ja zum Glück die meisten Babys. Das hat die Natur so eingerichtet. Wie kommst du mit deiner Stiefmutter aus?«

»So lala. Wir kommen schon zurecht. Jedenfalls bevor das Baby da war. Keine Ahnung, wie es jetzt wird.«

»Wenn du ab und zu für sie auf den Kleinen aufpaßt, mein Schatz, wird sie dich lieben. Und wie kommst du mit deinem Stiefvater aus?«

Olivia mußte einen Augenblick überlegen, um eine möglichst diplomatische, unverfängliche Antwort zu finden. »Ich seh ihn ja nicht sooft.«

»Aber war nicht er der Grund, weshalb du zu Ross gezogen bist?«

»Hat Mummy dir das erzählt?«

»Sie hat angedeutet, daß du ihn nicht magst.«

»Na, stimmt wohl auch.«

Ihre Großmutter ging ein Weilchen schweigend weiter. Dann sagte sie: »Also wirklich, wenn man sie verkuppeln müßte, hätte man Althea und Nick zusammengetan.«

Olivia ließ sich das durch den Kopf gehen. Eine ziemlich clevere Idee. Zwar wäre Althea über die Andeutung einer Seelenverwandtschaft mit Nick entsetzt gewesen, und Nick hielt von Althea auch nicht sehr viel, doch vielleicht hatten sie einander ja verdient. Beide waren total praktisch veranlagt, unsentimental, ja skrupellos, und beide kannten sich in Gelddingen aus – wovon ihre beiden Eltern nie etwas kapiert hatten.

»Eigentlich versteh ich das nicht ganz, Grandma, aber Mummy ist irgendwie glücklicher, seit sie mit Nick zusammenlebt. Findet du nicht, daß sie glücklich aussieht?«

»*Nostalgie de la boue*«, murmelte ihre Großmutter mysteriös. »Wenn er den Mund halten würde, wäre er eigentlich ein recht attraktiver Mann. Ich hoffe ja sehr, daß sie glücklich ist, mein Liebling. Wenn sie sich wieder den Falschen ausgesucht hat, ist ihr nicht zu helfen.«

Olivia merkte plötzlich überrascht, daß sie die Nase voll davon hatte, daß die Erwachsenen sie ständig wie eine der Ihren behandelten. Sie wollte noch gar nicht wissen, was für eine Beziehung ihre Mutter zu ihrer Großmutter hatte, oder was ihre Großmutter über die Qualitäten ihres Vaters oder von Nick dachte, oder was Althea von der Hochzeit ihrer Mutter hielt, oder wie der kleine Matthew geboren wurde. Sie sehnte sich nach dem letzten Weihnachten, als sie bloß mit der Abwesenheit ihres Vaters und der Existenz von Althea hatte fertig werden müssen. Das Leben war ihr damals schwer beladen und sorgenvoll vorgekommen, doch nun blickte sie wie auf ein Land verlorengegangener Glückseligkeiten darauf zurück.

Abends hätte es fast Streit gegeben, als ihre Großmutter Bridge spielen wollte. Das war auch so eine Tradition. Ihre Großmutter war ganz verrückt nach Bridge, und nach dem Tod ihres Großvaters hatte Olivia das Spiel lernen müssen, um die vierte Spielerin abzugeben. Diesmal sollte Nick in die Pflicht genommen werden und den Platz ihres Vaters einnehmen.

Nick dachte aber gar nicht daran. »Ich spiel kein Bridge.«

»Es ist wie Whist«, erklärte ihre Großmutter freundlich, »nur daß man die Trümpfe gleich am Anfang reizt.«

»Whist spiel ich auch nicht.«

»Die Grundidee ist eigentlich ganz einfach. Nach ein paar Minuten hast du es begriffen.«

Nick fuhr fort zu rauchen und hielt seine Aufmerksamkeit auf den Fernseher gerichtet. »Danke, aber nein, danke.«

»Wir brauchen dich aber wenigstens, bis gereizt ist«, fuhr ihre Großmutter unbeirrt fort. »Danach kannst du ja den Strohmann spielen und fernsehen, bis wieder gegeben wird.«

Olivia biß sich auf die Lippe, hin und her gerissen zwischen ihrer Angst vor einem unschönen Streit und dem Drang, über diese großmütterliche, absolut zutreffende, aber zweideutige Beschreibung von Nicks potentieller Rolle im Spiel loszukichern. »Grandma, wenn Nick nicht Bridge spielen will, wie wär's statt dessen mit Scrabble?«

»Ich habe so ein Gefühl«, erwirderte ihre Großmutter mit einem Seitenblick auf Nick, »daß Scrabble ebenfalls zu den Spielen gehört, die Nick nicht spielt.«

»Ja, aber das macht doch nichts. Wir können doch auch zu dritt Scrabble spielen.«

»Aus Höflichkeit sollten wir etwas spielen, bei dem Nick mitmachen kann. Wie wär's mit Happy Families, Nick?«

Er schnippte seine Zigarettenasche in den Aschenbecher, ohne den Blick vom Fernsehschirm zu wenden. »Wie wär's mit Strip Poker?«

Ihre Großmutter starrte ihn sprachlos an. Olivia hätte sich am liebsten schnell hinter dem Sofa versteckt, bevor die Schießerei begann. Doch ihre Großmutter sagte lediglich: »Ich denke nicht. Dafür sind wir nicht passend gekleidet.«

Olivia holte die Scrabble-Schachtel und baute das Brett auf dem Tisch auf. Damit war der Streit offensichtlich entschieden. Ihre Mutter und Großmutter kamen zum Spielen herüber, während Nick auf dem Sofa vor dem Fernseher sitzen blieb.

Nach einer Weile stand er auf, um sich sein Whiskyglas neu zu füllen. Olivias Mutter warf ihm über die Schulter einen Blick zu, als er hinter ihr vorbeiging. »Hättest du was gesagt, Liebling, dann hätte ich es für dich gemacht.«

»Schon gut. So besoffen bin ich noch nicht, daß ich nicht mehr gehen kann.«

Olivias Mutter und Großmutter guckten beide, als wünschten sie, er würde solche Sachen nicht sagen. Nick schmunzelte; genau deswegen hatte er es ja gesagt. Er kam herüber und stellte sich hinter ihre Mutter. Er legte ihr die rechte Hand mit dem frisch gefüllten Whiskyglas auf die Schulter und sah über ihren Kopf hinweg auf das Brett.

Olivia beobachtete, wie er ihre Mutter mit der linken Hand streichelte. Er strich ihr über den Nacken, die langen Sehnen unterm Ohr, die zarten Knochen und Vertiefungen unterhalb des Halses. Der tiefe V-Ausschnitt ihres schwarzen Seidenkleides offenbarte die von der Schwangerschaft gerundeten Wölbungen ihrer Brüste. Olivia hatte Angst, seine Hand könnte zu sehr in die Tiefe wandern und die Brüste ihrer Mutter berühren. Vielleicht hatte ihre Mutter den gleichen Gedanken gehabt, denn sie legte ihre Hand darauf. Sie neigte den Kopf leicht zurück an seine Brust und sah zu ihm hoch. »Du lenkst mich ab, Liebling. Willst du, daß ich verliere?«

Nick ließ die Hand an ihrem Hals unterm Kinn kreisen. Mit der Spitze seines Mittelfingers liebkoste er ihre Halsschlagader, sein Daumen ruhte auf ihrer Jugularvene. Olivia wußte, wie stark diese Hand war. Wenn er zudrückte, würde ihre Mutter in Ohnmacht fallen. Wenn er fest drückte und zuhielt, würde ihre Mutter sterben. Und das Baby ihrer Mutter auch.

Er sah in ihr Gesicht hinunter. »Du verlierst sowieso.«

»Weil ich so blöde Buchstaben habe.«

»Alle ungeschickten Arbeiter schimpfen auf ihr Werkzeug«, bemerkte Olivias Großmutter und legte ihr Wort auf dem Brett aus, wobei sie für das Q gleich die dreifache Punktzahl einheimste. Olivias Mutter machte Nicks Hand von ihrem Hals los. »Geh, Nick. Ich bin dran, ich muß mich jetzt konzentrieren.«

Er ging tatsächlich, aber nur, um sich eine Zigarette zu holen und sie anzuzünden. Dann kam er wieder und stellte sich hinter Olivia, deren Stuhl dem Sofa am nächsten stand.

»Genau«, sagte ihre Mutter, »du kannst zur Abwechslung mal Lia ablenken. Sie hat bis jetzt immer gewonnen.«

Olivia konnte ihn riechen. Er roch nach Whisky und Tabak, nach Laster und Hörigkeit, nach verhängnisvollen, verbotenen Freuden. Sie betete, daß er sie nicht berührte. Sie betete, daß er wegging.

Sie versuchte, sich auf das Spiel zu konzentrieren. Als nächste war sie an der Reihe, und sie hatte ein wunderschönes Wort mit sieben Buchstaben, STIEFEL, wußte aber nicht, wo sie es einbauen konnte. Nick griff danach, nahm das zweite E und L weg und vertauschte das I und das E.

Die anderen konnten nicht sehen, was er gemacht hatte, im übrigen war es ein absolut anständiges Wort, nur wußte sie, daß er nicht die anständige Bedeutung im Sinn gehabt hatte. »Laß das«, zischte sie ihn an.

Er verschob die Buchstaben wieder, während sie mit entsetzter

Belustigung zusah: FI… Bevor er das Wort mit zwei Extrabuchstaben vollenden konnte, schlug sie seine Hand weg und verstreute dadurch die Steinchen auf dem Tisch.

Ihre Mutter buchstabierte gerade das Wort RATTE auf dem Brett. »Mehr kriege ich nicht hin«, erklärte sie. »Paß doch auf, Lia, du verwackelst ja das Brett.«

Ihre Großmutter hob nicht einmal den Blick, während sie über ihr eigenes Wort nachgrübelte. »Lia, sag Nick, das Wort muß im Wörterbuch stehen, bevor es auf dem Brett stehen darf.«

Olivia war so verwirrt, besonders durch die hellseherischen Kräfte ihrer Großmutter, daß sie das erstbeste Wort legte, das ihr einfiel, LIFT, und eine schlechte Punktzahl dafür bekam. »Siehst du, alles wegen dir«, sagte sie zu Nick. »Geh zu deinem Fernseher.«

Ihre Mutter schob den Stuhl zurück und stand auf. »Ich mach uns noch Kaffee. Liebling«, damit meinte sie Nick, »kommst du mit und hilfst mir reintragen?«

Liebling ging mit in die Küche.

Olivias Großmutter warf einen prüfenden Blick auf das Brett und ordnete ihre Buchstaben ein paarmal neu an. Schließlich legte sie das Wort OKAPI und setzte sich damit in Führung. Olivia rief: »Mummy, du bist dran.«

»Ich komm gleich, Lia.«

Es hörte sich an, als ob sie ständig kicherte, woraus Olivia schloß, daß sie wohl nicht so schnell kommen würde wie versprochen.

»Sollen wir es für dich spielen?«

»Ein Moment noch. Das Wasser kocht gleich.«

Olivia und ihre Großmutter warteten geduldig, bis ihre Mutter wieder aus der Küche kam. Sie setzte sich, buchstabierte rasch MANN und ging zurück in die Küche.

Ziemlich viel später und nach einigem Geflüster und Gelächter kam sie mit dem Kaffee wieder.

Als Olivias Großmutter schließlich gewonnen hatte, sagte ihre Mutter: »Wir machen vor dem Schlafengehen noch einen kleinen Spaziergang«, und ging Hand in Hand mit Nick hinaus.

Als sie gegangen waren, sagte ihre Großmutter: »Ich glaube, ich gehe jetzt zu Bett, Lia. Was ist mit dir?«

»Ich bin auch müde. Aber was ist mit Mummy?«

»Ich laß für Emma die Tür offen. Es wird uns schon keiner stehlen, bevor sie zurückkommt.«

Olivia kam sich sehr merkwürdig vor. Ihre Mutter benahm sich wie ein Teenager. Sie war mit Nick in die Küche gegangen, um Kaffee zu machen, und die beiden hatten sich offensichtlich dort drinnen die Zeit mit Knutschen vertrieben, so wie Olivia und Charlie damals. Selbst wenn sie die komplizierte Angelegenheit zwischen sich und Nick einmal außer acht ließ, kam es ihr doch verwirrend, peinlich und ziemlich gräßlich vor. Sie hatte das Gefühl, sich bei ihrer Großmutter für das Verhalten ihrer Mutter entschuldigen zu müssen.

»Meg sagt –« Sie machte eine Handbewegung in Richtung Tür. »Meine Freundin Meg sagt, das geht auch nicht ewig so weiter.«

»Da hat deine Freundin sicher recht. Aber es muß schön sein, sich wieder wie siebzehn zu fühlen.«

Im Bett dachte Olivia über das nach, was ihre Großmutter gesagt hatte. Sie wußte Bescheid, wurde ihr plötzlich klar. Die rudimentär halbwüchsige Version von Nick war es gewesen – vielleicht der gewalttätige, anarchistische, vierzehnjährige Ausreißer –, der sie im Park gejagt und geschnappt hatte, es bei ihrem Vater im Hausflur mit ihr getrieben hatte und mit ihren Scrabble-Steinchen Obszönitäten buchstabiert hatte. Es gab auch noch andere Versionen von ihm. Da war der Nick, der sie an ein Pornomagazin verkauft hatte. Der sie körperlich bedroht und ihr dann gesagt hatte, sie solle keine Angst haben. Der sie Kätzchen nannte und ihr das Gefühl gab, auf Wolken zu schweben. Und der Nick, der seinen fünfhundert Pfund teuren Anzug ruiniert hatte, als er sich an den Straßenrand gekniet und ein unglückliches, speiendes Kind getröstet hatte. Noch etwas begriff Olivia; es fiel ihr in dem Moment ein. Sie wußte jetzt, weshalb er sie damals weggestoßen und mit diesem kalten Blick fixiert hatte. Er war nicht von ihr, sondern von sich selbst angewidert gewesen.

Sie war sich dessen ganz sicher, weil er es nämlich später gesagt hatte: Er hatte gesagt, sie hätte danach verlangt. Das stimmte eigentlich nicht. Sie hatte ihn gebeten, sie zu lieben, nicht wissend, daß er nur wußte, wie man Liebe macht. Doch nicht einmal sein freizügiges Gewissen hätte es verkraftet, die junge Tochter seiner Geliebten zu verführen, während sie am Straßenrand über die verlorene Liebe ihres Vaters weinte.

- 46 -

Olivia starrte den schmalen Teststreifen an und bekam weiche Knie. Sie schloß die Augen. Es hatte geklappt. Obwohl sie schon seit einer Woche auf ihre Periode wartete und sich fast sicher gewesen war, daß sie schwanger war, löste das positive Ergebnis des unbestechlichen Schwangerschaftstests einen Wirbelsturm der Gefühle in ihr aus. Sie ließ sich auf ihr Bett fallen. Ein Baby. Sie trug sein Baby in ihrem Bauch. Eine Woge des Glücks überschwemmte sie, und bevor sie es verhindern konnte, hatte sie es bereits gedacht: Nun würde sie nie mehr allein sein. Und sie würde für immer mit Nick verbunden sein. Mit geschlossenen Augen, die Hände über dem Bauch gefaltet, blieb sie liegen und dachte an das kleine Wesen, das bereits begonnen hatte, in ihr zu wachsen.

Plötzlich hörte sie jemanden die Treppe heraufkommen und sprang auf. Hastig fegte sie mit einer Hand den Schwangerschaftstest in die Schublade ihres Schreibtisches, als die Tür aufging.

»Lia, du hast ja noch nicht einmal angefangen. In einer Viertelstunde kommt Charlie und holt dich ab. Und wir gehen auch gleich. Was ist denn los?« Ihre Mutter sah sie scharf an. Es war Silvester. Lia würde mit Charlie zu einer Party gehen, und ihre Mutter und Nick gingen ebenfalls aus.

»Nur keine Panik«, sagte Olivia. »Ich hab mich nur noch ein bißchen ausgeruht. In zehn Minuten bin ich unten.«

Ihre Mutter war schon wieder halb die Treppe hinunter. »Beeil dich gefälligst. Ich will noch ein paar Worte mit dir reden, bevor du gehst.«

Olivia zog sich bereits den Pullover über den Kopf. Charlie würde sich heute abend glücklich schätzen. Mit der Sorgfalt eines Soldaten, der sich für die Schlacht rüstet, kleidete sich Olivia für die Silvesterparty an. Sie zog das rote Kleid an, das sie für die Hochzeit ihres Vaters gekauft hatte. Darunter trug sie die schwarze Unterwäsche und die Strümpfe, die Nick ihr zum Geburtstag geschenkt hatte. Es erinnerte sie daran, was er damals mit ihr gemacht hatte. Bei dem Gedanken daran bekam sie eine Gänsehaut.

Sorgfältig schminkte sie sich die Lippen. Sie wollte heute unbedingt sexy aussehen. Heute *mußte* Charlie mit ihr schlafen. Sie brauchte einen Vater für das Baby.

Als sie schließlich die Treppe hinunterkam, betrachtete ihre Mutter sie kopfschüttelnd von oben bis unten, verkniff sich aber eine Bemerkung.

»Wir kommen nicht so spät nach Hause«, sagte sie. »Und bei dir sollte es auch nicht so spät werden. Zwei Uhr ist das absolute Limit.«

»Die Freundin von meinem Bruder fährt uns«, teilte Charlie ihrer Mutter mit, als er Olivia abholen kam. »Sie trinkt nicht. Sie brauchen sich also keine Sorgen zu machen, daß Olivia nicht gut heimkommt.«

Ihre Mutter schien diese Mitteilung nicht allzusehr zu beruhigen, deutete Charlie doch an, daß er und Barry am Ende dieses Abends zu betrunken zum Autofahren sein würden. »Dann folgst du am besten ihrem guten Beispiel, Lia. Und denk dran, spätestens um zwei bist du zu Hause.«

Das Haus, in dem die Party stattfand, ein enormes, weitläufiges Herrenhaus, lag nördlich von Hampstead Heath, und war umgeben von einem riesigen Garten. Charlie hatte ihr erzählt, daß der Vater seines Freundes die meiste Zeit in Bahrain verbrachte, während der Junge und seine Mutter hier in London wohnten. Nachdem sie das erfahren hatte, kam ihr das grandiose Haus ziemlich traurig vor.

Bei ihrer Ankunft wurden sie nach oben geschickt, um in einem der Schlafzimmer ihre Mäntel abzulegen. Die beiden Mädchen blieben noch, um sich Frisuren und Make-up herzurichten. Olivia wollte ihren Ausschnitt etwas nach unten versetzen; sie hatte befürchtet, ihre Mutter würde eine Bemerkung machen, wenn sie das Haus so verließ, wie sie aussehen wollte. Sie überprüfte das Ergebnis im Spiegel. Die Kombination aus trägerlosem BH und rundem

Ausschnitt verlieh ihr ein Dekolleté, das einem aufstrebenden jungen Sternchen alle Ehre gemacht hätte.

Barrys Freundin hieß Lorna. Sie hatte eine sagenhafte Frisur: knallblond, lockig, füllig, kunstvoll verwuschelt. Olivia war schwer beeindruckt. Sie hätte sich nie getraut, mit so einem aggressiven Haarschmuck herumzulaufen.

Lorna warf ihr einen merkwürdigen Blick zu. »Charlie sagte, du wärst erst fünfzehn. Wollte der mich veräppeln?«

»Nein, es stimmt.«

»Mensch, wenn *ich* mit fünfzehn so ausgesehen hätte! Nein, wenn ich jetzt mit *neunzehn* so aussehen würde.«

Olivia kam sich vor wie ein Flittchen. »Meinst du, ich sollte das Kleid – äh – ein bißchen mehr zumachen?«

»Wieso? Du siehst spitze aus. Wie heißt's so schön: wer's hat, soll's zeigen. Paß nur auf, bis dich Charlie so sieht.«

Trotzdem hielt sich Olivia unsicher eine Hand vor ihren Busen, als sie die Treppe herunterkam. Charlie hatte sie noch nicht ohne Mantel gesehen. Er erwartete sie am Fuß der Treppe. Bei ihrem Anblick starrte er sie wie vom Donner gerührt an. Ihm war buchstäblich die Kinnlade heruntergefallen.

Sie ging auf ihn zu, dabei fingerte sie mit beiden Händen nervös an ihrem Goldkettchen herum. »Na? Sag doch was! Warum sagst du denn nichts?« Sie schluckte aufgeregt. »Gefällt's dir denn nicht, wie ich ausseh?«

Charlie holte tief Luft und machte den Mund wieder zu. »Wahnsinn, Lia, du siehst aus wie ein Filmstar.«

»Ist das gut oder schlecht?«

»Na, gut, gut. Mensch, du siehst sagenhaft aus.« Voller Besitzerstolz legte er den Arm um sie. »Bleib bloß hier bei mir. Ich will nicht, daß sich jeder Typ hier an dich ranmacht. Kann ich dir was zu trinken holen?«

»Okay. Eine Cola, bitte.«

Sie blieb bei Barry und Lorna, während Charlie loszog, um Getränke zu holen. Sie fragte sich, wo Jon und Megan wohl steckten. Bisher schienen alle Gäste ein paar Jahre älter als sie zu sein. Sie kam sich schüchtern, verletzlich und buchstäblich nackt vor.

Charlie kam mit je einer Cola für sie und Lorna und zwei Bier für Barry und sich wieder. »Da in dem anderen Zimmer ist es nicht so voll, kommt, wir gehen rüber.«

Sie gingen in das »andere« Zimmer, wahrscheinlich ein Eßzimmer mit den Ausmaßen eines Festsaals oder kleinen Ballsaals. Zu Olivias großer Erleichterung stand dort Clare mit Alistair und sah in ihrem winzigen schwarzen Kleid recht erwachsen aus. Die beiden Mädchen tauschten ehrlich gemeinte Komplimente über ihr Aussehen aus.

Nach einiger Zeit tauchten auch Jon und Megan auf. Megan sah unheimlich schön aus in einem Kleid, das genau zu ihren blauen Augen paßte. Jon sah genauso aus wie immer und kämpfte mit seinen feinen Haaren, die ihm immer wieder in die Augen fielen. »Meg«, sagte Olivia bei erstbester Gelegenheit, »du siehst phantastisch aus. Charlie sagt, daß Jon total in dich verschossen ist.«

»Dazu gehört ja nicht viel. Aber du siehst vielleicht phantastisch aus, Lia! Du siehst ja aus wie achtzehn, absolut legendär.«

»Legendär, das gefällt mir. Und was heißt das in normaler Sprache?«

»Du siehst nicht normal aus, du siehst wie verwandelt aus. Ich kann's gar nicht glauben, daß wir beide uns kennen.«

»Gefällt's dir nicht, wie ich ausseh?«

»Ist doch egal, ob es mir gefällt! Charlie gefällt es, und das ist die Hauptsache, oder?«

»Woher weißt du, daß es ihm gefällt?«

»Ach, Lia, du lebst wirklich hinterm Mond!« Megan versetzte ihr einen freundschaftlichen Stoß. »Er sieht aus wie vom Blitz getroffen.«

Kurz vor Mitternacht brachte Barry von irgendwoher ein paar Flaschen Sekt zum Vorschein und schenkte allen ein Glas ein, damit sie auf das neue Jahr anstoßen konnten. Da die anderen Mädchen ein Glas nahmen, fand Olivia nichts dabei, auch eins zu trinken, trotz der Ermahnungen ihrer Mutter. Man konnte ja schlecht mit Cola auf das neue Jahr anstoßen.

Sie tranken den Sekt und küßten sich gegenseitig zum neuen Jahr. Charlie küßte sie als erster und als letzter; das zweite Mal hatte allerdings nichts mit dem neuen Jahr zu tun und dauerte ziemlich lang.

Er schenkte ihnen Sekt nach. Olivia lehnte sich an die Wand, nippte an ihrem Glas und beobachtete die Tänzer. Jemand hatte die Lichter ausgeschaltet und ein paar Kerzen angezündet. Charlie stand zwischen ihr und den anderen. Er beugte sich zu ihr herunter, um ihr etwas ins Ohr zu sagen, weil die Musik so laut war. Dabei machte er sich die Nähe zunutze, um sie auf die Schulter und den Hals zu küssen. Olivia wußte nicht, was sie als nächstes tun sollte. Sie war sich ziemlich sicher, daß er mit ihr schlafen wollte, wußte aber nicht, wie sie es bewerkstelligen sollte. Ins Auto konnten sie nicht, weil Barry und Lorna später mitfahren wollten. Draußen war es so kalt, daß sie nicht wie damals im Pub ins Freie konnten. Sie wollte auch nicht, daß Megan etwas merkte.

Sie sah sich suchend nach ihr um, doch Megan und Jon waren verschwunden. Alistair und Jon waren noch hier, eng ineinander verschlungen in einem fast bewegungslosen Tanz, wie flirtende Faultiere.

Olivia trank ihren Wein aus und stellte das Glas ab. Sie fühlte sich warm und leicht. Sie legte die Arme um Charlies Hals, zog seinen Kopf zu sich herunter und küßte ihn.

Er küßte sie weiter, ließ seine Hände über ihren Hintern gleiten und zog sie so an sich, daß sie seine Erektion spüren konnte, die sich gegen ihren Bauch preßte. Er küßte die obere Kontur ihrer Brüste. Dann schob er die Hand in ihren Ausschnitt und streichelte die eine Brustwarze, bis sie sich versteifte. Es war so dunkel, daß niemand sehen konnte, was er tat; außerdem taten die anderen wahrscheinlich das gleiche. Nach einer Weile sagte sie: »Ich muß mal aufs Klo. Weißt du, wo es ist?«

»Ich weiß, daß oben eins ist. Komm, ich zeig dir's.«

Er nahm sie an der Hand und bahnte sich im Halbdunkel einen Weg zwischen den aufrecht stehenden, flach ausgestreckten, tanzenden, knutschenden und betrunkenen Körpern hindurch. Die Treppe war übersät mit Paaren, die entweder in Umarmungen oder ernsthafte Gespräche versunken waren.

Unter den Paaren, die sich unterhielten, waren auch Megan und

Jon. Allerdings, wie Olivia feststellte, als sie zwischen ihnen hindurchstieg, war es keine Unterhaltung, sondern ein Streitgespräch über Organtransplantationen oder so etwas Ähnliches. Megan war so vertieft, daß sie es kaum merkte, als Olivia vorbeiging.

Das Badezimmer war so groß wie Olivias Zimmer bei ihrer Mutter und doppelt so groß wie das Zimmer, in dem sie in Highgate geschlafen hatte. Es hatte eine riesige runde Badewanne, in der ein Pferd Platz gehabt hätte, mit goldenen Armaturen.

Sogar die Toilette war, wie Nick es bestimmt ausgedrückt hätte, zu großartig zum Reinscheißen. Zum Glück wollte Olivia nur pinkeln.

Als sie wieder herauskam, war Charlie verschwunden. Statt dessen wartete jemand anderes vor dem Klo, ein Junge, der ihr vor ein paar Stunden bereits vorgestellt worden war, an dessen Namen sie sich aber nicht mehr erinnerte. Seinem betrunkenen Grinsen nach zu schließen, erinnerte er sich an ihren ebenfalls nicht mehr.

»Frohes neues Jahr, Schätzchen.« Er glotzte auf ihren Busen. »Ist dein Freund heimgegangen und hat dich hier sitzenlassen?«

»Nein, der muß hier irgendwo sein.« Olivia versuchte, sich an ihm vorbeizudrücken, ohne ihn zu berühren, doch der Durchgang war nicht breit genug. »Wenn du mich vorbeiläßt, hast du das ganze Bad für dich.«

»Ich würd's aber lieber mit dir teilen.«

Sie war verblüfft und erschrocken, als er ihr plötzlich die Hand in den Ausschnitt steckte. Sie versuchte ihn wegzustoßen. Er drückte sie gegen die offene Tür.

Sie war zu schüchtern und verlegen, um nach Hilfe zu rufen. »Hör auf! Laß mich gehen, du bist ja betrunken.«

In dem Moment tauchte Charlie am anderen Ende des Flurs wieder auf. Ihr unerwünschter Verehrer mußte ihn ebenfalls gesehen und erkannt haben, denn er ließ sie los, knallte die Badezimmertür zu und verriegelte sie.

Olivia verschränkte die Arme vor der Brust. Sie war kurz davor, in Tränen auszubrechen, erschrocken und gedemütigt. Der Gedanke, irgendein Mann, Charlie oder sonst einer, könnte sie berühren, war ihr nun zuwider.

Charlie kam auf sie zugelaufen. »Verdammt, ich bring ihn um! Alles in Ordnung, Lia?« Er hämmerte an die Badezimmertür und wiederholte seine laute Drohung, den Kerl umzubringen.

Olivia ergriff seinen Arm. »Charlie, bitte mach kein Theater. Ich find es furchtbar. Ich fühl mich so schrecklich –«

»Mann, was bin ich für ein Idiot.« Charlie drehte sich um und legte die Arme um sie. »Ich renn dem Scheißkerl nach, und du bist so durcheinander! Bist du in Ordnung, mein Liebling?«

Sie hatte immer noch die Arme über der Brust verschränkt. Tränen liefern ihr übers Gesicht. Sie konnte nichts sagen. Sie wäre am liebsten ganz tief im Erdboden versunken oder zumindest sofort nach Hause gefahren. Sie hoffte inständig, daß niemand den gräßlichen Zwischenfall bemerkt hatte.

»Na, komm hier rein und beruhige dich erst mal.«

»Hier« war ein Schlafzimmer am anderen Ende des Flurs, aus dem Charlie vorhin gekommen war. Das Haus war etwa fünfmal so groß wie das ihres Vaters und hatte bestimmt ein Dutzend geräumige Schlafzimmer. Dieses hier war leer, doch auf der Kommode brannte ein Lampe.

Nachdem Charlie die Tür zugemacht hatte, setzte er sich auf die Bettkante und bemühte sich, sie zu beruhigen; er hielt sie im Arm und streichelte sie. Er redete auf sie ein und nannte sie mein Liebling und mein Schatz. Nach einiger Zeit fand Olivia Gefallen daran.

»Alles in Ordnung?« fragte er wieder und hielt ihr ein Taschentuch hin.

»Ja, ich glaub schon.« Sie wischte sich die Tränen ab und schneuzte sich. »Ich fühl mich echt furchtbar. Bestimmt seh ich auch furchtbar aus, mit ganz roten Augen.«

»Das brauchst du aber nicht. Es war ja nicht deine Schuld, es war meine Schuld, ich hätte direkt vor der Tür auf dich warten sollen. Du siehst überhaupt nicht furchtbar aus, du bist wunderschön. Jemand hat gesagt, du siehst aus wie Claudia Schiffer.«

Sie kicherte verlegen. »Der hat aber nicht mein Gesicht gemeint, sondern meinen Busen.«

»Wer hat was gegen schöne Brüste?« Er schmiegte eine Hand um ihre linke Brust.

»Die sind nicht schön, die sind bloß groß.«

»Zeig mal.« Er machte den Reißverschluß hinten auf und zog ihr das Kleid über die Schultern bis zur Mitte hinunter, so daß ihr Busen in dem freitragenden BH voll zur Geltung kam.

»Wahnsinn«, flüsterte er, was den strittigen Punkt aber nicht klärte. Er begann, die entblößten Rundungen ihrer Brüste zu küssen. Er ließ seine Zunge in ihren Ausschnitt gleiten, was sich verblüffend sexy anfühlte. Ihr war jetzt weniger sterbenselend zumute.

Irgendwie befreite er ihre Arme von den Kleiderärmeln, hakte dann den BH auf und streifte ihn ihr ab. Dadurch war sie bis zur Taille entblößt, ihre Brüste frei und ungestützt.

Charlie schien ihre Brüste geradezu anzubeten. Er streichelte und küßte und leckte und saugte jeden Zentimeter, und es fühlte sich herrlich an, erotisch und gleichzeitig so tröstlich. Sie streichelte über Charlies Haar. Es war das Mindeste, was sie tun konnte.

Er manövrierte sie in eine horizontale Position. Dann legte er sich neben sie und ließ seine Hand an der Innenseite ihres Beins hochgleiten. Sein Atem wurde schneller, als er den Strumpfrand erreichte und ihren bloßen Schenkel berührte. Er schob ihren Rock hoch und steckte seine Hand in ihren Schlüpfer. Olivia schloß die Augen und hob ihr Becken der Bewegung seiner Hände entgegen.

»Ich liebe dich«, sagte er rauh. »O Gott, ich liebe dich, Lia. Seit ich dich zum ersten Mal gesehen hab, konnte ich's gar nicht erwarten, mit dir zu schlafen. Sag jetzt nicht nein.«

Olivia, die an Nicks etwas autoritäreren Ansatz beim Liebesspiel gewöhnt war, war gerührt, daß er sogar kurz aufgehört hatte, um sie zu fragen. »Okay«, flüsterte sie als Generalvollmacht für alles, was er vorhatte.

Er zog ihr das Kleid und den Schlüpfer aus, ließ ihr aber den Strapsgürtel und die Strümpfe, die nicht im Weg waren und den Aktivitäten ein gewisses verruchtes, raffiniertes Flair verliehen. Dann zog er sich selbst aus.

Er dachte natürlich, sie sei Jungfrau, und hielt ihre Scheu für Ängstlichkeit. »Du mußt nicht nervös sein, ich tu dir nicht weh.«

Es amüsierte sie, und gleichzeitig kam sie sich schrecklich falsch vor. »Woher weißt du das so genau? Hast du's denn schon mal gemacht?«

»Hm, ja.«

»In letzter Zeit?«

»Nicht, seitdem ich dich getroffen hab.«

Olivia betrachtete ihn. Er sah gut aus, schmal und dunkel, nicht so behaart wie Nick. Er schob ihre Beine auseinander und legte sich dazwischen. »Seit ich dich kenne, weiß ich gar nicht mehr, wie andere Mädchen aussehen.«

»Ist das gut?«

In dem Moment drang er in sie ein. »Oh, das ist gut«, seufzte er. Offensichtlich zu gut, um anzudauern. Er kam fast sofort. Olivia war überrascht; bei Nick war das nie passiert. Er hielt ihre Überraschung für Enttäuschung. »Oje, tut mir leid, Lia. Mann, sechs Monate hab ich gewartet und krieg sechs Sekunden.«

»Reg dich nicht auf.« Sie zog seinen Kopf zu sich herunter und küßte ihn. »Das macht doch nichts.«

»Doch. O Gott, ich liebe dich, du bist so süß und schön. Ich hab dich gar nicht verdient.«

»Sag so was nicht.«

»Doch, es stimmt. Es stimmt alles. Oh, ich liebe dich.«

Wenn er bloß nicht solche Sachen sagen würde. Dadurch kam sie sich wie das gemeinste Luder vor und nicht wie das süßeste und schönste Mädchen. »Charlie, wir müssen uns anziehen. Wenn jemand reinkommt.«

Zum Anziehen brauchten sie ziemlich lang, weil er die Hände nicht von ihr lassen konnte und sie ihn davon abhalten mußte, daß er ein zweites Mal mit ihr schlief.

»Wir können doch nicht einfach eine Stunde verschwinden. Die anderen wundern sich bestimmt, wo wir stecken.«

»Die wissen ganz genau, wo wir stecken. Wenn's überhaupt jemand auffällt, daß wir weg sind.«

Bei dem Gedanken, unten auf wissend grinsende Gesichter zu stoßen, wurde Olivia rot. »Um so schlimmer. Jedenfalls muß ich jetzt sowieso nach Hause, es ist bestimmt schon zwei vorbei. Mummy bringt mich um.«

»Sie ist wahrscheinlich schon im Bett.«

»Dann bringt Nick mich um.« Sie stieß Charlie weg. »Charlie, bitte, zieh deine Hosen an.«

Er machte die Hosen zu und steckte die Hand in die Tasche.

»Ach, ich Idiot. Ich hatte ein Kondom dabei und hab's nicht benutzt.«

Na, zum Glück nicht, dachte Olivia. »Wieso nicht? Hast du's vergessen?«

»Ich weiß nicht. Vielleicht wollte ich nicht, daß du denkst, ich hätte es geplant.«

»Hast du's denn geplant?«

Er streckte die Hand aus und streichelte ihr Gesicht. »Paß auf, Lia, ich hab's geplant, seit ich dich zum ersten Mal gesehen hab. Vielleicht hab ich mich damals gleich in dich verliebt.«

Sie wagte, die allerwichtigste Frage zu stellen. »Und was ist, wenn ich schwanger werde?«

Zu ihrer großen Überraschung zuckte er nur lächelnd die Achseln. »Das wär auch nicht das Ende der Welt. Wenigstens hab ich Arbeit.«

Aus dieser Antwort wurde sie nicht gleich schlau. Erst später, als sie auf der Heimfahrt darüber nachdachte, erkannte Olivia, daß er ihr damit sozusagen einen Heiratsantrag gemacht hatte.

- 47 -

Bis Olivia ihr Make-up in Ordnung gebracht und sich gekämmt hatte, bis sie nach unten gegangen waren und zur Beruhigung noch ein Glas Sekt getrunken hatten, bis sie Barry und Lorna ausfindig gemacht und sich erkundigt hatten, ob Jon und Megan nach Hause gebracht werden wollten, war es längst nach drei Uhr.

Und als Charlie sich schließlich vor der Haustür ihrer Mutter von ihr verabschiedete, war es fast vier Uhr morgens. Sie hatte gehofft, das Haus dunkel vorzufinden, was bedeutet hätte, daß ihre Mutter noch weg war oder die beiden schon ins Bett gegangen waren. Doch im Wohnzimmer brannte Licht.

Als er merkte, daß sie nervös war, bot Charlie an, die Schuld auf sich zu nehmen. »Ich komm schnell mit rein und entschuldige mich. Ich sag einfach, ich bin schuld. Stimmt doch auch, oder? Du konntest ja nicht allein zu Fuß heimgehen.« Er küßte sie ungefähr zum hundertsten Mal. »Mann, ich würd dich so gern mit nach Hause in mein Bett mitnehmen.«

Sie machte sich von ihm los. »Charlie, ich muß jetzt rein.«

»Soll ich mitkommen?«

Das würde noch fehlen, er mit seinem offensichtlichen Schwips.

»Lieber nicht. Ich komm schon zurecht.«

»Okay. Ich ruf dich morgen an.«

Er stieg wieder ein, und sie sperrte auf. Sie wußte nicht, ob sie wagemutig hineinstürmen sollte, als sei alles in Butter, oder sich nach oben schleichen und so tun, als sei sie schon ewig zu Hause.

Die Frage wurde für sie entschieden. Sobald sie die Haustür hinter sich zugemacht hatte, kam Nick aus dem Wohnzimmer. Hastig schlüpfte Olivia aus ihrem Mantel. »Frohes neues Jahr.«

»Nicht so laut. Em schläft.«

Er sah – gelinde gesagt – nicht sehr erfreut aus. Sie senkte ihre Stimme zu einem Flüstern. »Tut mir leid, daß ich so spät dran bin, ich –«

Er unterbrach sie mitten im Satz, indem er sie am Handgelenk packte. »Verdammt, wo hast du dich die letzten zwei Stunden rumgetrieben?«

»Auf der Party, was denkst du denn?«

»Willst du wissen, was ich denke? Komm hier rein, dann sag ich's dir.«

Sie wollte nicht mit ihm hineingehen, sie wollte nach oben, sich in Sicherheit bringen. An seinem Atem konnte sie den Whisky riechen. Er hatte mit ihrer Mutter gefeiert und hatte vielleicht nach der Rückkehr noch weitergetrunken. Sie hatte ihn noch nie so offensichtlich betrunken gesehen, nicht einmal an Weihnachten, als er an einem Abend etwa die halbe Flasche Scotch niedergemacht hatte, die ihre Großmutter ihm geschenkt hatte. Doch ob betrunken oder nicht, er machte ihr angst, wenn er etwas getrunken hatte.

Er grub seine Finger in ihr Handgelenk, was ganz besonders weh tat und ihr das Gefühl gab, er würde gleich ihre Knochen zermalmen. »Das tut weh«, protestierte sie, immer noch leise. Doch sie ließ sich von ihm ins Wohnzimmer führen. Er schloß die Tür, damit ihre Mutter nichts hörte.

»Em sagte, zwei Uhr. Zweimal hat sie's gesagt, ich hab's gehört. Verdammt, was fällt dir eigentlich ein, um zwanzig vor vier hier anzutanzen?«

»Ich kann nichts dafür. Charlie wollte mich doch –«

»Der blöde Hund! Der hat dich mitten in der Nacht besoffen und durchgefickt vor der Haustür abgeladen. Wundert mich ja, daß er dran gedacht hat, dir die Klamotten wieder anzuziehen. Obwohl das auch keinen Unterschied gemacht hätte, so wie du daherkommst.«

Olivia hielt sich ihre freie Hand vor den Ausschnitt. Er redete nur so daher, er konnte unmöglich wissen, was sie getan hatte; obwohl es nicht das erste Mal gewesen wäre, daß er ihre Gedanken erraten hätte. Vielleicht konnte er Charlie an ihr riechen. Charlie in ihr riechen. Die Vorstellung war gleichzeitig beunruhigend und aufregend.

Er zog sie näher zu sich her, seine Augen waren wie Packeis. Sie fürchtete sich davor, ihn anzusehen. Doch was er mit ihrem Handgelenk tat, war noch schmerzhafter. »Em hat gesagt, du sollst um zwei Uhr nüchtern dasein. Sie hat nicht gesagt, du sollst dich nicht ficken lassen, weil ihr das überhaupt nicht in den Sinn gekommen wär.«

»Nein«, sagte sie, so kalt sie es sagen konnte. »Das hast du mir ja beigebracht, was?«

Er schlug zu. Ein offener Schlag mit dem Handrücken auf die eine Kopfseite. Sie wäre davon bestimmt zu Boden gegangen, wenn er sie nicht immer noch am Handgelenk festgehalten hätte. Dann schlug er sie auf die andere Seite, diesmal mit der Handinnenfläche. Sie war so erschrocken, daß sie ihn nur sprachlos ansehen konnte, sogar ohne den Schmerz zu fühlen.

Dann ließ er ihr Handgelenk los. Er packte das Oberteil ihres hundertfünfzig Pfund teuren Kleides und riß es vorn auseinander, genau wie Mr. Universum ein Telefonbuch. Er schleuderte die Fetzen von ihr. Als er sah, was sie darunter anhatte – sein Geburtstagsgeschenk –, beschimpfte er sie in einem leisen, wilden Ton mit obszönen Ausdrücken. Er begann mit ganz gewöhnlichen Wörtern wie Schlampe und kleines Luder und ging dann zu einer Sprache über, die so schmutzig und verdorben war, daß sie selbst aus seinem Mund schockierend klang. Er riß ihren BH in zwei Teile. Durch einen weiteren Schlag mit dem Handrücken streckte er sie zu Boden und zerrte ihr das schwarze Seidenhöschen herunter. Er war ein kräftiger Mann, ihr Stiefvater.

Während er sich die Hose auszog, sagte er ihr, was er gleich mit ihr machen würde; dabei benutzte er obszöne Ausdrücke von Gewalt und sexueller Unterwerfung für den Akt, der Charlie vor zwei Stunden zu einem Liebesbekenntnis bewegt hatte. Er drückte ihre Knie hoch und drehte ihr die Schenkel schmerzhaft weit auseinander. Dann drang er in sie ein, rücksichtslos brutal, davon getrieben, sie zu entwürdigen und zu erniedrigen. Sie war wahrscheinlich von Charlie noch naß. Nicks Schwanz glitt so leicht in sie hinein, daß er bestimmt ahnte, daß er richtig vermutet hatte. Oder aber er dachte, seine Brutalität hätte sie erregt. Sie wußte nicht, was von beidem schlimmer war.

Trotzdem war sie erregt. Er hatte sie in wütender Eifersucht geschlagen. Er wollte sie aus Eifersucht besitzen, weil Charlie sie gehabt hatte. Und sie hatte geglaubt, er sei ihr für immer verloren. Nun hatte sie ihn wieder.

Sie konnte die Arme nicht um ihn legen, weil er sie an den Handgelenken auf den Teppich hinunterdrückte. Doch nichts konnte ihren Körper daran hindern, sexuell auf seine sexuelle Dominanz zu reagieren. Als er spürte, wie sie ihm mit ihren Bewegungen entgegenkam, beschimpfte er sie noch mehr, spie ihr die Ausdrücke ins Gesicht, während er wild in sie hineinstieß. Diesmal war das Thema Nymphomanie statt Promiskuität.

Am Ende gab er die Ausdrücke auf und fiel in die Körpersprache von wilden Tieren zurück. Hier lag seine wahre Beredsamkeit. Jede menschliche Sprache, selbst die Gassensprache voller entwürdigender Obszönitäten, die ihm wohl am natürlichsten von den Lippen kam, war immer noch eine Übersetzung des Geheimnisses in ihm. Vielleicht traf das auf alle Männer zu, auch auf ihren Vater. Geheimnisse, Marsmenschen, alle miteinander.

Nick neigte den Kopf und nahm ihren Hals zwischen die Zähne, wie ein Hund oder ein Wolf in tödlichem Zweikampf. Er hatte die Haut über ihrer Luftröhre zu fassen gekriegt. Wäre er ein Wolf gewesen und hätte die Kiefer geschlossen, wäre sie gestorben.

Doch auch Olivia kannte diese Sprache. Sie legte den Kopf zurück und bot ihm ihren ungeschützten Hals, so wie ein besiegter Wolf den Sieger um Gnade bittet. Es war aber nicht Gnade, die sie von ihm wollte, sondern Liebe.

»Sag doch so was nicht«, flüsterte sie. Sie klammerte ihre Beine um seine Hüften, ihre einzige Art, ihn zu umarmen, während er ihre Hände gefangenhielt. Sie machte die Augen zu und bog ihren Körper hoch, um dem wilden Rhythmus seiner Stöße zu begegnen. »Du weißt, daß es nicht so ist. Du weißt, daß ich nur dich will.«

Die Zähne des Wolfes gingen auseinander. Mit der Zunge berührte er die Stelle, an der seine Zähne ihre Spur hinterlassen hatten. Als sie wieder sprach, mußte er das Vibrieren ihres Kehlkopfs gespürt haben. Vielleicht gingen ihm ihre Worte durch den Mund ins Gehirn, statt durch die Ohren. Vielleicht war das die Art, in der Marsmenschen miteinander kommunizierten.

»Ich liebe dich, Nick. Du weißt, daß ich dich liebe. Sag, daß du mich liebst, Nick.«

Er hört auf, sich zu bewegen, sein Schwanz immer noch in ihr. Die blinde Wut war aus seinen Augen geschwunden. »Ich hab's dir doch gesagt«, sagte er ungehalten. »Ich hab doch gesagt, es ist bloß Latein für ›Ich will dich ficken‹.«

»Warum sagtst du's dann nicht? Willst du mich denn nicht ficken?«

Er holte tief Atem. Sie fühlte, wie ihn ein Schauer durchfuhr. »Verdammt und wie.«

Er ließ ihre Handgelenke los und nahm sie in die Arme. Endlich konnte sie ihn umarmen. Dann fing er an, mit ihr Liebe zu machen, als sei er Adam und hätte es gerade erfunden, als nähme er sich die Lust und die Frau, wegen der er in die Wildnis ausgestoßen worden war. Er reagierte auf ihr Verlangen mit verzweifelter Heftigkeit.

Wieder erfuhr Olivia diese sexuelle Hellsichtigkeit; sie erkannte ihn und wußte, daß er sie bis ins Mark ihrer Knochen erkannte, bis in die Wurzel ihrer Seele. Sie liebte ihn, sie sagte es wieder, sie liebte ihn, bis sich dieses vollkommene Verstehen durch den Orgasmus erfüllte und zerbarst.

»Also gut«, sagte er, »du kleine Hexe, du hast gewonnen. Ich liebe dich. Na – und?«

»Und – alles.«

Sie begann zu weinen. Warum konnte er sie nicht so lieben wie Charlie, frei und bedingungslos? Statt sich zu benehmen, als sei die Liebe zu ihr etwas Perverses. Als sei sie so eine durch und durch total liebensunwerte Person, daß er nicht einmal sich selbst eingestehen wollte, was für einen vulgären, verworfenen Geschmack in Liebesobjekten er hatte.

Olivia liebte Nick. Vielleicht liebte Nick auch Olivia. Er hatte es gesagt, was immer man davon halten mochte.

Dadurch wurde es aber noch lange nicht richtig.

»Nicht weinen, Kätzchen.« Er schmiegte ihren Kopf an seinen und küßte die Tränen auf ihrem Gesicht, schleckte sie mit leichten Zungenschlägen ab wie der Wolf, als den sie ihn sich vorgestellt hatte. Ein Wolf mit einer Whiskyfahne. »Tut mir leid, daß ich dich geschlagen hab. Ich hätte den ganzen Scheiß nicht sagen sollen, du weißt doch, daß ich's nicht so meine.« An ihrer Wange konnte Olivia seine harten, frühmorgendlichen Bartstoppeln spüren. »Verdammt«, sagte er in ihr Ohr, »ich darf dich nicht bumsen. Das wirst du doch nicht wollen, Baby, daß ich dich liebe. Ich bin ein Bastard. Ich bring dir bloß Zoff.«

»Das weiß ich doch alles«, sagte Olivia. »Na und?«

- 48 -

Der leichte Teil war vorbei und erledigt. Schwanger zu werden, dann von dem Jungen verführt zu werden, den sie hatte verführen wollen. Der schwierige Teil war, dafür zu sorgen, daß niemand etwas merkte, bis es zu spät für eine Abtreibung war.

Noch viel schwieriger wäre es vielleicht geworden, wenn Olivia die ganze Zeit bei ihrer Mutter hätte wohnen müssen. So wie die Dinge lagen, war ihr Vater gerade dabei, die Formalitäten für den Kauf des neuen Hauses abzuschließen; sie würde also wieder bei ihm einziehen können. Vorausgesetzt, er wollte sie wieder. Vielleicht mußte sie ein bißchen Theater machen.

Das Leben bei ihrem Vater hätte eine Reihe von Vorteilen. Erstens interessierte sich Althea nicht für sie und nahm keine Notiz von ihr. Zweitens nahm ihr Vater von überhaupt nichts Notiz. Drittens müßte sie nicht mit Nick zusammenwohnen. Viertens konnte sie sich über Babys informieren, indem sie den kleinen Matthew im Auge behielt. Wenn Ende des Sommers ihr eigenes Baby geboren würde, wäre sie bereits Expertin.

Am Sonntag rief sie ihren Vater in Marlow an, um sich nach dem Umzug zu erkundigen.

»Am Freitag sind wir fertig, Gott sei Dank. Das kommt ganz gut hin, weil nächsten Montag mein Semester wieder anfängt.«

»Soll ich euch auspacken helfen? Morgen fängt die Schule wieder an, am Umzugstag kann ich also nichts machen, aber am Sonntag komm ich.« Als er nichts sagte, fügte sie nach einer kurzen Pause hinzu: »Das heißt, wenn du mich willst.«

»Gute Idee. Du kannst zumindest auf das Baby aufpassen, damit Althea ungestört auspacken kann.«

»Heißt das, ich kann wieder bei euch einziehen?«

»Aber natürlich. Im neuen Haus hast du sogar ein eigenes Zimmer, und Matthew auch. Dann sind wir nicht mehr dauernd so eingeschachtelt wie vorher.«

Ihr Vater wollte sie wiederhaben. Aus praktischen Gründen war Olivia erleichtert. Aus emotionalen Gründen war sie überglücklich. Auch wenn, wie ihre Großmutter bereits vorausgesagt hatte, sie nur als Kindermädchen fungieren sollte.

Als es daran ging, ihre Habseligkeiten wieder umzutopfen, war der Umzugsfahrer traditionsgemäß derjenige, in dessen Haus sie zuletzt gewohnt hatte. Das bedeutete, daß Nick sie bei ihrem Vater vor der Haustür absetzen würde. Bis sie schließlich alles fertig gepackt hatte, war es Samstag nachmittag. Trotzdem kam sie überhaupt nicht dazu, wegen dieser Abreise sentimental zu werden. Bis sie wieder hierherziehen würde, falls überhaupt, hätte ihre Mutter wieder ein Kind. Vielleicht hatte sie selbst bis dahin auch ein Kind. Sie konnte sich nicht vorstellen, wie das dann werden würde. Sie kam sich vor wie auf einem Hochgeschwindigkeits-Fließband in die Zukunft, von dem sie ab und zu immer wieder einmal in eine neue Welt abgeworfen wurde.

Die Situation im neuen Haus war überraschend chaotisch. Althea schob es auf das Baby. Sie saß in einem Sessel, die Füße auf eine Umzugskiste hochgelegt, und gab Matthew gerade seine Nachmittagsmahlzeit, als Olivia eintraf.

»Ach, Lia, Gott sei Dank, daß du hier bist.« Es war das erste Mal, daß Althea Interesse an Olivias Gegenwart zeigte, sich sogar zu freuen schien. Doch Olivia wußte, warum, und Althea machte aus dem Grund ihrer Zuneigung keinen Hehl. »Das kleine Monster hier will dauernd, daß sich alles um ihn dreht. Ich komme einfach nicht zum Auspacken.«

Matthew nuckelte weiter an Altheas Brust, rollte aber die Augen in Olivias Richtung. Ein flehender Blick, fand sie. »Wetten, er regt sich auf. Die ganze Unruhe paßt ihm nicht. Katzen mögen's auch nicht. Als Clare mit ihrer Familie umgezogen ist, waren ihre Katzen auch eine ganze Woche in Panik.«

»Matthew ist keine Katze«, bemerkte Althea kühl. »Er ist ein Baby und kein Tier.«

»Natürlich ist er ein Tier, wir sind alle Tiere. Wir sind doch keine Pflanzen oder Engel, oder? Ich will damit nur sagen, daß wir ihm nichts erklären können und er uns umgekehrt auch nicht. Bei Katzen ist es genauso.«

Althea winkte ab. »Ach, lassen wir das. Als nächstes bezeichnest du ihn noch als Termite. Du bist wirklich ein komisches Kind, Lia. Aber wenn du ihn bei Laune halten könntest, wenn ich ihn fertig gefüttert habe, wäre ich dir ewig dankbar.«

»Im Moment kann ich noch nicht, weil ich erst meine Sachen reinholen muß. Ich bin gleich wieder da. Wo ist Daddy?«

»Beim Bücher auspacken, wo sonst? Sein Arbeitszimmer ist das hintere im ersten Stock.«

Die Zimmer im neuen Haus waren größer als die im alten, außerdem gab es mehr davon, weil es noch ein zusätzliches Stockwerk hatte. Statt aus grauem Stein war es aus rotem Backstein gebaut.

Das vordere Zimmer im ersten Stock war als Schlafzimmer für ihren Vater und Althea gedacht. Das hintere Zimmer sollte das Arbeitszimmer ihres Vaters werden. Das vordere Zimmer im zweiten Stock war als Kinderzimmer geplant (damit Althea Matthew hören konnte, wenn er nachts über ihr schrie), und das hintere Zimmer sollte Olivia gehören. Das zusätzliche Badezimmer im zweiten Stock hatte sie ganz für sich. Wenn man Matthew nicht mitrechnete, verschaffte es ihr eine gewisse *splendid isolation*, nicht unähnlich der Situation im alten Dachzimmer bei ihrer Mutter. Dadurch war auch die Wahrscheinlichkeit höher, daß sie Matthew noch vor Althea hörte. Olivia war sich nicht sicher, ob das so geplant war oder nicht. Eins war allerdings absolut sicher: nichts, was Matthew mitten in der Nacht tun könnte, würde ihren Vater aufwecken.

Nick saß noch im Auto und wartete ab, ob das Haus für ihre Habseligkeiten bereit war oder nicht. Olivia ging wieder zu ihm hinaus. »Okay, wir können mein Zeug gleich ins Obergeschoß bringen.«

»Dein Alter läßt mich tatsächlich einen Fuß in seine Scheißhütte setzen?«

»Er kümmert sich um gar nichts, er ist oben und packt seine Bücher aus. Althea sitzt unten und füttert Matthew. Sie hat gesagt, wir sollen einfach alles raufbringen.« Dann fügte sie hinzu: »Jetzt ist es okay, jetzt bist du ja mit meiner Mutter verheiratet. Du bist mein Stiefvater, so wie Althea meine Stiefmutter ist.«

Sie schafften es, alles auf einmal nach oben zu bringen. Das hieß, daß Nick drei Koffer tragen und sich die Reisetasche über die Schulter hängen mußte, aber es schien ihm nichts auszumachen. Ein Mann, überlegte Olivia, der es schaffte, einen innerhalb von etwa dreißig Sekunden auszuziehen, ohne sich mit einem einzigen Knopf, Reißverschluß, Haken oder Schnürchen aufzuhalten, würde ja schließlich noch mit einem bißchen Gepäck fertig werden.

Sie winkte Althea auf dem Weg nach oben zu, und ihr Vater kam gar nicht erst aus seinem Arbeitszimmer heraus. Olivias neues Zimmer, das auf die Südseite zum Park von Hampstead Heath und zum

Friedhof hinausging, war das schönste Zimmer im ganzen Haus, fand sie. Nick stellte die Koffer ab und ließ die Reisetasche von seiner Schulter gleiten. Er trat, die Hände in den Hosentaschen, ans Fenster und sah hinaus. »Aha, du hast wieder die Penthouse-Suite gekriegt.«

Sie starrte auf die Hände in seinen Taschen und die Rückseite seiner abgetragenen Jeans. Sie konnte den leichten Anflug von Tabakrauch riechen, den er immer an sich hatte. Ich bin wie einer von den berühmten Pawlowschen Hunden, dachte sie. Wenn sie die Glocke gehört haben, ist ihnen das Wasser im Mund zusammengelaufen. Wenn ich Zigaretten rieche, wird mein Höschen naß.

Sie trat hinter ihn und ließ ihre Hände zu seinen in die Hosentaschen gleiten, Innenfläche auf Innenfläche. Es war gefährlich und verrückt, weil ihr Vater im darunterliegenden Zimmer war.

Nick nahm die Herausforderung an. Er ergriff ihre Hände und führte sie vorn an seine Jeans, führte sie über die Wölbung seiner Erektion. Sie lehnte sich gegen ihn, rieb ihn heftig durch den Jeansstoff hindurch, preßte sich an seine Hinterbacken. Er fuhr mit den Fingerspitzen über ihren Unterarm. Sie spürte, wie die kleinen Härchen sich seiner Berührung entgegenreckten. Falls es so etwas wie Magnetismus gab, fand er hier statt: Ein zitterndes Verlangen wanderte durch sie hindurch nach oben, als wäre er mit den Spitzen seiner Finger durch ihren ganzen Körper gefahren.

»Daddy ist direkt unter uns.«

»Ich weiß, Baby.«

»Das geht nicht. Er würde dich umbringen.«

»Willst du's denn nicht?«

Er sagte nicht, was sie gesagt hätte: Willst du mich denn nicht? Vom ersten Mal an hatte er, soviel sie wußte, nie bezweifelt, daß sie ihn wollte, während sie jeden Tag an seinem Verlangen nach ihr zweifelte. Es war einfach nicht fair, diese Geschichte mit Männern und Frauen.

Jedenfalls wollte er sie jetzt. Er drehte sich zu ihr um. Er umfaßte ihre Pobacken und zog sie dicht an sich, führte ihr Schambein auf seinem erigierten Penis auf und ab, Jeansstoff auf Jeansstoff, Möse auf Schwanz.

»Das geht nicht«, wiederholte sie flüsternd. Sie klammerte sich an ihn. »Du bist doch jetzt mein Stiefvater.«

»Ja, richtig, bin ich.« Nick sprach leise, sein angedeutetes Wolfslächeln beunruhigte sie. »Das heißt, du kannst Daddy zu mir sagen, während ich dich bumse.«

»Du darfst mich nicht bumsen«, sagte sie in Panik. »Daddy ist da unten.«

»Daddy ist hier und will seinen großen, steifen Schwanz in deine enge, kleine Muschi rammen.«

»Sprich doch nicht so.« Olivia vergrub ihr Gesicht an seiner Schulter. »Das ist widerlich.«

Sie spürte, wie er lachte. »Nein, das ist sexy.«

Er hatte recht, es war sexy. Die widerlichsten, schändlichsten Dinge waren sexy, wenn er sie sagte oder tat. Wäre es für ihn nicht zu riskant gewesen, sie hätte sich am liebsten hier vor ihn hingelegt, trotz ihres Vaters.

Wegen ihres Vaters.

Das machte es noch aufregender. Und Nick wußte es. Er wußte alles, jede scheußliche Einzelheit über sie, und es schien ihn nicht zu stören.

»Lia?«

Sie fuhren auseinander – das heißt, Olivia riß sich los. In der Nanosekunde, bevor ihr Vater an der Zimmertür erschien, schaffte sie es, einen gebührenden Abstand zwischen ihren beiden Körpern zu schaffen.

Ihr Vater sah von ihr zu Nick hinüber, mit einem Gesichtsausdruck, daß sie schon fürchtete, ihre Phantasie sei wahr geworden. Nick sah erst zu ihr und dann zu ihrem Vater hinüber, als hielten sie sich beide unrechtmäßig hier auf, weil der Platz, auf dem er zufällig gerade stand, sein rechtmäßiges Territorium war. Olivia sah von ihrem Vater zu ihrem Stiefvater und wollte ganz woanders sein.

Ihr Vater fragte: »Was geht hier vor?«

Bevor Nick etwas sagen konnte, antwortete Olivia: »Wir haben bloß meine Sachen raufgebracht, Daddy. Ich geh jetzt runter und hol den Rest.« Bevor ihr Vater seine Hilfe anbieten konnte, fügte sie hinzu: »Es sind bloß noch ein paar Taschen, die kann ich selber hochtragen.«

Sie brachte sich dazu, auf die Tür, auf ihren Vater zuzugehen, und war sich auch jetzt noch nicht sicher, ob er sie nicht packen und unsäglicher Sünden bezichtigen würde. Doch er trat beiseite und ließ sie vorbei.

Sie rannte ein Stück die Treppe hinunter und blieb dann stehen, um sich umzudrehen. Es war natürlich feige, Nick dort bei ihrem Vater im Stich zu lassen. Andrerseits würde alles, was sie zu seiner Verteidigung sagte, ihren Vater nur noch mehr verärgern.

Nick kam gerade aus dem Zimmer. Mit dem Tonfall lässiger Unverschämtheit bemerkte er zu ihrem Vater: »Nettes Haus haben Sie hier.«

Ihr Vater ließ sich zu keiner Antwort herab, vielleicht weil er Nick am liebsten die Treppe heruntergeschmissen hätte. Er folgte ihm auf den Fersen, ein wütender Kater, der den Gassenkater, diesen Eindringling, aus seinem Revier geleitet. Nick hatte einen gemächlichen Gang eingeschlagen, seine Körpersprache paßte zu dem kühl provokanten Ton seiner Bemerkung. Es herrschte eine bedrohliche Gewitterstimmung. Allmählich begriff Olivia, wie Kriege entstanden.

Sie ging zum Auto hinaus. Es war natürlich abgeschlossen, und natürlich war auch kein Gepäck mehr drin. Zum Glück folgte ihr Vater Nick nicht auf die Straße hinaus.

Nick trat zu ihr, so dicht, daß er sie hätte berühren können, was er aber nicht tat. Sie merkte, daß das knappe Zusammentreffen mit ihrem Vater ihn erregt statt verärgert hatte. Wortlos lief sie vom Wagen weg auf die Swains Lane zu. Er folgte ihr die Straße entlang bis zu der schmalen oberen Pforte zum alten Teil des Friedhofs. Dort drehte sie sich, den Rücken zur verschlossenen Pforte hin, zu ihm um. »Da drin ist niemand.«

Er packte die Gitterstangen links und rechts von ihr und drückte sie gegen die Pforte, ein Bein zwischen ihre beiden Schenkel gepreßt. Er küßte sie auf den Mund. Sie legte die Arme um ihn. Sie merkte, daß sie jetzt, wo die Gefahr vorbei war, ebenfalls eher erregt als verärgert war. Wenn es keine Alternative gegeben hätte, hätte sie ihm erlaubt, sie direkt hier im hellen Tageslicht zu nehmen, statt ganz darauf zu verzichten. Bar jeder Anständigkeit, so nannte man das. »Da müssen wir drüber«, sagte sie schließlich. »Schieb mich hoch.«

Sie erwartete, daß er ihr half, hinaufzuklettern, doch er umfaßte sie mit den Armen und hob sie hoch. Sobald sie auf der anderen Seite war, kam er hinterher.

»Was ist das?«

»Der Friedhof von Highgate, der echt alte Teil. Der ist wie ein Dschungel.«

Sie tauchten in die Wildnis ein. »Verdammt, das ist ja ein echter Dschungel«, sagte er beeindruckt. »Wieso war hier keiner mit Rasenmäher und Unkrautvertilger zugange?«

»Es ist schon so lang so, daß sie einen Naturpark draus gemacht haben. Wir müssen aufpassen, daß wir die Tiere und Pflanzen nicht stören.«

»Ach, fick doch den Naturpark. Darin sind die Vögel und Bienen doch die Experten, stimmt's?«

»Nein, im Ernst. Es ist ein Naturreservat.«

»Ich dachte, ein Naturreservat ist ein Nudistencamp. Und in dem Fall, um deine Granny zu zitieren, sind wir nicht passend gekleidet.«

Er faßte sie in ihrem offenen Mantel um die Taille. Er ließ seine Hände unter ihrem Pulli nach oben gleiten, zog ihren Blusenzipfel aus der Jeans und knöpfte die Bluse auf. Er hakte ihren BH auf und schob ihn beiseite, um sich ihrer Brüste zu bemächtigen. Sie vergrub die Hände in seinen Haaren und küßte und liebkoste ihn. Sie hatte plötzlich das Gefühl, er könnte sie durch das bloße Streicheln ihrer Brüste zum Höhepunkt bringen, doch würde sie wahrscheinlich keine Gelegenheit bekommen, diese Vermutung zu testen.

Er vollführte erstaunliche Dinge mit ihrem Körper, er zwickte und rieb ihre Brustwarzen, schob seine Hand um ihren Hals, um ihn zu streicheln – Liebkosung und Bedrohung in einer einzigen Geste. Er wußte genau, wie er diese Mischung aus Begierde und Verletzlichkeit in ihr hervorrufen konnte, damit sie alles tat, was er von ihr wollte, so riskant und erniedrigend es auch sein mochte. Während er sie küßte, stieß sie ein leises krächzendes Wimmern hervor, direkt von ihrer auf seine Zunge übertragen, nicht artikulierter als das Ächzen eines Affen, und doch verstand er sie vollkommen. Weil er nur eine einfache, primitive Antwort brauchte: mach alles, was du willst.

Er zog ihr die Jacke aus und warf sie so lässig über einen Grabstein, als wäre es die Rückenlehne eines Stuhles. Er zog ihre Jeans herunter und streichelte ihre Schenkel, ihren Hintern und die Stelle zwischen ihren Beinen, bis sie vor Verlangen fast verging.

Jetzt war sie von der Taille abwärts nackt. Für Januar war es zwar nicht kalt, doch so kalt, daß sie unentwegt zitterte. Das lange Gras an ihren bloßen Beinen und Füßen war naß.

»Es ist zu naß zum Hinlegen«, flüsterte sie.

»Dafür sind ja Grabsteine da.«

Sie verstand ihn nicht. Er zeigte es ihr: Er brachte sie dazu, sich mit weit auseinandergespreizten Beinen über einen Stein zu beugen, und drang von hinten in sie ein.

Wie ein Hund mit einer Hündin.

Über dem Grabstein festgehalten, konnte sie ihn nicht einmal umarmen. Sie dachte daran, daß ihr Vater sie so entdeckte. Ihr entblößtes Fleisch war kalt, aber im Inneren brannte sie vor Lust und Scham. Da wo ihre Eingeweide sein sollten, fühlte es sich an wie ein heißer, klebriger Teer.

Gott allein wußte, wie verworfen sie war, das Grab einer armen Seele so zu entweihen – dabei hatte ihre Großmutter ihr beigebracht, daß man nicht einmal auf ein Grab treten durfte. Ihre Großmutter hätte sie sich nie so vorstellen können: den Schwanz ihres Stiefvaters in ihrer Möse und sein Baby in ihrem Bauch, wo sie doch vom Gesetz her viel zu jung war, überhaupt einen Mann zu haben. Es war wild und pervers erregend, doch es lag kein Trost darin.

Sie konnte gar nicht aufhören zu zittern, obwohl sie nun wieder vollständig bekleidet war. Sie legte die Arme um Nicks Mitte, und er hielt sie fest. Sie dachte daran, wie er gesagt hatte, daß er sie liebte, und wünschte sich, er würde es noch einmal sagen.

Er sah über ihrem Kopf umher.

»Das ist ja sagenhaft hier. Ich hätte eine Kamera mitbringen sollen. Es ist wie in diesen Ruinenstädten in Mittelamerika.«

»Warst du mal dort? Hast du sie gesehen?«

»Ja, für so einen Scheißmodefilm haben die mich mal rübergeflogen. Es war bizarr. Es hat ein Vermögen gekostet, uns da hinzukarren, und die blöden Miezen haben ein Schweinegeld dafür gekriegt, sich irgendwelche scheißteuren Klamotten anzuziehen und damit auf den Knochen einer toten Zivilisation rumzuhopsen, in einem Land, wo die meisten Leute wie die Hunde leben. Nicht, daß es ihnen etwas ausgemacht hätte, die haben das nicht mal geschnallt.«

»Und hat es dir was ausgemacht?«

Er zuckte die Achseln. »Es gibt eine Menge Elend auf der Welt. Davon, daß es einem was ausmacht, geht's auch nicht weg.«

Er machte einen Schritt zurück, um sich rückwärts an einen Grabstein zu lehnen. Olivia stellte sich zwischen seine Beine. Sie hatte einen Arm um seinen Hals geschlungen. Er legte ihr den Arm um die Mitte.

Er sagte: »Ich hab mich immer gefragt, wie das eigentlich ist, mit den großen Städten, den vielen Leuten, und später verwandelt sich alles in einen Haufen zerbrochener Steine! Stell dir mal ganz London in dem Zustand vor.«

»Du meinst, als Friedhof?«

»Als überwucherte Ruine.«

Olivia sah sich auf dem Friedhof um. »Wie soll es dazu kommen?«

»Keine Ahnung, aber eines Tages ist es soweit. Was ist denn mit Babylon passiert? Wie stirbt eine Zivilisation?«

»Indem sie dekadent wird, nehm ich an.«

»Ach, so einfach ist das!« Sie hatte ihn zum Lachen gebracht.

»Eine Scheißepidemie bricht aus, wir werden alle dekadent und kratzen ab. Die kulturelle Spielart von Aids.«

»Na, so ungefähr muß es doch sein, oder?«

»Was ist denn Dekadenz?«

Olivia wandte den Kopf, um ihn anzusehen. Er lächelte sie an. Er hatte sie ihren Eltern gestohlen und seine Frau verprügelt und Olivias Mutter betrogen und Olivia selbst im Haus ihres Vaters und im

Bett ihrer Mutter verführt. Er machte Fotos von Frauen, die obszöne Sachen anstellten.Und doch war er ungeheuer clever und scharfsichtig.

Olivia nahm sein Gesicht in beide Hände und küßte seine Mundwinkel. Er war der einzige Mensch auf der Welt, bei dem sie das tun konnte.

Sie sagte: »Dekadenz ist, wenn man seine fünfzehnjährige Stieftochter auf einem Grabstein vögelt.«

»Wenn du's so sagst, klingt es verdammt verlockend.«

Er begann sie intensiver zu küssen. Sie wußte, wohin das führen würde. »Laß, Nick, ich muß zurück. Althea wartet auf mich. Und Daddy wird bestimmt mißtrauisch.« Sie zitterte bei dem Gedanken an das, was beinahe passiert wäre. Jetzt, wo sie schwanger war, wäre es sogar noch entsetzlicher gewesen.

Einen Augenblick dachte sie, er würde sie nicht loslassen, sie dachte, er würde weitermachen und noch einmal mit ihr Liebe machen. Aber er küßte sie nur noch einmal, bevor er sie zur Pforte zurückbrachte.

Althea war ungehalten, als Olivia zurückkehrte. »Lia, erst sagst du, du paßt auf den Kleinen auf, und dann verschwindest du eine Stunde.«

»Es war gar keine Stunde. Höchstens eine halbe. Wo ist Matthew?«

»Oben bei Ross. Ich glaub, er ist endlich eingeschlafen. Wo warst du denn?«

Eine vage, ausweichende Antwort würde nur Altheas Neugierde erwecken, also sagte Olivia die Wahrheit: »Nick wollte sich den Friedhof mal ansehen. Er dachte, vielleicht benutzt er ihn mal als Hintergrund für seine Fotos.«

- 49 -

Geduld zu haben, war leicht, stellte Olivia fest, wenn man wußte, daß das, worauf man wartete, sowieso geschehen würde. Im übrigen blühten ihr vor der Geburt des Babys noch einige peinigende Begegnungen, denen sie sich nicht früher als unbedingt nötig aussetzen wollte.

Falls sie über den tatsächlichen Stand der Dinge noch Zweifel hegte, so wurden diese einige Tage nach dem neuerlichen Umzug nach Highgate zerstreut. Als sie morgens aufstand, war ihr übel.

Seit ihrem früheren Anfall von morgendlicher Übelkeit war fast genau ein halbes Jahr vergangen. Diesmal verspürte sie eher Freude als Verzweiflung. Sie hatte zwar vollkommenes Vertrauen in die wissenschaftliche Beweiskraft von Schwangerschaftstests gehabt, doch innerlich schenkte sie lieber ihrem Körper Glauben. Sie hoffte, Megan hatte recht mit ihrer Behauptung, daß Babys keine neuen, extra zu diesem Zweck geschaffenen Wesen waren, sondern alte, die zurückkehrten. Dieses Baby sollte der gleiche Mensch werden wie ihr verlorenes. Wer konnte es denn sonst sein, der derartig versessen darauf war, als Kind von ihr und Nick geboren zu werden?

Diesmal brauchte sie nicht ihrer Großmutter etwas vorzumachen, sondern bloß ihrem Vater und Althea. Das war einfach.

Schwierig war, trotz der Übelkeit in die Schule zu gehen. Bis zur Mittagspause war es vorbei, aber die Vormittage waren eine Höllenqual.

Sie hatte Altheas sämtliche Schwangerschaftsbücher gelesen. Sie trugen Titel wie *Wie bekomme ich ein gesundes Baby* und beschrieben in illustrierten Details, was in ihrem Körper vor sich ging. Sie mußte die Bücher in ihr Zimmer hinaufschmuggeln, denn eins würde ihr Vater bestimmt bemerken und kommentieren: ihren Lesestoff.

Irgendwie mußte sie auch vermeiden, zuzunehmen. Im Moment war das einfach. Obwohl ihr nur morgens richtig schlecht war, hielt der Geruch von Speisen sie die meiste Zeit sowieso vom Essen ab. Sie kaufte sich eine Batterie Vitamintabletten, die sie in ihrer Kommode aufbewahrte und jeden Abend einnahm, damit das Baby nicht unter ihrem Appetitmangel zu leiden hatte.

Im Frühjahr würde es dann schon schwieriger sein. Am liebsten wäre ihr, wenn man es erst Ende Mai merkte, also im sechsten Monat. Nach fünf Monaten war das Baby sicher, doch wenn Charlie der Vater sein sollte, müßte sie so tun, als sei sie einen

Monat später dran, als sie tatsächlich war – keine einfache Angelegenheit.

Gemäß der Information in den Büchern legte die Mutter aber im zweiten Schwangerschaftsdrittel am meisten Gewicht zu, manchmal ein Pfund pro Woche. Wie sollte sie in drei Monaten derart viel zunehmen, ohne daß jemand etwas merkte?

Das würde sie sich später überlegen müssen. Im Moment hatte sie dringendere Probleme. Zum Beispiel, was sie mit Charlie machen sollte.

Er hatte am Neujahrstag angerufen. »Sie haben dich also doch nicht umgebracht«, sagte er, als sie sich meldete.

»Nein, ich lebe noch. Gerade noch.«

»War's so schlimm? Vielleicht sollte ich mich bei deiner Mutter entschuldigen, daß ich dich so spät heimgebracht hab.«

»Laß doch, sie war ja schon im Bett. Sie hat Nick den Nachtwächter spielen lassen.«

»Hat er dich zur Schnecke gemacht?« Als sie nicht antwortete, weil ihr keine Antwort einfiel, sagte er: »Tut mir leid, daß du wegen mir Ärger hattest, Lia.«

»Mach dir nichts draus, Charlie. Ist schon gut.«

»Wirklich?«

»Wirklich.«

»Okay, wenn du's sagst.« Er senkte die Stimme und sagte vertraulich: »Lia, das mit gestern abend – also, weißt du, was da passiert ist –«

»Ja, ich weiß, was passiert ist.«

»Ja, äh, ich wollte sagen –« Er räusperte sich und fuhr dann im gleichen Flüsterton fort: »Ich hab das wirklich so gemeint. Du bist wirklich ein Traum. Ich muß dauernd dran denken.«

Olivia nahm an, das hieß, das er es wieder machen wollte. Sie wußte, daß sie das gleiche zu ihm sagen sollte, konnte es aber nicht. Sie träumte von einem anderen Mann. Überschwemmt von ihren Schuldgefühlen suchte sie verzweifelt nach einer Antwort, als ihre Mutter in die Küche kam.

»Ich muß jetzt Schluß machen«, sagte sie hastig. »Ich ruf dich später an, okay?«

»Du klingst so komisch. Bist du sicher, daß alles okay ist?«

»Ja. Ehrlich. Es ist bloß –«

»Ach so, verstehe. Also, dann bis bald.« Er schickte ihr einen Kuß durch die Leitung; kichernd legte sie auf.

Ihre Mutter fragte: »War das Charlie?«

»Ja.«

»Wann bist du denn gestern heimgekommen?«

»Hat Nick dir das nicht gesagt?«

»Er schläft noch.«

Olivia sah auf die Uhr. »Es ist doch schon Mittag.«

»Woraus ich schließe, daß er sehr lange auf dich gewartet haben muß.«

»Na ja, kann schon sein. Warum seid ihr denn nicht einfach ins Bett gegangen? Du wußtest doch, daß ich wohl kaum ausgeraubt oder überfahren werde.«

Ihre Mutter verschränkte die Arme und warf ihr einen frostigen Blick zu. »Erstens, Lia, bist du erst fünfzehn. Zweitens, nachdem du damals weggelaufen bist und Ross mir Vorwürfe gemacht hat, ich würde dich vernachlässigen, werde ich ihm nicht noch mal Gelegenheit geben, mich so zu kritisieren.«

»Warum bist du dann nicht selbst aufgeblieben und hast auf mich gewartet statt Nick abzukommandieren?«

»Ich hab ihn nicht ›abkommandiert‹. Er hat mich ins Bett geschickt und gesagt, er bleibt auf, bis du heimkommst. Da war es schon drei, und du hattest dich schon um eine Stunde verspätet.« Die Stimme ihrer Mutter wurde wärmer. »Wirklich, Lia, deine Haltung gegenüber Nick ist total verdreht. Es würde mich nicht wundern, wenn er dich genauso ablehnen würde wie du ihn, denn du benimmst dich ihm gegenüber wirklich unmöglich. Aber er ist immer nett zu dir, Lia, das ist er wirklich. Er chauffiert dich hin und her zu Ross, an deinem Geburtstag ist er mit dir ausgegangen, er hat sich zu dir gesetzt, als du krank warst, er ignoriert es, wenn du unhöflich zu ihm bist. Und gestern abend ist er aufgeblieben und hat auf dich gewartet, weil er sich um dich sorgt, nicht weil ich ihn drum gebeten habe. Er ist ein guter, lieber Mensch, Lia. Daß er so redet, ist… na ja, so redet er eben.«

Ein guter Mensch ist heutzutage wirklich schwer zu finden. Olivia wußte nicht, was sie auf all das sagen sollte. Ihre Mutter fand, daß Nick ein guter, lieber Mensch war. Megan fand, er war ein Mistkerl. Olivia, die ihn besser als ihre Mutter oder Megan kannte, fand, daß sein Name nicht von ungefähr kam. Nicht Sankt Nick, sondern Old Nick, der Teufel.

Am Wochenende, nachdem sie wieder zu ihrem Vater und Althea gezogen war, lud Charlie Olivia ins Kino ein. Danach fuhren sie zu Olivia und machten sich in der Küche Popcorn.

Althea kam herein, um Teewasser aufzusetzen. »Laßt euch nicht stören«, sagte sie zu ihnen. »Ich mach mir vorm Schlafengehen nur noch eine Tasse Tee. Matthew macht mich ganz schön fertig, weil ich nachts andauernd aufstehen muß. Ich träume nur noch vom Schlafen. Wie geht's denn, Charlie? Wie läuft das Geschäft?«

»Ziemlich lasch. Eigentlich gar nicht.« Charlie hatte Olivia bereits erzählt, daß er zu Weihnachten nicht das gewünschte Auto bekommen hatte. Sein Vater hatte gesagt, er könne es sich nicht leisten, was er, Charlie, seiner Knauserigkeit zugeschrieben hätte, wenn Barry nicht im Vorjahr ein Auto geschenkt bekommen hätte.

»Heutzutage ist es überall schwierig«, gab Althea ihm munter recht. »Aber die Bauindustrie hat's wirklich schlimm erwischt. Ist Ihr Vater auch als Bauträger tätig?«

»Er besitzt ein paar Grundstücke, ja. Die meisten hat er schon vor ein paar Jahren gekauft, als die Zinsen runtergingen und er dachte, der Markt bewegt sich vielleicht nach oben. Und jetzt kann er sie nicht mal losschlagen, geschweige denn bebauen.«

Olivia warf Charlie einen erstaunten Blick zu. Sie war sicher, daß er vor einem halben Jahr noch keinen blassen Dunst gehabt hatte, was Zinsraten überhaupt waren. Und jetzt – wer weiß, in einem weiteren halben Jahr würde er mit Althea womöglich Geschichten über Tauschgeschäfte austauschen.

»So ein Pech«, sagte Althea. »Maggie Thatcher hätte es nie soweit kommen lassen. Sie wußte ganz genau, daß sie ihre Wähler nicht verschrecken durfte.«

»Das sagt mein Vater auch.«

»Na, lassen Sie das aber nicht Ross hören. Er hält sie für den Teufel in Menschengestalt, weil sie die Akademikergehälter nicht denen in Amerika angleicht. Es ist eine Sünde, verstehen Sie, wenn Börsenhändler in London Gehälter wie in New York gezahlt kriegen, es ist aber genauso sündig, wenn Londoner Geschichtsprofessoren keine New Yorker Gehälter beziehen. Der arme Ignorant hat noch nicht begriffen, daß sich nicht viel verdienen läßt, wenn man sich für sein Gehalt auf die Steuerzahler verläßt.« Während sie redete, füllte sie zwei Henkeltassen mit Tee. »Für euch ist noch genug da, wenn ihr wollt, Lia. Ich bring Ross eine in sein Zimmer rauf. Und dann geh ich ins Bett.«

Als sie nach oben verschwunden war und sie mehr oder weniger allein waren, ergriff Charlie die Gelegenheit, Olivia zu küssen. Nach einer Weile schubste sie ihn weg. »Ich muß auf das Popcorn aufpassen. Wenn man den Topf nicht dauernd schüttelt, brennt es an.«

»Okay, dann mach mal weiter. Stört's dich, wenn ich zusehe?«

Er legte von hinten die Arme um sie, um ihre Brüste zu streicheln.

»Hör auf. Du lenkst mich ab, und dann brennt uns noch das Popcorn an.«

»Es ist doch ganz in Ordnung, wenn ich dich ablenke. Du lenkst mich nämlich ganz furchtbar ab. Warum wolltest du dich letztes Wochenende nicht mit mir treffen?«

»Ich hab doch gesagt, ich war müde.«

»Den ganzen Sonntag?«

»Wir haben Sonntag den ganzen Tag ausgepackt und eingeräumt. Das Haus war ein einziges Chaos.«

»Wir hätten doch spazierengehen können. Zum Beispiel wieder auf den Friedhof.«

Olivias Herz machte einen Sprung. Genau deswegen hatte sie ihn nicht sehen wollen, nicht nachdem Nick... »Ich konnte nicht weg. Wir hatten so viel zu tun, und ich sollte doch auf das Baby aufpassen.«

»Dann hätte ich dir beim Auspacken helfen können.«

»Althea wollte erst wieder Besuch, wenn das Haus anständig aussieht.« Das Popcorn war fertig. Sie nahm den Topf von der Platte, entfernte seine Hände von ihrem Busen und bestreute das heiße Popcorn mit Salz. »Da, bedien dich. Willst du was zu trinken?«

»Gleich. Komm her und hör auf mit deinen dummen Ausreden.« Er packte sie und küßte sie leidenschaftlich. Er atmete schwer, als er den Kopf wieder hob. »Seit Silvester konnte ich's kaum erwarten, wieder mit dir zu schlafen. Ich kann an nichts anderes mehr denken.«

Er begann, ihre Bluse aufzuknöpfen. Sie hielt seine Hände fest. »Charlie, das geht nicht. Daddy ist oben.«

»Ich muß einfach; er ist ja nicht hier unten. Nur eine Minute, Lia, bitte ...«

In weit weniger als einer Minute hatte er ihre Bluse und ihren BH aufgemacht und liebkoste ihre bloßen Brüste mit einer Mischung aus Ehrfurcht und Begierde.

»Du hast phantastische Titten«, flüsterte er. »Sogar noch besser, als ich mich erinnere.«

Falls er von ihrer Größe beeindruckt war, so waren sie tatsächlich besser, als er in Erinnerung hatte. In der Schwangerschaft vergrößern sich die Brüste – stand in Altheas Buch, und Olivia hatte festgestellt, daß es zutraf. Sie hatte sich bereits einen größeren BH kaufen müssen.

Charlie sollte es ruhig genießen, solange er noch Gelegenheit dazu hatte. Sie hatte beschlossen, daß sie ihm den Gefallen tun wollte. Das Problem war, sobald man etwas sehen konnte, würde er es merken, wenn er sie nackt sah.

»Charlie, du mußt jetzt aufhören. Ich hab Angst, daß Daddy vielleicht runterkommt. Bitte, Charlie.«

Er ließ widerwillig von ihr ab. Sie hakte sich wieder zu und knöpfte ihre Sachen fast so schnell wieder zu, wie er sie aufgemacht hatte, während er mit unverhohlenem Bedauern zusah. »Wann können wir denn mal allein sein?«

»Laß mich überlegen.« Sie konnte ihm nicht sagen, nie. Sie nahm eine Handvoll Popcorn und fütterte sie ihm Körnchen um Körnchen, während sie nachdachte, wie sie ihn hinhalten konnte. »Nächsten Samstag«, sagte sie schließlich. »Daddy und Althea gehen zum Abendessen aus, und ich passe auf Matty auf. Dann kannst du kommen.«

Als Charly am darauffolgenden Samstag kam, spielte Olivia mit dem Gedanken, ihm einfach zu sagen, daß sie schwanger war. Es würde ihm nie einfallen, daß jemand anderes der Vater sein könnte. Er war der Meinung, sie sei bis zur Silvesternacht noch Jungfrau gewesen. Ein Mädchen, dem schlecht wurde, wenn ihre Brüste berührt wurden, und deren Vater darauf bestand, sie von einer Party abzuholen, so ein Mädchen mußte ganz einfach noch Jungfrau sein.

Doch wenn sie es ihm sagte, würde er wollen, daß sie es abtreiben ließ. Oder es gleich sowohl ihren als auch seinen Eltern erzählte. Oder... Wer konnte wissen, was er tun würde? Solange niemand anders Bescheid wußte, hatte Olivia ihr Schicksal in der Hand. Das kleine Fünkchen zukünftiges Baby in ihr verschaffte ihr ein erstaunliches Machtgefühl.

Sie hatte ihm gesagt, er solle erst kommen, nachdem sie angerufen hatte. Eine kluge Vorsichtsmaßnahme, wie sich herausstellte, weil Matthew noch schlief, als ihr Vater und Althea ausgehbereit waren. Sie saßen noch ein Weilchen herum, aber er wachte immer noch nicht auf.

»Das ist doch absurd«, verkündete Althea schließlich. »Jetzt muß ich ihn zum Füttern wecken. Wenn ich's nämlich nicht tue, fängt er an zu schreien, sobald wir weg sind.«

»Ich weck ihn«, sagte Olivia.

Als sie oben war, fand sie Matthew hellwach in seinem Bettchen liegen. Sie nahm ihn heraus, um ihn nach unten zu bringen. »Warum hast du denn nichts gesagt, du Dummchen?« fragte sie ihn. »Althea wartet doch drauf, daß sie dir dein Abendessen geben kann.«

Er zappelte ein bißchen und furzte. Sie kicherte und küßte ihn aufs Näschen.

Als er mit seinem Abendessen fertig war, übergab Althea ihn wieder an Olivia. Weil er inzwischen ziemlich durchweicht war, brachte sie ihn nach oben, um ihn frisch zu wickeln.

Als Olivia mit einem trockenen und zufriedenen Baby auf dem

Arm wieder herunterkam, waren ihr Vater und Althea bereits an der Tür und verabschiedeten sich.

Als sie weg waren, rief Olivia bei Charlie an, um ihm zu sagen, er könne jetzt kommen. Dann legte sie Jimi Hendrix auf und tanzte mit Matthew auf dem Arm im Wohnzimmer umher.

Charlie sah ein bißchen enttäuscht aus, als Olivia ihm mit ihrem kleinen Tanzpartner im Arm aufmachte. Matthew hinderte Charlie zwar nicht daran, sie zu küssen, kühlte jedoch die Temperatur des Kusses beträchtlich ab. »Sollte er denn nicht schon im Bett sein?«

»Er ist erst vor einer Stunde aufgewacht. Er ist noch so klein, daß er nicht weiß, ob Tag oder Nacht ist.«

Charlie folgte ihr ins Wohnzimmer. »Ich dachte, wir ... wir wären allein – du weißt schon.«

»Er schläft bestimmt bald ein.« Olivia küßte Matthew aufs Köpfchen. »Stimmt's, mein Zuckermäuschen?«

Charlie beobachtet sie. Er war eigentlich ziemlich sexy, dachte sich Olivia, wenn er so dunkel und melancholisch war. »Was ist denn mit dir, Lia? Ich dachte, du willst auch ... damals auf der Party hat es dir doch anscheinend Spaß gemacht.«

»Hat es auch. Das heißt aber nicht, daß es eine gute Idee war.« Sie hielt Matthew im Arm, wohlwissend, daß er Charlie daran hindern würde, sie zu umarmen. »Sei doch nicht so ungeduldig. Ich hab dich ja gewarnt, daß ich heute abend auf Matty aufpasse. Daddy und Althea kommen erst in ein paar Stunden zurück. Ich setz Matty in seinen Babysitz, dann schlummert er vielleicht ein. Er guckt gern ins Feuer.«

Sie setzte das Baby in seinem Sitz zurecht und drehte das künstliche Kaminfeuer auf. Ihr Vater fand solche Feuerstellen grotesk, hatte aber noch keine Zeit gehabt, das Ding herauszureißen und durch einen original georgianischen Rost zu ersetzen, auf dem original georgianischer, rauchfreier Brennstoff verbrannt wurde. Olivia setzte sich neben Matthew auf den Teppich und legte ihm ein blaues Stoffhündchen zum Spielen auf den Schoß.

»Paß mal kurz auf ihn auf«, sagte sie zu Charlie, »solange ich uns Tee mache.«

Charlie hockte sich gehorsam auf den Teppich und spielte mit

Matthew und dem blauen Hund, während Olivia in die Küche ging, um eine Kanne Tee zu machen. Als sie zurückkam, hatte er alle Lampen ausgemacht, so daß nur noch das brennende Kaminfeuer Licht spendete. Sie stellte den Tee zum Ziehen auf die Ofenplatte und ließ sich neben Charlie auf den Teppich nieder. Er wandte seine Aufmerksamkeit von Matthew ab und ihr zu. Sie erlaubte ihm, sie zu küssen, wehrte sich aber, als er seine Hände unter ihr T-Shirt schob. »Wir sollten abwarten, bis Matty wieder im Bett ist.«

»Warum bringst du ihn denn nicht gleich ins Bett?«

»Weil er noch nicht müde ist. Sonst weint er bloß, bis ich ihn wieder hole.«

Er warf dem Kleinen einen Blick zu, den dieser feierlich erwiderte. »Er kann ruhig bleiben. Er kann uns zugucken, wenn er will, ist doch egal, oder?«

»Da komm ich mir aber komisch vor. Vielleicht weiß er, was wir tun.«

»Ein Baby? Bist du blöd, der weiß überhaupt nichts.«

»Meg sagt, die wissen alles, wenn sie auf die Welt kommen. Sie sagt, es sind alte Seelen. Nach einer Weile vergessen sie's aber wieder und müssen von vorn anfangen.«

»Meg ist genauso verrückt wie du.«

Jimi Hendrix fing an, »Hey, Joe« zu singen. Olivia stand auf und ergriff Charlies Hand. »Ach, egal, laß uns tanzen.«

Charlie faßte sie um die Taille, sie legte ihm die Arme um den Hals, und sie tanzten. Ihre Körper wiegten sich eng aneinandergepreßt in dem langsamen Takt. Nach einer Weile begann Charlie, sie zu küssen, und als das Lied zu Ende war, begann er sie auszuziehen. Diesmal ließ sie ihn gewähren, bis sie nackt auf dem Teppich vor dem Feuer kniete. Sie knöpfte sein Hemd auf, während er sie küßte und streichelte und ihr sagte, wie schön sie war.

Diesmal benutzte er ein Kondom. Die Stalltür wird abgeschlossen, dachte Olivia. Charlie kam schnell, aber nicht so schnell wie beim ersten Mal. Vielleicht war er wegen des Kondoms langsamer.

Durch die Betrachtung einer Live-Sex-Show nicht im geringsten entrüstet oder aufgereizt, war Matthew in seinem Stühlchen eingeschlafen. Er mußte wirklich eine alte Seele sein.

Sie zogen sich danach nicht gleich wieder an. Charlie wollte Olivias Körper im Schein des Kaminfeuers bewundern. »Du siehst aus wie ein Ausklappfoto in *Playboy*.«

Olivias Herz setzte einen kurzen Moment aus. Sie fühlte sich wie ertappt. Dann sagte sie: »Würde es dir gefallen, wenn ich in *Playboy* wäre?«

»Schon, wenn ich dich nicht kennen würde«, sagte er mit einem Grinsen. »Aber nachdem du mein Mädchen bist, will ich nicht, daß dich jemand anderes so sieht. Die sollen ihre Phantasie benutzen und mich beneiden.«

»Törnt es dich an, wenn du dir solche Bilder ansiehst?«

»Nicht mehr. Du bist viel besser als die alle. Ich denk bloß noch an dich.« Er zog sie zu sich auf den Teppich hinunter. »Du bist wie ein Traum, der wahrgeworden ist. Ich wollte unbedingt wieder mit dir schlafen, weil ich's nicht glauben konnte, daß es wirklich passiert ist.«

Wenn er bloß nicht solche Sachen sagen würde. Sie kam sich abgrundtief schlecht vor. Sie würde ihn schrecklich unglücklich machen, und das hatte er nicht verdient.

- 50 -

»Lia, sag mal, hast du zugenommen?«

»Ja, ich –« Olivia probierte ihre Stimme aus und stellte sehr zu ihrer Verwunderung fest, daß sie funktionierte und sogar normal klang. Die Frage kam zwar nur von Megan, doch wenn es ihr aufgefallen war, hatten andere Leute vielleicht auch etwas gemerkt. Ihre Mutter, zum Beispiel, oder Nick. Sie mußte ihren Rock bereits mit einer Sicherheitsnadel feststecken, wenn sie in die Schule ging, und Jeans kamen überhaupt nicht in Frage. »Ich fühl mich in letzter Zeit ein bißchen dick, aber ich hab mich nicht auf die Waage getraut. Matty ist schuld; ich paß nach der Schule immer für Althea auf ihn auf und komm eigentlich überhaupt nicht mehr raus.«

Megan schluckte den ablenkenden Köder. »Wie geht's eigentlich, seit Althea wieder arbeitet?«

»Na ja, mir macht es nichts aus, aber ich glaub, Daddy ist nicht ganz glücklich darüber. Althea hat noch acht Wochen Mutterschaftsurlaub, aber sie behauptet, sie langweilt sich. Sie findet, zwei Monate Vollzeitmutterschaft seien genug, sonst würde ihr Hirn zu Pudding werden. Keine Ahnung, warum sie dann Matty überhaupt gekriegt hat, wenn sie ihn nach ein paar Monaten sowieso bei einer Tagesmutter ablädt.«

»Hat das dein Vater gesagt?«

»O nein, das war ihm anscheinend egal. Gestritten haben sie sich über das Kindermädchen.«

»Was für ein Kindermädchen?«

»Gar keins. Darum gab's ja den Streit. Althea sagte, sie bräuchte ein Kindermädchen. Daddy sagte, sie könnten sich keins leisten wegen der astronomisch hohen Hypothek, die sie auf das Haus aufgenommen hätten, und es gäbe sowieso keinen Platz für ein Kindermädchen. Althea sagte, doch, und das Baby und das Kindermädchen könnten doch das ganze obere Stockwerk haben, wenn ich wieder zu Mummy ziehen würde.«

Megan war entrüstet. »Das hat sie in deinem Beisein gesagt?«

»Nein, ich war oben. Aber ich konnte sie trotzdem hören, weil sie so laut geschrien haben, Althea zumindest.«

Olivia erzählte Megan nicht den ganzen Inhalt des Streits. Ihr Vater hatte dann gesagt, erstens könne er sich eigentlich nicht vorstellen, daß Emma sehr erfreut über Lias Rückkehr wäre, wo doch ihr eigenes Baby bald käme, und zweitens würde es ja gerade noch fehlen, daß er seine Tochter der Erziehung durch diesen ordinären Ekeltyp aussetzen würde.

Althea hatte gesagt, Lia sei doch schon fertig erzogen und würde ja wohl bei Nick keine Rhetorikkurse machen. Jedenfalls sagte Althea, habe sie ein Recht auf ihre Karriere, und wenn das ein Kindermädchen bedeutete, dann habe sie eben ein Recht auf ein Kindermädchen.

Olivias Vater sagte, an ihre Karriere hätte sie denken sollen, bevor sie schwanger wurde, und wenn sie wie eine Hochadlige leben wolle, hätte sie ja einen von ihren stinklangweiligen, ungebildeten Kollegen auf der Bank heiraten können. Althea meinte, es gebe gar keinen Grund, so einen Ton anzuschlagen, und er sei ja doch ganz froh über ihr Gehalt und das Auto und ihren Beitrag zur Hypothekenzahlung, oder? Jedenfalls sei Matthew sein Kind, und er habe Verpflichtungen. Olivias Vater sagte, gegenüber Lia habe er ebenfalls Verpflichtungen. Althea sagte, sie hätten doch trotzdem Platz für ein Kindermädchen, wenn er sein Arbeitszimmer aufgeben und es Lia überlassen würde. Olivias Vater sagte, dieses Arbeitszimmer bräuchte er und würde es auf keinen Fall aufgeben, bloß damit Althea ihr gottverdammtes Kindermädchen bekäme, das sie sowieso nicht nötig hätten und sich auch nicht leisten könnten. Althea nannte ihn ein egoistisches Schwein und brach in Tränen aus.

Danach ging Olivia in ihr Zimmer hinauf, weil sie nichts mehr hören wollte.

Das Resultat war, daß Althea eine Frau anheuerte, die unten am Hügel in Richtung Tufnell Park wohnte und sich tagsüber um Matthew kümmern sollte. Sie sagte, es sei nur für ein paar Jahre, bis Matthew zu sprechen anfing. Danach sei es natürlich undenkbar, weil Matthew sonst anfing, wie die Leute in Tufnell Park zu reden.

Die Tagesmutter hatte eine zweijährige Tochter und außerdem noch zwei Kinder im Schulalter, mußte also sowieso zu Hause bleiben und sagte, sie könnte doch auf Matthew aufpassen, wenn das bedeutete, daß sie fürs Zuhausebleiben auch noch bezahlt wurde. Das alles erklärte sie Olivia gleich am ersten Tag, als Olivia Matthew bei ihr abholte. Olivias Vater hatte Matthew morgens hingebracht, weil er nach Althea aus dem Haus ging, die früh ins Büro mußte, um Tokio noch zu erwischen, wie sie sagte. Olivia holte Matthew nachmittags ab, weil sie als erste nach Hause kam. Dieses Nachmittagsarrangement ging ihrem Vater gegen den Strich.

»Daddy hat es nicht gern, wenn ich nach der Schule auf Matty aufpasse«, erklärte sie Megan. »Wegen der Prüfung und dem Geigeüben.«

»Ich finde, daß Althea wirklich ein bißchen viel von dir verlangt«, gab Megan zu. »Was meinst du?«

»Das mit Matty macht mir nichts aus. Ich finde ihn süß.«

»Ja, okay, natürlich ist er süß.« Wenn Megan zu ihr nach Highgate kam, spielte sie die ganze Zeit mit Matthew. »Aber bist du dir sicher, daß du's nicht bloß deswegen machst, damit du dort wohnen bleiben kannst?«

»Keine Ahnung, kann sein. Was ist schon dabei? Wenn ich bei meiner Mutter wohnen würde, wär ich auch bald in der gleichen Situation. Ich kann doch nicht so tun, als wär da kein Baby. Er ist schließlich mein Bruder! Außerdem, vor hundert Jahren mußten alle auf ihre kleinen Geschwister aufpassen, und da hat keiner was dabei gefunden.«

»Damals hatte man Bedienstete«, sagte Megan überlegen.

»Die Bediensteten waren in unserem Alter, Meg. Mein Großvater ist mit vierzehn aus der Schule, weil sein Vater tot war und er die ganze Familie versorgen mußte.«

»Vielleicht will dein Vater deswegen nicht, daß du es tust. Vielleicht denkt er, dadurch wirst du Altheas Bedienstete.«

Auf die Idee war Olivia noch gar nicht gekommen. Sie hatte eher an Matthews als an Altheas Bedürfnisse gedacht. Aber vielleicht hatte Megan recht.

Nun, das war ja alles gut und schön, daß ihr Vater sich für ihre Rechte stark machte und zu verhindern versuchte, daß die böse Stiefmutter Althea sie in ein Aschenputtel verwandelte, aber wo war bei alledem das Interesse ihres Vaters für den armen, kleinen Matthew? Das Baby mußte geliebt werden, nicht bloß versorgt. Er wußte nichts von Arbeitszeiten. Er wußte nur, daß manchmal Mrs. Sparrow da war und manchmal Olivia, und an den meisten Tagen war für etwa eine Stunde auch seine höchsteigene, leibliche Mutter in der Nähe. Qualitativ hochwertige Zeit, nannte Althea das.

Megan rief ihre Aufmerksamkeit auf das Problem zurück, das sie eigentlich besprechen sollten. »Wie machen wir das bloß mit diesem Zauberwagen, den Medea für ihre Flucht am Ende des Stücks braucht?«

Ach, pfeif doch auf Medea, dachte Olivia, ich werd sehr bald selber einen Zauberwagen brauchen. Doch dann konzentrierte sie sich gehorsam darauf. »Damit es im Stil zu den Songs vom Chor paßt, sollte es eigentlich eine Art altmodischer Cadillac-Cabrio sein.«

»Eine Superidee«, meinte Megan sarkastisch. »Und wo sollen wir einen alten Cadillac hernehmen, und falls wir einen finden, wie kriegen wir ihn auf die Bühne?«

»Doch keinen echten, du Dummbatz. Wir brauchen bloß eine Seitenansicht.« Olivia ließ sich das Problem eine Weile durch den Kopf gehen. Normalerweise wandte sie sich bezüglich historischer Extravaganzen immer an ihren Vater, bezweifelte jedoch, daß ein uralter Cadillac in seinen Kompetenzbereich fiel.

Plötzlich sagte Megan munter: »Wetten, daß Nick uns weiterhelfen kann?«

»Nick?«

»Na, der ist doch anscheinend ein Typ, der sich mit alten Autos auskennt. Er könnte uns vielleicht ein Foto von einem alten Cadillac auftreiben. Es macht dir doch nichts aus, wenn ich Nick vorschlage, oder? Du hast überhaupt nicht mehr von ihm gesprochen, drum habe ich auch nicht gefragt. Ich hab mir fast die Zunge abgebissen. Bist du eigentlich am Boden zerstört wegen ihm?«

»Nein, nicht direkt«, sagte Olivia wahrheitsgemäß. Sie fügte jedoch nicht hinzu, daß er seit seiner Hochzeit mit ihrer Mutter zweimal mit ihr geschlafen und sogar – wenn auch unter Druck – gesagt hatte, daß er sie liebte; und daß sie außerdem ein Baby von ihm erwartete und eigentlich gar keine Zeit hatte, sich über etwas anderes Sorgen zu machen. »Du bist eine wahre Heldin«, tröstete Megan sie. »Ich an deiner Stelle hätte einen Nervenzusammenbruch gekriegt.«

»Ich vielleicht auch, wenn ich drüber nachdenken würde. Ich will aber nicht drüber nachdenken.«

»Recht so. Entschuldige, daß ich was gesagt hab. Aber was ist jetzt mit dem Cadillac? Wenn du willst, kann ich ihn ja fragen, aber es ist vielleicht komisch, wenn es von mir kommt statt von dir.«

»Schon gut. Ich frag ihn.«

»Macht es dir wirklich nichts aus?«

»Natürlich nicht. Meine Güte, Meg, ich hab über Weihnachten einen ganzen Monat mit ihm zusammenleben müssen. Wir haben einen *modus vivendi* gefunden.«

»Was immer das ist«, bemerkte Megan trocken.

»Das hat Daddy zu Altheas Mutter über Althea und mich gesagt.

Es bedeutet, daß man sich bemüht, einander nicht umzubringen oder dauernd in Tränen auszubrechen.«

»Brichst du wegen Althea in Tränen aus?«

»Nicht mehr. Die kann eine ganz schön blöde Kuh sein, wenn sie's darauf anlegt, aber meistens kommen wir ganz gut aus. Der Grund ist – ich hab irgendwie das Gefühl, Matty gehört eher mir als ihr.«

»Du hast gedacht, Matthew würde ein Problem werden, und jetzt ist er die Lösung.«

»Irgendwie ja.« Olivia lachte. »Seit er da ist, läuft es viel besser. Ich komm mir nicht mehr vor wie ein Eindringling.«

Charlie hatte sich angewöhnt, sonntags rechtzeitig zu Dessert und Kaffee bei ihrer Mutter anzukommen. Das hieß, daß er zweimal Dessert bekam. Es war schon bemerkenswert, dachte Olivia, wie sich so eine Routine entwickelte. Nick fragte Charlie, wie sein Job sich anließ.

Charlie zuckte die Achseln. »Na ja, wenigstens hab ich noch einen. Mein Vater sagt, außer der Verbrechensrate und der Arbeitslosigkeit steigt gar nichts.«

»Überall kriselt es«, sagte Olivias Mutter. »Man traut sich abends schon gar nicht mehr aus dem Haus vor lauter Angst, beraubt oder vergewaltigt oder von einem Psychopathen angegriffen zu werden. Die Menschen sind so egoistisch und verantwortungslos geworden, jeder denkt anscheinend nur noch an sich selbst und was er im Augenblick will. Es ist, als gingen wir rückwärts statt vorwärts, die Menschen werden immer schlechter statt besser.«

»Das ist die Jahrtausendwende«, klärte Olivia sie auf. »Daddy sagt, alle geraten in Weltuntergangsstimmung, wenn das Ende eines Jahrtausends näher rückt.«

»He, klingt ja gut«, rief Charlie aus. »Das muß ich meinem Vater sagen. Nicht die Regierung ist schuld, sondern der Kalender.«

Nick schob seine Kaffeetasse herüber, damit ihre Mutter sie neu füllte, und zündete sich eine Zigarette an. »Klingt nach Astrologie.«

»Das auch. Er meint, urplötzlich werden alle Leute abergläubisch.«

Ihre Mutter sagte: »Ross behauptet, wer an Gott glaubt, ist abergläubisch.«

»Das würde ja dann nach Daddys Theorie heißen, daß immer mehr Leute an Gott glauben. Da ist er aber ziemlich schiefgewickelt. Gran und Grandad glauben an Gott. Grandma, glaub ich, auch. Sonst noch jemand hier?« Olivia sah sich am Tisch um.

Niemand beantwortete ihre Frage. »Nicht einmal mehr die Bischöfe heutzutage«, bemerkte Charlie.

»Das ist vielleicht das Problem«, sagte Olivias Mutter. »Wenn mehr Menschen an Gott glauben würden, gäbe es vielleicht nicht so viele Vergewaltigungen und Morde und Leute, die sich mit Drogen vollpumpen.«

»Ach, Mummy, du glaubst doch selber nicht an Gott und machst trotzdem nicht solche Sachen.«

»Dazu verspüre ich auch nicht die geringste Lust. Ich habe nicht einmal das heimliche Verlangen, das Wartehäuschen an einer Bushaltestelle zu zerstören. Aber für Leute, die dazu neigen – wenn sie nicht an Gott glauben, haben sie vielleicht keinen Grund, sich zurückzuhalten.«

»Ach, man kann Leute nicht dazu zwingen, etwas zu glauben. Und du hast ja etwas getan, was man viel schlimmer finden könnte als Vandalismus oder Drogenmißbrauch.«

Ihre Mutter wirkte eher verwirrt als indigniert. »Von was um Himmels willen redest du da, Lia?«

»Von Ehebruch. Wenn wir im Iran oder in Pakistan oder Saudi-Arabien leben würden, wären du und Daddy und Nick und Althea alle zu Tode gesteinigt worden, und ich wäre ein Waisenkind.«

Olivia beschwor diese Grausamkeiten mit einigem Vergnügen herauf. Aber natürlich wäre es nicht so passiert. Sie selbst wäre ebenfalls umgebracht worden.

Ihre Mutter wurde ziemlich rot im Gesicht. »Hier begeht doch niemand Ehebruch«, sagte sie steif. »Wir sind alle anständig mit dem richtigen Partner verheiratet. Und das beweist doch bloß, was ich gesagt habe, daß alles schlimmer wird. Solche grausamen Sachen sind doch schlimmstes Mittelalter. Schlimmer als Mittelalter. Sogar im finsteren Mittelalter ist in diesem Land niemand wegen Ehebruchs umgebracht worden. Es geht doch niemanden etwas an, was zwei Erwachsene im gegenseitigen Einvernehmen in ihrem Privatbereich tun, solange sie dabei niemandem weh tun?«

Was heißt Einvernehmen? wollte Olivia fragen. Was heißt erwachsen? Was heißt weh tun? Sie wollte, daß es jemanden etwas anging, was Nick getan hatte. Ihre Mutter sollte nicht sagen dürfen, nicht einmal abstrakt und theoretisch und völlig ignorant, daß sich niemand etwas draus machte, ob er sie geschwängert hatte und sie das Baby hatte wegmachen lassen, ob er Liebe mit ihr machte, bis sie ihn liebte, und dann statt dessen ihre Mutter heiratete. »Hat es dir nicht weh getan, als du herausgekriegt hast, daß Daddy mit Althea ein Verhältnis hatte?«

Die erste, typische Reaktion ihrer Mutter war der Seitenblick zu Charlie hinüber, dessen Gegenwart offensichtlich die Hauptursache ihrer Verlegenheit war. Dann sah sie Nick an, als erhoffte sie sich von ihm Erlösung. Doch Charlie zeigte keinerlei Anzeichen, sich in Luft aufzulösen, und Nick rauchte schweigend weiter. Ihre Mutter mußte sich selbst aus der Situation herauswinden.

»Natürlich hat es mir weh getan«, gab sie schließlich zu. »Aber inzwischen habe ich erkannt, daß vor allem mein Stolz verletzt war. Wenn er es mir vorher gesagt hätte, daß er wirklich unglücklich ist und wir uns vielleicht trennen sollten, wenn wir aus anderen Gründen Schluß gemacht hätten... Jedenfalls hätte ich mir nie gewünscht, daß einer der beiden dafür sterben sollte.«

Olivia war sich da nicht ganz sicher. Sie erinnerte sich an den Schmerz und die Wut ihrer Mutter in den ersten schrecklichen Tagen, nachdem sie verlassen worden war. Sie wußte, daß die Untreue ihres Vaters ein entsetzlicher Schock für ihre Mutter gewesen war; er war keiner von den Männern, die auf andere Frauen achteten. Was immer sie jetzt sagen mochte – der Kummer hatte sich bei ihrer Mutter nicht so leicht gelegt. Eigentlich erst, als Nick gekommen war.

Olivia wußte, wer für einen Ehebruch gestorben war. Das Baby, das letzten Sommer in ihr zu wachsen begonnen hatte. Olivia hatte die Nase voll vom Thema Ehebruch. »Übrigens, du brauchst dich wegen dem eleganten Kleid für unser Stück nicht weiter zu bemühen, über das wir letztes Mal gesprochen haben. Devika bringt einen Sari mit.«

Ihre Mutter wirkte erleichtert über den Themenwechsel. »Ich dachte, es spielt im alten Griechenland.«

»Stimmt, aber Meg findet, wir sollen es eklektisch machen, und Medea ist doch angeblich Asiatin. Jedenfalls geht das mit dem Sari ganz gut. Es gibt da wirklich schöne, mit Goldfäden und so. Und wenn das Kleid recht exotisch ist, läßt sich auch erklären, warum Jasons neue Frau es gleich anprobiert.«

»Wieso, was passiert denn, wenn sie es anzieht?«

»Es ist mit so einer Art Napalm imprägniert, glaub ich. Das frißt sich dann in ihre Haut, und sie kriegt es nicht mehr ab. Und als ihr Vater ihr helfen will, verbrennt er auch.«

»Hat Ms. Pankhurst das genehmigt?« wollte Charlie wissen. »Klingt ja schlimm rassistisch. Exotische Asiatin vergiftet blonde Rivalin mit Sari. Diesen gerissenen Orientalen ist doch nicht zu trauen, was?«

»Mach bloß keinen Ärger, Charlie. Ich will mich jetzt nicht groß auf einen Streit einlassen, sondern bloß Nick fragen, ob er weiß, wo wir ein Foto von einem 1950er Cadillac-Cabrio finden können.«

Sie sah Nick an. Sie hoffte, in ihrem Blick lag nichts als die Frage, die sie gerade gestellt hatte.

Nick zuckte die Achseln. »Kein Problem. Aber wieso einen Cadillac? Das hört sich eher nach Elvis Presley an als nach dem alten Griechenland.«

»Wir dachten, das Stück muß aktualisiert werden, damit sich die Leute in die Personen einfühlen können. Drum haben wir alle Dialoge in moderne Klischees gefaßt, und der Chor singt Country-und-Western-Songs. Wir fanden, ein Cadillac-Cabrio paßt am besten.«

Nick zog noch einmal an seiner Zigarette und drückte sie dann aus. »In diesen griechischen Dramen geht's anscheinend immer um Mord.«

Olivias Haut begann zu prickeln. »Ja, sieht ganz danach aus. Aber es ist nicht wie bei Jack the Ripper oder Terminator. Hinter all diesen Morden steckt ein Grund.«

»Was soll man denn sonst von den Typen erwarten, die die

Philosophie erfunden haben. Und wo kommt der Cadillac ins Spiel?«

»Der ist eigentlich bloß ein Gag. In der Originalfassung ist Medeas Großvater die Sonne und schickt ihr einen Zauberwagen, um sie vor ihren Feinden zu retten. Ein *deus ex machina*, sagt Ms. P.«

»Ein was?«

»Eine Art absichtlich unfaßbares Wunder. Etwas Unwirkliches, das in letzter Minute auftaucht, um die Guten zu retten und dafür zu sorgen, daß die Bösen ihre gerechte Strafe kriegen.«

»Wie bei der U.-S.-Kavallerie.«

»Ja, genauso. Bloß daß es in unserem Stück nicht ganz klar ist, wer die Guten und wer die Bösen sind.«

»Für einen alten Griechen klingt das ja sehr modern.«

»Du hast selbst drauf hingewiesen, daß sie die Philosophie erfunden haben.«

Da mußte Nick lächeln. Olivia konnte es nicht ertragen, daß er sie anlächelte. Nicht jetzt, wo ihre Mutter und Charlie im Zimmer waren. Sie sprang auf, ging hinter Charlies Stuhl. Betont zärtlich beugte sie sich hinunter, um ihn auf den Nacken zu küssen. »Komm, Charlie, du kannst mir beim Abwasch helfen.«

- 51 -

Olivia stellte fest, daß es etwas noch Schlimmeres gab, als von ihrem Stiefvater in Gegenwart ihrer Mutter angelächelt zu werden: mit ihm in Gegenwart ihres Vaters zu telefonieren. Hätte sie gewußt, daß er es war, dann hätte sie den Anruf unten entgegengenommen, statt sich von ihrem Vater in dessen Arbeitszimmer den Hörer übergeben zu lassen. »Es ist für dich, Lia. Es ist immer für dich. Warum gehst du nicht ab und zu mal selbst dran?«

»Würd ich ja, wenn ich ein Telefon in meinem Zimmer hätte.«

»Dein Anteil an der Telefonrechnung ist sowieso schon recht beeindruckend.«

»Ach, Daddy.« Olivia nahm die Hand vom Mundstück und meldete sich. Sie wäre fast gestorben, als sie Nicks Stimme hörte.

»Ich hab den Cadillac für dich, Lia. Wie groß willst du ihn?«

Ihr Gehirn setzte aus. Sie konnte gerade noch etwas stammeln.

»Ich – äh – was meinst du damit, wie groß?«

»Na ja, im Moment ist er etwa zehn auf fünfzehn Zentimeter. Ich glaub, euer Publikum hätte ein bißchen Probleme, ihn zu erkennen, außerdem paßt eure pakistanische Schurkin nicht rein.«

»Ich, äh – dann müssen wir ihn eben auf Pappkarton kopieren oder so was.«

»Ich blas ihn euch auf, wenn du willst. Dann könnt ihr ihn anmalen oder ihn irgendwo draufkleben oder machen, was ihr wollt.«

»Oh, das ist – das wär wirklich nett von dir.«

»Reicht es bis zum Wochenende?«

»Äh, ja, das ist okay.«

Sie legte auf. Ihr Vater sah sie nicht an – um so besser, denn sie war bestimmt knallrot geworden –, hatte dem Gespräch aber offensichtlich zugehört. »War das Conan, der Kameramann?«

»Ja.«

»Was wollte er von dir?«

»Er hat gesagt – er hat versprochen, uns was zu besorgen, das wir für das Stück brauchen.«

»Was denn?«

»Bloß ein Foto, Daddy. Wieso fragst du?«

»Ich bin eben neugierig.«

Ihr Vater blickte zu ihr hoch, während sie unschlüssig in der Tür stehenblieb. Es war ein sehr seltsamer Blick, zu heiß und zu kalt für bloße Neugierde. Einen schrecklichen Augenblick lang dachte Olivia schon, er hätte etwas gemerkt. Und dann merkte sie selbst etwas.

Nicht neugierig. Eifersüchtig.

Sie lehnte sich an den Türrahmen; ihr war ganz schwach. Wenn ihr Vater wüßte, daß er allen Grund hatte, eifersüchtig zu sein.

Wegen Nick wohnte sie doch hier. Er war der Grund, weshalb ihr Vater sich bereit erklärt hatte, sie bei sich aufzunehmen. Ihr Vater hatte sie erst haben wollen, als er dachte, ein anderer Männ könnte seinen Platz bei ihr einnehmen. Und er würde sie bestimmt nicht mehr haben wollen, wenn er das mit dem Baby erfuhr.

Sie konnte jetzt nicht einfach weggehen. Weil sie ihrem Vater ja irgend etwas sagen mußte, erklärte sie die Sache mit dem Cadillac.

Die Idee amüsierte ihn. »Ganz schön clever von euch. Aber diese Inszenierung klingt mir immer weniger nach Tragödie und mehr nach einer Farce.«

»Megan sagt, so ist das bei echten Tragödien. Sie behauptet, die Leute trivialisieren menschliches Leiden, damit sie im Jargon der Regenbogenpresse drüber reden können.«

»Ein gutes Argument, das aber wahrscheinlich nicht rüberkommt. Ironie wird leicht mißverstanden.«

»Komisch, das hat Ms. Pankhurst auch über Euripides gesagt.«

Am Sonntag trafen sie sich alle bei Megan zum Kulissenmalen. Zum einen wohnte Megan der Schule am nächsten, zum anderen wäre Althea bei der Vorstellung in Ohnmacht gefallen, daß jemand eine Mordwaffe wie Plakatfarbe in ihr makellos gestrichenes und eingerichtetes Heim brachte.

Das Haus von Olivias Mutter kam aus dem gleichen Grund nicht in Frage, obwohl dort die Wandfarbe und die Einrichtung etwas abgenutzter waren. Doch zuerst fuhr Charlie mit ihr hin, um den Cadillac abzuholen.

Charlie war ihr emotionaler Leibwächter, sooft sie zu ihrer Mutter ging. Er ersparte es ihr, je mit Nick allein zu sein, nicht einmal eine Minute. Hoffentlich erinnerte seine Präsenz Nick daran, daß Olivia auch über andere männliche Wesen Bescheid wußte und sich ihrer bediente. Das könnte gefährlich sein, wie sie Silvester festgestellt hatte. Vielleicht war Charlie deshalb auch körperlich ihr Leibwächter.

Diesmal stellte sie fest, daß sie keinen Leibwächter brauchte, weil Nick nicht da war. Er sei für eine Woche nach New York geflogen, sagte ihre Mutter. Ein ehemaliger Kunde in London mit einem Auftrag in New York habe ihn dort zum Fotografieren angeheuert. Ihre Mutter dachte anscheinend, es sei seiner Karriere förderlich. Jedenfalls hatte er den Cadillac für Olivia dagelassen, den ihre Mutter jetzt brachte und entrollte. Olivia hatte nicht recht verstanden, was Nick mit Aufblasen gemeint hatte. Doch genau das hatte er getan:

es war eine fast lebensgroße Abbildung eines – seinen Worten nach – 1957er Cadillac-Cabrio. Zwar konnte Olivia kein Auto vom anderen unterscheiden, doch sah dieses hier ganz passabel aus.

Charlie kniete sich hin, um das auf dem Teppich ausgebreitete Bild eingehend zu betrachten. »Das ist ja sagenhaft. Meg wird begeistert sein. Was meinst du, Lia?«

»Sie wird begeistert sein. Ms. P. wird begeistert sein. Ich bin begeistert.«

Sie war es tatsächlich, aber aus einem merkwürdigen Grund. Vielleicht war ihr Vater mit Recht eifersüchtig auf dieses Entgegenkommen von Nick gewesen. Sie kannte sich mit Fotografie zwar nicht aus, doch das hier mußte ihn ziemlich viel Zeit gekostet haben. Es war das erste, vielleicht das einzige, was er je für sie getan hatte, ohne daß etwas für ihn drin gewesen war. Es war einfach ein Gefallen von einem Mann, der, soweit alle außer Megan wußten, bloß ihr Stiefvater war. Vielleicht liebte er sie doch.

Ihre Mutter wirkte ebenfalls begeistert. Olivia wußte, was ihr durch den Kopf ging. Komisch, wie sie ihre Mutter inzwischen durchschaute, seit sie nicht mehr mit ihr zusammenlebte. Ihre Mutter hielt Nick für clever und lieb und gut, hatte sie Olivia gesagt. Olivia hielt ihre Mutter für verrückt. Doch sie erkannte, wie ihre Mutter zu diesen Schlußfolgerungen gekommen war. Sie fühlte sich plötzlich wie die Mutter ihrer Mutter.

Teilweise hatte ihre Mutter diese hohe Meinung von Nick, weil er so anders war als Olivias Vater. Er war nie eingeschnappt oder förmlich. Er drückte nie sein Mißfallen über ihre intellektuellen Fähigkeiten aus. Er belästigte sie nie mit Gelddingen. Er erwartete nicht von ihr, etwas anderes zu sein, als das, was sie war; es reichte ihm vollkommen, daß sie eine schöne Frau und die Tochter eines Obersten war. Er war glücklich, der Vater ihres Babys zu sein. Und er berührte sie viel. Ihr Vater berührte nie jemanden ohne vorherige reifliche Überlegung.

Das war natürlich die Kehrseite der Medaille. Wenn Nick wütend wurde, schlug er zu. Olivia bezweifelte, daß ihre Mutter diese negative Seite schon entdeckt hatte. Würde sie vielleicht auch nie. Aber vielleicht das Baby. Oder auch nicht.

Megan und Jon waren schon mit den Kulissen zugange, als Olivia und Charlie eintrafen. Sie entrollten den Zauberwagen, damit Megan und Jon ihn bewundern konnten.

»Fliegt der?« fragte Jon. »Der soll doch fliegen, oder nicht?«

»Wir können ja Flügel dranmalen, wenn du willst«, erwiderte ihm Olivia. »Weil's der Wagen der Sonne ist, malen wir ihn rot an mit goldenen Flügeln. Damit es das Publikum kapiert.«

Olivia sagte zu Megan: »Mein Vater sagt, Ironie wird meistens mißverstanden.«

»Das ist aber keine Ironie«, versicherte ihr Megan. »Das ist Sarkasmus.«

- 52 -

»Führt ihr nicht diese Woche euer Stück auf?«

»So war's geplant, aber wir mußten es verschieben. Ich hab ganz vergessen, es dir zu sagen, Mummy.«

»Du wolltest mich also umsonst in die Schule kommen lassen? Ich muß schon sagen, Lia, sehr rücksichtsvoll von dir. Wieso wird es denn verschoben?«

»Devika ist im Krankenhaus. Sie hat sich das Bein gebrochen.«

Olivia hielt sich die Hand vor den Mund, um ihr Kichern zu verbergen. »Als ich es Daddy erzählt hab, meinte er, sie wüßte wahrscheinlich nicht, daß man den Wunsch Hals- und Beinbruch nicht wörtlich nehmen soll.«

»Ross ist ein sehr geistreicher Mann«, bemerkte ihre Mutter mit unterkühlter Amüsiertheit. »Wann führt ihr es denn dann auf? Jetzt hast du doch nur noch diese Woche Schule vor den Osterferien, und danach hast du Prüfungen.«

»Wir quetschen es schon noch irgendwie dazwischen. Es ist ja nur ein Abend. Und Meg sagt, wenn Devika dann noch auf Krücken läuft, können wir das ja ins Skript einbauen.«

»Eine brillante Idee«, kommentierte Charlie. »Wenn Medea außer farbig auch noch ein Krüppel ist, hat sie schon genügend Pluspunkte eingeheimst, damit man ihr den Kindermord nachsieht.«

Nun war Olivia mit unterkühlter Amüsiertheit dran. »Charlie, es ist ein ernstes Stück und kein Grund für dich, deine Rassismus- und Behindertenwitze loszuwerden.«

Olivia winkte ihrer Mutter zu, während Charlie sie in Richtung Auto zerrte. Er öffnete die Wagentür, damit sie einsteigen konnte.

»Du bist genauso schlimm wie Nick«, sagte sie.

»Was ist denn an Nick so schlimm?«

»Ach, der ist ein richtiger Faschist. Er sagt so Sachen wie Nigger und Kanake und Schwuchtel und Lesbe, ohne mit der Wimper zu zucken. Und Mummy tut so, als würd sie's nicht merken. Ich frag mich, was sie macht, wenn die beiden mit ihren Freunden ausgehen, die den *Guardian* lesen.« Sie lehnte den Kopf an die Nackenstütze und schloß die Augen.

»Fühlst du dich okay, Lia?«

»Klar fühl ich mich okay. Wieso sollte ich mich nicht okay fühlen?«

»Du siehst in letzter Zeit so anders aus.« Olivia hielt den Atem an, doch Charlie fuhr fort: »Dein Gesicht sieht anders aus. Es ist schmaler, so als ob du krank gewesen wärst.«

»Ich mach gerade eine Diät.«

»Warum?«

»Ich hab den Winter über zugenommen.«

»Ach, hör sofort damit auf. Du siehst gut aus, so wie du bist. Heute ist der erste Frühlingstag, stimmt's? Weißt du was, wir fahren ein bißchen aufs Land!«

Olvivia hatte keine Lust, sagte aber: »Okay, ja, es ist ein schöner Tag.«

Nach einiger Zeit bog Charlie in einen schmalen Weg ein, in dem sie schon einmal geparkt hatten und fuhr an den Randstein. Sie hatte eigentlich nicht vorgehabt, sich küssen zu lassen, aber irgendwie schaffte er es.

Sie mußte sich heute unbedingt etwas wegen Charlie einfallen lassen. Inzwischen war sie im fünften Monat, und ihr Bauch zeigte eine unverkennbare Rundung. Sie hatte in den letzten paar Wochen vermeiden können, mit ihm zu schlafen, doch bald war das Trimester zu Ende, und dann hatte sie keine Ausreden mehr.

Olivia überlegte verzweifelt, was sie sagen sollte. Sie mußte ihm irgendeinen Grund nennen, warum sie sich im Augenblick nicht mehr mit ihm treffen wollte, ihr fiel aber nichts ein.

Sie kam sich schäbig vor, weil sie ihn wirklich gern hatte. Es war ihm gegenüber nicht fair, es hatte ja mit ihm gar nichts zu tun. Sie benutzte ihn nur, weil er am praktischsten war. Das war unglaublich gefühllos und niederträchtig von ihr. Doch für Nicks Baby war sie zu fast allem bereit.

»Hör mir mal zu, Charlie«, sagte sie. Dann begann sie zu weinen.

»Schon gut, ich hör dir ja zu, du brauchst nicht zu weinen.«

»Es ist nicht witzig.« Sie schmiegte ihr Gesicht an seine Jacke und wandte sich von ihm ab. »Ich kann mich nicht mehr mit dir treffen.«

»Was redest du da?«

»Du hörst es doch.« Sie schniefte und holte ein zerknülltes Papiertaschentuch aus der Tasche, um sich die Nase zu putzen. Charlie sagte eine ganze Weile gar nichts. Dann meinte er: »Und warum, wenn ich fragen darf?«

Gerade war Olivia eine Erklärung in den Sinn gekommen, eine, die gar nicht so weit von der Wirklichkeit entfernt war.

Sie schluckte. »Daddy meint, ich hab zu viel zu tun. Nächstes Trimester hab ich in zehn Fächern Prüfung, und er bringt mich um, wenn ich nicht überall eine Eins kriege. Er sagt, ich muß lauter Einsen bekommen, damit ich in Oxford oder so studieren kann.«

»Klingt doch gut. Was hat das mit mir zu tun?«

»Gar nichts. Es geht um Matthew.«

»Deinen Bruder? Das kapier ich nicht.«

Sie fing wieder an zu weinen. Jetzt wurde Matthew für alles verantwortlich gemacht, das arme kleine Würmchen. Wenigstens bekam sie sich soweit wieder in die Gewalt, um weitersprechen zu können. »Es ist so: Ich hab nicht genug Zeit für alles, für Schule, Prüfungen, Geigenstunden, auf Matthew aufzupassen, zu essen und zu schlafen und dich zu treffen. Etwas muß wegfallen. Mein Vater steht auf dem Standpunkt, entweder du oder Matty.«

Charlie begriff die Sache mit lobenswerter Schnelligkeit. »Das heißt, ich soll die nächsten drei Monate verduften.«

»So ungefähr. Oder aber Matty muß bei Mrs. Sparrow bleiben, bis Althea abends heimkommt, also meistens erst nach sieben.«

»Das heißt, du bist lieber mit Matty zusammen als mit mir?«

»So ist es nicht. Ich will nicht, daß du weggehst, aber Matty ist doch bloß ein Baby, er würde es nicht verstehen. Und du hast selbst gesagt, ich seh krank aus.«

»Du hast gesagt, du hättest eine Diät gemacht.«

»Hab ich auch. Ich muß aber sagen, daß ich mich fühle, als sei ich krank gewesen.«

»Heißt das jetzt, dir wird wegen mir immer noch schlecht?«

»Sag doch so was nicht. Wegen dir ist mir noch nie schlecht geworden. Es war –«

Es war Nick, damals wie heute, doch das konnte sie ihm nicht sagen.

Sie machte sich von ihm los, öffnete die Tür und sprang hinaus. Sie rannte den Weg entlang. Die Bäume waren fast alle noch kahl, nur der Schlehdorn blühte und die blaßgelben Primeln und weißen Anemonen an der grünen Böschung. Sie wünschte, sie wäre als Kaninchen oder etwas Ähnliches geboren, eine Art Lebewesen, das in allerfrühester Jugend von irgendwem gefickt wurde und Dutzende von Babys produzierte, das nie nein sagen oder sich mit den moralischen Folgen von Inzest oder Ehebruch auseinandersetzen mußte. Und das sich nie verliebte. Sie kam an eine blühende Schlehe, legte die Hände um den Stamm und schmiegte das Gesicht an die dunkelviolette Rinde. Charlie trat von hinten zu ihr. Er umarmte sie und den Baum. Eine Zeitlang sagte er gar nichts.

»Lia, liebst du mich?«

»Ich weiß nicht.« Sie verlagerte ihren Schwerpunkt von dem Baum auf ihn, so daß sie sich nun an ihn lehnte statt an den Baum. »Ich weiß nicht, was das bedeutet.«

Charlie wußte es. Er zählte es ihr auf. »Fehl ich dir, wenn ich nicht bei dir bin? Denkst du an mich? Hast du manchmal ein ganz heftiges Verlangen, mit mir zu schlafen?«

Olivia antwortete nicht. Sie wußte nicht, wie. Er hatte gerade beschrieben, was sie Nick gegenüber empfand.

Er sagte: »Ich weiß nicht, was in deinem Kopf vorgeht.«

»Manchmal weiß ich das auch nicht.«

Er machte den Reißverschluß an ihrer Jacke auf und liebkoste ihre Brüste unter dem Pullover. Da wußte sie, daß sie ihm ein letztes Mal erlauben mußte, mit ihr zu schlafen. Wenigstens das war sie ihm schuldig. Nur mußte es so vollständig bekleidet wie möglich geschehen. Sie mußte die Kontrolle über das Geschehen behalten. Sie hakte ihren BH auf, damit er ihre nackten Brüste unter dem Pullover berühren konnte. Sie machte den Reißverschluß an seiner Hose auf und streichelte seinen steifen Penis. Das gefiel ihm so gut, daß sie weitermachte und ihn nur mit der Hand, nicht mit dem Mund, zum Orgasmus brachte. Er sagte, daß er sie liebte. Da hatte Olivia ein schlechtes Gewissen. »Sag das nicht.«

»Wieso nicht? Es ist wahr.«

»Du liebst nicht mich. Du magst bloß das da gern.«

»Schon, aber das ist es nicht.« Er hatte ihren Pulli hochgeschoben und die Arme auf ihrer bloßen Haut um sie geschlungen. Er küßte ihre Stirn und ihre Nase, ihr Kinn und ihr Ohr, als wollte er die explizit erotischen Stellen mit Absicht aussparen. »Ich faß dich gern an und umarm dich gern. Ich sehe dich gern an. Ich denke gern an dich.«

Das wußte sie ja, das wußte sie; zu ihrer großen Verzweiflung wußte sie das alles. Nur war es für sie auf eine perverse Art eine Bestätigung, wenn sie es einen Mann sagen hörte. Es bedeutete, daß Nick bei seiner Definition von Liebe gelogen hatte.

Davon hatte sie aber auch nicht viel.

Sie fing wieder an zu weinen, diesmal aber etwas ruhiger. Charlie tröstete sie. Er verstand ihre Tränen offenbar als Liebesbekenntnis. Sie brachte es nicht über sich, ihm zu widersprechen. Es schien keinen Sinn zu haben.

»Nicht weinen, Lia. Wenn dein Vater will, daß ich bis Sommer verschwinde, okay, einverstanden. Vielleicht kann ich dich nach der Schule mal treffen.«

»Donnerstags. Nach der Geigenstunde.«

»Okay, wie du willst.«

Er machte seine Hose zu und stopfte das Hemd hinein. Dann umarmte er sie wieder. »Wann hast du die nächste Geigenstunde?«

»Erst wieder im nächsten Trimester«, log sie. In fast einem Monat.

»Mann, das ist keine Woche, sondern eine Ewigkeit. Ach, was soll's, immer noch besser als gar nichts.«

Olivia umarmte ihn zärtlich und heftig und merkte, wie er ihre zärtliche Umarmung erwiderte. Sie liebte ihn nicht so wie Nick, würde es auch nie können. In dem Sinn betrog sie ihn. Doch sie liebte ihn auf eine andere Art und war ihm unglaublich dankbar, weil er sie so vollkommen liebte, wie sie – von Sex abgesehen – noch nie im Leben geliebt worden war. Mit diesem Gedanken im Sinn sagte sie ehrlich: »Ach, Charlie, ich liebe dich.«

- 53 -

»Sehr schön«, sagte Mrs. Stone voller Zufriedenheit. »Die Phrasierung und der Ton sind hervorragend. Du hast gut geübt. Und dein Gehör wird auch reifer. Ich werde dir noch ein paar Sachen von Bach geben, an denen du dir den Sommer über die Zähne ausbeißen kannst.«

Olivia war überrascht, daß sie die Aussicht darauf nicht verschreckte. Das Violinspiel war für sie bereits jetzt ein Ventil zur Entspannung, eine Beschäftigung, wenn sie sich anderweitig nicht konzentrieren konnte, und eine Ausrede, nicht mit den Freundinnen auszugehen, wenn sie sich zu müde fühlte. In letzter Zeit war sie oft müde. In Altheas Büchern stand, daß häufige Müdigkeit ein Schwangerschaftssymptom war. »Wir probieren es gleich noch einmal«, ordnete Mrs. Stone an. »Diesmal ein bißchen mehr *allegro*.« Sie spielte die Einleitung auf dem Klavier. Olivia hob den Bogen, um die ersten Noten von Brahms zu spielen. Und hatte plötzlich das seltsamste Gefühl ihres Lebens.

Jemand boxte sie in den Bauch. Von innen.

Sie hielt mitten im Takt inne. Wieder boxte es. Sie ließ die Hände sinken, preßte sie auf die Stelle und spürte eine kleine, sehr deutliche Kraft dagegendrücken.

Jemand war in ihr drin und wollte heraus.

Vielleicht war es der Gedanke, für ein anderes Wesen die Wirtin zu spielen, der dazu führte, daß sie ohnmächtig wurde.

Als sie wieder zu sich kam, hatte Mrs. Stone sie auf das häßliche grüne Sofa im Musikzimmer gebettet. Olivia fragte zuerst nach dem Wichtigsten: »Wo ist meine Geige?«

»Auf dem Klavier. Da hast du sie hübsch ordentlich hingelegt, bevor du umgefallen bist.«

»Gott sei Dank. Daddy würde mich umbringen, wenn ich sie kaputtgemacht hätte.«

»Das glaube ich nicht. Ich hole dir etwas zu trinken. Bleib ganz ruhig liegen.«

Mrs. Stone verschwand und kehrte mit einem gefüllten Glas zurück. »Setz dich auf, Olivia, und trink das da.«

»Das da« war etwas ausländisches Hochprozentiges, eine Art Schnaps oder Slivovitz oder Mrs. Stones selbstgebrannter Fusel. Was immer es war, nach einem kleinen Schluck davon wurde Olivia wieder klar im Kopf. Sie rappelte sich zum Sitzen hoch. Mrs. Stone nötigte sie, sich wieder hinzulegen.

»Du bleibst liegen. Nimm noch einen Schluck. Ich gehe und mache Tee.«

Mrs. Stone ging wieder hinaus. Olivia setzte sich auf und nahm noch einen Schluck von Mrs. Stones Feuerwasser. Dann lehnte sie sich zurück und versuchte, sich zu entspannen. Sie schob die Hände unter ihren Pullover und faltete sie über dem Bauch – nach zwanzig Wochen ein beachtlicher Hügel, sogar wenn sie sich zurücklehnte – und wartete darauf, daß das gefangene Wesen mit ihr kommunizierte.

Sie fühlte es wieder, einen Faustschlag oder vielleicht einen Kick mit dem Fuß. Oder sogar ein Ellbogenstoß in ihre vermeintliche Rippengegend. Jemand war definitiv da drin. »Wart noch ein bißchen«, flüsterte sie, »du bist noch nicht soweit. Du bist erst halb fertig. Halt dich noch ein Weilchen ruhig.«

Danach hörte das Baby auf, sie zu boxen. Mrs. Stone kam mit Tee wieder herein. Sie hatte eine Menge Milch und Zucker hineingetan. »Das wird dir guttun«, erklärte sie. Sie setzte sich mit ihrer eigenen Tasse hin und betrachtete Olivia. Sie warf einen Blick auf den geräumigen Pulli, der in formlosen Falten herunterhing. Sie hätte auf keinen Fall druntersehen können, auf den Reißverschluß, der nicht mehr zuging und die beiden miteinander zu einer Kette verbundenen Sicherheitsnadeln, die den Bund hochhalten sollten. Nichts davon konnte sie sehen.

Doch wie Superman und Olivias Großmutter schien auch sie einen Röntgenblick zu haben. »Bist du schwanger, mein Kind?« Olivia öffnete den Mund. Nach einer Weile machte sie ihn wieder zu. Sie war wie vor den Kopf gestoßen.

Mrs. Stone sah traurig aus. Sie hätte auch ein Gesicht machen können, als sei sie von Olivia enttäuscht oder angewidert, oder als hätte es nichts mit ihr zu tun und sei ihr eigentlich auch egal, was Olivia getan hatte. Doch so sah sie nicht aus, sondern einfach nur traurig. Was, wie Olivia feststellte, am schlimmsten war.

»Wissen es deine Eltern? Das habe ich mir schon gedacht.« Mrs. Stone hatte offensichtlich auch Nicks Fähigkeit zum Gedankenlesen erlangt. »Du mußt es ihnen sofort sagen.«

Olivia verschränkte die Arme über ihrem Bauch. »Ich kann nicht«, flüsterte sie.

»Es geht aber nicht wieder weg, mein Liebes.«

»Es ist noch nicht groß genug. Sie wollen bestimmt, daß ich es wegmachen lasse. Und ich… ich möchte das Baby bekommen.« Tränen quollen ihr aus den Augen, ohne daß sie sie aufhalten konnte.

Mrs. Stone sah sie an. Olivia starrte zu Boden und zwinkerte die Tränen weg. Sie traute sich nicht, ihrer Lehrerin ins Gesicht zu sehen. Mrs. Stone sagte sanft: »Niemand kann dich zu etwas zwingen, was du nicht willst, mein Kind. Es ist dein Körper und dein Baby.«

»Das weiß ich ja. Aber sie nicht.« Olivia verkrampfte die Hände in ihrem Schoß. »Ich weiß nicht, was ich machen soll.«

»Wo wohnst du denn jetzt?«

»In Highgate. Bei meinem Vater.« Hastig fügte sie hinzu: »Ich kann's ihm nicht sagen, er bringt mich um.«

»Wegen der Geige bringt er dich um, sagst du, und wegen des Babys auch. Das kann ich beides nicht glauben. Was denkst du denn, was dein Vater für ein Mensch ist?«

»Ich weiß nicht, was er für ein Mensch ist. Ich weiß bloß, daß ich nicht so bin, wie er mich gern hätte. Oder wie er denkt, daß ich bin.«

Mrs. Stone schnalzte ungehalten mit der Zunge. »Und deine Mutter, hast du nicht gesagt, sie würde heiraten und ein Baby bekommen?«

»Sie hat schon geheiratet und kriegt nächsten Monat ihr Baby.«

»Warum sagst du es ihr nicht? Sie kann dir doch nicht etwas ankreiden, was sie selbst getan hat.«

Die Parallele war zutreffender, als Mrs. Stone hätte wissen können.

»Ich rufe sie gleich an«, beharrte Mrs. Stone. »Ich werde sagen, du bist krank, und sie soll kommen und dich abholen. Ich habe offiziell keine Ahnung, daß du jetzt bei deinem Vater lebst.«

Olivia fiel plötzlich ein, daß Charlie sie hier treffen wollte. »Nein, bitte nicht. Mein... mein Freund sollte mich nach der Stunde hier abholen. Er kann mich ja nach Hause bringen.«

»Ist das der junge Mann, der den Schaden angerichtet hat?«

Olivia merkte, daß Mrs. Stone Charlie gegenüber nicht freundlich eingestellt sein würde. Der arme, unschuldige Charlie.

In dem Moment klingelte es.

Als sie schon halb an der Tür war, wollte Mrs. Stone wissen: »Wie heißt der Junge?«

»Charlie. Aber sagen Sie ihm nichts«, warnte Olivia sie hastig. Man konnte nie wissen, zu welchen Kommentaren sich Mrs. Stone bemüßigt fühlen würde; in ihrer Offenheit und völligen Unfähigkeit, verlegen zu sein, war sie eine Art ältere Ausgabe von Nick. Als Mrs. Stone stehenblieb und sie fragend ansah, mußte sie hinzufügen: »Er weiß es nicht.«

»Das scheint mir ja ein äußerst aufmerksamer junger Mann zu sein«, sagte Mrs. Stone trocken. »Olivia, du hast einen ereignisreichen Abend vor dir.«

Olivia folgte ihr an die Haustür. Mrs. Stone öffnete die Tür und sah sich einem erstaunten Charlie gegenüber. »Sie sind also Charlie? Olivia ist krank. Bitte bringen Sie sie nach Hause zu ihrer Mutter.«

»Krank?« Charlie starrte an ihr vorbei auf Olivia. »Was meinen Sie damit, sie ist krank?«

Mrs. Stone ignorierte ihn. Er hatte seinen Marschbefehl erhalten. »Bevor du gehst, Olivia, werde ich deine Mutter anrufen, um sicherzugehen, daß sie dich erwartet.«

Protest war zwecklos. Olivia wartete mit Charlie stumm ab, während Mrs. Stone ihre Mutter anrief und sie knapp informierte, daß Olivia in ihrer Geigenstunde ohnmächtig geworden sei und sich jetzt in Begleitung ihres jungen Freundes auf dem Heimweg befände. Erst danach durften sie gehen.

»Stimmt es, daß du in Ohnmacht gefallen bist?« erkundigte sich Charlie, sobald sie auf der Straße waren.

»Ja.«

Er faßte sie an den Schultern und betrachtete sie prüfend. »Wundert mich nicht. Du siehst furchtbar aus, du bist ja ganz weiß geworden. Ist dir schlecht?«

»Nein.«

»Was ist denn dann los?«

»Kann ich mich irgendwo hinsetzen?«

Charlie plazierte sie auf einem Mäuerchen an einem fremden Vorgarten. Mittlerweile war er wirklich in Aufregung. »Warum hast du mir nicht gesagt, daß du wieder bei deiner Mutter wohnst?«

»Tu ich ja gar nicht. Mrs. Stone weiß nicht, daß ich überhaupt von dort weg bin«, log sie.

»Warum hast du ihr's denn nicht gesagt, bevor sie deine Mutter angerufen hat? Warum hat sie sie eigentlich angerufen?«

Olivia zuckte die Achseln. »Ich glaub, sie wollte sicher sein, daß jemand da ist, wenn ich ankomme.«

»Aber warum hat deine Mutter ihr denn nicht gesagt... Verdammt noch mal, Lia, was ist denn los?« Er beugte sich über sie und hielt ihre Arme fest. »Warum redest du denn so?«

»Wie denn?«

»Na, so. Du sagst mir nichts.«

»Okay, dann sag ich's dir.« Sie klopfte neben sich auf das Mäuerchen. »Setz dich, dann sag ich's dir.«

Er setzte sich argwöhnisch hin. »Was denn?«

Sie nahm seine Hand und legte sie unter ihren Pulli, preßte sie auf die Schwellung, wo eigentlich ihre Taille hätte sein sollen. »Fühlst du es? Ich bin ohnmächtig geworden, weil ich gespürt hab, wie es geboxt hat.«

Während sie es sagte, wandte sie den Kopf, um ihm ins Gesicht zu sehen. Er war blaß geworden. Sogar seine Lippen waren blutleer. »Mein Gott, du bist schwanger.«

Leise sagte sie: »Ist das sehr schlimm?«

Er legte den anderen Arm um sie, die andere Hand unter ihren Pulli. Mit beiden Händen streichelte er den Babybauch. »Ich weiß nicht. Ich kann gar nicht denken.« Er zog sie an sich. »Himmel Arsch und Zwirn! Warum hast du mir nichts gesagt?«

Sie lehnte sich an seine Schulter. »Ich hatte Angst.«

»Angst vor was?«

»Ich weiß nicht. Angst, du würdest vielleicht... was dagegen machen wollen.«

»O nein. Das ist deine Sache. Ich würde dir nie sagen, wie du's machen sollst. Dazu hab ich gar kein Recht, oder? Ms. P. hätte bestimmt was dagegen, daß ich dir da reinrede.«

Charlie fuhr fort, Olivia zu streicheln. Sie zu halten, zu umarmen, ihr Haar zu küssen, ihren Hals, ihr Ohr. Es hätte sie trösten sollen, ihr ein gutes Gefühl vermitteln sollen. Doch sie kam sich schrecklich niederträchtig vor.

»Ich dachte... ich hab versucht, es mir vorzustellen, falls es passiert. Nach der Party, nach dem ersten Mal.«

»Was hast du dir gedacht?«

»Na ja, du hast mich damals doch gefragt, weißt du noch? Aber es schien so weit weg, so unwahrscheinlich. Ich dachte – na, du weißt schon, wenn wir nicht so jung wären, wenn du nicht so jung wärst –« Er hielt inne und umarmte sie. »Es ist wunderbar, die Vorstellung, daß du mein Kind in dir trägst. Ich hätte es nie für möglich gehalten. Du bist immer so kühl und abwesend. Ich hätte nie gedacht, daß ich dich wirklich für mich haben könnte.«

Sie begriff nicht, was er meinte. Sie war sich nicht sicher, ob sie es überhaupt wissen wollte. Sie entzog sich seiner Umarmung. »Charlie, wir müssen jetzt nachdenken. Ich weiß nicht, was ich tun soll.«

»Wir tun das, was deine Geigenlehrerin gesagt hat. Ich bring dich zu deiner Mutter.«

Olivia unternahm einen letzten Versuch, ihr Gewissen zu beruhigen. »Du mußt nicht mit reinkommen, weißt du.«

»Sei doch nicht blöd. Ich laß mir doch nicht nachsagen, ich hätte dich in dem Zustand im Stich gelassen.«

»Wärst du bei meinem Vater auch so tapfer?«

»Nein, du aber auch nicht.«

Olivia war bloß tapfer, weil sie wußte, daß Nick noch nicht zu Hause sein würde. Wenn sie es ihrer Mutter in Nicks Gegenwart hätte sagen müssen, wäre sie lieber ein zweites Mal von zu Hause abgehauen.

Die Haustür bei ihrer Mutter war unverschlossen. Als Charlie und Olivia hereinkamen, trat ihre Mutter aus der Küche, dabei wischte sie sich die Hände an einem Geschirrtuch ab. Olivia hatte sie seit fast vier Wochen nicht mehr gesehen, denn Nick war mit ihr über das lange Osterwochenende nach Amsterdam gefahren. Sie war jetzt im neunten Monat, in dem Stadium, das Althea als elefantös beschrieben hatte. Das Baby machte sie langsam und plump; sie bewegte sich, als ob sie befürchtete, das Gleichgewicht zu verlieren. Doch sie schien im Einklang mit der Welt zu sein.

Olivia spürte einen Stich von Eifersucht. Es war unfair, daß ihre Mutter durch denselben Zustand und denselben Mann glücklich sein sollte, der sie unglücklich machte. Es war aber auch, wie sie sehr wohl wußte, nicht fair von ihr, ihre Mutter für ihr eigenes Elend verantwortlich zu machen. Der Neid nahm ihr allerdings die Angst vor der kommenden Enthüllung.

»Was ist denn los, Lia? Ich hab gar nicht verstanden, weshalb mich Mrs. Stone angerufen hat. Sie sagte, du seist ohnmächtig geworden.«

»Bin ich auch.«

»Aber warum kommst du dann hierher. Warum gehst du nicht nach Hause?«

Endlich hatte ihre Mutter es ausgesprochen. Ihr Zuhause war nicht mehr hier. Ihr alter Alptraum war wahr geworden, der, in dem sie vor einem schrecklichen Unwesen zu dem sicheren Ort geflohen war, an dem ihre Eltern waren, nur um zu erkennen, daß ihre Eltern sich in gleichgültige Fremde verwandelt hatten und sie nirgendwo Zuflucht finden konnte.

Sie fürchtete, gleich wieder ohnmächtig zu werden. Sie stolperte von Charlie und ihrer Mutter weg ins Wohnzimmer und hielt sich dabei die Hand vor den Mund. »Mummy, ich bekomme ein Baby.«

Ihre Mutter sah entgeistert Charlie an, und er nickte: »Es ist wahr.«

Ihre Mutter sagte: »O mein Gott.«

Olivia ließ sich in einen Sessel fallen und faltete die Hände über ihrem Bauch. Es war ihr inzwischen egal, was ihre Mutter dachte. Das einzige, was ihr nicht egal war, war das Baby in ihr. Das Baby – Nicks Baby – war ihr Leben.

Ihre Mutter ließ ihren massigen Körper aufs Sofa sinken und starrte Olivia mit einem Blick voller kalter Abscheu und Wut an, als hätte diese sich gerade auf den Teppich übergeben. Ich bin etwas Lästiges, etwas Peinliches, erkannte Olivia. Sie will jetzt keine Scherereien wegen mir, geschweige denn wegen meines Babys. Olivia war Charlie dankbar, daß er herüberkam, um sich bei ihr auf die Armlehne zu setzen und ihre Hand zu halten.

»O Gott, Lia«, sagte ihre Mutter, »was für ein Alptraum! Bist du sicher? Warst du beim Arzt?«

»Ja, ich bin sicher. Nein, ich war nicht beim Arzt.«

»Du mußt sofort hin. Ich nehm dich morgen mit. O Gott.« Ihre Mutter fuhr sich mit der Hand übers Gesicht. Ihre Hände waren so fein und dünn wie immer, nur ihr Gesicht war während der Schwangerschaft weicher geworden. »Lia, wie konntest du nur so verantwortungslos sein?«

»Ich laß keine Abtreibung machen, wenn du das im Sinn hast.«

»Das ist doch absurd, du bist ja noch ein Kind. Du ruinierst dir dein Leben, wenn du jetzt ein Baby kriegst.«

»Nein. Außerdem ist es schon zu spät. Ich bin mindestens im vierten Monat.«

»Im vierten Monat ist es noch nicht zu spät, bloß etwas komplizierter.« Das hatte Althea über das Baby von Olivias Mutter auch gesagt. »Warum hast du es mir denn nicht früher gesagt? Du bist doch angeblich ein intelligentes Mädchen, wie konntest du dich da so idiotisch benehmen? Charlie, warum haben Sie nicht dafür gesorgt, daß sie es mir sagt?«

Charlie räusperte sich. »Ich hab's auch erst heute erfahren.«

»Es spielt sowieso keine Rolle«, sagte Olivia störrisch. »Ich werde das Baby kriegen.«

»Du weißt ja nicht, was du sagst, du bist bloß dumm und romantisch. Ich nehme an, Ross weiß nichts, oder?«

Olivia schüttelte den Kopf und wußte plötzlich, warum sie es zuerst ihrer Mutter gesagt hatte: damit diese es ihrem Vater mitteilen konnte.

Ihre Mutter hievte sich vom Sofa hoch. »Ich ruf ihn gleich an. Ach, Lia, dafür könnte ich dich umbringen.«

Ihre Mutter ging in die Küche, um zu telefonieren. Olivia merkte, daß sie Charlies Hand ganz fest gehalten hatte. Sie lockerte ihren Griff. »Entschuldige.«

»Du brauchst dich für nichts zu entschuldigen.«

Sie lehnte sich im Sessel zurück und sah ihn an. »Charlie, du bist ganz toll. Es tut mir so leid, daß ich dich in diesen Schlamassel reingezogen hab.«

»Ich glaub, dein Vater wird es umgekehrt sehen.«

Sie konnte ihre Mutter am Telefon sprechen hören. »Ross? Lia ist hier. Du kommst wohl besser und holst sie.«

Eine Pause, während der ihr Vater wahrscheinlich sagte, was macht sie da und warum kann sie nicht allein heimkommen?

»Du kommst wohl besser und holst sie«, wiederholte ihre Mutter. »Sie ist bei Mrs. Stone in Ohnmacht gefallen und hat Neuigkeiten für dich.«

Wieder eine Pause, in der ihr Vater etwas sagte.

Ihre Mutter sagte: »Sie ist schwanger.« Dann legte sie auf.

»Es ist besser, du gehst jetzt«, flüsterte Olivia Charlie zu. »Bevor mein Vater hier ankommt.«

»Bist du sicher?« Er wollte offensichtlich lieber nicht anwesend sein, wenn ihr Vater käme, doch er wollte nicht feige sein. »Ich bleib da, wenn du willst.«

»Nein, geh nur. Ich komm schon zurecht.«

Ihre Mutter kam wieder ins Zimmer. »Lia hat recht, Charlie, es ist besser, wenn Sie gehen. Hier wird es schon hysterisch genug zugehen, und wir sollten Ross keine Gelegenheit geben, auf Sie loszugehen. Lia, willst du was zu essen? Du siehst aus, als hättest du eine Hungerkur hinter dir. Dein Gesicht ist ganz abgemagert. Füttert dich Althea denn nicht ordentlich?«

»Ich hab Hunger«, gab Olivia zu. Eigentlich einen Bärenhunger. »Mir war in letzter Zeit dauernd zu schlecht zum essen.«

»Ich mache dir was.«

Damit konnte sich ihre Mutter beschäftigen, statt sich mit den Konsequenzen von Olivias Schwangerschaft herumzuschlagen. Sie ging in die Küche, während Olivia hinter Charlie her zur Haustür ging.

Er küßte sie. Es lag etwas Tiefes in diesem Kuß, als sei er (oder eher sie) ein Soldat, der an die Front mußte. »Sag deinem Vater, ich bin ein Bastard«, sagte er halb scherzend. »Nur ein richtiger Bastard ist imstande, einer Fünfzehnjährigen ein Kind zu machen.«

Nachdem er fort war, ging Olivia in die Küche und setzte sich an den Tisch. Ein Aschenbecher stand auf dem Tisch. Zwar leer und sauber, aber er war da.

Ihre Mutter stellte ein Käseomelette vor sie hin. Sie war wie Megans Katze Mog, überlegte Olivia. Gewissenhaft sorgte sie für die körperlichen und materiellen Bedürfnisse ihrer Kleinen, vergewisserte sich, daß sie gut gefüttert, ordentlich gekleidet, wohlausgeruht und manierlich war, merkte aber nicht – oder kümmerte sich nicht darum –, was in ihrem Kopf vorging.

Ihr Vater dagegen scherte sich nicht darum, was sie aß oder anhatte, sondern interessierte sich nur für ihre intellektuelle Entwicklung. Am Ende kam es beiden nur darauf an, dachte sie, daß sie ihnen keine Schande machte. Sie hatte versagt. Oder sie hatte sie enttäuscht, was wahrscheinlicher war.

Während sie ihr Omelette und den Toast verzehrte und Tee trank, redete ihre Mutter. Dabei ging es immer um verschiedene Variationen des Themas »Wie-konntest-du-mir-das-nur-antun«. »Das hat mir gerade noch gefehlt, und nächsten Monat soll das Baby kommen. Ross wird toben wie ein Wahnsinniger, bestimmt fällt ihm was ein, damit er alles auf mich schieben kann. Es ist wirklich nicht richtig von dir, Lia. Hast du denn noch nie was von Verhütungsmitteln gehört? Überhaupt ist man mit fünfzehn doch noch viel zu jung für eine sexuelle Beziehung.«

Olivia ließ sie reden. Sie stellte sich vor, wie sie ihrer Mutter die Wahrheit sagte. Sag das mal deinem Ehemann, Mummy, von wegen Verhütungsmittel und bumsen mit fünfzehn. Genauer gesagt, mit vierzehn. Und wenn du Daddy wirklich wie einen Wahnsinnigen toben sehen willst, dann sag ihm, es war Nick.

Was würde ihre Mutter tun oder sagen, wenn sie es wüßte? Olivia konnte es sich schon denken. Letzten Sommer wäre es vielleicht anders gewesen, doch nun hatte sie kräftig investiert; sie war verheiratet und würde in Kürze einem Kind aus dieser Ehe das Leben schenken. Jetzt würde sie Olivia selbst dafür verantwortlich machen. Bei diesem Gedanken fing Olivia an, die Ankunft ihres Vaters herbeizusehnen. Seine Wut und sein Sarkasmus würden ihr nichts ausmachen, sie wollte bloß, daß er kam und sie mit nach Hause nahm.

Jemand trommelte wie wild an die Haustür. Zweifellos ihr Vater, der zu wütend war, die Klingel zu benutzen, und symbolisch die Tür eintrat. Ihre Mutter sagte: »Du bleibst hier und ißt«, bevor sie an die Tür ging, um aufzumachen. Olivia hörte ihren Vater sagen: »Wo ist Lia?«, einfach so, ohne Begrüßung.

Ihre Mutter sagte: »Sie ist in der Küche und ißt etwas. Sie sagt, ihr ist schon seit Monaten zu schlecht zum Essen. Sie sieht furchtbar aus. Wie konntest du das bloß nicht bemerken?«

»Wie konnte ich etwas nicht bemerken, das du auch nicht bemerkt hast, willst du wohl sagen?«

»Ich habe sie seit fast einem Monat nicht gesehen«, wies ihn ihre Mutter kalt zurecht. »Und auch dann sehe ich sie bloß alle vierzehn Tage für ein paar Stunden. Du siehst sie täglich und hast nichts gemerkt. Du merkst nie etwas, du bist ja so beschäftigt mit deinem kleinlichen akademischen Kram.«

»Willst du jetzt damit angeben, wie selten du deine Tochter siehst?« War der Tonfall ihrer Mutter kalt gewesen, so war der ihres

Vaters total gehässig. »Vielleicht hat sie inzwischen die Verbindung gezogen zwischen deiner Vernachlässigung und der Tatsache, daß du diesem hirnlosen Halbwilden demnächst sein eigenes Balg präsentierst.«

»Nenn ihn doch, wie du willst, er ist trotzdem ein besserer Mann, als du je einer warst, ob im Bett oder außerhalb.«

»Ich brauche keine Beurteilung meiner sexuellen Kompetenz von einem Eisberg, herzlichen Dank. Wer hat denn Lia auf den Geschmack gebracht? Sie hätte sich nie mit diesem goldbeschlagenen Maurerlackel eingelassen, wenn du sie richtig erzogen hättest.«

»Das mußt du gerade sagen, nachdem du dich zwei Jahre lang buchstäblich aus ihrem Leben verabschiedet hattest. Zufällig lebt sie aber seit fast einem Jahr nicht mehr hier, wir wissen also, wer sich nicht um sie gekümmert hat. Dir kann man ja nicht mal einen Hamster anvertrauen, und diese versnobte Egoistin, die du geheiratet hast, kümmert sich ja nicht mal um ihr eigenes Kind. Du hast Olivia doch bloß genommen, um ihr das Baby aufzuhalsen, weil du zu knickerig bist, ein richtiges Kindermädchen zu engagieren.«

Olivia wollte nichts mehr davon hören. Sie wollte unbedingt weg sein, bevor Nick nach Hause kam. Bei dem Zustand ihres Vaters war es bloß eine Vorsichtsmaßnahme, dafür zu sorgen, daß er nicht so lange dablieb, um Nick zu begegnen.

Sie trat an die Küchentür und sagte: »Daddy, nimmst du mich bitte mit nach Hause?«

Beide Eltern sahen sie an. Schließlich sagte ihr Vater: »Hol deine Sachen.«

Während sie im Wohnzimmer war und Mantel, Geige und Schultasche einsammelte, sagte ihre Mutter zu ihrem Vater: »Sie war noch nicht beim Arzt. Ich gehe morgen mit ihr hin. Es bleibt nicht mehr viel Zeit, wir müssen also in die Harley Street. Bezahlst du dafür?«

»Heißt das, wenn ich's nicht tue, wirst du es nicht tun?«

»Das habe ich nicht gesagt. Aber im Moment läuft es bei mir geschäftlich nicht so gut. Und ich sehe nicht ein, wieso Nick für deine Tochter die Abtreibung bezahlen sollte.«

Hat er ja schon einmal, dachte Olivia. Noch mal muß er aber

nicht. Sie trat im Mantel wieder in den Hausflur, Tasche und Geigenkasten in der Hand. »Ihr braucht euch deswegen gar nicht zu streiten. Ich hab Mummy schon gesagt, daß ich es nicht abtreiben lasse. Es ist mein Baby, und ich will es.«

»Du gehst trotzdem mit mir zum Arzt, egal, was du sonst machst oder nicht machst. Alles weitere, Dr. Beckett, überlasse ich Ihnen und Ihren berühmten logischen Überzeugungskünsten.«

Ihr Sarkasmus war durchaus gerechtfertigt. Olivias Vater hatte immer nur die theoretische statt die praktische Bedeutung der Dinge diskutiert. Wann immer er wollte, daß Olivia etwas tat oder davon absah, wandte er als Taktik eine Mischung aus Drohungen, Erpressung und verbalen Schikanen an. Ganz ähnlich wie Nick, dachte Olivia. Sie fragte sich, wie ihr Vater es wohl aufnehmen würde, wenn sie ihm sagte, daß er sich trotz seines Doktortitels wie der Mann aufführte, den er als einen hirnlosen Halbwilden bezeichnet hatte.

Im Auto sagte er zu ihr: »Lia, ich will keinen sentimentalen Blödsinn hören. Was soll das heißen, du willst dieses Baby? Mit fünfzehn Jahren kannst du doch kein Kind bekommen.«

»Sechzehn. Wenn es geboren wird, bin ich sechzehn.«

»Es wird aber nicht geboren werden. Was ist eigentlich mit dir los? Die Hormone haben dich anscheinend ganz wirr im Kopf gemacht. Schau mal, du mußt innerhalb der nächsten zwei Monate zehn Prüfungen machen, ganz zu schweigen von der Abschlußprüfung und dem Hochschulstudium in den nächsten paar Jahren. Da bleibt dir doch gar keine Zeit für ein Baby.«

»Meine Prüfungen sind längst gelaufen, wenn das Baby kommt.«

»Wie willst du dich denn konzentrieren, wenn du dir die ganze Zeit Sorgen um das Baby machst?«

»Ich mach mir doch gar keine Sorgen, ich freu mich. Ich hab mir bloß Sorgen gemacht, wie ich es dir und Mummy beibringen sollte.«

Er unternahm einen ernsthaften Versuch, geduldig zu sein. »Redest du jetzt so, weil du meinst, du wärst in Charlie verliebt?«

»Ich bin nicht in Charlie verliebt. Ich will bloß das Baby kriegen.«

»Aber du kannst das Baby nicht kriegen, das weißt du ganz genau. Babys sind doch keine Puppen, die brauchen jemanden, der sich die ganze Zeit um sie kümmert. Sie brauchen eine erwachsene Mutter, kein kleines Mädchen.«

»Ich weiß über Babys Bescheid. Du hast selbst eins zu Hause.« Dessen erwachsene Mutter es kaum sieht, fügte sie in Gedanken hinzu.

Wenn ihr Vater wütend war, zog er seine Vokale in die Länge, ähnlich wie ihr Großvater. Seiner breiten Sprechweise nach zu schließen, mußte er jetzt eine Stinkwut haben. »Lia, das ist doch Irrsinn. Du wirst dieses gottverdammte Baby nicht kriegen. Ich bezahle dir die Abtreibung, aber ich zahle nicht dafür, daß du Hausmütterchen spielst und dir deine Zukunft ruinierst.«

»Althea kann mich doch dafür bezahlen, daß ich auf Matty aufpasse. Das wär auch für Matty besser.«

Ihr Vater hob die rechte Hand und verpaßte dem Lenkrad einen harten, flachen Schlag – statt ihr eine zu scheuern, das wußte Olivia. Er umklammerte beim Fahren das Lenkrad mit beiden Händen, die Fingerknöchel weiß vor Zorn. Vielleicht, dachte sie seltsam gleichgültig, wünschte er sich, es wäre ihr Hals, den er da so fest gepackt hielt. Sie hatte ihn noch nie so wütend erlebt.

»Menschenskind, du wirst auf keinen Fall für Althea Kindermädchen spielen. Du bist verdammt noch mal meine Tochter. Ich will, daß du die Ausbildung bekommst, die dir aufgrund deiner Intelligenz zusteht. Du sollst, wenn du erwachsen bist, mal tun können, was du willst. Ich will nicht, daß es dir später so geht wie meinem Vater, dem mit vierzehn ein Unglück sein ganzes Leben verpfuscht hat.«

»Es muß doch gar nicht so sein. Ein Baby ist doch nicht das Ende der Welt.«

»Du hast keine Ahnung«, fuhr er sie an. »Du bist doch selbst noch ein Kind. Ich werde nicht zulassen, daß du dich in deinem Alter für zwanzig Jahre festlegst.«

»Daddy«, sagte Olivia vorsichtig. »Ich brauch deine Erlaubnis nicht, um das Baby zu bekommen.«

Es stimmte, und das Bewußtsein der Grenzen seiner Macht über sie machte ihn wütend. »Gut, aber für eines brauchst du meine Erlaubnis, solange du in meinem Haus lebst. Du wirst dich nicht mehr mit Charlie treffen!« Dann fügte er die rhetorische Frage hinzu: »Welcher verdorbene Halbidiot wäre imstande, einer Fünfzehnjährigen ein Kind zu machen?«

»Ein richtiger Bastard«, erwiderte Olivia prompt. Sie wollte lachen, unterließ es aber in weiser Voraussicht. »Das, hat er gesagt, soll ich dir sagen, Daddy.«

- 54 -

»Ich hab dich am Freitag in der Schule vermißt«, bemerkte Megan, als sie am Sonntag morgen telefonierten. »Warst du krank?«

»So ungefähr. Kannst du heute nachmittag rüberkommen? Ich erzähl's dir, wenn du da bist.«

»Gern. Ich hab dir auch was zu erzählen. Aber solltest du heute nicht deine Mutter besuchen?«

»Schon, aber ich hab mich entschuldigt, weil bei mir eine fiese Erkältung im Anzug ist. Ich fühl mich wie ausgekotzt.«

»Ha, und ich soll mich bei dir anstecken, was? Das ist wahre Freundschaft. Ich komm so gegen drei vorbei.«

Jetzt, wo das Geheimnis heraus war, konnte Olivia kaum erwarten, es Megan zu erzählen. In der Schule würden es sowieso bald alle sehen. Sie wollte sichergehen, daß Megan es als erste erfuhr.

Die Erkältung war wirklich blöd, doch sie war froh um die Ausrede, nicht zu ihrer Mutter zu müssen. Erstens wollte sie sich nicht mit Nick auseinandersetzen. Er war bestimmt fuchsteufelswild. Außerdem hatte sie ihre Mutter in letzter Zeit oft genug gesehen. Erst der Spießrutenlauf am Donnerstag abend, dann der Arztbesuch am Freitag. Noch etwas lag zum Glück hinter ihr. Sie hatte befürchtet, der Arzt könnte genau feststellen, wie weit sie schon war. Was natürlich bedeutet hätte, falls Charlie davon erfuhr, daß er wußte, daß er nicht der Vater sein konnte. Doch sie drückte sich absichtlich vage aus, als es um das Datum ihrer letzten Periode ging. Irgendwann vor Weihnachten, sagte sie. Nachdem der Arzt sie untersucht hatte, meinte er, es könnte alles zwischen sechzehn und zwanzig Wochen sein. Den Herzschlag des Babys könne er bereits hören, es sei aber nicht besonders groß. »Nichts Ungewöhnliches in Fällen, wenn die Mutter noch so jung ist«, erklärte er Olivias Mutter.

Ihre Mutter erkundigte sich bei dem Arzt nach der Möglichkeit eines Schwangerschaftsabbruchs. Olivia sagte, sie wolle das Baby kriegen. Der Arzt sagte, in diesem Fall sei ein Abbruch keine gute Idee, zum einen, weil sie nicht wüßten, wie lebensfähig der Fötus bereits sei, aber auch, weil es sich bei der Prozedur in diesem Stadium um eine schmerzliche und recht unangenehme Erfahrung handle. Es sei also um so besser, daß die junge Dame dagegen sei.

Ihre Mutter bestand nicht weiter darauf, doch Olivia wußte, daß es nur daran lag, daß sie vor dem Arzt keine Szene machen wollte. Kaum standen sie jedoch wieder auf der Straße, griff ihre Mutter das Thema wieder auf. Mit eisiger Stimme sagte sie: »Lia, falls du es drauf angelegt hast, mich bloßzustellen, ist dir das prächtig gelungen. Ich komme mir vor wie eine Slumbewohnerin: eine schwangere fünfzehnjährige Tochter zu haben! Vor allem jetzt, wo ich selbst schwanger bin. Es ist wie ein schlechter Witz. Was um alles in der Welt soll ich Mutter bloß sagen, wenn sie nächsten Monat kommt?«

In dem Punkt hatte sie recht. Mittlerweile machte sich Olivia mehr Sorgen über die Reaktion ihrer Großeltern als über die ihrer Eltern. »Na, sie ist doch auch nicht gleich eingegangen, als du ihr gesagt hast, daß du schwanger bist, oder?«

»Aber ich bin eine erwachsene Frau, und sie wußte ja, daß ich Nick heiraten würde. Das ist doch nicht das gleiche wie bei einem dummen, kleinen Schulmädchen. Du bist doch noch viel zu jung, um mit Jungen ins Bett zu gehen. Ich bin schwer enttäuscht von Charlie. Ich hätte ihn eigentlich für vernünftiger gehalten.«

»Er war betrunken.«

Ihre Mutter sah ihr ins Gesicht. »Wann ist es passiert?«

»Silvester.«

»Wenn es alles ein großer Fehler war, warum sperrst du dich dann gegen einen Abbruch?«

»Es ist kein Fehler, es ist ein Baby.« Diesmal sah Olivia ihrer Mutter ins Gesicht. »Hast du es Nick gesagt?«

»Natürlich.«

»Was hat er gesagt?«

»Das möchte ich lieber nicht wiederholen.«

Olivia konnte das verstehen. Sie hatte ihre Mutter nie etwas annähernd Ordinäres sagen hören. Sie fragte sich, ob ihre Mutter es aufregend fand, wenn Nick zum Beispiel über ihre Möse redete. Schon bei dem Gedanken wurde ihr vor Eifersucht ganz schlecht, also schlug sie sich ihn schnell aus dem Kopf.

Als Megan ankam, schlug Olivia vor, Matthew ein bißchen im Kinderwagen spazierenzufahren.

Sobald sie sich vom Haus entfernt hatten, fragte Olivia: »Was hast du mir denn Aufregendes zu erzählen?«

»Ach, aufregend – ich weiß nicht. Ich kann dir gleich sagen, *so* aufregend war's gar nicht.«

»Was denn?«

»Ich hab gestern abend mit Jon geschlafen.«

Olivias Staunen war so groß, als sei sie selbst noch Jungfrau. »Meg! Wirklich? Ich dachte, du wärst gar nicht so verschossen in ihn.«

»Ach, er ist schon okay. Ich mag ihn eigentlich ganz gern. Es ist bloß – er törnt mich nicht direkt an. Eher ab, würde ich sagen.«

»Wieso bist du dann mit ihm ins Bett?«

»Ich hatte die Schnauze voll davon, noch Jungfrau zu sein. Das erste Mal soll angeblich ein Wahnsinnserlebnis sein, und ich wollte eben im Leben weiterkommen, ohne daß dieses grandiose Erlebnis dauernd über mir schwebt. Im antiken Griechenland haben die Mädchen ihre Jungfräulichkeit anscheinend vor der Hochzeitsnacht einer sogenannten Herme offeriert.«

»Was ist denn eine Herme?«

»Eine Art steinerner Phallus, der bei den Leuten vor der Haustür stand. Die Braut mußte sich sozusagen darauf aufspießen.«

»Sex mit einem Steinpfahl?« Olivia war entsetzt. »Ich dachte, die Leute gehörten zur westlichen Zivilisation.«

»Ich fand die Idee eigentlich nicht schlecht. Auf dem Jungfernhäutchen soll ja ein Fluch liegen, weißt du. Bloß haben wir heutzutage keine Hermen zur Hand, und da dachte ich mir, Jon wäre doch ganz okay als Ersatz.«

»Und – wie war's?« fragte Olivia neugierig.

»So, wie man's bei zwei Jungfrauen erwarten kann. Mir ist schleierhaft, wieso jemand in dem Zustand heiraten will.«

»Die Erde hat also nicht gebebt für dich?«

»Nein, das Bett aber schon. Teddy war unten, und ich hatte furchtbare Angst, daß er was hört und am nächsten Morgen vor meinen Eltern eine gehässige Bemerkung macht.«

Olivia ließ sich die Konsequenzen dieser Geschichte durch den Kopf gehen, während sie Matthew unermüdlich den Parkweg entlangschob, der sich eine kleine Anhöhe hinaufschlängelte. »Seid ihr jetzt ein Liebespaar, Jon und du?«

»Weiß nicht. Ich könnte ja meine Techniken an ihm testen.«

»Was denn für Techniken?«

»Zum Beispiel kannst du einen Mann angeblich durch das Zusammenziehen des Vaginalmuskels zum Orgasmus bringen. Das könnte ich ja mal an ihm ausprobieren.«

»Meinst du das jetzt im Ernst?«

»Warum nicht? Arabische Sklavenmädchen haben anscheinend gelernt, wie man das macht, und die standen hoch im Kurs.«

»Das glaub ich gern.« Olivia war selbst überrascht über ihre Entrüstung. »Hast du vor, eine Art hochklassige Kurtisane zu werden?«

»Natürlich nicht. Die verdienen bestimmt einen Haufen Geld, aber guck mal, mit was du da ins Bett müßtest. Alles alt oder fett oder häßlich, oder lauter perverse Playboys. Da ist doch keiner dabei, bei dem du gern landen würdest.«

»Wieso willst du dann exotische Sextechniken entwickeln?«

»Na, dann hast du's doch unter Kontrolle, oder? Dann machst du was mit ihm statt umgekehrt.«

Olivia überlegte. »Kontrolle« war etwas, das sie im Hinblick auf Nick eigentlich nie gehabt hatte, und sie wußte auch nicht, was die Betätigung ihres Vaginalmuskels daran hätte ändern können. Doch sie begriff, was Megan sagen wollte. »Und warum hat er sich endlich dazu durchgerungen, sich an dich ranzumachen?«

»Ich hab ihn verführt.«

»O Meg!« Olivia sah ihre Freundin ehrfurchtsvoll an. »Hab ich dir gesagt, daß Charlie dich eine kleine Frau zum Fürchten genannt hat?«

Megan schien über diese Eröffnung nicht gerade erfreut. »Wie kommt er denn da drauf?«

»Er hat's als Kompliment gemeint.«

»Das will ich doch hoffen. Soll ich Matty ein Weilchen schieben? Auf dem Weg hier geht es so schwer.« Megan übernahm die Führung des Kinderwagens und rollte ihn weiter bergauf.

»Du wolltest mir noch erzählen, wieso du am Freitag krank warst. Am Telefon hast du so geheimnisvoll getan.«

»Ja, aber jetzt ist es kein Geheimnis mehr. Meine Mutter hat mich zum Arzt geschleppt. Ich bin schwanger.«

Megan blieb abrupt stehen. Sie schnappte nach Luft, als hätte Olivia sie gerade in die Seite geboxt. »Was bist du?«

»Du meinst, du hast nichts gemerkt? Ich hatte solche Angst, daß jemand was sagt, bevor es zu spät ist.«

Megan schob sich ihr primelfarbenes Haar aus dem Gesicht und starrte Olivia an. »Jetzt, wo du's sagst, kapier ich nicht, wie ich's nicht merken konnte. Wie weit bist du?«

»Im fünften Monat. Aber du bist die einzige, die das weiß. Alle anderen denken, ich bin im vierten.«

»Im vierten, im fünften, was ist der Unterschied?«

»Ein Riesenunterschied. Arithmetik ist wichtig, heißt's doch in der Schule, und Biologie auch. Vier Monate heißt, Charlie ist der Vater. Fünf Monate, daß es jemand anders sein muß.«

»Nick, meinst du.« Megan sprach langsam und bedächtig, als rechnete sie im Kopf mühsam nach. »Hast du's absichtlich getan?«

»Ich … so ungefähr.«

»Und was ist mit Charlie? Hast du absichtlich mit ihm geschlafen?«

»So ungefähr.«

»Und wie hat er's aufgenommen?«

»Komischerweise scheint er sich zu freuen. Er denkt natürlich, es ist seins. Weniger erfreut war er, als er erfahren hat, daß Daddy mir verboten hat, mich weiter mit ihm zu treffen.«

Megan sagte trocken: »Der arme Kerl.«

Nachdem die tröstliche Bewegung ausgeblieben war, war Matthew aufgewacht und beklagte sich lautstark. Megan rüttelte den Kinderwagen ein bißchen, worauf er nur noch lauter brüllte; er wußte, wann man ihn an der Nase herumführte. Olivia nahm ihn hoch und steckte ihn sich in die Jacke. Er hörte fast umgehend auf zu schreien. Sie gingen weiter. Olivia hielt Matthew im Arm, und Megan schob den leeren Kinderwagen.

»Du findest mich verrückt, stimmt's?«

»Verrückt, weiß ich nicht. Du steckst ziemlich tief im Schlamassel, es ist aber nicht alles deine Schuld. Eigentlich finde ich, du hast dich ganz schön tapfer geschlagen. Sozusagen eine Art emotionaler Attacke der Leichten Brigade.«

»Verrückt. Ich weiß.«

»Na ja, wenn du dir dein Leben versauen willst, um was zu beweisen, das Recht hast du ja wohl. Unmöglich«, sagte Megan streng, »finde ich die Art, wie du Charlie behandelt hast. Mir scheint, du hast mit ihm das gleiche gemacht wie Nick mit dir. Du solltest es nicht drauf anlegen, daß sich jemand in dich verliebt, wenn du es nicht erwidern kannst. Jetzt hält er sich für den Vater von einem Kind und ist es gar nicht.«

»Ich kann ihm ja sagen, daß er's nicht ist. Danach, mein ich.«

»Das solltest du nicht, finde ich.«

Olivia sah ihre Freundin verblüfft an. Megan war immer eine Verfechterin der absoluten Wahrheit gewesen, egal, wie brutal die Folgen waren. »Wieso nicht?«

»Na, zum einen könnte er sich so aufregen, daß er was Drastisches anstellt, zum Beispiel versucht, Nick was anzutun oder deinem Vater die Wahrheit zu sagen. Ich hab aber eigentlich an das Baby gedacht. Früher oder später wird es wissen wollen, wer sein Vater ist. Du wirst ihm nie die Wahrheit sagen können, oder? Man kann doch einem Kind nicht sagen, daß sein Vater sein Großvater ist. Oder ist es umgekehrt? Egal, du weißt schon, was ich meine. Vielleicht ist Charlie als Vater so gut wie jeder andere.«

»Daran hab ich gar nicht gedacht. An den Standpunkt des Babys, mein ich.«

Megan sagte nüchtern: »Wenn du das Baby bekommen willst, Lia, ist das der einzige Standpunkt, an den du denken solltest.«

- 55 -

Ihre Mutter hatte sich mit dem Arzt auseinandergesetzt. Nun war Olivias Vater an der Reihe, sich öffentlich bloßstellen zu lassen.

Am Montag würde er mit ihr in die Schule gehen müssen, um die Angelegenheit der Direktorin zu erklären. Obwohl ihm die Aussicht darauf entsetzlich peinlich war – wie er Olivia sehr wohl wissen ließ –, war er dazu bereit, denn er wollte seinerseits um jeden Preis sicherstellen, daß die Schwangerschaft ihre Ausbildung nicht mehr als unbedingt nötig beeinträchtigte.

»Ich weiß nicht, ob sie einen behalten«, zweifelte Olivia, die im Nachthemd auf ihrem Bett saß. Es war Freitag abend.

»Du bleibst auf der Schule«, sagte ihr Vater kategorisch. »Erstens geht es nur um ein Trimester. Zweitens, wenn sie sich querstellen, werde ich einen solchen Krach machen, wie sie ihn noch nie erlebt haben. Was denken die eigentlich – daß eine Schwangerschaft aufs Gehirn schlägt? Oder daß du durch deine Anwesenheit die anderen moralisch vergiftest?«

»Beides, glaub ich. Ich glaube aber auch, daß du ihnen schon zeigen wirst, daß sie da schiefgewickelt sind.«

»Ich verbitte mir diesen Ton, Lia.«

Ihr Vater war so wütend, daß es so aussah, als würde er sie gleich ohrfeigen, zum ersten Mal in ihrem Leben.

Olivia wurde schwindlig. Sie fühlte sich plötzlich wie betrunken. »Daddy, verachtest du mich?«

»Was redest du denn da?«

»Findest du, ich bin ein dummes Luder?«

»Du weißt ganz genau, daß ich so etwas nicht denke.«

»Woher soll ich das wissen? Das sagt man doch so, nicht wahr, wenn jemand wie ich schwanger wird?«

»Red doch kein dummes Zeug«, sagte er grob. »Es ist nicht deine Schuld.«

»Klar ist es meine Schuld. Ich weiß, wie Babys gemacht werden. Das haben wir im Biologieunterricht gelernt.« Erektion, Penetration, Ejakulation, so lief das ab.

In dem Moment spürte sie, wie es in ihr boxte. Sie ergriff die Hand ihres Vaters und führte sie an ihren Bauch. »Es bewegt sich, kannst du's fühlen? Ich könnte es doch nicht wegmachen lassen, es lebt doch schon!«

Sie wandte den Kopf und sah ihren Vater an. Sie sehnte sich so sehr danach, geliebt zu werden, vollkommen, von ganzem Herzen, Körper und Baby und Seele. Sie dachte, wenn sie ganz sicher wäre, daß ihr Vater sie immer so lieben würde, dann hätte sie sogar den Mut, ihm die Wahrheit über das Baby zu sagen.

Das Baby boxte wieder. Sie konnte es in sich fühlen. Ihr Vater mußte es auch gefühlt haben; seine Hand lag noch immer an ihrem Bauch.

»Herrgott!« Er zog die Hand rasch weg, als hätte der Fußtritt des Babys ihm weh getan. »Geh jetzt ins Bett, Lia.«

Er sah zu, wie sie unter die Daunendecke schlüpfte. Er umarmte sie nicht und gab ihr auch keinen Kuß. Er nannte sie nicht mein Liebes wie Mrs. Stone damals, oder mein Liebling wie ihre Mutter, oder Baby und Kätzchen wie Nick. Er sagte bloß gute Nacht und ging hinaus.

Die montägliche Unterredung mit der Direktorin war genauso gräßlich, wie Olivia es sich vorgestellt hatte. Doch zu ihrer großen Überraschung und Erleichterung stellte sie fest, daß ihr das völlig egal war. Die Schule war nicht mehr der Mittelpunkt ihres Lebens. Und das ganze Gespräch spielte sich ab, als sei sie überhaupt nicht anwesend.

Olivias Vater umriß die Situation in schonungslosen Worten, indem er sagte, er habe gerade erfahren, daß Olivia schwanger war.

Die Direktorin zeigte Erstaunen und Bestürzung und drückte ihr Bedauern über diesen Sachverhalt aus. Sie leite ein anständiges Bildungsinstitut mit einer ausgezeichneten Tradition, die im allgemeinen ledige Schwangerschaften ausschloß. Sie deutete an, daß Olivia nicht nur das ganze Team im Stich gelassen, sondern auch noch den Ruf der Anstalt geschädigt habe. Dann erkundigte sie sich vorsichtig, welche Schritte unternommen worden seien, um die Sache ins reine zu bringen.

Olivias Vater sagte, er könne da überhaupt nichts machen; Olivia weigere sich, abtreiben zu lassen.

Die Direktorin sagte, dies sei aber bedauerlich. Sie wäre zwar keine radikale Feministin, fände aber trotzdem, daß Mädchen darauf vorbereitet sein müßten, sich in einer Welt, die immer noch den Männern gehörte, tapfer zu schlagen. Dies schloß in jedem Fall aus, daß sie sich durch eine Schwangerschaft *hors de combat* begaben, noch bevor der Kampf überhaupt begonnen hatte. Mit peinlicher Genauigkeit redete sie Olivias Vater ununterbrochen mit Dr. Beckett an, als ob sie ihm unter die Nase reiben wollte, daß er als Gelehrter seiner Tochter doch genügend Respekt vor bildungsmäßigen Prioritäten hätte vermitteln müssen, um zu verhindern, daß sie etwas tat, das ihr akademisches Fortkommen mit Sicherheit beeinträchtigen, wenn nicht gar vollständig zum Erliegen bringen würde.

Olivias Vater sagte, seines Wissens trage die Tatsache, daß ein junges Mädchen – selbst mit fünfzehn – ein Baby bekam, nicht zur Verzögerung ihrer geistigen Entwicklung bei, und wenn die Schule den Kindern schon beibrachte, wie man Babys machte, dann sollte sie ihnen vielleicht auch zeigen, wie man ein Kondom benutzt.

Die Direktorin sagte, die Schule könne zwar objektive Fächer wie Biologie lehren, es sei jedoch Aufgabe der Eltern, ihren Kindern sittliche Werte und Verantwortungsgefühl zu vermitteln. Nachdem die Anzahl zerrütteter Familien drastisch zunahm, nachdem es allgemein *en vogue* war, in wilder Ehe zusammenzuleben, und nachdem alle meinten, sie hätten ein gottgegebenes Recht auf persönliches Glück und der Staat die gottgegebene Pflicht, für die Folgen aufzukommen, sei es für die Lehrer verlorene Liebesmüh, zum Beispiel auf die Vorzüge aufgeschobener Gratifikation hinzuweisen.

Olivias Vater schien diese Rede am liebsten mit einem angemessenen Gewaltakt quittieren zu wollen. Doch hätte er damit bloß das Argumentieren der Direktorin untermauert, also sagte er, er sei im Moment mehr auf Schadensbegrenzung bedacht und wolle sicherstellen, daß Olivia in den Abschlußprüfungen möglichst gut abschnitt, denn das sei schließlich Aufgabe der Schule und habe nichts mit Olivias sittlicher Haltung zu tun. Die Direktorin räumte ein, daß dies zutreffe, und murmelte etwas von weiterführenden Kursen für minderjährige Mütter. Olivias Vater fragte, was sie damit meinte: Kinderpflege und Hauswirtschaft, oder etwas intellektuell Anspruchsvolleres wie Textverarbeitung?

Die Direktorin sagte, es sei in der Tat selten der Fall, daß Mädchen aus privilegiertem Elternhaus wie Olivia sich in einer derartigen Situation, ahemm ...

Olivias Vater sagte, das läge aber daran, daß sie entweder die Pille nahmen oder abtreiben ließen, nicht daß sie alle Jungfrau seien.

Die Direktorin sagte, wenn das so sei, wieso dann –? Olivias Vater fing an zu fluchen und sagte, er könne Olivia ja nicht zu einer Abtreibung zwingen, wenn sie keine wollte, und einem jungen Mädchen die Pille zu geben, sei gleichbedeutend mit einem Freibrief zum Geschlechtsverkehr. Und überhaupt habe der Arzt gesagt, es sei wahrscheinlich schon zu spät für einen Abbruch. Offensichtlich war man mit all den Wundern der modernen Wissenschaft nicht in der Lage, genau sagen zu können, wie weit die Schwangerschaft schon fortgeschritten war. Ebensowenig habe Olivias teure Schulbildung sie dazu befähigt, es sich selbst auszurechnen.

Die Direktorin sagte, ach so. Dann fragte sie Olivia, ob sie auch etwas sagen wolle.

»Ja«, sagte Olivia. »Kann ich was anderes als meinen blauen Rock anziehen? Den muß ich nämlich mit Sicherheitsnadeln feststecken, und die platzen immer wieder auf und stechen mich. Das stört mich sehr im Unterricht.«

Die Direktorin sagte, Olivia könne ja etwas für ihren Zustand Angemesseneres tragen. Sie fände es jedoch unpassend, wenn sie ihre Schwangerschaft zur Schau stellte.

Olivias Vater sah wieder ziemlich mordlustig aus und sagte, Herrgott noch mal, es würden doch sowieso alle erfahren, und er wundere sich eigentlich, daß die Direktorin nicht vorgeschlagen hatte, sie solle ein Fischbeinkorsett tragen und so tun, als gäbe es überhaupt keine Schwangerschaft. Im übrigen, sagte er, werde er Olivia später unter keinen Umständen für ihre Abschlußprüfung hierher zurückschicken. Es gab Schulen, auf denen man ein junges Mädchen für ihre geistigen Fähigkeiten zu schätzen verstand, statt sie wie einen moralischen und mentalen Krüppel zu behandeln, bloß weil irgendein Flegel ihre Unschuld ausgenutzt hatte.

Dann sagte er, er müsse jetzt gehen, was er auch tat.

Die Direktorin hatte Olivia noch eine Menge zu sagen, doch Olivia hörte gar nicht richtig zu. Sie dachte an alles, was ihr Vater gesagt hatte.

Er hatte sie verteidigt. Er war auf ihrer Seite gewesen.

- 56 -

Niemand machte auf, als Olivia an der Haustür klingelte. Normalerweise kam ihre Mutter immer gleich. Olivia konnte nicht einfach hineingehen, weil die Tür abgesperrt war und sie keinen Schlüssel hatte. Keinen Schlüssel zu der Tür, die einst ihre eigene Haustür gewesen war.

Es war ein sonniger Tag, der erste Mai. Vielleicht waren ihre Mutter und Nick im Garten draußen. Sie drückte noch einmal auf den Knopf. Die Klingel funktionierte; sie konnte sie hören. Als sie schon überlegte, ob sie hintenherum durch den Garten gehen sollte, machte Nick auf. Es war schon halb eins, doch er sah aus, als sei er gerade aufgestanden. Besser gesagt, als sei er nur aufgestanden, um an die Tür zu gehen. Er war barfuß, und sein offenes Hemd hing heraus. Er sah unrasiert aus. Sein Haar war zerzaust, sein Gesicht noch verquollen vom Schlaf. Er sah begehrenswert aus.

»Tut mir leid, Lia.« Er trat beiseite, um sie hereinzulassen, gähnte und fuhr sich mit der Hand durchs Haar. »Ich hab ganz vergessen, daß du ja kommst.«

Verdutzt und argwöhnisch blieb Olivia im Eingang stehen. »Wo ist Mummy?«

»Ach, ich hätte dich anrufen sollen. Sie hat heute nacht das Baby gekriegt.« Er zog sie herein und machte die Tür zu. »Ich war die halbe Nacht wach und hab auf das verdammte Ding gewartet. Ich bin erst aufgewacht, als du geläutet hast.«

Olivia fühlte sich, als habe man ihr mit einem Vorschlaghammer eins über den Schädel gezogen. Wie betäubt fragte sie: »Was ist es?«

»Ein Junge. Die statistischen Daten hab ich vergessen. Die übliche Anzahl von Armen und Beinen und Köpfen. Sorry, daß ich keine Zigarren da habe. Du willst sowieso keine, oder?«

Alles hatte sich ohne ihr Wissen zugetragen. Ihre Mutter hatte ihren Bruder zur Welt gebracht, und sie hatte es per Zufall erfahren, als sei sie eine Nachbarin! Olivia war am Boden zerstört, gedemütigt. Sie wandte sich zur Tür. »Wenn ich das gewußt hätte, wär ich nicht gekommen. Entschuldige, daß ich dich gestört hab. Du kannst dich wieder schlafen legen.«

Nick packte sie am Handgelenk, als sie nach dem Türknauf greifen wollte. »Mach doch keinen Scheiß, ich wollte sowieso nicht den ganzen Tag pennen. Ich zieh mich schnell an und rasier mich, und dann lad ich dich zum Mittagessen ein. Und später besuchen wir Em und den Schlingel.«

Das hörte sich fast erträglich an: Nick würde sie mitnehmen, damit sie sich sein Baby ansehen konnte. Andernfalls blieb ihr bloß übrig, heimzugehen und sich den ganzen Tag mies zu fühlen. »Okay.«

»Braves Mädchen. Ich brauch bloß fünf Minuten.«

Solange er oben war, schlenderte Olivia im Wohnzimmer umher und bemerkte einige Veränderungen. Zwischen den kleinen Figürchen auf dem Kaminsims standen ein paar recht seltsame Objekte. Die Figürchen hatte ihre Mutter von Reisen mitgebracht und für so wertvoll erachtet, daß sie Olivia, als diese klein war, verboten hatte, sie anzufassen. Und nun standen diese merkwürdigen Dinger direkt neben den geheiligten Gegenständen. Das eine war ein undefinierbares, öliges Etwas, das aussah, als hätte man es aus einer kaputten Maschine herausgerissen. Das andere war ein grobgepreßter, schlecht glasierter kleiner Zwerg mit heruntergelassenen Hosen, der dem Betrachter seinen entblößten Hintern entgegenstreckte und ein Schild mit der Aufschrift Southend-On-Sea hochhielt.

Nicks Vorstellung von einem Witz, vermutete Olivia. Oder aber der Versuch, sich den Vorstellungen ihrer Mutter von einem bürgerlichen Zusammenleben zu entziehen.

Nick kam wieder herunter und sah aus, als könnte er es nun mit der Welt aufnehmen: fertig angezogen, glattrasiert, die Haare noch feucht von der Dusche, die vom Schlaf weichen Züge zu tiefen Linien verhärtet. Er sah immer noch begehrenswert aus.

Er nahm eine Zigarette aus der Packung auf dem Couchtisch und zündete sie an. Dabei musterte er sie über die Flamme hinweg. »Wahnsinn, du bist tatsächlich schwanger!« bemerkte er mit brutaler Direktheit. »Ich konnte es gar nicht glauben, als Em es mir erzählt hat.«

Zum ersten Mal schämte sich Olivia wegen ihres dicken Bauches. Nick sah so aus wie immer; wenn sie ihn ansah, begehrte sie ihn wie eh und je. Doch er sah in ihr bestimmt eine unförmige, nicht mehr begehrenswerte Frau. »Du hast mich seit sechs Wochen nicht gesehen.«

»Ist es schon so lang her?« Er starrte auf ihren Bauch, der von einer langen Strickjacke bedeckt war. »Ich dachte, du nimmst die Pille.«

»Ich hab aufgehört, als du und Mummy geheiratet habt. Ich dachte – äh, es hätte keinen Sinn mehr ...«

»Da hast du das Freundchen aber unterschätzt, was?« Er trat näher, stellte sich direkt vor sie. Außer dem verbrannten Tabak konnte sie den leicht würzigen Duft von Seife und Rasierwasser riechen. »Woher weißt du, daß es von ihm ist?«

»Ich – was meinst du damit?«

»Du weißt verdammt genau, was ich meine. Wenn es das Ergebnis von Silvester sein soll, woher zum Teufel willst du dann wissen, daß es von ihm ist?«

Olivia trat zurück und stieß gegen den Kaminsims. Er kam ihr nach und stützte sich, auf jeder Seite einen Arm, am Kaminsims auf. Sie faltete die Hände über ihrem Bauch. Sie durfte jetzt nicht einmal dran denken, daß sie Angst hatte. Wenn er wütend war, würde er sie vielleicht schlagen. Und wenn er sie schlug, würde sie vielleicht das Baby verlieren.

»Es ist nicht von ihm«, sagte sie flüsternd. »Es ist von dir.«

»Woher willst du das wissen?«

Sie senkte den Blick, sie konnte ihn nicht ansehen. »Ich war schon vor Weihnachten schwanger. Bevor ich überhaupt… mit ihm ins Bett bin.« Sie blinzelte die Tränen zurück. Es war der Zigarettenrauch, vielleicht. »Als du an Silvester so – so sauer warst, da wollte ich's dir sagen. Weil ich es bloß mit ihm getan hab, damit niemand drauf kommt, damit sie nie was andres denken, als daß er's war. Ich hab nie gesagt, daß es von ihm ist. Das haben die anderen für mich gesagt.«

»Du verrückte kleine…« Nick sprach das obszöne Wort nicht aus, das er im Sinn hatte. »Und warum das alles?«

»Du weißt doch, warum.« Olivia nahm die Hände von ihrem Bauch und berührte sein Hemd.

»Das kannst du dir doch denken«, sagte sie leise. »Ich – ich wollte so gern ein Baby von dir. Ich hab mich so schrecklich gefühlt nach der Abtreibung. Wenn ich – wenn ich ein Kind von dir habe, dann…« Olivia versuchte, die Tränen zurückzuhalten, aber es gelang ihr nicht. »Wenn ich ein Kind von dir habe, dann… dann wird immer ein Stück von dir bei mir sein. Ich – ich liebe dich doch so sehr.« Jetzt schluchzte sie hemmungslos. Nick schnippte seine Zigarette in den Kamin und nahm sie in die Arme. Wortlos hielt er sie fest. Mit tränenerstickter Stimme sagte Olivia: »Weißt du noch, in meinem Zimmer, als ich Grippe hatte? Da muß es passiert sein.«

Nick strich ihr sanft übers Haar. »Du bist verrückt, Lia. Du versaust dir dein ganzes Leben. Das hättest du nicht tun dürfen. Du hättest es mir sagen sollen.«

»Du hättest mich nur dazu überredet, es wegmachen zu lassen. Und ich will das Baby. Ich will es so sehr.« Olivia hatte den Versuch, ihre Tränen zurückzuhalten, aufgegeben. Sie flossen in Strömen über ihr Gesicht, als wäre ein Damm gebrochen. Nick hielt sie fest, streichelte sie, küßte ihr Haar, ihr Gesicht, ihren Hals. »Tut mir leid wegen Silvester. Ich hab doch gesagt, daß es mir leid tut, oder?«

Olivia klammerte sich an Nick wie eine Ertrinkende, als sie eine plötzliche Erkenntnis wie ein schmerzhafter Stich durchfuhr: Nick redete immer nur von ihr, von ihrem Baby. Nicht von seinem. Sie machte sich los. Ihre Tränen begannen zu versiegen. Mit einem Schlag war ihr vollkommen klargeworden, daß Nick dieses Baby gar nicht als seines betrachtete. Solange er mit ihrer Mutter zusammen war, würde er vermutlich gar nicht darum herumkommen, auch ihr Baby zur Kenntnis zu nehmen. Aber er würde dem Kind nie ein richtiger Vater sein. Niemals.

Olivia verschränkte die Hände über ihrem Bauch, wie um das Baby zu schützen. In diesem Moment wußte sie, daß es ihr egal war, ob Nick sich um sein Kind kümmern würde. Eine Woge der Zärtlichkeit überschwemmte sie. *Aber ich bin deine Mutter*, dachte sie. *Ich werde immer für dich da sein. Ich werde dich nie im Stich lassen, so wie ich im Stich gelassen worden bin.*

Nick schüttelte sie sanft, aber bestimmt und riß sie aus ihren Gedanken. »Es ist trotzdem nicht richtig. Du bist doch noch ein Kind. Du solltest noch nicht mit Babys rummachen.«

Olivia putzte sich geräuschvoll die Nase.

»Mit dir sollte ich auch noch nicht rummachen.«

»Verdammt, da hast du recht. Fast ein Jahr ist es jetzt her, daß ich dich defloriert habe, und ich könnte dafür immer noch in den Knast kommen. Ich komm mir echt vor wie der hinterletzte Dreckskerl.«

Olivia widersprach ihm nicht. Nick nahm sie wieder in die Arme und streichelte sie. Nach einer Weile sagte er: »Jedenfalls bin ich froh, daß es nicht von Charlie ist.«

»Ich dachte, du magst Charlie.«

»Aber nicht, daß er seinen Stöpsel in deine Muschi steckt.« Er faßte sie an den Schultern und hielt sie von sich weg, dabei sah er sie prüfend an. »Bumst er dich immer noch?«

»Daddy hat mir verboten, mich mit ihm zu treffen.«

Nicks Hand packte fester zu, wie die Klauen eines Habichts, der gleich seine Beute hochhebt. »Und davor?«

Sie wußte, daß sie sich auf gefährlichem Terrain bewegte und nahm den feigen Ausweg. »Bloß das eine Mal. Ich hab dir doch gesagt, wieso.«

Seine Augen waren blaß und kalt, wie Gletschereis, mit einem uralten, gefrorenen, finsteren Kern. »Jetzt verarschst du mich aber, Baby!»

Trotzig entgegnete sie: »Wenn du alles weißt, wieso fragst du dann?« Sie wollte seine Hände abschütteln. »Ich bräuchte Charlie gar nicht, wenn ich dich hätte.«

Er begann, ihre Strickjacke aufzuknöpfen. Sie wollte ihn davon abhalten. »Ich will nicht, daß du mich siehst. Ich bin doch so fett und häßlich.«

»Nein, bist du nicht.«

»Das weißt du doch gar nicht.«

»Klar weiß ich das.« Während sie protestierte, lenkte er sie mit Küssen ab und zog sie weiter aus. »Na, komm, Baby, laß dich mal anschauen.«

Als sie nackt war, kniete er sich vor sie hin und küßte und streichelte ihren Bauch, als sei es der begehrenswerteste Teil von ihr. Ungläubig und entzückt fragte sie ihn: »Wie kannst du bloß? Ich seh doch scheußlich aus.«

»Ach, Quatsch. Wahnsinn, du siehst aus wie eine Göttin.« Mit der Fingerspitze zog er eine blaue Vene in ihrer geschwollenen Brust nach. »Wie ein Fruchtbarkeitssymbol, aus einem seltenen Stein gemeißelt.«

Aus Nicks Mund klang das wie Poesie.Und er lag vor ihr auf den Knien, als ob er sie anbetete. Olivia liebte ihn so sehr, daß sie es fast nicht mehr aushielt.

Um sich von dem Schmerz abzulenken, tat sie sich selbst an anderer Stelle weh. »Hast du das zu Mummy auch gesagt?«

Seine Antwort war schamlos offen und gelassen. »Em ist nicht richtig gebaut dafür. Eine Göttin muß ausladend aussehen – wie ein Festmahl, nicht bloß wie eine ordentliche Mahlzeit.«

Während er es sagte, begann er, ihren nackten Körper an jeder erreichbaren Stelle zu streicheln, zu küssen und zu lecken, als sei sie tatsächlich und nicht nur im übertragenen Sinn ein zu seinem Genuß aufgetragenes Bankett. Dann stand er auf, um sich rasch auszuziehen. Als er ganz nackt war, streckte er sich auf dem Sofa aus und brachte sie dazu, sich rittlings auf ihn zu setzen. Er küßte sie auf den Mund und liebkoste ihre schweren Brüste und sagte ihr, daß sie schön war, bis sie es ihm glaubte, trotz Bauch und Baby und allem. Als er kam, rief er ihren Namen: *Lia Lia Lia*; das hatte er bisher noch nie getan, und sie liebte ihn dafür um so mehr.

»Ich hab dich furchtbar vermißt«, gestand sie. »Bis jetzt hab ich gar nicht gewußt, wie sehr. Du mich auch?«

»Und wenn? Es bringt doch nichts, darüber nachzudenken.«

»Manchmal muß ich aber einfach. Es ist, wie wenn man eine schreckliche Krankheit hat und einem mitten in der Nacht die Schmerztabletten ausgehen.«

Sie hatte den Kopf gehoben, um ihn anzusehen. Er knurrte etwas und zog sie wieder zu sich herunter. »Ja, ich weiß. Ich weiß, was du meinst.«

»Weißt du es wirklich?«

»Ja.« Er vergrub seine Hand in ihrem Haar und streichelte ihr mit seinen rauhen Fingerspitzen den Nacken. »Ja, verdammt noch mal, ja, ja.«

Erst später, auf dem Weg zu dem Krankenhaus, in dem ihre Mutter entbunden hatte, begriff Olivia das ganze Ausmaß dessen, was sie hier gerade getan hatten. Wenn es verschiedene Stufen von Ehebruch gab, dann war das Bumsen mit dem Ehemann der eigenen Mutter am gleichen Tag, an dem diese unter Schmerzen seinen Sohn zur Welt gebracht hatte, die höchste – oder aber die niedrigste – Stufe.

Sie fragte sich, wie Nick mit solchen Gedanken fertig wurde. Sie wußte, auch wenn sie es nicht begriff, daß er keinerlei Schamgefühl besaß. Vielleicht machte er sich diese Gedanken einfach gar nicht – weil, wie er ja gesagt hatte, es nichts brachte, darüber nachzudenken.

Ihre Mutter sah müde, aber sehr mit sich zufrieden aus. Das Baby hatte eben seine allererste Mahlzeit bekommen und sah ebenfalls müde, aber sehr mit sich zufrieden aus. Die beiden hatten eine ziemlich zermürbende Nacht hinter sich. Zum Glück sei die Geburt aber nicht annähernd so schwierig gewesen wie Olivias, wie ihre Mutter ihr freudig mitteilte. Im Gegensatz zu Althea hatte Olivias Mutter nichts dagegen, daß sie das Baby herausnahm. Außerdem war Olivia ja, dank Matthew, inzwischen eine richtig Expertin im Halten von Babys geworden.

»Wie heißt er?«

»Luke.«

Als ihre Mutter seinen Namen sagte, machte das Baby die Augen auf und sah Olivia an. Der Kleine war überhaupt nicht wie Matthew; er schien nicht im geringsten verdattert oder frustriert. Er sah aus wie ein Baby, das die Anweisungen für seine Mission auf Erden gewissenhaft beherzigt hatte und nun bereit war, sich zu entspannen und die Sache zu genießen, bis es Zeit war, seinen Auftrag zu erfüllen. Er musterte Olivia mit lebhaftem Interesse.

Sie fragte ihre Mutter: »Wann kannst du nach Hause?«

»Am Dienstag, hoffe ich. Morgen kommt Mutter von Devon herauf und hilft ein paar Wochen aus.«

»Wie schön für dich! Und für Luke natürlich.«

Weniger schön für Nick. Vielleicht würde das ganze Getue um das Baby sämtliche Energien ihrer Großmutter absorbieren, so daß ihr keine Zeit mehr blieb, ihren Schwiegersohn zu zivilisieren. Sie fragte sich, was ihre Großmutter wohl zu den *objets trouvés* auf dem Kaminsims sagen würde.

Sie bekam Schuldgefühle, weil sie das Baby schon mit Beschlag belegt hatte, und warf einen Blick zu Nick hinüber, der am Fußende des Bettes stand. »Willst du Luke mal halten?«

Er schüttelte den Kopf. »Das kann ich zu Hause noch genug.«

Olivia hatte eigentlich gedacht, sie müßte sich dazu zwingen, so zu tun, als freute sie sich über das Baby, doch wie schon bei Matthew stellte sie fest, daß der Sohn ihrer Mutter ein ganz eigenständiges Wesen war, das man behandelte wie jeden anderen Menschen, den man gerade kennengelernt hatte, statt wie einen Gegenstand, auf dessen einem Arm EMMA stand und auf dem anderen NICK. Doch obwohl sie es ehrlich meinte, war ihr bewußt, daß es sich absurd und förmlich anhörte, wie die Teegesellschaftsallüren ihrer Mutter, als sie später im Auto zu Nick sagte: »Luke ist ein niedliches Baby.«

»Na, bei dem Vater. Em sagte, du hättest sechs Wochen nur geschrien.«

»Ich glaub, meine Eltern waren mir keine große Hilfe. Luke hat vielleicht mehr Glück.«

»Jedenfalls mehr Glück als ich.«

Olivia hatte seine entsetzliche Kindheit schon ganz vergessen. Es fiel ihr schwer, sich vorzustellen, daß er überhaupt einmal klein gewesen war, weil er auf sie so gebieterisch wirkte. Vielleicht hoffte er, bei seinem Sohn wieder gutmachen zu können, was sein Vater ihm Schlimmes angetan hatte. »Hast du Mummy eigentlich mal die Geschichte von deinem Vater erzählt?«

»Das wär ja wohl keine Empfehlung für mich, oder?«

»Heißt das, sie weiß davon überhaupt nichts?«

Olivia fragte es ganz spontan, ohne die Bedeutung seiner Antwort richtig registriert zu haben. Als sie darüber nachdachte, verstand sie. Egal, wie verschossen ihre Mutter in Nick auch sein mochte, womöglich hätte sie doch gezögert, ihr ungeborenes Kind einem Vater auszusetzen, zu dessen Erfahrung väterlichen Verhaltens schwere Körperverletzung zählte.

Bevor sie sich für ihre Taktlosigkeit entschuldigen konnte, sagte Nick: »Ich hab doch gesagt, Kätzchen, das ist ein ganz großes Geheimnis zwischen dir und mir. Und nicht Teil der offiziellen Biographie.«

Als sie darüber nachdachte, hätte sie ihn am liebsten gebeten, den Wagen anzuhalten, damit sie ihm sagen konnte, daß sie ihn mehr liebte, als Hero ihren Leander je geliebt hatte, oder Heloïse ihren Abelard. »Das weiß ich doch alles, Nick, und trotzdem kriege ich dein Baby.«

Er lächelte sie an. »Du zählst nicht. Du bist verrückt.«

Olivia mußte ein paarmal tief und langsam durchatmen, um nicht in Tränen auszubrechen. »Mein Baby zählt aber«, sagte sie bedächtig. »Das wird nicht verrückt. Das wird genauso hübsch und süß wie Matty und Luke. Und du wirst sein Vater. Was machst du dann?« Sie wußte selbst nicht, warum sie diese Frage stellte.

»Keine Ahnung«, antwortete Nick.

»Was soll das heißen?«

»Das heißt, daß ich keine Zeit hab, darüber nachzudenken. Und du auch nicht. Du wolltest es mir gar nicht sagen, stimmt's?«

Sie wollte noch ein paarmal tief durchatmen und bekam plötzlich keine Luft mehr. »Hältst du mal an? Ich glaub, ich werd ohnmächtig.«

Nick bremste abrupt, bog in eine Seitenstraße ein und fuhr an den Randstein. Olivia kurbelte ihr Fenster herunter, lehnte sich zurück und atmete die klare, kühle Luft ein. Allmählich verflog das beklemmende Gefühl wieder. Nick zog sie an sich und vergrub seinen Mund in ihrem Haar. Nach einer Weile sagte er: »Jetzt hör mir mal zu. Hörst du?« Er schob sie ein Stück zurück und sah ihr in die Augen. »Wenn ich wüßte, wie ich mich um dich und dein Baby kümmern soll! Aber das Gesetz läßt mich nicht und dein Daddy auch nicht, und ich muß mich doch um Em und Luke kümmern. Was willst du denn, was soll ich denn machen?«

Olivia hob den Kopf und sah ihn an. »Ich will bloß, daß du mich liebst. Und ich will, daß du mein Baby liebst, weil es von dir ist. Alles andere ist mir egal – ob ich dich sehen kann, ob wir uns verstellen müssen, ob ich so tun muß, als sei es von Charlie. Das ist mir alles egal. Na ja, jedenfalls fast«, räumte sie ein. »Ich will nur wissen –«

»Du willst Verständnis, Baby. So heißt das bei den feinen Leuten.« Er schwieg einen Augenblick und sah hinaus auf die langweiligen Vororthäuser. »Ich versteh dich.«

Sie begann zu weinen, vielleicht vor Erleichterung. Zwischen den Schluchzern küßte sie ihn. »Ich liebe dich«, sagte sie zwischen den Küssen. »Und was ist mit dir, Nick?«

»Was soll mit mir sein?«

»Das ist das, was *ich* will. Und du? Was willst du?«

Er legte die Hand auf ihre Brust. »Im Moment will ich bloß eins, heimfahren und dich noch mal bumsen. Hast du dafür Zeit?«

Sie hatte.

- 57 -

»Lia, mein Schatz.« Olivia erkannte die Stimme ihrer Großmutter. »Wie lieb von dir, daß du anrufst. Ich weiß, du bist im Moment sehr beschäftigt mit Prüfungen. Ich hatte trotzdem gehofft, daß du uns mal besuchen kommst.«

»Ich sollte eigentlich morgen kommen. Aber dann dachte ich, es ist vielleicht doch keine so gute Idee.«

»Unsinn, ich würde mich sehr freuen, dich zu sehen, und Emma sicher auch. Bestimmt kannst du es kaum erwarten, dein Brüderchen zu besuchen.«

Diese Wärme in der Stimme ihrer Großmutter ließ Olivia vermuten, daß ihre Mutter ihr die schlechte Nachricht noch nicht weitergegeben hatte. »Na ja, ich würd schon gern kommen. Laß mich mal mit Mummy reden.«

»Moment, ich hole sie gleich.«

Ihre Mutter kam an den Apparat; ihre Stimme klang weit weniger begeistert als die ihrer Großmutter. »Hallo, Lia.«

»Ich ruf an wegen morgen. Es ist ja mein Besuchssonntag, aber vielleicht komm ich besser nicht.«

»Warum nicht?«

»Na, du weißt schon. Du hast es Grandma noch nicht gesagt, oder? Das mit mir, mein ich.«

»Nein, noch nicht.« Der Tonfall ihrer Mutter war nun entschieden kühl. Nicht nur hatte Olivia auf den Teppich gekotzt, es erwies sich auch noch als unmöglich, die Flecken und den Gestank wieder zu entfernen. »Aber das ist egal, einmal muß es ja sein, nicht wahr? Es geht ja nicht weg.«

»Also gut, dann komm ich. Aber sorg dafür, daß du es ihr erklärt hast, bevor ich antanze.«

»Die Tatsachen kann ich ihr sagen, Lia, aber erklären mußt du es ihr selbst.«

Sie war nicht nur die unerwünschte Waise, sondern auch das schwarze Schaf in der Familie. Wie eine Geisteskranke oder eine Straffällige. Schlimmer noch, denn Geisteskranke konnten ja geheilt werden und Straffällige ihre Gefängnisstrafe absitzen, doch ein Baby hatte man ein Leben lang.

Ein Leben lang und länger, nach dem, was Megan sagte. Sie würde für immer mit Nick verbunden sein. Halleluja, sagte sie sich innerlich, halleluja und amen.

Als sie am nächsten Tag bei ihrer Mutter ankam, war ihr sofort klar, daß ihre Großmutter inzwischen Bescheid wußte. Sie gab Olivia einen betont förmlichen Kuß.

»Wie geht es dir, mein Liebes?« Weil sie befürchtete, Olivia könnte ihre Frage beantworten, fügte sie rasch hinzu: »Emma ist oben und kümmert sich um Luke. Ich bin heute fürs Mittagessen verantwortlich. Du mußt also mit in die Küche kommen.«

Olivia wäre lieber zu Luke hinaufgegangen, konnte die Bitte ihrer Großmutter jedoch schlecht abschlagen. Wie sich dann herausstellte, war ihrer Großmutter nicht sosehr an ihrer Mithilfe gelegen, sondern an einer Gelegenheit, ihr eine Lektion zu erteilen. Sie tat dies ebenso energisch, wie sie den Weißkohl raspelte.

»Da hast du etwas sehr Dummes angestellt, mein Liebes! Ich konnte es zuerst gar nicht glauben, als Emma es mir sagte. Ich hätte dich eigentlich für vernünftiger gehalten. Trotzdem, ich sagte ihr, es ist ihre Schuld, weil sie mit schlechtem Beispiel vorangegangen ist. Wenn angeblich erwachsene Frauen es für akzeptabel halten, offene Affären zu haben und mit den Ehemännern anderer Frauen zusammenzuleben und sogar schwanger zu werden, ohne daß je die Rede von Heirat wäre, dann ist es doch kein Wunder, wenn ein junges Mädchen auch mal sehen will, was denn daran so toll ist! Ich weiß, es hat immer Leute in den unteren Gesellschaftsschichten gegeben, denen das Konzept der Ehelichkeit ebenso gleichgültig war wie das Konzept des Eigentums. Aber wenn anständige Leute mit einer guten Kinderstube und Ausbildung anfangen, die Idee von einer normalen Familie als entbehrliches Extra zu behandeln, das man abschreiben kann, sobald es langweilig wird, dann weiß ich wirklich nicht, welche Hoffnung es für diese Gesellschaft noch gibt. Alle stoßen die Leitern weg, die sie dahin gebracht haben, wo sie heute sind. Alle meinen, sie verpassen etwas im Leben, wenn sie nicht wie ein Popstar oder wie ein Filmstar leben – jeden Samstagabend Orgien, fünf Frauen hintereinander, jede blond, schön und einundzwanzig. Es hat alles mit Glück zu tun, das verstehe ich ja, endet aber doch meistens im Kummer. Du hältst mich jetzt wahrscheinlich für einen langweiligen, alten Dinosaurier, nicht?«

Olivia schüttelte den Kopf, während sie sorgfältig in der Soße rührte. Ihre Großmutter war eine überzeugte Anhängerin der traditionellen Vorzüge von Fleisch mit zwei Beilagen.

Zumindest in dieser Hinsicht, wenn auch sonst nirgends, trafen sich in Grandma Hardy und Nick zwei verwandte Seelen.

Tatsache war, daß sie mit ihrer Großmutter einer Meinung war. Sie wünschte sich, ihre Eltern wären noch miteinander verheiratet. Sie wünschte sich, Matthew und Luke wären ihre richtigen Brüder statt

Halbbrüder. Sie wünschte, sie hätte Nick nie zu Gesicht bekommen, wäre nie mit Charlie ins Bett gegangen und hätte sich momentan um nichts Folgenschwereres zu kümmern als um ihre Abschlußprüfungen. Aber die Dinge lagen nun mal nicht so. Und so wie die Dinge lagen, machte sie sich um die Geburt eines Kindes weit weniger Sorgen als um das Problem, in ihren Stiefvater verliebt zu sein.

Das alles hätte sie ihrer Großmutter aber unmöglich erklären können, also schüttelte sie den Kopf und wechselte das Thema. Es war eigentlich gar kein neues Thema, aber das würde ihre Großmutter nicht wissen. »Wie kommst du mit Nick zurecht?«

»Bisher ist er mir noch nicht in die Quere gekommen.«

»Glaubst du, er wird Luke ein guter Vater sein?«

Ihre Großmutter warf ihr einen durchdringenden Blick zu.

»Wieso, glaubst du das etwa nicht?«

»Ich glaube überhaupt nichts«, wehrte Olivia ab. »Ich frag mich nur. Weil Luke nämlich eigentlich nicht seine Idee war, deswegen.«

»Was die menschliche Fortpflanzung betrifft, mein Liebes, so ist der Wunsch nicht nur Vater der Tat, sondern auch des daraus resultierenden Babys. Wenn er nicht glücklich ist, daß er ein Kind hat, hat er es sich selbst zuzuschreiben.«

»Ich glaub nicht, daß er darüber unglücklich ist. Ich hab nur gefragt, was du denkst, Grandma.«

Ihre Großmutter ließ sich die Sache durch den Kopf gehen.

»Schwer zu sagen. Normalerweise haben Männer nicht sehr viel zu tun mit ganz kleinen Babys. Allein die Tatsache, daß Nick nicht im Traum daran denken würde, Windeln zu wechseln, macht aus ihm noch keinen schlechten Vater. Emmas Vater wußte nicht einmal, wie eine Windel aussieht, und ich glaube, Ross hat sich aus der ganzen Schweinerei auch herausgehalten. Vorausgesetzt, Althea hat nicht einen dieser neuen Männer aus ihm gemacht –?«

»Vergiß es, Grandma. Du kennst doch Daddy.«

»Ich dachte nur, ich frag mal, ich wollte ihm nicht unrecht tun. Für mich war Ross immer ein Mann, der mit dem Leben unzufrieden ist, weil es dem nicht gerecht wird, was in Büchern darüber angekündigt wird. Schlag das hier mal schaumig, mein Schatz, während ich das Öl dazugebe.«

»Was wird das?«

»Mayonnaise. Ich kann das vorgefertigte Zeug nicht leiden.«

Olivia schlug es schaumig, während ihre Großmutter Öl dazugab.

»Eins muß ich aber sagen, am Anfang habe ich Nick falsch eingeschätzt. Ich hielt ihn für ein bißchen beschränkt.«

»Und was denkst du jetzt?«

»Er ist ziemlich helle. Auf jeden Fall cleverer als Emma. Aber das wird auch gut sein. Emma sieht gern zu ihren Männern auf. Sie leidet unter dem weiblichen Trugschluß, daß sie für sie sorgen und sie vor der grausamen Welt beschützen soll. Diese *idée fixe* wird anscheinend nie von der Erfahrung eines Besseren belehrt.« Ihre Großmutter reichte ihr die Schüssel mit der Mayonnaise. »Rühr das hier bitte unter den Kohlsalat, mein Schatz! Und dann kannst du Emma und Nick rufen.«

Nach dem Mittagessen spielten die drei Frauen Dreier-Bridge und schmusten abwechselnd mit Luke herum. Wenn sie alle immer hier wohnen würden, dachte Olivia, hätte das Baby keinen Augenblick seine Ruhe.

»Was ist denn nun mit eurem Stück, Lia?« fragte ihre Mutter beiläufig. »Habt ihr beiden es aufgegeben, Meg und du?«

»Nein, nächste Woche führen wir es auf. Hoffentlich.«

Ihre Großmutter spitzte die Ohren. »Was denn für ein Stück?«

»Medea«, klärte Olivia sie auf. »Von Euripides.«

»Ist das nicht das Stück, in dem sie ihre Kinder umbringt?«

»Genau«, bestätigte ihre Mutter. »Leichter Komödienstoff für heutige Schulkinder.«

»Ach, Emma, was sind schon zwei tote Kinder, wenn man jeden Abend in den Neunuhrnachrichten sehen kann, wie ganze Nationen verhungern oder abgeschlachtet werden? Da kommt einem doch so eine Einzeltragödie wie Luxus vor.« Ihre Großmutter hob die Stimme. »Was meinst du dazu, Nick?«

»Zu was?«

»Ob Olivias Stück geeignet ist.«

Nick war in die Sportseiten der *Mail on Sunday* vertieft. Bestimmt hatte ihre Mutter seine Lektüre in eine etwas anspruchsvollere Richtung gelenkt, dachte Olivia, wenigstens solange Olivias

Goßmutter hier war. Nick blätterte um und faltete die Zeitung wieder zurecht. »So ist nun mal das Leben, oder nicht?«

Olivia wußte, was er damit sagen wollte. Ihre Mutter nicht.

»Was, daß Leute ihre Kinder umbringen?«

»Das passiert doch andauernd.«

»Aber nein.«

»Schlimmes, vulgäres Zeugs bringen sie eben in deinem sozialistischen Käseblatt nicht, außer sie können's irgendwie der Regierung in die Schuhe schieben.«

Olivia beobachtete ihre Großmutter. Sie sollte Nick auf keinen Fall für einen Idioten halten. Ihre Großmutter lächelte. Nicht triumphierend oder herablassend, nur amüsiert.

»Woran hapert es denn bei dem Stück?« fragte ihre Mutter beharrlich. »Liegt es schon wieder an Devika?«

»Nein, Devika geht's gut. Sie hopst zwar immer noch auf Krücken rum, aber Meg und ich haben das schon eingebaut. Es paßt sogar viel besser rein, es macht sie nämlich noch mehr zum hilflosen Opfer. Und die Geschichte mit dem Cadillac kommt dadurch auch besser zur Geltung.«

»Was ist denn das Problem?«

»Die Direktorin meint, es ist zu kurz vor der Prüfung. Ms. P. sagt, es ist, weil ich schwanger bin.«

»Was hat denn das damit zu tun?«

»Das möchte Daddy auch gern wissen. Er sagt, er macht einen Riesenkrach, wenn die Direktorin es uns am Ende doch nicht aufführen läßt. Er behauptet, es gibt da ein Wort dafür, aber ich glaub, er hat es sich selber ausgedacht.«

»Was für ein Wort denn?«

»Gravidismus. Er sagt, es bedeutet, daß man Vorurteile gegen schwangere Frauen hat.«

»Das ist aber nicht das richtige Wort«, bemerkte ihre Großmutter. »Er meint wahrscheinlich Discipulagravidismus.«

Olivia sah ihre Großmutter verwundert an. »Was heißt das?«

»Das bedeutet Vorurteile gegen schwangere Schulmädchen. Besonders unter Schuldirektorinnen ziemlich weit verbreitet, nehme ich an. Wer kann es ihnen verdenken?«

Olivia wechselte erneut das Thema. Diese Taktik beherrschte sie mittlerweile recht gut. Sie fragte ihre Mutter, was sie denn mit Luke machte, wenn sie wieder arbeiten ging.

»Ich gehe gar nicht wieder. Ich arbeite hier zu Hause, zumindest vorläufig. Ich richte mir dein altes Zimmer oben als Werkstatt ein.«

Damit hatte sich die Frage, ob Olivia je wieder einziehen würde, wohl erledigt. Sie war aus und vorbei, ausgewachsen und weg, sie gehörte nicht mehr zur unmittelbaren Familie ihrer Mutter. Ihre Mutter hatte alles anders arrangiert. Nachdem Olivia diese Erkenntnis hinuntergeschluckt hatte, fragte sie nur: »Verkauft die Galerie denn weiter deine Sachen?«

»Sehr gern sogar, die verkaufen sich genausogut wie all das andere Zeug, das sie dort verscherbeln. Außerdem habe ich ja den Vertrag mit Jack Rae. Alle seine Geschäfte führen jetzt meine Kreationen. Was gibt's da zu kichern, Lia?«

»Nichts«, sagte Olivia, die Luke an ihrer Schulter wiegte. »Ich hab bloß gerade gedacht, daß ich auch gerade eine Kreation von dir auf dem Arm habe. Und ich«, fügte sie hinzu, »bin ja wohl auch deine Kreation.«

»Früher, ja. Inzwischen bist du allerdings ziemlich außer Kontrolle geraten.«

»Ich bin bloß älter geworden, das ist alles.« Olivia sah ihre Großmutter an. »Was meinst du, Grandma? Ist Mummy immer noch deine Kreation?«

Ihrer Mutter schien diese Unterhaltung seltsamerweise peinlich zu sein. Doch ihre Großmutter erwog die Frage recht sorgfältig. »Weißt du, Lia, ich denke, einem anderen Geschöpf das Leben zu schenken, bedeutet eigentlich nur, ihm den Start in die Welt zu erleichtern. Man kann ihm helfen oder es behindern, aber man hat keinen Einfluß darauf, was für ein Mensch es ist.«

»Das sagt Meg auch. Sie behauptet, es sind schon ganz fertige Menschen, die schon mal hier waren und sich die Eltern aussuchen, bei denen sie geboren werden wollen.«

Ihre Mutter meinte ungeduldig: »Warum sollten sich dann so viele Menschen aussuchen, bei verarmten Eltern in der Dritten Welt geboren zu werden?«

»Was Besseres kriegen sie vielleicht nicht. Vielleicht gibt es da eine Art Rangordnung, und wenn sie beim letzten Mal miese Eltern waren, sind sie diesmal dran, auf der Verliererseite geboren zu werden.«

Ihre Mutter nahm dies anscheinend persönlich. »Wir können nicht alles haben, was wir wollen, Lia. Jedes Kind will doch in eine klassische westliche Familie geboren werden, mit zwei Elternteilen, Mutter zu Hause, aber so ist das nun mal nicht. Du kannst doch nicht erwarten, daß man sein ganzes Leben seinen Kindern opfert. Sind das denn Hellseher, diese Wesen, die da angeblich geboren werden wollen? Können sie denn vorhersagen, was in den nächsten zwanzig Jahren sein wird?«

Olivia überlegte, was Megan ihr gesagt hatte. »Nein, ich glaub nicht. Sie sind so wie alle anderen, sie versuchen nur, die beste Entscheidung zu treffen.«

»Na, Gott sei Dank. Erinnere mich bitte an die richtige Antwort, wenn du mir das nächste Mal sagst, du hättest nicht drum gebeten, auf die Welt zu kommen. Wir versuchen ja alle nur, die beste Entscheidung zu treffen. Du findest, du bist schlimm dran, weil deine Eltern geschieden und neu verheiratet sind. Und was ist mit Luke? Wo wäre er denn, wenn ich Nick nie begegnet wäre?«

»Vielleicht hättest du ihn dann mit Daddy gekriegt.«

»Wäre er dann besser dran gewesen, mit Eltern, die sich nicht vertragen können? Wenn deine neuen Seelen auf der Suche nach glücklich verheirateten Eltern sind, hat er's doch ganz gut getroffen. Besser als du damals, mein Liebling.«

Olivia hob die Hand an ihren Mund. Sie wußte nicht, nicht einmal jetzt, ob ihr Vater ihre Mutter je geliebt hatte, oder ob er Althea und Matthew und Olivia selbst überhaupt liebte. Sie wußte nicht, ob Nick Miranda je geliebt hatte, oder ob er ihre Mutter und Luke liebte. Doch seltsam – eines wußte sie sicher: wenn Nick sie nicht liebte, dann liebte er niemanden.

»Also – falls sich jemand dafür interessiert«, sagte ihre Großmutter, »wir sind wahrscheinlich besser dran, wenn wir wochentags jeden Abend Cottage Pie essen statt Pfauenzunge am Sonntag und Wasser und Brot bis zum nächsten Sonntag, denke ich.«

Als es für Olivia Zeit wurde, zu gehen, angeblich um sich unters Joch der Prüfungsbüffelei zu begeben, bat ihre Mutter Nick, sie nach Hause zu fahren.

Das tat er, aber nicht sofort. Zuerst fuhr er noch nach Wapping, um mit ihr zu schlafen.

- 58 -

Er kniete auf den Teppich und zog sie zu sich herunter, so daß ihr Hintern auf seinen Schenkeln zu liegen kam. Seine Schenkel waren hart und muskulös und mit kräftigen, goldenen Härchen bedeckt. So rittlings auf ihm zu sitzen, fühlte sich schon sexy an, bevor er seinen Schwanz in sie hineinstieß. Als sie die Arme um ihn legte, fiel ihm ihr Haar wie ein Zaubermantel auf die Schultern. Wäre sie eine Hexe gewesen, dann hätte sie ihn damit vielleicht verzaubern können, damit er sie für immer liebte. So aber war nur das, was er mit ihr machte, magisch. Mit seinen Händen auf ihren Pobacken bewegte sie ihr Becken im gleichen Rhythmus mit seinen Stößen. Sie fühlte sich auf erregende Weise hilflos und überwältigt, besonders kurz vor dem Höhepunkt, als er ganz deutlich der Gewalt einer blinden, erotischen höheren Macht ausgeliefert schien.

Danach klammerten sie sich aneinander, feucht und ausgelaugt wie schiffbrüchige Seeleute nach einem tropischen Sturm. Sie schob sich ihre Haare aus dem Gesicht und sah hinunter auf die Stelle, an der ihr gewölbter Unterleib sich mit seinem flachen Bauch traf.

»Daß du mich begehrenswert findest, wenn ich so aussehe ...«

»Ich bin da nicht so pingelig, Kätzchen. Außerdem siehst du toll aus.«

»Wenn du das toll findest, mußt du pervers sein.«

»Ich doch nicht. Aber es gibt bestimmt eine Menge solcher Typen, jetzt, wo du's sagst. Eine echte Marktlücke. Vielleicht sollte ich ein paar Fotos von dir machen ...«

»Nick, das ist kein Witz.« Olivia wurde immer noch schlecht, wenn sie an diese Aufnahmen dachte. Damals mußte sie ebenfalls schwanger gewesen sein, auch wenn sie es beide nicht gewußt hatten. Sie machte sich von ihm los. »Ich muß jetzt nach Hause. Und du auch.«

»Die werden mich schon nicht vermissen.«

»Doch.« Sie zog sich rasch an, schlüpfte wieder in die Unterwäsche und zog sich ihr Kleid über den Kopf. »Wie kommst du denn mit Grandma zurecht?«

»Ich glaub, sie hat's schwerer als ich. Sie behandelt mich wie einen verdammten Rottweiler – immer gut füttern und ansonsten Abstand halten.«

»Ich hab sie nach dir gefragt. Sie findet, du bist clever.«

Er ließ ein belustigtes Knurren hören. »Da muß sie ja selber recht hell sein, wenn sie das geschnallt hat.« Er trat hinter sie, legte die Arme um sie und verschränkte die Hände über ihrem Bauch. Er hatte seine Jeans bereits angezogen, aber das Hemd noch nicht. »Und was ist mit dir? Was sagt sie denn dazu, daß du sie zur Urgroßmutter machst?«

»Sie schiebt, glaub ich, alles auf Mummy. Oder auf die Gesellschaft.«

»Solang sie's nicht auf mich schiebt... Dann hat sie dich also nicht enterbt?«

»Anscheinend nicht. Ich hab mich auch gewundert. Ich dachte, sie ist bestimmt so entsetzt und enttäuscht, daß sie nichts mehr von mir wissen will.«

»Blut ist dicker als Wasser, heißt es doch. Und je älter man wird, desto dicker wahrscheinlich. Trotzdem – momentan würde sie dich wohl nicht mit in ihre Dorfkirche nehmen.«

»Du meinst, es macht ihr nichts aus, solange es ihre Freundinnen nicht erfahren.«

»Klingt verdammt affektiert, wie du das sagst. Bei uns beiden ist es doch genauso, oder?«

»Du meinst, du hast nichts dagegen, mich zu ficken, solange es keiner erfährt.«

»Und du willst es wahrscheinlich herumposaunen«, bemerkte er trocken.

Olivia errötete. »Eigentlich schon, außer...«

»Ja, genau, außer. Nichts ist so anständig wie die peinliche Verlegenheit deiner Großmutter.«

Nick hatte recht. An Schande und Verrat, an Ehebruch und Inzest war nichts Anständiges. Wenn ihre Großmutter die Wahrheit wüßte, wäre sie mehr als bloß entsetzt und enttäuscht. Olivia löste seine Hände und schob sie von sich, dann drehte sie sich zu ihm um. Sie wollte wissen, wie er mit dieser Schande fertig wurde, die er ja eigentlich stärker empfinden müßte als sie: Er war der verheiratete Mann, der Kriminelle. »Woran denkst du, wenn du mit Mummy ins Bett gehst?«

Nicht einmal jetzt konnte sie erkennen, was er dachte. Sie konnte nicht erraten, ob seine Gedanken den ihren ungefähr entsprachen oder ob sie ihm vollkommen fremd waren. Fremd, vermutete sie, als sie sein gleichgültiges Gesicht und den kühlen Blick sah. Auf Glück war nicht zu hoffen, wenn man einen Marsmenschen liebte.

Er zuckte die Achseln. »Solche Fragen bringen doch nichts! Du willst es doch eigentlich gar nicht wissen.«

»Doch.«

»Das meinst du bloß. Jedenfalls hat es mit dir nichts zu tun.« Er beschützte ihre Mutter, er entschied sich wieder für ihre Mutter und gegen sie, er drängte sie beiseite, wenn sie seiner Beziehung mit ihrer Mutter zu nahe zu kommen drohte. Olivia spürte den inneren Schmerz wie ein Geschwür in ihrem Herzen.

»Und wenn ich jetzt sage, daß ich dich nie wieder sehen will?«

»Aber Em siehst du doch noch.«

Sie biß sich auf die Lippe und wandte sich zum Fenster. »Du weißt, was ich meine.«

»Sag's mir.«

Er lachte sie höhnisch an. Sie haßte ihn. »Wenn ich sagen würde, daß ich nicht mehr mit dir bumse?«

»Das liegt ganz an dir.«

»Heißt das, es würde dir nichts ausmachen?«

»Das hab ich nicht gesagt. Ich hab gesagt, es liegt ganz an dir.«

Fast ein Jahr war vergangen, seit er in ihr Leben getreten war: zuerst als der unbekannte Mann im Bett ihrer Mutter, dann als Eindringling in ihrem Zuhause und bald darauf als ihr Liebhaber. Sie dachte daran, wie sie das erste, das zweite und dritte Mal miteinander geschlafen hatten; an all die Male danach, auch in mehr als einem Jahr keine unbestimmbare Anzahl. Nie hatte es eine Gelegenheit gegeben, sich als Gleichberechtigte zu begegnen. Kein Wunder, wenn man in Betracht zog, was er war und was sie war.

»Es hat überhaupt nie an mir gelegen. Mir blieb ja gar nichts anderes übrig.«

»Wieso nicht? Du kannst doch nein sagen.«

»Aber das nützt doch nichts.«

Sie sah auf den Fluß hinunter, bei niedrigem Wasserstand eine weite, stinkende Schlammkloake, dahinter das endlose, urbane Durcheinander, aus dem Nick stammte. Ihr war schwindlig und übel.

Nick packte sie am Handgelenk und riß sie herum, damit sie ihm ins Gesicht sehen mußte. Er war wütend. Sie betrachtete es als eine Art Sieg für sich. »Willst du mir etwa weismachen, es wär alles meine verdammte Schuld und du wärst bloß eine willenlose Fickpuppe und ich ein dreckiger alter Scheißer, der bloß geil drauf ist, ein Schulmädchen zu nageln? Willst du mir etwa so eine Scheiße unterjubeln?«

Olivia schüttelte den Kopf und versuchte, sich aus seinem schmerzhaften Griff zu befreien. »Nein, nein, überhaupt nicht. Ich geb dir keine Schuld, Nick. Das ist genauso unsinnig, wie wenn Grandma sagt, Mummy sei schuld. Um Schuld geht's ja gar nicht. Ich wollte nur sagen, daß du ein Mann bist und ich ein – ein dummes Ding.«

Er ließ sie los. Sie wandte sich wieder zum Fenster. Ihr war nicht mehr übel, sie fühlte sich nur noch leer.

»Wenn ich eine Frau wär statt ein dummes Ding, hättest du dann mich statt meiner Mutter geheiratet?«

»Keine Ahnung. Hab ich nie drüber nachgedacht.«

»Wieso nicht?«

Er antwortete nicht gleich. Nach einer Weile sagte er: »Wenn du lang genug über was nachdenkst, willst du dir am liebsten gleich die verdammte Gurgel durchschneiden.«

Das war eine Art Antwort. Doch Olivia wollte eine konkretere haben. »Dann denk doch jetzt mal drüber nach, was ich dich gefragt hab.«

»Wieso? Es würde auch nichts mehr ändern.«

»Für mich schon.«

Nick legte die Hände auf ihre Schultern und ließ sie an ihrem Hals hochgleiten, bis unter ihr Haar. »Mal angenommen, ich sag ja.«

»Wieso angenommen?«

»Mehr geht doch nicht. Bloß als Hypothese.«

An der Art, in der er sie berührte, war überhaupt nichts Hypothetisches. Zärtlich streichelte er um die Grübchen unten an ihrem Hals, er schob ihre Haare beiseite und küßte sie auf den Nacken. Dabei berührte er mit der Zunge ihre Haut und nahm eine Hautfalte zwischen die Zähne wie eine Raubkatze, die ihre Beute reißt. Mit der linken Hand hielt er sie am Hals, mit der rechten begann er, ihr Kleid wieder aufzumachen.

Langsam und bedächtig öffnete er den Reißverschluß und fuhr dabei mit dem Zeigefinger ihr Rückgrat entlang, bis nach unten zu der Vertiefung an ihrem Steißbein. Dann begann er, ihr die bloßen Schultern, Oberarme und den Rücken zu massieren; dabei entkleidete er sie wie zufällig, während seine Hände ihr Kleid beseite und nach unten schoben. Als er schließlich ihr Höschen abstreifte, zerschmolz Olivia beinahe.

»Willst du es?«

»Ja.«

»Wenn du's nicht willst, hör ich auf.«

»Hör nicht auf.«

Sie klangen wie zwei wilde Tiere, dachte Olivia, seine Stimme ein Knurren, gedämpft von ihren Haaren, ihre nur ein Krächzen aus ihrer ausgetrockneten Kehle. Er leckte mit der Zunge an ihrem zarten Fleisch zwischen Hals und Schulter. Wie ein Kater, der bereit ist, sein Weibchen zu besteigen.

Und genau das tat er. Er stieß sie hinunter auf alle viere und nahm sie von hinten.

Wie ein Pirat seine Beute nahm er ihre schweren Brüste in beide

Hände. Mit den Schenkeln drückte er ihre auseinander, als er tiefer in sie hineinstieß und bei jedem Stoß ächzte. Sie spürte ihn mehr als männliche Kraft als ein Mann – wie ein kraftvolles, besinnungsloses, brünstiges Tier, getrieben von einem momentanen sexuellen Sturm – sie selbst als das Weibchen seiner Art, hilflos und läufig, durchdrungen von seiner Männlichkeit. Als sie nach einer langen Weile schließlich erschöpft nebeneinander lagen, sagte Nick zu ihr: »Verdammt, du hast recht, dir bleibt gar nichts anderes übrig. Ich geb dich nie auf.«

- 59 -

Olivia brauchte keinen warnenden Rippenstoß von Megans Ellbogen, um zu sehen, daß Charlie vor dem großen Schultor stand.

Es war die letzte Woche vor den Trimesterferien, bevor allen Ernstes die Prüfungen begannen. Morgen nach der Schule war Generalprobe für ihr Stück, die eigentliche Aufführung sollte dann am Donnerstag stattfinden. Alles ziemlich kompliziert. Aber keineswegs so kompliziert wie die Begegnung mit Charlie.

»Also, dann bis später«, murmelte Megan und ging absichtlich in die andere Richtung.

Olivia ging Charlie entgegen. Sie hatte ihn seit über einem Monat nicht gesehen und sah inzwischen ziemlich schwanger aus. Womöglich würde der bloße Anblick ihres deformierten Körpers ihn abschrecken. Sie konnte es nicht genau sagen. Er lächelte nicht, er sagte auch nichts. Er sah sie nur an.

»Du sollst doch gar nicht hier sein.«

»Verdammt, ich kann doch hingehen, wo ich will. Die Straßen von London gehören deinem Vater ja nicht.«

»Ich hab ihm mein Ehrenwort gegeben, dich nicht zu sehen.«

»Dann mach die Augen zu. Hast du Hunger?«

Es war Mittagszeit, und sie hatte noch nichts gegessen. »Ja, ein bißchen.«

Er sah sie grübelnd an. Fast grimmig. Sehr untypisch für Charlie. »Ich lad dich drüben im Café zum Lunch ein. Okay?«

Zum Teufel mit ihrem Vater! »Okay.«

Er mußte das Motorrad auf dem Gehsteig schieben, weil er nur einen Anfängerführerschein hatte und sie nicht mitnehmen durfte. Das sah komisch aus, denn er war eigentlich fürs Büro gekleidet: dunkler Anzug, weißes Hemd, Krawatte und schwarze Slipper. Er sah sehr gut und sehr erwachsen aus, fand Olivia.

»Arbeitest du heute nicht?«

»Wo denn?«

»Na, in deinem Job.«

»Ich hab keinen Job.«

Sie sah ihn ungläubig an. Er hielt den Blick geradeaus auf die Straße gerichtet. »Was sagst du da? Dein Vater hat dich doch nicht rausgeschmissen.«

»Er ist pleite. Heute früh hat die Bank ihm die Kredite gekündigt. Die Bauunternehmung Cahill ist kaputt. Du kannst im *Standard* alles drüber lesen.«

Sie nahm die Hand weg und blieb stehen. »Charlie, jetzt verschaukelst du mich doch, oder?«

Er blieb ebenfalls stehen und drehte sich zu ihr um. »Seh ich so aus?«

Sein Gesicht war aschfahl. Sie mußte selbst blaß geworden sein, denn er griff nach ihrem Arm. »Lia, ist dir nicht gut?«

»Ach, es geht schon. Ich hab bloß Hunger.«

Er stellte das Motorrad vor dem Café ab, und sie gingen hinein. Er behauptete, er habe keinen Hunger. Olivia bestellte Würstchen und eine große Portion Pommes frites.

»Und was passiert jetzt mit deinem Vater? Hat er jetzt auch keinen Job mehr?«

»Keinen Job und kein Heim. Um die Firma über Wasser zu halten, hat er einen Zusatzkredit auf das Haus aufgenommen. Die Bank schnappt sich das Haus, und wir sitzen auf der Straße.«

»Was hat denn die Bank davon? Die kriegen das Haus sowieso nicht los. Nick hatte sein Cottage fast ein Jahr auf dem Markt und hat nicht einmal ein Angebot dafür bekommen.«

Charlie zuckte die Achseln. »Frag die Banker. Was weiß ich, was die Scheißkerle sich ausdenken?«

Olivia legte ihre Hand auf seine. Sie fand die Geste zwar etwas theatralisch, doch er griff so heftig danach, so total, als stelle sie eine lebenswichtige Verbindung dar. Als Olivias Mittagessen ankam, aßen sie gemeinsam, jeder mit einer Hand.

»Bist du deswegen gekommen, um mir das zu sagen?«

Er schüttelte den Kopf. »Nein, das sind nur die Neuigkeiten am Rande.« Er fuhr sich mit der freien Hand durch die Haare. »Ich wollte mit dir über das Baby reden.«

»Was ist damit?«

»Mein Vater sagt, ich habe gewisse Verpflichtungen. Er meint, ich soll dir Unterhaltsgeld geben und lauter solche Sachen.« In seinen Worten klang die Stimme seines Vaters durch.

Darüber hatte Olivia bisher noch gar nicht nachgedacht. Auch Nick hatte es nicht erwähnt – natürlich nicht, denn wenn Nick ihr Geld geben würde, könnte man daraus gewisse Rückschlüsse ziehen.

»Das ist verrückt«, sagte sie zu Charlie. »Ich hätte ja abtreiben lassen können. Wieso sollst du dafür zahlen, daß ich es nicht gemacht hab?«

»Dann wärst du doch dazu gezwungen gewesen, oder? Jedenfalls lassen meine Eltern in der Beziehung nicht mit sich reden. Sie sind katholisch erzogen.«

Sie konnte Charlies Geld nicht annehmen. Das wäre ihm gegenüber Betrug. Doch das konnte sie ihm nicht sagen.

»Charlie, du hast doch gar kein Geld. So wie's aussieht, hast du keinen Job mehr und nicht einmal ein Zuhause. Ich kann kein Geld von dir annehmen. Ich brauch's doch gar nicht.«

Sie rechnete damit, daß er erleichtert aufatmete, doch er sah nur noch düsterer drein. »Du wirst es aber brauchen. Kinder sind teuer, sagt mein Vater immer, und dein Vater muß ja für Matthew sorgen.«

»Okay, wenn ich's brauche, kann ich mich ja bei dir melden. Im Moment brauch ich's nicht.«

»Und was ist, wenn das Baby geboren ist? Werden wir dann wieder zusammensein? Ich hab ein Recht drauf, das Baby zu besuchen, oder? Daran kann mich nicht mal dein Vater hindern. Wenn's sein muß, geh ich vor Gericht.«

Olivia geriet auf einmal in Panik. Alles war viel komplizierter, als sie gedacht hatte. »Ich weiß nicht, Charlie. Vielleicht hast du recht. Aber ich muß erst mal mit Daddy drüber reden.«

»Mein Vater will mit deinem Daddy reden.«

Das war ja noch alarmierender. »Wieso denn?«

Charlie zuckte die Achseln. »Wer weiß? Als er jung war, wurden diese Dinge wahrscheinlich unter Männern geregelt, nicht zwischen dem Jungen und dem Mädchen. Er ist ein ziemlich altmodischer Typ, mein Alter. Wo, hast du gesagt, kommt dein Vater her?«

»Aus Yorkshire. Huddersfield.«

»Wetten, da war's genauso, daß die alten Männer es untereinander ausgemacht haben. Früher hat man die Dinge immer so geregelt.«

»Kann schon sein.« Olivia überlegte, wie sie es möglichst höflich ausdrücken sollte, daß ihr Vater mit den Mitgliedern von Charlies Familie wahrscheinlich überhaupt nichts zu tun haben, geschweige denn an seine eigene Herkunft aus dem Arbeitermilieu im Norden erinnert werden wollte. Weil ihr nichts einfiel, mußte sie aufgeben. »Da muß ich Daddy erst mal fragen.«

Sie verließen das Café und blieben neben dem Motorrad stehen. »Ich begleite dich noch zur Schule rüber.«

»Lieber nicht. Ich hab sowieso schon zuviel Wirbel gemacht. Die Direktorin hält mich für den leibhaftigen Satan.«

»Billiger Nervenkitzel.« Charlie lächelte gequält. »Na ja, wenn ich dich nicht zurückbegleiten kann, verabschiede ich mich gleich hier.« Er umarmte sie und zog sie heftig an sich.

»Wie wär's mit einem Abschiedskuß?«

Olivia kicherte. »Geht nicht, sonst werden wir verhaftet.«

Er küßte sie trotzdem, lange und intensiv. Atemlos flüsterte er ihr ins Ohr: »Ach du, du hast mir so gefehlt. Und du siehst so schön aus.«

»Quatschkopf. Ich bin fett und unförmig geworden.«

»Du spinnst. Du bist schön, und keine Widerrede.« Und ein bißchen später, etwas rauher: »Und dein blöder Vater kann mich mal. Ich geb dich nicht so einfach auf.«

Nach der Schule rannte ihr Megan hinterher. »Was ist denn mit Charlie?«

»Die Firma von seinem Vater ist bankrott. Und jetzt verlieren sie ihr Haus und alles.«

»Mach keine Witze! Was machen sie denn jetzt?«

»Keine Ahnung. Ich weiß auch nicht, wie so was abläuft. Charlie muß sich wohl einen anderen Job suchen. Was sein Vater macht, weiß ich nicht. Anscheinend gehen heute alle Leute auf Stütze, stimmt's?«

Olivia wollte eigentlich nicht so gefühllos klingen, sie war wirklich traurig wegen Charlie und seiner Familie. Aber ihre eigenen Probleme waren viel drängender. Und irgendwie berührte es sie auch gar nicht. Ihr Vater war festangestellter Honorarprofessor, der seinen Job nur dann verlieren würde, wenn die ganze Universität aufgelöst würde, was noch viel unwahrscheinlicher war als die Wiederkunft des Messias. Megans Vater war eine Art Anwalt im Innenministerium; das gesamte Land müßte erst dichtmachen, bevor er auf der Straße landete.

Olivia sagte plötzlich: »Du, Meg, er war eigentlich wegen was andrem da. Er will mir Geld für das Baby geben.«

»Wie denn? Er hat doch jetzt gar kein Geld mehr.«

»Wahrscheinlich ist er deswegen so scharf drauf. Und er will Besuchsrechte. Was mach ich denn jetzt?«

Megan war erbarmungslos. »Du meinst, er will der Vater von dem Baby sein. Was hast du denn erwartet? Du hast ihm doch gesagt, daß er's ist.«

»Ich hab ihm überhaupt nichts gesagt. Ich hab niemand was gesagt. Das haben die sich einfach so gedacht.«

»Die haben sich das gedacht, was du wolltest, daß sie denken«, wies Megan sie trocken zurecht. »Und was denkt Nick?«

Diese Telepathie kam in letzter Zeit häufig vor. Olivia hatte Megan nicht erzählt, daß ihr Verhältnis mit Nick noch nicht beendet war, wie sie es ihr gegenüber angedeutet hatte. Im Gegenteil: Es würde nie enden, nach dem zu schließen, was Nick ihr beim letzten Mal gesagt hatte. Aber sie würde niemals einer Menschenseele erzählen können, nicht einmal Megan, daß sie ihm an dem Tag, als Luke geboren wurde, erlaubt hatte, mit ihr zu schlafen. Zweimal.

»Er – äh – er hat es sich denken können, wie es ist.«

»Soll das heißen, er weiß, daß das Baby von ihm ist?«

»Deshalb ist das mit Charlie ja so komisch.«

»Was hat Nick gesagt?«

»Erst dachte ich, er ist bestimmt stinksauer, aber dann... ich glaub, im Grunde gefällt es ihm. Ich mein, ihm ist es lieber, es ist von ihm als von Charlie. Er hat mir aber auch gesagt, ich wär ein dummes Ding und hätte es nicht tun sollen.«

»Ich finde, da hat er recht. Na, wenigstens muß *er* sich wegen der Besuchsrechte nicht krummlegen. Er kann das Baby so oft sehen, wie er will, und zwar völlig legitim. Er kann sich wie sein Großvater benehmen, ohne daß sich jemand was dabei denkt.« Megan hielt inne und überlegte, was sie da gerade gesagt hatte. »Du sitzt ganz schön in der Tinte, Lia. Was für eine beknackte Idee, Nick als Großvater.«

»Auch nicht beknackter als Daddy als Großvater.«

»Nein, wahrscheinlich nicht. Außer, daß die beiden selber gerade Babys gekriegt haben, wodurch die ganze Geschichte noch beknackter wird.«

»Ich weiß. Als ich Charlie kennengelernt hab, hab ich ihn gewarnt und gesagt, ich lebe in einem Zoo. Das stimmt jetzt noch viel mehr.« Nach einer Pause sagte sie: »Aber was mach ich mit Charlie? Ich brauch einen ernsthaften Rat von dir, nicht bloß, daß du sagst, ich hätte alles versiebt.«

»Also, wenn du ihn zum Vater gemacht hast, mußt du ihn auch Vater sein lassen. Ich glaub, dir bleibt gar nichts anderes übrig. Du kannst dir ja nicht bloß die Rosinen aus dem Kuchen picken und Charlie darum bescheißen, daß er bei dir ein und aus geht. Wenn du das machst, will ich nichts mehr mit dir zu tun haben.«

Olivia wurde argwöhnisch. »Magst du ihn denn?«

»Ja, klar, warum nicht?« Megan reagierte seltsam empfindlich auf ihre Frage. »Wenn du's genau wissen willst, Lia, ich finde, er ist zu gut für dich. Du hast ihn ziemlich mies behandelt, und er hat sich bei der ganzen Geschichte so anständig verhalten.«

»Du kannst ihn haben, wenn du willst.«

»Quatsch, du kannst ihn doch nicht weggeben wie einen Sklaven. Genau das mein ich ja – du behandelst ihn schlecht.«

»Ich weiß, du hast ja recht, ich bin wirklich ein Miststück. Aber ich kann nichts dafür. Ich bin nun mal in Nick verliebt und nicht in Charlie.«

»Weißt du, warum Charlie mir am meisten leid tut?« Megan wurde brutal: »Weil er in eine Irre verliebt ist.«

»Sein Vater will sich mit Daddy unterhalten. Was soll ich denn machen?«

»Laß ihn ruhig kommen, warum nicht? Dein Vater kommt doch mit ihm zurecht, denk ich.«

»Ich mach mir eigentlich eher wegen Charlies Vater Sorgen.«

»Wieso denn, meinst du, dein Vater fordert ihn zum Duell, in der Morgendämmerung im Park? He, gar keine schlechte Idee. Wenn Charlies Vater gewinnt, darf Charlie das Baby besuchen. Wenn dein Vater gewinnt, muß Charlie Leine ziehen. Vielleicht solltest du das mal vorschlagen.«

Die Generalprobe ging wie erwartet vollkommen schief. Clare, in der Rolle des Jason, vergaß in der dramatisch zugespitzten Konfrontationsszene ihren Text. Eins der ermordeten Kinder fing in seiner Blutlache an zu kichern. Das setzte eine Flut von Gekicher in Gang, und Megan wurde ziemlich sauer, besonders als Olivia sich auch noch davon anstecken ließ. »Fang du nicht auch noch an, du Verräterin«, zischte sie Olivia leise zu, bevor sie die anderen einer unprofessionellen Haltung bezichtigte.

Gehorsam wurden alle wieder nüchtern. Doch die Stimmung blieb lau, und Megan war am Ende unzufrieden.

»Nimm's nicht so schwer«, meinte Olivia danach.»Das wird schon werden morgen abend. Es ist ja schließlich keine West-End-Aufführung.«

»Ich will aber, daß es wirklich gut wird. Um's der Direktorin zu zeigen, und wenn's nur das ist. Nachdem wir so darauf gedrungen haben, daß wir es noch vor den Ferien aufführen dürfen und du sogar den Hofmeister spielen darfst.«

»Auch bloß, weil Daddy mir seine Robe geliehen hat, damit niemand merkt, daß ich schwanger bin. Daddy findet, die Direktorin führt sich auf wie der Kellner in dem alten Witz mit dem Mann im

Restaurant, der die Fliege in seiner Suppe findet: Sag den anderen nichts, sonst wollen sie auch eine.«

Olivia sah auf ihre Uhr, als sie das Hoftor vor der Schule erreichten. Der Himmel hatte sich verfinstert, und es drohte zu regnen. »Ich hab meinem Vater gesagt, daß wir um acht fertig sind, und jetzt ist es kurz vor acht. Willst du noch kurz warten, dann nehmen wir dich mit?«

Megan antwortete nicht sofort. Sie sah angestrengt die Straße hinunter. »Ist das nicht Charlie?«

Es war Charlie. Er kam auf Olivia zu. »Ich hab auf dich gewartet.«

Megan wollte sich entfernen. »Geh nicht, Meg«, bettelte Olivia. »Es dauert nur eine Minute.«

»Eine Minute?« Charlie packte sie am Arm. »Mehr krieg ich nicht, eine Minute? Ich warte seit einer Stunde.«

»Im Pub, so wie du riechst.« Olivias Stimme war scharf, doch im Grunde war sie eher bestürzt als verärgert. Ihr Vater konnte jeden Moment auftauchen, und Charlie war betrunken. »Woher weißt du, daß ich heute abend hier bin?«

»Von Jon. Er hat gesagt, er filmt morgen abend euer Stück. Kann ich auch kommen?«

»Lieber nicht.«

»Ich will aber. Ich hab dich nie Geige spielen hören, dann will ich dich wenigstens auf der Bühne sehen.«

Olivia fiel wieder ein, was sie an dem Abend des Schulkonzerts statt Geigespielen gemacht hatte. Sie hatte Nick zu sich ins Bett gelassen, und er hatte sie geschwängert. Megan war in diskreter Entfernung stehengeblieben. Olivia versuchte Charlie in die entgegengesetzte Richtung zu lotsen, in den Schatten der Schulhofmauer. »Charlie, geh jetzt lieber. Daddy muß gleich hier sein.«

»Hast du ihn gefragt?«

»Was denn?«

»Du wolltst ihn doch fragen. Der Professor weiß alle Antworten, hast du gesagt. Ob ich mein Baby besuchen kann, wenn es geboren ist? Und ob er für meinen Vater ein paar Minuten von seiner kostbaren Zeit erübrigen kann? Gestern hast du doch gesagt, du fragst ihn.«

»Ich – ich hab's vergessen. Er war gestern abend aus. Ich hatte keine Zeit.«

»Dann bleib ich hier und frag ihn selber, wenn er kommt.«

»Charlie, das geht nicht. Er rastet aus, wenn er dich sieht. Er kriegt eine Stinkwut auf mich. Du willst mich doch nicht in Schwierigkeiten bringen, oder?«

»Das hab ich ja schon!« Charlie legte die Hand auf ihren dicken Bauch und umfaßte sie mit dem anderen Arm, so daß sie sich nicht losreißen konnte. »Verdammt, es ist mein Baby und nicht seins. Wieso hat er eigentlich immer das Sagen?«

»Weil ich *sein* Baby bin.«

»Nein, du bist auch mein Baby.« Seine Hand fuhr nach oben an ihre Brust. Er packte sie derb, überhaupt nicht wie Charlie. »Mann, ich hab solche Sehnsucht nach dir, Lia. Ich halt das nicht aus, dich nicht zu sehen. Dein Daddy muß es ja nicht erfahren.«

»Bitte, Charlie, laß das.« Olivia wollte seine Hand wegstoßen. Passanten sahen sie und Charlie erstaunt an. »Er kriegt doch alles raus, wenn du jetzt nicht sofort gehst.«

»Willst du mich nicht? Du hast doch nicht Schluß gemacht, oder?«

»Nein, nein, natürlich nicht.« Als Beweis ließ sie sich von ihm küssen. »Gehst du jetzt endlich?«

»Ich will deinen Vater fragen –«

»Er redet nicht mit dir, er will dich nicht sehen. Bitte, bitte, Charlie, geh jetzt.«

Sie weinte fast vor Angst. Das ernüchterte ihn etwas. »Fragst du ihn?«

»Ja, ja, okay.«

»Ehrlich?«

Megan tauchte wieder auf. »Lia, da kommt dein Vater.«

Olivia riß sich von Charlie los und trat an den Randstein, den Blick entschlossen auf den Verkehr gerichtet und auf ihren Vater, der in Altheas BMW herangefahren kam. Sie hörte, wie Charlie nach ihr rief und Megan besänftigend zu ihm sagte: »Komm, Charlie, Lia muß jetzt gehen und ich auch. Jon ist nicht da. Begleitest du mich nach Hause?«

- 60 -

Nach Schulschluß und vor Beginn der Aufführung mußte Olivia noch nach Golders Green zu ihrer Geigenstunde sausen. Theoretisch hätte sie sie ausfallen lassen können, weil es sowieso die letzte war – die letzte vor den Prüfungen, vor den Sommerferien und nun wegen des Babys auch die letzte überhaupt. Doch gerade deswegen wollte sie sie auf gar keinen Fall verpassen. Das Ganze hatte eine leicht tragische Note. Mrs. Stone und die Geige waren die unbeabsichtigten Opfer ihrer Aktion. Olivia hatte die alte Dame und ihren Johann Sebastian Bach mittlerweile ziemlich ins Herz geschlossen.

Die Zuneigung schien auf Gegenseitigkeit zu beruhen, denn beim Abschied überreichte Mrs. Stone ihr ein Geschenk: Bachs Kunst der Fuge auf einer CD. »Für Streichinstrumente eingerichtet, nicht die Orgelfassung«, erläuterte Mrs. Stone. »Hier kannst du die einzelnen Teile deutlicher hören.«

Olivia bedankte sich und mußte auf einmal mit den Tränen kämpfen.

»Viel Glück bei all deinen Prüfungen«, sagte Mrs. Stone. »Und in Musik mindestens eine Eins, ja? Und viel Glück mit deinem Baby. Was hast du denn danach für Pläne?«

»Ich geh wahrscheinlich wieder in die Schule. Aber nicht in die gleiche. Daddy hat sich mit der Direktorin gestritten.«

Mrs. Stone sagte vieldeutig: »Er ist eigentlich ein guter Mensch, dein Vater, aber vielleicht nicht so gut, wie er sein sollte, so ein gebildeter Mann.« Dann überraschte sie Olivia, indem sie sie mit Tränen in den Augen umarmte. »Besuch mich einmal mit deinem Baby, mein Kind.«

Olivia blinzelte ebenfalls unter Tränen zurück. »Ich versprech's Ihnen.«

Von Mrs. Stone aus mußte sie schnurstracks wieder in die Schule, um Megan zu helfen, alles fertig zu machen. Das war auch bitter nötig. Als sie ankam, herrschte noch ein totales Durcheinander. Ms. Pankhurst stellte sie sofort als Schminkgehilfin an.

Clare trug als Jason eine Perücke mit fliehender Stirn, bei deren Anblick alle sofort in Kichern ausbrechen würden, die die lockige, rote Wuschelmähne darunter kannten. Medeas Kinder trugen kurze Hosen und runde Käppchen und sahen aus wie Schuljungen aus einem berühmten Comic strip.

Glauke, König Kreons Tochter, war eine kindliche Braut mit Zöpfen, die Jason auf Geheiß ihres Vaters heiraten sollte. Dadurch wurde sie fast so sehr wie Medea Opfer von Jasons und Kreons Komplott. Sie wirkte auch eher wie ein unschuldiges, aufgeregtes Kind als wie die habgierige, hämische Frau, die sich Olivia in dem golddurchwirkten Sari vorgestellt hatte.

Das Stück sollte im Zeichensaal aufgeführt werden, weil es dort bewegliche Stellwände gab und die Atmosphäre für so eine zwanglose Inszenierung etwas intimer war, sagte Ms. Pankhurst. Der eigentliche Grund war wahrscheinlich, daß die Direktorin ihnen nicht erlaubt hatte, die Bühne in der Aula zu benutzen. Trotzdem hatte Ms. P. recht mit dem intimen Rahmen, da das Publikum ausschließlich aus Familien und Freunden der Mitwirkenden bestehen würde. Das Ensemble war nicht groß und die Familien auch nicht, bis auf die von Devika. Sie hatte Dutzende von Cousins und Cousinen, die anscheinend alle ganz wild darauf waren, bei ihrem Bühnendebüt dabeizusein.

Olivias Familie bestand voraussichtlich aus ihrem Vater (Althea blieb zu Hause und paßte auf Matthew auf), ihrer Mutter und ihrer Großmutter (Luke wurde Nicks Obhut überlassen). Matthew war bei Althea bestimmt gut aufgehoben, doch hoffte Olivia für Luke, daß er fest weiterschlief, bis ihre Mutter wiederkam. Andererseits war er bei Nick wahrscheinlich in besseren Händen als Matthew bei ihrem Vater gewesen wäre.

Megan hatte äußerst lockere Ansichten über das Mysterium des Theaters. Alle, die gerade nicht auf der Bühne waren, durften ganz vorn auf dem Boden sitzen und sich die Aufführung ansehen. Sie mußten nur in letzter Minute vor ihrem Auftritt hinter die Stellwände schleichen.

Auf diese Weise bekam Olivia fast das ganze Stück zu sehen. Sie trat nur zweimal auf und beide Male auch nicht besonders lang. Sie war gleich in der ersten Szene dran. Zum Glück war sie davor beschäftigt gewesen, so daß sie gar keine Zeit gehabt hatte, nervös zu werden.

Als erstes trat die Amme auf und erklärte dem Publikum die Situation, wobei sie so tat, als führe sie Selbstgespräche. Hier sei also Medea, eine Königstochter mit göttlichem Blut in den Adern, die sich jeden Mann hätte aussuchen können, sich aber für Jason entschieden habe. Alles für ihn aufgegeben, ihn zu dem gemacht habe, was er nun sei und ihm zwei Söhne geschenkt habe. Und jetzt habe er sie wegen einer anderen Frau verlassen: einer jüngeren, reicheren, die nach dem Tod ihres Vaters alles erben würde. Eine viel bessere Partie als die alternde, enterbte Tochter eines fremdländischen, weit entfernten Königs, der inzwischen sicher tot oder abgesetzt sei. Typisch Mann, was? Aber aufgepaßt, Medea werde sich nicht so einfach fertigmachen lassen.

Dann trat Olivia als Hofmeister in der akademischen Robe ihres Vaters und der Lesebrille ihrer Großmutter auf, Medeas Kinder im Schlepptau, um die große Neuigkeit zu verkünden: Medea, nachdem sie nun nicht mehr mit Jason verheiratet sei, solle als unerwünschte Ausländerin gemeinsam mit ihren Kindern vertrieben werden.

Olivia, die sich wieder hingesetzt hatte, durchfuhr ein leiser, aufgeregter Stich, als Medea zum ersten Mal auftrat. Devikas langes schwarzes Haar hing ihr als geflochtener Zopf über die Schulter. Sie schleppte sich mühsam auf Krücken auf die Bühne, richtete sich zu voller Höhe auf und sah umher. Sie ließ den Blick aus ihren schwarzen Augen über die Zuschauer und den Chor schweifen. Kein Muckser war zu hören.

Dann begann Medea, sich selbst zu beschreiben: eine Frau, eine Ausländerin, ihre Familie tot oder jedenfalls weit weg von ihr. Eine Frau, deren Leben ohne eigene Schuld zerstört worden sei, die vom Gatten wie ein altes, nicht mehr passendes Gewand abgelegt worden sei. Eine Mutter, die nicht für den Lebensunterhalt ihrer Kinder aufkommen könne. Doch so einfach käme Jason nicht davon, o nein. Sie werde ihm schon noch zeigen, was Leiden heißt.

Kreon betrat die Bühne, Jasons neuer Schwiegervater, ein grauhaariger Mensch im Anzug, unterm Arm die Aktentasche. Er sei gekommen, um Medea und ihre Kinder des Landes zu verweisen. Medea bat ihn inständig um Zeit, damit sie sich überlegen könne, wo sie hin soll. Wenn sie in ihr Heimatland zurückgeschickt werde, werde sie verhaftet und gefoltert und hingerichtet, ebenso ihre Kinder. Kreon zeigte sich gnädig, gab ihr bis morgen früh Zeit und trat ab.

Dann trat Jason (Clare mit Perücke) auf. Als freundschaftliche Geste bot er Medea Geld an, damit sie sich in einem anderen Land ein neues Leben aufbauen könne.

Medea teilte ihm ausführlich mit, was er sie könne, und wohin er sich sein Geld stecken solle.

Er sagte, sie solle doch keine Szene machen – typisch Frau, noch dazu Ausländerin, die hätten ja keine Ahnung, wie man sich benehme, wüßten Logik, Demokratie und Selbstbeherrschung nicht zu schätzen. Im übrigen seien sie im Bett zu aggressiv. So was schrecke Männer ab. Nachdem er mit seiner Großmäuligkeit sein eigenes Schicksal besiegelt hatte, trampelte Jason davon. Medea heckte ihren Plan aus. Sie würde die Kinder mit einem vergifteten Geschenk zu Jasons Braut Glauke schicken. Das war ihre Rache. Aber was sollte sie danach mit den Kindern machen? Sie konnte sie hier doch nicht leiden lassen oder zu Folter und Tod nach Hause schicken. Wenn sie schon sterben müßten, dann wollte sie sie lieber selbst umbringen.

Das sagte Medea mit ziemlich stählernem Blick. Doch in der nächsten Szene, in der Medea Jason überredete, die Kinder mit dem goldenen Sari als Geschenk zu Glauke mitzunehmen, brach sie immer wieder verzweifelt in Tränen aus.

Es wurde Zeit für Olivias nächsten Auftritt als Hofmeister, bei dem sie Medea mitteilte, daß sich Glauke sehr über das Geschenk gefreut und mit Jason beschlossen habe, die Kinder dazubehalten. Für die Kinder sei also alles geregelt. Nur Medea solle am nächsten Morgen weggeschickt werden.

An das Publikum gewandt, sagte Medea, nur sie allein wisse, daß es bereits zu spät sei. Durch den todbringenden Sari seien alle dem Untergang geweiht.

Ein Bote erschien auf der Bühne, um das Schreckliche zu berichten. Währenddessen probierte eine sommersprossige, bezopfte Glauke vor ihrem Gatten Jason und ihrem Vater Kreon auf der Bühne den eleganten Sari an. Plötzlich begann sie, sich zu kratzen, an dem Sari zu reißen, zu schreien. Sie wälzte sich über die ganze Bühne, als wollte sie ein Feuer löschen. Ihr Gatte Jason stand seelenruhig dabei und sah angewidert aus, vielleicht von der hysterischen Szene, die sie da aufführte. Ihr Vater Kreon versuchte, sie auf die Beine zu stellen, und wälzte sich gleich darauf ebenfalls schreiend mit ihr am Boden. Schließlich hörten sie auf zu schreien und blieben in einem zuckenden Haufen liegen. Wunderschön grausig, dachte Olivia höchst zufrieden. Und keine Spur von Gekicher. Da würde sich Megan aber freuen.

Der Bote teilte Medea mit, daß sie jetzt wohl besser schnell gehe, weil eine aufgebrachte Menschenmenge schon auf dem Weg sei, um sie und ihre Kinder zu töten. Schreie ertönten hinter den Stellwänden: Tötet die Hexe! Tötet die Spionin! Tötet den ausländischen Abschaum! Megan und Olivia hatten eigentlich etwas drastischere Ausdrücke benützen wollen, etwa in der Art von Nicks Vokabular, doch Ms. Pankhurst hatte ihre Zustimmung verweigert.

Medea schleuderte ihre Krücken von sich und setzte sich auf die Bühne. Ihre Kinder kamen herbei, und sie umarmte sie zärtlich.Der Chor stand händeringend am Bühnenrand und flehte, jemand möge doch etwas unternehmen. Außerdem bat er Medea, doch nichts zu tun, was sie später bereuen könnte. Sie sah die Gestalten an, als seien es Gespenster. Dann zog sie ein Messer heraus und schnitt den Kindern ganz zärtlich und mütterlich die Kehle durch, überall floß Blut (Tomatensaft).

Jason stürmte herein. Dies war die Szene, die Clare bei der Generalprobe verpatzt hatte; diesmal verpatzte sie sie überhaupt nicht. Jason sah zuerst den Chor und sagte, er sei gekommen, um seine Kinder zu retten, bevor der rachsüchtige Mob eintrifft. Er beschrieb in gräßlichen, aber unoriginellen Worten, was er gleich mit Medea anstellen werde. Er fragte, wo sie sei.

Der Chor redete wild durcheinander, beantwortete die Frage nicht, sondern rechtfertigte sich: Sie hätten ja nicht gedacht, daß es ihr ernst damit sei, es ginge sie ja eigentlich nichts an, und die Obrigkeit hätte doch … et cetera. Während sie noch durcheinanderbrabbelten, kam der feurige Cadillac mit den vergoldeten Flügeln von allein auf die Bühne gefahren und parkte vor Medea.

Medea rückte sich hinter dem Cadillac so zurecht, daß es für Olivia und die anderen Zuschauer so aussah, als säße sie auf dem Fahrersitz. Sie sah aus wie eine tragische Königin. Sie befahl allen, den Mund zu halten. Da sah Jason sie und die toten Kinder. Er nannte sie ein entartetes Scheusal. Frauen sollten doch keine Morde begehen! Vor allem sollten sie ihre eigenen Kinder nicht umbringen! Und ganz besonders sollten sie solche scheußlichen Verbrechen nicht begehen, um sich dafür zu rächen, daß ihr Mann sie verstoßen habe! Das sei doch so unweiblich. Das alles machte er ihr klar. Er fügte hinzu, daß er im übrigen auch den Verlust seiner Kinder bedauere.

Medea sagte, das hätte er sich mal früher überlegen sollen, als es hieß, sie sollten weggeschickt werden.

Sie begannen einen heftigen Streit, in dessen Verlauf sie sich gegenseitig für alles verantwortlich machten. Der Streit ähnelte dem, den ihre eigenen Eltern an dem Abend miteinander gehabt hatten, als sie von Olivias Schwangerschaft erfuhren, so sehr, daß Olivia kaum glauben konnte, daß all das vor über zweitausend Jahren geschrieben worden war.

Jason war immer noch dabei, Medea mit Flüchen zu belegen, als sie mit den toten Kindern im Cadillac bereits davonbrauste. Nachdem der Wagen verschwunden war, setzte sich Jason in die Tomatensaftlache und hielt sich die Hände vors Gesicht.

Weil es keinen Vorhang gab, gingen die Lichter aus. Im Dunkeln kamen alle Mitwirkenden aus der ersten Reihe auf die Bühne und verbeugten sich, als die Lichter wieder angingen. Die Zuschauer applaudierten mit unterschiedlichen Begeisterungsgraden. Den jüngsten schien es am besten gefallen zu haben; die älteren wirkten überwiegend höflich und verwirrt. Olivia, immer noch in der Robe ihres Vaters, machte ihre Mutter und Großmutter ausfindig. »Na, wie fandet ihr's?«

»Es war – äh – « Ihre Mutter suchte nach einem passenden Wort. »Ziemlich interessant.«

»Ziemlich«, pflichtete ihre Großmutter ihr bei, «wenn auch eine Idee zu blutrünstig. Macht nichts, es scheint euch ja allen mächtig Spaß gemacht zu haben.«

Ihr Vater stand bedeutungsvoll in der Nähe herum. Er wollte Olivia eigentlich nur sagen, daß er draußen auf sie warten würde, mußte die Anwesenheit ihrer Mutter aber irgendwie zur Kenntnis nehmen und ein paar nichtssagende Worte mit ihrer Großmutter wechseln, die er seit über drei Jahren nicht mehr gesehen hatte. Olivia warnte ihn, daß es wahrscheinlich ein Weilchen dauern würde, weil sie noch aufräumen mußten. Dann sagte ihre Mutter, sie müsse jetzt nach Hause, weil Luke gefüttert werden wollte, er wache ja nachts immer noch auf. Olivia gab ihrer Großmutter die Lesebrille zurück und bedankte sich fürs Ausleihen.

Die drei gingen gemeinsam hinaus. Olivia spürte einen Stich von Heimweh nach den Zeiten, als ihre Eltern immer gemeinsam gekommen und gegangen waren.

Als sie Ordnung gemacht und den Zeichensaal wieder in einen relativ normalen Zustand zurückversetzt hatten, waren nur noch Olivia und Megan übrig. Jon, der die Aufführung gefilmt hatte, blieb großherzigerweise noch da und half ihnen beim Aufräumen. »Das wär's dann«, verkündete Megan, nachdem sie zufrieden festgestellt hatte, daß die Direktorin morgen nichts zu beanstanden finden würde. Sie entließ Jon, damit er seine Videoausrüstung zusammenpacken konnte. »Lia, kommst du noch mit auf Ms. P.s Party?«

Olivia schüttelte den Kopf. »Mein Vater wartet vorn auf mich. Ich bin so müde, ich will einfach nur nach Hause. Übrigens, danke, daß du dich gestern um Charlie gekümmert hast. Daddy hat ihn nicht mal bemerkt.«

Megan sagte düster: »Wenn ich dir sage, was passiert ist, wirst du dich nicht mehr bedanken.«

Olivia sah sie beunruhigt an. »Wieso, was ist denn passiert?« Megan setzte sich auf eine Bank. Besser gesagt, sie ließ sich darauf plumpsen. »Ich bin mit ihm ins Bett gegangen.«

Olivia ließ sich ebenfalls neben ihr auf die Bank plumpsen. »Was bist du?«

»Hörst du doch.« Trotzig fügte Megan hinzu: »Du hast doch gesagt, ich könnte ihn haben, oder?«

Olivia wiederholte dumpf: »Was ist passiert?«

»Bist du denn gar nicht eifersüchtig?«

»Klar doch.« Olivia wußte, daß Megan ihr wegen Charlie böse war. Charlie hätte sich allerdings nicht sehr gefreut, wenn er gewußt hätte, was Olivia in diesem Moment fühlte. Sie machte genau das, was sie Nick angekreidet hatte: Sie mißgönnte Megan etwas, womit sie selbst nichts hätte anfangen können. »Obwohl ich gar kein Recht dazu habe.«

»Es gibt auch keinen Grund«, gestand Megan ihr. »Er war betrunken, und ich hab nicht gewußt, was ich mit ihm machen sollte. Als ich nach Hause kam und niemand da war, hab ich ihn mit in mein Zimmer genommen und ihn aufs Bett gelegt. Ich hab ihm die Schuhe ausgezogen und ihm Kaffee eingeflößt, während er mir erzählt hat, wie sehr er dich liebt. Er hat sich buchstäblich an meiner Schulter ausgeheult. Ich hab ihn bloß ein bißchen getröstet, weißt du, und, na ja – ich glaub, er hat sich eingeredet, ich sei du, und dann hat eins das andere ergeben und... na ja, das hab ich dir ja schon erzählt. Dann ist er eingeschlafen. Weil ich ihn nicht wieder wachgekriegt hab, hab ich ihn liegenlassen und im Gästezimmer übernachtet.« Megan hielt die Hände im Schoß verschränkt, während sie erzählte. Olivia starrte diese Hände beim Zuhören an. Sie hatte das Gefühl, statt Charlie oder Megan sei sie selbst die Schurkin in der Geschichte. »Bist du in ihn verliebt, Meg?«

»Das ist doch egal, oder? Er ist jedenfalls nicht in mich verliebt.« Megan stand erschöpft auf. »Gehen wir, Lia. Dein Vater wartet auf dich und Jon auf mich.«

- 61 -

»Das war ja ein recht bemerkenswertes Theaterstück«, sagte ihr Vater auf dem Heimweg. »Eure Devika ist eine echte Schauspielerin.«

»Du klingst so erstaunt!«

»Eine bewegende Aufführung ist immer eine angenehme Überraschung. Obwohl angenehm in diesem Fall vielleicht nicht der richtige Ausdruck ist.«

»Hat es dir denn nicht gefallen?«

»Hätte es das sollen? Ich fand die ganze Inszenierung eher dazu geeignet, Anstoß zu erregen. Eine Präsentation der zornigen jungen Frauen.«

Olivia seufzte. »Vielleicht war's das auch.«

»Du klingst nicht sehr überzeugt. Es war doch euer Stück, Lia, da müßtest du doch wissen, was es vermitteln sollte.«

»Na ja, ich – eigentlich bin ich heute abend zu einem ganz anderen Schluß gekommen«, sagte Olivia bedächtig. »Ich denke jetzt, Jason hat recht.«

»Was, Medea zu verlassen?«

»Nein, mit dem, was er am Ende sagt. Medea benimmt sich bei ihrer Rache tatsächlich wie ein Mann, statt nachzugeben, wie der Chor ihr rät. Und wenn jede Frau sich wie ein Mann verhalten würde, dann – dann weiß ich nicht, wie die menschliche Rasse überleben sollte.«

»Verstehe«, sagte ihr Vater. »Meinst du, daß Euripides das im Sinne hatte, als er das Stück geschrieben hat?«

»Wer weiß, was der im Sinn hatte? Vielleicht war er sich selbst nicht ganz sicher. Ironie«, bemerkte Olivia nachdenklich, »ist anscheinend ein zweischneidiges Schwert.«

Althea kam ihnen an der Haustür entgegen. »Da wartet jemand auf dich, Ross«, teilte sie Olivias Vater mit. Mit gedämpfter Stimme fügte sie rasch hinzu: »Es ist Charlies Vater. Er hat angerufen, und ich hab ihm gesagt, du wärst nicht da. Er wollte wissen, wann du zurückkämst, und ich sagte, so um neun, und da kam er – und seitdem sitzt er hier.«

Olivia zuckte die Achseln, als ihr Vater sie vorwurfsvoll ansah. »Ich weiß nichts davon, Daddy. Ich hab Hunger, ich hab ja noch gar nichts gegessen.«

Sie floh in die Küche und überließ es ihrem Vater, sich mit dem ungebetenen Gast auseinanderzusetzen.

Althea folgte ihr in die Küche. »Worum geht's hier eigentlich?«

»Keine Ahnung. Wieso hast du ihn nicht selber gefragt?«

»Ich hab ein paar Anläufe gemacht, aber er wollte bloß mit Ross sprechen.« Althea sah beleidigt aus, wie Tabitha Twitchit, die böse Märchenhexe. Sie hatte von Anfang an klargemacht, daß sie zwar keine moralischen Einwände gegen Olivias Schwangerschaft hatte, es aber als extrem proletarisches Verhalten für ein Schulmädchen erachtete und außerdem als einen Beweis von Dummheit und Inkompetenz. Und jetzt saß, dank Olivias Indiskretion, sogar ein Ire in ihrem Wohnzimmer! »Wie lang wird er denn bleiben?«

Olivia zuckte wieder die Achseln, den Mund voll mit Käse-Tomaten-Sandwich. Um weiteren Fragen auszuweichen, nahm sie ihr Sandwich und ein Glas Milch mit nach oben. Auf der Treppe hielt sie jedoch inne. Dann setzte sie sich auf die Stufen, um das Gespräch im Wohnzimmer zu belauschen.

Der Kernpunkt der Rede von Charlies Vater war, daß es in seiner Familie immer nur aufrechte Männer gegeben habe, die ihre Schulden bezahlten und ihren Verpflichtungen nachkämen. Nur damit Olivias Vater da keinen falschen Eindruck bekäme. Charlie habe einen Fehler begangen, als er Olivia geschwängert habe, sei jedoch bereit, ihr zur Seite zu stehen und sie finanziell zu unterstützen. Er selbst habe erfahren, daß Olivias Vater ihr davon abgeraten hatte, sich mit Charlie zu treffen, was er nur zu richtig fand, in Anbetracht des Schadens, den Charlie angerichtet hatte. Sie machten ja heutzutage alles anders, die jungen Leute, nicht wahr; sie ließen sich nichts mehr sagen und nahmen sich wie selbstverständlich Dinge heraus, die, als er ein junger Kerl war, nie toleriert worden wären. Wenn man zu seiner Zeit einem Mädchen ein Kind gemacht habe, dann habe man es eben geheiratet. Obwohl Olivia natürlich noch viel zu jung zum Heiraten sei, und Charlie übrigens auch, mit neunzehn sei man doch heute noch zu jung für die Ehe, oder nicht?

Olivias Vater sagte, er hätte gar nicht gedacht, daß Charlie schon neunzehn sei.

Charlies Vater sagte, letzten November sei er neunzehn geworden. Olivias Vater sagte, wenn er das gewußt hätte, dann hätte er der ganzen Beziehung ein Ende gesetzt, noch bevor sie angefangen hätte. Offensichtlich habe Charlie keine Ahnung, was minderjährig bedeutete und daß es Gesetze gäbe, die leichtsinnige junge Männer daran hindern sollten, naive kleine Mädchen zu verführen.

Charlies Vater sagte, so sei das ja nun auch wieder nicht. Er selbst habe erst erfahren, wie jung Olivia war, als es schon zu spät gewesen sei. Natürlich würde Charlie Olivia gegenüber die Konsequenzen tragen, wenn sie nur nicht so jung wäre. Er habe sich ja ziemlich in sie verguckt.

Olivias Vater entgegnete scharf, daß eine Heirat überhaupt nicht in Frage käme. Olivia sei erst fünfzehn, und dies sei eine unselige, aber lediglich zeitweilige Unterbrechung ihrer Ausbildung, und sie würde so bald wie möglich wieder zur Schule gehen. Das alles habe sie sehr mitgenommen und es gäbe überhaupt keinen Grund, das Unglück noch in die Länge zu ziehen: Weder bräuchte noch wollte Olivia Geld von Charlie.

Charlies Vater sagte ziemlich hitzig, die Tatsache, daß er sein Geschäft wegen der Rezession schließen müsse, hieße ja nicht, daß er unfähig sei, seinen Verpflichtungen nachzukommen und dafür Sorge zu tragen, daß seine Söhne das Richtige täten oder für ihre Fehler geradeständen, Herrgott noch mal.

Olivias Vater sagte, es ginge nicht darum, ob Charlie es sich leisten könnte, für ein Kind aufzukommen, obwohl er nicht annehme, daß Charlie sich das groß überlegt habe, bevor er sich dran gemacht habe, Olivia zu verführen. Die ganze Angelegenheit sei von vorne bis hinten ein Fehler gewesen, und am besten solle sich Charlie in jemanden in seinem eigenen Alter vergucken und sich mit dem Gebrauch von Kondomen vertraut machen.

Charlies Vater sagte, das gleiche habe seine Frau auch gesagt, daß es nämlich von vorne bis hinten ein Fehler gewesen sei. Sie meinte, das käme davon, wenn man ein junges Mädchen mit den Jungs ausgehen ließe, wenn sie noch zu jung sei, um zu wissen, wie normale, gesunde junge Mäner sind und welche Wirkung ein tiefer Ausschnitt und ein Minirock auf sie haben könnten, besonders wenn diese von einem Mädchen wie Olivia getragen würden, die ja ein schönes Mädchen sei und sehr gut gewachsen, falls ihr Vater nichts dagegen habe, daß er das sage.

Ihr Vater hatte sehr wohl etwas dagegen. Er sagte, Olivia habe außerdem auch ein erstklassiges Gehirn, er könne sich aber nicht vorstellen, daß Charlie das aufgefallen sei. Denn wenn Charlie an ihr gelegen hätte, dann hätte er ihre Zukunft nicht so leichtfertig aufs Spiel gesetzt.

Charlies Vater sagte, wenn Olivia wirklich so clever sei, dann hätte sie sich selbst um ihre Zukunft kümmern und ihr Höschen anbehalten sollen. Selbst mit fünfzehn müßte sie doch wissen, wie Babys gemacht werden, sie wisse ja auch, wie sie sich herrichten müsse, um älter auszusehen, als sie war.

Olivia schämte sich so, daß sie gar nicht weiter zuhören wollte, und floh ins Obergeschoß.

Sie wusch sich gründlich das Gesicht und bürstete die Haare aus, bis das Make-up und der Puder vollständig entfernt waren. Dann zog sie sich aus und schlüpfte in ihr Nachthemd, schaltete ihren CD-Spieler an und wickelte sich in die Daunendecke.

Ihr erstes Prüfungsfach war Biologie. Sie sah sich ihre Aufzeichnungen an. Es schien nur um Fortpflanzung zu gehen. Sporen und Gameten, Staubgefäße und Stempel. Der Stempel, las sie, war das weibliche Organ der Blume und bestand aus Ovarium, Griffel und Stigma. Komisch, genauso hatte Charlies Vater sie gerade beschrieben. Das Ovarium war da, wo die Babys anfingen, der Griffel waren der tiefe Ausschnitt und der Minirock, und das Stigma war, wenn sie Charlie mit sich bumsen ließ, mit dem Ergebnis, daß alle Welt wußte, was sie getan hatte. Sie konnte sich gut vorstellen, was Charlies Vater sagen würde, wenn er herausbekäme, daß es gar nicht Charlie gewesen war.

Sie klappte die Bücher zu, schloß die Augen und konzentrierte sich auf die Musik, um ihren inneren Aufruhr zu besänftigen. Es war das Abschiedsgeschenk von Mrs. Stone, die *Kunst der Fuge*. Es begann sehr einfach mit einem kurzen, unausgeschmückten Thema und war leicht nachzuvollziehen, wie Mrs. Stone bereits angemerkt hatte, weil jeder Teil von einer anderen Gruppe Streichinstrumente gespielt wurde. Dann folgten Variationen des einfachen Themas: Es wurde rückwärts gespielt und verkehrt herum und aus beiden Richtungen zugleich. Olivia war, als würde sie in einen Roman hineingezogen, der als gute, aber ziemlich geistlose Lektüre anfing, allmählich jedoch eine ungeahnte Komplexität entwickelte, bis sie sich an einer Stelle wiederfand, an der sie sich nie geglaubt hätte. Es gehörte zu der bewegendsten und schönsten Musik, die sie je gehört hatte. Mrs. Stone hatte recht, sie hatte JSB wirklich falsch eingeschätzt.

Olivia war so versunken, daß sie erst merkte, daß ihr Vater im Zimmer war, als er sie an der Schulter berührte. Sie schlug die Augen auf und nahm den Kopfhörer ab.

»Solltest du nicht deinen Prüfungsstoff wiederholen?«

»Ich hör mir gerade die CD an, die Mrs. Stone mir geschenkt hat.«

»Was ist es denn?«

»Rate mal.«

Sie reichte ihm den Kopfhörer. Nach ein paar Sekunden gab er ihn zurück. »Es ist die Kunst der Fuge.«

»Richtig. Es ist doch wunderschön.«

»Besser als Jimi Hendrix?«

»Viel besser. Aber auf einer Party würde es nicht so gut ankommen, oder?« Da ihr Vater keine Anstalten machte, zu gehen, schaltete Olivia das Gerät aus und sah ihn an. »Ist Charlies Vater gegangen?«

»Schon vor einiger Zeit. Ich mußte mich erst einmal wieder beruhigen. Ich habe es nicht gern, wenn meine Tochter als leichtes Mädchen bezeichnet wird, und ausgerechnet vom Vater des Flegels, der sie verführt hat.«

»Das meint er doch nicht so«, protestierte Olivia. »Das hat er bloß so gesagt, weil du so gemeine Sachen über Charlie gesagt hast.«

Ihr Vater warf ihr einen kalten Blick zu. »Du hast zugehört, stimmt's?«

»Nur ein bißchen. Ich war gerade auf dem Weg nach oben.«

»Vielleicht war es ganz gut, daß er gekommen ist. Dadurch sind mir wieder ein paar Dinge eingefallen, die wir unbedingt klären müssen.«

»Was denn für Dinge?«

Er setzte sich nicht aufs Bett, wie ihre Mutter es getan hätte, sondern blieb stehen und sah auf sie herunter.

»Zunächst einmal: du wirst Charlie nie wiedersehen.«

»Nie mehr?«

»Nicht, solange du hier wohnst.«

»Aber wenn er das Baby besuchen will? Er sagt, er hat ein Recht darauf.«

»Er wird das verdammte Baby aber nicht besuchen«, bellte ihr Vater beinahe, und sein BBC-Akzent blieb mit jedem Wort mehr auf der Strecke. »Du machst das doch nicht zu seinem Pläsier alles durch, oder was zum Teufel er sich sonst dabei denkt. Wenn er Mätzchen macht, werde ich ihn wegen Unzucht mit einer Minderjährigen belangen. Nachdem er alles getan hat, dir dein Leben bedenkenlos zu verpfuschen, ist die Idee von seinen väterlichen Rechten doch eine totale Farce.« Olivia ließ sich das durch den Kopf gehen. »Und wenn ich mich trotzdem mit ihm treffe?«

Ihr Vater wurde weiß vor Wut. Er sage mit der tonlosesten, eisigsten Simme, die Olivia je bei ihm gehört hatte: »Dann kannst du wieder zu Emma ziehen, und zwar sofort. Sie scheint sich nicht drum zu scheren, was du machst oder mit wem, aber ich gebe dir kein Dach über dem Kopf und zu essen und bezahle für deine Ausbildung, damit du dich wie eine Schlampe herumtreibst und den Geist, den dir Gott gegeben hat, vergeudest.«

So hatte sie ihn noch nie im Leben zu jemandem reden hören. Sie verschränkte die Arme über ihrem dicken Bauch, als wollte sie sich gegen seinen Zorn verteidigen. Sie zitterte. Sie fühlte sich wie in ihrem alten Alptraum, in dem sich ihre Eltern in Fremde verwandelten. Ihre Mutter war bereits zu einer gleichgültigen Fremden geworden, wie ihr Vater gerade bemerkt hatte. Nun zeigte er seine eigene fremde Seele. Er schien sich in eine Mischung aus ihrer Schuldirektorin und Charlies Vater verwandelt zu haben. Er liebte sie nicht für das, was sie war, er liebte sie nur dafür, daß sie brav und clever war, damit er stolz auf sie sein konnte. Ein gut dressierter Hund könnte sich genausoviel Zuneigung verdienen und würde öfter freundlich getätschelt. Und wenn sie nicht so war, wie er wollte, würde er nichts mit ihr zu tun haben wollen.

Sie schob die Decke weg, stand auf und ging an ihm vorbei auf die Tür zu.

»Lia, hast du gehört, was ich gesagt habe?«

Sie drehte sich nicht um. »Daß ich eine Schlampe bin, meinst du?«

Er sagte etwas, was sie aber nicht verstand. Sie war schon auf halber Treppe. Er trat oben an den Treppenabsatz und rief, sie solle verdammt noch mal wieder heraufkommen. Sie lief die untere Treppe hinunter bis zum Hauseingang und hielt dabei mit einer Hand den Saum ihres altmodischen Nachthemds hoch, damit sie nicht darüberstolperte. Gerade als sie Haustür hinter ihr ins Schloß fiel, hörte sie, wie ihr Vater die Treppe heruntergestürmt kam.

Sie wußte nicht, wohin sie gehen sollte. Zu ihrer Mutter konnte sie nicht zurück. Bei Charlie konnte sie auch nicht auftauchen. Sie wollte zu Nick gehen, aber das ging nicht. Sie konnte nicht einmal von zu Hause davonlaufen, weil sie barfuß war und nur ein Nachthemd anhatte. Vielleicht könnte sie die Nacht irgendwo verbringen und morgen zurückkommen, wenn ihr Vater und Althea nicht im Haus waren, und ihre Sachen packen. Und dann gehen – aber wohin?

Unschlüssig stand sie mitten auf der Straße, als ihr Vater die Haustür öffnete und mit dieser schrecklich eisigen Stimme ihren Namen rief. Er nannte sie Olivia.

Olivia rannte los.

Sie rannte die Straße entlang auf die Swains Lane zu. Von dort rannte sie zur Friedhofspforte. Sie konnte nicht so schnell laufen wegen des Babys, und als sie dort ankam, stellte sie fest, daß sie wegen des Babys nicht drüberklettern konnte. Sie lehnte sich an die Pforte und hielt sich an den Gitterstäben fest. Sie war außer Atem geraten und hatte schreckliches Seitenstechen. Das Baby boxte sie, das arme Ding hatte es nicht gern, beim Laufen so herumgeschüttelt zu werden. Außerdem war ihr kalt. Ein Nachthemd war nicht gerade fürs Freie geeignet, nicht einmal ein langes aus Flanell in einer milden Mainacht.

Sie kauerte sich in die Ecke neben der Pforte und zog die Knie so nah an den Körper heran, wie das Baby es zuließ. Sie breitete sich den Saum ihres Nachthemds über die Füße und umklammerte sich mit beiden Armen, damit sie aufhörte zu zittern.

Als sie damals mit Nick über dieses Tor geklettert war, war es viel kälter gewesen. Sie erinnerte sich, was er gemacht hatte und was sie gemacht hatte und errötete vor Scham, doch davon hörte das Zittern nicht auf.

Sie wünschte sich, Nick würde sie im Arm halten.

Oder wenigstens Charlie. Es war doch gleich, was Charlie mit Megan gemacht hatte. Es wäre sowieso besser, er würde Megan lieben, dann wären wenigstens zwei Leute glücklich. Sie selbst hatte überhaupt kein Recht auf ihn. Sie hatte sein Leben verpfuscht, und Megans vielleicht auch. Trotzdem wünschte sie sich, er wäre hier und würde sie im Arm halten, damit das Zittern wegging.

Sie sah ihren Vater die Straße entlangkommen.

Er näherte sich vorsichtig, blieb in einiger Entfernung stehen, um sie zu rufen, wie jemand, der eine entlaufene Katze wieder herbeilocken will. »Lia?«

Sie antwortete nicht, sie rührte sich nicht. Sie zitterte zu heftig.

Er kam näher, immer noch argwöhnisch. »Lia, ist alles in Ordnung?«

Sie gab immer noch keine Antwort. Er trat ganz nah heran und sah zu ihr hinunter. Dann ließ er sich auf einem Knie vor ihr nieder, berührte sie aber nicht und hielt sich mit der rechten Hand an einem Gitterstab fest, wahrscheinlich um das Gleichgewicht zu halten. Er trug immer noch den Anzug und die Krawatte, die er zu ihrer Schulaufführung angehabt hatte. Dadurch wirkte er streng und förmlich; aber immerhin hatte er sich hingekniet. Olivia konnte sein Gesicht im Mondlicht deutlich erkennen. Der Ausdruck darauf war seltsam beängstigend. Er sah aus, als hätte er heftige innere Schmerzen.

Seine linke Hand berührte ihr Knie, etwa fünfzehn Zentimeter von ihrem Gesicht. Seine Berührung war zögernd, als sei er sich nicht sicher, wie sie sich anfühlte – heiß oder kalt, naß oder trocken, gut oder schlecht. »Lia, was ist denn los mit dir? Warum machst du denn solche Sachen?«

Sie fuhr sich mit der Zunge über die eiskalten Lippen. »Was denn?«

»So vor mir davonzulaufen.«

Ihre Zähne klapperten. »Du hast mich Schlampe genannt.«

»Das habe ich nicht gesagt. Ich sagte – ach was, vergiß es.«

Er nahm die Hand von ihrem Knie und fuhr sich durch seine dunklen, mondbeschienenen Haare. »Warum willst du dieses Baby bekommen? Du hast es absichtlich getan, stimmt's? Du weißt doch genau, wie sich das vermeiden läßt. Und auch danach hast du nichts unternommen. Ich weiß nicht, warum; du hast doch gesagt, du bist nicht in Charlie verliebt. Aber du hast alle Hebel in Bewegung gesetzt, um deine Schwangerschaft zu vertuschen. Das hast du nur getan – als du wußtest, es verschwindet nicht –, um sicherzusein, daß es nicht mehr verschwinden *konnte*. Hast du denn irgendwelche moralischen Bedenken gegen Abtreibung, die ich nicht kenne?«

»Nein, Daddy.« Sie war sich sicher, sie hatte es ja schon einmal getan.

»Warum bist du dann so fest entschlossen, es zu kriegen? Was willst du denn damit beweisen? Daß du das gleiche wie Althea und Emma kannst?«

Olivia schüttelte den Kopf. Sie wußte nicht, was sie sagen sollte. »Ich weiß nicht. Warum redest du so mit mir?«

»Wie denn?«

»Als ob es wichtig wäre.«

Er sah sie scharf an, als hätte sie etwas wirklich Verrücktes gesagt. »Wie meinst du das?«

Nun war sie an der Reihe, tonlos zu reden. Nicht, weil sie wütend war, wie er vorhin, sondern weil sie ihre Gefühle nicht herauslassen wollte. Sie wußte nicht genau, was ihre Gefühle waren, doch sie wußte, daß sie ihrem Vater nicht gefallen würden. Deshalb tilgte sie jetzt jedes Gefühl aus dem, was sie sagte.

»Du bist doch angeblich mein Vater. Zwei Jahre hab ich dich bloß jeden zweiten Sonntag gesehen und durfte dir zur Begrüßung und zum Abschied einen Kuß geben wie einer alten Tante. Wenn's nach dir gegangen wäre, hätte ich dich überhaupt nie gesehen. Das weißt du, das weißt du ganz genau. Du hast mich behandelt, als sei ich dir lästig. Als ich's bei Mummy und Nick nicht mehr ausgehalten habe, hab ich dich gefragt, ob ich zu dir ziehen darf. Ich hab meinen eigenen Vater gefragt, ob ich zu ihm ziehen darf, und er hat gesagt, na ja, er wüßte nicht so recht. Und jetzt bin ich doch bloß hier, weil ich von zu Hause abgehauen bin und mich die Polizei aufgegabelt hat. Gerade vorhin hast du zu mir gesagt, wenn ich mich nicht so benehme, wie du willst, bin ich eine Schlampe, und du willst mit mir nichts mehr zu tun haben. Du hast mir auch gerade gesagt, daß Mummy sich nichts aus mir macht. Und wenn *du* dir nichts mehr aus mir machst, wer denn dann?«

Sie holte tief Luft. Es war eine lange Rede gewesen. »Und jetzt fragst du mich, wieso ich schwanger geworden bin. Und ich frag dich, wieso du das jetzt wissen willst.«

»Verstehe«, sagte ihr Vater.

Er stand wieder auf und starrte durch das Friedhofstor, dabei hielt er die Gitterstäbe mit beiden Händen fest wie ein Gefangener in seiner Zelle. Olivia wußte, was er sah, eine ihr wohlvertraute Szene: rechter Hand lag die schwarze Nacht mit dem alten Beinhaus, dahinter tanzten die Lichter von London ihren Weg zum Grab. Und darüber die Sommersterne: Altair, Wega, Deneb, Arcturus, die endlos weit voneinander entfernt dahinflogen, ohne zu wissen, welche Muster sie in ihrem Flug vollführten, Muster, die nur für die Augen irdischer Lebewesen sichtbar waren.

Ihr Vater räusperte sich. »Hast du etwa geglaubt, nachdem Matthew geboren ist, würde ich dich nicht mehr hierhaben wollen? Und dich nicht bitten, mit in dieses Haus einzuziehen?«

»Ja, genau«, sagte Olivia. »Ich war drauf und dran, den armen Matty zu hassen. Aber als ich ihn dann kennengelernt hab, war er ganz anders als erwartet, und ich hab ihn gleich gerngehabt. Außerdem finde ich, daß ihr ihn nicht richtig behandelt, du und Althea.«

Ihr Vater sah zu ihr hinunter. Er lächelte, ein trockenes, schiefes Lächeln. »Was machen wir denn falsch?«

»Also, du machst sowieso alles falsch, Daddy. Du bist hoffnungslos, du interessierst dich einfach nicht für ihn. Wahrscheinlich, weil er noch nicht sprechen kann. Althea ist da schon besser, aber für sie ist er auch irgendwie lästig.«

»Und du versuchst nun, unsere Unzulänglichkeiten auszugleichen.«

»Na, irgend jemand muß es ja tun, das arme kleine Würmchen. Ich will nicht, daß er aufwächst und sich fragt, ob ihn jemand liebhat.«

»Bist du so aufgewachsen?«

»Es wurde erst schlimm, als du weggegangen bist. Und dann dachte ich immer noch, daß Mummy mich liebhat. Aber jetzt seid ihr mir beide fremd.«

»Und jetzt liebt dich also niemand.«

»Matty schon. Und Meg.« Sie nahm einen sehr tiefen, sehr zittrigen Atemzug. »Und Nick.«

Das erregte seine Aufmerksamkeit. Der trockene, leicht amüsierte Tonfall verschwand. »Was ist mit Nick?«

»Ich glaub, er liebt mich irgendwie.«

Ihr Vater sagte barsch: »Was soll das heißen?«

Olivia versuchte Nick zu beschreiben, wobei sie alles Körperliche wegließ. »Er merkt alles bei mir. Er versteht, was ich denke. Und er spricht ganz normal mit mir, von Mensch zu Mensch, nicht wie ein Erwachsener mit einem Kind.«

»Herrgott!« Ihr Vater packte die Gitterstäbe seines Käfigs. Er war wieder wütend, aber nicht auf sie. Vielleicht nicht einmal auf Nick. Bloß auf sich selbst, weil der Mann, den er so verachtete, etwas richtig machte, was er selbst falsch machte. Und so war es auch, dachte Olivia, egal, was Nick sonst noch alles getan hatte, Dinge, die er nicht hätte tun sollen. Ihr Vater sündigte auf seine Art: Er unterließ Dinge, die er hätte tun sollen.

Irgendwie tat er ihr leid. Er war der Blinde im Land der Einäugigen. Steif und verkrampft stand sie auf. Ihre Finger waren klamm, als sie seine Hände an den Stäben berührte.

Bei ihrer Berührung fuhr er zusammen. »Deine Hand ist ja wie Eis.«

»Mir ist ein bißchen kalt.«

Er zog sein Jackett aus und legte es ihr wie einen Umhang über die Schultern. Sie faßte ihn um den Brustkorb. Er legte seine Arme um sie, über dem Jackett, und hielt sie fest. Genau wie Nick. Sie spürte die Wärme seines Körpers durch sein Baumwollhemd und ihr Nachthemd.

Allmählich verschwand das Zittern.

Er sagte etwas. Sie konnte seinen warmen Atem auf ihren Haaren fühlen. »Es tut mir leid, Lia. Ich hab's nicht so gemeint, was ich gesagt habe über – über das, was Charlies Vater gesagt hat. Ich will nicht, daß du woanders hingehst. Ich bin froh, daß du Matthew lieb hast, und ich hoffe, du hast mich auch lieb, auch wenn ich es nicht verdiene.«

»Natürlich hab ich dich lieb, Daddy. Das weißt du doch.«

»Ich weiß anscheinend gar nichts. Ist dir jetzt wärmer?«

»Ein bißchen.«

»Dann laß uns heimgehen.«

Er behielt den Arm um ihre Schulter, während sie die Straße entlang nach Hause gingen.

»Morgen müssen wir uns über deine Abschlußprüfung unterhalten.«

»Aber nicht im Herbst«, sagte sie.

»Was heißt das, nicht im Herbst?«

»Nicht diesen Herbst. Ich will ein Weilchen bei dem Baby bleiben. Es braucht doch seine Mutter. Ich kann mich doch dann auch um Matty kümmern. Althea soll mich dafür bezahlen. Und nächstes Jahr geh ich dann wieder in die Schule. Dann bin ich gerade erst siebzehn. Meg wird im September schon siebzehn.«

Sie konnte nicht erraten, was er dachte, das machte aber nichts, solange er nicht wütend war. Solange er den Arm um sie geschlungen hielt. »Na gut, Lia«, sagte er schließlich. »Wenn du es so willst.«

Als sie wieder vor dem Haus standen, war die Haustür geschlossen, und er mußte klingeln. Althea machte auf und starrte die beiden einen Augenblick lang an, als hätte sie sie noch nie im Leben gesehen.

»Was macht ihr denn da draußen?«

»Die Sterne anschauen«, sagte Olivia.

Als Olivia wieder allein in ihrem Zimmer war, setzte sie sich noch einmal den Kopfhörer auf. Die Musik steigerte sich, holte zu einem letzten Anlauf vor dem Ziel aus und arbeitete sich zu der schönsten und bewegendsten Passage im ganzen Werk hoch. Und hörte auf.

Erst dachte sie, das Gerät hätte sich selbst ausgeschaltet. Doch sie sah, daß sich die CD weiterdrehte. Dann dachte sie, der Kopfhörer wäre vielleicht nicht mehr eingesteckt. Sie sah nach, aber es war alles in Ordnung.

Sie stellte die CD um eine Spur zurück, und wieder ertönte Bach in all seiner stereophonen orchestralen Pracht. Als sie zu derselben Stelle kam, hörte es wieder auf.

Sie nahm die CD heraus und ging nach unten, um ihren Vater zu suchen. Er war im Eßzimmer und schenkte sich gerade einen Whisky ein. Einen ziemlich starken, wie sie bemerkte.

»Daddy, irgendwas stimmt da nicht mit dieser CD. Sie bleibt immer kurz vor dem Schluß stehen.«

»Das *ist* der Schluß«, sagte ihr Vater. »Bach ist gestorben, bevor er es vollendet hatte.«

»Er ist einfach so gestorben, mit dem Gänsekiel in der Hand?«

»Nicht ganz. Er hatte einen Schlaganfall und starb dann ein paar Tage später.«

»Das ist ja richtig unheimlich. Und traurig.«

»So traurig auch wieder nicht. Er war schon seit Jahren blind, und durch den Schlaganfall gewann er plötzlich seine Sehkraft zurück. Er hatte also an andere Sachen zu denken, bevor er gestorben ist. Die waren ihm wohl damals wichtiger.«

»Ich möchte wissen, was ihm wichtig war, nachdem er gestorben ist.«

Ihr Vater warf ihr einen merkwürdigen Blick zu. »Na, gar nichts. Wenn man stirbt, ist das das Ende. Danach ist nichts mehr wichtig.«

»Grandad glaubt das aber nicht. Und Meg auch nicht. Sie sagt, wir kehren alle zurück.«

»Natürlich, Meg muß es ja wissen!«

Olivia ließ sich vom Sarkasmus ihres Vaters nicht einschüchtern. »Meg weiß darüber genausogut Bescheid wie du«, belehrte sie ihn unbeirrbar. »Überhaupt, wenn nichts mehr wichtig ist, nachdem man gestorben ist, wieso ist dann vorher irgend etwas wichtig?«

Ihr Vater wußte nicht, was er darauf antworten sollte, zumindest nicht in den fünf Sekunden, die Olivia abwartete.

Dann ging sie wieder nach oben, um sich den letzten Teil von Bachs letztem Werk noch einmal anzuhören, bevor sie einschlief.

Während der Nacht träumte sie, wie die Musik hätte enden sollen. Doch dann begann das Baby in ihr zu boxen und weckte sie. Als sie die Augen aufschlug, war die Musik verschwunden.